回首烟波往事长

（上册）

曾兆惠 —— 著

SPM 南方出版传媒 花城出版社 中国·广州

图书在版编目（CIP）数据

回首烟波往事长：全2册 / 曾兆惠著. -- 广州：花城出版社，2019.8
　ISBN 978-7-5360-8931-0

Ⅰ. ①回… Ⅱ. ①曾… Ⅲ. ①电视文学剧本－中国－当代 Ⅳ. ①I235.2

中国版本图书馆CIP数据核字(2019)第145020号

出 版 人：肖延兵
责任编辑：夏显夫　周　云
技术编辑：薛伟民　凌春梅
封面设计：李玉玺

书　　名	回首烟波往事长
	HUISHOU YANBO WANGSHICHANG
出版发行	花城出版社
	（广州市环市东路水荫路11号）
经　　销	全国新华书店
印　　刷	佛山市迎高彩印有限公司
	（佛山市顺德区陈村镇广隆工业区兴业七路9号）
开　　本	787毫米×1092毫米　16开
印　　张	58　　2插页
字　　数	112,300字
版　　次	2019年8月第1版　2019年8月第1次印刷
定　　价	98.00元（全二册）

如发现印装质量问题，请直接与印刷厂联系调换。
购书热线：020-37604658　37602954
花城出版社网站：http://www.fcph.com.cn

目录

编剧心声			1
片　头			3
第一集	马江旧恨	逃学疑云	1
第二集	武侠之梦	海校之议	25
第三集	除夕抗婚	特殊拜年	44
第四集	过继兼祧	惊险登舟	67
第五集	福州访师	聆听甲午	92
第六集	满汉兄弟	甲午遗孤	115
第七集	妻妾皆苦	群童斗恶	134
第八集	慕达会友	两母赠别	157
第九集	赶考途中	初入海校	180
第十集	福祥遗爱	荣官走运	206
第十一集	捉鬼被罚	中秋结拜	233
第十二集	另类合葬	石峻丧舅	256
第十三集	五七国耻	安丽学泳	284
第十四集	师生情义	反袁风波	314
第十五集	刻骨相思	清明祭扫	344
第十六集	安祈满月	拱北见习	365
第十七集	悲情母爱	婚姻陷阱	391
第十八集	安丽毕业	翠翠定计	413
第十九集	郑重下聘	罗星定情	437

编剧心声

洋务运动催生出中国近代海军。1876年福建海军成军，是为中国第一支近代海军。由此而至1945年，风云变幻七十载；中国近代海军经历三次反侵略战争，三战三死三复生，怎不令人哀其弱小而壮其牺牲啊！

痛定思痛，乃知海权之重要；回眸历史，拜服英烈之骨气。于是，我收集史料，认真比对，怀着敬畏之心，笔耕十年，完成了电视连续剧《回首烟波往事长》。我期待抛砖引玉，引来史诗般灿烂的文艺作品！

我是中国近代海军的后人。我深爱屡败屡战、不屈不挠的中国近代海军，也深爱急起直追、奋进深蓝的中国现代海军——

中国海军万岁！

片　头

　　远景。茫茫海空为一派惨烈而抑郁的黯红所包笼，其间隐约可见几艘沉船，桅杆歪歪斜斜伸出水面。

　　画外音：这是我先辈的人生航程，它颠簸在贫穷中国、弱势海军的历史波涛上。铭刻着屡败屡战决不屈服的民族信念，它艰难地穿过1884—1894—1937那被血火烧红的时空，不断地、不断地呼唤着一个强大的中国海军。啊，强大的中国海军啊！

　　画外音中，镜头渐渐推近并缓缓摇过鏖战之后的一片水域：残舰、断桅、碎片、尸体、救生圈等半沉半浮于涌动的波涛上。

　　画外音止。

主题歌《鹧鸪天·碧血铸兴亡》

　　回首烟波往事长，斜阳无语恨茫茫。三场海战三场败，天下英雄痛断肠。

　　心似铁，看沧桑。从来碧血铸兴亡。天荒地老军魂在，舰队飞驰过五洋！

　　主题歌声中推出剧情片段及出品、监制、策划、制片、编剧、导演等名单。

　　主题歌止，推出片名《回首烟波往事长》。

第一集　马江旧恨　逃学疑云

1. 马江（日）

马江日出，波面映出旭日的一片红光，画面壮阔而绚烂。

画外音：马江是闽江下游的一段，也是马尾港之所在。1866年（清同治五年），闽浙总督左宗棠奏请在此兴办船政。中国效法西方武备和建制的近代海军开始萌芽。这里，诞生了中国最早的海军教育、初期的海军工业；这里，造就了中国一批批海军英才、一代代海军英雄；中国第一支新式海军——福建海军，也是从这里鼓轮启航的。我的先祖有幸聚族马江，与海军血脉相连。

画外音中出现以下字幕标注的历史资料：

福州船政学堂（前学堂、后学堂）、船政船厂、马江昭忠祠、甲午英烈邓世昌、海军元老萨镇冰、《天演论》译者严复、中国铁路之父詹天佑等。

2. 罗星塔水域（日）

罗星塔水域远景。

画外音：我祖居大榕乡附近的马江岸坡上，耸立着南宋留下的罗星塔。数不尽春花秋月、朝露晚霞，罗星塔总在那里看潮升潮落、听人歌人哭，感慨盛衰兴替。1876年（光绪二年）马江之波推涌出中国第一支新式舰队。11艘新式军舰破浪而来，其中竟有9艘是福州船政自制的！鸦片战争起饱尝坚船利炮打击的清朝，三十六载后总算艰难地迈出了这师夷之长的一小步。罗星塔一改苍凉的心境，仰天祝祷："愿中国海军长风万里，龙腾沧海——龙腾沧海啊！"

画外音中，镜头渐渐推成罗星塔全景，画面古老而肃穆。

画外音止。

仰摄罗星塔。

特写：塔上一茎新绿的野草，含着一线生机，在风中抖动。

3．闽江口（日）

画外音：然而，事与愿违。1884年7月，中法战争期间，法国远东舰队暗施奸计，分批入侵马江，从容部署，以达聚歼福建海军于罗星塔水域的罪恶目的。

画外音中出现如下画面：

一串法国军舰自东向西进入画面。

特写：主桅上飘着法国海军旗。

法国远东舰队司令孤拔中将（字幕）站在舰首举起单筒望远镜。

望远镜中出现罗星塔。

4．罗星塔水域（日）

中法两军阵势鸟瞰。

画外音：福建海军官兵强烈要求，趁涨潮我舰前主炮皆对准法舰之际，先机制敌，以免当退潮火力薄弱的舰尾朝向法舰前主炮时，变成水上靶子。不幸，慈禧曲意求和，竟严令福建海军"无旨不得先行开炮"，致使战争主动权轻易落入敌手。8月23日午后，法军果然把握退潮时机，对泊在罗星塔东西两个水域的我方舰船，同时发起突然袭击。

画外音止。

舰炮声起。硝烟袭来，黑沉沉地漫过整个画面。

舰炮声止。一大摊鲜血于无声处泼向硝烟密布的画面。

画外音：我方舰船仓促击断舰首锚链，紧急大回转180度，以期发挥前主炮的强火力，但已无可挽回。虽然如此，有道是"男儿至死心如铁"，福建海军绝境犹战，血溅马江，义无反顾地投身于中国近代海军史上的第一次反侵略战争。

画外音中，那泼上画面的大摊鲜血缓缓淌下，形成血流不止的四个大字：马江海战。

画外音止。

又一声炮响，画面碎裂成马江战场。

第一集 马江旧恨 逃学疑云

5. 马江战场（日）　　（舰船及人员皆实名标注）

①法方4艘巡洋舰"凯旋"（Triomphante）、"费勒斯"（Villars）、"德斯丹"（D. Estiang）、"杜居土路因"（Duguay Tourin）发射舰炮。画面一角标注：罗星塔东水域。

"飞云"炮舰督带高腾云（字幕）、大副谢润德（字幕）、水兵洪霄（字幕）急攀望台扶梯。

高腾云刚上望台，一团火光伴着一声巨响，高腾云腿断倒地。

谢润德、洪霄抢上前来扶。

洪霄要背高腾云离开，高腾云拒绝："不，不，我不离开！"

一弹命中望台。

谢润德、洪霄扑地而亡。

高腾云尸身炸飞江中。

"飞云"中炮沉没。

②"德斯丹"等4舰围攻"振威"。

"振威"管带许寿山（字幕）、大副梁祖勋（字幕）冒着飞弹屹立望台指挥。

"振威"一面回转，一面齐发首炮、尾炮及两舷边炮。

法巡洋舰"杜居土路因"中弹轻伤。

"振威"前炮台，留美幼童二副邝咏钟（字幕）指挥炮手林有福（字幕）、钱以通（字幕）、严文法（字幕）、陈恒祥（字幕）、梁其扬（字幕）等发炮御敌。

"振威"前炮台中弹，诸炮手同时阵亡。

邝咏钟慢动作仰面倒下。

叠出：麻省理工学院棒球场上，邝咏钟正在参加比赛；队员们互相鼓励，场面热烈而紧张。

邝咏钟灵魂之声随即而起："麻省理工学院的棒球队员们，请相信，你们的队友邝咏钟无论在赛场或者战场，都是身体可以倒，精神不会倒，永远不倒！请像过去那样，为我喝彩，对我大喊：'好样的！'"

"振威"继续抵抗，同时多处中弹。

"振威"望台，大副梁祖勋（字幕）被机关炮击中牺牲，管带许寿山（字幕）带伤奋起，怒吼般发出命令："全速冲向近处的'德斯丹'，同归于尽！"

在"同归于尽！同归于尽"的呼应声中，"振威"全身冒火，犹如燃烧的火龙，全速冲向"德斯丹"。

"德斯丹"且战且避。

"凯旋""费勒斯""杜居土路因"猛轰"振威"。

"振威"爆炸，在大火中下沉。

管带许寿山从望台挣扎而下。

许寿山奋力接近一个未毁的炮位。

炮位附近倒着炮手吴瑞发（字幕）、杨国兴（字幕）、潘其英（字幕）等的尸体。

许寿山满面披血，咬牙就位，并且射出最后一炮。

"费勒斯"中炮，数人倒下。

许寿山中弹牺牲。

法军单筒望远镜中，"振威"迅速下沉。

"费勒斯"舰长一面看望远镜，一面自言自语："这位中国舰长有着非凡的英雄气概，竟然能在沉船的最后一刻，镇定地射出最后一炮，并且击中目标，海战史上无此先例啊！"

一名军官从旁回应道："这样的敌人，太值得尊敬了！东方民族以投降为奇耻，想来，罗星塔西水域也该有惊人的对手吧？——那可是主战场啊。"

③法方"野猫"号（Lynx）炮舰发射机关炮，"蝮蛇"号（Vipere）炮舰、"益士弼"号（Aspic）炮舰立即响应；紧接着，"窝尔达"号（Volta）巡洋旗舰以火力掩护近旁的№.45及№.46鱼雷艇出动。画面一角标注：罗星塔西水域。

④"扬武"号巡洋旗舰舰尾，留美幼童练习生杨兆楠（字幕）发尾炮攻击"窝尔达"号旗舰。

"窝尔达"望台中弹，引水员汤姆斯及5名水兵被当场炸死，法国远东舰队司令孤拔中将摔倒落帽。

孤拔狼狈坐起，下意识地摸了摸脑袋，环顾身边一片狼藉，不禁自言自语："谁呀?！射得这么准！第一炮就击中我旗舰舰桥！幸亏炮小，我才躲过一劫，上帝保佑啊！"说着当胸画了个十字，命令："瞄准'扬武'舰尾！"

"扬武"舰尾中炮，数名士兵被炸倒。

杨兆楠伏身从血泊中抬起头来，死盯着"窝尔达"方向："'窝尔达'！可惜我们的前主炮来不及收拾你！我……"

镜头拉开，杨兆楠气绝体僵，其首犹昂，仿佛一支武器正在瞄准敌人。

留美幼童练习生薛有福（字幕）疯也似的朝尾炮狂奔而来，一路嘶叫："兆楠，有福来啦！……"

第一集　马江旧恨　逃学疑云

法№.46鱼雷艇冲向"扬武"。

薛有福继续奔向尾炮。

№.46鱼雷艇继续冲向"扬武"。

薛有福摔倒又爬起，继续奔跑，顽强地吼叫："有福来啦，来啦！……"

№.46鱼雷艇冲向"扬武"舰，并发射鱼雷。

"扬武"中部中鱼雷爆炸。

薛有福侧卧在血泊中。

薛有福灵魂之声起："Kitty，我亲爱的挚友！我把我们孩提时代所播下的圣洁的情谊，藏在心底带走了。千万别难过啊！要知道，无论天上地下，我总在守望着你，守望着熟悉的Hollyoke小镇，还有那培育我成长的麻省理工学院和福州船政学堂。祝你一生幸福，Kitty！想念我的时候，就唱一首我们儿时的歌，好吗？我听得见的！"

薛有福灵魂之声中，出现以下几组宁静的画面：

绿草如茵，草坪上，十二三岁的薛有福和Kitty在嬉戏，一只小狗在他俩之间扑来扑去；草坪的后方，Kitty的母亲从家里出来，举手呼唤孩子们；Kitty和有福手拉手，跟小狗一齐奔回家去。

图书馆里，长大了的有福和Kitty在看书，并不时低声切磋。

圣诞之夜，有福和Kitty在小教堂前挂满饰物的圣诞树下会合，有福为Kitty整整帽子，然后随着三三两两的人群，踏着厚厚的积雪，走向灯火通明的教堂。

薛有福灵魂之声止。

舰炮声再起。

"扬武"大火，倾斜。

甲板上，留美幼童练习生黄季良（字幕）正与官兵一起紧张救火。

黄季良中弹仰面倒下，镜头在黄季良尸身上停留片刻。

黄季良灵魂之声起："爹，我是您的儿子黄季良啊！季良此刻正随同'扬武'舰副管带梁梓芳以及二百多名袍泽魂归马江。记得法军入侵马江后，季良曾托带一封家书并一帧自画像，表达'移孝作忠'的决心。决心已然实现，从今往后，就让儿的自画像，代替儿日夜侍奉于膝下吧！爹，孩儿自幼丧母，是爹一手抚养大的，恕孩儿不孝吧！"

黄季良灵魂之声止。

黄季良不瞑之目大特写。

黄季良灵魂之声再起："爹，莫悲伤，莫气馁！您看，我们舰虽亡，旗犹在！中国海军心不死，心不死啊！"

黄季良双目叠出如下画面：

"扬武"舰即将沉没。

一名信号兵冲向主桅。

信号兵扯起龙旗，升旗至主桅之顶。

信号兵仰视龙旗，一脸决死表情。

"扬武"沉没。

特写：在刺出水面的主桅上，龙旗做最后的飘拂。

"窝尔达"舰首，法国远东舰队司令孤拔举着单筒望远镜，一面窥望，一面喃喃自语："真是英雄的高贵榜样啊！"

孤拔的中校参谋回应道："中国军人以玉碎为道德的最高境界。然而，大清朝廷却过于懦弱无能。倘若它敢于下令抢占先机，趁涨潮发动袭击的话，惨遭灭顶的很可能是我们哪！"

孤拔的望远镜里出现了一艘炮艇。

孤拔："又有不要命的冲上来了！"

⑤主桅上飘着龙旗的"福星"号炮舰冲进画面。

"福星"望台，管带陈英（字幕）斩钉截铁发出命令："全速冲向No.45鱼雷艇，用长枪、手榴弹接舷攻击！"

"福星"全速冲向No.45鱼雷艇。

No.45发射鱼雷。

"福星"避过鱼雷。

"福星"成功靠近No.45鱼雷艇。

陈英画外音："打！狠狠打！"

"福星"官兵纷纷以长枪、手榴弹、手枪向No.45鱼雷艇射击。

No.45鱼雷艇艇长拉都右眼中弹，血流披面。

No.45鱼雷艇狼狈逃窜，退出战斗。

"野猫""蝮蛇""益士弼"三舰围攻"福星"。

"福星"望台，陈英命令："全速撞击'窝尔达'旗舰！"

"福星"全速冲向"窝尔达"，同时以4门边炮从左、右舷猛射围攻之敌。

"福星"望台，陈英高呼："男儿以死报国，有进无退！有进无退！"

全舰回应，声动马江："有进无退！有进无退！有进无退啊！……"

第一集　马江旧恨　逃学疑云

"福星"望台，陈英被弹片击断腹部，半身坐地，张嘴犹做呼喊状；三副王涟（字幕）跪下挥泪道："陈英管带，三副王涟前来接替指挥。放心吧，'福星'一定有进无退！"

"福星"继续冲向"窝尔达"。

远景："福星"大爆炸。

⑥250吨级的"福胜""建胜"小炮艇（蚊子船）进入画面。

"窝尔达"望台，孤拔对身边的中校参谋来了个法国式幽默："Voila, deux petit choses!"（"瞧，两个小东西！"）

中校参谋绅士式一笑："他们自制的9艘舰船都完了，只这两条美式小炮艇还在顽抗！"

上尉副官不屑的内心独白："250吨级的小家伙，航速才8节，只装备一门前膛炮，居然还敢对抗我们1300吨的旗舰，简直是……"

"窝尔达"舰首轻伤。

"窝尔达"旗舰望台，孤拔等震了一下。

中校参谋："中国人管这种小炮艇叫蚊子船，意思是蚊子虽小，叮起人来也很讨厌。"

孤拔收起傲慢，目露凶光："该结束啦！"

"福胜"艇首露天指挥台，管带叶琛（字幕）面颊受伤倒下，满脸血污站起，继续指挥，中弹牺牲。

"福胜"艇首火炮旁，大副兼管炮翁守恭（字幕）高呼："叶管带牺牲还有大副在！继续炮击旗舰'窝尔达'！"

"窝尔达"舰身轻伤。

"窝尔达""野猫""蝮蛇""益士弼"猛轰"福胜"。

"福胜"艇首火炮旁，翁守恭中弹歪倒。

一名练习生抱起翁守恭的头，在耳旁焦急呼唤："翁大副，翁大副，你醒醒，快醒醒！你是舰队最年轻的大副，你年方十八，只比我纪慕杰大一岁啊！翁大副，你醒醒！我们需要你啊！"

翁守恭睁开眼，发出最后的命令："练习生纪慕杰，你来顶替我管炮，顶上！"言毕气绝。

纪慕杰："为翁守恭大副报仇！报仇！"

"福胜"炮口冒出轰鸣和白烟。

"窝尔达"望台，孤拔的单筒望远镜里，出现了在燃烧中下沉的"福胜"；孤拔转头对上尉副官说："只剩一个小东西啦，不投降，还能如何？"

"建胜"艇首露天指挥台，"建胜""福胜"两舰督带吕翰（字幕）拔剑怒指"窝尔达"，吼道："'建胜'尚在，抵抗到底！"

管带林森林（字幕）在舵轮旁指挥操舵兵翁长吉（字幕）移动船位，以利固定式前膛炮瞄准目标。

"窝尔达"等四舰驶近"建胜"，抵近攻击。

操舵兵翁长吉（字幕）血溅舵轮倒下。

特写：舵轮淌血。

水兵杨细弟（字幕）临危不惧，立即顶替操舵兵。

杨细弟阵亡，

水兵陈锦章（字幕）顶替。

陈锦章牺牲，

管带林森林亲自操舵。

"建胜"艇首火炮射出。

"窝尔达"舷侧轻伤。

"建胜"艇首露天指挥台，督带吕翰、管带林森林同时中弹牺牲。

特写：吕翰手中仍握紧长剑。

⑦督带小座舱。

水手江大任、江大训把吕翰握剑的遗体和林森林的遗体背进座舱，靠到两张椅子上；后退，叩头，挥泪而去。

镜头推近，化入吕翰和林森林生前在相同座位上的一段对话。

吕翰："远东舰队入侵马江已经一个月，形势迫人。身为'福胜''建胜'两舰督带，昨日我特地上'福胜'视察，跟叶琛管带谈了一次。"

林森林当即起立："森林恭听训示。"

吕翰："快快坐下，这是私谈，不必拘礼；何况，我、叶琛、你——我等三人本是福州船政学堂第一、二、三届的校友啊。正因如此，还望学弟坦诚以告，身处绝境，有何想法？"

林森林神色恳切："森林所思所想已非一日：既然西太后不准我等先行开炮，闽浙总督何璟更严令'先行开炮，虽胜犹斩'，森林除了以服从为天职，无法力挽狂澜，唯有以血尽忠，以命报国而已。所以，日前已将身边的一只香篆盒托带回家了。"

第一集　马江旧恨　逃学疑云

吕翰叹道："香篆是篆有时辰刻度的香，燃一支为一昼夜。学弟以香篆盒为遗物，表达为国家慷慨捐躯的忠心和为高堂日夜祈福的孝思，实在是可钦可敬啊！"

林森林："督带谬奖了。"

吕翰："上个月，我本已奉命出差，适逢法舰入侵，乃自请留下参战。随后，便将老母及妻儿遣返广东，并函告亲友'翰受国恩，临危授命，决不苟免'！"

林森林和吕翰坚定地对视着，一字一顿地重复："决不苟免！"

化出。

林森林和吕翰的两具尸身，依旧僵靠在座位上。

画面叠出熊熊大火。

一声爆炸巨响，画面顿成漆黑。

一片漆黑中，响起深沉的画外音：福建海军苦斗40分钟，11艘新式战舰和几十条旧式战舰悉数沉毁，近800名忠勇将士魂断马江；他们的血肉之躯，至死还紧抱着中国近代海军的发祥之地，紧抱着祖国母亲的万古河山。而我们纪氏家族的故事，便是由福建海军的覆没开始的。

6. 罗星塔下村路（夜）

远景：十来个黑影举着火把从罗星塔前跑过。

7. 纪府大门前（夜）

大门上灯笼高悬，灯笼上映着一个"纪"字。

灯笼之下，几个家丁在焦急地等待着，张望着。

8. 罗星塔下村路（夜）

举着火把的那队黑影继续奔跑。

火把在黑色的天幕下跳动。

天上划出一两道弱闪电，伴着隐隐雷声。

9. 纪府大门前（夜）

火把阵出现在百米之外的拐角处。

家丁们一股脑儿奔去迎接。

天上雷电加强。

火把阵与家丁们会合了。

家丁们七嘴八舌："怎么样了，福祥哥？""打得怎么样了？"

福祥喘着粗气。

家丁们催促："到底怎么样了？""快说！""快说呀！"

中年福祥上气不接下气："我……我们福建水师全军覆没！"他喉头哽了一下："二爷牺牲了！"

一声响雷。

家丁们一震，立马闪开。

福祥举着火把朝纪府大门口飞奔而去。

福祥后面，一长串人影在一束束火把下相随而跑。

10. 纪府大门内甬道（夜）

福祥在电闪雷鸣中沿着甬道向前飞奔。

甬道尽头，电光映出一棵百年古榕巨大的身影。

树冠之上，一道刺眼的电光从夜空中猛射下来。

伴着震耳欲聋的一声惊雷，古榕的一大截枝丫轰然堕地。

瓢泼大雨倾泻到堕地的枝丫上。

11. 罗星塔水域（日）

画外音：我的二叔祖纪慕杰捐躯后，三叔祖纪慕贤求学天津水师学堂。14 岁的他，少年老成；北上之前，特来马江水边，告别粉身碎骨的亡兄，独自流连到天黑。

画外音中出现如下画面：

罗星夕照，

晚霞布彩，

渔舟归来，

画面渐暗。

画外音止。

12. 马江水边（夜）

少年纪慕贤侧坐的剪影，融在蓝黑色的背景中。

江水泛着幽微的波光，从石头上流过。

第一集　马江旧恨　逃学疑云

纪慕贤起身回望岸坡。

仰摄黑魆魆的罗星塔。

罗星塔发出苍老而沙哑的呼唤："中国海军，爬起来，爬起来，快快爬起来呀！……"

沙哑的呼声在幽暗的波面上传扬："快快爬起来呀！——"

仰摄夜空，繁星点点。

13. 大海（日）

海上日出。

画外音：物换星移二十八秋。三叔祖纪慕贤已由天津水师学堂学生、北洋海军军官，变成民国海军少将和纪家的家长了。

画外音中出现以下画面：

远景。烟波浩渺，山岛隐隐，舰队远航。

近景。浪击礁石，海鸟低飞。

纪慕贤一袭海军少将深色冬装，迎着镜头走来。

14. 罗星塔下村路（日）

一乘轻轿穿行于榕树、芭蕉等常青之色中。

画外音：1912年（民国元年）初冬，四十出头的三叔祖纪慕贤，千里车船，由海军部所在地北京，回马尾大榕乡探亲。

画外音中出现以下画面：轿夫们敞着衣襟、沁着汗，裤管挽到膝上，有节奏地走着。

特写：轿夫青筋暴突的腿肚子。

轿夫后面跟着两个挑夫，扁担上挂着提箱和不多的行李。

15. 纪府大门外（日）

六十多岁的白发老家人福祥正急切地等待着，一面自言自语："按理早该到了呀！……一定是在什么地方给耽搁了。——毕竟，北京跟大榕乡相隔几千里呢。"

十八九岁的仆人荣官从大门里出来，三步两步跨下青石台阶，凑近福祥："福祥老伯，奶奶们越等越急，把我也差出来候着呢。"

福祥："可不是吗？等人总嫌时辰慢，更何况……唉，全家折腾了一夜，还没个头绪，也难怪奶奶们格外焦躁哟！"

荣官："要不，我快快跑到前面迎着去？"

福祥："傻孩子，你进府才几天，谁认得谁哟！"

荣官憨憨地笑着挠了挠头皮："可也是。哎，老伯，你告诉我，三爷什么样？我寻思，他穿着将军服，八面威风，对不对？"

福祥直摇头："三爷可不是个爱显摆的人，他回乡总穿便服。"

16．轿内（日）

三爷纪慕贤端坐轿中。他四十出头，精瘦而严肃；中分头发，对襟马褂，露一截表链，虽不穿戎装，却保持军人风度。

他掏出怀表，打开看了看，正待塞回去，画外传来一个轿夫的声音："快到大榕乡了，纪三爷，都能望见你们府上那棵大榕树的树冠啦！"

纪慕贤掀开轿侧的一方小窗帘，往外望了望，随即便恢复了原先的坐姿，但嘴角却泛起一抹欣慰的笑意。

17．纪府大门外（日）

福祥深深地看了荣官一眼："荣官哪，你要学机灵点。知道吗？打今天起，不，现时现刻起，你就得接替我服侍三爷了。"

荣官："那，那老伯你呢？……"

福祥："我？我腿脚不灵便了，本该回到儿孙身边去的。可是，在府里一待几十年，谁也舍不得谁了；尤其三爷，远在北京海军部供职，还惦着捎话说，要找个可靠的后生做帮手，不让我离开。这不？你爹才有机会托我把你从山沟沟里拉拔出来。——你当差可要上心哪！"

荣官连连点头："老伯，你放心，我会的，我……"

福祥用手兜着额，张望了一下，又碰了碰荣官："别光顾说话了，眼睛可得盯着点，看看轿子过来没有。"

荣官伸长脖子，望了一会儿，感叹道："轿子真慢哪，连个影子都没有，要是骑马该多好呀！哎，三爷会骑马吗？"

福祥："当然会喽，少小北上，现如今四十出头了，还不会骑马吗？可是会也白搭呀，福州又不产马，以前旗营里的马还是从张家口运来的呢。"

第一集　马江旧恨　逃学疑云

18．纪府大池塘（日）

绿树成荫，环池而生；一座长长的板桥，跨在水面。

轿子沿池缓缓行进。

三爷画外音："多么熟悉的池塘，多么熟悉的长桥，这正是我日思夜想的家啊！"

19．纪府大门外（日）

荣官："老伯，方才你说三爷命大，那是怎么个大法呀？"

福祥："甲午海战，三爷重伤，连战舰都沉了，可他却大难不死，比起二爷当年在马江粉身碎骨，不是命大是什么？"

荣官："那是那是。不过命大归命大，当海军到底太危险哪。"

福祥："是这个话。更有人劝三爷，弱国弱兵打不赢仗的，别当什么海军了。可三爷却固执地说，自己从小学海军，吃的就是海军饭，这辈子算是跟定了。"

荣官转头朝大门飞去一眼："为什么非跟定海军不可呢？纪家好生气派，池塘大得像湖，水面跨着长桥；又有假山，又有戏台，家庙普光寺附近的河湾里还建了专用船坞，足足能放五六条龙舟呢。这么大的福气，干吗非跟定海军，拣那玩命的活法呢?!"

福祥："这，你们山里人就不明白了。我们海边的汉子，多半不上渔船，就上兵船。纪家先前在旧式水师里就很有势力，子孙们跟兵舰打交道，也是根深叶茂好依好靠的意思；到了三爷这辈，偏偏又在海上跟西洋人和东洋人结了血仇。你想，他们能不死死地跟定海军吗?!三爷说，海疆总得有人来守，打不赢也要打；总不能跟鸡蛋似的，一声不吭，让人怎么煮怎么吃吧！"

20．纪府大池塘（日）

纪慕贤的轿子从长板桥走下。

21．纪府大门外（日）

荣官："老伯，三爷好伺候吗？他会不会很凶？"

福祥："很凶?!——胡扯！他尊敬兄嫂，善待下人，只是对晚辈厉害些，不像四爷有说有笑，一团和气罢了。——谁叫他是一家之主呢。不过，话虽这么说，我还得先给你提个醒，你听不听呢？"

荣官："哎，哎，我听，我当然听喽！"

福祥："那好。你记着：第一桩，三爷最讨厌男人尤其是军人嗑瓜子。——琐琐碎碎，小模小样的，没一点气度。明白吗？"

荣官："明白，我不嗑就是了。那，第二桩呢？"

福祥："三爷要子侄们正派、大气，像个世家子弟，所以你也要管住自己的嘴，不许张家长李家短，无事生非，乱嚼舌头。还有……"

一顶轿子出现在拐角。

荣官兴奋："快看快看，老伯，轿子来了，那是不是？"

福祥忙趋前几步，以手兜额，极尽目力望去，顿时喜形于色："是了，是了，那正是顺顺的轿子。荣官，快去禀报！……"

不待听完，荣官已经蹦上台阶朝门里奔去了。

22. 纪府大门内甬道（日）

在荣官和众仆妇的簇拥下，纪大奶奶率三位妯娌并满人关姨太，火烧火燎地赶往大门口。

奶奶们争相呼唤："三弟三弟！……""三哥！……"

奶奶们情绪紧张，但重心却偏偏靠后，只得使劲将手向前伸着，招着。

镜头下摇：只见三位奶奶裤管下都半露着尖尖的三寸金莲，金莲急切地、吃力地向前摇着；金莲的后面，一袭薄棉裙下，有一双天足，正谨慎地迈着，生怕踩到前面的小脚。

镜头上摇：那是年方十八的关姨太，她，瓜子脸、瘦鼻梁、白肤浓发，柔美窈窕；线条平直且颜色极深的黛眉，配着黑亮的眸子、稚气未泯的眼神，构成脸部显著的特征；右襟上绣着一串粉红的海棠花，又平添了几分动人的妩媚；然而她气质忧郁，又超越了年龄。

一帮未及十岁的孩子，叽叽喳喳追随而来："三叔回来啦！""三伯到家啦！"……

23. 纪府大门外（日）

纪慕贤跨出轿杠，按捺不住内心的喜悦，亲切地对迎到轿边的福祥说："我在马尾捎带着办了些公事，就给耽搁了。——家里都等急了吧？"

福祥："哎，哎，可不？打月霞一上来就算时辰，这会儿日头都多老高了！哎，哎，回来就好，回来就好喽！"

纪慕贤快步登上石阶。

第一集　马江旧恨　逃学疑云

24．大门口门槛内外（日）

年近半百、身穿月白绲边深蓝缎袄的寡嫂纪大奶奶，摇到尺把高的门槛前止步，看见槛外的三爷，不禁哽咽难言："三弟，三弟呀……"

纪慕贤一腔喜悦顿时化为满心疑惑："大嫂，怎么了，怎么了，家里出什么事啦？"

福祥一旁插嘴，颤声安慰道："大奶奶，莫愁，莫愁，三爷回来就没事了，都到大厅——到弘毅堂再细说吧！"

25．大门内甬道（日）

一家老小的背影乱哄哄地朝内宅走去。

男女童声七嘴八舌："三伯三伯，我大哥不见啦！""三叔三叔，大哥一夜没回家！""谁也找不到他！"……

26．弘毅堂前大院（日）

一棵百年巨榕掩映着弘毅堂的高甍，古老而大气。

榕须缕缕，微微拂动，宁静而祥和。

老根特写：老根虬曲盘结，拱出地面，坚韧而顽强。

纪慕贤及其家人在古榕背景前，向镜头走来。

27．弘毅堂（日）

匾额特写：弘毅堂（从右至左）

匾额之下，纪慕贤端坐家长位；四位奶奶依次坐于左右两侧，关姨太伺坐于四奶奶身边；丁管家和福祥则分别坐在左右侧的末座上。

仆妇们往来递茶送水。

纪慕贤："拱北丢了？——怎么丢的？"

大奶奶："昨天放学后许久不见归来，一直等到晚饭仍无踪影；差荣官去学堂，方知整日未上学。我们慌了，连夜着人在乡里各处寻找，可是……唉！"

二奶奶："真担心会不会上什么人的当，给拐走了？！"

纪慕贤："绝不可能！男孩子，12岁了，何况他一向人小鬼大，比不得说东是东，说西是西的老实娃娃。"

三奶奶："最怕的是，这孩子身体奇好，胆子奇大，游泳没个够，入冬以来，还几次偷着往江里扎；又往往一声不吭就生出些顽皮透顶的事来，今年端午赛龙舟也让他给搅了……"

28．龙舟坞外（日）

乡民聚集，人声鼎沸。

儿童们跳来蹦去："赛龙舟喽！赛龙舟喽！……""嘿嘿嘿！……"

6条龙舟被相继抬出。

29．赛区内

河岸上挤满看赛事的人。

30．赛区外

一处柳岸，一个少年的背影，头戴柳叶圈，朝四周张望一下，便悄悄向水边走了下去。

31．赛区内

水面上，龙舟就位，赛手们准备停当。

32．赛区外

那少年（背影）一把扯下柳叶圈，潜入水中。

33．赛区内

龙舟上，鼓手们举起鼓槌。

水面上，一小截芦管竖着，迅速浮向一条龙舟。

岸上，准备点铳。

忽然，水下伸出一双手，紧紧抓住那条龙舟的船舷。

赛手们一片哗然："哎呀，谁呀谁呀?!""拉上来！""快拉上来！""快！"……

水里的人翻进龙舟，得意万分："哈哈！——"

鼓手："咳，拱北少爷，你又捣乱！这是我们大人的赛事嘛！"

纪拱北不语，跨到鼓手身边，出其不意，夺过鼓槌。

正在此时，画外一声铳响。

第一集　马江旧恨　逃学疑云

拱北得逞，奋力击鼓。

34．弘毅堂（日）

大奶奶叹气："不长进的东西！没过多久，越发离谱。一天晚上，先是领弟妹们在树林里捉迷藏，玩着玩着就不知去向了，把我们给急得哟！……"

（化入）

35．长房正院（夜）

大奶奶焦急地扇着蒲扇，在藤椅上坐立不安。

妯娌们并丁管家、福祥及众家丁都赶来了。

丁管家："大奶奶，各房都找遍了，连墙角、草丛、柴堆也没落下。看来，大少爷是跑出去了，我们这就到乡里找。"说着，朝家丁们一挥手："走吧！"

福祥急止之："慢着！今天下午，我看见大少爷放学后在书房写字，就有点纳闷：这孩子一向不用功，怎么忽然变了?! ——这会儿，不如先去看看他都写了些什么，兴许……"

众人附议："有理，有理！"随即拥入东厢房。

36．长房东厢（夜）

大奶奶在桌面上翻了翻，便翻出夹在书里的一页纸，看了两眼，递给丁管家："这不肖子疯魔了，反反复复地写这五个字。"

丁管家一看："哦，我明白了！快，大富、大贵，你俩各领一拨人，以船坞为界，沿着河，上下两头寻找！记着，一定要沿着河滩找！"

37．河滩上（夜）

河滩上，长长的火把阵在夜幕下移动，夹杂着一声声呼唤："拱——北——少——爷——！""大——少——爷——！"……

38．长房正院（夜）

四位奶奶、丁管家、福祥等坐在凉椅上等候消息。

福祥："丁管家，沿着河滩准能找到吗？"

大奶奶："万一这孩子不往河滩上去呢？"

二奶奶等："是啊是啊！"

丁管家："放心吧，不会有'万一'的。大少爷在纸上来来回回写'河上夜行侠'。'河上夜行侠'，这正是他给自己起的武侠名字嘛。只要沿河找，绝错不了。"

众人点头。

39．河滩上（夜）

火把下，大贵眼睛一亮，指着对岸大叫起来："快看快看，对面河滩上是什么?!"

对岸有一星火光。

镜头推近，画面极美：开阔的河滩上、灿烂的星空下，燃着一小堆篝火；火花啪啪炸裂，迸出金星。12岁的少年纪拱北，正绕着篝火，一圈圈地舞动着双剑，在旋转的、闪闪的剑光中，朝着假想敌喊打喊杀："呔，大胆蟊贼，哪里走！""蟊贼看剑！"

（化出）

40．弘毅堂（日）

大奶奶默然低头，片刻，自责道："是我教子无方，愧对列祖列宗，愧对家族老少啊！"

四奶奶忙宽慰道："大姐言重了！拱北才12岁，只不过顽劣一些而已，身上并无丝毫邪气。他天资聪颖，读书一点就通，多余的精力哪能不往别处去呢？"

三奶奶："四妹言之有理。夏雨轩也是这类孩子。他俩一起逃学，摸鱼捞虾捉蛇打鸟充饥，又何止一次两次呢？——念书不费力嘛。"

纪慕贤顿悟："哎，这话倒提醒了我。看来，这两个淘气包准是溜到什么地方疯去了。"

众仆妇当即附和："哎哟哟，我们只顾在乡里找，怎么就没想起雨轩少爷呢？""是啊是啊，该去夏家看看嘛！真是急糊涂了。""这就叫'救火乱哄哄，拎出个大马桶'哟！"……

丁管家："荣官，你快去夏府，看看雨轩少爷在不在。"

荣官："是。"立刻跑了出去。

41．弘毅堂走廊（日）

一个仆役急匆匆往大堂里面跑。

荣官正由大堂急忙奔出。

第一集　马江旧恨　逃学疑云

两人撞了个满怀。

荣官烦躁："啧啧，谁呀?!"

那人全然不顾，径自闯进弘毅堂。

42．弘毅堂（日）

来人打了个千："大成给三爷并奶奶们请安。我家雨轩少爷不见了，寻了一夜，才想起应该往你们府上看看……"

纪慕贤摆摆手："不要讲了，赶紧回去禀报，就说纪家的大少爷也没了影，这就派人去马尾找。明白吧？"

大成："是，大成明白。"说着赶紧退下。

丁管家便起身道："三爷，我马上吩咐大富、大贵、海宝、水水他们，多带几个眼尖脚快的去马尾分头找，特别是码头。"

纪慕贤："好吧。"

大奶奶："丁管家，马尾的八舅公、七婶婆处也顺便问一问才好。"

丁管家："大奶奶请放心，三亲六戚挨家问过。"

纪慕贤："大嫂、二嫂，你们大家都不要紧张。这两条小跳跳鱼，再跳也跳不远。"

仆人进来："三爷，午饭备齐了。"

纪慕贤："好，都用饭去吧，我已许久未吃毛大厨做的饭菜了。"

43．纪慕贤书房（日）

纪慕贤凭窗，凝视着天井里的一棵白玉兰树。

纪慕贤内心独白："这棵白玉兰是大哥少时所种，如今人已故去一年，而树犹存活于此。睹物思兄，情何以堪啊！"

纪慕雄画外音："三弟，兄已病入膏肓。二弟慕杰早早牺牲，四弟慕达不可指望，纪氏一脉，由汝维系。拱北乃嫡长子，尤须严加管束，令子弟效仿。果然孺子可教，则于投军之前过继兼祧，为慕杰一支继香火，报恩仇；万一不肖，务必逐出家门，于子侄中另择嗣续。此为遗嘱，弟其遵从，切切。"

纪慕雄画外音止。

纪慕贤喃喃自语："大哥，你放心吧！"

福祥端着一只小盖碗进来："三爷，休息过来了吗？"

纪慕贤转回身来："午饭后合了会儿眼，可以了。在北京也这样。"又体贴道："祥叔，你怎么自己端吃的来？年纪大了，不要这么劳碌，叫别人做嘛。"

福祥将碗置于几上："你从小最爱吃我做的这种浓浓的花生汤。刚刚熬好的，权当点心，趁热喝吧！——做一小碗花生汤，劳碌什么哟？哎，三奶奶呢？"

纪慕贤坐下："她刚才跟二奶奶、四奶奶，陪大奶奶去了。祥叔你也坐呀！"

福祥坐下，端详三爷片刻："你反而比在舰队的时候瘦了！"

纪慕贤："是吗？我自己并不觉得。"

福祥："难怪会瘦。虽说在海军部生活安定些，但大爷过世一年来，你挑着这么大的一个家，又远在北京，心哪能不累？人哪能不瘦？幸而有丁管家操持，里里外外，尽可放心的。"

纪慕贤："丁管家是大嫂娘家荐来的，跟了大爷好些年，再可靠不过的了。我最记挂的是，拱北会不会变成脱了缰的小野马？这不，一进门，就是他的事！"

福祥："大少爷虽然皮起来没天没地的，不过确实比往日爱看书了。你叫他读'心气急'（辛弃疾），我觉着，他那么心气急的毛病，倒像改了一些呢。"

44．马尾街巷（日）　　（快节奏）

纪府家丁在大街小巷寻寻觅觅。

夏府家丁在旅馆店铺急急查找。

纪府家丁一处处敲响亲戚的家门。

夏府家丁向路人、小贩不断打听。

45．纪慕贤书房（日）

纪慕贤喝了两口花生汤："四位奶奶依然那么融洽吗？——家和万事兴，妯娌们处得好，至关重要啊！"

福祥："四位奶奶个个知书达理，又彼此投缘，一直以姐妹相称，情同结拜，乡里乡外无人不夸，这点三爷原是知道的。我想，你是惦着那关姨太进门后怎样了，对不？"

纪慕贤点头："还是祥叔最明白我。那你实话实说，四奶奶跟关姨太可相安？"

福祥："相安相安。姨太才18岁，跟个孩子差不多；今年夏天来的，五六个月了，依旧认生，很少讲话，不过，她和二小姐安丽倒挺亲热——孩子对孩子嘛。"说着望了望窗外，见无人走过，便压低嗓门："听说，关姨太是满人。我不明白，四爷驻防大沽口，怎么从北京娶了个这么漂亮的女子，却又不留在身边，反而千里迢迢送回大榕

第一集　马江旧恨　逃学疑云

乡呢？"

纪慕贤语带不满："四弟这人，父亲生前是用棍子把他打进海军去的。他脑子灵，身坯好，可偏偏心无国仇家恨，根本不适合当军人；大哥过世后，他竟越发胡闹，自说自话地娶了个姨太，把不准纳妾的家规抛到九霄云外去了，还有脸送回大榕乡来！真是的！"

福祥感慨："说起来，老太爷当年立下不准纳妾的家规，也确有一番苦心哪！记得那时，他很年轻，刚接手当家；有一天，我们穿越大院北面的那片桂树林，他忽然说……"

老太爷画外音："福祥你知道吗？我家祖业原比现今的还要大得多，有十二座大院、几百间房舍、两个大池塘、好几座坟山；可万料不到竟会因为一房姨太而惹下大祸。那位姨太受了委屈，投池自尽。第二天夜里月黑风高，不知何人，趁风放火，十二座大院一下子烧得只剩现在的四座了。那以后，姨太阴魂不散，常在池上出没，只好请道士做法场，填平池塘，种上桂树——就成了我们脚下的这片桂树林哪。"

老太爷画外音中出现以下画面：

漆黑的夜晚，秋虫三两声。

漆黑的池塘，水光幽微。

一个披头散发的女子在狂奔。

女子投水，惊起波澜。

蒙面人投掷火种。

火光冲天，夹杂着蹿动的人影和一片"火烛啊，火烛啊"的惊叫声。

火海蔓延。

阴森森的夜气袭来，布满画面。

老太爷画外音止。

福祥："老太爷说着，发狠道：'所以我要立下家规，从今往后，绝对不准娶姨太！'"

纪慕贤："原来，父亲定的这条家规，背后竟有如此不寻常的故事！虽然当时我尚未出生，但后来的几十年，怎么从未听祥叔你说起过？"

福祥："怪凄惨、怪瘆人的，说了有啥好？！若不是方才提到四爷破家规，我嚼什么舌头哇？"

纪慕贤连连点头，沉吟片刻道："四弟的事，木已成舟。将来，我断乎不许拱北他们这样荒唐！——谁也不准娶姨太！"

福祥:"这就对了,纳妾的人家有几个是和睦的?阿弥陀佛,四爷命好,才会得到那么温良安分的关姨太。这也是纪家的福分哪。"

46. 四房偏院(日)

墨绿色的小院门缓缓开启。

矮墙下数丛修竹和长绿灌木,烘托着一种幽独的气氛。

胖嫂端着堆满精品的托盘进院,一面叫着:"翠翠,翠翠!"

翠翠出来:"哟,胖嫂来啦!"

胖嫂:"姨太在吗?"

翠翠:"在,在画室里画画呢。"

47. 关姨太画室(日)

姨太在给一枝垂丝海棠染粉色。

姨太端详海棠画片刻,双手托腮,若有所思。

胖嫂画外音:"姨太——关姨太!"

姨太一震回过神来。

胖嫂端着托盘笑吟吟地进来:"姨太又在画画呢。"

关姨太起身招呼:"胖嫂来了,坐,坐!"

胖嫂:"四奶奶说,三爷带给家人的礼物,正是姨太家乡北京出的,于是,就让我把她的这份送来给你。"说着把托盘放到桌子上,在近旁坐下。

关姨太推辞:"我已经得了一份啦,还请四奶奶自个儿留着吧。"

胖嫂:"四奶奶的心意,姨太请不要推却!我是她的陪房,多年来,知道她挺能疼人的,又很爱面子。你好歹收下一两件,也就不辜负她了。"

姨太不便坚持,遂离开画案,坐到桌旁:"那好,我听胖嫂的。"

胖嫂:"这就对了,一家人嘛。"

姨太从托盘上取出一件小工艺品——针插。

针插特写:四个布娃娃合抱着一个南瓜。

姨太欣赏针插,忽然开心,语出天真:"这个最有趣!替我谢谢四奶奶!"

胖嫂受到感染,不禁一笑。

胖嫂内心独白:"真是个孩子啊!若在父母身边,不知会娇成什么样,惯成什么样呢!"

第一集　马江旧恨　逃学疑云

48．长房前厅（日）

大奶奶四妯娌围坐于圆桌旁。桌上放着些锦盒以及一只景泰蓝三足熏炉。

大奶奶轻轻触摸着熏炉赞道："你们看，这景泰蓝香炉，花纹烧制得多么好！难为三弟千里迢迢地给我捎了来。"

三奶奶："大嫂子嘛，还不应该？"

二奶奶："上面嵌着些银丝，搭配得好生精致！"

四奶奶："到底是北京景泰蓝！——明朝景泰年间的工艺，一传四百多年哪。"

胖嫂进来："四奶奶，礼物送过去了，姨太一再推辞，只留下一件针插。"

四奶奶："关姨太总是这般客气。既这么着，你得便悄悄告诉翠翠，叫她留意姨太喜欢什么，随时回我好了。"

二奶奶："四妹如此善待姨太，真是大家闺秀的风范。"

三奶奶："换了别的人，还不知要打翻多少醋坛子呢。"

大奶奶轻轻拍拍四奶奶，安抚道："当初，姐妹们从省城嫁到乡下，稀罕的正是不纳妾的望族。想不到……偏偏委屈了你一个！"

四奶奶不禁鼻子一酸，但旋即悄然而收："说起来，关姨太小小年纪，温存内敛，不贪不求，且能画善绣，也着实是'我见犹怜'啊！但不清楚身世如何，只知是满族，今年18岁；别的，四爷既不肯告白，我就不便再问了。"

二奶奶："不问也罢，只要一家人和和睦睦的，就足够了。"

三奶奶："二姐言之有理，所谓难得糊涂嘛；再者说，四弟这人脾气虽好，要勉强他却也不容易哟！"

钱妈进屋："大奶奶，去马尾的两拨人还没回来，三爷让我告诉奶奶们，不必着急，大少爷肯定能找着。"

大奶奶："三弟一到家，就什么也不怕了。我只犯愁，这逆子一天天长大，叔叔们又鞭长莫及，变成小混混，可怎么得了啊？！"

三奶奶："大姐莫愁，不是还有我们几个吗？纪家虽然生了11个儿子，但长子却只拱北一人，我们都有很大的责任哪。"

四奶奶："对呀，先前只不过觉得他还小，不忍苛责罢了；再加上……加上大哥去年才故去，所以……"

二奶奶："四妹道出了我的心里话。从今往后，我们都把他当大人吧。慕杰牺牲28年了，对于拱北，我是望侄成龙啊！"说着语带酸楚。

妯娌们皆含悲点头。

49．马尾码头（日）

行李、货物、人流、笛声……一片喧嚣。

纪、夏两府家丁出现在码头上。

家丁们聚拢商议着什么，又立即分散。

少年纪拱北和夏雨轩心浮气躁地在旅客堆里挤来挤去，然后住脚，商量些什么，便朝靠在码头前沿的一艘轮船走去。

夏府家丁三三两两在旅客间转来转去，形同便衣。

码头前沿，一只脚踏上跳板。

镜头拉开，拱北和雨轩正拦住一位老者，向他打听什么。

老者连连摇头，走上跳板；没走几步，却停下来，疑惑地回望两眼，终于走了。

拱北、雨轩纠缠一位商人。

商人不耐烦地将他俩挥开。

纪府家丁大富、大贵等在人堆里搜寻。

拱北、雨轩拦住一位青年学生。

那青年学生关注地倾听。

拱北、雨轩如遇及时雨，争相告求，比来画去，动作兴奋。

镜头推近，那学生一脸惊讶："啊?！这怎么行呢？你们还小，家里知道吗？"

拱北、雨轩一左一右，同时凑到学生耳边，得意扬扬，又神秘兮兮："当然不知道！""谁也不知道呢！"……

正在此时，他们的背后，蓦地响起一片惊喜之声：

"啊，少爷在这里!!! 少爷！少爷！……"

"拱北大少爷！……"

"雨轩少爷！……"

拱北、雨轩惊回首。

定格。

第二集　武侠之梦　海校之议

1. 弘毅堂（日）

弘毅堂匾额特写。

纪拱北站在雕花屏风前，身后肃立着大大小小十个弟弟，以及安瑞、安丽两姐妹。

拱北一脸懊恼，然而大眼闪闪，神气活现。

纪慕贤端坐楠木椅上，一脸铁青："拱北，你是长子！家族期待你，弟妹跟随你，你却不争气，不自爱；有学不上，有书不读，一次又一次逃学，而且越逃越远，还要搭船去什么地方玩。今天必须说清楚，为什么要逃学？"

拱北抗辩："拱北没有逃学！"

纪慕贤："没有逃学？！那你瞒着一家人，拉上雨轩，偷偷出走，到底想干什么？！——除了逃学，你会做什么正经事，啊？！"

拱北倔强："就不是逃学嘛！"

纪慕贤："逃就逃了，还敢抵赖；没一点坦荡，更没一点担待，实在可恶！"

拱北："没有抵赖！"

纪慕贤："那你说出来，究竟干什么去了？！"

拱北支吾："我……我们……我们那什么……我们有要紧的事……"

纪慕贤厉声："你还搪塞！嗯？！"

大奶奶失望地摇头。

妯娌们不安地交换着眼色。

纪慕贤："三叔再问你一遍：为什么逃学？现在知错了吗？"

拱北顽固坚持，并且气鼓鼓地顶撞："侄儿不知错！"

纪慕贤怒不可遏："放肆，你这个逆子，什么时候变成这种样子了？！"停了一下，语转沉痛："侄不肖，叔之过啊！不能纵容你！"接着，一声断喝："荣官，拿家法来！"

荣官神情紧张，赶忙向坐在两侧的奶奶们望去。

奶奶们个个端坐，毫无求情宽贷之意。

纪慕贤："荣官，还不快去！"

荣官："是，是！"急忙退下。

福祥见此，迟疑片刻，起身走出。

2. 杂物间（日）

杂物间里显得阴暗。一束光线从窗口射入，映出浮动的尘土。墙上挂着、地上放着各种软、硬家法：竹鞭、藤条、绳子、棍棒等。

荣官盯着福祥惶然地问："福祥老伯，当真要对大少爷动家法吗？"

福祥："他要再不认错，可不就动真格了吗？四爷少时说了句粗口，老太爷还叫他当着全家上下自己掌了好几个嘴巴呢！"

荣官："哟，真够厉害呀！"

福祥："那可不！你想，这么大的家族，没个章程行吗？四房之外，还有近支旁系几百号人，全靠族规、家法框着呢。"

荣官："那……那对大少爷会用什么样的家法呢？"

福祥："大少爷还小，不过是逃逃学，就用细竹鞭往腿肚子上抽，又疼又不伤筋动骨的。"

荣官："那谁来行家法呢？"

福祥："叫你拿家法，自然就是你喽。"

荣官面有难色："啊？！——我？！……这……"

3. 弘毅堂（日）

拱华轻轻地捅了捅拱北的后背。

拱北回头。

拱华悄声劝道："大哥，你赶紧招了吧！"

拱北摇头。

拱华："大哥，快点认个错吧，不然真会挨罚的。"

拱北越发坚决地摇头。

拱群侧身朝大堂口飞去一眼，着急道："家法马上要来啦！"

第二集　武侠之梦　海校之议

拱北终于回头吐出真言："那也不能认错。告诉你们吧，我没有逃学，我是去寻找北征队，做英雄好汉的！"

拱华："什么叫北征队？北征谁呀，大哥？"

纪慕贤从上座往下横扫众孩童一眼："拱华，你们几个叽里咕噜什么？"

众孩童赶忙噤声。

纪慕贤追问："问你们呢，还不回话！"

拱华壮壮胆："回爹的话，大哥真的没逃学。"

拱国进了一步："回爹的话，大哥是去做英雄好汉的。"

拱群一脸崇拜："大哥是大侠！"

仆妇们忍不住一阵哄笑。

纪慕贤又气又好笑："咄，一派胡言！"转而再问拱北："拱北，你成天不是英雄便是武侠，哄得弟妹们团团转，这回又演哪一出啊？逃学还好意思称英雄，也不怕人笑掉大牙！——你懂得什么叫英雄吗？！"

拱北："懂！我投笔从戎，跟雨轩一起冲到呼伦贝尔，冲到科尔沁，平定叛乱，制止'独立'，就是英雄了！"

纪慕贤十分讶异，瞪大了眼睛。

家人们一脸疑惑。

奶奶们交换着不解的眼神。

纪慕贤语气稍缓："乡下闭塞，什么'叛乱'呀，'独立'呀，这些时事要闻，你是如何知道的？"

拱北："是代课老师林镇远告诉我们的。他说，国家大事，学生不可不知。"

纪慕贤连连点头。

拱北："林老师说，弱肉强食！近年来，日、俄两国争先恐后把魔爪伸进我国东三省和内蒙古。今年年初中华民国刚成立，沙俄就操纵黑龙江呼伦贝尔地区独立，秋天又策动内蒙古科尔沁右翼前旗叛乱。林老师要我们从小立下大志，有朝一日把日本，把俄国，把所有侵略者通通赶出去！"

4．弘毅堂外（日）

荣官捧着竹鞭随福祥向弘毅堂走来。

5．弘毅堂（日）

纪慕贤："林老师真是个可钦可敬的师表啊，你们要牢记他的教诲！"

拱北："是的，所以我们决定北上讨伐逆贼。但想不到，林老师坚决不同意，说——"

纪慕贤："说什么？"

拱北："说小孩子心智未成熟，体魄不强健，非万不得已，怎么可以去打仗呢？"

纪慕贤："老师说得极是，你们何以不服从啊？"

拱北："原是服从的。然而后来，传闻马尾北面的霞浦，有位热血少年打算组织北征队，讨伐叛逆。我想，他是少年，我等也是少年，他能做的，我等未必不能做；就跟雨轩商定，先出去找到他，再效法'桃园三结义'，再……"

纪慕贤忍笑，干咳一声，打断拱北："好了，三叔明白了，你的确并未逃学，三叔错怪你了。——你是在学东汉班超投笔从戎嘛。"

6．弘毅堂外（日）

荣官、福祥在堂外侧耳听听，此时会心对视一眼，如释重负。

7．弘毅堂（日）

纪慕贤："你们爱国之心可嘉，但必须明白，组织武装可不那么简单，并非谁都可以登高一呼就能办到的，那样的话，岂不是乱套了吗？再者说，你向往英雄，投笔从戎，至少也该让家里知道嘛，为何事先不禀明你母亲和婶娘她们呢？"

拱北："不能禀明的！"

纪慕贤："这又是为什么？"

拱北："因为，但凡英雄好汉、江湖侠客，无不是神出鬼没的呀！"

纪慕贤又忍笑，然后正色道："你以为英雄就等于神出鬼没吗？！不，英雄是历练而成的，所谓'苦其心志，劳其筋骨，饿其体肤，空乏其身'才是正理。"又提高声音问子侄们："你们都听见了吗？"

众孩童："听见了！"

8．弘毅堂外（日）

荣官将竹鞭收到背后握着。

第二集　武侠之梦　海校之议

福祥带笑碰了碰荣官："走，进去吧！"

9. 弘毅堂（日）

仆妇们在给各座添茶。

纪慕贤呷了一口茶，转向大奶奶，状极恭敬："大嫂，我看拱北气质禀赋可做军人，打算提前一年让他就读海校，早些接受严格的军事教育，家里人也可以少操点心。不知你意如何？"

大奶奶瞥了拱北一眼，平静地回复道："但凭三弟做主。早日从军，也可早日了却你大哥的遗愿啊。但不知如何安排？是保送吗？"

纪慕贤："按照规定，校官以上是可以保送一名子弟入校的。不过我宁可放弃保送，让拱北自己考；一次考不上，下一次再考，考中为止，才是真本事。大嫂你觉得可行吗？"

大奶奶："三弟想的极有道理，就这么办吧。"

纪慕贤注视拱北片刻："拱北，过去给你母亲行礼，感谢她成全你！"

拱北来到大奶奶座前，屈膝下跪："感谢母亲大人成全孩儿！"稍停，又自信地加上一句："孩儿一定考得上！"

大奶奶鼻子一酸，又立刻抑住，伸手拍拍拱北的头："起来吧！"

拱北起来，将要站定，犹未站定，忽然，从衣服里掉下一件东西！

众人齐将目光投射于落地之物上。

纪慕贤："嗯？——是一本书。什么书如此要紧，居然揣在身上！还不快捡起来！"

拱北犹豫一下，不敢违拗，俯身捡起书。

纪慕贤："拿给我看看！"

拱北硬着头皮将书送到纪慕贤手中。

纪慕贤扫了封面一眼，当即拉下脸："咄，迷上这种杂书，该打！"

众人皆吃了一惊。

荣官站在纪慕贤身后，下意识地捏了捏操在背后的竹鞭。

纪慕贤瞪了拱北一眼："今后不准再碰这类不入流的读物！"说着把书往几上一拍："要看有益的书！我问你，给你的那套《孙子兵法》读了吗？"

拱北："读了。那是明代的刻本，里面有战争释例，但侄儿看不懂。"

纪慕贤："当然看不懂，可我要你接触。这是世界最伟大的军事著作，你应该接触接触了。辛弃疾的词呢？"

拱北："好些地方读不明白，还挺拗口的。"

纪慕贤："那是因为用典太多，你得耐心才行。辛弃疾词既有铁血军魂的豪情，又有末路英雄的悲慨，你须好好品味，方知何谓顶天立地的武将之词。"

拱北："是，三叔。"

全家松了一口气。

纪慕贤乃用食指戳了戳几上的那本书，交代坐在下首的福祥："祥叔，拿去——烧掉！"

10. 纪府餐厅（夜）

纪慕贤和四妯娌及关姨太、丁管家、福祥围坐于八人大圆桌旁。

下首摆着两张小孩桌。第一桌安排拱北、拱华、拱国、拱群、拱正、拱泰、拱宁等七人。第二桌安排安瑞、安丽、奶妈及怀中之拱南，还有拱宇、拱岳、拱远共七人。

仆妇们往来布菜。

大奶奶望了望小孩桌："嗯，怎么不见拱北和安丽呢？钱妈，快去叫一下。"

钱妈："是。"

11. 长房前厅（夜）

12岁的拱北和6岁的安丽躲在桌椅间伸头缩脑，装猫扮狗。

安丽："拱南，二姐在这里，喵，喵！"

拱北："十一弟，大哥在这里，汪，汪！"

奶妈抱着一岁的拱南东追两步，西追两步："抓猫猫喽，抓狗狗喽！……抓啊，抓啊！……"

安丽和拱北时而躲藏，时而故意暴露，在厅里跳来蹦去，一片欢腾。

拱南咯咯笑，口齿不清地叫着："抓，抓……抓……"

钱妈进来："大少爷、二小姐，快去用餐吧，都等着呢，快着快着！"

拱北装作小狗，扑向拱南："汪！"便赶紧转身推着安丽离去。

拱南见此，嘴一扁，哇哇哭。

拱北兄妹欲行又止。

钱妈顺手操起桌上的拨浪鼓，冲着拱南摇："听，拨浪拨浪！摇拨浪鼓喽，拨浪，拨浪！"又催促拱北兄妹："你们快走吧，他磨起人来没个够！"

第二集　武侠之梦　海校之议

12. 纪府餐厅（夜）

安丽、拱北一前一后跨进餐厅，见全家都等着，又连忙站住。

大奶奶："安丽，你吹肥皂泡玩，又玩过头了吧？拱北你干什么去了？长辈们都等着呢。——没规矩。"

安丽："我没吹肥皂泡，是拱南哭，缠住不放。"

大奶奶半是嗔怪半是纵容："你呀，总有理！再有理，也须说得腼腆些，怎么不学学你安瑞姐，像个淑女的样子？"

安丽吐吐舌，坐到安瑞旁边。

拱北便朝第一张小孩桌留出的位子走去。

纪慕贤却招招手："拱北，你过来。从现在起，你上大人桌，坐在三叔旁边。"

拱北突然受宠若惊，稚气的脸上冒出些傻气。

大人桌

大人们欣然地注视着拱北走来。

大奶奶嘴边泛起一丝微笑，随即收敛。

福祥大喜过望："大少爷上大人席了！——是啊，是啊，眼看从军，这就成大人喽！"

丁管家便吩咐仆人："快去，给大少爷端把椅子来！"

第一张小孩桌

拱华伸出拇指："大哥是这个！"

拱国、拱群等男孩跟着跷起拇指："是这个！"

第二张小孩桌

安丽悄声对安瑞："姐，你想上大人桌吗？"

安瑞："你呢？"

安丽："大人桌上规矩可多了。长辈没动筷子，晚辈必须等着；晚辈如果先吃完了，还得对大家说声'慢慢用'，才可以离席。我不喜欢大人桌。"

安瑞："不喜欢也没办法，我们都会长大的嘛。所以，大人桌上的礼节，我们平常也得学着点。"

安丽无奈，噘起嘴，发出不情愿的一声："嗯！"

大人桌

拱北拘谨地在纪慕贤旁边坐下。

纪慕贤亲自为拱北搛了一箸菜。

拱北连忙欠身说:"谢谢三叔!"

纪慕贤乃用对成人的口吻嘱咐道:"海军学校取生极其严格,从今往后,你须好自为之!"

拱北:"是,三叔。"

13. 长房东厢外(夜)

东厢房透出烛光。

福祥来到东厢房外,轻轻敲了敲窗棂:"大少爷,睡下了吗?"

拱北画外音:"还没呢,祥爷爷,我刚洗过澡。"

福祥:"哦,洗过澡了,那你歇息吧。"

拱北画外音:"不,不,祥爷爷,你快进来呀!"

14. 长房东厢(夜)

拱北穿着睡衣把福祥迎进门。

福祥捏了捏拱北:"哟,穿太少了,快快披上袄子,小心着凉!"

拱北十足自信:"才不会呢,我刚才还在洗冷水澡。"

福祥无奈:"你——呀!"说着坐下。

拱北立即讨好:"祥爷爷,我正想你呢!"

福祥装糊涂:"想我什么?!晚饭不是还在一起吃的吗?"

拱北嬉皮笑脸:"我是想……想跟你打听件事。"

福祥揣知其意,笑着斜了拱北一眼:"鬼精灵,我早就料到你要打听什么了!"

拱北便猴了上去:"祥爷爷,你真的把那本书给烧了吗?"

福祥:"烧了。"

拱北摇着福祥起腻:"不会的,我知道你没烧,肯定没烧,对不对?"

福祥忍笑,又故意憋了他一会儿,才笑眯眯地从怀里掏出书来:"喏,这不是?"

拱北如获失落之宝,一蹦老高:"哈!太好啦!太好啦!"

福祥:"这究竟是什么书啊?怎么三爷让烧,你却当成了宝?"

拱北得意扬扬:"告诉你吧,是《武侠黄天霸》!"

福祥听得稀里糊涂:"哦,皇天怕——天都怕!可了不得呀!"

拱北歪打正着,兴奋不已:"是是是,真真是皇天怕!——他的武功连皇天都怕

第二集　武侠之梦　海校之议

呢！你知道吗？他飞檐走壁，枪箭不入，舞起刀来，飞快飞快；明明只一把，可是一舞，嘿！……"

福祥："一舞怎么了？"

拱北把书往福祥膝上一放，比比画画，做舞刀之状："一舞，周身便闪出一圈刀影，整个人仿佛围在无数把刀里，白晃晃的，嗖嗖嗖嗖嗖！"

特写：福祥膝上之《武侠黄天霸》

拱北画外音："将来，我要做赛天霸——赛过黄天霸！不但周身，而且头顶和脚跟都有刀影护着，站在军舰上杀倭寇、打番鬼，嗖嗖嗖！……"

拱北画外音中出现荒诞的幻想画面；

拱北身穿武侠怪装，在甲板上力战群倭；

拱北以孙悟空的招式腾云驾雾，飞身落在洋人军舰上，一圈圈刀光扫倒一群又一群鬼佬将士。

拱北画外音止。

拱北来了个收刀动作。

福祥竟然"入戏"，一面用昏花老眼盯着看，一面下意识地摇着头，抖着白须，发出由衷的赞叹之声："啧啧啧啧啧！……"

15．长房正院（日）

拱北穿着学生服从东厢出来，甩甩胳膊，踢踢腿。

拱北蹑手蹑脚走到大奶奶窗下，侧耳听了听，转身走出。

16．纪府大门内甬道（日）

清晨，荣官等仆人正在打扫院子。

拱北沿甬道向大门走去。

荣官拖着笤帚迎上来："大少爷，起床啦，星期天也不多睡一会儿吗？我本想扫完过道和大门后，才去找你的。"

拱北："有什么事吗？"

荣官："三爷天刚亮就出门去了，他吩咐说，让你在家里等他回来。"

拱北："哦，知道了。我到外面走走，一会儿就回家。"

17．纪府大池塘（日）

拱北沿池塘疾行。

拱北向长桥走去。

桥的另一端，夏雨轩朝镜头匆匆而来。

他俩彼此望见了，遥相招手，然后不约而同跑步上桥。

他俩在长桥中央止步。

拱北："雨轩，我正要去找你，你倒先来了。"

雨轩："我天蒙蒙亮就起床了。"

拱北："看把你急得！"

雨轩："还不是担心你被抓回来后难免皮肉受苦吗？——你们家一向规矩大。"

拱北："嘻嘻，这次居然有惊无险。"

雨轩："真的？怎么可能躲过呢？你以前回回挨打的嘛。"

拱北得意："现在运气好了呗。反正，不但没受惩罚，三叔还决定提前送我报考海校呢！"

雨轩惊喜得跳了起来："那我也要考！"

拱北："你?！你是有钱人家的独生子，夏伯伯才不会让你进海军呢！"

雨轩："这你就不懂了。我父亲生在法国，很洋派的；更何况他知道海校行英式教育，又怎会禁止我报考呢？"

拱北："那，还有夏伯母这一关呢？"

雨轩："咦，怎么变得婆婆妈妈了?！"

拱北："还不是怕'好事多磨'吗？"

雨轩："不用担心！我母亲也是法国生法国长的，她一直希望我接受西式教育。前不久，我在德国的姨妈来信说，欢迎我去那里跟表妹米娜一起读书，可我不愿意，母亲也只好算了；现在，如果我要求考海校，她多半是会答应的。"

拱北："那还等什么，赶快提出要求吧！"

雨轩："好，说干就干！这样一来，我们就可以不分开了。"

拱北情绪高涨："对呀，永远不分开，一起学海军，做怒海双侠！"

雨轩、拱北击掌："怒海双侠！一言为定！"

镜头渐渐拉远，两个慢慢变小的身影，各自转身离去；快到桥头，又不约而同地回过身来，互相朝对方挥挥手。

第二集　武侠之梦　海校之议

18. 纪慕贤书房（日）

纪慕贤正在书柜上翻找书。

拱北进屋："三叔叫我？"

纪慕贤转过身，指指书桌右侧的一把椅子："坐下吧！"

拱北等纪慕贤就座后方始坐下。

纪慕贤："三叔打算选一所海军学校让你报考。"

拱北："海军学校多吗？"

纪慕贤："不是多而是少！中国的海军学校是清朝同治年间随新式海军一起诞生的。那时起，经过四十多年发展，到辛亥革命前夕已先后建成十好几所采取西方体制的海校；其中名气较大的是福州船政学堂、天津水师学堂、江南水师学堂、黄埔水师学堂、烟台海军学堂这五所，它们从无到有，寄托着许多兴国强军的期待和梦想啊！不过很遗憾，时至今日，尚能继续办学的名校，实际上只剩下两所了！"

拱北："为什么呀？！"

纪慕贤："还不是因为国贫、国弱吗？且不论甲午战败，我们失去了旅顺、威海等处四所中小规模的海校，最为痛心的是，庚子年八国联军入侵，著名的天津水师学堂竟毁于炮火！天津水师学堂是1880年李鸿章开办的，在清代五大海校中，地位仅次于福州船政学堂，它也正是我和你四叔的母校啊！"

拱北表情愤怒。

纪慕贤继续："除了直接毁于侵略者的炮火，屈辱的《马关条约》《辛丑条约》也进一步从经济上拖垮了中国海校。就在去年，尽管辛亥革命取得成功，但江南水师学堂却穷得撑不下去了；眼下，黄埔水师学堂也朝不保夕。你算算，这五大海校除去三所，不就只剩两所了吗？"

拱北："太可恨了！"

纪慕贤："幸好，这剩下的两大海校——福州船政学堂和烟台海军学堂总算还有点实力……"

荣官进屋："三爷，西席胡老先生来了！"

纪慕贤拔腿就走，一面吩咐道："拱北，你先回屋，等我看情形再叫你。"

19. 长房正院（日）

安丽在吹肥皂泡。

肥皂泡飘飘荡荡。

安丽撩着、追着，自得其乐，见拱北回来，便迎上前去："大哥，我们穿得暖暖的，去海滩上玩吧。"

拱北一本正经："不行不行，一会儿三叔还要找我呢。"

安丽娇嗔地一扭："嗯嗯！"

拱北径自走向上房。

20．长房前厅（日）

拱北进屋，见无人，遂朝里面喊了两声："妈，妈！"

大奶奶应声而出："怎么？三叔这么快就跟你说完话了？"

拱北："没有，他让荣官给叫走了，说什么西席……妈，给谁请西席呀？"

大奶奶在圆桌旁坐下："那还用问吗？自然是给你请的喽！"

拱北不快："给我？！为什么？！我自己能考取的，他们只不信！"

大奶奶一副知子莫如母的神情，略略拉长调子："你能！——谁不知道你能？是三叔心重，想到前面去了。他说，海校历来用洋文授课，因此要抓紧年前两个多月的时间，请个西席给你补习一下，把底子打得好点。"又示意拱北："坐下说话吧！"

拱北坐下。

大奶奶："真真难为了你三叔！——明天就上北京了，今天天不亮还特地赶到江田乡，找精通英文的胡老先生，不巧偏偏没遇到。算你有福气，胡老先生如此重情重义，居然亲自登门回访。这样看来，他很可能愿意教你。你要珍惜啊！"

拱北："奇怪呀，乡下竟然也有精通英文的老师？"

大奶奶："其实胡老先生并非教师，听你三叔说，胡先生早年就读于福州基督教英华书院，告老还乡前，一直在洋行做事，英文非常地道。"

21．长房正院（日）

荣官一路小跑而来："大少爷！大少爷！……"

安丽顺手用吹肥皂泡的小竹管一指："在我妈那儿呢。"

拱北闻声而出。

荣官："大少爷快去，三爷让你这就拜师！"

拱北朝上房大声禀告："妈，我走了！"

第二集　武侠之梦　海校之议

22. 纪府大门外（日）

胡老先生背影跨进轿子。

拱北深深一鞠躬："胡老师再见！"

纪慕贤和拱北目送轿子离去。

23. 纪府大门内甬道（日）

纪慕贤与拱北朝内宅走去。

纪慕贤嘱咐拱北："以后，你每天都得按时到达胡先生家，不许迟到！另外，我要你绕远道走，来回走足20里。"说着止步，注视拱北："你能做到吗？"

拱北抬头迎着纪慕贤的目光："能，当然能！"

纪慕贤："那就好。我走后你要努力备考，断不可再像往日那样耍小聪明，不时做出顽皮出格之事了，听见了吗？"

拱北："听见了，三叔。"

纪慕贤："好，跟我回书房去，继续谈谈选海校的事吧。"

24. 纪慕贤书房（日）

纪慕贤正面坐在书桌旁，拱北坐于一侧。

纪慕贤："你问我，剩下的中国两大海军名校是怎样的？那就先说说福州船政学堂吧。福州船政学堂原名'求是堂艺局'，是1866年闽浙总督左宗棠兴办船政的产物，但从筹建到1867年1月正式开学，则是林则徐的女婿、船政大臣沈葆桢亲力亲为的。它是中国第一所海军学校，并且凑巧还跟孙中山先生同龄。"

拱北激动："对呀对呀，孙中山先生正是1866年诞生的。——多么伟大的巧合啊！"

纪慕贤见状不禁微微一笑："46年来，福州船政学堂不仅是中国第一代海军英才的摇篮，也是第一代海军英烈的母校。甲申年中法马江海战中阵亡的舰队军官，绝大部分出身于船政学堂，比如许寿山、陈英、吕翰、翁守恭等都是；而十年之后中日甲午战争中最悲壮的两位管带邓世昌和林永升，也来自船政学堂。"

拱北跷起大拇指。

荣官送上茶水，旋即退下。

纪慕贤："福州船政学堂还造就了两个了不起的人物。"

拱北："谁呀？"

纪慕贤："一个是我母校天津水师学堂的校长严复。严复早年留英学海军，但他博学多才，喜欢钻研西方思想和富强原理，所以后来西学造诣极深。严复痛感清朝腐朽导致甲午惨败，因而在戊戌变法前夕，发表了他的第一部哲学译著《天演论》，向国人敲起救亡图存的警钟。"纪慕贤端起茶杯喝了口茶，继续道："《天演论》的问世，造成巨大的轰动，维新派人士梁启超、康有为等兴奋不已，钦佩不已，光绪皇帝还召见了严复，咨询对变法的意见。103天后变法失败，但严复仍坚持他在思想领域中的努力，相继译了七部有关经济、政治、哲学、法律、伦理等方面的西方名著，影响十分深远。"

拱北："哇，真不得了！那，另一个了不起的人又是谁呢？"

纪慕贤："另一个叫詹天佑。"

拱北："詹天佑？是修京张铁路的那个詹天佑吗？"

纪慕贤："没错。詹天佑出身福州船政学堂第八届，而严复属第一届。他们都是科班海军。"

拱北："科班海军还会译书、修铁路，怎么这么厉害呀？"

纪慕贤："名校就是名校嘛。海军提督萨镇冰也毕业于船政学堂。你父亲生前很为自己的母校感到骄傲。他在那里学轮管。"

拱北："干吗去学轮管呢？学驾驶多开心哪！"

纪慕贤正色："学什么要由学堂指派，由不得自己。你四叔倒学了驾驶。军人嘛，哪有自己想要就要的什么'开心'！"

25．纪慕贤书房外（日）

雨轩兴冲冲走近。

雨轩在窗外侧身向里窥视。

雨轩躲过纪慕贤的视线，朝拱北猛打手势。

26．纪慕贤书房（日）

拱北发觉窗外的雨轩，但不敢回应，赶紧收回视线。

纪慕贤："至于烟台海校嘛，校龄比船政学堂足足小37岁。不过，它的建立，意义却不小啊！"

拱北："为什么呢？"

第二集　武侠之梦　海校之议

纪慕贤："经过中日甲午战争和八国联军侵华，中国的北洋已无海校可言了。要复兴海军，必须复兴教育。1903 年，重建中的清朝海军，由名将萨镇冰主持，仿照英国奥斯本海军学校，开始筹建烟台海校。我认为，这不单单是一次办学，更重要的是一种精神。你明白，是什么精神吗？"

拱北想了想，站起来，很倔强、很好胜地回答："是决不服输——决不服输的精神！对吗？"

纪慕贤点头，走近拱北，拍拍他的肩膀："说得好，这才像我们纪家长子的话！"

拱北："那我究竟应该报考烟台海校，还是福州船政学堂呢？"

纪慕贤："你先别急。三叔心中已经有数，但还须听听你母亲的意见。其实，无论上什么学校，关键的关键还在于自己能否努力、奋进。你且坐下，我去拿本书来。"

27．纪慕贤书房外（日）

雨轩再次打手势叫拱北出来。

拱北急忙摆手，又指指纪慕贤在书柜前找书的背影。

雨轩吐了吐舌头，便调皮地做了个武侠回马的动作离开了。

28．纪慕贤书房（日）

拱北无奈地望着纪慕贤的背影。

拱北内心独白："三叔又要逼我看枯燥难懂的什么书了。若能换成《武侠黄天霸》之类的该多好啊！"

纪慕贤取了书走过来，示意拱北坐下。

拱北在书桌旁坐下。

纪慕贤将书置于桌上："这是严复译述的《天演论》。"

特写：《天演论》

纪慕贤用自来水笔在纸上写下几个英文字，推到拱北眼前。

特写：*Evolution and Ethics*

　　T. H. Huxley

纪慕贤："《天演论》的英文题名叫 *Evolution and Ethics*——《进化与伦理》，作者，Huxley——赫胥黎，是 19 世纪英国的一位大科学家。"

拱北拿起这张纸，轻声念道："*Evolution and Ethics*。"

纪慕贤便把《天演论》放到拱北面前："这本书现在起归你了。以后，无论就读哪所海校，都带着走，不许再揣着《武侠黄天霸》当个宝啦！"

拱北欠身："是，谢谢三叔。"

纪慕贤："三叔没工夫教你《天演论》了，只能提示你，学习的时候，必须掌握赫胥黎思想的精髓：'物竞天择，适者生存'。"

拱北："什么叫'物竞天择'？"

纪慕贤："'物竞天择'是生物进化的规律。'物竞'就是生存竞争，就是生物为求生而争。'天择'就是自然选择——自然，合理地选择强者令其生，又无情地淘汰弱者使其亡。生物如此，人类社会也如此。"

拱北："那'适者生存'的意思呢？"

纪慕贤："'适者生存'的意思是，谁能适应自然选择而改变自己，让自己由弱转强，由劣转优，谁就可以生存和发展下去。一句话，优劣强弱并非一成不变，努力奋斗才有出路。赫胥黎在《天演论》中劝导人们要'早夜孜孜，合同志之力，谋所以转祸为福，因害为利'，说的便是这层道理。你读《天演论》，若能常思'物竞天择，适者生存'之意，那么，无论考海校也罢，学海军也罢，都大有好处啊！你要切记！"

拱北："是，三叔。"

29．长房东厢外（日）

拱北带着《天演论》三步并两步地赶来。

拱北推门而入。

30．长房东厢（日）

雨轩冷不丁从房门后蹦出："嘿！"

拱北吓了一跳："坏蛋，我拼命赶来，你还存心吓人一跳！"

雨轩嬉皮笑脸："等你老半天了，不该找点乐子吗！嘻嘻！"

拱北用书朝雨轩头上一拍："乐你个头！"

雨轩："咦，什么好书？"

拱北迅速把书往背后一藏："嗯……是……《双侠记》。"

雨轩："啊？！谁写的？哪儿来的？"

拱北扑哧一笑："做梦吧！也不想想，三叔那里除了'训话记'还是'训话记'，哪有谁写的什么'双侠记'呀？！"说着拿出书来："喏，你自己看吧！"

雨轩接过书："哦，《天演论》。我父亲说，严复是翻译家，更是思想家。不知道，

第二集　武侠之梦　海校之议

思想家是什么样的？——手托着脑袋老在想事吧？"

拱北："我也不懂，别管这些！哎，你来找我干吗？大清早不是刚见过面的吗？"

雨轩："哈，大好事！"

拱北："什么大好事？快说！"

雨轩得意："告诉你吧，真没想到，我父亲突然回来了，而且很爽快地答应我考海校。"

拱北蹦起来："哈哈，太好啦！"

雨轩："怎么样？——我说没问题就没问题吧！"

拱北："三叔安排我到一位基督教徒那里补习英文。我巴不得你也去，又怕人家不肯收。"

雨轩："那还不好办？请三叔跟他说一说嘛！"

拱北："三叔马上就要回北京了，哪有时间再找他？我们自己想办法吧！"

雨轩略一思忖："有了！"

拱北："嘿，想得真快！说吧！"

雨轩："基督徒讲博爱，他总不会只爱你一个吧？你去补习，我跟着去，两人合力使劲求、使劲磨，一准成功！"

拱北："好主意，好主意，一准成功！"

雨轩："一准成功！"便举手顿足做野人舞蹈之状："嗬嗬嗬嗬，嗬嗬嗬嗬……"

拱北立即呼应，手舞足蹈，怪模怪样："嘿嘿嘿嘿，嘿嘿嘿嘿……"

31．长房正院（日）

大奶奶和钱妈由外面进来，行经东厢房。

东厢房传出两个男孩的笑闹声。

大奶奶不由得边摇头边笑："淘气！"

32．大奶奶卧室（夜）

大奶奶坐在一旁看拱南入睡。

安丽过来，轻轻刮了刮拱南的小鼻子，悄声道："十一弟睡着了。"

拱北探进头来："妈！"

大奶奶忙用食指竖在嘴上"嘘"了一声，摆手示意勿进，旋即起身。

33. 长房前厅（夜）

大奶奶在茶几旁坐下。

拱北："妈，拱北来请晚安。"

大奶奶："坐下吧。"

拱北坐下。

大奶奶慈爱的目光在拱北脸上流连片刻："怎么这时候才来请晚安，忙什么呢？"

拱北："我理出一些书备考。是三叔吩咐的。"

大奶奶："今天气温降了许多。冷不冷？"

拱北："不冷。降点温算什么？"

钱妈过来给大奶奶披上一条披肩："大奶奶，要不要取手笼来暖和暖和？"

大奶奶点头。

钱妈离去。

拱北："妈，你猜三叔会叫我报考哪所学校？——福州船政学堂还是烟台海军学堂？"

大奶奶："还用得着猜吗？这么多年的叔嫂了，我相信，他要你去烟台。"

拱北："为什么不选船政学堂呢？牌子最老，还出大名人。"

大奶奶："船政学堂牌子是老，但它离家太近，虽说不放暑假，但你仍可利用中秋、端午和年假回来；烟台海军学堂就不同了，离家远，有限的几天短假，回来谈何容易？你三叔肯定会铁了心，逼你天南地北，无依无靠，在海校苦学八九年的。"

拱北："哦，原来如此！那，妈，你的意思呢？"

大奶奶双手交叉拉紧披肩，喉咙有些发哽："妈何尝愿意你走得那么远，更何况你父亲才去世一年多！……可你是我们海军世家的嫡长子，你生下来就有马江之仇、甲午之恨哪；而且，一大班弟弟都会有样学样看着长兄的！"

拱北靠近大奶奶，蹲下身子，仰头安慰母亲："妈，别难过，多远都不怕！"随即起身，挺起胸膛，自比好汉："但凡英雄豪杰、武林高手，都是不怕远的！"

34. 大榕乡海滨（日）

旭日东升。

海面上铺开一条金光灿烂的光带。

拱北和雨轩并肩朝着那光带一路小跑。

第二集　武侠之梦　海校之议

拱北边跑边问："上了两个多月英文课，胡先生讲了不少基督教义、《圣经》故事，你都听得懂吗？"

雨轩："当然懂喽！你有什么不明白吗？"

拱北："《圣经》里没有女娲，也没有炎帝、黄帝，那我们中国人是谁创造的呢？"

雨轩搔搔头："怎么想出这样的怪问题来？"

拱北："怎么想的？反正就是这么想的嘛。"

雨轩："这个问题——其实我也回答不了，看来只有上帝才知道。"

拱北："还是武侠小说好懂，又过瘾，对吧？"

雨轩："那当然喽。"

拱北马上来了调皮劲，急急超前几步，又猛然返身，摆出武侠身姿："呀——！赛天霸来也……"

雨轩当即赶上去纠正："错了错了！应该是'怒海双侠'来也！"

拱北发笑："哦哦哦，怎么给忘了？！"

两人做武侠打斗一番。

拱北忽然停止："哎，'武侠'这个词，英文怎么说？你会吗？"

雨轩："不会。不过，法文叫 chevalier，我爸告诉我的。"

拱北："记住，英文叫 knight，昨天我问过胡先生了。"

雨轩："明天是腊月二十三祭灶节。祭灶节翻译成英文该怎么说呀？"

拱北："一会儿问问老师吧。"忽然，他大叫："哎呀，糟糕，好像要迟到了！"

雨轩一惊，拉着拱北："快跑！"

两人朝着旭日快跑。

海鸥疾飞。

两人继续跑。

海鸥继续飞。

镜头渐渐拉远。

拱北和雨轩的背影，拉成两个逐日的小黑影……小黑点，映在红日的光焰里。

第三集　除夕抗婚　特殊拜年

1. 弘毅堂前大院（日）

弘毅堂屋檐下高悬着一盏盏簇新的大红灯笼。

门扇上贴着春联。

窗户上贴着"福"字。

甬道两旁摆满金橘，橘枝上缀满各种阴历年的吉祥饰物。

拱华诸兄弟在抖空竹、打陀螺、滚铁环。

安丽和安瑞相向跳绳并各自数数："……81、82、83……""……90、91、92……"

安瑞数到100，停下："满100啦，来对踢毽子吧。"

安丽："不如打陀螺有趣。"

安瑞："这是男孩子玩的，我不会。"

安丽："有什么不会的？可容易了，我教你。"说着捡起一只陀螺抽打起来。

拱北拎着一只篮子出现。

弟妹们看见，一拥而上，将拱北团团围住，叽叽喳喳："大哥大哥，篮子里是什么？""一定是好吃的！""一定是好玩的！"……

拱北："别闹别闹！"说着将篮子置于地上。

篮子特写：里面装满套藤圈用的小木偶、小泥塑等各种小玩意及藤圈。

拱北："来，把这些玩意铺开，看谁套得多。"

弟妹们立刻默契地取出小玩意，七手八脚铺开来。

拱华："大哥，你先套给我们看看！"

拱北："好吧。"即行投套并一一中的。

弟妹们鼓掌欢呼。

第三集　除夕抗婚　特殊拜年

拱国："大哥，你能双手投套吗？"

拱北应声，左右开弓套了起来，也一一中的。

弟妹们又一阵阵欢呼，夹杂着夸赞："大哥顶呱呱！""大哥了不起！"……

拱北双手叉腰，得意扬扬："这不算什么。将来，大哥还要做双枪将呢！"说着伸出双手，模拟双枪："啪！啪！"然后做武侠腾跳："啪！啪！"……

弟妹们更加雀跃："双枪将！双枪将！""大哥是双枪将！"……

2．纪府内宅小路（日）

安丽握着一件小玩意，一蹦一跳地向内宅走去。

迎面出现四奶奶、关姨太、胖嫂以及十二三岁的丫鬟翠翠。

安丽马上奔过去，一面高兴地喊着："四婶四婶！……"

四奶奶："别跑别跑，小心摔着！"

安丽跑到四奶奶一行人跟前，摊开巴掌："四婶，你们看——小泥虎！我套藤圈套中的！"

姨太马上伸头饶有兴趣地看着，露出孩子气的笑容。

四奶奶笑眯眯地瞄了小泥虎一眼："哟，我们安丽长本事了！准是你大哥教的。"

安丽："嗯，大哥左右手都会套，一套一个准！"

四奶奶一脸纵容："你呀！——女孩的模样，男孩的心思，全齐啦！"

安丽傻笑："嘻嘻！"

四奶奶便拍拍安丽的脑袋："好了，快回屋去吧！四婶要往福州走一趟，买点东西。"

安丽："怎么还要买呀？大富、大贵一帮人去送礼、办年货，不是早就回来了吗？"

胖嫂笑对四奶奶："四奶奶，别看孩子们平日不理会家计，一到年节就跟变了个人似的，个个都是小管家，派谁办事啦，往返时间啦，清楚着呢！"

四奶奶："可不，比大人还精！"说着便摸摸安丽仰起的小脸，柔声道："我跟姨太往福州珠宝行取定做的首饰。你还想要什么好吃好玩的？四婶打发人买去。"

安丽不假思索，热烈响应："我要一把关刀！——妈一直不肯买。"

众人诧异，面面相觑。

胖嫂："关刀？！二小姐要关刀？！"

安丽："喏，就是戏台上关公握的那种刀。木头做的，涂成银色，锃亮锃亮，可威风了！"

四奶奶:"女儿家别碰这类东西!"

安丽撒娇:"嗯嗯,玩的嘛,又不是真刀。"

四奶奶:"那也不行。好孩子,听话,换别的吧,啊?"

安丽倒不坚持,想了想:"嗯……那我要大号的万花筒,跟姐一人一只。"

胖嫂:"瞧瞧,姐儿俩多亲!要了什么,得了什么,总惦着另一个。"

四奶奶感叹:"女孩就是女孩哟,哪怕淘气,也都有限,况且天性会疼人,就算嫁出去了,心还贴着父母;不比男孩子,多数娶了媳妇忘了娘。"说着又给安丽理理头发,整整袍子:"乖乖,四婶一准带万花筒给你们。"

安丽:"四婶,那你几时回来呀?"

四奶奶依然笑吟吟的:"今天年二十八,四婶只在娘家过一夜,年二十九就回来,你等着啊!"

胖嫂从侧面惋惜地看着四奶奶,又偷偷瞟了姨太一眼。

胖嫂内心独白:"人人矜贵儿子,独独四奶奶稀罕闺女,总叹自己有儿无女不周全。现如今满心指望姨太,盼着借腹生女。唉,谁知道天意如何呢?"

3. 纪府大厨房(日)

大笼屉冒着腾腾的蒸汽。

毛大厨并一帮下手正在和米粉、搅芋泥、碾花生、剥栗子……

丁管家进来略略查看了一下,便点点头,显得很满意。

众人殷勤让座:"丁管家坐呀!""坐,坐,坐这里!"……

丁管家坐下,体恤道:"今年过年你们要比以往更累些。三爷、四爷都会回来,加上大少爷快离家去考海校了,得多做些他爱吃的。"

毛大厨:"这好办。大少爷爱吃甜食,不过是多制些千层糕、八宝芋泥、水晶包子、红糖年糕什么的;要说费工夫,就数捏油扁了,横竖有佟妈和周嫂在。她俩做得又快又好,从未破皮露馅过。"

丁管家:"等忙过这阵,再犒劳诸位。今年,发双份红包;不过,戏班子依旧没请。"

佟妈剥着栗子回应道:"这我们都明白。唱戏自然热闹许多,但大爷故去不满两年,大少爷又要出远门,大奶奶心里的滋味可想而知;再好的戏,她听也不是,不听也不是啊!"

厨工旺旺挖着枣心道:"是这么个理。丁管家的主意,既实惠我们,又体贴了大

第三集　除夕抗婚　特殊拜年

奶奶。"

周嫂搓着花生衣接茬道:"提起大奶奶,虽然泡在富贵里,却十分谨慎平和,隔三岔五吃花斋,还说做人不该'过福',知足才算惜福。"

毛大厨听了指指点心模子,引申道:"没错,确实不该过分享福。好比这模子,凭你多好的料,填得太满,反倒不像样子了,前清多少八旗子弟不就是因为'过福'才潦倒的吗?"

丁管家:"大奶奶的父亲做过清朝的布政使,兄弟现时任舰队司令,娘家的宅院在福州也很有名气。而她不敢'过福',这就难得啊!我大哥替她家管事好些年了,从未见过她奢华、骄横。所以我知道,大奶奶不论在娘家还是夫家,做人是一贯的。"

佟妈:"这才叫真正的贵气呢——由骨子里透出来的,装也装不像啊!"

周嫂:"只可惜,大爷走得到底早了些,要不然十一少哪能成了遗腹子,生下来就没有父亲呢?好在大奶奶生性淡淡的,从不愁眉苦脸,更不哭天抹泪。"

丁管家:"这正是大奶奶的可敬之处啊。再往远了说,甲申年、甲午年,中法、中日那两场战争,二爷、三爷一死一伤,全家何等忧愤;而大奶奶呢,听福祥叔讲,当时还非常年轻,就已经是大喜大悲都不多露的一类人了。"

荣官画外音:"丁管家,福祥老伯他们等着你开库房哪!"

丁管家拔腿就走:"哟,都怪我说多了。得,你们忙吧!"

4. 大奶奶卧室(夜)

大奶奶在油灯下赶制丝绵背心。

钱妈从里间出来:"二小姐睡下了,我来缝吧。"

大奶奶:"最后一针了。"说着咬断线头:"你看看,这丝绵背心是不是太大了?"

钱妈接过背心:"大少爷正在猛长个子,大些才好呢,免得穿不多久就嫌小了。"说着顺手叠好。

大奶奶:"可也是。凑合吧,头一回去北方,穿着能保暖就行。往后,热啊冷啊的,我也管不着了。"

安丽缩头抱肩地从里屋蹿出来,爬到大奶奶床上:"妈,我要跟你一起睡!"

大奶奶:"快躺下,快躺下,别冻着了!"说着忙过去给安丽掖好被子:"睡得好好的又跑出来干吗?明年去省城寄读,看谁理你的茬?"

安丽理所当然地说:"省城有我舅舅、舅妈,还有舅妈的妹妹星姨呀!"

钱妈不禁失笑:"你可真能想!连星姨都给拉派上了。星姨是你舅舅的小姨子,凭什么应该理你呀？况且人家有女儿叶思静小姐，疼还疼不过来呢。"

安丽赖叽叽地说："嗯嗯，我不管！"眨眨眼，又心生一念，忽地坐起身来："妈，我要让舅舅领我到兵舰上玩！"

大奶奶瞪了安丽一眼："越发胡闹了，女人不准踏上兵舰的！"

安丽："可舅舅是舰队司令啊！"

大奶奶正色："那又怎么样？连你舅母都不准上舰，别说你了。——这是忌讳！"

安丽："为什么忌讳？"

大奶奶状极认真："忌讳可大了！这就跟海军人家忌讳把鱼翻过身来吃，忌讳在军人出征或出行时哭，道理是一样的。你要记住，女人登上军舰，会给舰上官兵带来晦气的！"

安丽："怎么会带来晦气？"

大奶奶："因为军舰上都是男人。男人是天，女人是地。地不可以踩天，踩了就有晦气。"

钱妈过来给安丽裹好被子。

安丽："钱妈，男人当真是天吗？"

钱妈："当真！所以，女人跪男人是应分的，男人跪女人就没出息了。"

安丽将信将疑地听着，忽然像麻雀一样多疑地歪了歪脑袋，大声反驳道："不对呀，妈祖是女人，可我明明见到天后庙里有好多男人给她下跪；我妈也是女人，大哥不也照样跪她吗？"

钱妈语塞，似笑非笑地跟大奶奶对视了一眼："二小姐她，跟大小姐和叶思静小姐就是不一样哟！"

大奶奶无奈地往安丽额上戳了一下："你呀，'常有理'！看看人家叶思静，大人说什么，她都'嗯、嗯、是、是'地应着；由福州下来消暑，一年比一年更像淑女了。只不过大你两三岁而已呀！"说着便轻轻地按安丽躺下："好了，快躺下睡吧，妈也要歇息了。明天年二十九，还有件很要紧的事得赶在除夕前做呢。"

安丽："什么要紧的事呀啊？"

大奶奶："小孩子不要多问！闭上眼睛，睡！"

5. 家庙普光寺外（日）

一乘轿子在寺门前面停下。

钱妈扶大奶奶下轿。

第三集　除夕抗婚　特殊拜年

庙祝出迎："大奶奶请！"

6. 家庙普光寺（日）

庙祝恭敬地递给大奶奶一炷香。

大奶奶接过香，凑近烛火点燃，拜了三拜，插上香。

钱妈搀扶大奶奶在菩萨前跪下。

大奶奶虔诚顶礼膜拜。

香烟袅袅。

大奶奶默默祈祷："菩萨大慈大悲！长子拱北即将投考海校，一去八九载，婚姻大事须预为筹划。叶家淑女虽尚幼稚，却温婉聪慧、娴雅端丽，日后必然宜室宜家，多子多福。求菩萨保佑纳采、问名、纳吉定亲之礼，诸般顺遂，他年完婚，姻缘美满。"

大奶奶默祷止，再拜，跪叩至地。

7. 四房偏院外（日）

安丽举着万花筒蹦蹦跳跳往院门口去。

8. 关姨太卧室（日）

关姨太坐在梳妆台前，端详着托在掌上的一枚别针。

特写：玉制垂丝海棠花别针。

姨太轻轻地抚弄着别针，慢慢地将它别在旗袍的领口上，抬眼注视镜里的自己。

特写：姨太眼神迷惘，仿佛心魂飘向远方。

9. 四房偏院前厅（日）

安丽进来，见厅里无人，便拐向姨太卧室。

10. 关姨太卧室外（日）

安丽来到姨太卧室门前，从镜子里瞥见姨太正在出神，不禁有些奇怪，便驻足怯怯地叫道："姨太！……"

11. 关姨太卧室（日）

姨太听见安丽的呼唤，转回身来，现出笑意："安丽，进来呀！"

安丽进来，递上万花筒："四婶刚才给的。你看，可漂亮啦，一转一个花样！"

姨太接过万花筒，向里面望去。

特写：万花筒中变幻着的图案。

姨太摆弄着万花筒，透着孩子般的欢悦："太美太美了，比小的万花筒更美！"忽然受到启发，放下万花筒："以后，我可以照着里面的图案绣花的。"

安丽："绣一块帕子给我好吗？"

姨太："好，一定给你绣。这会儿我先让你看一件好东西。"

安丽："什么好东西？"

姨太指了指窗前的一张半圆桌："喏，在那儿呢！"

镜头推近。半圆桌上，在盛开的一盆水仙花旁，站着一只三寸高的木偶狗。

姨太拿起木偶狗："安丽你看，这只木偶狗是用小细绳一节一节穿成的，用手向上顶一顶底座，狗狗就动了。"说着兴致勃勃地玩起来："狗狗点头啦……狗狗摇尾巴啦……狗狗跪下啦……"

安丽急不可耐："我来我来！……"

姨太咯咯笑，十足大孩子："对对对，该你该你！它还会左倒右歪呢！……"

安丽拿过木偶狗，模拟敲锣："咣咣咣咣……现在，马戏开始，'聪明木狗狗'上场表演啦！"

特写：木偶狗在安丽手中做出各种动作。

姨太充作观众默契地一旁叫好："好！好！……再来一个！……"

安丽咯咯咯咯笑个不停。

姨太："现在，表演结束。请'聪明木狗狗'跟着新主人安丽小姐回家吧！"

安丽惊喜："啊？！'聪明木狗狗'真的归我了吗？"

姨太："那当然喽，我是特地从福州买来送你的！"

安丽雀跃，举着木偶狗："谢谢姨太好姐姐，谢谢姨太好姐姐！"

姨太听见这奇怪的称呼，不禁发笑，双手往安丽肩上一搭："你给狗狗起雅号，连我也跟着沾光哪！"

安丽傻笑："嘻嘻！"继而目光为姨太领口上的那枚海棠花玉别针所吸引，好奇道："姨太好姐姐，你画海棠、绣海棠，连别针也做成海棠样的。你为什么这么喜欢海棠花呢？"

姨太被安丽无心的提问刺痛了，她一怔，下意识地一把抱住安丽。

特写：姨太眼里泪光闪闪。

第三集　除夕抗婚　特殊拜年

12. 四房正院前厅（夜）

四奶奶挨着炭盆，来回翻转双手烤火。

画外挂钟敲响。

四奶奶抬头看钟。

挂钟的时针指向罗马数字××。

四奶奶低下头，轻轻叹了口气。

胖嫂进来："四奶奶，还有什么吩咐吗？"

四奶奶摆摆手："孩子们都睡下了，你过来歇歇吧。"

胖嫂隔着火盆，在四奶奶对面坐下："看样子，四爷今晚到不了啦，恐怕要赶在明天大年三十呢。"

四奶奶无奈地说："他呀，哪有个准？你陪我嫁过来这么些年还不清楚吗？而且即便回了家，也是东游西走，访客会友的待不安生。"

胖嫂："现如今，有了个美人儿似的姨太搁在家里，总该添点牵挂吧？"

四奶奶："天知道啊！娶了才半年就送回来了，那时起直到现在，信里也没提起过一句，倒像是娶给我似的！你说怪不怪？"

胖嫂脱口而出："唉，也真是的！"又忙改口宽慰道："不过，四爷对谁都一团和气，从无恶言暴语，你俩孩子都六个了，也没见红过脸。依我看，这才叫打着灯笼都没处找呢！"

四奶奶又恨又爱："就为这，才让人一辈子有气也发不出啊！这回，若不是关乎大奶奶，我才犯不上数着日子等四爷呢。"

胖嫂一脸的蒙："关乎大奶奶？关乎大奶奶什么了？"

四奶奶："大奶奶一心想赶在年前定下跟叶家联姻的事。虽说我们四妯娌全都看好这门亲，但终归还得三爷点点头，四爷过一过才成。三爷今天上午回来了，四爷却不摸底；倘若让他给耽误了，我的脸往哪儿搁？"

胖嫂："干脆去跟大奶奶直说，请她不必等四爷了。"

四奶奶："已经直说了，可大奶奶极拘礼数，执意要等四爷。你想我能不急吗？"

胖嫂："急也没用啊，还是歇息吧。兴许明天一睁眼，四爷就到家了呢！"

13. 四房正院（日）

胖嫂兴冲冲走向上房，一迭连声喊："四爷到家了，四奶奶！四爷到家啦！……"

14. 长房前厅（日）

大奶奶正在高脚花架前给垂下的绿藤蔓系上红丝带。

钱妈画外音："大奶奶，四爷到家啦，四爷到家啦！"

大奶奶喜形于色，自言自语："四弟可回来了！赶巧在大年三十，合家议亲事，越发地喜兴了！"

15. 弘毅堂后厅（日）

匾额上写着《诗经·小雅》里歌颂兄弟之情的一句诗："和乐且孺"。

纪慕贤、纪慕达并四妯娌围坐于一张圆桌边，桌上放着一盆鲜花和茶点。

纪慕贤："既然叶家是大嫂娘家的姻亲，并且也在海军界，跟他们联姻当然很合适。但不知叶家的那位小姐心性如何？我常年在外，至今还没见过呢。"

四奶奶应声极口夸赞："她呀，才9岁，温婉聪慧像我们安瑞，俊美清秀又似安丽，总之……总之是太招人疼了，我都没词啦！"

纪慕达笑指四奶奶道："你呀，一见女孩就稀罕得没了东西南北，哪还有词啊？听二嫂、三嫂的说法，才是正经！"

四奶奶扑哧一笑。

众人见状也都笑了起来。

二奶奶："四弟虽然打趣四妹，但四妹所言极是。叶思静确实禀性安分，家教又好，所以人见人爱。"

三奶奶："可不是吗？很有些独生女儿赛过刁蛮公主的，而叶思静竟能温顺随和，这就不易，难怪下人们都赞她好伺候呢。"

纪慕贤领首："嗯，果然是门当户对的一位淑女。"又问慕达："四弟的意思呢？"

纪慕达再次调侃并顺水推舟，似笑非笑地说："我看哪，古往今来，婆媳是天敌，独我们纪家不然。这不？媳妇还没订下呢，四个婆婆就都爱得不行了。——我若敢哼半声，立马变成过街老鼠喽！"

众人皆笑。

大奶奶："无论什么话，从四弟嘴里出来，就那么可乐。"

纪慕贤："既然皆大欢喜，还等什么？赶紧让祥叔帮着丁管家准备提亲的礼物吧。"

众妯娌皆含笑点头。

特写：大奶奶满面春风。

第三集　除夕抗婚　特殊拜年

纪慕贤朝厅门口发话道："去个人，叫大少爷过来！"

16．长房正院（日）

荣官推着拱北往外走："大少爷，快，快，都在后厅等着呢！"

拱北："什么事，这么急？"

荣官笑容里透出点诡秘："荣官不能说，大少爷你一去就知道了。"

17．弘毅堂后厅（日）

拱北站在纪慕贤等六位长辈的圆桌前。

长辈们齐将喜悦中别具意味的目光投向拱北。

拱北顿觉不自在，左右扭扭脖子，又看看身上的新衣。

大奶奶："叫你来，是要告诉你一件很重要的事。"

拱北射出探询的目光。

大奶奶："方才，长辈们已经商量好了，决定尽快求亲，为你订下叶思静小姐做未婚妻。"

拱北一惊："啊？！"

众人皆忍俊不禁。

大奶奶："傻孩子，有什么可惊怪的？你表叔的儿子川川才五六岁，已经定亲了，你都十二三了嘛。"

拱北目瞪口呆，脑子一片空白。

大奶奶："结婚是人伦大事，订婚也一样。从今往后，你要变得深沉一些，持重一些。明白吗？"

拱北垂下眼睛，一声不吭。

纪慕贤："拱北，听见你母亲说的话了吗？"

拱北依旧无语。

纪慕达悄声提醒纪慕贤："三哥，别看拱北一向顽皮，这个时候，也少不了会腼腆的，不要逼他回话了。"

纪慕贤遂转为叮咛："拱北，你须谨记你母亲的教诲，老成起来，成熟起来。今天是除夕，长辈们就不多说了，领弟妹们玩去吧！"

拱北不动。

众人面面相觑。

拱北犹豫一下，忽然语出惊人："我不要订婚！"

纪慕贤诧异："嗯？！"

大奶奶："不要订婚——这是什么话？人人都打这么过。叶思静优雅美貌，登门求亲的不知多少！幸而她母亲是你舅妈的妹妹星姨，两家心照不宣，否则哪有你的这份福气哟！"

拱北起急："我就不订婚，更不要叶思静！"

众人一震。

二奶奶："为什么不要叶思静呢？她来这里消暑，也不止一次了，你们不是玩得挺好的吗？"

拱北气咻咻："不好不好！叶思静是布娃娃，一动不动，抖空竹、滚铁环、放风筝、打弹子，一样也玩不来；走路还分不清东西南北，捉迷藏一个俘虏也抓不到；算术更糟糕，半天都拿不出结果。——跟她搭伙比赛，我已经输过好几次了！"

四奶奶："比赛不过是玩，什么输啊赢啊的，那么好胜！我看叶思静背诗背书又快又好，难道不比你强？"

拱北："那她连钓上来的小鱼都不敢捉，胆小鬼！"

大奶奶："你又傻了不是？人家这才叫作城里的大家闺秀哪！"

拱北更加气急败坏："那也不管，我就不要叶思静！我讨厌她！讨厌她！"

纪慕贤怒喝："放肆！"

纪慕达起来解围，他快步走到拱北身边，拍拍他的肩："好了好了，怎么说提亲也算喜事，不该恼的。"说着便推着拱北离开："走吧走吧，跟四叔到外边去。"

18. 弘毅堂走廊（日）

拱北："四叔，我可怎么办呀？"

纪慕达："什么'怎么办呀'？——你不就是嫌叶思静拖累你输了比赛吗？过几年人家长本事了，说不定还会帮你赢呢！"

拱北："不可能，不可能！"忽然情急生恶："以后见了叶思静就打！"

纪慕达："不许耍横！你是世家子，要有绅士风度，对女性应该格外礼貌，怎可动粗？只有下等人才打骂妇女。——你是下等人吗？记住，你是 gentleman（绅士）！"

拱北泄气："那我……那我……我不就完了吗？"

纪慕达："没那么严重，四叔去变通变通吧。"

拱北："什么叫'变通'？"

第三集　除夕抗婚　特殊拜年

纪慕达："'变通'嘛，就是灵活一点，妥协一下，不能像'厕中顽石，又臭又硬'啊！"

19. 弘毅堂后厅（日）

大奶奶："拱北这忤逆子，如此一个淑女他居然说讨厌，真真太离谱，太可恶了！唉！"

二奶奶："好歹还是小孩，不懂事啊。"

纪慕达进来。

大奶奶："怎么样，他听你的吗？"

纪慕达无可奈何地笑道："这头犟牛，还扬言要打叶小姐呢！"说着归座。

三奶奶："孩子就是孩子，他哪里懂得大人是为他好呢！"

四奶奶："那究竟还提不提亲了？"

纪慕贤："当然提！军眷应当朴实安分，这太重要了，看来叶思静正合适。"

纪慕达："三哥所言固然在理，不过我觉得可以变通一下。"

纪慕贤盯了纪慕达一眼，目光近乎严厉："变通什么？"

纪慕达："我的意思是，拱北虽倔，但却服理，从不耍横，今日大发脾气原因就在于，叶家小姐千般好，总归是大人的娶妻标准；而他偏偏跟好胜会赢的淘气包合得来，倘若真能给个女侠，那肯定会欣喜若狂的。所以我想，拱北毕竟是孩子，孩子有自己的好恶。不要因为即将从军，就完全拿他当大人嘛。"

二奶奶："四弟看得明白。其实，拱北还不太分得清夫妻和玩伴；更何况，提亲的事又比较突然，他也很难马上明白长辈的思虑啊。"

大奶奶等均点头。

纪慕贤略一沉吟："二嫂和四弟的话都说到了点子上。我的确操之过急了，倘若执意，就难免影响拱北考海校，不如先搁一搁吧。"便问大奶奶："大嫂，你看怎么样？"

大奶奶："但凭三弟做主，提亲——那就缓一缓吧，还是报考海校要紧。"

胖嫂给纪慕达上了一碟点心："这是毛大厨特地为四爷做的。"

纪慕达一看大喜："哇，炸蛎饼啊！我在外乡做梦都会流口水哟！"便一口咬下去："嗬，好烫！"

众人皆笑。

四奶奶："这一碟吃进去，年夜饭怎么办？"

纪慕达："别说一碟了，三碟，年夜饭也照吃不误！"

众人又笑。

爆竹响起，画面转暗。

20．纪府餐厅（夜）

画外爆竹。

餐厅内红烛高照。

佟妈、周嫂等仆妇穿梭于大人席及两围小孩席之间，上菜、撤碟等。

大人席

纪慕贤、纪慕达相向坐于两极。纪慕贤右首依次为拱北、大奶奶、二奶奶、丁管家；左首为三奶奶、四奶奶、关姨太、福祥。

四奶奶给关姨太舀了一勺鱼丸："今天的鱼丸是毛大厨亲手打的，你尝尝，跟帮厨打的就是不同。"

姨太咬了一口，用福州话答道："很好吃，又细滑又筋道。"

纪慕达隔座听见，十分惊讶，侧过脸瞥了一眼，却不吱声。

福祥故意说给纪慕达听："四爷，你瞧，姨太学福州话有多快！半年前我们跟她讲话还得靠手势，比比画画的呢。"

纪慕达恰到好处地给四奶奶脸面："四奶奶的功劳吧？"

四奶奶："哪是我的？是安丽！安丽跟姨太有缘分，见天往她那儿去，不几个月，就一个会说福州话，一个满口京腔，'儿'啊'儿'的了。家里还添了不少新词：'咱们'啊，'压根儿'啊，'有劲儿'啊，'没门儿'啊，'犄里旮旯'啊……"

四奶奶一语未了，全家大笑。

佟妈上菜："这是毛大厨的绝活——滑熘西施贝。"

纪慕达吃了一片，赞道："好手艺，好手艺，熘得又白又嫩，看来只有西施才配享用。——我这是在糟蹋呢。"

众人皆笑。

丁管家："毛大厨熘西施贝的功夫，连夏府的陆大厨都甘拜下风。"

福祥："听说陆大厨到马尾马江春掌勺去了，是吗，大少爷？"

拱北："是的，祥爷爷，马江春是雨轩父亲新开的酒楼。"

纪慕贤乃问拱北："雨轩报考海校的事定下来了吗？"

拱北："早就定下来了。雨轩还挤到胡老先生那里跟我一起补习英文呢。他也相信自己一定能考取。"

第三集　除夕抗婚　特殊拜年

纪慕贤："按平时的成绩，你们两个只要肯用心，考取海校并不难。不过，那以后，你们必须忘记自己是少爷，才有望学下去。"

21．纪府大厨房（夜）

毛大厨正在托盘里放上两只小碗并两只小汤匙。
荣官近前："大厨，可以端走了吗？"
毛大厨："来得正好，端走吧。"

22．纪府餐厅（夜）

大人席
荣官将托盘送到拱北面前："这是三爷特地吩咐毛大厨给大少爷加的菜。"
拱北受宠若惊，连忙站起，望着纪慕贤喏嚅道："这……侄儿……"
小孩席
一阵小骚动："大哥多神气呀！""大哥了不起呀！""特地加菜呀！"
安丽欠起身，伸长脖子："给大哥吃的是什么稀罕东西啊？"
大人席
纪慕贤指指放在拱北面前的第一只小碗："吃吧！"
拱北望了纪慕贤一眼。
纪慕贤："吃，吃啊！吃完它！"
拱北三勺两勺便津津有味地吃了个光，然后又望了纪慕贤一眼。
纪慕贤："可口吗？"
拱北连连点头："非常可口。"
纪慕贤："知道吃的是什么吗？"
拱北："燕窝。"又补了一句："是上好的燕窝。"
纪慕贤便指向第二只小碗："那你再试试这一碗。"
拱北舀了一勺送进嘴里，顿时面有难色。
纪慕贤："味道如何？实话实说！"
拱北："难吃，太难吃啦！"
纪慕贤："认得是什么吗？"
拱北摇头："这……这像……"
纪慕贤："丁管家，你教导教导他。"

丁管家："大少爷，这是你从未吃过的糠！"

纪慕贤："是的，这正是糠，猪吃的糠！你能把它吃光吗？"

拱北好强地回答："能！"

小孩席

一片小骚动："大哥吃糠！""大哥吃猪食哪！"……

大人席

纪慕贤看着拱北咽下最后一口糠，微微点头道："你须牢记……"

拱北立即站起。

纪慕贤示意拱北坐下："你须牢记，人生在世应当既能享受燕窝，也能咽下糟糠；有时为了求存，比糟糠更难吃的，都得吞下去。千万不要以为自己是少爷，就全是好日子。要知道，海军学校不管谁是什么少爷，一不合格，立即淘汰！而江河湖海对于公子哥儿也只会更加无情！！！所谓'物竞天择，适者生存'的原则，是一点也不含糊的。知道吗？"

拱北欠身："知道了，三叔。"

奶奶们交换着默契的眼神。

纪慕贤："知道就好。那你明天随三叔去罗星塔吧。"

拱北以为听错了，疑惑地，但大声地问："三叔，你是说，明天——大年初一去罗星塔？！"

纪慕贤十分肯定："没错，大年初一，去罗星塔！"

23. 罗星塔下（日）

纪慕贤与拱北身披斗篷的身影进入画面。

纪慕贤抬眼望了望罗星塔，问拱北："拱北，你一定很奇怪，为何大年初一不向亲朋戚友恭贺新禧，却要到这里来，对不对？"

拱北："嗯。侄儿是觉得很奇怪，上罗星塔能给谁拜年嘛？"

纪慕贤："给谁拜年？——一会儿你就知道了。"

24. 罗星塔上（日）

纪慕贤与拱北在塔顶的石砌旁俯瞰马江。

冬天的晨风拂动着他们的斗篷。

纪慕贤自西而东指指点点："你看，西起福州船政局，东至营前镇一带的水域，便

第三集　除夕抗婚　特殊拜年

是马江海战的旧战场，那场战争使成军才8年的福建海军毁于一旦。春去秋来29载，硝烟散尽，但余痛犹在，遗恨难平啊！毕竟，覆亡的是中国千辛万苦所创立的第一支新式舰队，也是第一支以国产舰船为主的舰队；更何况，参战将士三分之二牺牲，其中半数粉身碎骨，无尸可收，你二叔也属此列啊！"

拱北："三叔，二叔是个怎样的人？"

纪慕贤："问得好。明天你就过继给他了，我正要讲一讲呢。你二叔是这样一个人，他只大我3岁，而我却必须仰视他……"

拱北截断："仰视！——为什么？"

纪慕贤："因为他12岁考取福州船政学堂，立志献身海军；17岁就洒血成仁，以命偿愿了。在我心中，你二叔既是兄长，更是英雄；而且，他勤奋好学，涉猎很广，也是我望尘莫及的。这点，连胡先生都很有感触。"

拱北："胡先生？——为我补习英文的那位胡老先生吗？"

纪慕贤："正是。记得有一年，你二叔从船政学堂回家过节，我们哥儿俩同去拜访胡先生。胡先生笃信基督，闲聊时不免夹杂着宣讲教义。他说，耶稣告诫门徒要谦卑，所以他想问我们是否知道这类教诲。你二叔应声而答，侃侃而谈，仿佛事先拿到题目似的。"

拱北："我二叔怎么答的？"

纪慕贤："你二叔虽非基督教徒，却熟练地背诵了《圣经》中耶稣有关谦卑的一段劝导：'Whoever wants to be first must place himself last of all and be the servant of all.'接着，又自行译成中文：'无论何许人，其欲领先，则必须殿后，且甘为大众之公仆。'胡先生脱口赞道：'精彩，精彩！'但更精彩的还在后面呢！"

拱北："后面怎样？"

纪慕贤："后面是你二叔的一番议论。他说，耶稣所述，正合老子之言'欲先民也，必以其身后之'。老子早于耶稣500多年，两位异国先贤，不仅相隔几世纪，而且相距千万里，不料其言竟然如出一辙，可见谦卑是至理。胡先生越听越惊喜，叹道：'后生可畏，后生可畏啊！年方十五六，就有此等认识，来日必成大器，必成大器啊！'"

拱北："可惜呀，二叔牺牲太早了！"

纪慕贤："牺牲固然可惜，但却并不可怕；可怕的是岁月流逝，后人淡漠！今天你来这里，就要牢牢记住你二叔，继承你二叔遗志，莫辜负了你二婶的期盼。她，不容易啊！"

25．二房正院（日）

画外鞭炮时近时远。

镜头缓缓摇过沉寂的门户房桄。

二奶奶在回廊深处倚柱而立，模糊的身影，孤单地对着空荡荡的院子。

二奶奶内心独白："慕杰啊，又是大年初一了。记得甲申年的这一天，我俩正新婚燕尔，而你仍然早起舞剑。当时你17岁，刚上舰当练习生。我暗暗感激苍天，赐给我一个心高志远、英俊爽朗的好丈夫。……谁知仅隔数月，你就战死马江，音容永绝了，而我……我才15岁啊！……"

二奶奶内心独白中出现以下画面：

纪慕杰飒爽英姿伴着闪闪的剑光，在院中跳跃腾挪。

年轻的二奶奶新妇穿戴，倚在廊柱旁，爱慕的眼光追随着丈夫。

二奶奶内心独白止。

镜头模糊，仿佛泪眼迷离。

画外鞭炮再度响起。

镜头转趋清晰，最后突显出廊柱下的二奶奶：四十开外，身形瘦削，发鬓生霜。

镜头摇过空荡荡的院子。

26．二房东厢书房（日）

二奶奶望着墙上挂着的一把长剑，喃喃诉说："慕杰，你尸骨无存。是这把长剑陪伴我，从春到秋，从夏到冬，走过了29年！"

二奶奶小心摘下长剑，轻轻拂拭剑鞘；然后以脸偎之，如偎亡夫。

片刻，二奶奶继续捧剑自语："慕杰啊，你走得太早太早，没能留下子嗣，所幸侄儿拱北明日过继，我们终于有后了。愿你保佑他考取海校，磨砺成才，报雪家国之恨吧！"

二奶奶慢慢地，然而坚定地拔剑，最后猛然一抽。

长剑出鞘。

特写：剑光凛凛，寒气逼人。

27．罗星塔上（日）

纪慕贤："正月初一，原本都是生者对生者拜年。因你即将从军，今天就来一次生

第三集　除夕抗婚　特殊拜年

者向死者拜年吧。要知道，正是因为这些在战场上尽心尽力尽血尽命的死者，才有生者一年又一年的新春，子孙一代又一代的未来啊！"

拱北仰头看了纪慕贤一眼，即朝三个方向恭恭敬敬一一行礼，并高声喊道："马江先烈在上，二叔在上，晚辈拱北给你们拜年啦！拱北一定会考取海校，一定会继承你们的事业的！"

纪慕贤高兴地按了按拱北的头。

受到这无言的鼓动，拱北又望了纪慕贤一眼，随即冒出几分得意、几分狡黠，出其不意地用英语大喊："I'll be a captain, a very good captain!"（我会成为一个舰长，一个优秀的舰长！）

纪慕贤有点惊讶，马上回应道："Great, you can do it. And I think you should be an admiral. Will you?"（很好，你能做到。不过我认为你应该做舰队司令。怎么样？）

拱北一挺胸："Yes, I will!"（行，我会的！）

纪慕贤微微一笑："Where there's a will, there's a way."（有志者，事竟成。）便在拱北的肩上拍了一下："Now, let's go to Zhao Zhong Memorial Hall!"（好，去昭忠祠吧！）

拱北："三叔，你是说去昭忠祠吗？"

纪慕贤："没错，是去昭忠祠。"

28. 昭忠祠外（日）　　（黑白片）

昭忠祠远景。

画外音："马江战后，能够捞获的烈士遗体仅仅400具，分葬于马限山麓的九个坟冢里。1886年光绪帝下旨建造昭忠祠，船政大臣裴荫森制文立碑。1920年墓园重修，九冢合一，海军元老萨镇冰题匾曰'碧血千秋'。而1913年，当纪慕贤偕纪拱北前往参拜时，昭忠祠仍维持原貌，寒风中倍显苍凉。"

画外音中，纪慕贤与拱北走向昭忠祠。

镜头推近。仰摄昭忠祠。

画外音止。

29. 昭忠祠（日）

纪慕贤与拱北走近昭忠祠碑。

镜头摇过碑石上方两行横写的篆书："特建马江昭忠祠碑。"

镜头摇过竖写的楷书碑文。

镜头下摇至结尾:"光绪十二年岁在丙戌仲冬之月船政使者阜宁裴荫森撰并书丹。"

纪慕贤与拱北向昭忠祠碑鞠躬。

纪慕贤叔侄走进牌位大厅。

大厅正面放置12块主祀神主牌,其左右各有24块配享神主牌,东庑及西庑各为368块士兵神主牌,共计796个牌位。

纪慕贤与拱北肃立于正面的神主牌前。

镜头摇过12块主祀神主牌:高腾云、陈英、吕翰、许寿山、叶琛、梁梓芳、蔡接、蔡福安、张启贤、李来生、林森林、陈猛。

纪慕贤眼中噙泪,喃喃道:"796位神主,796个民族之魂啊!"

闪回(参见第一集《马江旧恨 逃学疑云》):

"振威"在大火中下沉;管带许寿山从望台挣扎而下,奋力接近一个炮位并射出最后一炮;"振威"迅速沉没。

"扬武"即将沉没,一名信号兵冲向歪斜的主桅,扯起龙旗,升上桅顶。

"福星"管带陈英屹立望台指挥,弹片飞来,陈英上半身削落在望台上,怒目圆睁。

"建胜"艇首,硝烟散开,管带林森林、大副丁兆中倒卧血泊中;督带吕翰拔出长剑怒指法方旗舰"窝尔达",旋即中弹牺牲,右手仍紧握长剑。

闪回止。

画外音:"捐躯赴国难,视死忽如归!"马江长流,碧血日夜激荡起潮升潮落;雷霆万钧,丹心依旧巡航在波峰波谷,令华夏子孙无限惆怅,无限景仰,无限思量啊!

画外音中,镜头由大厅正面的牌位开始,静静地、渐渐地拉成一个很大的纵深,一个牌位的巨阵,彰显出死之恢宏。

30. 昭忠祠外(日)

纪慕贤与拱北由祠门走出。

纪慕贤与拱北离去。

仰摄昭忠祠上空。

昭忠祠上空响起马江烈士们慷慨激壮的呼号,声嘶力竭且带着困兽犹斗般的野性:"男儿以死报国,有进无退!——""有进无退啊!——""抵抗到底!——""抵抗到底啊!——""同归于尽!同归于尽!——""拼啦!——拼啦!——"……

第三集　除夕抗婚　特殊拜年

仿佛感应，拱北一震，却步。

拱北惊回首，转身面对昭忠祠深深鞠躬。

31．马限山麓（日）

纪慕贤叔侄走下山麓。

拱北默无一语，仿佛深沉了许多。

纪慕贤从旁注视拱北片刻，安慰似的在他背上一拍："走，到江边去！"

32．马江（日）

马江波澜不兴，且不见船影，江面愈显开阔而寂寥。

33．马江之滨（日）

纪慕贤与拱北朝江滨走去。

34．马江（日）

远处隐隐出现一叶篷舟。

35．马江之滨（日）

拱北："三叔，我们到这儿来干吗？"

纪慕贤："待会儿你就知道了。"

36．马江（日）

篷舟渐渐清晰起来。

37．马江之滨（日）

纪慕贤自言自语："他们来了！"

拱北："谁？谁来了？"

38．马江（日）

篷舟摇近江滨。

篷舱里钻出一个中年渔夫，举手向岸上招着。

39. 马江之滨（日）

纪慕贤朝渔夫挥手回应。

拱北："三叔，那是谁呀？你们认识？"

纪慕贤："不认识。"

拱北："那还打招呼？"

40. 马江（日）

篷舟靠岸。

渔夫朝舱里喊道："三儿，爹上岸去了。你马上做两碗滚烫的太平面，多放点虾油，再配两碟卤肉卤蛋、红糖年糕，过一会儿请纪三爷他们上船吃！"

三儿画外音："知道了，爹。"

41. 马江之滨（日）

渔夫快步迎向纪慕贤叔侄，一面用天生的大嗓门问："是纪三爷和大少爷吗？"

纪慕贤："正是，正是。"

渔夫三步并两步地来到纪慕贤跟前，依旧大着嗓门憨憨地说："我猜就是了，我猜就是了。"说着拱手作揖："拜年拜年，年年有余！"话一出口，忽觉用错了对象："哦，年年高升，年年高升！"

纪慕贤拱手回礼："恭贺新禧，万事如意！"

拱北随之施礼："大吉大利，一帆风顺！"

渔夫咧开嘴："小依弟，说得好，一帆风顺——大家都一帆风顺啊！上船吧，请上船吧！"

纪慕贤："大年初一，偏劳你们了。"

渔夫："莫客气，莫客气，自打福祥伯差荣官捎来三爷要做的活计，我们就准备起来了，单等今天呢。这是应当的，应当的。"

拱北忽然自以为是："哦，原来你也是祥爷爷家的人啊！"

渔夫一脸爽朗："没错没错，我们和福祥伯都是畲族人，自然就是一家子喽，哈哈！"

第三集　除夕抗婚　特殊拜年

42. 马江（日）

篷舟载着纪慕贤叔侄摇向江心。

43. 篷舟上（日）

纪慕贤伫立船头。

画外呐喊声起："乡亲们，为福建海军报仇啊！""报仇啊！""炸洋人的兵舰去啊！""炸呀！……"

画外音出现以下画面（夜）：

夜幕下的江滨，火把照着乡民们一张张愤怒的脸。

乡民们携带各种土制漂雷、油罐等火攻器物奔向滩头。

一条条舢板、渔舟离岸而去。

马江远处，一团团爆炸的烈焰，此消彼长。

一个十三四岁的少年的背影奔向烈焰。

逆光拍摄：这位少年转身，举刀振臂高呼（无声）。

定格。

画外音止。

纪慕贤在船头仰视苍天，喃喃自语："一强兄弟，你为福建海军报仇，慷慨赴死，我会一生一世善待你的老父。愿你在天之灵能够宽慰啊！"

拱北走来见此情景，犹豫了一下，小心地问："三叔，你是在跟二叔说话吗？"

纪慕贤："不，不是。"

拱北："那跟谁呀？"

纪慕贤："跟祥叔的长子。"

拱北惊讶："祥爷爷的长子?！怎么可能呢?！年前我才见过的，活得好好的呀！他是来接祥爷爷回去过年的，祥爷爷不肯，非要张罗我的过继礼，他只好走了，留下两大担熟鱼给我们吃。"

纪慕贤："你不知道，这个长子，其实是老二。真正的长子叫一强，当年也牺牲在马江上。活着的话，已是三叔我这个岁数了。"

拱北："他是怎么牺牲的？"

纪慕贤："福建海军覆灭的当天晚上，马江沿岸十几个乡的乡民，驾着渔舟、盐船去报仇，最后都献出了生命。祥叔的长子才十三四岁，硬要追着大人去，拦都拦不住啊!"

拱北:"原来是个小英雄!可我怎么从未听祥爷爷说起过呢?"

纪慕贤慨叹:"痛得愈切,埋得愈深啊!"

渔夫走近:"三爷,竹排扎出来了,你捎来的那一大块布幅绷得够紧的。过去看看吧,在船舱正面靠着呢。"说着朝身后一指。

镜头向篷舱渐渐推近,绷在竹排上的白布红字清晰起来,那是自右而左竖写的一首绝句,用红漆书成:

二十九年家国恨,
山河泣血荐忠魂。
马江依旧生春绿,
不信海军无子孙!

纪慕贤、拱北、渔夫、三儿抬着竹排小心地走到船头,慢慢地将它送入水中。

四人一齐鞠躬。

纪慕贤目送竹排,心中默念:"马江英烈!你们虽然粉身碎骨,但灵魂却是完完整整的,里面藏着一个共同的海军梦。这个海军梦,子孙后代必将以碧血润之、丹心护之、气骨壮之,任何敌人都摧不毁、炸不烂、灭不掉啊!"

竹排随水浮去,绿水、白幅、红字,犹如血誓在岁月中传承。

渔夫画外音:"三爷,你们往后面看!"

纪慕贤与拱北皆回首。

44．马江(日)

篷舟的后面,满江小船披红相随,场面壮观。

鞭炮声中,响起一片贺岁之声:"马江先烈,我们给你们拜年啦!拜年啦!……"

贺岁声在马江的碧波上传扬……

第四集　过继兼祧　惊险登舟

1. 纪氏宗祠外（日）

纪氏宗祠的轮廓突显在破晓的天幕下。

画外鸡鸣。

2. 纪氏宗祠（日）

宗祠祠门开启。

丁管家站在甬道尽头的台阶上对一群仆妇发话："今天，拱北大少爷要在祠堂行过继礼，到时候族长九太公会领五服血亲一起见证。这件大事，马虎不得。祠堂里里外外必须打扫得干干净净，礼器、香火万不可出半点差错。福祥叔这把年纪，还摸黑起床，在里面忙乎好久了。你们可得仔细点啊，听清楚了吗？"

众仆妇："清楚了。"

丁管家："那好，各领各的活去吧。九太公定在巳时，来这里主持过继。赶早不赶晚，巳时之前都得准备停当才是。去吧！"

众人开始移步。

丁管家："对了，还有件事顺便交代一下。"

众人复又回位。

丁管家："过继礼后大少爷须去二房住几天才北上。因为兼祧的缘故，他既是长房长子，又是二房独子。今后，在二房，称他少爷，或按排行称大少爷，就都合乎礼数。知道吧？"

众人："是。"

3．二房正院（日）

院子里影影绰绰，不甚分明。

二奶奶上房亮起灯烛。

4．二奶奶卧室（日）

二奶奶衣着光鲜，正在梳妆台前梳理头发。

二奶奶捏着梳下来的灰头发，绕成一小团，放在一旁。

蓉妈画外音传自窗外："二奶奶，我进来伺候你梳妆吧。"

二奶奶："今天不用了。你去吧。"

蓉妈："哎。"

二奶奶挽好髻子，对镜照了照，便从妆台的抽屉里取出一个小盒子，打开来。

特写：盒子里盛着纽扣般大小的一朵抢眼的红绢花。

二奶奶拈起小绢花，托在巴掌上端详着。

小红绢花叠化成一朵并蒂大红绢花。

少妇二奶奶画外音："慕杰，这花艳不艳？"

纪慕杰画外音："艳，像你一样艳！我帮你戴上吧。"

画外音止。

特写：少妇二奶奶髻上插着并蒂大红绢花，转过脸来，嫣然一笑。

化出。

二奶奶将小红绢花插到髻上，持镜前后照映。

二奶奶走到纪慕杰留下的长剑前，仰头望剑。

二奶奶内心独白："慕杰啊，29年来，我从未佩红戴绿过。这是规矩，也是心情。今天不同了，依照大榕乡过继的风俗，我跟大姐都戴上小红花。你看到了吗？"

5．大奶奶卧室（日）

钱妈给大奶奶挽上髻子，又从妆台上拈起一朵小红绢花插到髻上，一面赞道："花儿虽小，却做得十分精致呢。"

钱妈的背后，安丽正蹑手蹑脚走来。

钱妈拿起一面镜子，为大奶奶前后照映。

镜子里的大奶奶露出淡淡的喜悦："这花红得抢眼，红得喜兴啊！"

第四集　过继兼祧　惊险登舟

安丽突然从背后抱住钱妈的腰，得意地叫道："嘿嘿！——"

钱妈回头："淘气包！起这么早干吗——捣乱！"

安丽摇头晃脑："你不是说我起不了那么早，今天一准叫都叫不醒吗？嘿嘿，我醒来了，是自己醒的！"说着蹦到梳妆台前，跷出拇指："妈，我行！我行！"

大奶奶嗔怪地斜了安丽一眼，却又掩饰不住纵容之情："不过是起了个早就稀罕成这样，瞧你这点子出息哟！"

钱妈忍不住笑了，对大奶奶说："二小姐这股子好胜劲，倒像大少爷呢。"又打趣安丽："你若是个男儿，说不定就过继给二房了。"

安丽听了忽然问："妈，大哥过继给二房，那就该管你叫大伯母了，对不对？"

大奶奶笑了："你还想得挺细！"

安丽追问："对不对嘛？"

钱妈："你母亲虽然成了你大哥的大伯母，但你大哥却不必改口。"

安丽："为什么？"

钱妈："因为是兼祧。"

安丽："什么叫兼祧？"

钱妈："兼祧就是：一人兼做两房的儿子。你哥既是长房的儿子，同时又是二房的儿子，懂了吧？"

安丽："懂了。"忽又生出问题："妈，那以后我大哥管二婶叫妈，管你也还叫妈，你们俩一齐回答'哎'，怎么办呢？"

大奶奶和钱妈皆扑哧一笑。

大奶奶轻轻戳了戳安丽的额头："这也用你操心！你哥依旧称长房父母为'爸妈'，但改称二叔二婶为'爹娘'，这不就分清了吗？哪里会一齐回答'哎'呢?!"

安丽："哦！"

大奶奶："好了，快去看看你哥起床没。"

钱妈笑："大奶奶，看把你高兴的！大少爷从小就习惯早睡早起，今天也断不肯落人之后，一准摸黑起身了，这会儿肯定正在外面跑步呢。"

6. 乡间小路（日）

拱北朝着路旁的一棵树跑去。

翠翠倚在树下垂头丧气。

拱北跑近："咦，是翠翠！"便大声喊道："翠翠！"

翠翠抬起头，一脸焦虑。

拱北："翠翠，这么早，你怎么一个人在这里啊？"

翠翠眼圈一红："大少爷，我……我……"

拱北："你到底怎么啦，大过年的在外面生气？"

翠翠："你还小，你不懂。"

拱北："嘿，才长我两三岁就充大！我是男孩子嘛，出了什么事？我来帮你！"

翠翠："别问了，大少爷，快回家吃早饭吧，小心耽误了过继礼啊！"

拱北："那你呢？"

翠翠又欲泣而止，嘟囔道："我……我不知道……"忽而决定："我回姨太那儿去。"

7．四房正院前厅（日）

胖嫂在给室内植物淋水。

四奶奶进来。

胖嫂放下水壶："四奶奶这么快就用完早点了？急什么，过继礼还且等着九太公他老人家呢。"

四奶奶："我是想起一件事要吩咐你，怕待一会儿给忘了。"

胖嫂："什么事？"

四奶奶："昨天，我娘家侄女来拜年，带了好几幅湘绣。是你，还是别的丫头拾掇的？"

胖嫂："是我收起的，放在西厢房的柜子里了。要拿出来吗？"

四奶奶："只须把那幅《三羊开泰》，就是一个牧童跟三只羊的，给我找来就行了。"

胖嫂："四奶奶要拿它派用场？"

四奶奶点头："《三羊开泰》绣得最工，又应景，意头又好。今天你抽空给姨太送过去吧。晚了就该过气了，倒像我心不诚似的。"

胖嫂："知道了，四奶奶，我这就去找出来。"

8．四房正院（日）

胖嫂走向西厢。

胖嫂内心独白："自古都是妃子恭顺皇后，小老婆讨好大老婆，我们奶奶却倒过来

第四集　过继兼桃　惊险登舟

了。那位呢，聪明美丽样样好，可总是淡淡的，不知把心藏在哪里，小小年纪竟让人摸不透啊。可怜的四奶奶，别看娘家好势头，丈夫好体面，都是表面光哟；她人又老实，脸皮又薄，一肚子的四书五经。管什么用呢？活得比小老婆还憋屈！"

9．四房偏院外（日）

翠翠向偏院奔去。

10．四房偏院前厅（日）

翠翠呜呜哭着进厅。

关姨太急忙过来："怎么了，翠翠，为什么哭着回来啊？不是说好在家过年待到初四吗？……"

翠翠扑上来，抱着姨太索性放声大哭。

关姨太："到底怎么了？哭成这样！你说嘛！说嘛！"

翠翠抽咽难言。

关姨太："不哭不哭！从没见你大哭过，我心好乱啊！一定是出大事了，对不对？"说着推翠翠坐下，自己紧挨着她坐在一旁。

翠翠狠狠抹了两把眼泪，由悲转怒："家里要卖我！"

关姨太大惊："啊！卖你？！谁要卖你？！卖给谁？！"

翠翠："我哥，还有我妈，要把我卖给一个过路的广东商人。"

关姨太："真的？那你爹呢？你爹他肯吗？"

翠翠阴着脸："我爹几年前出海打鱼，连人带船都没了。"停了一下，又补上一句："就算他活着也没用！"

关姨太："没用？！莫非不是你亲爹？"

翠翠："亲爹又怎样？我三个妹妹全都是一生下来，就让他给塞进马桶里呛死的！"

关姨太："啊？！这么狠！那，你哥他们为什么要卖你？是病还是灾？"

翠翠："什么病！什么灾！是我哥要娶媳妇，我妈要抱孙子！村里的依姆、依婶们私底下说，那个广东商人贼眉鼠眼的，弄得不好，是个火坑，叫我要当心。可是我哥只图他出价高，不管我的死活。我求我妈，她却叹气说，顾不上了，传宗接代要紧啊！姨太，你说说，他们还是我亲人吗？"

关姨太："看来，他们是铁了心的。"

翠翠大倒苦水："我在家里从早到晚补渔网、晒鱼干、磨米、挑水、做饭、打草、喂猪，没一天闲过，可是没一天吃的不是剩饭；后来，到这里做丫头，所得的月钱，也都拿去帮补家计了。我真没亏待过谁啊，可他们却这样对我！还有良心吗？"

关姨太眼圈红了。

关姨太内心独白："以前，听外祖父说，汉人的女儿比满人的姑娘活得更委屈，原来这是真的。翠翠好苦啊！"

11. 四房正院前厅（日）

四爷纪慕达兴冲冲进来，把手中的一张请柬朝四奶奶一扬："我刚用完早点，筷子还没放下，就接到松声的帖子，邀我去梅村聚会呢。"说完便把帖子往四奶奶身边的茶几上一放："你看！"

四奶奶瞟了帖子一眼，带笑道："看把你乐得！回家才两天就又坐不住了吧？"

纪慕达即在四奶奶对面坐下，玩笑道："谁说坐不住了，这不是坐下了吗？"

四奶奶："哼，没正形！"

纪慕达："都是一班发小嘛，早在你嫁来之前，人家就跟我光屁股下河摸鱼捞虾啦，我们见次面，也不容易呀！"

四奶奶微露贬意但语气和软："好了好了，谁不让你去呀？不过随口说那么一句，就招来一大堆认真话了。你和松声，我还不了解吗？一等一的活神仙，雅兴多多。"

纪慕达："算你说对了。知夫莫如妻嘛。"

四奶奶："你们约在哪天？"

纪慕达："年初三。"

四奶奶："那不就是明天吗？你忘啦？三哥要领拱北去福州向林老师辞行的。你呀，还得跟年初一一样，留在家里做主，出面待客。"

纪慕达顿时扫兴，抱怨道："三哥也真是的，给林老师去封信，不也算是辞行吗？还非得亲自陪着走一趟，多余！"

四奶奶："你知道的，三哥向来较真，不如你随和。"

纪慕达："依我看，他是大事小事都不懂得变通，认定了什么，九条牛也拉不回，整个一根筋！"

四奶奶并不苟同，但仍然一脸好脾气："瞧你说的，哪能这么讲？"

纪慕达："那该怎么讲啊？你想，一个人既非民国总统，又非海军总长，却偏要以振兴海军为己任，甲申、甲午耿耿于怀；就连除夕一顿团圆饭，也要绷起脸，端出糠糊糊来训导一番，大煞风景！——这不是一根筋又是什么？再说今天过继礼吧，九太

第四集　过继兼桃　惊险登舟

公由三哥自己迎送也就够了，必得拉上我，平添一分烦琐。何苦呢？"

四奶奶嗔怪地又瞟了丈夫一眼："越说越没轻重了，那是三哥给你面子嘛。"停了一下，又和软地贬了一句："你呀，但凡能学点三哥的较真，官阶也不至于落在同窗之后——别人都升上校啦！"

纪慕达于打哈哈中透出些不服："三十年河东，三十年河西。有朝一日，我翻了上去也未可知。届时，你可就是纪慕达将军夫人喽。"说着举起茶杯打趣："将军夫人，请！"

四奶奶又好气又好笑："去去去，老没正经！听着，我还有重要事问你呢。"

12．四房偏院前厅（日）

翠翠："怎么办呢，姨太？……要不我逃走吧。"

关姨太："一个女孩子，孤零零的，往哪儿逃啊？"

翠翠："再不，干脆躲在府里。"

关姨太："躲得过初一，躲得过十五吗？他们肯定会找上门来要人的。"

翠翠："那，就说府里不放。"

关姨太直摇头："这又不是过去的王府，就算说得出，也做不到啊；更何况，你并非买进来的，纪家有什么理由不放人呢？"

翠翠泄气，颤声道："那……那我可就完啦！"

13．四房正院前厅（日）

纪慕达："你想问什么，快问吧！"

四奶奶："我让你求三哥去说服九太公，准许姨太进祠堂见证过继礼，结果怎么样了？同意的话，赶紧通知她嘛。——这是多大的面子啊。"

纪慕达支吾起来："嗯……这个嘛……我……我还没找三哥呢。"

四奶奶："啊？！你这个人怎么回事？真是皇帝不急太监急！"

纪慕达："除夕吧，全家守岁，没机会单独跟三哥在一起；昨天吧，他又带着拱北去了罗星塔，早出晚归的，我好意思开口吗？"

四奶奶："那，那方才早餐前也可以呀，亲兄弟费得了多少口舌呢？"

纪慕达摇摇头，"啧"了一声："难哪！三哥这人，别听他英文说得溜溜的，骨子里却力行孔孟之道，恪守祖宗规矩。大正月里，我干吗碰一鼻子灰去？"

四奶奶："这我就不明白了。姨太是你大老远娶来的，难道你就真不愿为她争点脸面？实话实说，我可没有半点挤对她的意思啊！"

纪慕达："结发夫妻，还用表白吗？你知书达理，宅心仁厚，我怎么不了解啊！"

胖嫂进来："四爷、四奶奶，祠堂那边传过话来，九太公才开始进餐，大家还要再等一会儿。"

四奶奶立即站起："慕达，你快去找三哥！只要他点头，九太公轿子一到，在奉茶的时候，向他老人家进言还来得及。九太公是最看重我们这一支的。"

纪慕达："哎呀，你不懂……"

四奶奶："快去快去呀！"

14. 三房正院外（日）

纪慕达朝三房正院走去。

纪慕达内心独白："兰心不懂，别说九太公了，首先是三哥这关就过不去。明知不可为而为之，少不了自讨没趣。但，发妻怕我因新人而厌恶她，特意示好，我也不忍太拂逆啊。唉，硬着头皮见三哥吧。"

纪慕贤迎面而来。

纪慕达望见，紧走几步："三哥往哪儿去？我正要找你。"

纪慕贤："在家里等也是等，不如早些去祠堂还踏实些。你有什么事？我俩边走边说吧。"

纪慕达："嗯……是这样的。兰心和我想请三哥做主，跟九太公疏通疏通，破一次族规，允许姨太进祠堂见证过继礼。"

纪慕贤："这件事，大嫂已经跟我提过了，说她们四妯娌都认定，关姨太人品很好，值得趁过继礼之便，抬举她进祠堂，名正言顺成为纪氏族人；祥叔也特地找过我的。"

纪慕达："既然上上下下一致主张，为何九太公他到这会儿还不差人通知我们呢？"

纪慕贤："那是因为我未曾去求九太公。"

纪慕达止步，怨而不怒："这种顺水推舟之事，三哥竟然不肯做，原因何在呢？"

纪慕贤停下，冷冷地回答："纪氏族规曰：有子侧室，可进宗祠；不明姬妾，等同丫鬟。关姨太虽好，可惜既无子嗣又无来历。试想，九太公怎肯开例？再者，今天行过继礼，何等严肃；你插上一杠子，完全不搭调，又成何体统？！"

纪慕杰："总之，还是三哥不肯出面帮忙！"

纪慕贤："笑话！我帮得上吗？族规岂是我要破就破的？！"

第四集　过继兼祧　惊险登舟

纪慕达："族规族规！族规立于康熙五十二年（1713年），整整两个世纪了，就不能变通变通吗？"

纪慕贤："变通？！父亲立下不准纳妾的家规，叫你给变通掉了。好在这家规只管制我们这嫡系的四个房头，九太公不便追究；但关姨太进祠堂，牵扯到整个纪氏家族数百号人的族规，我何德何能可以求他老人家变通？"

纪慕达："三哥，你受了西学，怎么言语倒像九太公？你就不能开明一点吗？"

纪慕贤："胡搅蛮缠！我不开明，可我至少不纳妾！你纳妾在先，又为妾争权利在后，还自居开明，振振有词！真是歪理、谬理，岂有此理！"

纪慕达立即改口："好了好了，算我没说！"又推诿道："都怪兰心逼我。"

纪慕贤一针见血："四弟妹讨好你、纵容你到这种程度，正是她的可怜之处，你反倒诿过于她。大丈夫，怎能一点担当也没有啊？！……"

荣官飞奔而来。

纪慕贤："别说了，荣官来了。"

荣官气喘吁吁："三爷、四爷，九太公他老人家已经起轿啦！"

15. 四房偏院前厅（日）

关姨太递了杯茶给翠翠："翠翠，别急，先喝口热茶再想想办法吧。"

翠翠一脸无望："逃又不能逃，藏也没法藏，还有什么办法呀？"

荣官画外音："翠翠，翠翠，你出来一下！"

16. 四房偏院（日）

翠翠走近荣官："荣官哥，什么事？"

荣官立即发现翠翠面有啼痕："怎么哭了？谁欺负你了？"

翠翠："谁哭啦？！是……是方才给姨太烧手笼取暖，一不留神眼里飞进了一星炭灰……"

荣官："真的吗？你可别瞒我啊！谁敢欺侮你，我揍他！"

翠翠："没有，真的没事。哎，你找我干吗？"

荣官把翠翠拉到离窗户远一点的地方："福祥老伯在祠堂那边忙乎，差我过来告诉你，九太公的轿子就快到了，三爷、四爷正在大门外候着呢；看来，这回，姨太是没份进祠堂了。他怕姨太难过，叫你多开解开解。"

翠翠："就这件事吗？"

荣官点头。

翠翠："你们一百个放心！我问起过姨太的，她从未寻思要进祠堂，更不愿意去沾过继礼的光。"

荣官："关姨太就是不一样啊！——哪个偏房不巴望着争一份体面呢？"

17．四房偏院前厅（日）

翠翠进厅。

关姨太招手："快过来，有办法了！"

翠翠一愣："真的?！我不信。"

关姨太往旁边的一张桌子指了指："喏，你自己看嘛！"

桌上放着一个包袱。

翠翠将信将疑地走近桌子，又回眸望着随之而来的关姨太。

关姨太："打开它，办法就在里面！"

翠翠打开包袱。

关姨太："翠翠，这些首饰和钱，加上各色绣件，凑起来也许够你哥娶亲用的了。要是还不足的话……"她解下领口上别着的那枚垂丝玉海棠："再加上这玉别针吧。"

翠翠连连摆手："不行不行，这可不行，翠翠不能这么做！玉别针更不行，它是你最最心爱的物件！"

关姨太把玉别针放进包袱系紧："除此没有更好的办法了。你若不肯，就是辜负了我！——翠翠，我怎能眼睁睁看着你往火坑里跳啊！"

翠翠仍然犹豫："这……这……"

关姨太把包袱往翠翠怀里一塞："赶紧拿回家去打发他们，越快越好！倘若那个广东商人早早送来彩礼，事情就糟了！"说着使劲把翠翠往外推："快走快走，否则后悔都来不及呀！"

翠翠这才挎上包袱离去。

关姨太在翠翠身后继续催促："快走快走！万一祠堂那边临时用你，可就耽误了！"

翠翠疾行至厅门前，突然刹住，转身扑通跪地。

关姨太抢到翠翠面前拉她："别这样！别这样啊！起来！起来！"

翠翠不起，泪光闪闪："姨太，你的大恩大德，翠翠今生今世，来生来世，都不会忘记！你知道吗？——大榕乡远嫁的女儿，临死前都要照镜子，好让灵魂望见故乡。姨太啊，如果翠翠是远嫁的命，那将来在镜子里要望的就是你，只是你啊！"言毕，泪

第四集　过继兼桃　惊险登舟

如雨下。

18．纪氏宗祠外（日）

一乘暖轿前呼后拥行近。

家丁们守在大门口，见状纷纷叫道："九太公来了，九太公来了！"……

19．纪氏宗祠内甬道（日）

大富、大贵领众家丁及吹鼓手们伫立于甬道两侧。

暖轿沿甬道向宗祠大堂抬去。

20．宗祠大堂外（日）

纪慕贤、纪慕达在大堂门前恭候。

暖轿来到大堂门前放下。

纪慕贤、纪慕达迎上。

仆人掀开轿帘。

纪慕贤、纪慕达扶九太公出轿。

21．宗祠大堂内（日）

着长袍马褂的九太公，手持族谱站在祖宗牌位的供案前，身后有两名男仆随侍。族人男左女右面对九太公肃立，把大堂排得满满的。

镜头摇过左列前排：纪慕贤、纪慕达，拱北等11个兄弟（十一弟拱南由奶妈抱着），均着长袍马褂。

镜头摇过右列前排：大奶奶四妯娌并安瑞、安丽两姐妹。

镜头推近：大奶奶于端庄中透出很有节制的喜悦，将脸略略侧向二奶奶；二奶奶立刻感知，会心地侧脸微露笑意。

特写：大奶奶和二奶奶发髻上的小红花。

22．纪氏宗祠内甬道（日）

福祥和丁管家各将一条红丝带系到大富、大贵各执的一根鞭炮挑杆上。

大富、大贵举着鞭炮走向宗祠大堂门前站定。

23. 宗祠大堂（日）

司仪宣布："吉时已到，行过继兼祧大礼！"

九太公转身面对祖宗牌位。

24. 宗祠大堂外（日）

大富、大贵燃放鞭炮。

25. 宗祠大堂（日）

司仪号令："上香！"

九太公上香礼拜。

26. 宗祠大堂外（日）

吹鼓手奏乐。

27. 宗祠大堂（日）

司仪号令："纪氏族长祭告列祖列宗！"

九太公由二仆搀扶，颤颤地跪下，仰视祖宗牌位："列祖列宗在上。岁在甲申，六世孙慕杰，玉碎马江；岁在甲午，其姻弟二人，捐躯黄海。遗孀纪郭氏，无夫可依，无子可从，无手足可靠，苦守贞节已近30秋。纪氏合族，尽嘉其志，同赞其行，咸悯其情，遂令宗子拱北过继兼祧。五服血亲，共此见证，礼成之后，载入族谱。三世孙克诚顿首祭告。"

族人神色凝重。

九太公三叩首，继而由仆人扶下。

司仪号令："四房家长祭告列祖列宗！"

纪慕贤出列，行至供案前跪下："列祖列宗在上。马江一役，慕杰阵亡，纪氏骨肉，痛断肝肠。其后十载，东瀛猖狂，姻亲赴难，魂归海疆。流水绵长，遗恨茫茫，前仆后继，拱北过房。传承海军，以慰国殇，允文允武，社稷之光。昊天景福，庇护乡邦，先辈神灵，保佑儿郎。六世孙慕贤叩首祭告。"

纪慕贤三叩首，然后退下。

司仪号令："嗣子行参见大礼！"

第四集　过继兼祧　惊险登舟

仆人们迅速抬出两把交椅，置于大堂前方。
福祥捧着一尺多高的一个台座走来，将台座支在左边的交椅上。
拱华继而走来，将纪慕杰牌位置于台座上，象征神主已就座。
二奶奶由蓉妈和玲儿搀扶，行至右边的交椅，坐下。
拱北走到纪慕杰牌位前，双膝跪下，仰视纪慕杰神主牌朗声道："儿拱北拜见父亲！"
二奶奶热泪盈眶，但未流下。
拱北向纪慕杰牌位三叩首。
二奶奶忍泪。
拱北起来，移向二奶奶，双膝跪下："儿拱北拜见母亲！"随即恭恭敬敬叩下三个头；当礼毕抬眼向上时，竟赫然发现，头顶之上方，横着一柄长剑，不由一震。
镜头拉开，只见二奶奶双手托剑，高高举着，庄严如神！
二奶奶默无一语，俯身授剑。
纪慕贤眼中噙泪。
二奶奶落下泪来。
族人们皆感慨生哀，或噙泪，或拭泪。
拱北仰视长剑，受到震慑，双手高举，肃然跪接。
定格。
画外鞭炮大作。

28．长房正院前厅（夜）

安丽赖在大奶奶怀里，一面捏着一粒金橘玩，一面撒娇："妈，大哥多神气呀，得了二叔的长剑。我连木头关刀都没有。我也要过继！"
大奶奶扑哧一笑："不懂世故，净瞎说。"便拍拍安丽的头："去，把你大哥叫来。"
拱北画外音："妈！"
安丽："妈正要找你，你就来了。"
拱北："妈，拱北来请晚安。"
大奶奶："过来坐下吧！"
拱北在大奶奶近旁坐下："妈，今晚我就过娘那边住，是吧？"
大奶奶："是啊，你娘已经把那边的东厢房收拾好了，单等你过去呢。"
安丽："大哥多得意啊，有两处厢房。妈，我也要跟着住过去。"

大奶奶："别胡闹了。快去看看十一弟睡着没？我有话跟你大哥说。"

安丽不情愿地扭了扭。

大奶奶："乖，去吧去吧！"

安丽从拱北身边擦过，朝他做了个鬼脸。

拱北也马上回敬了一个鬼脸。

大奶奶："儿啊，妈有几句话要交代你。"

拱北立刻站起："妈，拱北听着。"

大奶奶："坐下吧。"

拱北坐下。

大奶奶："你已经过继给了二房，就应该打心眼里孝顺你娘，哪怕远在天涯海角，也不要忘记你是她的儿子。今后，无论家里家外，任何场合，礼数上都必须以你娘为先，为重。你明白为什么吗？"

拱北："不明白。妈是长房长媳，和婶婶们在一起的时候，我都是从妈开始，依次请安的，弟弟妹妹们也一样。现在你还是长房长媳嘛！"

大奶奶："长幼有序，理应遵守，但偶尔也可不论。你的娘，十年之间，亲人两战三死，而她忠贞坚毅，深得九太公和族人们的赞许。妈也由衷地敬重她，爱惜她。故此，虽同为你母亲，而礼数上还应自谦；自谦方能心静，心静更能和睦。这才是正理啊。"

拱北点头。

大奶奶："再者说，妈是纪氏的长房长媳，几十年来为人行事，合族上下百十口人都看在眼里；是张狂，是谦虚，也都记在心上。你外祖父做过前清布政使，家大势大。但你外祖母却时时告诫说，人不可仗势，仗势必嚣张；妻仗夫势，子仗父势，终不免因此而招祸。她的教诲妈记了一辈子。你娘的外家迭遭变故，家道中落，妈尤应将心比心，放低自己才对。你快离家了，今天妈把你外祖母的告诫传授于你，日后也好做人哪。你要牢记！"

拱北："是。"

大奶奶浅浅一笑："这就好。不早了，过你娘那边去吧。好好孝顺你娘，孝顺她就是孝顺你牺牲了的爹。"

拱北起立："拱北会的。"

大奶奶："今晚早点睡觉吧，明天还得去福州向林老师辞行呢。"

拱北："林老师肯定大为惊讶！"

第四集　过继兼祧　惊险登舟

大奶奶："大为惊讶?! 你不是已经给他捎过信了吗?"

拱北调皮地一笑："嘻嘻，没有。"

大奶奶："为什么？"

拱北："因为要给老师一个惊喜！"

大奶奶："你呀！——万一老师不在家呢？那不是白去啦！"

拱北："嗯……这我没想过。"

29. 二房正院（夜）

融融的烛光从上房、厢房的一扇扇窗户中透出，与檐下高悬的红灯相映，使画面在红与黑的对比中，呈现出浓郁的暖色调。影影绰绰地有仆妇们的身影在奔忙，一扫往日之幽寂。

30. 二房东厢卧室（夜）

二奶奶在整理拱北的床，拉拉被子，扯扯床单。

二奶奶环顾屋内简洁的陈设，流露出满意的神情。

二奶奶离开卧室，走到门口又止步，转身抬眼向正对着拱北卧床的那面墙壁望去。

特写：壁上挂着授予拱北的那柄长剑。

31. 二房东厢书斋（夜）

二奶奶细细审视书柜、几案、文房四宝等，不时用手摸一摸或用掸子掸一掸。

32. 二房正院（夜）

玲儿奔向东厢书斋，一迭连声向里面报告："二奶奶，少爷来了！少爷来了！……"

画外仆妇声："二奶奶，少爷过来了！""少爷过来了！""少爷住过来了！"……

二奶奶喜悦的画外音由书斋传出："知道了，让少爷直接到书斋来吧！"

33. 二房东厢书斋（夜）

二奶奶端坐于靠近书桌的一张茶几旁。

拱北进来站定："娘，拱北给娘请安。"

二奶奶含笑指了指书桌旁的一张椅子："坐下吧，那是你爹的位子，现在归你了。"

坐吧。"

拱北："是。"

二奶奶："娘等了你13年，今天有几句话要对你讲。"

拱北站起："拱北听娘的教诲。"

二奶奶示意拱北坐下，指了指四壁的书柜："你参生前喜欢藏书、读书，这些柜子里装的都是他心爱的书，包括医书在内。29年来，娘时时翻晒，保存完好，单等着有朝一日你来继承。今天，娘的心愿总算达成了，娘非常宽慰。你参说：'好男儿既爱剑也爱书。'现在，娘就把这句话当作他的遗言留给你，望你文武双全！"

拱北站起："娘，儿一定努力！"

二奶奶："娘就知道，你会是娘的好儿子！"

34．二房东厢卧室（夜）

长剑在墙，虽是黑夜，轮廓依然清晰。

拱北躺在床上，仰视长剑。

镜头推近，推成拱北双眸的大特写。

画外音：几十年后，我的父亲纪拱北回忆说，纪氏四妯娌中，他的过房娘二奶奶，家势最弱，膝下最单，言语最少，寿数最短，但却最独特。她以不寻常的为母之道，彰显出军人母亲的庄严与深沉；给过房儿子所带来的震撼，较之谦和大度明于事理的大奶奶，更强烈，更久远。在漫长的岁月中，她那默然授剑的身影，总让人梦里惊心，醒时怅然！

画外音中，拱北双眸叠出二奶奶高高托剑的身影，神祇般肃穆。

35．马江（日）

远景：晨光熹微

36．马尾码头（日）

"马江"号浅水客轮靠泊在码头上。

37．码头外（日）

纪慕贤与拱北身披斗篷进入画面。

拱北身旁，一名旅客匆匆擦肩而过。

第四集 过继兼桃 惊险登舟

另一名旅客追上来,大声对那位旅客说:"急什么嘛,依哥,还早着呢!先看一会儿卖艺也不迟。"说着拉住他一指:"喏,那边,都围上了,立马就开场。走!"

两人拐向卖艺场。

拱北不由自主抬脚就跟,纪慕贤一把拉住:"不许看热闹,赶快上码头!"

38. 马尾码头(日)

乘客们三三两两踏上跳板。

拱北随着纪慕贤走上跳板。

拱北几次朝卖艺场方向望去。

39. "马江"号右舷(临江)(日)

纪慕贤叔侄的背影凭舷而立。

纪慕贤指点着马江说些什么,拱北点头,又比比画画问些什么。

镜头推近。

纪慕贤问拱北:"三叔回舱里喝茶,你喝不喝?"

拱北:"拱北不渴。"

纪慕贤:"那好,我进去了;你就待在这里,不要乱窜乱钻!"说罢离开,但才走几步又回过身来:"机舱和驾驶台都严禁闲人进去,知道吗?"

拱北:"知道了,三叔。"

纪慕贤瞪了拱北一眼以示警告,这才走开。

拱北盯着纪慕贤的背影,见他一消失,立马开溜,从右舷往左舷奔跑,且不时回望几眼,怕被发现。

40. "马江"号左舷(日)

一个二十来岁五大三粗的圆脸水手,乐呵呵地大声唱着福建小调,由船头方向走来:"一粒橄榄扔过溪,对面依妹是奴妻。金鼓花轿等着哩,是我没钱耽误你。一粒橄榄扔过溪……"

圆脸水手的前面,拱北的背影正向跳板方向奔去。

一个五六十岁的老水手从后面拍了圆脸水手一掌,圆脸水手一回头:"咳,是金山伯呀!"

金山伸出食指数落道:"徐宝德呀徐宝德,人家讨不起老婆哭丧着脸唱这曲子,你倒好，乐呵呵地吼！难怪都叫你'哈哈天'！"

徐宝德："讨不起老婆也犯不上苦着脸叽叽哼哼嘛。依我说，只要海里有水，就用不着发愁。哈哈！"

金山："你呀，不懂世故！哎，对了，你不是已经辞了工要去烟台的吗，怎么这会儿又上船干活来了？白出力，没钱赚，傻！不划算哪。"

徐宝德："虽说在'马江'号只半年，但跟弟兄们都挺合得来，这一辞工吧，心里面空落落的；今天早起，走着走着，鬼使神差的，就又上了船。——管它划不划算呢。"说着把手那么一挥，又豁达，又豪爽。

金山高兴："嗯，这也是你的情意。既如此，不如迟些日子再走，反正……"

水手友友在船尾招手大喊："哈哈天，哈哈天，快过来帮个手，快快快！"

徐宝德见状故意用脚跟走："催命鬼！你不知道我刚裹的小脚吗？"

友友朝空中一挥拳："去去去，没正形，看我不捶你！"

徐宝德大笑："哈哈哈，急死鬼！好好好，我快我快，我来嘞！"说着加快脚步走，一面却不忘加上调侃，唱道："一粒橄榄扔过溪，对面友友性子急……"

41．码头近旁卖艺场（日）

一老一少正在耍棍，观众里三层外三层围得水泄不通。

拱北挤进最里圈。

耍棍的绕场对打，眼花缭乱地从拱北身边擦过。

观众喝彩声此起彼伏："好！""好功夫！""不含糊！"……

拱北眼睛追随着这对江湖艺人。

拱北内心独白："想不到武侠竟在这里！那个小侠跟我差不多大……武功了得！……可惜雨轩没能见识到……"

两位江湖艺人打完一回合，停下来向观众拱手致意。

观众报之以喝彩加议论："好！""小依弟身手不凡！""小依弟长得很俊，像个半番"……

镜头推近，但见小江湖身量与拱北相仿，乳臭未干却英姿飒爽。

小江湖头部特写：黑眼睛、黑鬈发、褐皮肤、直鼻梁，眉眼上下距离很近，酷似中东美少年。

第四集　过继兼祧　惊险登舟

42．"马江"号右舷（日）

几位乘客或闲聊，或凭舷观景。

纪慕贤从舱内出来。左右望望，不见拱北。

甲、乙两乘客迎面而来。

纪慕贤迎上前去："两位先生可曾看见一个男孩子？十二三岁了。"又比画着补充道："有这么高。"

乘客甲、乙对视一下，摇头否认。

乘客甲："我们刚刚才从舱里出来。"

43．"马江"号船首（日）

纪慕贤向水手友友打听。

44．"马江"号船尾（日）

纪慕贤向金山打听，对方摇头。

纪慕贤迅即走开，一面嘀咕："这淘气包又要生事！"

45．"马江"号左舷（日）

纪慕贤掏出怀表一看，皱起眉头："快开船了，真要命！"随即加快脚步，边寻边喊："拱北！拱北！拱北！……"

46．码头近旁卖艺场（日）

观众热烈欢呼："小侬哥单打单打！""快呀快呀！"……

老江湖推了小江湖一把："上！上吧！"

小江湖落落大方向观众拱手致敬，然后提棍耍了起来。

小江湖绕着场子，越舞越来劲。

观众一片叫好声。

拱北目光紧紧追随小江湖。

拱北内心独白："那棍子就像粘在手心上，要怎么舞就怎么舞，根本不会掉下来。雨轩和我能有这样的朋友该多好——天地三侠！"

小江湖舞近拱北，拱北伸出拇指大叫："真霸呀！"

小江湖又耍了一会儿，回到场中央，在高潮中干净利索地收住棍。

观众疯狂叫好。

拱北跷出两个拇指高高蹦起（慢动作）："哇，英雄！"

小江湖注意到蹦起的拱北，不由得仰着脸绽开笑容："哇，真能跳！"

定格。

47．马尾码头（日）

"马江"号全景。

仰摄汽笛。

汽笛响起。

48．码头近旁卖艺场（日）

老江湖手托钵子，绕场收钱："多谢捧场，多谢捧场，请慷慨解囊，慷慨解囊！……"

画外汽笛阵阵。

拱北一惊："哎呀，糟！"

49．"马江"号左舷（日）

水手开始撤跳板。

纪慕贤狂奔而来，众乘客慌忙闪避。

徐宝德迎面见到，赶来热心地问："先生，什么事？什么事这样急？"

纪慕贤："我侄子，十二三岁了，船头船尾到处找他……"

徐宝德打断："哦，半个钟头前，我看见一个男孩往跳板那边跑，当时并没在意；这么说，一定是下船玩去了。"

纪慕贤一跺脚："咳，这顽童，又胡闹！"

50．马尾码头（日）

"马江"号鸣笛。

水手开始解缆。

拱北侧影在码头前沿远远地朝船首飞奔。

拱北狂奔而来，风吹斗篷飘起。

第四集　过继兼桃　惊险登舟

汽笛再鸣，缆绳已被解开。
拱北不肯放弃反而做最后冲刺。
螺旋桨开始搅动。
拱北终于到达船首位置。
然而，船只却已离岸！
拱北不由得脚下一顿，但却立马朝着船尾猛跑。
岸上过客目睹孩子疯狂追船，个个表情紧张且议论纷纷。
过客甲握着双拳："哎呀呀，追不上了，追不上了！还跑什么呀？傻！"
过客乙连连摇头："这下麻烦了，看着都着急！"
过客丙："这孩子真是急糊涂了，船都已经开航了还跑，早干吗去了？！"

51．"马江"号左舷（日）

纪慕贤上半身探出舷外，向朝着船尾继续猛跑的拱北，声嘶力竭地大喊："来不及啦，来不及啦，你搭下一班船，我在福州南台码头等你！南台！——南台！——"
乘客们也帮着大喊："别跑啦！——""别跑啦！——"

52．马尾码头（日）

船头离岸已有相当距离。
拱北仍顽固地向船尾奔去。
当船头进一步远离岸边时，船尾却越来越移向了码头。
拱北终于冲到船尾近处。
船头转到一定角度时，船尾正好靠近了码头。
说时迟那时快，但见拱北腾空而起，顽猴似的朝船尾飞去！（慢动作）
码头上，过客一片哗然："哇！这孩子！""啧啧啧啧……""危险啊！"……

53．"马江"号船尾（日）

拱北落下（慢动作）。
两只粗壮的胳膊及时抱住了拱北。
镜头拉开：是徐宝德！
拱北惊魂未定，但却被冒险得逞激得两眼放光，大叫："我跳上来啦，跳上来啦！"
乘客们惊叹不已："这是谁家的孩子啊？胆大包天哪！""好在没出什么事，要不然……""多亏那个水手哥眼疾手快!""是啊是啊,否则少说也得摔个眼青鼻肿的……"

纪慕贤冲了过来,对着拱北狠狠地扬起了手。

拱北却依然兴奋不已,浑然不觉巴掌的威胁,还一个劲地继续喊:"我行,我行,我蹦上来了,蹦上来了!"

纪慕贤又喜又怒,又爱又恨,扬着的巴掌始终没劈下来,只是发狠地做了两个假动作解气。

拱北仍然兴奋不已。

纪慕贤则气咻咻地瞪着拱北。

纪慕贤内心独白:"这小坏蛋机敏果敢,急中生智,还真是块海军的料子呢!"

徐宝德憨厚地解围:"好了好了,没事了没事了。"

纪慕贤这才呼出一口气,责备拱北道:"叫你等下一班船,等下一班船,你还非冒险不可,脑子里准又想什么武侠了吧!嗯?!"

拱北:"没有没有,拱北先是一急,接着忽然想到船尾会转过来的,就拼命追过去了。"

纪慕贤:"谁叫你下船玩的?这么不懂事!"遂重重按了按拱北的脑袋:"还不谢过救你的这位水手哥!"

拱北眼睛亮亮地望着徐宝德,也不称谢,却跷起大拇指使劲一伸!

乘客们哈哈大笑:"这孩子挺有意思,连道谢也跟人不一样!""真是挺特别的,身上有那么股劲!""小小年纪,就很有角色呢!"

金山走过来,指着徐宝德告诉拱北:"小依弟,算你运气,人家已经是辞了工的,今天上船看看,可巧就遇见齐天大圣从天上飞下来了。"

徐宝德拍拍拱北的肩:"小依弟,这就叫缘分——缘分哪,哈哈!"

纪慕贤面带好感地望着徐宝德:"多谢多谢!"

54."马江"号右舷(日)

纪慕贤并拱北往舱室走去。

纪慕贤:"你老老实实告诉三叔,为什么要下船去?"

拱北:"想看看卖艺的。"

纪慕贤:"我猜就是!你不也会舞剑吗,至于看得误了船?"

拱北:"不一样,那是要棍的。一老一少,打得可精彩了。小的跟我差不多大。"

第四集 过继兼桃 惊险登舟

纪慕贤："人家这叫走江湖，奔生活，懂吗？"

55．"马江"号船尾（日）

徐宝德对金山说："那个依弟，长大了准能当个好水手。"

金山："糊涂！也不看看，人家坐的是比头等舱还要高一等的洋舱！——那分明是位少爷，哪能去做苦命的水手哟！"

徐宝德："金山伯，你又来苦命苦命的了。信我的！只要海里有水，就不苦命！"

金山用饱经沧桑的口吻道："你还太年轻，不懂世故。人哪，还是分好命、苦命的。"

水手友友："好了好了，都别命啊命的了。说正经的，喂，哈哈天，弟兄们已经合计过了，今晚大伙儿凑份子聚一聚，算是给你钱行。怎么样？"

徐宝德大喜，举起双手："嘿，那敢情好啊！你说，在哪儿聚？"

友友："还是你说了算，上哪家馆子？"

徐宝德："别别！我不上馆子！太破费了，弟兄们赚的都是辛苦钱。"

金山："这话着实暖人。我看不如还去我的小屋里坐坐，弄点香干、花生米、五香肉、海蜇头什么的下酒，多自在啊！"

徐宝德："太好了，我巴不得呢！金山伯的木屋在马江岸坡上，虽说破旧些，但背山面水，感觉特舒坦。临走前能再去坐坐、聊聊、吃吃、喝喝，也是多一份念想啊！"

友友："哈哈天，你真是个重情重义的人，阿隆、壮壮、三丁他们都舍不得你走呢。"

56．马尾至魁岐航段（日）

"马江"号上行。

两岸青山如碧。

57．"马江"号右舷（日）

纪慕贤指向侧前方对拱北说："已经走过半程了，前面就是魁岐。"

拱北："魁岐有什么特别之处吗？"

纪慕贤："魁岐和对岸的林浦，是马尾与福州之间的交通要冲，地理位置十分重要，所以，甲申年，法国远东舰队司令孤拔才会跑到那里去。"

拱北："孤拔去魁岐干吗？"

纪慕贤:"孤拔化装成传教士,乘英国小轮船,由马尾上水魁岐,偷偷察地形、测水深,为马江海战做细致的准备。"

拱北冲口而出:"好可恶!"

纪慕贤:"侵略者就是如此处心积虑啊。不过,为了获取准确的情报,作为舰队司令,孤拔不惜亲自出马,其深谋远虑,认真周密,也着实令我惊叹不已。"

拱北:"可他是敌人哪!"

纪慕贤:"孩子,憎恨敌人也不该无视他的优点,否则就成鸵鸟了。如果眼睛只盯着对手的弱点,那非但不能长自己的志气,反而更加坏事。大清国开口闭口称日本为蕞尔小国,结果不是被它骑到头上了吗?对不对?"

拱北点头。

纪慕贤:"《孙子兵法》说,'知己知彼,百战不殆',讲的正是这么个道理啊。明白吗?"

拱北:"侄儿明白了。"

58. 魁岐至福州航段(日)

"马江"号继续上行。

福州在望。

画外汽笛响起。

59. "马江"号右舷(日)

乘客们拿着旅行衣物、礼品等纷纷离去。

纪慕贤与拱北行进在人流中。

60. "马江"号舷梯口(日)

徐宝德正在乐呵呵地帮着老少旅客下跳板。

徐宝德看见拱北行近,高兴地向他招手。

拱北快走几步来到徐宝德身边。

徐宝德:"小侬弟,真勇敢,我算记住你啦!"

拱北:"徐大哥,你也很厉害呀!一下子就把我接住了。你的胳膊真有劲,哎,你会武功吗?"

徐宝德哈哈大笑:"武功不会,笑功还行。"

第四集　过继兼祧　惊险登舟

拱北："哦，怪道人家'哈哈天''哈哈天'地叫你呢。"

徐宝德又笑："小侬弟，你算说对了。"

纪慕贤走来，把一包酬金往徐宝德手上一拍："多谢你出手保护了我侄儿，这是一点心意。"

徐宝德慌忙推却："不能收，不能收，收了就不是缘分了！"说着将酬金塞到拱北手上。

纪慕贤感慨地重重点头："难得难得，你这后生真难得啊！"

61．"马江"号跳板（日）

拱北走下半截跳板，住脚，转身，向舷梯口挥手。

62．"马江"号舷梯口（日）

徐宝德一面向拱北挥手，一面大叫："小侬弟，你跟我挺有缘分啊，保不准哪一天，我们还会碰头的。对不对？"

拱北大声回应："对！"

63．福州南台码头（日）

拱北伸开双臂向徐宝德大幅度挥手。

镜头渐拉渐远，直至模糊。

第五集　福州访师　聆听甲午

1. 福州小巷（日）

纪慕贤与拱北走进小巷。

叔侄二人挨户寻找林老师家。

2. 林老师宅前（日）

纪慕贤与拱北来到一扇破旧的木门前。

拱北仰视门牌，喃喃道："七号。应该就是了。"说着望了望纪慕贤。

纪慕贤示意拱北敲门。

拱北敲门。

林老师画外音自宅内传出："谁呀？来了来了！"

拱北喜道："林老师的声音！是他的声音！"

纪慕贤下意识地整整衣服。

宅门开启。

林老师与纪慕贤门里门外四目相顾，顿时一愣。

纪慕贤："你……你是林晖村？！……你还活着！！！"

林老师："是我，是我！你……慕贤学长？！……"

3. 林宅小厅（日）

纪慕贤呷了口茶，望着对座的林老师不胜感慨："甲午一败，袍泽星散，转眼十八九年；此时此地，对坐饮茶，几疑是梦啊！我和慕达都以为你早就牺牲了。"

林老师："'镇远'舰练习生林徽春与我名字谐音，牺牲的是他。其实，到处血肉

第五集 福州访师 聆听甲午

横飞,我却只擦破一块皮!战后我改名林镇远,难怪你们会以为我已不在世了呢。"

纪慕贤:"慕达与你同班,当年为这讹传很是感伤。想不到今日你我竟能相见。"

林老师:"天意啊!拱北的校长恰好是我老友。他请我代课,前后不过三两个月,竟就把学长给引上门来了!"转而问拱北:"你来看我,何以事先不告知呢?"

拱北起立:"学生想给老师一个惊喜呀!"

林老师:"是吗?!什么'惊喜'?快说给我听听!"

拱北:"学生就要投笔从戎,报考烟台海校了。今天特来向老师拜年、辞行并感谢栽培之恩。"

林老师:"原来如此!可喜可贺,愿你快快成长,继承海军事业,做一个优秀的海军人。"

拱北:"是。"

林老师点头,示意拱北坐下,转而问纪慕贤:"学长,慕达可好?在天津水师学堂,我跟他不仅同班,并且床挨床。然而'人生不相见,动如参与商',转眼俱是不惑之年了。"

纪慕贤:"光阴如白驹过隙啊!"

林老师:"记得慕达不太用功,但成绩总在前几名。问他何不争个状元,答道'无所谓嘛,不争是争'。他宣称'我无敌人',所以跟谁相处都很轻松。"

纪慕贤:"慕达是这么个人,他的命运也比较轻松。甲午海战三次战役——丰岛、黄海、威海卫,他一次都没经历,生涯还算平稳,如今已育有六子喽。"

林老师:"这又合了杜甫的诗'昔别君未婚,儿女忽成行'啊!学长你呢?这么多年,是怎么过来的?丰岛之役,规模尚小,你我均未参加。黄海决战,我在'镇远'见习,你任'超勇'三副。'超勇'力战沉没,管带黄建勋拒救成仁,你则身负重伤。我所知者,仅此而已。"

纪慕贤:"'超勇'大火,沉船前后,多亏袍泽相救,我才幸免于难;但疗伤期间又染顽症,及至痊愈而北洋海军已告覆灭。'皮之不存,毛将焉附'?我孤魂野鬼般回到大榕乡,却又痛感失去军人荣誉,无颜面对宗祠,于是离家漂泊。三年后,适逢光绪帝推行戊戌变法,海军开始重建,这才有了转机。我归队海军13年,辛亥革命就爆发了……"

林老师:"辛亥革命,海军起义,学长应是参与策动,建立了功勋的吧?"

纪慕贤:"没有没有!这并非事实!'海容'主力舰枪炮官陈世英他们才是敢作敢为之人。我缺乏那样的胆识,我的主心骨是提督萨镇冰。萨镇冰在甲午海战中果敢沉着，对重建海军又有贡献，人格、气度、学养、经验也无不服众；他既是深受爱戴的海军领袖，又是我在天津水师学堂和'康济'练习舰的双料教官，我对他五体投地！"

拱北内心独白："哇，萨镇冰厉害呀！"

纪慕贤："武汉三镇光复之初，萨镇冰奉命率舰队赶赴长江，配合冯国璋的陆军镇压革命。我是舰长，当然参与。后来，革命军受挫放弃汉口，但陆军纵火焚城五昼夜，却反而激起海军义愤，促使军心迅速倒向革命。舰员中的激进分子暗中加紧联络，伺机举事。就在辛亥革命的这个关键时刻，萨镇冰审时度势，以自行离开舰队的方式，默许海军倒戈；此举，牵一发而动全局，促成了海军易帜，加速了清朝灭亡。我正是在潮流的推涌下，卷进辛亥革命的，谈不上多少功勋。"

林老师："学长一点都没变，还是那么实在！"

纪慕贤："现如今我供职海军部，在北京才一年多。学弟是怎么个经历？"

林老师："甲午战争中，我在'镇远'舰由实习转入实战，经历了败军、亡军的全过程。黄海决战，北洋海军元气大伤。主力舰10剩6；管带，包括以阵前逃跑罪处斩的方伯谦在内，10剩5；管带以下，损失战官、艺官20余名；我们'镇远'舰的美国帮带马吉芬也受了重伤。谁知'屋漏偏逢连阴雨'，决战后才两个月，'镇远'鬼使神差居然触礁，管带林泰曾引咎自裁。又过了三个月，我们十分敬重的代理管带杨用霖，在威海卫战役之末，继'定远'管带刘步蟾、北洋海军提督丁汝昌之后，也杀身成仁。眼看'镇远'等10舰挂上膏药旗被掳往日本，我的心都碎了！我狼狈地回到故乡，咬牙切齿期盼重建海军；然而，1898年海军重建时，我却未能归队……"

纪慕贤："学弟没有重返海军，想来必有苦衷。"

林老师："学弟幼孤，由吕氏一家三口呵护成人。兄长吕忠大我八岁，服役于陆军；威海卫之役时，随巩军新右营营官周家恩死守南帮摩天岭炮台。周家恩连肠子都被打出来了也不屈服，全营玉碎，兄长他也……甲午战后，我回到福州，靠教西学兼做翻译，赡养二老、寡嫂及三个遗孤。如今，大的两个在海军；小三学陆军，现任保定军校教官。我虽未能如愿再入海军，但总算聊以告慰埋骨摩天岭的亡兄了。"

纪慕贤："学弟你自己的家小呢？"

林老师："学弟未曾娶妻。尽管二老及寡嫂在世时屡屡催促，但我力不从心，最大的愿望就是拉扯三个遗孤，延续吕氏香火，报雪国仇家恨啊！"

纪慕贤感动："这么多年了，学弟你身不在军心在军，国仇家恨念兹在兹，实令慕贤肃然起敬啊！"

林老师："学长谬奖了。学弟一日是军人，终生是军人。战败之耻，亡军之痛，无

第五集　福州访师　聆听甲午

一日敢忘，无一日能忘啊！"

纪慕贤："想来，学弟由林晖村改名林镇远，也意在勿忘耻辱吧。"

林老师："正是如此。威海卫之役打到山穷水尽，'定远'不屈自爆，留下英雄末路之悲、世人痛悼之情。姐妹舰'镇远'则最终背负国耻，在日本当牛作马，佐证北洋海军覆灭的历史，实令人不忍思念，甚至羞于回首啊！我之所以改名镇远，正是希望国人呼唤'镇远'、记住'镇远'！记住'镇远'，就是记住沦为臣虏的难堪，弱国弱军的下场啊！"

一阵痛苦的沉默。

林老师望望一脸肃然的拱北，强自一笑："哟，大人光顾说话，把你晾一边了。"遂指指桌子的糖果："来，吃糖吃糖。"又对纪慕贤说："不谈甲午了，大年节下的，孩子理应快乐……"

纪慕贤："学弟过虑了。军人之子不可只知快乐，更何况即将从军？年初一我已带拱北去过马江旧战场了。今日天赐之机，我巴不得你多讲一点给他听呢。"

拱北："老师，你讲吧。学生会记住'镇远'的！"

林老师："那好，还是讲回'镇远'吧。甲午那年，我在'镇远'见习，身份是练习生，也叫练生。当时，日本海军已然取代中国，跃居亚洲第一，并且咄咄逼人，誓将消灭'定远''镇远'所代表的北洋海军。7月25日，日方肆无忌惮挑起了甲午海战第一役——丰岛海战。消息传来，'镇远'长官即对下属训话……"

（化入）

4. "镇远"前甲板（日）

林老师并舰员们站满前甲板。

帮带大副杨用霖（字幕）神色严峻："诸位袍泽，日本已经不宣而战！在丰岛海域，'吉野''浪速''秋津洲'三舰，悍然袭击我'济远''广乙''操江'和'高升'号运兵船。我方奋起抵抗。'济远'大副沈寿昌、二副柯建章前仆后继，慷慨捐躯。练生黄承勋接替主炮台指挥，重伤断臂，临终仍以杀敌为重，下令'继续作战，无须顾我！'水兵王国成、李仕茂用尾炮射击强舰'吉野'，从容镇定，勇气逼人！'广乙'管带林国祥为援助'济远'，毅然率舰冲入敌阵，直至舰体重创方纵火焚船，堪称一员勇将啊！然而，倭奴百般凶残，不仅掳走'操江'，更击沉'高升'，屠杀我落水陆军官兵870余名……"

5．丰岛海域（日）

"浪速"绕"高升"号一周，在相距150米处停下。

"浪速"右舷，日寇炮手各就各位，用6门火炮瞄准"高升"。

"高升"甲板，营官骆佩德（字幕）对1100多名陆军官兵大声问道："倭贼逼令我辈投降，我辈当如何回应？"

全体"高升"官兵："不降！决不投降！"

营官吴炳文（字幕）："好，我等即可告知英国舰长，'高升'誓死不降！"

帮办高善继（字幕）拔刀："我辈同舟共命，断不可为日军所辱。胆敢言降者，血污我刀！"

众人又高呼："不降，不降，不降！……"声震海空。

"浪速"巡洋舰指挥台上，舰长东乡平八郎（字幕）断然下令："击沉'高升'！"

"浪速"舷侧5轮排炮猛轰"高升"。

"高升"锅炉爆炸，烟雾冲天。

"高升"下沉，进水。

"高升"官兵在节节上升的海水中一面以步枪射击，一面怒骂不止。

士兵甲："狗日的，老子死了也要拉个倭奴垫背！"

士兵乙："狗豺狼，老子变鬼第一件事就是掐死你们！"

士兵丙："王八蛋，吃我一枪！"

士兵丁："小东洋，我们子子孙孙都饶不了你！"

高善继、吴炳文、骆佩德背靠背呈品字形屹立，高举战刀，一起呐喊："弟兄们，好样的，留取傲骨做忠魂！做忠魂啊！——"

"浪速"指挥台，东乡平八郎命令："小型速射炮齐射击！"

"高升"士兵纷纷中弹。

骆佩德、高善继、吴炳文接连牺牲。

"高升"倒栽葱下沉。

"高升"号船员纷纷滑落海中。

"浪速"舢板靠近。

日兵近距离射杀我落水官兵。

海水染成红色。

"浪速"舰上，一片欢呼狞笑。

第五集　福州访师　聆听甲午

"浪速"指挥台上，东乡平八郎面露得色。
（化出）

6. "镇远"前甲板（日）

杨用霖继续训话："袍泽们：300 年前倭寇肆虐，戚继光率军扫荡，驱其入海；可惜，未曾直捣贼穴，根除隐患。如今，倭子倭孙凶残百倍，野心之大岂止掠金夺银，志向之坚正为亡我河山。丰岛之役，碧血犹殷；战衅既开，恶战难免。紧要关头，大丈夫理当争先立功，名垂千古。用霖誓与诸君同仇敌忾，杀敌报国！"

全舰呼应："报国！——报国！——报国！……"

呼应声中，镜头摇过义愤填膺的舰员：二管轮林维藩（字幕）、三副池兆琰（字幕）、水勇头目任正涛（字幕）、水勇副头目张金盛（字幕）、管旗头目林坤（字幕）、一等水勇何荣祥（字幕）、二等水勇张成玉（字幕）、水勇邵聚（字幕）等。

美籍帮带马吉芬（字幕）接着训话："我是北洋海军的'自己人'！军中有我的许多好兄弟，还有我在天津水师学堂、威海水师学堂时的好学生。十年来，我们风雨同舟，荣辱与共。今天，北洋海军面临严重考验，我将不畏艰险，与大家并肩战斗！记住，我们是生死兄弟！We're brothers for life，brothers for life！"

全舰呼应："Brothers for life！Brothers for life！"

林老师感动地望着马吉芬。
（化出）

7. 林宅小厅（日）

林老师："长官训话后，舰员纷纷修书给家人，表明尽忠之志。我给养父母写完信，就去找三副池兆琰。池兆琰是我天津水师学堂的校友，我敬之如师，爱之如兄。兆琰之父池寿光原是'靖远'舰文书，刚刚病逝于威海。兆琰已获准扶灵南下归葬闽县……"
（化入）

8. "镇远"舷边（夜）

池兆琰独自凭舷。

林老师走来，关切地望着池兆琰："兆琰大哥，令尊大人在'靖远'恪尽职守，不曾留下遗憾，你要节哀顺变啊！都打点好了吧？明日几时启程？"

池兆璜沉默片刻道："归葬之事，我改主意了。"

林老师："改主意了?！扶灵归葬，兹事体大，如何说改就改呢？"

池兆璜："战端已开，风云多变。我想，身事北洋海军，兆璜理当坚守'镇远'，以应驱遣，岂可因一家之丧而轻护国之责？先父灵柩，也只得寄存威海了。"

林老师："可是……可是……谁能预期后面的战事呢？令尊大人的灵柩要寄存多久才到头啊？常言道，入土为安。依我看，大哥你不如先尽人子之道吧。"

池兆璜低头走开几步，又停下，抬眼仰望夜空。

夜空悬着一弯上弦月。

池兆璜喃喃地，然而坚定地说："月无常圆，忠孝难全。兆璜既为人子，当尽人子之道；但兆璜更是军人，理应先尽军人之道啊！"

池兆璜跪下，仰天而语："父亲大人在天之灵，请恕儿子不孝吧！29载养育之恩，儿无一日能忘。待儿尽忠之后，再行尽孝，侍奉父亲回故乡！"

池兆璜一连三叩首。

（化出）

9．林宅小厅（日）

林老师："就这样，池兆璜毅然投入备战，而把亡父的灵柩寄存在威海了。"

拱北："老师，那后来呢？"

林老师："后来……还不到两个月，黄海主力大决战就发生了。9月17日，在鸭绿江口大东沟外，北洋舰队10舰血战日本联合舰队12舰，长达5小时之久。北洋舰队一度占据上风，但随着'超勇''扬威'，特别是'致远'的相继沉没，下午3点半以后，已陷于绝对劣势之中了。这时，5艘日舰趁机对'定远''镇远'展开抵近攻击。30门速射炮外加一尊尊大口径火炮，构成密集的火力网，罩住两舰；填充着下濑火药的新式爆破弹呼啸而来，引起一场场凶猛难灭的火灾。而两舰尚能发射的主炮统共只剩5门，弹药也将用尽，周围又无友舰支持，形势万分险恶啊！不过尽管如此，直到黄海决战结束，倭贼虽实际胜出，可也还是未能将'定远''镇远'这一对眼中钉彻底拔除。"

拱北："为什么？"

林老师："因为'定远'管带刘步蟾指挥出色，'镇远'管带林泰曾配合默契，且两舰官兵临危不惧啊！记得'镇远'当时只有2门12英寸主炮和25发杀伤力不大的实心弹可用了，但官兵们毫不退缩，依然奋战不息，马吉芬和池兆璜便是其中的两个

第五集　福州访师　聆听甲午

例子……"

（化入）

10．黄海战场（日）

"松岛""严岛""桥立""扶桑""千代田"等5艘围攻"定远""镇远"。

"定远""镇远"以稀疏的火力还击。

11．"镇远"前甲板（日）

"镇远"前甲板中弹起火。

舰员们奔走呼号。

12．"镇远"望台（日）

马吉芬："前甲板大火！"说着离开罗经，朝望台下的楼梯飞奔而去。

林老师立即跟随。

13．"镇远"前甲板（日）

林老师指挥水兵架设并使用消防泵。

舰员们纷纷赶来救火。

马吉芬手持水龙带与舰员们一起救火。

一水兵奔至马吉芬近处："报告，主炮因火灾无法发射！"

马吉芬当机立断："命令主炮全体炮手加入灭火行列！"

水兵："是！"迅速离去。

一弹飞来炸开。

几名舰员倒地。

马吉芬重伤。

（化出）

14．林宅小厅（日）

拱北："老师，马吉芬救活了吗？"

林老师："马吉芬头骨的弹片取不出来，但命总算保住了。"

拱北："那，三副池兆瑸呢？他也在前甲板勇敢救火吗？"

林老师："没有。黄海决战时，池兆璸一直在前桅的上桅盘里作战。那是个极危险又极重要的岗位。他负责用六分仪时时测算敌舰位置，再通过旗语报告主炮台。兆璸不顾密集的弹雨，一次次提供精准的数据，不愧为一名优秀的机械三副。我是在前甲板大火扑灭后，补充到主炮台战斗的，对此感受很深。可是后来……唉！"

拱北着急："后来怎么了？！"

林老师："后来收不到兆璸的旗语了。炮手们万分焦急，枪炮大副曹嘉祥命我上前桅查看……"

（化入）

15．"镇远"前桅上桅盘长梯（日）

林老师冒着弹雨奋力攀梯。

林老师攀抵长梯顶点。

林老师顶开上桅盘底部的盖板。

16．"镇远"前桅上桅盘（日）

景象狼藉。

镜头摇过被轰毁的两门37毫米口径的哈乞开斯小型速射炮、5名阵亡的士兵以及池兆璸，还有蘸血的手旗。

池兆璸前胸洞穿。

林老师扑向池兆璸，跪倒在尸身旁，涕泪横流："兆璸大哥，兆璸大哥啊！……"

特写：池兆璸手中依然握着六分仪。

林老师抹去眼泪，从池兆璸手中取出六分仪，一字一句："三副，你教过我使用六分仪，我没白学。你看着吧！"

林老师擦去六分仪上的血迹，站起来，将它举到眼前。

17．"镇远"主炮台（日）

主炮沉寂。

枪炮大副曹嘉祥（字幕）焦急万分。

18．"镇远"前桅上桅盘（日）

林老师从血泊中拾起饱蘸鲜血的手旗。

第五集　福州访师　聆听甲午

林老师高擎手旗用力一挥。

血雨从手旗上飞溅出来。

血雨慢动作落下。

19．"镇远"主炮台（日）

指挥官画外音："开炮！"

炮长拉动炮索。

主炮射出炮弹。

（化出）

20．林宅小厅（日）

拱北："老师，池兆璸牺牲了，那他先尽忠后尽孝，归葬亡父的承诺还能实现吗？"

林老师："问得好！告诉你吧，是北洋海军同生共死的袍泽们替他实现的。"

拱北："怎么实现呢？"

林老师："感人哪！尽管北洋海军一蹶不振，但爱兵如子的林泰曾、刘步蟾，仍以左、右翼总兵的名义集资，并电告池兆璸胞弟池兆琚来威海扶灵。当时，上上下下全都慷慨解囊。'镇远'帮带大副杨用霖不仅亲自收殓池兆璸，更主持了归葬仪式；各舰将士虽非骚人墨客，却也纷纷敬赠挽幛、挽联，借以祭奠捐躯黄海的所有英烈。孩子，你明白什么叫'岂曰无衣，与子同袍'吗？——这就是啊！"

（化入）

21．威海灵堂（日）

灵堂中央停放着"靖远"文书池寿光和"镇远"三副池兆璸父子的棺木。

池兆琚戴孝站在池寿光棺木旁。

"镇远""靖远"袍泽肃立灵堂两侧，林老师亦在其中。

镜头缓缓摇过"碧血风采""捐躯灭倭""猛志常在""黄海忠魂"等挽幛。

镜头缓缓摇过四副尤其醒目的挽联：

　　黄海涛声万古　英灵浩气千秋

　　大东沟外千顷血　华夏国中万重仇

　　从水师抗倭奴肝脑涂地忠心不改　奉亡父归故里血魂上天孝道犹存

一双父子精文精武共效北洋海军生也无悔　两代同袍大孝大忠齐归南国桑梓死而有荣

　　杨用霖致辞："'镇远'三副池兆璸移孝作忠，用血肉效命黄海战场，以魂魄侍奉亡父归葬，不愧为天津水师学堂好学生、北洋海军好战官、池氏家族好儿男！

　　"大忠即大孝。我将士大忠大义者岂止兆璸一人？'经远'二副陈京莹战前致函父母曰：'大丈夫以殁于战场为幸，但恨尽忠不能尽孝耳。''致远'大管轮郑文恒、'来远'大副徐希颜、'镇远'二管轮林维藩等所作之遗书亦无不掷地为金石声。

　　"许多袍泽虽未曾留言，却以七尺身躯为纸、一腔碧血为墨，写成无字之遗书。'超勇'管带黄建勋、帮带大副翁守瑜，'扬威'管带林履中、大副郑文超，皆力战至舰沉或船毁，方蹈海以殉。'经远'管带林永升穷追倭贼，骁勇震敌，又鏖战四舰环攻而玉碎；帮带大副陈策接替其指挥，最终舍生取义，率200余名官兵齐死，又何其壮哉！

　　"尤为惊天地、泣鬼神者，'致远'管带邓世昌、帮带大副陈金揆，驱舰直冲'吉野'，以求玉石俱焚。245位袍泽殉国，其中邓世昌、邓世坤，水勇匿米生、匿米方恰是两对兄弟，义犬太阳亦随邓公而去。当日，更适逢邓公45岁诞辰。庆生哀死集于一日，应是天地动容，以此彰显其生荣死哀啊！"

　　杨用霖致辞声中镜头切换为黄海战场。

22．黄海战场（日）

"致远"望台甲板

　　司令塔门开启。邓世昌腰悬军刀走出。邓世昌快步走到栏杆前，毅然亮出军刀，高高举起，向下面的官兵们喊道："袍泽们，我辈从军卫国，早已将生死置之度外，今日之事，有死而已！我辈虽死而海军声威不灭，此即报国，报国啊！"

　　画外一片"有死而已，报国啊！"的呼应。

"致远"主炮台

　　无弹可发的双联主炮周围，枪炮二副黄乃模、枪炮教习沈维雍、正炮目李兰、副炮目阮邦贵、练生徐怀清（皆实名）仍严守阵位，形若铁铸并高呼："有死而已！有死而已！有死而已！"

抽水机旁

　　三副谭英杰、指挥水勇副头目张学训、吴明贵等（皆实名）奋力排水。

第五集　福州访师　聆听甲午

V字形水槽旁

水勇头目宁金兰、王作基率水勇梁细美、蒲青爱、杨振鸿、龙凯月等（皆字幕）拼命堵漏。

"致远"带伤倾斜30度，冲向"吉野"；速射炮、连珠炮从各扇炮门、甲板、舷侧、首楼顶部、尾楼顶部、前桅盘、后桅盘向敌阵密集射击，犹如一条愤怒的火龙；火龙周围是"吉野""浪速""高千穗""秋津洲"炮弹激起的水柱网。

"致远"上空回荡着壮烈的呐喊："同归于尽！同归于尽！同归于尽啊！……"

"致远"驾驶台

帮带大副陈金揆（字幕）正操纵舵轮，邓世昌过来："我来！"随即接过舵轮亲自驾驶并命令："加速！再加速！"

机舱

总管轮刘应霖、大管轮曾洪基、二管轮黄家猷、二管轮孙文晃、三管轮铁轶、三管轮谭庆文（皆字幕），各司其职，视死如归。

各种秒表指示极限数值。

锅炉舱

英国管轮余锡尔指挥升火邵鸿清、升火王春松（皆字幕），挥动煤铲，加紧填煤。

炉内火焰特写。

"致远"逼近"吉野"。

"吉野"慌忙规避。

"致远"舰首犁开激浪，怒冲"吉野"。

"浪速""秋津洲""高千穗""吉野"猛射"致远"。

一声巨响，"致远"中部爆炸，升起巨大火球。

"致远"舰首朝下沉入海中。

邓世昌浸在涌动的海水中。

亲兵刘忠（字幕）递救生圈给邓世昌。

邓世昌用力推开。

左一鱼雷艇驶近，水兵放下救生杆大喊："邓大人快上扎杆！快！"

邓世昌不语，旋即自沉。

义犬太阳（字幕）衔住邓世昌的手臂拖其出水。

邓世昌推开太阳。

太阳又衔住邓世昌的发辫。

邓世昌仰天长叹一声，抱住太阳一同沉下海去。

仰摄夕阳如血。

画外一片锥心的悲号："邓大人啊，邓大人啊……"

画外音止。

23. 威海灵堂（日）

杨用霖："黄海英灵共江山同不朽，与日月竞光辉。可恨，倭贼嚣张，国难未已。用霖誓效诸公之大忠大孝、大勇大义，虽肝脑涂地，亦在所不惜！"

（化出）

24. 林宅小厅（日）

林老师："在威海灵堂致辞仅隔5个月，我们'镇远'袍泽至敬至爱的代理管带杨用霖，果然做到了肝脑涂地而在所不惜。他不愧为北洋海军至忠至烈的战将，他的牺牲更成就了中国海军史上的一对英雄师生！"

拱北："英雄师生？谁是师？谁是生？"

纪慕贤："杨用霖的教官正是供奉在马江昭忠祠里的许寿山啊！记得许寿山不？年初一我们刚去参拜过昭忠祠的！"

拱北："当然记得！甲申年中法马江海战时，英勇的'振威'管带许寿山在舰船沉没的最后一刻，还亲手拉动炮索，用最后一颗炮弹，击伤了敌舰，连敌人都夸赞他呢！"

纪慕贤："嗯，你记得很清楚。"

拱北："那，许寿山怎么会是杨用霖的教官呢？他俩一个福建海军，一个北洋海军嘛。"

纪慕贤："杨用霖是北洋海军，这没错，但他出身于福建海军'船生'啊。"

拱北："什么是'船生'？"

纪慕贤："清末海军育才，除正规海校，也招考优秀青少年直接上舰学军，称为'船生'。'船生'学习期较短，一般只2—3年，但毕业后与海校科班毕业生同等待遇。杨用霖便是许寿山亲手培养的顶尖'船生'。他们一个捐躯马江，一个玉碎黄海，是一对真正的英雄师生啊！"

拱北："那，杨用霖是如何牺牲的呢？"

林老师："杨用霖是追随提督丁汝昌殉国的。他和刘步蟾等将领的殉国，正是一道

第五集 福州访师 聆听甲午

道血泪环节，连缀成北洋海军覆灭的痛苦历程，今天想起来，依旧十分沉重啊！1895年1月20日，日军登陆荣成湾，甲午战争进入了最后阶段——威海卫之役。半个月之内，威海卫背面的南、北两帮炮台相继落入敌手。北洋海军失去后方护卫，立即陷入日本山东作战军和封锁威海湾的日本联合舰队来自陆海两个方面的夹攻，处境日益险恶。尽管丁汝昌指挥'定远''镇远'各舰不断拼死抵抗，击伤了多艘日舰；然而，随着旗舰'定远'遭到入港偷袭的敌方鱼雷艇的重创，且'来远'等三舰中雷沉没，日岛炮台又被摧毁，北洋海军大势已去，无可挽回了。2月9日，恰是阴历元宵节，也是北洋袍泽最悲哀的一个元宵节。那天下午，刘步蟾受命炸毁搁浅在刘公岛岸边的'定远舰'，当晚他自裁以殉了。"

林老师话声中镜头切入威海湾内。

25. 威海湾内（日）（夜）

刘公岛东部浅滩上，搁浅着重伤的"定远"舰。

刘公岛铁码头上，北洋海军右翼总兵——"定远"管带刘步蟾（字幕）背向镜头，在猎猎寒风中默默眺望"定远"舰。

一声巨响，"定远"中部腾起滚滚白烟。

铁码头上，刘步蟾仰天长叹，欲哭无泪。

偏西的太阳骤然西驰、落下，画面变暗。

刘公岛上空，一轮正月十五的圆月，被乌云遮蔽。

（化出）

26. 林宅小厅（日）

林老师："1895年2月11日，粮尽弹绝而援兵不至。午夜，我们的老提督丁汝昌，英雄末路，杀身成仁，次日含恨逝去。在孤军奋战威海湾的日日夜夜，丁汝昌率众七次击退联合舰队的强大攻势；直到自杀的当天上午，还指挥'镇远'等炮舰炮击陷落后的南帮炮台。他的坚毅果敢，他的高尚人格，他的鞠躬尽瘁，甚至赢得了敌人的尊敬。而正当我们如丧考妣之时，杨用霖却在'镇远'舰上殉国了。"

（化入）

27."镇远"舰（日）

后桅半旗。

舷边，代理左翼总兵——"镇远"管带杨用霖（字幕）凝视半旗，片刻，喃喃地然而坚定地吟出文天祥的诗句："人生自古谁无死，留取丹心照汗青！"

杨用霖毅然离开舷边。

杨用霖走进自己的官舱。

一声枪响由他的官舱内传出。

舰员们从舰上各处朝杨用霖的官舱奔去。

林老师等人冲进杨用霖的官舱，一齐怔住。

杨用霖端坐椅上，双目怒睁，鼻血如注。

杨用霖垂下的手中还紧握着手枪。

林老师等人扑通跪下。

众人泪流满面，哭喊道："杨总兵啊！……""杨管带啊！"

林老师哭喊道："杨总兵，你虎死威不倒，虎威不倒啊！"

（化出）

28．林宅小厅（日）

林老师："1895年2月17日上午，日本联合舰队大摇大摆开进威海卫港。莫大的讽刺啊！遥想1398年明太祖朱元璋设威海卫防御倭寇，岂料，497年后倭子倭孙竟然在这里接受北洋海军的投降！作为中华儿女，我无地自容！当天下午3点，解除了武装的'康济'舰，将丁汝昌等6位殉国将士的棺木，以及残存的北洋官兵遣返烟台。"

（化入）

29．刘公岛铁码头（日）

铁码头上日军岗哨林立。

铁码头旁停靠着解除了武装后的"康济"舰。

丁汝昌、刘步蟾、林泰曾、杨用霖、戴宗骞、黄祖莲等人的黑色棺木，被缓缓抬上跳板。

30．"康济"舰（日）

"康济"管带萨镇冰（字幕）肃立在业已卸去火炮、枪械的"康济"舰的舷梯口，恭迎灵柩于跳板尽头。

沿"康济"舰舷，面向大海，肃立着解除武装后的北洋海军官兵。

第五集　福州访师　聆听甲午

　　林老师站在舰尾舷侧。
　　汽笛鸣响。
　　"康济"起航。
　　寒雨降下。
　　林老师沐雨回望排列在港湾里改挂着膏药旗的"镇远""济远""平远""广丙""镇东""镇西""镇南""镇北""镇中""镇边"等10艘军舰，喃喃道："永别了，'镇远'！永别了，北洋海军！"
　　"康济"继续驶离刘公岛。
　　"康济"舰尾，半旗被雨打湿，沉重地垂着。
　　雨滴从半降的龙旗上默默滴下。
　　林老师仰望灰色的天空，满面雨泪。
　　林老师内心独白："为什么曾号称亚洲第一的北洋海军，仅仅7年就亡于甲午战争？为什么海疆万里的中国，历经千年却仍然不懂制海？为什么无与伦比的郑和舰队，没能发展为强大的海军和海军传统？为什么同样师法西方，小小日本迅速变成海洋强国，泱泱华夏竟然沦为贫弱之邦？为什么？为什么？……"
　　"康济"舰渐行渐远，最终融入迷蒙的海天之间。
　　（化出）

31．林宅小厅（日）

　　林老师："就这样，我在'镇远'的见习以失去'镇远'而告终，留下的是无比的困惑和不尽的思念。孩子，虽然你从未见过'镇远'，但老师希望你知道'镇远'，记住'镇远'。记住'镇远'就是记住我们遭受的耻辱，'知耻而后勇'啊！"
　　拱北起立："老师，拱北一定记住'镇远'！"
　　林老师："好，你跟我来！"

32．林宅小书房（日）

　　林老师指着摊在桌上的照片，对坐在身旁的拱北说："这张照片是不久前一位朋友从日本寄来的。"
　　照片特写：两只大铁锚，周围环绕着一圈军舰锚链和10颗大炮弹。
　　拱北拿起照片端详，一脸疑惑："老师……"
　　林老师拿过照片，指指点点："这铁锚、锚链、炮弹，都是'镇远'的遗物啊！"

拱北："'镇远'的遗物？为什么这么放着？好像做展览？"

林老师："就是做展览啊！'镇远'被掳往日本后，1895年3月正式编入舰队，服役17载始告报废，去年4月在横滨解体当废铁出售。照片上的这三种遗物是特地运到东京上野公园圈起来示众的，目的在于羞辱中国并煽动狂热的征服欲。多么卑劣，多么恶毒啊！"

拱北气得捏紧照片，眼圈发红，喉头一咽一哽地强忍着，憋了好一会儿，迸出一句狠话："总有一天，把倭贼通通杀死！通通杀死！"

林老师拍拍拱北的肩："孩子，老师本不愿你伴着如此深刻的仇恨成长，可惜别无选择，因为倭贼亡我之心有增无减啊！早在明治之初，睦仁天皇就采纳了日本明治维新精神领袖——侵华理论鼻祖吉田松阴生前的主张，把吞并朝鲜和中国定为最高国策。为此，日本对每一个罪恶步骤的实施，都处心积虑，全力以赴，狂热到无以复加。就拿消灭北洋海军来说吧，他们举国上下总动员，由皇室带头献财捐款，让邪恶膨胀到极度，甚至还鼓励儿童玩捕捉'定远''镇远'的游戏，其阴险毒辣，疯癫下流，真是世间少有，匪夷所思啊！甲午战后，日本更利用《马关条约》的巨额赔偿，大肆扩军，目标坚定，决不放过中国……"

拱北愤然站起："我也决不放过他们！"

林老师也站了起来："对，决不放过他们！种瓜得瓜，种豆得豆，种仇恨者当得仇恨！"他把照片交给拱北："好孩子，带着这张照片从军去吧！"

33. 福州码头（日）

"榕城"号江轮正待起航。

纪慕贤："学弟积劳多年，显得有些体亏。这个暑期不妨去北京消夏。我客居的四合院虽然很小，但种着些马蹄莲，倒也清幽，届时还可约慕达来跟你聚聚。你意如何？"

林老师："这次恐怕要辜负学长的美意了。"

纪慕贤："是何缘故呢？"

林老师："我家老三生龙活虎且多才多艺，然而年轻气盛，过于冲动，尽管担任保定军校教官，却还是叫人放心不下。所以，今夏一定要去看看，了却这桩心愿。学长不会见怪吧？"

纪慕贤："学弟与吕氏一家三代，并无血缘而彼此交相恩养，这样的大胸怀、大情义，实乃人伦佳话啊！学弟自当先去保定，以释拳拳之念。说起来，慕贤倒也有个心

第五集　福州访师　聆听甲午

愿，至今未能了却。"

林老师："学弟愿闻其详。"

"榕城"号鸣笛。

林老师、纪慕贤一齐朝"榕城"号望去。

纪慕贤："该走啦，以后再谈。"

拱北过来，向林老师一躬到底："老师，再见！谢谢老师栽培！"

林老师双手把住拱北的双肩，重重晃了晃："走吧，拱北，走向海军！"

34．福州至马尾航段（日）

"榕城"号在航行。

35．"榕城"号舷边（日）

纪慕贤叔侄身着披风凭舷而立。

拱北："三叔，你跟林老师说有桩心愿未了，是什么心愿啊？能告诉侄儿吗？"

纪慕贤若有所思。

拱北自作聪明且兴奋起来："是想当海军总司令，对吧？"

纪慕贤不禁失笑："瞎猜！"

拱北："那你说嘛！"

纪慕贤："这个心愿也跟甲午战争有关。"说着转向江面，开始叙述："甲午战争爆发前两年，我从天津水师学堂毕业，派在'超勇'巡洋舰上服役。舰上有两名非常勤奋好学的一等水勇，一个叫何满，一个叫那旗，后来双双考升为炮手。黄海决战时我任'超勇'枪炮三副。开仗仅5分钟，'超勇'和姐妹舰'扬威'就遭到'吉野'等四艘日本新式强舰的围攻。两舰奋勇抵抗，将敌舰一一击伤，但终因舰老炮弱，很快不敌。下午1时20分，'超勇'舰舱内中弹，引发绝命大火，右舷逐渐倾斜，但仍不顾一切，用前主炮拼命还击。当时，我刚抢修好一门机关炮，就在舰尾后主炮房附近被炸伤了……"

（化入）

36．"超勇"舰尾（日）

封闭式后主炮房近处，尸身狼藉。

纪慕贤重伤躺在地上。

炮手何满抢上前扶持，纪慕贤吃力地说："别管我，别管我！……"

炮手那旗持救生圈赶来，为纪慕贤套圈。

纪慕贤："不要不要！你用你用！船要沉了！……"

那旗不由分说给纪慕贤套上了救生圈。

何满、那旗站起来。

那旗："后主炮没弹药了，何满哥，倒是炮房顶上的连珠炮好像还没毁……"

何满以决死的目光望着对方："我明白了，那旗，咱俩赶紧上去吧！"说着头也不回冲向炮房爬梯。

那旗随即也冲向炮房爬梯，但冲出两步后突然脚下一顿，转过身来："纪三副，我跟何满上去打。愿你吉人天相，吉人天相！"

那旗继续冲向炮房爬梯。

纪慕贤强睁双眼，望着那旗的背影，喃喃道："何满、那旗，好样的，你们是英雄啊！……"接着便晕了过去。

何满、那旗相继攀上炮房爬梯。

炮房顶上，何满、那旗移开两名阵亡炮手的遗体，站到诺登飞四管连珠炮炮位上。

连珠炮开始猛射。

（化出）

37．"榕城"号舷边（日）

拱北："三叔，何满、那旗后来怎样了？牺牲了吗？"

纪慕贤："生死关头，他们放弃自救，选择战斗，就是选择了牺牲啊。听说，当天下午未时，2时30分左右，何满、那旗随舰沉没了。"

拱北："沉没了……那你的心愿跟这有关吗？"

纪慕贤："当然有关。19年来，一直很想为这两个英雄炮手做点什么，可又无从做起。"

拱北："为什么呢？"

纪慕贤："因为我跟他们生活圈子不同，不了解他们的身世；只知道他们有妻室，好像在烟台乡下。战后，我曾数次托人去那里寻找，但大海捞针，谈何容易啊！只能是一桩心愿而已。"

拱北："不要紧，到了烟台，我可以跟雨轩去乡下找。"

纪慕贤正色："胡闹！听风便是雨！你唯一该做的，就是学好海军！走吧，回舱里

第五集　福州访师　聆听甲午

吃点心。"说着推了拱北一把。

拱北与纪慕贤一前一后走了几步，迎面奔来一个四五岁的西洋小女孩。

西洋小女孩忽然摔了一跤，拱北赶紧上去将她扶起。

西洋小女孩欲哭，拱北安慰道："Don't cry! I'll help you."

西洋小女孩的父亲上前对拱北微笑："Thank you very much!"

拱北回答："Not at all."

那洋人偕女孩与纪慕贤擦肩而过，双方点头致意。

纪慕贤走了几步，喃喃自语："真像啊！"

拱北听见，疑惑地仰视纪慕贤。

38. "榕城"号单间（日）

拱北："三叔，方才你说'真像啊！'——谁像谁呀？"

纪慕贤："哦，我是指那个洋人长得酷似当年那个英俊的'镇远'帮带马吉芬。"

拱北脑袋一热："说不定就是！"

纪慕贤："怎么可能？！马吉芬吞枪自尽已然16年，他若是活着，应该53岁了。"

拱北："啊？！那马吉芬为什么要自尽呢？"

纪慕贤："他是为北洋海军、为自己失落的海军梦而死的。北洋海军覆灭后，所谓墙倒众人推，世界舆论就竭力予以贬低。在美国疗伤的马吉芬奋起著书揭示真相，并且仗义执言，到处演说。可恨无人理解！1897年2月11日在丁汝昌自杀两周年忌日这天，马吉芬怀着对北洋海军始终不渝的忠诚，勇敢而悲壮地结束了自己37岁的年轻生命。"

拱北竖起拇指："马吉芬真英雄，真仗义，了不起！"

纪慕贤："确实了不起！他是中国袍泽生生世世的'自己人'，也是天津水师学堂和威海水师学堂校友共同的骄傲！他人格不死，情操永在，感动着无数人。我有个旅美朋友，并不是海军出身，却常常去马吉芬的墓地献花。"

拱北："三叔，侄儿将来要驾舰去美国，向马吉芬献花！"

纪慕贤："你有这份心意就好。中国人最重恩义，中国孩子也应该有恩义感啊！实际上，除了马吉芬，北洋海军中优秀的洋员还真不少，比如，对北洋海军建设有贡献的琅威理、为北洋海军抗倭英勇捐躯的余锡尔和尼格路士等等，他们的名字永不磨灭！有朝一日中国海军强大了，也绝不会忘记那些曾经助我们一臂之力的外国朋友。你说对吧？"

拱北："对！"

仆役端来茶点："请慢用！"

39. 福州至马尾航段（日）

"榕城"号在两岸青山夹峙中东行。

罗星塔夕景在望。

40. "榕城"号单间（日）

拱北："三叔，中国海军会强大起来吗？"

纪慕贤："怎么不会?！我们既然拥有过世界无与伦比的造船业和航海术，我们的舰队既然巡航过中国最南端的领土南沙群岛，并且扬帆东南亚、印度洋、波斯湾、红海乃至非洲，那就没有理由不奋力追回失落的辉煌；更何况，腐朽的清朝已然垮台，我想，只要厉行孙中山先生的主张，希望就在前头啊！"

拱北："那我们很快就有强大的海军了吗？"

纪慕贤："这我不能预期，因为中国积贫太久且海军战略理论还远未启蒙。凡事都有一个过程嘛，就说美国海军吧，它的发展也并非一蹴而就的。1776年美国独立，1880年美国海军排名世界第12位，仅仅是一支防御力量而已；不料10载之后，竟然出现了很大的转机……"

拱北："什么转机呀？"

纪慕贤："一个叫作马汉的少将衔美国海军战略理论家，陆续发表了三部海权论专著，阐明了海军与海权的重要关系，举世轰动。第26届美国总统西奥多·罗斯福深受马汉海权论的影响，1901年执政起不断增加海军拨款；到1909年卸任时，美国海军已跃居全球第2位，仅次于英国了。从第12位到第2位，用去将近30年的时间吧。明白吗？"

拱北："美国后来居上，这我明白。不过……三叔没讲'海权'究竟是什么？"

纪慕贤："我这不正要讲呢吗？'海权'，英语谓之'Sea power'，海上实力之意；换句话说，就是一个国家依托强势海军，控制海洋、经略海洋，且不许对手染指，借以获取更多的利益。'海权论'为某些野心勃勃的国家提供了称雄的锦囊妙计，他们于是积极引进这种战略理论，大力发展海军作为海权的后盾，这方面最突出的要算日本。甲午战后一年，日译本的'海权论'首部专著——《海权对1660—1873年历史的影响》就出笼了。日本规定，海军舰长人手一册必读，随后更编入教材灌输给学生；而《马关条约》的中国对日赔偿等，则刚好用来扩充日本海军，加强'海权'。就连海军

第五集　福州访师　聆听甲午

居全球之冠的英国，也要求每个海军军官必须研读马汉的'海权论'，并传播到家喻户晓。"

拱北："三叔，'海权论'也会在中国传播吗？"

纪慕贤叹气道："二十多年了，至今还没有啊！我是得益于旅美友人才略知一二的。不知严复何以翻译了《天演论》，却没把'海权论'介绍给国人，哪怕介绍一部也好啊！"

拱北："那，日本等国得了马汉的锦囊妙计，一个个称雄，中国岂不是会更加危险吗？"

纪慕贤心痛地望着拱北。

纪慕贤内心独白：贫弱的中国啊，年仅13岁的孩子就有这样的忧虑！

拱北追问："会吗，三叔？"

纪慕贤："危险当然有。'弱肉强食，物竞天择'，生存法则是非常残酷的，所以才必须自强啊！多一分自强，就少一分屈辱，少一分危险。这样，我们五千年的历史命脉也不是谁想掐断就掐得断的！"

拱北点头。

41．福州至马尾航段（日）

"榕城"号驶近马尾码头。

42．马尾码头（日）

纪慕贤与拱北朝候在码头后方的两顶轿子走去。

不远处，那对在福州码头近旁耍棍的老少江湖正朝码头前沿走去。

拱北蓦地瞥见他俩的侧影，惊喜不已。

拱北不假思索抬脚追赶老少江湖。

纪慕贤喝止："回来！你又不安分！"

拱北住脚，无奈地转回。

纪慕贤："乱跑什么？"

拱北："那个小孩……"

纪慕贤："今天早晨你就是为了他而误船的吧？"

拱北："正是。他武艺高强，是个小侠，将来定能成为总舵主、掌门人什么的。"

纪慕贤白了拱北一眼："又来了！你就不能想些别的吗？！"

拱北："别的？什么呢？"

纪慕贤："看不出来吗？那小江湖虽然游方献艺，身上却透出些书卷气呢！"

拱北："啊？！三叔认识那个小侠！"

纪慕贤："你又'小侠小侠'的了！我不认识他，只是回乡过年那天在马尾码头上遇见过。他很可能是个卖艺助学的苦儿。"

拱北："苦儿？"

纪慕贤："是的——苦儿。"

拱北："神了！怎么看得出来呢？！"

纪慕贤："有什么可'神'的？！'苦儿'处处在，我小时念私塾、乡学，都跟'苦儿'同过窗。他们多数勤奋、节俭、刻苦、耐劳、重恩义，非常优秀。"

拱北："海校也有'苦儿'吗？"

纪慕贤："那还用问？求学海校的岂能都是海军世家子？从福州船政学堂起，南北各地海校均实行食宿免费和奖学制度，投考海校的'苦儿'大有人在，你林老师不就是吗？"

拱北内心独白："倘若认得那小侠就好了，我一定怂恿他报考烟台海校！"

拱北这么一想，又禁不住回望已然走远了的小江湖。

闪回：小江湖绕场耍棍，从拱北面前转过；小江湖耍棍，观众疯狂；拱北跷起两个拇指，高高蹦起。

纪慕贤拍拍拱北："别再望了！世间芸芸众生，或一面之缘，或擦肩而过，如此而已。"又欲擒故纵："除非，你决心跟他们去卖艺。——你的双剑舞得还算过得去。"

拱北："不不！我要学海军！当然要学海军！"

纪慕贤："那不就结了！"便指指天空："快走吧，轿子还在那边等着呢，不一会儿天就擦黑啦！"

43. 马江岸坡下小路（日）

远景，纪慕贤叔侄的两顶轿子一前一后，沿着岸坡下小路行进。岸坡上隐约可见一座小木屋的轮廓。

画外音：纪慕贤绝想不到，有关"超勇"炮手何满、那旗遗属的线索，其实就藏在岸坡上的那座小木屋里，可惜失之交臂，并且永远地错过了；而多少年后，当命运的纠葛终于将那线索交给拱北时，留下的竟是更多的遗憾。

画外音中，暮色加深，宿鸟归飞。

第六集 满汉兄弟 甲午遗孤

1. 马江岸坡（夜）

远景：一星灯火在岸坡上闪烁。

镜头推近。一座简陋的木屋，面江靠山，支撑在岸坡的一些木桩上。

2. 岸坡小木屋外（夜）

镜头沿着窄窄的木梯，陡陡地向上，推到木栏杆处。

小窗户透出昏晦而又温暖的烛光。

男子汉们粗犷的笑声从木屋里传出。

3. 岸坡小木屋（夜）

金山、徐宝德、三丁、壮壮、友友、阿隆正分享着小酒小菜，开怀大笑。

油灯照着徐宝德的圆脸，憨厚而乐观的秉性由里透到外。

三丁指指徐宝德："哈哈天啊哈哈天，有你就有笑声；跟你在一起，弟兄们早晚都得笑成大胖子，干不动活喽！"

壮壮："我信缘分。金山伯跟哈哈天，一老一少是前后脚上了'马江'号的。虽说都只半年多，可我觉得，倒像和我们处过大半辈子似的。"

友友："对呀，这就叫缘分。没缘分的，就算年深月久，还是人心隔肚皮，凑一块不暖和，分开后不思念。"

阿隆："是这么个理。哎，哈哈天，你干吗非辞工呢？不去烟台不行吗？"

徐宝德："不行啊。我大伯早年往烟台谋生，风风雨雨几十年，现如今只剩孤老一个，又多灾多病的；我爹越来越不放心，就决定让我辞工去给大伯尽孝。这不，天天催我走呢！"

阿隆："你家不是哥儿四个吗？干吗单挑你去呀？"

徐宝德："爹说了，我没脾气，伺候老人最合适。——就这么个理。"

壮壮："依我说，干脆接他老人家回来落叶归根，岂不两全其美？"

徐宝德："不成啊。大伯早就变成烟台人，把烟台当作故土了，不肯回来。我爹也担心他南下水土不服，特别是马尾的夏季又热又潮又闷又长，北方老人怎么受得了？"

金山："你爹想得周全。你们年轻不知道，老人哪好比旧家私，摆在老地方不动，还能对付着用；一挪窝吧，十之八九是要散架的！"

三丁："哦，原来如此！"

友友："金山伯到底年过半百，讲出来的道理就是不一样啊。看来，哈哈天非走不可喽。"

壮壮端起碗："那就为哈哈天千里行孝干一大碗吧！"

众人碰碗："干！""干！""干！"

金山放下碗，抹抹嘴："宝德啊，你到烟台安顿下来后，我要托你办件事。"

徐宝德正撕着小菜，忙放下筷子："什么事？金山伯，要紧吗？"

金山："要紧不要紧的，说起来，话可就像一匹布那么长喽！——年轻人嫌啰唆。"

众人兴奋："谁嫌啦？！""不嫌不嫌！""有故事听还嫌？！""快说嘛！快说快说！"

金山："我在烟台生活了大半辈子，有过两个铁哥们，都是甲午年正月意外结识的。"

壮壮："有意思！故事就在这儿了，对吧？"

三丁："别插嘴，壮壮！"

众人催促："金山伯，快讲快讲！"

金山："当时，我住烟台东山海军嵩武左营附近。元宵前一天，我走进村头的一家小酒店……"说着连抽两口，喷出一团烟气来。

（化入）

4．村头小酒店内（日）

小酒店中弥漫着旱烟的烟气。

一个粗鲁的酒徒，脚踏条凳，鼻孔朝天，喷云吐雾。

特写：一双筷子伸出桌沿。

金山走进，朝一张空桌走去。

第六集　满汉兄弟　甲午遗孤

金山经过酒徒旁边，一不留神将筷子蹭落，却浑然不知。

"浑蛋！"随着一声断喝，一只大手揪住金山的后领。

瘦削的金山被强扭着转过身来。

酒徒指着落地的筷子："嗯？！你碰掉筷子，找我的晦气，还装糊涂！"

金山一看，慌忙赔礼："哟，大哥，对不起！我真没留神，不是装的。这就捡起来，捡起来。"说着拾起筷子，在衣襟上擦了又擦，递给酒徒："对不起啊，对不起啊！"

酒徒粗暴地推开筷子："对不起顶个屁用！大正月的，掉筷子就是咒我走背运！"

金山再三忍耐："无冤无仇的，我干吗咒你呀？我……"

酒徒扬手："你还说还说！再说一句，马上掐断你这根小干巴葱！"

金山气得说不出话："你！你！……"

邻桌，一个长脸、瘦鼻、浓眉、十分帅气的年轻水兵，三步两步挡在金山前面，指着酒徒的鼻子："人家又拾筷子又赔不是的，你还不依不饶，明摆着欺负老实人，算什么爷们！"

酒徒继续耍横："你他妈吃饱撑的，多管闲事！"

"这闲事哥们管定了！"另一方脸大眼水手插进来，边说边撸袖。

酒徒不甘示弱，也撸袖。

店主赶了来："爷们爷们，我的好爷们哎，君子动口不动手，君子动口不动手哎！有理没理，请到外边论理吧！——我们小本生意哟！"一边劝，一边作揖。

5. 村头小酒店外（日）

一群看热闹的人围着酒徒及那两个年轻水兵。

三人几乎同时甩辫绕脖，摆出战斗姿态。

长脸水手挡开方脸水手："何满，犯不上叫人家笑话咱们两个对一个。你且闪开，看我那旗怎么整治他！"

一部分围观者七嘴八舌劝和："别打别打，丁点大的事，说两句就算啦！""让一让，双方都让一让，没有过不去的！""退一步海阔天空嘛！"……

另一部分却从旁拨火："退什么，让什么？打呀打呀，打出个高低来！""快打快打，不打是孬种！""打！打！是英雄是好汉拳头上看！"……

金山一面拨开观者，一面高声说："劳驾闪一闪，闪一闪，让我们进去。"便挤进圈中。

店主随即赶来挡住酒徒，并向双方拱手施礼："爷们爷们，我是让你们到外边论理，不是打架哟！要不然我就是犯浑缺德喽！"

一个后生起哄："别听他的，娘们似的！打！有理没理，打赢了才是理！"

店主赔笑："那位小爷，你年轻气盛，起起哄，闹着玩，都不为怪。不过可别忘了，古训说'以和为贵''和气生财'哟！我就见过，不去劝架说和反倒撩事拨火的主，最后把自己给绕进去了，还吃了官司，赔了钱！你若不信，可以问问眼前年长的爷们！"

一位老者应声附和："还有赔命的呢，连肠子都悔青了！"

（化出）

6．岸坡小木屋（夜）

金山："那店主真是江湖上混出的老到，就这么四两拨千斤，先把火上浇油的给按住了。然后……"

徐宝德："然后怎么样？"

（化入）

7．村头小酒店外（日）

店主又拱手施礼："三位爷，都别急着动手。我奔六十的人了，你们年轻，听我再叨咕几句，再打也不迟啊！"

金山连连点头并插话："这事都怪我，走路不长眼睛，大正月里碰掉人家筷子，还连累各位爷伤了和气。我这儿给各位赔不是了，赔不是了！"说着向双方连连作揖。

店主："这位爷真是个明白人，有担当，不含糊。"又劝那三条汉子："人家态度这般恳切，你们就都给个面子吧。常言道'四海之内皆兄弟！'相遇即是缘分，又何必为一双筷子斗气呢？"又指指围观者："其实，老少爷们也都是这么想的，哪有人当真幸灾乐祸，唯恐天下不乱的呢？你们说对不对？"

围观者皆焕发出善性，大声回应："对！——"

店主趁热打铁："再者说了，我这小店，全仗大伙儿帮衬。明儿就是元宵节了，还求各位送我一份人情，圆圆满满，大吉大利吧！"又问大家："你们说，好不好哇？"

围观者泛开笑容，齐呼："好！——"

（化出）

第六集　满汉兄弟　甲午遗孤

8. 岸坡小木屋（夜）

金山："从此，我跟何满、那旗成了铁哥们。"

友友："金山伯，你不会踢不会打的，怎么就跟兵哥儿'铁'起来了呢？是因为他们路见不平拔刀相助吗？"

金山："也不完全是。实话告诉你吧，我这辈子最烦两种人：一是特爱算计，连人情也要放在算盘上扒拉；二是见不得别人好，你走背字时他才肯跟你安生些。何满、那旗是完全不同的汉子，又仗义又大气，从他俩身上我看到了他们祖先大风大雪、大弓大马、大酒大肉的那股子劲。"

三丁："我猜，他们恐怕不是汉人，起码不是南方人。"

金山："没错，那旗、何满都是满人。"

众人异口同声，且透出些歧视："哦？是旗下崽啊！——好吃懒做！"

金山不悦："别'旗下崽''旗下崽'的好不好？他俩可不是成天遛鸟斗蛐蛐的主！再说了，人家牛高马大的，单凭个头也不该往低里说嘛！"

阿隆："瞧，金山伯胳膊肘子朝外啦！哈哈！"

金山："实话实说嘛。人家至少不像我们福建人——矮子矮栽栽，撒尿浇干菜哟！"

徐宝德自恃个子大，故意站起来，鼓起胸膛："才不呢！难道我也撒尿浇干菜吗？"

众人起哄："那你说，你撒尿能浇什么？浇什么？"

徐宝德拿大家开心："我嘛，我浇……浇你们的脑袋！哈哈哈哈哈……"

友友就近抱住徐宝德的头："我先浇了你的脑袋！"

徐宝德笑着对抗。

三丁："别闹别闹，老是闹！还听不听金山伯讲下去啊？"

众人："听听听听，当然要听喽！"

徐宝德给金山添上茶水："金山伯，先喝口茶再继续讲。"

金山："都是叫你们起哄给闹的！方才我讲到哪儿了？"

徐宝德："讲到你那两个铁哥们是旗人。"

金山："我没说是旗人。我的铁哥们是满人，并且还跟我们福州有缘。"

众人："啊？有这种事！"

阿隆："奇怪呀，按理满人应该是旗人吧？那为什么他俩不是，还跟福州有缘呢？"

金山："当年我也纳闷过，但不久何满、那旗就把隐瞒了好几代的身世告诉了我，自此我们才成了铁哥们的。"

三丁："原来还有秘密！金山伯，你说说他们的身世吧。"

金山："他们的身世跟福州满八旗有关。"

众人："啊？这么复杂！"

金山喝了口茶："福州原本没有满八旗驻防，满族旗营是乾隆年间才设立的，员兵和家属全部来自北京旗营。何满的先祖姓辉河名安巴，那旗的先祖叫达得，姓那拉；他们随军南下，定居福州。福州满八旗的生活，在乾隆朝还算过得去。后来，由于旗营人口不断增加，日子越过越穷，到了咸丰年间就发生了一件事……"

众人："什么事？！"

金山伯："辉河氏的后生多罗跟那拉氏的后生白里，结伴逃离旗营。"

壮壮："逃离旗营？！——又不是囚犯喽，外出谋生，天经地义，犯得着逃离吗？"

金山："你不明白，驻防旗人都受'出境律'的管束；未经许可，擅自离开旗营80里，要罚40军棍呢！"

友友："看来旗下崽——"又忙改口："不不不，看来旗人远不如我们以为的那么自在啊！"

徐宝德："那两个年轻旗人挨没挨军棍呢？"

金山："阿弥陀佛，他俩总算逃出来了。"

众人："后来呢？"

金山伯："后来，他们改用汉姓，远走他乡。旗营官员抓不到人只得向上谎称'死亡'，取消旗籍，拉倒了。"

众人："哦，原来如此！""真想不到，旗营里会是这样的！"

三丁："那，再后来呢？"

金山："再后来嘛，博敦跟多隆敖向北方流浪，在烟台的一处海滨落地生根，子孙就不是旗人了。光绪年间，他们的子孙中有两个以打鱼为生的小青年，投效北洋海军，当了水兵，又从水兵考升为炮手。这两个小青年便是——"

众人："便是你的铁哥们何满跟那旗！"

金山："对了，正是他俩！"

友友："算起来，何满跟那旗的先祖定居福州，总有一二百年了吧？"

金山："可不吗？何满、那旗的好几辈先祖，都埋在福州东门外康山。去年，我回来后第一件事，就是替我那两个哥儿们去康山拜祭。在那里，我看到，旗人的墓碑上都刻着'长白'两个字，表示自己的根远在长白山。"

徐宝德："想不到金山伯跟何满、那旗会有这么深的缘分！我猜，你要托我做的，

第六集 满汉兄弟 甲午遗孤

就是到烟台后替你去看望他们。对不对？"

金山伯猛抽几口烟，沉着嗓子说："不是看望他们，他们早就没了。"

众人："啊？！没了？！"

金山："甲午战争中，何满、那旗双双战死在黄海大东沟。那天正是1894年9月17日，阴历八月十八日。这一晃都19年喽！"

众人不禁垂下头去。

壁上油灯的火焰微微跳动。

一阵沉默后，徐宝德端着碗站起来："金山伯，你的满族铁哥们为国捐躯，是大英雄。趁着大年初三，大家敬英雄们一碗酒吧！"

众人起身："对，对，应该敬，太应该敬啦！"

壮壮："走，都到外面去，对山对河敬英雄！"

9. 小木屋凉台（夜）

金山居中，众人双手捧酒。

金山："何满、那旗好兄弟，我在家乡给你俩敬酒了！"

徐宝德等："何满、那旗两位英雄，晚辈给你俩敬酒了！"

众人将酒洒到栏杆外。

镜头仰摄星空。

10. 岸坡小木屋（夜）

金山："宝德啊，到烟台后，你替我去看看何满的独生儿子。一定要去啊，这就是我托你办的事了！"

徐宝德："放心吧，我一定去。对了，他多大了？"

金山："他跟你一般大，甲午年生的。"

徐宝德喜："太好啦，我一去就有朋友了！"

三丁："哎，金山伯，那旗有没有后人？——英雄不能无后啊。"

金山："那旗他有女儿，也是根独苗。"

壮壮："这根独苗在哪里？没在烟台吗？"

金山沮丧，摇头道："一言难尽啊！"

众人诧异："啊？为什么？"

金山叹气："为什么？——就因为苦命啊！"

徐宝德："金山伯，到底怎么回事，你说呀！"

金山："说了只怕你们也未必信呢。甲午年阴历八月十八，下午未时，何嫂跟那嫂在烟台海滨柳西庄，产下两根独苗：宝宝和妞妞。然而不久就传来消息说他们的父亲何满、那旗正是八月十八当天同一时刻随'超勇'舰沉没的。你们想，这两个甲午婴儿的生辰，都撞上自己父亲的死辰，还能不苦命吗?!"

徐宝德："金山伯，你不要总往'苦命'上挂连嘛。依我看，宝宝和妞妞不但是同年同月同日同时辰出世，更同年同月同日同时辰丧父；巧合到这步田地，分明是老天爷刻意安排的奇缘，让他俩今生做夫妻嘛。换成别人哪，就算八辈子也修不来这样的缘分哟。大伙儿说，对不对？"

众人附和："对对对！"

壮壮："金山伯你能像哈哈天这么想，就不会唉声叹气了。"

金山："我哪能不愿意往好里想？可是偏偏，祸不单行啊！"

众人："什么祸？"

金山抽了口烟，重重地嘘出来："那嫂丧夫眼泪未干，何嫂就因产后高烧，一句话没留，撇下宝宝，撒手去了！"

众人大惊："啊?!"

金山："可怜啊，宝宝变成无父无母的孤儿了！当时，小西庄有三户人家争着收养宝宝，发誓、赌咒一定善待他；可那嫂舍不得，再苦再累也要自己带大宝宝和妞妞。多亏庄上大嫂子小媳妇们心眼好，她到底靠'百家奶'喂活了这对小兄妹。第二年秋天，妞妞的外公从北京捎话来，让那嫂带俩孩子回娘家住。这下有望了！我赶紧凑足盘缠，护送他们去。"

阿隆不禁赞叹："金山伯，你真够仗义的！"

众人："可不吗？"

金山："快别折我寿了！何满、那旗是我铁哥们，更是甲午英烈，我但恨自己没能耐，帮不了多少，愧得慌啊！"

三丁："那嫂他们在北京过得怎么样？妞妞外公家光景可好？"

金山："破落旗人，光景好得了哪儿去？——在内城守着一小座四合院而已！妞妞的外婆刚过世不久，家里只剩外公和舅舅两个，倒是这对小兄妹来了，才添了些人气。老爷子姓瓜尔佳，不言不语，成天画画，样子冷冷的，可是对宝宝和妞妞却总能一碗水端平，这就不易啊！他给两兄妹起名何咏烈、那青，4岁起就教识字作画。那青到底是他的血脉，画画有天分，但他并不夸赞，更不偏向，所以咏烈对他像对亲外公

第六集 满汉兄弟 甲午遗孤

似的。"

壮壮："那青的舅舅怎么样？"

金山语带不屑："他呀，名叫吉升，地道的'八旗子弟'，不着家的主！听那嫂说，他是个克妻的命，一连克死三个老婆，也没留下一男半女，索性四处游荡，自由自在。我去北京那么多次，只跟他打过三两回照面。不过人倒挺客气的，也算一好吧。"

徐宝德："这样看来，小兄妹俩过得不很差嘛，哪里谈得上'苦命'呢？"

金山："人生无常，世事难料啊！咏烈、那青10岁那年，老爷子大病一场，身体垮了；那嫂也积劳成疾，一天天瘦下去。一家五口两个病号，求医问药的，生计越来越艰难；不得已，把四合院卖掉，迁居京郊小月村。两个孩子还不懂事，天天在小月河畔玩耍，新鲜得不得了，开心得不得了。他们哪里知道，更大的不幸会跟在后面呢？"

徐宝德："啊？！什么更大的不幸啊？"

金山："两年后，晚秋，那嫂故去。老爷子本已带病，哪里经得起白发送黑发？挨到下一年春天也过身了。咏烈和那青才13岁就失去了所有依靠，我慌忙赶往京郊小月村……"

（化入）

11．京郊土路（日）

金山挎着小包袱行色匆匆。

一驾大车从旁经过。

四十来岁的车把式爽朗地招呼道："老哥，您上哪儿？"

金山："小月村——元大都的西土城附近，小月河那块，顺路不？"

车把式："巧了！我就住小月村，咱俩一起走吧，唠唠嗑，路上也不闷。"

金山："那敢情好。劳您驾了！"

车把式把车载的几袋东西归拢一下，转身打量金山两眼，疑惑道："老哥，我好像见过您，反正瞅着眼熟……哦，想起来了，您是小月村尽东头那家旗人的亲戚，去年奔丧来过的。没错吧？"

金山："没错。大兄弟，您好记性！"

车把式："您上车吧，坐稳喽！这小段路挺颠簸的，再往前就平坦了。"

金山上了车。

车把式驾起车，打开话盒："您的这门亲戚真不幸啊，来小月村才两年，去秋走一个，今春又一个。他们住在村边边上，独门独户，不跟别人掺和。乡亲们又都是汉人，不清楚旗人丧事的礼数，不知道该做什么；其实，心里也很不是滋味，总觉得那俩孩子，半大不大的，太惨啦！今儿您一来，倒让人松了一口气呢。"

金山："大兄弟的话暖人哪，我替他们家谢谢您，也谢谢乡亲们！"

车把式："老哥外道了！"

金山："这些天，大兄弟可看见过那俩孩子？"

车把式："女孩，没见；男孩，倒有。那男孩不爱吭声，但很硬气，也很有主张。家遭变故后，他就变成了大人，在村里找活打零工；劈柴、推磨、挑水、割猪草，干得有模有样，大叔大婶们直夸奖呢。哎，老哥，您是两兄妹的哪门亲戚？堂的，还是表的？"

金山："实话告诉您吧，压根联不上血亲。我是普通汉民，不属汉八旗，更不属满八旗。男孩他爹和女孩她爹都是我的好哥们，甲午年双双战死在黄海大东沟了。"

车把式："原来是这样！依我看，你们仨比'刘关张'还刘关张啊！——你们不分满汉，生死交情全是对着东洋倭贼的。我佩服！"

金山："瞧您说的！"

大车即将走上坦途。

车把式："老哥，待会儿我就可以打马奔跑，让您快点见到孩子了。"

金山："哎哎，大兄弟善解人意。我呀，真恨不能插翅飞到孩子身边呢。不瞒您说，全家只剩一个大人了，孩子可别受委屈呀！"

车把式："您也不必犯愁，人各有命嘛。那女孩，水灵水灵的，十里八乡顶数她俊，将来没准进宫当妃子或封一品夫人呢。那男孩，就更不用担心了，小小年纪，强着呢，不是个委委屈屈的人。"

金山："大兄弟，借您吉言了！"

车把式："老哥，留神，坐稳喽！"说着一扬鞭："驾！驾！"

马儿拉着板车奔跑起来。

12. 小月村村边（日）

大车来到路口。

金山："大兄弟，我在这儿下，走几步就到了。您受累了！多谢多谢！"

车把式："老哥甭客气，多住些日子，得空上我家去。我住村南，都管我叫老赵头，一打听就知道了。"

第六集　满汉兄弟　甲午遗孤

金山下车，拱手告别："大兄弟，真爽快，我一准找您去。"

大车离去。

画外传来一声呼唤："叔！——"

金山回首。

一个小少年朝金山狂奔而来。

金山快步迎向小少年。

小少年扑到金山身上，金山一把抱住了，两人紧紧拥抱。

片刻，小少年何咏烈抬起头来："叔，您是来接我跟那青的吗？是吗？"

金山："烈儿，叔真是这么打算的。只要你和青儿乐意，叔一准领你们回烟台。你婶子说了，有她一口吃的，就能喂你们一口。"

何咏烈："叔，我不叫婶子喂。我要学您，当水手！"

金山："那哪儿成？你才13岁，受不了这种苦。"

何咏烈："我不怕！我能养活自己，还有那青。"

金山："好小子，有志气！哎，对了，你这会儿来村口干吗？"

何咏烈："今天村里没活计，我去榆庄找；东家让明天砌院墙，只好回来了。走到村口外，忽然发现您的身影远远地坐在大车上，就使劲追，追了好长的路，您才听见的。"

金山："你呀——鹰眼、狗鼻、猫耳朵，灵着呢！哎，你青妹呢？在家吗？"

何咏烈："在。"

金山："舅舅呢？"

何咏烈："舅舅给姥爷守丧，说闷得慌，这几天总往河沿上跑，这会儿多半还在那棵大柳树下钓鱼呢。"

金山把小包袱交给何咏烈："烈儿，你先回家吧，我这就找他去。"

13．小月河畔（日）

那青的舅舅吉升垂着钓竿和金山坐在河畔的一棵大柳树下。

吉升："烈儿想去烟台，只管去吧。说实话，我不过是他嘴上叫着的'舅舅'而已。青儿可不同，她是我的亲外甥女，不能随烈儿走。"

金山："可您明明知道，青儿、烈儿同年同月同日同时辰诞生，又同年同月同日同时辰丧父，并且打落地起从未分开过；那是天意安排的一对绝配啊，何苦来拆散呢！"

吉升："再怎么'绝配'，没定亲哪能算数？长大后横竖男婚女嫁总归要散的，倒不如趁早。"

　　金山："可不能这么说！没订婚，是因为何满、那旗一起牺牲，何嫂偏又产后高烧而死，三个大人都来不及留话嘛。可是，那嫂生前对我说过，青儿太天真太善良，得找刚强老成的烈儿做主心骨。——这话，头上三尺有青天，我可不敢瞎编啊！"

　　吉升："谁说您瞎编啦？赌什么咒嘛！你当我不知道我妹的话呀，我阿玛说得还更透呢。他说，青儿、烈儿都是甲午英烈的遗孤，将来成亲，没有比这更加门当户对的了。"

　　金山："那您就该照办呀！"

　　吉升："照办？我还是那个意思——没有正式定亲，什么都不算数！"

　　金山急了："那您到底要怎样？"

　　吉升："好，我就明告诉您吧：青儿不但不能走，以后更不会嫁给烈儿！"

　　金山愤怒："您完全不顾老爷子和那嫂的心愿，还挺理直气壮的！"

　　吉升："我不是不顾，而是顾不上！假如我们祖上的风光还在，青儿哪怕嫁个乞丐，也不愁没有好日子。但今时早已不同往日了，青儿要享受上等生活，就必须嫁进上等人家。烈儿再好，也给不了青儿富贵。我这可都是为了青儿啊！"

　　金山冷笑："为了青儿?！——归齐，还是为您自己个儿！"

　　吉升："为自己个儿又怎么样?！我无儿无女，指望那青好好替我养老送终，这有错吗?！啊？有错吗?！"

　　金山："当然有错！您违背老爷子和那嫂的心愿就是错！嫌贫爱富拆散青儿和烈儿更错！大错特错！"

　　吉升恼羞成怒，扔了钓竿，滚爬起来，指着金山骂道："放肆！满嘴胡吣！滚！永远别来找我！也别登我家门！"

　　金山爬起来："谁稀罕你！"又愤无可泄，狠狠一脚将鱼篓子踢飞。

　　特写：鱼儿落地扑腾乱跳。

　　（化出）

14. 岸坡小木屋（夜）

　　金山喷出一口烟："我一辈子没跟哪个翻过脸，不承想会在吉升那儿破了例。吉升原本和气，恶言暴语几句，就气鼓鼓地走了。"

　　徐宝德："那你们讲和了吗？"

　　金山："倒没有。这能讲和吗?！"

第六集　满汉兄弟　甲午遗孤

徐宝德："结果怎么样？"

金山自责："还能怎样？——俩孩子生生地给拆散了。唉，都怪我没用，太没用了！"

阿隆："金山伯，这怪不了你，凭你怎么疼爱他们，吉升毕竟是那青她舅，占着名分就占着理，别说一个人，十个人也争不赢啊。"

众人："可不吗？"

金山摇头叹息："苦命的孩子啊，但凡老爷子父女两个之中有一个活着，也不至于毁了这天赐良缘啊。那青性子特软，心地特善，又特轻信，尤其可怜，一想起她跟着那个舅舅过日子，我的心就像坠着块大石头，坠得好沉好痛啊。真不知道，她和咏烈今生今世还有团圆的时候吗？"

壮壮："当然有。天造地设的好姻缘，断也是一时的，牛郎织女还能鹊桥相会呢，对不？"

金山："但愿吧。好在咏烈已经长大，他是绝不会甘心的，有他就有点希望。"

徐宝德："咏烈是怎么个人？"

金山："咏烈眼尖耳灵、艺高胆大，天生的好水手。只一点：他什么都能埋进心底，所谓'不吭声的狗咬死人'，因此朋友很少。"

徐宝德："那没关系，你托我去看咏烈，这不就交上朋友了吗？对不？"

金山："没错，我就是想让你去跟咏烈交个朋友的，但又怕你跟他合不来。"

三丁："金山伯，瞧你说的！哈哈天跟谁合不来过呀？！"

徐宝德："放心吧，金山伯，一准合得来。你想啊，我一到烟台就有哥们了，这高兴还来不及呢，哪能合不来呢，对不？"

金山："那就好。你呀，要多多提醒咏烈，叫他千万别忘了，去年——民国元年五月初，我在烟台柳西庄外他母亲坟前对他的嘱咐。"

徐宝德："在他母亲坟前的嘱咐！那可不一般！快告诉我，金山伯，你嘱咐咏烈什么了？我好帮你盯着呀。"

金山点头。

（化入）

15. 何嫂坟地（日）

在五月初的景色中，金山与何咏烈默默走向何乌氏（何嫂）的坟地。

镜头聚焦何咏烈，一个18岁的"冷帅哥"。他，体态瘦削，步履刚健，剑眉斜挑，目光锐利,双唇紧闭,表情阴郁。

金山:"咏烈!"

咏烈:"嗯?"

金山:"想啥呢?一声不吭。"

咏烈不答,只用手拂去粘在金山肩上的一根草叶,动作中透出儿子般的关爱。

金山看了他一眼。

金山和咏烈来到何乌氏坟前。

金山上香。

金山默祷:"何嫂啊,18年间我和你弟妹断不了上这儿看你;今天,却是来辞行的。你弟妹已经故去了,明日我送她回我们故乡马尾安葬。那以后,我会找条小江轮混两年,算是'树高千丈,叶落归根'吧。咏烈18岁了,非常强悍,比同龄人'老格'许多。他是你跟何满的骄傲,也是我的骄傲。愿你保佑他一生幸福吧!"

金山默祷完毕,回头对身后的咏烈说:"过来坐下,我有话对你说。"

金山、咏烈在坟前席地而坐,面向何乌氏之墓。

金山:"咏烈啊,你是叔心里的亲儿子。叔舍不得离开你啊,可又不得不送你婶子回乡入土。这一走,南北千里,不能说见就见了。你是个走正道的好后生,甭管在哪里叔都不愁。唯有两件事,叔必须叮嘱你,你可要记住了!"

咏烈重重点头。

金山:"第一件,你爹何满跟你那旗叔,是光绪二十年阴历八月十八,公历1894年9月17日在甲午战争中牺牲的;这个日子绝不能忘,那不共戴天的仇家东洋倭贼更不能忘!什么张三恩李四怨的,都可以化,唯独这种恨要一辈子烙在心上!记住该死的东洋仇家,记住自己是英烈的遗孤,你做人就有谱了。明白吗?"

咏烈:"嗯。"

金山:"第二件,就是那青。自打光绪三十三年,吉升拆散你跟那青,到现在民国元年,已经是五年了。这前四年吧,四次去看那青,四次扑空。要不是车把式老赵头说那青他们还住小月村,只是很少回来,咱俩早该急疯了。那以后,我越来越怀疑,你给那青的信可能全让吉升给扣了,否则怎会次次扑空?夜长梦多,再这样下去可就悬了,女大当嫁嘛,何况那青又美丽温柔,又知书达理呢?所以,叔要你老老实实地回答,甭管大人们怎么想,那青在你心里究竟是怎么个位置?——亲妹妹,还是……"

咏烈斩钉截铁:"我非那青不娶!"

金山:"假如那青只把你当亲哥呢?——我说的是万一的万一。"

第六集　满汉兄弟　甲午遗孤

咏烈："那，她嫁她的，我也终身不娶！"

金山："果真如此，那你不如暂时辞工，带上些积攒，回小月村找间屋住下，好歹把那青等到。只要她愿意嫁你，后面总会有路走的。对不对？"

咏烈："叔，我跟您想到一处去了。"

（化出）

16．岸坡小木屋（夜）

徐宝德："咏烈去小月村等那青了吗，金山伯？"

金山："我一动身回马尾，他就去了小月村，但很快又返回了烟台。"

徐宝德："什么缘故呢？"

金山："是不愿意让我继续操心吧，咏烈在信中没说理由。我知道，他又把什么埋进心底了。我托你去烟台跟他交朋友，正是希望你能开解他。——毕竟，年轻人同年轻人更谈得来啊。"

友友："哈哈天，金山伯的事全靠你啦！"

众人："是啊，全靠你啦！"

徐宝德："你们放心，我一准把金山伯的事当成自己的事！我比咏烈小两个月，从现在起咏烈就是我哥，我亲哥！"

众人喝彩："好！"

三丁起立："来，为哈哈天的仁义，大伙儿干一满碗吧！"

众人捧碗起立："干！干！干！"

17．岸坡小木屋外（夜）

油灯的光亮从窗户透出。

爽朗的笑声从屋内传出。

镜头渐渐拉远，直至油灯的灯火变成马江岸坡上的一星亮点。

18．纪府大门外（夜）

大门上方燃着的灯笼，照亮了"纪"字。

19．弘毅堂后厅（夜）

纪慕贤、纪慕达并四位奶奶围坐圆桌旁叙谈。

仰摄匾额"和乐且孺"。

纪慕贤呷了一口茶："今天福州之行的经过就是这样的。收获可谓太大太大了！虽说拱北顽劣成癖，在马尾码头上还来了出'飞猴跳帮'，但总算被水手哥徐宝德接住，有惊无险；到了福州，林晖村老师更以亲身经历给他上了一堂甲午战争史，那无疑是孩子参军前绝好的教育啊！何况，晖村校友失而复得，又让人喜出望外，万分欣慰呢！"

四位奶奶："是啊是啊。"

大奶奶："三弟怎么不顺便请晖村来家小住两日，尽一尽昔日袍泽和校友之谊呢？"

纪慕贤："实在排不开啊。初四、初五我和慕达各有约会，不便取消，初六拱北启程，接着我们就都北上了。"

大奶奶："倒也是。只可惜慕达错过了——毕竟是同学嘛。"

纪慕达："无所谓的，聚散随缘，横竖以后有的是机会，我只不过十分感慨而已。"

四奶奶："正在高兴，感慨什么?!"

纪慕达："感慨冥冥之中自有主宰，半点不由人哪！想当年，在天津水师学堂，晖村痴迷海军，悬梁刺股，年年受赏。我呢，是让爹给逼进海校的，全凭身体强，脑子灵，毫不用功，顺利毕业。不承想，执着于海军的他，甲午战后却未能追随海军；而我这心不在焉的，竟还穿着军装。可见造化弄人，世事难料，越执着越失落哟！……"

纪慕贤："打住打住！这些话叫子侄们听见怎么想？我就是要他们一个赛一个地执着海军，尤其是拱北！——他是长子，要做榜样的！"

纪慕达不以为然，又有些尴尬，但仍带笑顶了一句："不过是一句半句闲扯，看把三哥紧张得！"

大奶奶一笑解围。

三位奶奶也笑。

纪慕贤只好欲语又止。

丁管家进来："三爷，我正打点大少爷的盘缠。这是他第一遭出远门，山高水阔、陆海兼程的，是不是该多备些？"

纪慕贤："千万别！你呀，心要狠，手要紧，卡得死死的，免得他路上乱花钱，学败坏。"

四位奶奶连连点头。

纪慕贤："我跟拱北已经把话说绝了：初六一出家门，他就不再是大少爷了。往烟台怎么个走法，哪条路线便捷省钱，全是他自己的事。倘或半道上花光了盘缠，就一

第六集　满汉兄弟　甲午遗孤

路打工继续走，即使变成乞丐，也别指望家里接济！"

丁管家："说是雨轩少爷一块走，定下来了吗？"

纪慕贤："定下了。雨轩也是少爷，也得磨炼，他父亲很支持我的做法。"

丁管家："那太好了。两个孩子结伴走正道，也是人生的好开头呢。"

纪慕贤："好开头得从磨砺做起。海军需要的是磨砺而成的人才啊。"

丁管家："是这么个理，真是这么个理。那我就先下去了。"

纪慕贤："等一等。"

丁管家："三爷还有吩咐？"

纪慕贤："在家这几日，看祥叔气色欠佳，该请医生诊一诊了。"

丁管家："倒是诊过的。入冬以来，祥叔精神、胃口明显变差，已经按奶奶们的吩咐，请医生开方子，服过一阵汤药了，只是不大见效。祥叔的性子，你是知道的，不怕别人麻烦他，就怕自己麻烦人，所以有病也不声不响地扛着，等病容现出来时，身体早就亏了。"

纪慕贤："以后叫荣官多照顾照顾他吧。"

丁管家："荣官不待吩咐，已经这么做了。这孩子又厚道又体贴又勤快，可靠得很呢。"

四位奶奶："是啊，是啊。"

20．福祥卧室（夜）

福祥靠着床头休息。

荣官进屋。

福祥："荣官，你怎么又来了？"

荣官："今天你三餐都吃得很少，尤其晚饭，几乎没动。我怕你半夜肚子饿，想烦毛大厨给你下一碗清汤线面……"

福祥连忙打断："不行不行！一大家子人吃饭，毛大厨从早做到晚已经够累的了，千万别去劳烦他！"

荣官："做碗清汤面劳烦什么呀？去年夏天，毛大厨摔伤胳膊，老婆不在身边，是老伯你每晚帮他打水洗澡、搓脚、擦背的……"

福祥："去年夏天，你还没进府当差呢，说得跟真的似的！"

荣官："是毛大厨自己念叨你的好处，还能不是真的吗？"

福祥："就算是真的，那也应该呀！三伏天一身臭汗，招惹蚊叮虫咬，不洗澡会生癞长疮的。帮毛大厨洗洗澡就指望回报，做人这么小气，像什么话哟！"

荣官："那我自己去厨房下面。"说着抬脚就走。

福祥："站住！给我站住！好糊涂啊！厨房也是有规矩的，不能谁要做什么就做什么！你若破了规矩，还想在府里待下去吗？好不容易才进来的呀！"

荣官："那……要不，我过来陪老伯睡。倘若你饿了，我马上用开水冲一碗炒面糊糊。"

福祥："不要不要，我不会饿的。你赶快回自己屋去，练习练习珠算。难得丁管家看好你，热心教你算数识字，这是你前世修来的福气呀！他给你留了那么多练习，你还不上紧做！"

荣官不走："我做得完的。"

福祥急："你这孩子，太不听话了！你不比府里的少爷小姐，个个上学堂，好不容易遇着丁管家这样待见你，你还不知珍惜！……"说着，急得一阵喘气。

荣官慌忙扑到床边，扶住福祥又拍又摸："老伯别气别气，荣官一准珍惜，一准珍惜，还不行吗？荣官是担心你的身体，想陪多一会儿，看你睡得安稳不？……"

福祥缓过劲来："你非要陪我，那就去把算盘拿过来打吧。"

荣官："算盘珠子噼里啪啦地会吵你的啊！"

福祥："怎么会吵？！好听着呢！打得越顺溜越好听。快去拿来吧！"

荣官："哎哎。"

21．福祥小院（夜）

荣官捧着算盘和旧账簿匆匆走来。

22．福祥卧室（夜）

荣官在油灯下轻轻理齐算珠，抬眼望望福祥。

福祥无语，只示意荣官开打。

荣官尽量小声地、慢慢地拨了几下算珠，便向福祥扫去一眼，看是否吵了他。

福祥催促："正儿八经地打呀，噼里啪啦地打呀！老伯不嫌吵，真的，老伯爱听。"

荣官："哎哎。"随着挑亮灯花。

灯焰一蹿。

荣官开始对着旧账本，认真拨珠运算起来。

荣官运算渐入佳境。

第六集　满汉兄弟　甲午遗孤

算珠声中，福祥靠在床头，闭上眼睛，一副陶醉的样子。

荣官翻动账本，继续打。

灯焰变暗。

荣官再次剪去灯花。

灯焰再度变亮。

荣官又翻一页，向福祥望去。

福祥依旧靠着床头。

荣官蹑手蹑脚来到床边。

荣官屏息审视福祥。

福祥睡着了。

特写：福祥老脸含笑。

荣官一下子迸出眼泪，忙用两手一抹。

23．福祥小院（夜）

油灯的光焰从福祥卧室的窗纸上透出。

噼里啪啦的珠算声以特有的节奏从窗内传出。

大年初三的新月发出微光寂静地悬在天宇上。

寂静中，画外珠算声流畅而悦耳。

| 第七集　妻妾皆苦　群童斗恶 |

1. 四房偏院外（日）

安丽一蹦一跳走向偏院。

关姨太自院门走出，怀里抱着一个包袱。

安丽见了载欣载奔："姨太好姐姐！姨太好姐姐！"

关姨太绽开笑容。

安丽："姨太好姐姐，我找你跟翠翠玩。"

关姨太："翠翠还没回来呢。"

安丽："年初四了，还不回来呀！那我跟你玩。"

关姨太："那好，你随我走吧。"

安丽："去哪里？"

关姨太："去探望你祥爷爷。"

安丽："这算不得玩！祥爷爷不舒服，我刚刚跟着妈妈和婶娘她们看望过的。"

关姨太："那你别去了，过会儿再来找我。"

安丽："不嘛，我就要跟着你！咦！你拿着包袱干吗？"

关姨太："是捎给你祥爷爷的。"

安丽："里面包着什么？"

关姨太："一会儿就知道啦，快走吧！"

2. 福祥小院（日）

荣官托着汤药向镜头走来。

第七集　妻妾皆苦　群童斗恶

3. 福祥卧室（日）

荣官端着汤药进来，看见拱北："大少爷在这儿。"

拱北："你煎的是什么药？"

荣官一面将汤药置于桌上，一面答道："是健脾安神的药，好几味配起来的。"又对靠在椅子上的福祥说："老伯，吃药吧，吃上几服精神就健旺了。"

拱北："祥爷爷，你怎么就病了呢？我可从没见你病过啊！"

荣官掩上房门："大少爷，瞧你说的！人哪有不病的呢？只不过福祥老伯是畲族人家，皮实惯了，平常头痛脑热，扛一扛就算了，好像没病一样。"

拱北："那现在就真是病了。"

福祥喝完药，抹抹嘴："哪有什么病？上了岁数，不爱动弹而已，奶奶们非让调理调理，这就喝上汤汤水水的，都个把月了。"

拱北："你不蒙我？"

福祥："放心吧，我好着呢。今天初四，初六一大老早你就该动身去烟台了，都打点好了吗？"

拱北："很简单的，全都准备好了。雨轩跟我一起走。"

福祥："千里旅途，路上可别淘气啊！知道不，家人会很牵挂的。你一定要顺顺利利抵达烟台，顺顺利利考取海校才是啊。"

拱北："没问题的，祥爷爷，我一准行！"

福祥："大少爷，你是两个房头的儿子。大奶奶就不必说了，二奶奶也一样盼着你出息呢。二奶奶这辈子不容易，从甲申到甲午，十年间马江海战、黄海海战，她丧夫丧弟，连失三位至亲，如今有了你，能不稀罕你，把你当成心头肉吗？你考取海校，继承父辈，就是对你两位母亲最大的孝顺了。知道不？"

拱北："知道了，祥爷爷。"

关姨太画外音："祥叔！"

安丽画外音："祥爷爷！"

荣官赶忙过去开门："哟，姨太和二小姐一起来了。二小姐已经来过一次啦！"

福祥一面欲从椅子上撑起，一面说："快请进，快请进！"

拱北连忙扶住福祥。

关姨太快步上前急止："祥叔，千万别起来，我是晚辈啊！"

安丽上前指着姨太的包袱："祥爷爷，这是姨太好姐姐给你……"

拱北："安丽，妈不让你这么乱叫，你又来了！待会儿我告诉她去！"

安丽嬉皮笑脸："嘻嘻！"又径自从关姨太手中拿过包袱，放在床沿上解开并发出一声惊喜："哇！祥爷爷，你看！"

福祥审视解开的包袱。

包袱里裹着一对精美的靠枕。

福祥内心独白："好个知冷知热、心灵手巧的女孩子啊！可怜竟孤零零的……老天爷呀！……"

关姨太："祥叔，这是我做来给你解乏的。"

福祥："这太费工费神了，真叫我过意不去呀！"

关姨太："祥叔可别这么着！那不值什么，我们北方人冬天常用的物件，做起来可容易呢。"

安丽又抖开一对枕套："瞧，多漂亮的枕套！"

关姨太便对荣官说："荣官，你只管换洗，旧了我再做新的。"

荣官："哎，哎！"

福祥："唉，还劳动姨太亲自送来。——翠翠呢？怎么不使唤翠翠呀？"

关姨太："我原本就是要自己送过来的嘛，可巧翠翠也不在。她家里有点事，前两天回去了。"

荣官收了空碗走开，听见姨太说翠翠，不禁脚下一顿。

荣官内心独白："我就说嘛，年初二那天，翠翠的眼睛明明像哭过似的，可她还嘴硬。现在看来，大概是她家里出了什么事。我要能帮上忙就好了！"

荣官转过身来，欲言又止，随即匆匆离去。

福祥看在眼里。

4．四房偏院外（夜）

胖嫂提着灯笼走向偏院。

5．四房偏院（夜）

胖嫂来到窗下："姨太，姨太！"

关姨太画外音："胖嫂，进来吧！"

胖嫂："不了，不了，就这一件事。四奶奶打发我来问问，翠翠回来没？要不要叫桂花替她？"

第七集　妻妾皆苦　群童斗恶

关姨太画外音:"不用了,翠翠会回来的。"

胖嫂:"那好,姨太歇着吧,我走了。"

6. 四奶奶卧室(夜)

胖嫂从被窝里取出"汤婆子"。

四奶奶进屋。

胖嫂:"四奶奶,被窝焐热了,早点睡吧。"

四奶奶走向梳妆台:"好,你去吧。"

四奶奶在梳妆台前坐下,准备卸妆。

妆镜里映出纪慕达的身影。

四奶奶转过身:"你怎么还不往姨太那边去呀?"

纪慕达打打哈欠,在床沿上坐下。

四奶奶:"自打除夕你到家起,我催了一次又一次,今天都初四了,你还不动窝,什么意思嘛?"

纪慕达伸伸懒腰:"太累啦,动都不想动!"

四奶奶:"说浑话呢,好吃好喝的,哪里就累着了?果真如此,那你在舰队、陆战队、船坞、水鱼雷营还不早趴下了?"

纪慕达:"此一时彼一时嘛,话说多了也累人的。比如今天,跟三哥去江田乡感恩村九落里曾家,拜访我们天津水师学堂的老校友曾宗巩,聊了许久……"

四奶奶软语揭露:"打住打住,我又不是不认识曾宗巩!纪、曾两家通家之好,女眷也多有往来。曾宗巩的夫人,我没出阁时就常走动了;当年她可真是个大美人啊,'三日不梳妆,艳色盖四方'讲的就是她嘛。都是知根知底的熟人了,还用报什么乡名、村名、校名给我听吗?你呀,'王顾左右而言他'才是真!"

纪慕达不应,又故意揉眼装困。

四奶奶怨而不怒:"到底怎么了,慕达?不阴不阳的,葫芦里卖的什么药哟?别怪我说你,去年初你一声不吭娶了关姨太,在身边只放了几个月,夏天就送回大榕乡了。热也是你,冷也是你,何苦呢?"

纪慕达咕咕哝哝意在回避:"什么冷啊热的……"

四奶奶又爱又恨心情复杂地白了丈夫一眼:"揣着明白装糊涂!我是说,你俩就算闹别扭,也不该把我给夹在当间啊!今晚你若再不挪过去,上上下下怎么想?叫人家说我六个儿子了还跟年轻姨太争宠,让我脸面往哪儿搁?我可告诉你啊,我没有容不

137

下谁，更何况她孤身一人，且又远离乡土呢！"

纪慕达故作超然："看来，你跟她倒挺投缘的嘛。"

四奶奶实话实说："投缘可谈不上，只不过凭良心待人罢了。姨太才貌双全，客气有礼，且不惹是非，也着实难得啊。只可惜……"

纪慕达："可惜什么？"

四奶奶："可惜她跟我们老是隔着，她的神魂仿佛总在守望着另一个世界。"

纪慕达："我觉得她跟安丽、跟翠翠却并不隔。"

四奶奶："那是孩子对孩子吧？姨太很孩子气，别说安丽，便是翠翠也敢跟她没大没小，没上没下的。其实，这也正是她没有心机，天真可爱的一面呢。"

7. 四房偏院（夜）

关姨太走向院门口。

关姨太拉开偏院门闩，打开院门，朝外望了望，随即走了出去。

8. 四房偏院外（夜）

关姨太张望着，徘徊着。

关姨太哈了一口气，搓搓手，又来回跺脚取暖。

关姨太内心独白："都两天了，翠翠还不回来。莫非她家死活要卖她？或者，嫌我们给的财物不够？到底怎么的了？翠翠可别出事啊！"

9. 四奶奶卧室（夜）

四奶奶："话说到这儿，慕达，我倒想问问你，姨太是怎么个来历？——你一直都没告诉我啊。我至今还不知道她究竟是什么人呢！"

纪慕达避开四奶奶探究的目光，从牙缝里挤出一句话："是息夫人呗。"

四奶奶一怔："啊！息夫人？！你居然把姨太比作春秋时息国的国君夫人戴妫？！"

纪慕达不小心泄露了心事，只得支吾："咳，我不过随口那么一说嘛。"

四奶奶疑窦顿生："这怎么能随口呢？息夫人被楚文王掳进楚室，生下两个儿子，却始终冷若冰霜，不与楚王搭腔。莫非……莫非姨太是你抢来的？！——罪过呀，难怪她对你淡淡的。"

纪慕达不由扑哧一笑："亏你还是前朝翰林的孙女呢，净说傻话！也不想想，我好歹是受过多年英式教育的海军军官，怎会像山寨大王那样动粗呢？书呆子！"

第七集　妻妾皆苦　群童斗恶

四奶奶："那……要不就是，你把她给骗来了。"

纪慕达面露得色："又书呆了！论家势、论学养、论相貌，我犯得着如此不堪吗？"

四奶奶："卖什么关子嘛！——心中有鬼才这样。"

纪慕达："好啦，我的贤妻！你既已接受了她，又何必刨根问底呢？清朝垮了，满女嫁汉人不足为怪吧？"

四奶奶顿时语塞，轻轻叹了口气，无奈地举手去拔簪子。

10．关姨太卧室（夜）

梳妆台前，关姨太正迟迟疑疑地对镜拔簪，忽然，她仿佛听到什么动静，便扔下簪子，迅速离去。

11．四房偏院（夜）

关姨太奔到院门前，急急拉开门闩，开启院门，顿时失望。

关姨太自言自语："不是翠翠，是我听错了。"

12．四房正院前厅（夜）

胖嫂端着托盘进来。

胖嫂把一份夜宵放在桌上，随即朝里屋喊道："四爷，你要的夜宵做好啦。"

13．四奶奶卧室（夜）

四奶奶："夜宵来了。你实在不愿意说，我哪能为难你？吃过夜宵，就上姨太那儿去吧。"

纪慕达不动。

四奶奶推了推纪慕达："起来呀！还要我来拽你吗？今晚无论如何，你都得住过去，就算你俩闹什么别扭，也须到了一处方能说开嘛。起来起来！"

纪慕达依然不动。

四奶奶急了："慕达，你简直不可理喻！你这样的'齐家'，会让不知内情的人传闲话的！倘若传进我那翰林爷爷的耳朵里，他肯定不分青红皂白，通通怪罪于我。我冤不冤哪？！"

纪慕达起身："好好好，别急别急，我走我走，我走还不成吗？"又讨好道："你就这么嫌我呀？"

四奶奶哭笑不得白了丈夫一眼:"别烦人了!"又帮着整整衣服,催促道:"虽说只隔一堵墙,几步路,外面到底冷,赶紧吃些夜宵,趁热走吧!"

14. 四房偏院前厅(夜)

卸了妆的关姨太,披散着乌发,在前厅不安地走来走去。

关姨太内心独白:"都出去看过八回了,也没把翠翠给看回来……还是数数吧,数着数着她就出现啦。1、2、3、4、5、6、7、8、9、10……"

15. 四房偏院(夜)

窗户上映出关姨太的剪影在晃动。

16. 四房偏院前厅(夜)

关姨太停止数数,又急又悲又气地一屁股坐下,哽咽着自言自语:"两千下也没数回来,翠翠一准是卖给那个广东商人了!……"说着忍不住抽泣起来:"怎么办呢?!怎么办呢?!……"

17. 四方偏院(夜)

院门上响起叩门的声音。

关姨太从前厅处冲了出来,一面欢呼:"翠翠回来了!翠翠回来了!"一面朝院门狂奔。

关姨太急不可耐,猛地拔开门闩。

院门开启了。

关姨太的笑容凝固了。

胖嫂站在院门口:"姨太,是你呀!翠翠还没回来哪?这丫头变得不乖了!"

关姨太:"你错怪她了。她家里出了些事,是我叫她办完了再回来的。"

胖嫂:"那还是让桂花伺候你吧。"

关姨太:"不必了,我习惯翠翠。胖嫂还有别的事吗,屋里说吧。"

胖嫂:"四爷吃完夜宵会过来,姨太先别着急闩门啊。——就这点子事,我走了。你快回屋吧,小心冻着。"

第七集　妻妾皆苦　群童斗恶

18．四房偏院前厅（夜）

关姨太颓丧地回到前厅，懒懒地在一张圆桌旁坐下。

圆桌上放着一大瓶梅花。

桌上散着片片残瓣。

关姨太茫然地注视着满桌花瓣。

关姨太起身用手帕归拢花瓣，攥在手中，又茫然地坐下。

正在此时，翠翠破门而入，激动地大叫："姨太！"

关姨太跳起来："翠翠！"

翠翠三步两步奔来抱住姨太，喜极而泣。

关姨太："怎么样了？怎么样了？"

翠翠脸上挂着泪："不卖我了！不卖我了！"

关姨太将信将疑："真的吗？！是真的吗？！"

翠翠："是真的！是真的！"

关姨太："那怎么现在才回来？你不是逃回来的吧？"

翠翠："不是不是！我今天傍晚才见到我哥和我妈——他们走亲戚去了。"

关姨太："哦，原来是这样！——我都急死了，还以为你已经给卖掉了呢。"

翠翠："多亏你搭救！他们见钱眼开。我啥话也不说，直接把你给的那些财物抖出来，我那狠心的哥哥立马就晕了。我告诉他们：'这是姨太在赎我，你们别不知好歹！'又编谎吓唬说：'四爷知道你们敢卖姨太的丫头，火冒三丈，把枪狠狠一拍，嚷嚷着要叫你们吃不了兜着走，想娶媳妇，没门！'——瞧，四爷成魔头啦！！！"说着笑弯了腰。

关姨太也哈哈大笑，笑罢仍不太放心地追问："这么说来，你没事了？"

翠翠："没事了，真的。娶亲的钱绰绰有余，我哥也怕得罪四爷，就放过我了。"说着便从衣服里掏出玉海棠，带着几分得意："你看，玉海棠我压根就没露！要不然，早晚得落到他媳妇的手里，活活把我给气死！"

关姨太孩子似的又蹦又跳，攥着帕子，举着双手，一个劲地叫："嘿！——你真行！你真行！嘿！嘿！嘿！——"

翠翠注意到姨太举着帕子，便指着问："咦，你帕子里裹着什么？"

关姨太垂下手："哟，我一高兴，给忘了，还老攥着。"

翠翠："啥玩意，我看看！"

关姨太童心未泯，忽然调皮："你想知道？那好，我马上变给你看！"

关姨太双手捧着帕子抛向天花板。

满帕子的落梅四散飘飞。

翠翠惊喜:"天女散花喽,天女散花喽!……"

花瓣慢镜头飘落。

在充满动感和诗意的飘梅下,关姨太和翠翠互相拉住对方的双手做顺时针转,笑声不绝。

纪慕达悄然出现在门口。

纪慕达受到感染,绽开微笑,陶醉了。

关姨太乌发飘飘,美艳无比。

纪慕达内心独白:"不,我不能放弃她!怎舍得放弃她呢?!"

19. 四房正院(夜)

四奶奶擎灯走向东厢。

20. 四房东厢(夜)

第一间儿童房,3到6岁的三个男孩已经熟睡。

镜头推近,最小的孩子正在吮指。

四奶奶来到小儿子床前,小心拿下他的手,塞好被子,在额上吻了一下。

第二间儿童房,镜头摇过酣睡中的三个7~10岁的男孩。

四奶奶擎灯站在房门口。

四奶奶内心独白:"快快长大吧,长大给娘争口气,娘委屈啊!"

21. 四奶奶卧室(夜)

四奶奶坐在床沿上,对着烛火的光晕出神。

光晕逐渐扩大,叠出四奶奶翰林祖父那张刻板的老脸。老脸动了,白须抖抖的,声音沙哑而冷峻:"委屈?!你有什么可委屈的?!——不过是慕达在千里之外养过半年小妾,然后把她给送了回来。就这么点司空见惯寻常事,也值得回娘家诉苦,那些三妻四妾的,还都不活了吗?!"

(化入)

第七集　妻妾皆苦　群童斗恶

22．四奶奶娘家后厅（日）

四奶奶跪在老翰林脚下拭泪。

老翰林虽是民国初年打扮，没有辫子，但一袭考究的夏日绸衫，仍不失翰林派头。老翰林将水烟壶往桌上重重地敲了一下："哭什么呀？啊？！我以前是怎么教你的，都忘了吗？！我问你，《诗经·关雎》的主旨何在？嗯？！"

四奶奶嗫嚅："《毛诗序》说，《关雎》乃赞后妃之德，不妒不忌，乐得淑女，以配君子。"

老翰林："那你就该乐得姬妾，以配夫君才对呀！不要以为如今是民国了，人伦就变了。不，《毛诗序》还是《毛诗序》，你永远也不该忘记！"

四奶奶："孙女不敢有忘诗经之义。可是……可是……纪府确实立有不准纳妾的家规……"

老翰林立即打断："不必讲了，这我知道。然而，归根结蒂，三妻四妾自古有之，天经地义。纪府不准纳妾，也不过近两代之事而已，算不上金科玉律。我在意的倒是，纪家四房之中，何以偏偏你这一房破了不纳妾的家规呢？！"

四奶奶："这正是孙女百思不解，委屈苦恼之处啊！"

老翰林："糊涂！依我看，症结恰恰在你自己身上！"

四奶奶惊愕："啊？！症结在我？！"

老翰林："当然喽！都是你不讨丈夫喜欢，所以他才不稀罕你连生六子，宁可破家规也要纳妾嘛。须知，丈夫不喜欢妻子，就是为妻之大不是。依我看，先有你的大不是，才有慕达的破家规。错误在你，症结在你，应该反省的还是你！"

四奶奶："这……这……我……我……"

老翰林："下去吧！我的话，你要好好想想！明天一早，只当什么也没发生过，只当探望母亲卧病，我会跟往常一样，体体面面送你回去。你若不听劝喻，休怪娘家不给脸面！到了那一步，你在夫家还能处得尊贵吗？！"

四奶奶无以自辩，泣不成声。

画外蝉鸣闹人。

老翰林含怒画外音："阿兴，还不快拿竹竿把知了赶走，烦死人了！"

23．四奶奶母亲卧室（日）

四奶奶坐在床沿上，靠着床柱，对抱病半卧的母亲垂泪。

四奶奶母亲:"我的儿,关姨太才来三天,你就这样,往后可怎么过啊?"

四奶奶:"妈,女儿不孝,奔四十的人了,还累你病中操心……"

四奶奶母亲:"那你就该听我劝告,不论关姨太是好是坏,都要克制自己,与她和睦相处。你祖父已经很烦,倘你不知区处,惹来风言风语,他必不准你再回娘家。果然如此,大榕乡还会有谁高看你呢?"

四奶奶一阵啜泣,抽抽噎噎道:"爷爷为什么对我这样狠,这样绝情呢?"

24. 四奶奶母亲卧室外（日）

胖嫂欲进又止,沉吟片刻,轻轻叹了一口气。

25. 四奶奶母亲卧室（日）

四奶奶母亲:"爷爷对你狠,还不是为了你好,为了你能得个贤良大度的美名吗?再者说——"她瞟了门口一眼,见无人进来便继续说:"你父亲私下告诉我,你爷爷原是庶出的;嫡母厉害得不得了,就算他做了翰林,庶母还是一辈子连大气都不敢出!你想啊,你爷爷这样的遭遇,他能不格外拜服'后妃之德,不妒不忌'吗?"

26. 四奶奶母亲卧室外（日）

胖嫂关切地侧耳听着。

胖嫂内心独白:"四奶奶母亲嘴上尽说老太爷的好话,其实心里明镜似的。她知道,鬼怕恶人,老太爷是把他对嫡母永远也不敢发作的怨恨,一股脑儿都撒到老实厚道又爱面子的孙女头上了,就因为孙女是嫡。可怜哪,我的小姐,我的四奶奶,天生的软柿子,却偏偏摊上这么个不讲理的爷爷!隔着两代,还要做替罪羊,替正房太奶奶受过,冤不冤哪?这就叫人善有人欺,马善有人骑哟!"

胖嫂感慨地摇摇头,转身离去。

27. 四奶奶母亲卧室（日）

四奶奶:"妈,我百思不解:我为纪家连生六男,人老珠黄,慕达非但不怜惜,反而破家规讨小,叫我没脸;结果,爷爷还派我的大不是,要我好好反省。妈,我怎么也不明白,为什么错的倒是我?我究竟错在哪里——错在哪里呀?!"说着抱着床柱,以头击柱,迸发出撕心裂肺的哭喊:"妈啊,我的头都要想炸了呀!"

四奶奶母亲急止之:"别!别这么哭!儿啊,当心你爷爷知道!"

第七集　妻妾皆苦　群童斗恶

四奶奶连忙捂住嘴，哽咽得浑身发颤。

四奶奶母亲老泪纵横。

28．四奶奶母亲卧室外走廊（日）

胖嫂端着脸盆走来。

29．四奶奶母亲卧室（日）

四奶奶母亲拭泪道："我的儿，你不明白自己错在哪里，妈又何尝明白你错在哪里呢？可是，妈仍要劝你，既然木已成舟，就别去想谁对谁错了。"

四奶奶："那我又该怎么想呢？妈！"

四奶奶母亲："儿啊，你稀罕女孩却命中无女。有男无女终究成不了儿女双全的全福之人。所以，你最最该想该做的就是：委曲求全，善待姨太；别人借腹生子，你呢，借腹生女，借腹生女啊！"

四奶奶难以接受："善待姨太，这我怎么做得到？！我真恨不得好好给姨太一点颜色看呢！是她夺走慕达的心，害苦了我嘛！"

四奶奶母亲："别犯傻，千万别犯傻！古往今来，一代一代，有多少像你这样的女人，她们最终都想得通，做得到。"

四奶奶："那，那怎么样才能做到呢？"

四奶奶母亲："很简单，从今往后，你不可再七想八想了，心中只留一种意念，并且不断地对自己讲——委曲求全，借腹生女，做全福人；委曲求全，借腹生女，做全福人……"

四奶奶："妈，怎么跟念经似的？"

四奶奶母亲："对呀，这就跟念经一样！你以为和尚、尼姑一开始就都那么心诚吗？不，他们正是日复一日，年复一年，一次又一次、一遍又一遍地念啊念，最后才真正做到笃信的。"

四奶奶默然。

30．四奶奶母亲卧室外走廊（日）

胖嫂端着洗脸水走近，后面追来一个丫鬟。

丫鬟上前："胖嫂胖嫂，你等等！"

胖嫂止步。

丫鬟把洗脸巾往盆里一投，含笑道："瞧你，急急忙忙地，端起盆就走，把洗脸巾给忘了！"

胖嫂自嘲："哟，这叫什么事？好比送饭不送筷子！"说着转身继续走，边走边自言自语："我的心都给哭乱了，丢三落四的，唉！"

31．四奶奶母亲卧室（日）

胖嫂把洗脸巾递给四奶奶。

四奶奶擦了一把，低头无语。

胖嫂给四奶奶扇蒲扇，轻声道："人都已经来了，住进偏院了，小姐你可要想开些啊！"说罢端着脸盆出屋去了。

四奶奶母亲注视女儿片刻："哎，那关姨太是个什么样的女人？"

四奶奶："还说不准，才来三天嘛。只知道今年18岁，不是汉人，而是满人。"

四奶奶母亲："长得什么样？妖里妖气的吧？"

四奶奶竟然分辩道："不是的，不是的！她样子很清纯，还没脱尽孩子气呢，而且异常美丽。"

四奶奶母亲："是吗？你倒说说看！"

四奶奶忘了关姨太是情敌，比比画画地描摹道："她的皮肤好白好细，头发好浓好密，鼻梁又直又瘦，眼仁又大又黑；眉毛更是黑得十分醒目，肯定不须描画，而且眉形还特别俊俏……"

四奶奶母亲："看你夸得！不就是蛾眉吗？"

四奶奶："蛾眉弯弯细细的有些俗气，弯得过分了，更显得妖！她的眉形可不同——"四奶奶伸出两根食指在自己的眉骨上慢慢滑过："人家是平着走的蚕眉，到眉梢处才弯下一丁点，再加上格外黑，这就平添了几分英气哟！下辈子我要能生出个这么标致的女儿，那该多幸福啊！"

四奶奶母亲："如此说来，姨太倒也不像那种狐狸精嘛！"

四奶奶："妈，索性是个狐狸精，我心一横就好了，可她偏偏不是！看着她又认生又落寞的样子，我就想，她人生地不熟的，该多么恋家，多么思亲啊！——就为这，我连给她点难堪都做不到，还派小丫头翠翠去给她做伴。"说罢又委屈得哽咽起来："妈，我有气往哪儿撒呀？！"

四奶奶母亲叹了口气："妈就知道你是个恨不起来又狠不起来的人，所以心才苦。既如此，唯有照妈方才教你的办法去做吧。儿啊，妈一日不如一日了，难说还能撑多

第七集　妻妾皆苦　群童斗恶

久；你自己可要懂得打算啊，将来谁会为你这样操心呢？……"

四奶奶爆发出绝望的哭喊："妈，你不能撇下我不管，你要好起来呀！没有你，我就没有娘家了！……"

（化出）

32．四奶奶卧室（夜）

四奶奶从回忆中出来。

蜡烛已燃剩一小截。

特写：烛泪淌下。

四奶奶望着蜡烛，喃喃地说："妈，你已故去半年了。半年来，女儿遵从你的教导去思去想去做，已然认命了，心静了。你在九泉之下能够感知吗？妈呀，你托个梦给我吧！"

烛火熄灭了。

33．四房偏院（夜）

偏院在夜色中。

34．关姨太卧室（夜）

罗帐里，关姨太面壁侧卧，纪慕达一旁酣睡。

镜头渐渐模糊，关姨太入梦。

35．关姨太梦境（日）

春日的绿野，一条小河沟潺潺流淌。

艳阳下的小路旁，一株海棠树花枝招展。

海棠花特写。

云雾袭来，

云雾漫过原野，

云雾漫过小河沟，

云雾漫过海棠树，

云雾吞没了一切。

一个小姑娘的模糊背影，在云雾中向前奔跑，哭喊着："回来呀，回来呀！回来呀!……"

36．关姨太卧室（夜）

关姨太发出梦中的最后一声呼叫："回来呀！"翻身惊坐，仿佛失落了最心爱的宝物，呜咽起来。

纪慕达惊醒，察看身边的爱妾，急切地哄着："不哭不哭！不哭不哭！你是在发开口梦呢。"

关姨太犹未全醒，泪眼无助而茫然地在帐子里左右望望，才明白是梦，但却止不住啜泣。

纪慕达搂着、晃着、拍着："好了好了，不哭了不哭了！慕达在这儿呢，四爷在这儿呢。"又为之拭泪："好了好了，醒醒，醒醒，喝口水不？"

关姨太定了定神，摇摇头，靠到床背上，低头无语。

纪慕达："梦见什么？这样伤心！告诉我，我给你开解。"

关姨太摇头。

纪慕达："说嘛，'日有所思，夜有所梦'，说出来就不憋屈了，嗯？"

关姨太仍然缄默。

纪慕达长叹一声："你心里有事，却不肯告诉我。为什么不把我当作自己的亲人呢？其实你不明白，你虽不是我的结发之妻，但却是我今生最最珍惜的人哪！我想不出自己有哪点做得不好，总让你闷闷不乐的，在天津是这样，来到大榕乡还是这样。你已经没有亲人了，我又能怎么安置你呢？军人难免经常调动，你愿意随着我走吗？你说，你要我怎么样吧？"

关姨太不置可否。

纪慕达："莫非……莫非四奶奶背着我不待见你？！快别伤心了，我会给你做主的！"

关姨太着急："没有没有，没有不待见我，四爷别冤屈她啊！"

纪慕达："哦，那我猜到了。一定是这半年来我没给你写信，连回家过年也迟迟不住过来，你记恨我了！其实，这都是为了对付四奶奶……"

关姨太惊讶，脱口而出："啊？！"

纪慕达："傻丫头，你不懂！四奶奶宅心仁厚，她见我对你不闻不问，反倒会更加善待于你的，所以，我才用苦肉计来蒙她。——这都是为了你呀！……"

关姨太又气又急："四爷，你，你……你这样蒙四奶奶，伤四奶奶，她知道了，心

第七集　妻妾皆苦　群童斗恶

里该多苦啊！不要不要不要啊！……"

纪慕达又尴尬、又恼火、又无奈："好好好好好，算我枉费心机，自讨没趣，行了吧！真没想到，你会是这样的不领情！"

37．四房正院前厅（日）

四奶奶喝着早茶，若有所思。

38．四奶奶卧室（日）

胖嫂叠好被子，拿上四奶奶换下的睡衣走出。

39．四房正院前厅（日）

胖嫂正准备拿四奶奶的睡衣去洗，见她发愣，立即止步："四奶奶，你有心事？"

四奶奶："没有没有，我只是……只是有点不踏实。"

胖嫂："不踏实？"

四奶奶："你坐下。"

胖嫂坐下："怎么不踏实了？"

四奶奶："你知道，四爷是投错胎生在纪家才成军人的，骨子里恨不能天天名流雅士、风花雪月才过瘾，所以身在军界竟无军界知己。对吧？"

胖嫂："对呀，四奶奶你算说到家了！——知夫莫如妻嘛。不过，我看四爷还是挺会交友的；别的不清楚，他在梅村的发小，松声爷他们，哪一个不是周周正正体体面面的呢？——哟，瞧我，方才你说心里不踏实，我怎么就把话给岔开，岔到松声爷头上了！"

四奶奶："并没有岔开。我心里不踏实，还真跟松声爷他们有关。今天初五，四爷不是要去梅村跟松声爷他们聚会吗？……"

胖嫂："四爷跟发小们聚会，四奶奶还有什么好不踏实的呢？"

四奶奶："不是这话。我放不下的是，四爷在兴头上，会忘了回家送别的。——明天天不亮拱北就该启程北上烟台了嘛！"

胖嫂："忘就忘了呗，有啥关系？大少爷尚未成人，连饯行都不办，长辈送别更不在礼数中，四奶奶又何必多虑呢？"

四奶奶："话虽如此，但子弟从军，长辈送行，意在励志；四爷若不回来，怎么说也有点不合适吧？何况三爷疼爱拱北更胜于己出呢！我想去偏院给四爷提个醒，又怕引起误会，以为他刚在那边住下，我就怎么着了呢！"

胖嫂："依我看，四奶奶还是别去叮嘱四爷为好。误会不误会的，暂且不论。单说四爷的脾气吧，虽然和软，却也任性，他不上心的事，就算提醒一百遍，也未必管用。其实，我已经叫翠翠想着提醒四爷了。"

四奶奶："这太好了！翠翠听你的话。"

胖嫂："她机灵着呢。"

40. 四房偏院（日）

纪慕达离去。

翠翠从拐角处伸头探看一下，立即追上来："四爷，四爷！……"

纪慕达转身："有事吗，翠翠？"

翠翠："四爷去梅村要待上一整天吗？"

纪慕达："说不准，玩得高兴，兴许就在那边过夜。"

翠翠："过夜？——那你不回来送送大少爷吗？"

纪慕达顿悟，笑道："哦！原来急慌慌撵了来，是为了提醒我呀。这准是四奶奶盼咐的，对吧？"

翠翠调皮地转转眼睛："才不是呢，翠翠是想知道要不要等门嘛。"

纪慕达识破："小精灵，你当四爷那么傻呀！"

翠翠嬉皮笑脸："嘻嘻！那到底……四爷今晚到底回不回来呀？"

纪慕达："不是说过了吗？——没准！"说着走了，但走出两步却又止住了。

翠翠赶紧跟上："四爷有什么盼咐的吗？"

纪慕达："听四奶奶说，姨太爱吃碗糕张做的甜碗糕……"

翠翠："正是正是！不过，碗糕张已经好一阵子没上门了呢。"

纪慕达："那你去趟张村吧，叫他做了送来。"

翠翠："哎哎哎哎，就去就去！"又对纪慕达跷起拇指："四爷真好！"

纪慕达不禁一笑："人小鬼大！"

41. 二房正院（日）

二奶奶正要出院门。

安丽进院："二婶，你上哪儿去呀？"

二奶奶："去和你母亲说点事。你是来找大哥的吧？"

第七集　妻妾皆苦　群童斗恶

安丽："嗯。"
二奶奶："他迎雨轩去了，刚走一小会儿。"
安丽拔腿飞奔而去。
二奶奶笑："这孩子，跟兔子似的。"

42. 纪府大池塘（日）

翠翠走在长桥上，高声地模仿着碗糕张的叫卖："扁担一肩挑，两笼甜碗糕！碗糕嘞，新鲜的碗糕嘞，松松的碗糕嘞，软软的碗糕嘞，白白的碗糕嘞……扁担一肩挑，两笼甜碗糕，碗糕嘞……"

43. 纪府外小路（日）

拱北大步流星往前走。
安丽从后面扑上来。
拱北突然一转身，张牙舞爪："哈哈，早就防着啦！"
两兄妹一路打打闹闹。

44. 海滨（日）

雨轩在行进中，远处有个小身影偷偷追随着。
镜头推近小身影。那是个头戴法兰西小呢帽、身穿呢裙的六岁小姑娘；她伸头缩脑，躲躲藏藏，时而隐在礁石后，时而蹦到破船旁。

45. 张村碗糕店外（日）

碗糕张挑起担子准备外卖。
翠翠奔来："张伯张伯，等一等，等一等！"
碗糕张放下挑子。
翠翠近前："张伯，最近怎么老不上门卖糕了呢？"
碗糕张："年前走亲戚去了，刚回来两天，只在村里卖。"
翠翠："张伯，我是特地来找你的。我家关姨太可中意你的碗糕啦！"
碗糕张："那太好了，以后多多帮衬啊！哎，你们姨太待你可好？"
翠翠："当然好，太好太好了！她是我心里最亲的人啊！没有她，我已经让我哥给卖掉了。这件事，我们村里都传遍了呢。"

碗糕张："真是个大好人，我给她做糕会格外上心的。"

翠翠喜："多谢张伯！那我该回去了。"

46．海滨（日）

拱北和安丽对雨轩频频招手。

雨轩招手回应。

拱北兄妹与雨轩彼此奔向对方。

雨轩身后，那个穿呢裙的小姑娘，双手捧着法兰西帽，依然隔着一段距离，继续尾随，时隐时现。

镜头推近小姑娘。

特写：法兰西帽里兜着各色小石子和贝壳。

拱北和雨轩碰头，互击一拳。

雨轩："不是约定我去找你的吗？怎么又跑来了？万一走岔了呢？"

拱北："嘻嘻，等烦了嘛！这不是没走岔吗？"

雨轩："哎，你说怪不怪？我父亲忽然抠门起来，在盘缠上猛卡我！"

拱北："我也一样啊，想必令尊大人和我三叔，他俩是通过气的。"

安丽："没错，是通了气的！我还听见妈妈同二婶她们说……"

雨轩、拱北："她们说什么？"

安丽："说卡得好！"

雨轩嘟囔："常言道'穷家富路'，这倒成了'富家穷路'了！"

拱北："怕什么？哪个大侠是带着许多钱飞檐走壁的?!"

雨轩释怀："对呀！"随即摆出姿势："大侠飞也！"

47．张村外滨海小道（日）

翠翠轻松地走着。

路边有一扇贝壳在阳光下闪亮。

翠翠拾起贝壳，变换角度，让太阳照得熠熠生辉。

翠翠受到美丽贝壳的触动，高声唱起一首渔家小调；边走边唱，忘乎所以："龙王爷，嫁姑娘，虾兵蟹将齐歌唱。南海送来珍珠被，东海献出白玉床。水晶灯笼明晃晃，龙女全都看不上——看不上哎！春潮涌起一轮月，少年赶紧撒下网。收网捧出个大月亮，龙王召他做驸马郎。驸马举月骑白马，千里万里去拜堂——去拜堂哎……"

第七集　妻妾皆苦　群童斗恶

翠翠歌声中，镜头移向不远的海面。

海面上，波光犹如万颗珍珠，跳动在童话世界里。

马蹄声响起，画面转暗。蓝黑色的天空闪现稀疏的星光。

一匹白马出现在那蓝黑色的背景深处，由远而近，由小而大，狂奔而来。

白马上骑着一个英俊的白衣少年，斜披大红花，高擎一轮明月，向镜头奔来。

白马载着举月的白衣少年，远远地驰入蓝黑色的海天深处。

画面转亮。

翠翠的眼睛里满是憧憬。

翠翠意犹未尽，重复唱道："驸马举月骑白马，千里万里去拜堂，千里万里去拜堂哎……"

翠翠还未唱完，画外一声断喝："站住！"

路边芭蕉树后蹿出一个五大三粗的中年恶汉，伸臂挡住翠翠："给我站住！"

翠翠大吃一惊。

定格。

48．海滨（日）

雨轩："明天启程，你都准备好了吗？别忘了带上你的两柄剑！"

拱北："不会忘的。你呢？"

雨轩："万事俱备，只欠东风。"

拱北："那好，明早5点，长桥上碰头，不见不散！"

雨轩："不见不散！"

安丽忽然大叫一声："快看！快看那边！"

49．张村外滨海小道（日）

翠翠拼命逃。

恶汉拼命追。

翠翠几次回头。

恶汉几次吆喝。

翠翠与恶汉越拉越近。

翠翠被石子硌了一下，险些歪倒。

恶汉更加逼近。

翠翠一咬牙，索性止步，迅速抓起一块石头，转身直面恶汉。

恶汉奸笑："去拜堂，去拜堂，还真叫你给唱着了！走，马上跟我去拜堂！"说着往前又逼近一步。

翠翠本能地往后一退，同时大喊："不准动！再动就砸死你！"

恶汉放软："好，不动不动。那你乖乖跟我走吧，你哥把你卖给我了！"

翠翠："呸，做梦！我哥不卖我了！你滚！滚……"

一语未了，恶汉抢前飞起一脚，踢落翠翠手中之石，又就势抡起胳膊将翠翠横扫在地。

翠翠昏了过去。

恶汉将翠翠拖到小道边野地："哼，黄毛丫头，还敢砸我不！还敢……"

恶汉余音未了，背上就给踹了一脚，紧接着屁股上又挨了一脚。

镜头拉开，只见拱北、雨轩正叉开双腿、紧握双拳，摆出战斗姿态。

定格。

50．张村口（日）

安丽领着手持扁担的碗糕张并扛着锄头、钉耙的村民们赶来。

51．滨海小道边野地（日）

恶汉与拱北、雨轩扭打。

拱北用脚一绊，恶汉摔倒扑地。

拱北、雨轩起哄："不中用，摔了个大马趴喽！""不中用，扑地吃狗尿喽！""哈哈哈哈哈！……"

恶汉翻转身，恼羞成怒："找死啊，小屁孩！"

拱北立马扑上去："谁是屁孩？！赛天霸在此！"

雨轩也扑上去："夏大侠来也！"

三人在地上乱打，恶汉挣脱爬起。

拱北、雨轩一跃而起，三人再次打成一团。

忽然，恶汉的一条腿不能动弹了，急得乱蹬。

镜头下摇。只见苏醒了的翠翠趴在地上，双手死死抱住恶汉的腿。

拱北、雨轩趁机将恶汉打得仰面朝天，跌倒在地。

恶汉两手撑地挣扎坐起，不料却有小石粒当头撒下。

第七集　妻妾皆苦　群童斗恶

恶汉迷了眼，狼狈不堪。

镜头拉开。那个西洋打扮的小姑娘，拿着抖空了的帽子，伸出食指刮着脸颊，用德语说："Lump！Lump！Schämlos，Schämlos！（坏蛋！坏蛋！没羞！没羞！）"

恶汉甩甩脑袋抹抹脸，瞪起恶眼："番鬼妹！小心我踢死……"

一语未了，村民们已将恶汉团团围住。

安丽指着恶汉："就是他！他要抓翠翠！"

碗糕张当即用扁担指着恶汉："你敢！"

翠翠："他硬要逼我跟他走，还把我给打晕了！"

众村民逼近恶汉，扬锄举耙，一片叫骂："光天化日，胆敢抢人！""无法无天啊！""绑到衙门去！""不用费事，一锄头下去拉倒！"

恶汉惊恐，跪地求饶："别别别别！"

众村民："锄！锄！锄！锄！……"

恶汉："饶命啊，饶命啊！"又拜翠翠。

翠翠一甩辫子不理他。

碗糕张："翠翠，我看大正月里，就饶了他吧？"

翠翠啐了恶汉一口："便宜了你！"

碗糕张对恶汉扬起扁担："还不快滚！"

众村民："滚！滚！……"

恶汉抱头鼠窜。

众村民起哄做驱赶牲口之声："哦嘘，哦嘘，哦嘘！……"

洋装小姑娘跳着脚拍着手用德语欢呼："Bravo，bravo！Wir haben gesiegt，Wir haben gesiegt！"（好！好！我们赢了，我们赢了！）

雨轩走过来牵住洋装小姑娘的手："米娜，你一个人怎么会到这里来的？！"

米娜用不地道的中文回答："我跟在你后面……"

村民们围观米娜。

村嫂甲："哟，你是哪里来的小娃娃呀？"

村夫甲："是番里来的吧？你的话我们都听不懂。"

村嫂乙："你懂我们的话吗？"

米娜自信十足："懂！"

雨轩："她是我的姨表妹，昨天刚从德国回来探亲的，是头一次回国。"

村夫乙："在番里生养，还能听懂福州话，可真聪明呢。"

雨轩："是我姨父、姨母教的，福州话、普通话都能听懂，但还说得不好。"

米娜不服气，用颠倒四声的中国话说："以后会说的。妈咪告诉我，中国人应该学会中国话。"

碗糕张："对呀对呀，墙外的果子，墙里的根嘛！"

52．海滨（日）

安丽牵着跟她年岁相仿的米娜，随雨轩、拱北走向滩头。

雨轩："米娜，你不跟依阑玩，偷偷跟着我干吗呀？"

米娜："你说拱北哥哥家有桥有船很好玩，我要跟你去，你不肯嘛！"

拱北："要是跟丢了怎么办？该哭鼻子了！"

米娜："才不会呢。爹地说，我是勇敢的小米娜！"

拱北："对对对，你很勇敢，敢帮我们打坏蛋。"

米娜："拱北哥哥，我要去你家玩，现在就去！"

拱北："现在可不行，以后你找安丽带你玩吧。"

米娜："为什么现在不行？"

拱北和雨轩对视一眼，一齐回答："因为，现在我们要和东海告别！"

米娜不懂，疑惑地望着他俩。

波浪缓缓地涌向滩头。

拱北和雨轩携手奔向水边。

拱北、雨轩双双跪下，向东海三叩首拜别。

镜头渐拉渐远，直至他俩伏地的身影，完全融入海滩。

第八集　慕达会友　两母赠别

1. 纪府大门内甬道（日）

荣官拎着出诊箱送一位老中医离开。

拱北与安丽进门向内宅走去，遇见老中医，双双施礼："任老伯！"

荣官："大少爷你可回来了，福祥老伯流了好多鼻血！"

拱北"啊?!"了声，拔腿就跑，安丽随之。

2. 福祥卧室（日）

福祥歪在床上，鼻孔里塞着棉花。

纪慕贤坐在床边的椅子上，边看方子边嘟囔："这方子也就是润润肺。"遂对福祥说："祥叔，你岁数大了，不比年轻人，身体不适，不能再拖。明天送你去福州求医，把病根找出来才行。"

福祥连连摆手："不成不成，丁点毛病就这么大动静！上上下下，一次次探视，我已经很过意不去了，再送福州，如何当得起？"

纪慕贤："怎么当不起啦？连我都是祥叔你看大的嘛！"

福祥："不合适不合适！福祥我心不安哪！"

纪慕贤："你若不肯去福州，我就心安了吗？"

福祥："这个……咳，反正明天绝对不去。"

纪慕贤："怎么的呢？"

福祥："明天说什么也要送送大少爷。"

纪慕贤："咳！小孩子家家的，走就走了呗，你是爷爷辈的人了，送什么?!"

福祥坚决："不，一定要送！从军不同平常出门；再者说，大少爷这一走，八九年……"他的声音忽然发颤:"我这把老骨头怕是……"

纪慕贤:"祥叔,好好的,看你想哪儿去了!"

3. 福祥卧室外（日）

拱北飞奔而来。

拱北回头催促安丽:"快点!"

4. 福祥卧室（日）

拱北一头扑到福祥床边:"祥爷爷,你怎么啦?!荣官说你出了好多鼻血……"

福祥:"荣官大惊小怪!只不过冬天干燥而已,没事的。奶奶们送了好些滋润的东西,吃几天也就好了。都怪我自己不留神,招了些风寒……"

纪慕贤:"哎,对了,祥叔啊,从北京带给你的那件羊羔皮袄呢?怎么新年也不见穿上呢?"

福祥拍拍枕边的一个包袱:"在这儿呢。我特地留到给大少爷送行时穿,图个喜庆不是?"

纪慕贤:"祥叔啊祥叔,你再怎么宝贝拱北,也不该不顾自己的身体啊!"

福祥:"到底走得远哪!"

拱北:"祥爷爷你放心,走多远我都行!我还带着两把剑呢。"

纪慕贤审视拱北:"嗯?!——身上净是土,你又做大侠去了吧?明天一早启程了还这样!"

拱北支吾:"嗯……我……"

安丽:"三叔,大哥他跟人打架了。"

纪慕贤逼视拱北:"什么理由打架?!"

拱北:"那个人是坏蛋,欺侮翠翠!"

纪慕贤:"哦?有这种事!"

安丽:"坏蛋在张村那边欺侮翠翠,大哥跟雨轩哥就一起打他。我还把碗糕张他们给叫来了呢。"

福祥:"好好好好!这正是路见不平拔刀相助嘛。"

纪慕贤不禁一笑:"可让他过了回武侠瘾。"

拱北脱口而出:"可惜没带剑……"

纪慕贤叱道:"又来劲了!还不快去换衣服!"

第八集　慕达会友　两母赠别

5. 纪慕贤书房（日）

丁管家进来："三爷！"

纪慕贤放下书本，招呼道："哎，你来得正好，我还想找你呢。"

丁管家："三爷请吩咐。"

纪慕贤："坐吧，坐吧，你先说。"

丁管家："祥叔硬要给大少爷送行。我怕老人家带病起早有闪失，已叫荣官今晚过去陪住。明早看情形，倘若不合适，荣官会把他挡住的。"

纪慕贤："好，好，这样很妥当。"

丁管家："带祥叔到福州求医的事，我已派人去那边安排吃住了，到时候我会陪着去的，三爷只管放心吧。三爷还有别的吩咐吗？"

纪慕贤："祥叔憔悴了许多。流鼻血如果只是偶发，则无大碍。倘或竟有病症，务必求得好医，问得好药，不要嫌贵，该花的就花。我很快就走了，家里大事小事还得你拿主意啊。"

丁管家："是，是。"

纪慕贤："不管小病还是大病，祥叔总归是老了，没精神了，你要给他单开小灶。荣官这孩子十分忠厚，索性让他搬过去跟着祥叔，好生照应吧。你看怎么样？"

丁管家："再好不过了，就照你的意思办。"

纪慕贤："祥叔家人近日会来吗？"

丁管家："祥叔的儿孙个个孝顺。以往逢年过节，祥叔不回去的话，他们必会来的。年初一那天已经来过了，后面就是正月十五……"

纪慕贤："那你尽量留他们多住些时日吧。"

丁管家："一定的，一定的，三爷放心。"

纪慕贤："有你打理，我很放心。回想二三十年来，海军两次覆灭，祥叔和你为我们这个海军之家，分担国仇家恨，始终无怨无悔。你们都是纪家的功臣啊！"

丁管家受宠若惊，语出肺腑："三爷言重了，丁立惭愧！丁立在府里管事二十多年来，不论大爷还是三爷，从来只有信任，没有见外。丁立我也早就将纪家老少当成自己的亲人了，尽心尽力那也是情理所在啊！"

纪慕贤深受感动。

6. 四房偏院外（日）

荣官匆匆走向偏院。

7. 四房偏院（日）

荣官朝屋里一迭连声喊："翠翠，翠翠，翠翠！"

翠翠出现："什么事，荣官哥？喊得这么急！"

荣官："姨太在吗？"

翠翠："在，在拾掇画呢。"

荣官："哟，我来得不巧了，那……那……待会儿再来吧。"

翠翠："不碍事的，你进去吧。"

8. 四房偏院前厅（日）

壁上四幅立轴已然取下。

关姨太正在桌旁收卷立轴。

荣官和翠翠进来。

荣官："姨太，你拾掇画哪，我来做吧。"

关姨太："不用了，这就卷完了。"

荣官望了望墙壁："要挂新画了？"

翠翠："可不？是姨太为我画的。"

荣官："为你？！"

翠翠得意："就是嘛，不信你问姨太！"

关姨太："翠翠从没见过雪，我就画了一幅给她看；后来索性再加三幅，这就凑成北京春夏秋冬四景了。"

荣官："那就让我来挂吧，我也不知道雪是什么样子的啊！"

关姨太："不忙不忙，明天让翠翠挂。你找我有事吗？"

丁管家画外音："翠翠！翠翠……"

翠翠急忙去开门。

丁管家进来："姨太！"

关姨太："丁管家来啦，快请坐！"

丁管家："姨太你也坐。"

第八集　慕达会友　两母赠别

关姨太坐下："丁管家有什么要关照的吗？"

丁管家坐下："没有没有。说是荣官在这儿，我就顺路找他来了。"

关姨太："荣官也刚刚进屋。"又问荣官："荣官，你有事只管说吧。"

荣官："荣官想求姨太帮个忙……"

丁管家正色："没规矩！姨太是四爷的人，怎么可以使唤呢？！"

荣官："我……我……我急……"

丁管家："你急什么？"

荣官嗫嚅："福祥老伯后天去福州看病，我怕他路上着凉，想……想求姨太做一顶薄棉的风帽——昭君帽……就……就忘了规矩了……"

关姨太："荣官别着急，昭君帽很容易做，还有一天的时间，来得及的。"

丁管家："荣官果然有心，三爷没看错。三爷让你今天起就搬去跟祥叔做伴，好生照应着，缺什么管我要吧。——我方才找你，为的就是这件事。依我看，祥叔得的应该不是什么恶症，不过人老了，这'老病'却也不轻松呢。你要仔细些，免得三爷大老远的还牵挂着。"

荣官："哎哎！"

翠翠："丁管家，三爷怎么待福祥老伯这样好呢？"

荣官："是啊，为什么呢？"

丁管家："你们想啊，祥叔原是老太爷的人，府里一草一木都在眼里，四位爷都是他看着长大的。他有半个主子的脸面，却从不摆谱，心地又善良，处事又有分寸，谁能不待见他呀！你们不也跟他很亲近吗？对不对？"

荣官、翠翠："对！""对！"

丁管家："再说三爷。别看他外表冷冷的，内里却有情有义。就说甲申海战吧。甲申海战，知道不？那时候，翠翠你还远未出世呢。"

翠翠："虽然没出世，但在府里当差听使唤，多少也知道一星半点的。甲午海战前十年，是甲申年，那年的七月初三发生了中法马江海战，所以甲申海战又叫马江海战。这一仗把福建海军给灭了，七月初三也就成了二爷的忌日。二爷无后，过了十几年，长房好容易生下拱北大少爷，就决定过继给二房；但过继礼却是一直等到大少爷从军前才举行的。——年初二，全家忙活的不就是这件大事吗？"

丁管家："到底是海军人家的丫头，子丑寅卯说得清清楚楚，正所谓'没吃过肥猪肉，还没见过肥猪跑'吗？"

翠翠不掩饰得意之情："那是！"

丁管家:"看把你美得!不过,有件事你就未必知道了。"

翠翠:"什么事?"

丁管家:"七月初三不只是二爷的忌日,它同时也是祥叔长子一强的忌日。"

翠翠:"啊?!他们的忌日怎会赶在一起?莫非那个一强也是海军,跟二爷同在舰上作战?"

丁管家:"不是。一强比我们二爷还小点,当时只十三四岁,在乡下待着呢。"

荣官:"那究竟是怎么档子事啊?丁管家你快点说嘛。"

丁管家:"福建海军是在甲申七月初三全军覆没的。当天夜里,马江两岸的渔民、村民为了报仇雪恨,争先恐后驾起小船袭击法国军舰。小船一条接一条有去无回,祥叔的长子一强和他的小划子也给轰毁了。一强跟二爷最要好,二爷上军校前,每次一强到这里玩,他都不让回去,两人像亲哥儿们似的。其实,一强牺牲是为了替福建水师报仇,也是为了二爷啊!"

荣官:"原来是这样!"

翠翠:"我明白了,三爷格外善待福祥老伯,不单是由于老伯人好,更因为他是少年英雄的父亲啊!何况还有一强舍命替二爷报仇这份生死情义呢。"

关姨太默默点头。

丁管家:"姨太,你的翠翠真伶俐啊,一点就通。"

翠翠又喜形于色。

丁管家便带笑指了指翠翠道:"又美上了,这孩子!你看荣官,也就是嘴拙些,人家来府里当差还没多长时间,就见缝插针,写写算算地学了起来,如今可长进多了。"

荣官不好意思。

丁管家站起:"扯起没完,忘了时辰。姨太你歇着吧,我们该走了。"

关姨太站起:"丁管家慢走。"

9. 四房偏院外(日)

丁管家并荣官正在离去。

胖嫂迎面而来。

胖嫂:"丁管家,你们是打姨太那边出来的吧?"

丁管家:"是啊,刚出来。"

胖嫂:"四爷在吗?"

丁管家:"没有啊,四爷去梅村会友,你不知道吗?"

第八集　慕达会友　两母赠别

胖嫂："当然知道喽。可四爷一早就去了，到这会儿还不见人影；四奶奶急了，打发我过姨太这边瞧一瞧。"

丁管家："四奶奶处处周全，她怕四爷把大少爷明天启程从军的事给忘了。可是，四爷这主哪有个准啊？一向……"他斟酌了一下："一向随意惯了的。"

胖嫂轻轻叹了一口气，转身走了。

丁管家目送胖嫂背影。

丁管家内心独白："四爷性子和软，讨人喜欢；可惜只图轻松自在，不管肩上的责任，连亲生儿子的教养都不过问，还能指望他关注福祥叔害病、大少爷从军吗？四奶奶太厚道，她看不出，四爷不但跟三爷，也跟纪家家风格格不入啊！"

荣官："丁管家，四奶奶这么急，你就差我去接四爷吧。——我的腿有劲，跑得快！"

丁管家："傻小子！四奶奶不敢扫四爷的兴，所以才不打发人去梅村接他；哪怕你是飞毛腿，我也没法派你的差啊！"

荣官："松爷那边怎么个好法？四爷的玩兴竟这么大！"

丁管家："发小们聚会，玩兴本来就大；再者说了，松爷的家不比我们这样的军人宅第，虽然整齐大气却没啥看头。他那里可真是费尽心思雕琢出来的，四爷去一回赞一回，恨不得把纪府也改建一下呢！哪天我派差让你进去一下，就长见识了。——那梅林、曲径、小溪、小桥，就跟画似的！"

10．松声家梅林（日）

溪上一座小桥，溪畔一片梅林，梅林中一条曲径。

镜头沿曲径推近小轩。

小轩匾额：梅轩。

11．松声宅梅轩（日）

纪慕达倚窗，对着绕轩的梅花深深吸进一口气，赞道："夕照之下，这溪、这桥、这梅、这轩，越发如诗如画如梦如幻了！"

敬宗瞥见纪慕达之状，笑对正在品茶的松声、伯宁说："你们看，慕达每每在这里如痴如醉。"便大声道："喂，慕达，该醒醒啦，否则梅轩就得改名痴轩喽！"

纪慕达转过身来："松声当年仅仅二十来岁，就能无师自通，营造出这般美轮美奂的一座后花园，真真是天才啊！"

松声："什么天才？！只不过先父喜画山水，所谓耳濡目染吧，我做主修园时，心血来潮，挖了条小水沟，又顺嘴把它连同周边的景物都冠上个'梅'字，歪打正着而已。——这些你们都是早就知道了的。"

纪慕达："歪打正着也罢，误打误撞也罢，反正不知何以，我浪迹天涯，并不思家，却时时怀想这里，怀想我们四个跨过梅溪，走进梅林，欢聚梅轩的种种情景。"

伯宁："慕达的性情之言让我感动。自打松声建园以来，十余年间，我们三个想聚便聚，唯独慕达身不由己，哪能不相思弥切呢？借用晏几道的词，他才是'梦魂惯得无拘检，又踏杨花过谢桥'啊！"

松声、敬宗频频点头。

纪慕达过来坐下叹道："发小就是发小，心有灵犀一点通嘛。如果没有你们，慕达我将成为世间最最孤独之人喽！"

松声："又胡说了！你有那么大的宅院，那么多的亲族，如何会成孤独之人呢？"

纪慕达："我没胡说。你们不曾亲身体验，哪能知道我的家，气派虽大，压抑也大，真个是族规森严，抱残守缺，国仇家恨，咬牙切齿，没一点轻松！我呀，连一句半句心里话也无人可诉。"

敬宗："怎么会呢？你好歹还有个慕贤兄可以'对床听雨眠'嘛，比我这光杆司令强多了。"

纪慕达："哪来'对床听雨眠'的诗意哟？我三哥，平心而论，是个好军人，好家长，于公于私都没的挑剔。可惜他一根筋，认死理，每每拉长着脸，动辄教训；而且干巴巴的全无情趣，还专爱在人家兴头上大煞风景。我几次提议把我们家的大园子好好改建改建，都被他断然拒绝，说什么'军人宅第风花雪月的成何体统'，真让人哭笑不得，干脆按军营建家算了！"

伯宁："不能怪慕贤兄的。当家人嘛，严格一些，干瘪一些，也在所难免啊！"

纪慕达："松声不也当家吗？怎么就不干瘪了？"

伯宁："松声不是军人嘛。"

纪慕达："军人就得干瘪呀？！曾宗巩，天津水师学堂出身，科班海军。他非但不干瘪，而且风流倜傥，酷爱藏书，能诗会文，人称'中国海军第一诗人''第一藏书家'；依我看，他更称得上'中国海军第一翻译家'呢。你们说是不是？"

松声："那倒是。曾宗巩确实堪称'中国海军第一翻译家'，他和林纾搭档，七年间合译了近二十部英、美、法长篇小说。林纾的笔译固然传神，但他毕竟不懂外文；如果没有魏易、曾宗巩、陈家麟、李世中等人高水平的口译，也就没有100多部长篇

第八集　慕达会友　两母赠别

小说的译作传世了。说回曾宗巩吧，我读林纾、曾宗巩合译的《鲁滨孙漂流记》，觉得比起沈祖芬所译的《绝岛漂流记》更能表达原著；事实上，影响更深远些呢。"

敬宗："我也有同感。《美洲童子万里寻亲记》《鬼山狼侠传》《新天方夜谭》什么的，都是十分引人入胜的译作。曾宗巩和林纾合译的法国长篇小说《滑铁卢战血余腥记》《利俾瑟战血余腥记》，我也读过。由此而知，曾宗巩法文也不错啊。"

伯宁："中国第一套化学教科书《质学课本》，是曾宗巩独自由英文版翻译过来的，我认为很有收藏意义，七年来一直保存如新。不过不知何以，自辛亥革命后，就看不到曾宗巩的译作了。可惜不认识他，否则一定促他继续下去。"

纪慕达："我原本也很纳闷的。可巧昨日随三哥去感恩村九落里会曾宗巩，就特地问了问。他解释说，民国了，海军要振兴了，军务才是正业，翻译嘛，也只好割爱了。曾宗巩在甲午海战时任北洋海军'扬威'舰三副，'扬威'沉没，他幸存，热衷复兴中国海军，也在情理之中嘛！"

伯宁："你能理解曾宗巩，怎么就不理解你三哥呢？他也是甲午幸存者啊。"

仆人画外音："松爷，晚餐上齐了，请各位爷用膳吧！"

12．纪府餐厅（夜）

小孩桌上，拱华九兄弟、安瑞、安丽并奶妈膝上的拱南分成两桌，坐等开饭。

拱南乱抓筷子，奶妈急忙拿下："拱南乖，不玩筷子啊！筷子会扎人，不能玩的，懂吗？乖乖地等啊，四叔来了就开饭。"

安丽向餐厅门口望了望："四叔怎么还不来呀？！肚子都饿了！"

安瑞用肘子碰碰安丽："小声点，没规矩，三叔在那桌呢！"

大人桌上，纪慕贤、拱北、四位奶奶、姨太都在坐等，只有四爷和福祥的位子空着。

纪慕贤朝小孩桌投去一眼，对四奶奶说："不等四弟了吧？孩子们该饿了。"

四奶奶尴尬，却极力掩饰，委婉答道："看来慕达还在梅村流连，把嘱咐他早些回家的话给丢到脑后了。"

大奶奶赶紧圆场："难怪四弟流连忘返，他的那几个发小，都是中西学俱佳的风雅之士，大家好容易聚一次，兴之所至，没了时间观念，也是人之常情嘛。"

二奶奶、三奶奶："是啊。""是啊。"

纪慕贤："大嫂、二嫂说得对。大家吃饭吧！"

纪慕贤提筷搛菜，又下意识地望了望福祥的位子。

纪慕贤内心独白："祥叔风烛残年，还非要抱病为拱北送行；四弟却跟没事人似的，实在太不堪了！"

13. 松声宅餐厅（夜）

纪慕达与松声、敬宗、伯宁共进西餐。

纪慕达："这西餐做得不错，居然有那么点天津起士林的味道呢。"

伯宁："看来不是一般的厨师。"

松声："实话告诉你们吧，这厨师是我特地从福州一个外国朋友家里借来用的。"

敬宗："嘿，亏你想得出！"

松声："谁叫我们是光屁溜玩大的发小呢？"

伯宁："这话我爱听。"遂举杯站起："Let's drink to our everlasting friendship, my dear buddies！"（亲爱的发小们，为永世之情干杯！）

四人干杯："Cheers！"

仆人送上咖啡。

松声搅动着杯里的咖啡，感慨道："岁月如梭啊！喝杯咖啡的工夫，我等已届不惑之年了，而那些淘气的事仿佛就在昨天啊！记不记得有一回去做野人？……"

伯宁："怎么不记得？那年，也是这么个正月头，我们每人都从家里偷了好些年糕、花生、卤肉、卤蛋什么的，然后钻进仙岭村一处山洼洼……"

敬宗："慕达还把一只白鸡捆上嘴掖了来，大家七手八脚生起篝火，一面烤鸡，一面张牙舞爪，咿呀鬼叫，假装食人生番，结果……"

松声："结果白鸡变成了黑鸡……"

四友大笑。

纪慕达："不过，天快亮的时候，扒开灰堆，里面的番薯、芋头倒是烘得很成功，吃起来那个香哟！"

敬宗："不承想，乐极生悲，回去之后，每个人都结结实实挨了一顿屁股板子！"

四友又哈哈大笑。

14. 纪府餐厅（夜）

大人桌上，佟妈把一碗点心端到拱北面前："大少爷，这是大奶奶、二奶奶亲自下厨为你捏的油扁，糯糯的、甜甜的，你平时最爱吃了。多吃些吧，北方怕是没有呢。"

油扁特写。

拱北舀了一勺油扁敬纪慕贤："三叔，你先尝尝！"

第八集　慕达会友　两母赠别

纪慕贤："你自己吃，自己吃！"

拱北端起油扁分别敬二奶奶和大奶奶："娘，你来点！""妈，你也来点！"然后依次往三奶奶、四奶奶、关姨太、丁管家等长辈碗里拨了油扁。

拱北端着油扁走向小孩桌。

大奶奶、二奶奶含笑对视一眼。

15．松声宅餐厅（夜）

纪慕达笑后忽发感慨："岁月如梭，人生易老啊，儿时趣事只能忆及却追不回来了……"

敬宗直肠直肚："慕达今天怎么回事？又是岁月如梭，又是人生易老的，也不过四十，就迟暮起来了！我觉得，即便两鬓如霜，只要童心尚存，儿时的欢乐，还是可以追回的嘛。"

松声："太对了！依我说，今晚谁也别回家，干脆在梅轩聚个通宵，怎么样？放上大炭盆，烤番薯、烘芋头，老天真重温顽童旧梦，又别是一番兴味呢。"

伯宁："我举双手赞成！慕达意下如何？"

纪慕达："我巴不得天天通宵才好！"

16．四房偏院外（夜）

翠翠打着灯笼陪姨太走向偏院。

关姨太："翠翠，咱们走快点。"

翠翠："刚吃完饭，走这么快干吗呀？"

关姨太："回屋再说。"

翠翠："哦，我明白了，你想赶着给福祥老伯做昭君帽！——急什么呀，明天不是还有一整天时间吗？他老人家后天才去福州就医的。"

关姨太："不，我要赶在今晚做好昭君帽，让祥叔明天送别大少爷时就可以戴。毕竟，弘毅堂甬道那边是个风口子啊！再说了，我还想絮个棉的手筒子，给他暖手呢。"

翠翠："这得通宵啊！手筒简单，我来做吧。就这么着恐怕也得熬通宵呢。"

关姨太："通宵也应该啊。"

17．松声宅梅轩（夜）

纪慕达等四友围着大炭盆坐。

炭盆边上放着一筐芋头、白薯、土豆等。

纪慕达用火钳漫不经心地拨弄着炭火，把几只芋头埋进热灰里。

松声注意到纪慕达的神态："慕达啊，我也看出来了，这次回乡，你跟以往不同，确实情绪欠佳。心里不痛快可别憋着啊，哪怕跟我们发发脾气也好嘛。"

伯宁："对呀！只管拿我们当出气筒好了。就你那温和性子，一个出气筒都盛不满。"

纪慕达："别瞎琢磨了，我拿你们出什么气呀？"

敬宗："你瞒谁也别想瞒过我们，不然还叫发小吗？快倒出来吧！"

松声："总不至于为了军衔吧？"

敬宗："不至于不至于！慕达对名利一向既不淡泊，也不热衷。你忘了？他的格言是：有鱼吃鱼，有掌吃掌，拼命追逐犯不上。"

纪慕达苦笑："我的心肝五脏都叫你们给看穿了！没错，我并不清高，而只是疏懒，如果天上真的掉馅饼，一定照吃不误。我对军阶正是持这种态度。海军是技术兵种，我脑子快，底子厚，无论在舰队、陆战队、炮台、水鱼雷营，乃至船坞、机械厂，我都游刃有余；但我缺少指挥官杀伐决断的魄力，所以晋升不快。既然心知肚明，又怎么会因此而烦恼呢？——这些肺腑之言，我也只对你们三个发小才肯讲。在家里，三哥不可能理解我，妻子更怨而不怒，我又何须剖白？——鸡跟鸭交谈，谁也听不懂谁啊！"

伯宁："不能说你跟他们如同鸡与鸭交谈！其实，人与人之间，夫妻有夫妻的话，父子有父子的话，姐妹有姐妹的话，朋友有朋友的话，彼此是不能取代的。所以，看到你发蔫，就想问个究竟，也许发小能帮你开解开解呢。"

纪慕达："只怕发小也开解不了哟！"

松声："连我们都开解不了？！那一定是清官难断的家务事了。对呀，你去年刚纳妾，莫非夫人与如夫人不睦？尽管这是你的 privacy（隐私），但为了你好，也顾不得许多了。我劝你放开点，大丈夫何必为妻妾所累呢？"

纪慕达烦躁："什么不睦？什么纳妾？瞎猜什么？我最烦人说我纳妾！"

敬宗直言不讳："你敢说你没有纳妾，没有金屋藏娇？尚未让我等一睹芳容而已。说真格的，我至今也不明白，怎么你早不纳妾，晚不纳妾，偏偏孩子成群倒纳起妾来了？"

18. 四房偏院小室（夜）

油灯下，关姨太和翠翠面对面，各自缝着昭君帽和棉手筒。

第八集　慕达会友　两母赠别

翠翠咬断线头，放下活计，离去。

关姨太拿起翠翠缝的棉手筒，细细审视，满意地点点头。

翠翠端着茶点进来，在圆桌上放好四碟糕饼、一杯茶，招呼道："姨太，快过来喝杯热茶、吃几块点心吧！核桃云片糕特别好吃，快来呀！一会儿茶该凉了。"

关姨太："我不饿。你呢？"

翠翠有点不好意思："本来不饿，你一问，就饿了嘛，嘻嘻！"

关姨太不禁发笑："那你先吃吧。核桃云片糕你最馋，全归你啦。"说着又继续缝起来。

翠翠美美地享受云片糕，渐渐地若有所思了。

翠翠内心独白："我是吃家里剩饭剩菜长大的，只有在姨太身边才不像丫头，倒像妹妹。要能叫她一声姐姐，叫得府里府外、乡里乡外都听得真真的，该多好啊！可惜不能，不能！福祥老伯说过了，没上没下，随便称呼，不但我会被撵走，还会连累姨太惹是非；要知道纪府的规矩不是说破就破得的，普天之下也都一样啊。老伯还说，不管姨太多么孩子气，但总归看得出，她是个伤心很深又藏得很深的人，我们该懂得爱护她才对。"

翠翠内心独白止。

翠翠转眼望着正在专心缝纫的关姨太。

翠翠内心独白再起："姨太，怎么我就不觉得你伤心很深呢？你常常不言不语地绣花、画画，有时陪二小姐玩玩，并没见过你掉泪呀。难道，这就叫藏得很深吗？姨太啊，管他什么伤心事，像我一样哭出来、喊出来、骂出来、打出来，不就结了？再不然，还可以跟四爷讲嘛。四爷可疼你了，今天一早临出门还特地交代我，去张村寻摸你爱吃的碗糕呢！"

19．松声宅梅轩（夜）

伯宁和缓地说："我跟敬宗一样，百思不解，去年，你已年近不惑，膝下更有六子，又何必纳……纳……"他斟酌了一下："又何必娶新人呢？且不论纪氏家规，即以你自己而言，不也背离了反对纳妾的初衷吗？"

松声："敬宗、伯宁道出了我的心里话。想当初，我等四人因与梁启超年龄相仿而格外钦佩他少年有为；及至戊戌变法失败，我们对他批判专制、鼓吹民权，特别是倡导西学、反对缠足和纳妾也全都举双手赞成。遗憾的却是，梁启超在30岁那年竟然自食其言，纳了夫人的陪嫁丫鬟为妾。不过即便如此，我等依旧抱定'一夫一妻'的初衷不改。可惜，慕达你却在坚持长达九年之后，终于放弃，并且还不惮破坏家规。这究竟是为了什么呀？"

纪慕达："为了什么？——就为了我心仪已久的那个姑娘啊！和她相比，纪氏家规算什么？'一夫一妻'的初衷又算什么？更何况其始作俑者梁启超本人也早就回归老路了，不是吗？"

伯宁微露不悦："看来，你没多少挣扎就纳妾了。"

纪慕达："纳妾，纳妾，又一口一个纳妾！我不承认我纳妾，你们不该同于流俗嘛！莫管人家怎样称呼我的新人，姑娘也罢，姨太也罢，如夫人也罢，名分算得了什么，一切全在于我的心；只要我心里不拿她当妾，她就不是妾！"

松声："不是妾，那她是什么？"

纪慕达："She's the apple of my eye. She's all in all to me. （她是我的至珍至爱。她是我一切的一切。）"

敬宗："你果真这样待见新人，就别怪我又要说大煞风景的话了！"

纪慕达："你那性子，我领教得还少吗？肯实说的才算发小嘛，发小永远是孩童。Children and folls speak the truth. （童言无忌。）"

敬宗一字一顿："那好，我告诉你，你如此之喜新，就必然是'但见新人笑，哪闻旧人哭'，我替厚道的嫂夫人难过！"

伯宁："我也有同感。但木已成舟，无可挽回，唯愿慕达你不要薄待了结发之妻——那个跟你一起渐渐变老的旧人啊！"

纪慕达："你们放心，我没那么绝情，是我对不住旧人嘛！旧人温婉大度，又极顾脸面。我回乡这几日，她多次向我夸赞新人，并嘱我要怜恤她。而我更心知肚明，面对妙龄新人的花容，旧人半老徐娘，连争宠的本钱都没了，其酸楚苦涩是无药可解的，我很为她难过啊！"

松声："You shed crocodile tears. （鳄鱼流泪。）"

纪慕达一脸委屈："你们一定要认为我猫哭耗子假慈悲，我也没办法，但我自己其实也并不好受啊！"

敬宗："不好受了吧？后悔了吧？早干吗去啦？"

纪慕达摇摇头："后悔？——不！你们哪里知道，我与旧人结婚二十余载，其间离多聚少，竟从来没有'蒹葭苍苍，白露为霜，所谓伊人，在水一方'的感觉，反而做过一个十分荒唐却又刻骨铭心的梦！……"

伯宁等异口同声："梦见什么？"

第八集　慕达会友　两母赠别

纪慕达目光变得迷离了："梦见……梦见……"

20. 纪慕达梦境（日）

蓝天白云。

旷野无边，花满绿茵。

一个十四五岁的少年舒展身子仰卧于绿茵之上。

一只美丽的小鸟飞来，在少年头顶上盘旋。

少年："你是哪里来的小鸟？我怎么不认识呀？"

小鸟不应却幻化成一个小姑娘，向上飞升。

少年一跃而起："我要跟你一起飞！"

少年穿过缭绕的彩云。

少年接近小姑娘。

少年赶上小姑娘。

小姑娘："你是谁呀？"

少年："我是纪慕达——慕达。咱俩一起飞吧！飞到天的外面去吧！"

小姑娘急速向上飞升。

少年追赶："等等我，等等我呀！……"

21. 松声宅梅轩（夜）

纪慕达："可笑不？做这个荒唐梦的时候，我都已经三十大几，子侄成群了；而梦醒之后，竟还怅然若失，久久不能平复！我原以为，婚姻的缺憾今生今世万难弥补；想不到，命运之神终于眷顾，引来了新人。老实说就算因此惹出些烦恼，我也认了，真的！"言毕，斟了杯洋酒，一饮而尽："你们觉得我十分不堪吧？"

伯宁摇摇头，喃喃答道："谁觉得你不堪啦？我只感到挺不是滋味的。"

松声也显得有点沉重："说实话，相比之下，我们三个的婚姻还算幸运。敬宗嘛，青梅竹马；我呢，一见钟情；伯宁，续弦也续出了佳音。这都得拜命运所赐啊！"

纪慕达："可命运何以赐我投胎于纪家？从此学业也罢，婚姻也罢，无一事能够做主。明明不爱军旅，却必须就读海校；明明喜欢天足，但偏偏娶来小脚。总之，没一点自由！"

敬宗："慕达你又说歪理了！也不想想，在甲申、甲午两次海战中，你二哥、三哥为抵抗外侮献命献血，这是纪氏之光啊。像这样的家族，别人投胎还来不及呢，你反倒挺委屈似的！"

伯宁："敬宗言之有理。你不可因为自己人生的不如意处，就'一叶蔽目，不见泰山'，厌弃你生身的家族嘛！"

松声："慕达今天是有点过头了。就说没自由吧，军人之家，职业使然，扬弃散漫，束缚难免多些。比如我姨父是军人，他家连女孩子都须遵守作息时间且不睡懒觉，管束男孩自然更严厉。军人的家风理当如此啊。我家就不一样了，所以我的姨表兄弟常常奚落我……"

纪慕达将火筷子往盆边一插，抱怨道："好不容易一年才聚一次，你们怎么净说些不中听的话！"

敬宗："一万年聚一次，该说的还得说！别忘了，我们不是酒肉朋友，而是你的发小——发小！"

纪慕达无奈："行行行行行，说说说说说！"

伯宁审视纪慕达片刻："慕达啊，你因20年婚姻缺憾而别娶新人，娶过之后怎样呢？我猜，大约不如想象中美满。所以，不但新人没有跟在你身边，而且这次你回来团聚，显然也并不快乐。果真如此的话，多说也无补于事。我只再提醒你一句，就算尽心了……"

纪慕达："你说你说你说，我听着呢。好听不好听的，都是发小的心意嘛，我哪能不领情啊。"

伯宁："慕达啊，你为了追求美丽的婚姻梦，已然伤害了旧人；将来，可别再让新人变成第二个旧人哪！"

纪慕达斩钉截铁："绝对不会！我只有一个新人，她正是我梦中的那只小鸟啊；无论她是否在意我，她永远都关在我心里！"

敬宗不无担忧："但愿新人也能把你关在她心里啊！"

22. 四房偏院小室（夜）

翠翠搓着手进来，抱怨道："全家都在意，只有四爷不在意！早晨我明明提醒过他，要回来送大少爷从军的，怎么会不记得呢？我出去张望过三次了，还不见人影，外边冷着呢！"

关姨太继续手中的活计："我就说嘛，四爷可不是祥叔，他才不会赶回来呢，你愣不信！快过来烤烤火吧。"

翠翠噘着嘴在火盆旁蹲下："准是松爷留他住下了，哼！"

第八集　慕达会友　两母赠别

关姨太："怨不得松爷！人家若是知道大少爷明日启程的话，还会留宿吗？对不对？"

翠翠："我就不明白了……"

关姨太："不明白什么？"

翠翠："四爷不是也挺疼大少爷的吗？听荣官说，除夕那天，大奶奶硬要大少爷同意跟叶思静小姐定亲，大少爷急得不得了，还是四爷给解了围的呢？怎么从军这样的大事，他会不上心呢？"

关姨太："别琢磨这些了。你去闩院门吧。"

翠翠："闩院门？万一四爷回来，关在外面冻着了怎么办？"

关姨太反应冷淡："他就不会去四奶奶那边吗？"

翠翠瞥了姨太一眼："姨太，翠翠不明白……"

关姨太："不明白什么？"

翠翠快人快语："四爷那么稀罕你，早晨出门还吩咐给你买碗糕，可你怎么就不稀罕他？"

关姨太："好了，不提他啦！还是赶紧做活吧。明天咱俩早早去送行，也算是对大少爷的一份祝福吧！"

23．长房正院（夜）

纪拱北向上房走去。

24．长房正院前厅（夜）

大奶奶端坐厅中，小心地打开手上的一方帕子。

特写：帕子上是一块旧怀表。

大奶奶轻轻摸了摸怀表，对坐在一旁的拱北说："这是你父亲的遗物。你父亲这一生，天资远不如三个胞弟，唯有珍惜时间，以勤补拙。马江之战，福建海军灭亡，你父亲不甘心事业就此断送，辗转投入南洋海军，埋头苦干。南洋海军驻防江浙一带，这块怀表便是他随身之物，现在传给你，带去学军吧！"

拱北立刻站起。

大奶奶肃然授表："儿啊，年华宝贵，寸阴寸金，就让这表时时督促你，加倍努力啊！"

拱北接过表："孩儿一定加倍努力！"

大奶奶:"你坐下吧,我还有话要交代。"

拱北归座。

大奶奶:"进入军校,就是军人。军人先军后己,先国后家,丝毫不能含糊。记得甲午战前两个月,北洋海军会同南洋海军进行演练和检阅;岂料就在这期间,你5岁的姐姐安宁患病而致夭亡。当时还没有你,安宁是我们唯一的孩子,而你父亲却没能回来。为什么?只因他是军人,军务大于天!你应切记啊!"

拱北:"是,拱北谨记!"

大奶奶:"军校校规极严,动辄记过、开除。你三叔不是说过吗?烟台海校学生,风纪扣固然必须系好,就连穿鞋也不可随便,一年之内鞋带松开达6次即予开除。至于大错,惩处自然更其严厉,你要好自为之啊!"

拱北:"是。"

大奶奶:"我的嘱咐,也正是你娘的嘱咐。你娘体弱,明天还得起大早,她就不跟你多说了。你这就回那边去吧,给你娘请过晚安,也该歇息了。"

拱北:"妈,那我走了。"

大奶奶目送拱北走出前厅,直至拱北的背影消失,还舍不得把目光收回。

25. 二房正院前厅(夜)

二奶奶慈爱地望着站在座前的拱北:"好孩子,明早一出家门,就独立面对人生了。'千里之行,始于足下',勇敢地走向海军吧!娘也有件东西要让你带去。"

拱北:"是爹的遗物吗?"

二奶奶摇头:"不,是娘特地为你做的。"

拱北:"做的什么,娘?"

二奶奶浅浅一笑:"你一回卧房就会看到的。去吧,我的儿,快去吧!"

26. 二房正院东厢卧室(夜)

拱北快步走进卧室。

拱北环视卧室。

拱北的目光落到枕边的一串手工吉祥物上。

拱北立即拿起吉祥物,惊喜地悬在眼前看。

吉祥物特写:一只蓝缎缝成的小圆包,上面绣着一只金灿灿的海军锚,包下坠着一个红色的中国结。

第八集　慕达会友　两母赠别

拱北激动地把吉祥物紧贴在胸前。
拱北转身奔出卧室。

27．二房正院（夜）

二奶奶头部剪影投映在上房窗户上。
拱北由东厢奔出。
拱北在院子中央停步，朝着二奶奶的剪影双膝跪下，叫了一声："娘！"恭恭敬敬叩下头去。

28．二房正院东厢卧室（夜）

拱北熟睡。
拱北脸上叠出涌动的水波。
拱北入梦。

29．拱北梦境（日）

大海无边，波面闪动着蓝宝石般的光泽。
一个硕大的海军金锚从蓝色的海波中初露。
金锚渐渐冒出，愈升愈高。
金锚光芒四射。
拱北眯起眼睛，以手兜额，仰视远方的金锚。
定格。

30．弘毅堂前（日）

拂晓。
启明星在东方闪烁。
仆妇们的身影在弘毅堂进进出出。
翠翠打着灯笼引关姨太走来。
翠翠指指对面的来人："瞧，祥叔他们来了！"
关姨太和翠翠迎了上去。
关姨太："祥叔！祥叔慢着，留神脚下。"
福祥："姨太这么早！你们昨晚可都没睡啊！……"

一个仆人走来:"哟,祥叔来了。天冷啊,小心着凉!"

荣官:"没事,老伯不冷。瞧,这帽子、这手筒,是姨太连夜做的,新棉花,暖和着呢!"

仆人:"姨太、祥叔,你们先请大堂里等吧。大奶奶、二奶奶正陪大少爷用太平面,其他人都还没到呢。"

荣官:"老伯,你们先在堂里歇歇吧,我去迎一迎大少爷他们。"说着扶福祥进堂。

一队火把走近,在堂前站定。

丁管家过来:"你、你、你、你,你们四个站堂口两边。"

四人立即到位。

丁管家:"剩下的八个,到大门口外站着。"

八个家丁欲行,丁管家又道:"慢着,我再提醒一下:大少爷还只是个13岁的孩子,别看他在长辈面前'是'啊'是'的,像个大人,可出了家门,就好比马儿脱缰,保不准又来武侠剑客了。你们八个一定要按我先前的吩咐给他送行,该怎么做都还记得吧?这也算我们的一片心意了,知道吗?"

八人同声:"知道了。"

丁管家:"好,去吧!"

31. 纪府大门内甬道(日)

拂晓。

八位家丁举着火把沿甬道朝大门走去。

32. 弘毅堂(日)

拂晓。

灯烛通明。

纪慕贤端坐"弘毅堂"匾额下方,右侧依次为大奶奶、二奶奶、福祥、丁管家,左侧为三奶奶、四奶奶、关姨太。

纪慕贤的三个儿子、纪慕达的六个儿子、安瑞、安丽以及奶妈怀中的拱南,均候在堂口的屏风前。

拱南还在熟睡中。

拱北身披斗篷,面对长辈肃立:"拱北向长辈们辞行,望长辈们多多保重!"

纪慕贤:"三叔还有几句话要交代你。"

第八集　慕达会友　两母赠别

拱北："侄儿敬候三叔教诲。"

纪慕贤："此去投考海校，你应切忌自恃聪明。须知，三叔既已放弃凭资历保送子弟入学的权利，就绝不会做任何改变了。你要好好地考啊！"

拱北："是，三叔，侄儿一定会考取的！"

纪慕贤："烟台海校学制五年，五年后还要去南京海校、吴淞海校继续学习鱼雷和枪炮课一年、舰课一年，然后上舰先练习、后见习，总共须时八年零四个月才能真正毕业。你的海军生涯从军校开始，就处处体现英国学者赫胥黎'物竞天择，适者生存'的原则；而要成为所谓的'适者'，你就必须力行我们儒家学者孟子之道：'天将降大任于是人也，必先苦其心志，劳其筋骨，饿其体肤，空乏其身，行拂乱其所为，所以动心忍性，曾益其所不能'。否则，你是不能成为一个好军人的！"

拱北："是。"

纪慕贤："现在，你抬头念一念上面的这块匾额！"

拱北大声念道："弘毅堂。"

纪慕贤："记得这匾额的含义吗？"

拱北："孔子的贤弟子曾子说：'士不可以不弘毅。任重而道远。仁以为己任，不亦重乎？死而后已，不亦远乎？'这就是'弘毅'的内涵了。"

纪慕贤点头认可："联想我们海军人，以兴盛海军为己任，责任也同样重大；为海军奋斗，死而后已，路途也同样遥远啊！是不是？"

拱北："是这样的。"

纪慕贤："那好，过去拜别你的两位母亲吧！"

拱北走到大奶奶、二奶奶座位的中间站定："母亲大人在上，孩儿拱北就此拜别！"言讫下跪、磕头。

大奶奶、二奶奶皆抬手示意："起来吧！"

拱北起立。

纪慕贤把目光投向屏风那边的子侄们："孩子们，你们大哥马上要启程从军了。此刻，纪家已然拿他当军人，所以送别应该顾全军人体统。谁也不许追着缠着，更不许哭哭啼啼！送别从军就跟送别出征一样，忌讳眼泪。记住，眼泪是败兵之象啊！"言毕转头命拱北："出发吧，从今往后，你就是国家的人，海军的人了！"

拱北："是，侄儿遵命！"随即向弘毅堂门口走去。

弟妹们站在屏风前面看着拱北走来，窃窃私语。

拱华："哇，大哥披着斗篷好威风啊，像武侠，不，像将军！"

拱国："大哥斗篷里是不是佩着二伯母给他的剑呢？"

拱群："他有两把剑的，怎么个佩法呀？……以后我也要佩两把剑从军！"

拱北走近屏风。

安丽对奶妈说："奶妈，赶紧摇醒拱南吧，大哥过来了！"

奶妈悄声："不行不行，摇醒了，拱南哭闹起来怎么办？不是说了吗，眼泪不吉祥，要败兵的！"

拱北走到拱南跟前，伸手想要刮刮小弟弟的鼻子，却又止住了，并且立即转过屏风走出弘毅堂。

33．弘毅堂外（日）

拂晓。

四名家丁在堂口举着火把，拱北由堂内跨出，身后跟着一堆弟妹。

荣官递上双肩背囊和灯笼："大少爷一路顺风！"

拱北接过背囊和灯笼，快步走下台阶。

弟妹们的呼声响起："大哥！""大哥！""大哥！"……

拱北却步，转过身来。

在火把映照下，廊上站满了家人。

拱华三兄弟、安瑞两姐妹冲下台阶去。

纪慕贤喝止："回来！不准缠着！都给我回来！"

弟妹们退缩。

纪慕贤："快走吧，拱北，别让雨轩在长桥上久等啊！"

大奶奶强忍泪水，挥手默然催行。

二奶奶强挣出一丝笑容，举手慰别。

福祥的头微微发颤。

纪慕贤："走！不要再回头！走！"

拱北欲行又突然放下背囊和灯笼，转身对着廊上的亲人，双腿跪下，磕头到地。

廊上全体家人一齐向拱北挥手。

拱北迅速拎起背囊和灯笼，沿着黑暗的甬道快步离去。

弟妹们画外音："大哥再见！""大哥再见！""再见！"……

在弟妹们的画外呼声中，拱北的背影向纪府大门走去，灯笼的光团越来越小，终于消失。

第八集　慕达会友　两母赠别

34．纪府大门外（日）

拂晓。

八名家丁执火把分列于大门外石阶下两侧。

拱北自大门内出来，快步走下台阶。

八家丁迎上："大少爷！""大少爷！"……

拱北："大富、大贵、大勇、大力，我走啦！"

大富："一路平安，大少爷！"

大贵："快高长大，大少爷，在外面可别忘了老家呀！"

拱北遂抬眼朝悬在大门前的灯笼望去。

八家丁立即高擎火把，照耀灯笼上的"纪"字。

拱北默然凝视灯笼片刻，便转身离开。

八家丁目送拱北离去。

拱北走到拐角处。

八家丁画外音响起："大少爷！大少爷！大——少——爷！——"

拱北却步，回眸望去。

八家丁高高举起火把，大声呼喊："海军！海军！中国海军啊！——"

35．纪府大池塘（日）

（全部用远景）

黎明前大池塘的远景，朦胧而宁静。

画外音：13岁的纪拱北就这样别家而去了。一个神话般瑰丽的海军梦，交织着顽童的武侠情，像灯笼里的火团，一闪一闪地引导他走上长桥，走向远方。

画外音中，一只灯笼远远地朝着长桥飘忽而去。

长桥一头出现一只灯笼。

长桥另一头也出现一只灯笼。

两只灯笼移近并成一对灯笼。

两只灯笼舞动起来。

拱北和雨轩的画外音，越过水面传了过来，声音虽远，但很清晰："再见啦，大榕乡！""再见啦，我们的故乡！"

| 第九集　赶考途中　初入海校 |

1．烟台（日）

烟台山旧灯塔（1905 年所建）

字幕：1913 年　烟台

2．烟台雪野（日）

北风劲吹，大雪纷扬。

茫茫雪野上隐隐出现两个黑点。

黑点移近，正是身负行囊踏雪前进的拱北和雨轩。

拱北一脸兴奋，左右开弓乱抓飞雪："哈哈，下大雪是这个样子的，以前只在画上见过。"

雨轩："嘿，你说话嘴上直冒热气呢。"

拱北："嘻嘻，你也是。"

雨轩张大嘴巴伸出舌头接尝飞雪。

拱北见了便俯身抓上一把积雪往嘴里一塞。

雨轩眼睛一亮："对呀，这才过瘾！"随即也塞了满嘴雪。

两人相视哈哈大笑。

雨轩："想不到走雪地这么开心！'塞翁失马焉知非福'。看来，住不起旅店，反倒多了些乐子。"

拱北："那是！"忽然脑袋一歪，生出疑问："咦，我俩一路省吃俭用，可是下船后，进了客栈才发现，竟然一天也花不起，更别想长住待考了！莫非……莫非还省得不够？"

第九集　赶考途中　初入海校

雨轩："一分钱都掰成两半花啦，还不够省吗?! 我估摸着，是两位家长预算不准，少给了盘缠。"

拱北喃喃："怎么这么巧，两份预算统统不准！"

拱北耳际忽然响起纪慕贤的狠话："出了纪家门，你就不再是大少爷了！盘缠够不够花，全看你会不会用。不会用，休想家里接济，即使沦为乞丐也没人可怜！"

雨轩："拱北，你愣什么神啊？"

拱北一拍脑袋："哦，我全明白了，不是预算不准，而是算得准准的，逼我们一天客栈也住不起，只好找最便宜的地方逗留待考。"

雨轩："啊，原来我们中招了！"

拱北十足自信，来了个武侠动作："嘿，愈中招，愈显赛天霸本色！"

雨轩当即回应，猛一踢腿："夏天霸……"一语未了，滑了一大跤。

拱北笑弯了腰。

雨轩挣起，犹未站稳，一阵狂风飞雪扑打而来。

拱北赶紧扶住雨轩，两人互相抓紧对方。

拱北："哇，好厉害的风雪呀！看来，得快快寻个地方落脚才行。"

雨轩："对呀，不敢再磨蹭了。刚才在岔道口上，那位老乡不是讲过吗？——往东南面金沟寨方向，走上个把小时，进了戚村才有庄户人家呢。"说着不禁四下望望："太阳下山后这地方会不会蹿出恶狼啊?!"

拱北："那不正好吗？你我披风里的剑是干什么的？——赛天霸剑击恶狼啊！"

雨轩："可这是雪地！赛天霸会滑倒，狼不会。"

拱北："对对对，夏天霸刚滑倒过的。那就快快走吧。"

雨轩："只恨雪上走不快哟！"

拱北立马心生一计："我有办法走得又快又好玩。"

雨轩："真的?! 什么办法？"

拱北："比赛呀。"

雨轩："啊?! 比赛?! 拱北，你又输啊赢啊的了，也不看看这是什么时候，亏你想得出。"

拱北："以百步为准，脚印在前算赢，一直比到戚村村口为止，看谁赢的次数多。怎么样？"

雨轩："那好吧！说比就比。向东南方向抬脚，预备——起！"

拱北、雨轩一面顶风裹雪开赛，一面各自数数："1、2、3、4……""1、2、3、4、

5……"

风雪加大。

拱北奋力前进,雨轩拼命追上;拱北再次领先,雨轩再次追上。

雪野上,四条并列的脚印不断延伸。

在漫天大雪中,拱北和雨轩向画面深处走去,身影渐趋模糊。

暮色降下。

3. 戚家小院外(夜)

拱北并雨轩来到院门前。

犬吠声由院内传出。

拱北、雨轩高兴地对视一眼。

4. 戚家正房(夜)

炕桌上摆着晚餐:玉米贴饼、玉米粥、冻豆腐粉条熬白菜、大葱、酱。

戚大爷在炕上招呼拱北和雨轩:"来,上炕吃饭吧!"

拱北、雨轩:"大妈还没来呢。"

戚大妈从外间探出头来:"大妈切点咸菜丝,马上就好。"

戚大爷:"快上来吧,从码头到这儿走的路可不少,还顶风裹雪的,早该饿了。"

拱北、雨轩上了炕,对它又拍又摸的很是新鲜。

戚大爷:"稀罕吧,俺们吃饭、睡觉都在上面。冷天烧个热炕,暖暖的,舒坦着呢。你们舒坦不?"

拱北、雨轩:"可舒坦啦。"

戚大爷便指点着饭食说:"这是玉米贴饼子,这是玉米粥,你们吃过吗?"

雨轩:"没有。我们那里有大米和糯米。糯米饼子是甜的,很好吃。"

戚大爷:"这是冻豆腐粉条熬白菜。冻豆腐有嚼头,吃过吗?"

雨轩:"也没有。我们的豆腐很嫩很嫩,放到嘴里就化了。"

拱北盯着大葱,喃喃道:"这是葱吗?怎么这么大呀?像一截竹子似的。"

戚大妈端来咸菜丝,上了炕,接过拱北的话:"这叫大葱,跟大蒜一样,生吃最好,吃了不害病。"

拱北:"生葱怎么个吃法?"

戚大爷便拿上一根葱,往酱里一蘸,脆生生地嚼起来,又啃了一口玉米贴饼:"就

第九集　赶考途中　初入海校

这么吃，配什么饼都行，可养人呢。俺们都是吃这些长大的。"

雨轩："难怪大爷老大个子，敢情是玉米和大葱的功劳！"

戚大爷不禁哈哈大笑："你们照着吃，日子久了，也能长成山东大汉的。"

戚大妈："老头子别说笑了，快让孩子们吃吧！"

拱北、雨轩拿起生葱，咬了一口，辣得咧开嘴"咝"了一声，相视傻笑。

戚大妈见了扑哧一笑："吃不惯了吧？"

拱北、雨轩强充好汉，一起拉长调子："吃得惯！"说着一口接一口比赛似的咬得生葱咔咔响。

戚大爷又哈哈笑："生蒜更辣。明天叫大妈做炸酱面配生蒜给你们吃。吃惯了，没蒜还不行呢。俺那两个儿子粗茶淡饭，顿顿吃蒜，身体倍儿棒。"

雨轩："大爷，怎么没见您的儿子呢？"

戚大爷："他们不天天回来。老大分出去了，在渔船上干活；老二有点武功……"

拱北、雨轩惊喜失声叫道："哇，大侠啊！"

戚大爷感慨："什么大侠哟，不过是在烟台一家货栈扛活。上个月，他路见不平为一个女学生打跑了三个流氓，不承想那姑娘的叔叔是位警官，结果给要去当了警察……"

戚大妈："当警察有啥好，还说呢。"

戚大爷："我也没说好嘛。"

戚大妈在熬白菜里翻出两片肉搛给拱北、雨轩："吃啊吃啊，吃饱了早点睡！"

拱北、雨轩："谢谢大妈！"

5．戚家厢房（夜）

拱北、雨轩在炕上酣睡。

院子里传出响动。

拱北机敏，马上惊醒；略听一听，赶紧摇晃雨轩。

雨轩睁开眼，拱北立即捂住他的嘴不叫他出声，并在耳边轻声道："有贼！"

雨轩翻身爬起迅速穿衣。

拱北穿上鞋子，小声而坚定："杀出去！"

雨轩点头。

6. 戚家小院（夜）

蒙面人持长刀猫到厢房门前。

蒙面人用长刀撬门。

7. 厢房门内（夜）

长刀伸进门闩处。

拱北、雨轩持剑屏息监视。

长刀撬开门闩。

8. 厢房门外（夜）

蒙面人轻轻推开门。

三把剑同时对准蒙面人。

蒙面人大吃一惊，"啊"了一声，掉头便跑。

拱北、雨轩自门内杀出。

9. 戚家小院（夜）

蒙面人踏雪逃向院墙。

拱北："雨轩，你去断他后路！"

雨轩持剑迅速超越蒙面人。

蒙面人向追赶而来的拱北挥刀砍去。

拱北舞双剑迎战。

雨轩奔到墙根处堵截以防贼人跳墙。

拱北愈战愈勇。

蒙面人向墙根处且战且退。

拱北将蒙面人大刀打落。

雨轩从后面踢倒蒙面人并踩住大刀。

拱北喝问蒙面人："你是谁？"

蒙面人倒在地上不回答。

雨轩欲蹲下扯掉蒙面布。

拱北急呼："别蹲下！危险！"

第九集　赶考途中　初入海校

雨轩即止。

拱北用剑挑去蒙面布："你到底是谁?"

戚大爷抢上前来一看："二赖子，又是你！谁家留客，你就作孽。前天，光天化日，你偷五爷的客人，要不是我求情，你的爪子已经被剁掉啦！亏你还有脸到我这里祸害，凭着那三脚猫的功夫也敢行凶，我都替你臊得慌！"说着顺手拿了拱北一把剑，剑头朝下："没心肝的东西，我戳烂你的脏手，就干净了！"

二赖子叩头如捣蒜："饶了我吧，饶了我吧，戚大爷，饶了我吧！……"

戚大爷："饶不得！你的手不管干活只管偷，连村外土地庙、水神庙的供品都不放过，这样的耗子爪留着干吗?!"说着便戳。

二赖子忙把手藏在腋下，跪着转来转去地哀求："开恩哪，戚大爷，开恩哪小兄弟，开恩哪小英雄……"

戚大爷："乡里乡外，多少人开过恩，你改正了吗？我为你求过多少次情，你往心里去了吗？这回再不可怜你！快点，把手伸出来！伸出来！"

二赖子吓得发抖。

戚大爷只管铁了心："快点伸出来！快点！我一剑下去，你少受罪，不然……"

二赖子崩溃了，抖抖地伸出手，伏在地上恳求："戚大爷，我不敢啦，再不敢啦！"接着索性号淘大哭："我改，我改！"

戚大爷瞥了拱北一眼，冷冷地瞄准了二赖子的一只手。

二赖子绝望地闭上了眼睛。

一只手在戚大爷的剑把上推了一下。

镜头拉开，拱北握住戚大爷的剑把："等一等，戚大爷，废了二赖子，他便是想要改过也没法子啦！"

雨轩过来："戚大爷，再给二赖子一次机会吧！"

戚大爷狠狠地盯了二赖子一会儿，突然扬剑做驱赶状，怒吼道："丢戚村的脸！滚！"

10．戚家正房（夜）

戚大爷、戚大妈躺在炕上说话。

戚大妈："二赖子'偷鸡不成蚀把米'。快30岁的人了，还叫两个13岁的娃给撂倒，也不害臊！"

戚大爷："他要懂得害臊，就不会一次次保他放他，都不悔改，反倒偷起咱客人来了。"

戚大妈："二赖子精着呢，他不偷乡亲只偷外客，本村自然没几个人真要往死里整他，这脸皮就越来越厚了。好在他没怎么伤天害理，所以也没多大的恶报。"

戚大爷："其实，方才我也只不过吓唬吓唬他，他竟然信了，两位小客人也信了，还替他求情呢。"

戚大妈："多么仁厚的孩子啊！"

戚大爷："不单单仁厚！看得出来，这俩孩子都是大户人家的少爷。不过，他们又皮实、又勇敢、又好强，挺爷们的，那个小纪子更机警得厉害。你信不？他俩考烟台海校准成！"

戚大妈："我信，我咋不信？！准中武状元！哎，你说小客人会在咱家留多久呢？"

戚大爷："我估摸，从待考到金榜题名，总得十天半拉月吧。怎么，你还怕他们久住啊？"

戚大妈："啥话嘛！大风大雪大黑天的来投奔咱家，不是缘分是什么？我呀，只担心……"

戚大爷："担心？！担心啥？"

戚大妈："人家到底是少爷，又冷又饿时候吃啥都香，过后还咽得下吗？再有，那挑水劈柴的粗活从没干过，咋受得了嘛！他们的父母虽然隔山隔水，心还是会痛的哟！"

戚大爷："瞎琢磨！依我看，不是所有大户都把孩子含在嘴里的，要不然为啥会让他们辛苦读军校？为啥要逼他们抠门住农家？所以，咱过什么日子，小客人也过什么日子，这才合适。你过意不去，反倒弄砸了。明白吧？"

戚大妈："嗯。你这一说，我心里踏实多了。"

戚大爷："瞧着吧，小客人离开咱家的时候，一准变得更结实、更能干啦。"

11. 戚家厢房（日）

拱北、雨轩在炕上收拾行囊。

雨轩："今天要离开这里去海校报到了，我感觉怪舍不得的。大爷大妈对我们太好了，你说是吧？"

拱北使劲点头："大爷大妈很亲。考试，送我们到村口，一路鼓励；录取，又放鞭炮又喊两位哥哥回来热闹，仿佛家里真的中了状元。"

雨轩："我想，这就是《孟子·梁惠王》里所说的'幼吾幼以及人之幼'了吧？

第九集　赶考途中　初入海校

对不对?"

拱北:"太对啦!爱自己的孩子,由此而爱及别人的孩子。——大爷大妈是这样,我们福祥爷爷不也这样吗?"

雨轩:"所以,我们更应该'老吾老以及人之老'啊。你说,我们能为大爷大妈做些什么呢?"

拱北想了想,挠挠头:"这倒难了,想不出点子来,还是听你的!"

雨轩:"我哪有主意?当然听你的。平时总是你出招嘛!"

拱北做无奈状。

雨轩进逼:"快想快想!"

拱北又做苦思状,片刻,忽然"哎哟"一声,伏倒炕上。

雨轩一时发蒙:"怎么啦?怎么啦?"

拱北侧脸,睁一只眼,作弄道:"头好痛啊!真的!"

雨轩顿悟,把拱北的头按了又按:"叫你痛!叫你痛!"

拱北翻身坐起,更嬉皮笑脸:"大好人,这回你出招,全凭你出!"

雨轩:"不行!"

拱北进而耍赖:"妈老是夸你'从小温暖、细心、宽容、有人缘',还对比着一次次奚落我,那自然应该你想主意喽!你总不能白受夸奖吧,对不对?嘻嘻!"

雨轩无奈:"赖皮!好吧好吧,我想就我想……嗯,有了!"

拱北:"什么?"

雨轩:"你先去补挑两担水再说,嘻嘻!"

拱北:"坏蛋!"随即爬起,做武侠状:"看剑!"

雨轩也迅速爬起,摆出招架之势:"哒,休得无礼!"

定格。

12. 灶台间(日)

戚大妈正在烙饼。

戚大爷进来:"哟,烙这么多饼!去烟台海校才一个钟头的路,俩孩子哪里饿得着?"

戚大妈:"他们不是特爱吃烙饼吗?哎,他们在干吗?"

戚大爷:"他们挑满了水,正在平整院子呢。"

戚大妈:"平整院子?"

戚大爷："说是地上有些坑坑洼洼，怕摔了咱俩。"

戚大妈："多招人疼的孩子啊，我真不想让他们走……"说着用袖口擦眼角。

13. 戚村小路（日）

戚大爷与拱北、戚大妈和雨轩两两相随而行，看家狗黄黄忽前忽后跟着。

雨轩体贴地傍着戚大妈："大妈，你冷不冷？"

戚大妈："好孩子，大妈不冷。今天大太阳，到村口也没几步路，不算啥。"

14. 戚村村口（日）

戚大爷等四人走到小坡尽头。

拱北："大爷大妈，你们回去吧，我们走啦！"

雨轩："大爷大妈多保重！"

戚大爷伸出双手，往拱北、雨轩肩上一搭，语重心长："你俩要用功读书，学好本领，长大了像俺们山东大将戚继光打倭寇那样，勇敢杀敌，建功立业。大爷大妈盼着呢，知道不？"

拱北、雨轩："知道了！"又深深鞠躬："大爷大妈，谢谢你们！大爷大妈再见！"说罢转身，各自勒勒行囊背带，往坡下走。

黄黄尾随而去。

戚大爷、戚大妈目送拱北、雨轩下坡。

坡下，拱北拍拍黄黄的头："黄黄，别送了，回去吧！"

黄黄不动，却抬眼望着两位小客人，依依不舍。

雨轩忍不住蹲下，一把抱住黄黄，与黄黄头顶着头："黄黄，黄黄……"

拱北拉起雨轩，无情地驱赶黄黄："去！回去！快！快！"

黄黄跑了几步却又回头，拱北、雨轩无语但以手势令去；黄黄跑几步，又回望，拱北、雨轩又挥之去；如此一而再，再而三。

黄黄跑上了坡。

拱北、雨轩大步离去。

拱北、雨轩走到一棵树叶落尽却愈显挺拔的杨树旁，不约而同回眸坡上。

坡上，大爷大妈缩得很小的身影依旧站在那里，他们的身旁蹲着黄黄。

第九集　赶考途中　初入海校

15．水神庙外（日）

拱北、雨轩行经水神庙外。

拱北驻足："这么小的庙，里面什么样子？去海校应考、看榜、体检，来来回回好几次都没光顾过……"

雨轩："有啥可光顾的？太寒碜了，没眼看！龙王庙还差不多。快赶路吧！"

拱北："赶什么路嘛，再走20来分钟就到了。"

雨轩："好吧好吧。"

16．水神庙（日）

供桌后面放着一尊一尺半长的木雕小水神。

水神特写：鱼身大头，其头非人非兽，眼如铜铃，须如虬龙，龇牙咧嘴，怪诞恐怖。

雨轩："这尊水神虽小，模样却很恐怖，晚上冷不丁看见，准得吓出个好歹来。"

拱北："太好了！"

雨轩："什么'太好了'？"

拱北："可以轻而易举拎出来捉弄胆小鬼。"

雨轩："去，你又想吐坏水。走吧，没啥看头。"

17．水神庙外（日）

拱北、雨轩踏出庙门，迎面走来一个背负行囊，行色匆匆的少年。

拱北一眼望见，立马抢上前去，面对少年："你很像……很像……不，你就是……"

少年一怔。

闪回（参见第四集《过继兼祧　惊险登舟》第46节）：

少年在马尾码头耍棍，观众疯狂叫好；纪拱北跷出两只拇指，高高蹦起。

闪回止。

少年激动起来："你！是你！"

雨轩插进来："你们怎么回事？"

拱北："雨轩，他就是我跟你说过的马尾码头上的那个武林高手啊！"

雨轩惊喜失声大叫："啊?！真的吗？"当即拱手做武侠行礼状："原来你正是那位

耍棍的武林高手啊！我还一直懊恼没能遇上你呢！这下真是'远在天边，近在眼前'啦！"

少年石峻认真而实在地说："我哪里配称武林高手啊，不过是趁假期随舅父走走江湖而已呀。"

雨轩："走江湖？你向往游侠的日子，对吗？"

石峻："不，这跟游侠没关系，我走江湖只为赚钱读书。你们在这里做什么？"

拱北："我们是去烟台海校报到的，顺便进这水神庙看看。你呢？"

石峻："我也是去报到的。"

拱北、雨轩惊喜之极，大叫："太巧了！太巧了！"

石峻："你们为什么千里迢迢就读烟台海校呢？"

拱北："我是为了继承祖业。"

雨轩："我是为了接受西学。你呢？"

石峻："我是冲着海校食宿免费且学而优有奖来的。"

雨轩："'有缘千里来相会'。我叫夏雨轩，他叫纪拱北。"

石峻："我叫石峻。从今往后，我们就是好同学、好朋友了，对吗？"

拱北、雨轩："对！"

三人不约而同伸出手来搭在一起："我们是最好最好的朋友！"

18．烟台海校外（日）

校牌："烟台海军学堂"。

19．烟台海校校舍正门（日）

拱、雨、峻三友进了校门，来到烟台海校正门前。

三友仰视正门横梁上的匾额。

镜头自右而左摇过匾额：才储作楫。

突然传来严厉的画外音："念！一起念这四个字！"

三友惊回首。

三友身后站着一个海军少校。

少校绕到三友面前，重复命令："念！"

三友个个发蒙，不太情愿地服从着，仰头念："才储作楫。"

少校喝道："有气无力，文弱书生！大声念，念三遍！"

第九集　赶考途中　初入海校

三友大声："才储作楫！才储作楫！才储作楫！"

少校锐利地扫视三友一遍："你们肯定在揣摩我是谁？好，告诉你们，我是烟台海校的严学监，专门管理学生事宜。从现在起，你们都必须接受我的管理！"他盯了石峻一眼："你说说，'才储作楫'怎么讲？"

石峻略一思忖："'才储作楫'的意思是储备海军人才，也就是培养海军人才。"

严学监听了不置可否，指指雨轩："他解得对不对？"

雨轩连连点点头。

严学监喝道："不许点头！必须直接地、大声地回答！"

雨轩忙大声答道："对！'才储作楫'应当解为'培养海军人才'。'才'就是人才；'楫'，就是船桨。"

严学监："'才储作楫'这块匾额，是烟台海校创始人萨镇冰上将亲笔所题。知道萨上将是什么人吗？"他指指拱北："你来回答！"

拱北兴奋起来："萨上将可了不起呢！"

严学监喝止："不许用聊天的口气回答，还一惊一乍的，哪像个军人！重说！"

拱北一愣，但随即纠正语气："萨上将出身中国顶顶老牌的海校——福州船政学堂，担任过清朝海军都统，位比王公；他反对军人贪图安逸，即使在岸上，自己也模拟舰上的生活条件，睡一张特制的又窄又硬的小床；他勇敢沉着，甲午战争时坚守日岛炮台，赢得中外人士的一致称赞。所以，他在中国海军界深孚众望。"

严学监："还有呢？"

纪拱北："还有，萨镇冰上将是我们福州人，但却并非汉族。他的先祖乃是元世祖忽必烈的爱将色目人萨拉布哈……"

严学监做了个"打住"的手势："够了！"然后绕着三友踱了一圈，靠近拱北，上下打量一番，一字一顿地下了结论："毫无疑问，你，就是顽童纪拱北！"

拱北失声："啊？！"

严学监透着些捕获猎物的得意，指着拱北："对你，必须严加管教！"

拱北一头雾水，直发蒙。

拱北内心独白："太怪了！无论考试还是看榜，从未遇到过严学监，他怎么就断定我是纪拱北呢？！"

雨轩偷偷向石峻吐了吐舌头。

严学监转而走近雨轩："别以为我没觉察，你歪过脑袋去，是吐舌头，做鬼脸！以后不许调皮！"

石峻紧张地瞪着眼睛等着挨训。

严学监看了石峻一眼,口气稍稍放缓:"清贫子弟,求学不易,更应当珍惜啊!"

石峻:"是。"

严学监便又指着横梁上"才储作桢"的匾额说:"你们要想成为合格的海军之才,首先就要遵守校规;无论校内校外、上课下课、白天晚上都不许违反!"

20. 烟台海校宿舍区(夜)

熄灯号吹响。

东斋、西斋两片宿舍区油灯、烛光竞相熄灭。

21. 拱北寝室(夜)

熄灯号中,业已剃成光头的拱北、雨轩、石峻及三个同学赶紧宽衣。

雨轩拧灭玻璃油灯。

黑暗中,拱北等6人虽已上床却无一躺下。

雨轩:"快躺下!高班学长告诫说,严学监首先要查的就是新生。"

室友甲:"别吓唬人了,你也刚来,怎么能认识高班学长呢?"

雨轩:"真的!学长们还说,严学监是天津水师学堂出身,当过舰长,很凶的,动不动就记过、开除!可别让他给盯上了!"

石峻赶紧躺下。

室友甲乙丙相继躺下。

拱北侧耳一听,急忙钻进被窝。

画外脚步声由远而近。

室友6人个个装睡。

寝室门悄然开启。

严学监进屋巡视每一张床。

严学监驻足于靠窗的一张床前。

拱北紧闭双眼一动不动。

严学监对拱北审视片刻,转身离去。

拱北立即睁开眼。

不料,严学监竟像脑后长了眼睛似的,突然转过来,并且狠狠地指了拱北一下。

拱北慌忙闭眼。

第九集　赶考途中　初入海校

严学监监视了一会儿，这才走出门去。

画外严学监脚步声渐远。

室友6人翻身坐起窃笑："嘻嘻！""嘻嘻！""嘻嘻……"

雨轩、石峻迅速下床，坐到拱北床沿上。

雨轩："奇啦，从未见过面，他怎么会认出你，并且还盯上了呢？"

石峻："是啊，怪怪的，究竟……"

拱北又觉察出动静："嘘，他又来了！"

雨轩、石峻急忙跃起回位。

画外脚步声渐近。

寝室内一片安静。

画外脚步声在寝室外止住，片刻又渐渐远去。

拱北眼睛开始一闭一闭，睡意终于控制了他。

22．烟台海校宿舍区（日）

曙色初现。

画外起床号吹响。

23．拱北寝室（日）

拱北等人匆匆穿衣。

24．烟台海校教学楼（日）

严学监走上台阶。

25．教学楼内（日）

镜头沿走廊推至第八教室。

26．第八教室（日）

黑板上方悬着横幅："军人的天职是服从！"

60名少年身着海军学生装端坐讲台下。

拱北、雨轩、石峻坐在第一排。

严学监进来。

值星生："起立！"

全体起立。

严学监在讲台就位。

值星生："坐下！"

全体坐下。

严学监训话："今天开学。烟台海校新生首先要学的，就是军人的天职。何谓军人天职？"他向上指指横幅："军人的天职是服从！没有服从，不成军队；没有服从，无法取胜。所以，必须切实履行军人天职。怎样履行？身为海校学生，应该从遵守校规做起。烟台海校规定，凡不服从教官者，聚众闹事者，一律记过或开除；凡军容不整，诸如一年内，不系风纪扣达6次，或鞋带松开达6次，即予开除；凡不守作息，诸如熄灯后说话、寝室外穿拖鞋，也分别记过。其余各款，在此不一一列举了。"

雨轩内心独白："哇，好厉害呀，风纪扣开了也要受罚乃至开除！我夏天总不系领扣，习惯了……"

严学监威严地扫视学生一遍："总而言之，你们务必严守校规，恪尽军人天职；这样，经过八年零四个月的攻读、训练、见习，并且通过一次又一次严格考试，才能从烟台海校正式毕业。否则——"他狠狠盯了拱北一眼，"只会落得一事无成！"

拱北内心独白："别再盯我啦！我肯定是个好样的！我早就向马江先烈、甲午英雄，还有我三叔、我林老师、我两位母亲通通做过保证啦！"

严学监："我还要告诫你们，月考不及格，记过；主科不及格，退学；游泳不及格，退学。勿谓言之不预也！反之，成绩优等，必获奖励。至于如何达致学而优，则除了勤学苦练，别无捷径。应该提示的还有一点，那就是你们必须好好掌握英语这种工具。因为，烟台海校系按英国奥斯本海军学校建制，本校除国文、修身等科，主科一律采用英文原版课本，教官一律使用英语讲授。"

石峻内心独白："哎呀，我英语底子太薄，怎么办呢？……"

严学监："你们想学好英语，就要善于比较中、英两种语言的异同。比如说，"他在黑板上写下"上校"一词，然后边说边写，"中文里，'上校'前面加'陆军'，合成'陆军上校'，加'海军'，合成'海军上校'，以此类推，可以合成海、陆各级军衔，不存在记忆的困难。英语则不然。'陆军上校'叫 Colonel，'海军上校'叫 Captain。军种不同，军衔叫法也不同，要费神去记才行，切勿按中文的规律瞎套，而闹出笑话来。我举这个例子，是提醒你们重视学习方法，对待所有课程均应如此。"

学生们听得出神。

第九集　赶考途中　初入海校

严学监注意到这点，乃提高嗓门："光阴似箭，蹉跎人老。你们要学夸父追日，拼命奋斗；切不可调皮捣蛋，更不许过问政治。军人不问政治，这是你们必须铭记的信条！听明白了吗？"

学生们一脸茫然。

拱北举手："报告，我听不明白。"

严学监："不明白什么？"

拱北："不明白什么叫政治。"

严学监："浅显地说，政治就是处理国内和国际要务，也就是管理天下大事。政治是政治家的职责，军人只应守土，不宜干政，你们小小年纪更不许过问政治！"言毕，向拱北狠狠打了个手势，喝令："坐下！"

拱北坐下。

严学监指了指黑板上方的横幅："现在，全体起立，念：'军人的天职是服从！'"

全班起立："军人的天职是服从！"

严学监："大声念！"

全班提高声音："军人的天职是服从！"

严学监厉声："有气无力！给我重念！念10遍！"

全班声嘶力竭："军人的天职是服从！军人的天职是服从！……

27．海校餐厅（日）

一排排矩形餐桌旁，笔直地站满了相向而立的学生。

严学监训话："海校是技术兵种，和陆军相比，训练时间长，淘汰率高而晋级却慢得多。缺少这种思想准备，不要进海军，进了也要出去！海军还兼有出访的使命，礼仪训练当然要切实贯彻于言谈举止、生活习惯中，以求培养出既威武又绅士的海军风度；风度真正形成，即使不穿海军服，也英气逼人。从今往后，凡走路八字脚、站而不直、坐而抖腿、吃饭咂巴嘴、喝水唏唏响，以及当面打嗝、打喷嚏、挖鼻、抠耳等不雅之举，均厉行纠正，违者扣分，乃至记过！你们要好自为之！现在，可以进餐了！"

值星生："坐下！"

全体坐下。

值星生："开动！"

全体开吃。

严学监站在餐厅前部默默看着学生吃了一会儿,便走向第十排餐桌。

严学监来到第十排餐桌的一个边座旁止步。

边座上,学生甲抬头,遇见严学监逼视的目光。

严学监把目光移到餐桌下。

特写:抖腿。

学生甲意识到抖腿,立马收敛。

严学监又抬眼狠狠盯着学生甲的眼睛,无声地警告了一会儿,这才转头走开。

严学监返身行经第一排餐桌,突然停下,在石峻的餐位的桌面上,轻轻叩了两下。

石峻惊慌地瞪大眼睛。

严学监盯着石峻的嘴。

石峻赶紧闭上嘴咀嚼,不敢发出哑巴声。

严学监依旧无语地警告了片刻方始离开。

雨轩偷偷瞥了石峻一眼,吐了吐舌头。

拱北则朝严学监的背影做了个鬼脸,立即收住。

同学忍笑。

28. 烟台海校教学楼(日)

台阶之下,槐树开花。

29. 第一教室(日)

镜头从玻璃观察口摇进第一教室。

高班生集中注意力盯着教官。

教官在黑板上书写:offensive—Defensive Action of Navy(海军的进攻—防御行动)

30. 第三教室(日)

镜头透过玻璃观察口摇进第三教室。

教官正在讲解。

教官身后的黑板上写着:Scouting and Wireless telegraphy(侦察与无线电报)

31. 第八教室(日)

黑板上写着两个化学名词:

第九集　赶考途中　初入海校

Phosphorus　　　　P　　　　磷
Phosphine　　　　PH$_3$　　磷化氢

教官用教鞭指指这两个化学名词，开始用标准的英式英语授课：

"Today I'm going to talk about phosphorus and phosphine." （"今天讲解磷和磷化氢。"）

同学们翻书。

教官阻止："Don't open your textbook. Listen to me first!"（"不要打开课本，先听我说！"）

32．教学楼走廊（日）

严学监出现在走廊入口处。

严学监通过各间教室门上的玻璃观察口，依次向里窥望。

33．第八教室（日）

教官："I've explained phosphorus. Let's go to phosphine now. What is the phosphine?"（"讲了磷，现在讲磷化氢。什么是磷化氢？"）

34．教学楼走廊（日）

严学监向第八教室走去。

35．第八教室（日）

吴教官："The rotten corps decomposes one kind of compound, we call it phosphine."（"腐尸分解成一种化合物，就叫磷化氢。"）

吴教官接着又在黑板上写下两个中英文对照的化学名词：

phosphorescence　　　磷火，磷光现象
Jack‑o'‑lantern　　　鬼火

吴教官指点着这两个化学名词，继续说："The phosphine burns automatically and glimmers with green sparks. It is phosphorescence, also in the popular name Jack‑o'‑lantern."（"磷化氢自燃，发出绿光，这就是磷火，俗称鬼火。"）

吴教官扫视全班："Have you ever seen the Jack‑o'‑lantern?（"你们见过鬼火吗？"）

无人主动作答。

吴教官指向甲："You, please！"（"你呢？"）

甲起立，摇头："No, sir.（"没有，长官。"）

吴教官指向乙。

乙起立："No, never, sir."（"从未见过，长官。"）

吴教官指向拱北，拱北起立。

36．教学楼走廊（日）

严学监挨近第八教室，朝里望。

37．第八教室（日）

拱北："Very ofen I saw the Jack – o' – lantern in my coutryside and I heard a lot of…of…of…"（"在家乡，我时常看见鬼火，还听到过许多故事，讲的是……是……是……"）

吴教官："Of what ?"（"是什么？"）

拱北："Of this！"（"是这个！"）说着便伸长舌头且左右展示。

哄堂大笑。

吴教官敲敲桌子："Be quiet! more quiet！"（"安静！安静！"）

拱北："Would you tell me, sir, what's the english of '鬼'？"（"请问教官，'鬼'，英语怎么说？"）

吴教官在黑板上写下：鬼——ghost。

吴教官："'鬼'，We speak in English ghost. Well, from now on，you should remember，there is no ghost in the world, no ghost！"（"'鬼'，英语叫 ghost。好，从现在起，你们要记住，世上没有鬼，没有鬼！"）

38．教学楼走廊（日）

严学监转身离开第八教室。

严学监内心独白："纪拱北这淘气包，一有机会就捣蛋，必须严加管教！石峻这孩子，求学不易，颇知刻苦。夏雨轩嘛，聪明温和，小小年纪就有交际能力……"

第九集 赶考途中 初入海校

39. 海校网球场（日）

几个高班生身着运动装，正在打网球。

40. 网球场外林荫道（日）

拱、雨、峻三友身穿运动服向网球场走去。

石峻："你们说怪不怪，拱北今天在化学课上吐舌装鬼，而吴教官居然不施责罚。想来，是一连两次化学月考和所有临时测验都得满分的缘故吧？"

拱北："我看不是，是吴教官当真以为我不知道'鬼'字英语怎么说，这才网开一面的。"

雨轩："其实，石峻你还不知道，我们在家乡补习英语的时候，已经跟胡老师学过'ghost'这个英语单词了。拱北是趁机装鬼逗弄同学嘛。"

石峻："哦，是这样！看来，There is no ghost in the world, but he, he is just a ghost!"（"哦，是这样！看来，世上无鬼，而他——他才是鬼！"）说着捶了拱北一拳。

三友打打闹闹。

白学长走来："严学监过来了，你们还闹！"

三友吓得原地立正。

白学长哈哈一笑。

雨轩："白学长，你唬我们呢！"

白学长："我若不唬你们，严学监真的来了，有你们受的！别以为这是自由活动时间就可以没形没状了。"

雨轩："学长教训的是。学长，今天可以教我们网球了吧？"

白学长："今天还不行，我有点事得先走，邓学长他们也快散了。明天吧。"

雨轩："那好。谢谢学长！"

白学长快步离去。

拱北："真扫兴，又学不成了，早学早赢嘛。"

雨轩："你又来了，赢啊输啊的！迟早会打好网球的，急什么！走，踢足球去！"

石峻："不踢足球。"

拱北："那就玩'赛天霸'，你耍棍，我和雨轩舞剑，如何？"

石峻："也不。"

拱、雨不约而同："咦，怎么啦？"

石峻:"好像还是回屋去复习英语比较踏实。"

拱北:"瞧你！好不容易挨到自由活动，你却想啃书本！"

石峻:"我英语差，听课费力，两次月考主科成绩都达不到80分，比你俩差多了。眼下所学只不过普通数理化，往后天文、地文、航海、测量、磁学、电学什么的，那就更听不懂了；再往后，还有驾驶、引港、船艺、避碰、水雷、枪炮等等，一步跟不上，步步跟不上，可怎么办呢？到时候，给轰出校门，就完蛋了！"

雨轩:"别自己吓自己好不好？想想嘛，开学才两三个月，你的英语已经进步多了！方才你说'There is no ghost in the world, but he, he is just a ghost'，说得多流利啊！怎么会步步跟不上给轰出校门呢？"

拱北:"对呀，没理由悲观。何况雨轩和我是一定会跟你一起学习，一起长进的。好朋友永远手牵手，永远不离弃，对吧？"

雨轩勾过石峻肩:"走吧，打完球，晚上咱们再复习英语会更有效率。"

拱北也勾住石峻的肩:"走吧走吧，别把时间给磨蹭光啦！"

石峻:"可是……可是……我想不起'磷'字怎么拼怎么念了，得回去查查……"

雨轩:"急什么？我不也没记住吗？"

拱北:"不怕不怕，我记住了，我有窍门！"

石峻惊喜:"啊?! 快说快说！"

雨轩:"别老在这儿挡道了，不如换个地方吧。对了，就去校园西北角那棵百年老树下，那里人少，可以学得自在，玩得开心，还不容易碰到严学监。"

拱、峻:"对对对！"

41. 校园西北角（日）

拱、雨、峻蹲在百年老树下。

拱北用树枝在地上写下磷 phosphorus，然后重复地念:"磷，p—h—o—s—p—h—o—r—u—s phosphorus；磷，p—h—o—s—p—h—o—r—u—s phosphorus……"

石峻叫起来:"这算什么窍门嘛！我也是这样念、这样背的，根本记不住。"

雨轩使劲按了按拱北的脑袋:"去去去，这谁不会呀，还窍门呢！"

拱北抗辩:"我何时说过这是窍门了?! 我不过是在演示你们死记硬背的套路嘛。"

石峻:"那你到底是怎么背出来的？"

雨轩:"你背出来了，还拿我们开心！"

石峻怒:"太可恶了！"说着气哼哼站起身就走。

第九集　赶考途中　初入海校

拱北一跃而起，追上去拦住："别走别走，冤枉啊，我真的有窍门！"

石峻一甩手："少来！"挣着走开。

雨轩赶来一面拖住石峻，一面责备拱北："你也是的！明明知道石峻不爱开玩笑，还只管作弄人！他样样认真，背不出单词已经很急了，你还……"

拱北竟忍不住发笑，一面又央告道："我真的没有作弄人，你们信我吧！……"

雨轩："那你还笑！"

拱北："我？！我笑……我是见你们无缘无故气急败坏的样子……"

石峻："那你快说你的窍门！"

雨轩："快说快说！"

拱北："喏，是这样的。你们注意，phosphorus 听起来是不是很像中国话'佛事佛乐死'？反正我觉得像。你们细细地感觉感觉嘛！"

雨、峻遂念念有词地"感觉"起来："phosphorus，佛事佛乐死……phosphorus，佛事佛乐死……"然后相视点头认可。

拱北喜："这就对了嘛。你们想，做佛事，佛当然乐死了。所以，只要一提'磷'，就想'佛事佛乐死'，它的谐音不就是 phosphorus 了吗？"

雨、峻："是啊是啊！"

拱北："你们不信我有窍门，现在没话说了吧！"忽然眼睛一亮："哎，对了，这会儿我又生一招……"

石峻："回屋照着你的窍门先背再默写就可以了，你还要生什么招？"

拱北："这回更高！咱们一边步操，一边踩着步点有节奏地念，没准会记得更牢，也更有趣，还不用憋在屋子里。"

雨轩："那你先示范一下吧。我来命令——Attention！"（立正！）

拱北立正。

雨轩："Right turn！"（向右转！）

拱北向右转。

雨轩："Forward march！"（向前走！）

拱北一面大踏步向前走，一边合着步点大声念："phosphorus 佛事佛乐死，phosphorus 佛事佛乐死，phosphorus 佛事佛乐死……"

石峻、雨轩一起加入，变成三人小队，绕着老树大声念："phosphorus 佛事佛乐死，phosphorus 佛事佛乐死……"

正在兴高采烈，画外一声怒吼："胡闹！"

三友在惊愕中同时止步。

严学监突然出现，立即训斥："太胡闹了！烟台海校在教学中一直排除美语，只以伦敦英语授课，目的就是让学生掌握纯正英语。而你们竟然背道而驰，怪腔怪调，成何体统！是谁挑头在英语学习上走这种邪门歪道的，嗯?!"

拱北应声承认："报告学监，是我！"

雨、峻争相掩护："是我！""是我！"

严学监怒对雨、峻："住口！胆敢为义气欺蒙学监！"继而逼视拱北："其实我知道是你捣乱，非你而谁？之所以追问，不过是考验你有无担当而已。你担当了，还算差强人意，可也别妄想就此万事大吉。你把严肃的学习用来搞笑，这是害群之马的劣行，知道吗?!"

拱北抗辩："我……"

严学监厉声喝止："还不住口！想记过吗？——顶撞教官是会记过的！念你初犯，不予苛责，回去好好反省吧！"又盯了雨、峻一眼："你们两个也必须反省，以后务必严肃对待任何课程，明白吗？"

雨、峻："是！"

严学监背后，校犬虎子朝拱、雨、峻飞奔而来。

严学监把手一挥："你们三个立即回去反省，不准留在这里！"

拱、雨、峻："是！"

虎子蹿到三人身旁。

严学监又好气又好笑："虎子，你来干什么，走开！"

虎子被斥泄气，夹紧尾巴。

拱、雨、峻向严学监敬礼，排成一列离去。

虎子也灰溜溜地跟在后面走。

42. 拱北寝室（夜）

拱、雨、峻进室。

室友甲、乙、丙一齐拥上："怎么这么快就回来了？""反省过关了吗？""过了吗？"

石峻："别堵在门边呀，坐下再说嘛。"

六人挤坐在书桌旁。

拱北："总算顺利过关了。"

第九集　赶考途中　初入海校

室友甲："太好啦，快说说你们过关的秘诀！指不定哪天我们也用得上呢。"

石峻："过关秘诀，是我们的'外交部长'雨轩从高班学长那里求来的。我们自己哪有秘诀啊。"

雨轩："学长教我们，面对严学监切勿解释，更勿顶嘴，而要把他的训斥改头换面变成自我反省的话说出来，表现'军人的天职是服从'就行了。"

室友乙："如此服服帖帖，拱北怎么可能忍受呢？何况他又不是故意捣乱喽。"

拱北："你把我想得太脆弱了。当忍则忍嘛。明仁学友上周刚被开除，'殷鉴不远，在夏后之世'，我若跟他一样学不成海军，就报雪不了甲申、甲午之耻了，对不对？"

雨轩："没错！我就说嘛，拱北是犟牛但不是傻牛啊！更何况学监也是为我们能学到正宗英语嘛！"

室友丙："不过学监也未免太刻板了些。依我看，拱北的'佛事佛乐死'，偶尔用用有何不可？我也是靠它记住了磷——phosphorus 的。学监严禁这种记忆方法，是担心用惯了，会影响英语发音和语调，道理当然是对的，可也没必要那么凶啊！"

室友甲："哎，拱北你怎么会琢磨出这种记忆方法呢？"

拱北："不曾刻意琢磨，完全是偶然的，雨轩很清楚……"

雨轩："真的，纯属无意发现。有一次，拱北和我一起补习英语，我们念单词 gentleman；念着念着，拱北忽然对我说，雨轩你听听，gentleman 是不是很像中国话'尖头鳗'？我品了品，是像'尖头鳗'！绅士变成'尖头鳗'多可笑啊，这一下子就记住了。后来，补习老师胡老先生教我们说，gentle 是形容词，有文雅、高贵的意思，它和 man 合成 gentleman，就是绅士了，用这种构词法可以帮助记单词。殊不知，我们早已记住'尖头鳗'啦！"

室友丙捶了拱北一拳："好个'尖头鳗'，亏你想得出！"

室友乙环视众人一眼："哎，你们说，咱们这里，哦，不，咱们班里，谁是'尖头鳗'？"

室友甲："雨轩斯文，自然是'尖头鳗'喽！"

众人附议："对对对！雨轩是'尖头鳗'。"

雨轩："去去去，你们才是'尖头鳗'，我是夏大侠！"

拱北淘气劲又上来了，他突然从雨轩背后夹住雨轩两掌，伸臂做鳗鱼游动状："'尖头鳗'来啦！'尖头鳗'来啦！……"

众人大笑，一面你抓我挠，一面互叫对方"尖头鳗"，乐不可支。

石峻笑罢，忽然警告："嘘！嘘！别再叫'尖头鳗'啦，小心严学监走过，给听了去！"

欢声笑语顿时凝固。

雨轩更吐了吐舌头。

熄灯号响起。

43．烟台海校宿舍区（夜）

灯火已经熄灭，天上星光点点。

44．拱北寝室（夜）

室友们都已入睡。

拱北也困倦地慢慢合上眼睛。

拱北入梦：

室门开启。

严学监怒冲冲进来。

众人惊起，在各自的床前站得笔直。

严学监冷冷地宣布："纪拱北不思悔改，一再捣乱英语学习，兹决定开除学籍，永不收录！"

拱北"啊？！"的一声惊呼，吓醒了。

拱北惊魂未定，茫然地看看室友。

室友们正在酣睡。

拱北揉揉眼睛，再次窥望室友。

室友们仍无动静。

拱北复又甩甩脑袋，使劲拧了自己两下；然后下床，走近雨轩。

雨轩在睡梦中咬牙。

拱北移至石峻处。

石峻翻了个身继续睡觉。

拱北回到自己床上，定了定神，抱膝而坐。

拱北内心独白："阿弥陀佛，幸而是梦！倘或真给撵出海校，那可怎么办呢？林老师、三叔、我两位母亲、祥爷爷，乃至纪氏一门，该何等失望啊！"

拱北抬头朝窗外星空望去。

闪回（参见第八集《慕达会友　两母赠别》第34节）：

第九集　赶考途中　初入海校

纪府大门外，八名家丁手擎火把，目送拱北离去；拱北走到拐角处，忽然听见家丁们呼唤："大少爷，大少爷，大——少——爷！——"拱北却步，回眸望去，八家丁高举火把大声呼喊："海军！海军！中国海军啊！——"

闪回止。

拱北从枕上摸出海军锚挂件，铺在膝上，又一次抬头遥望星空，对遥远的过房娘吐露心声。

拱北内心独白："娘，你亲手做的海军锚挂件，儿一直放在枕边。儿不会被海校开除的，儿喜欢海军，可喜欢呢！儿已学会划舢板，端午节快到了，假如能参加大榕乡龙舟赛，儿准能让自己的队胜出，真的！"

第十集　福祥遗爱　荣官走运

1. 纪府大门外（日）

大门上挂着艾草，以应端午节。

2. 弘毅堂外（日）

仆妇们正在熏艾草。

3. 纪府大门内甬道（日）

荣官急急忙忙往内宅走去。

4. 长房正院（日）

钱妈正哄着两岁的拱南在火红的石榴花树下玩。

荣官进来，举着信，高兴地说："钱妈，你说多巧啊，大少爷的信不早不晚，正赶上端午节来家！"

钱妈喜："大少爷才走四个月，倒像走了几年似的，这封信就权当他回来过节吧。"说着抱起拱南，指着荣官手上的信："瞧，你大哥来信了！"

拱南似懂非懂，转着小脑袋四下张望寻找拱北："大哥，大哥……"

荣官将信举到拱南眼前，笑嘻嘻来回逗弄他："大哥在这儿呢，大哥在这儿呢！"

拱南伸手抓信，荣官忙躲开："哟，这可玩不得，撕破了怎么办？大奶奶、二奶奶还都没看过呢！乖……"

钱妈打断道："你说二奶奶还未看过？那你不是从二房过来的？"

荣官："不，我从大门口拿了信就奔这儿来了。"

第十集　福祥遗爱　荣官走运

钱妈："怎么你又忘了？……"

荣官："忘了什么？"

钱妈："忘了大奶奶立的规矩——大少爷来信，必须先交二奶奶！"

荣官一拍脑袋："哟，瞧我这记性！"

钱妈带笑不笑，意味深长地瞟了荣官一眼，揶揄道："但凡翠翠交代的事，你都记得牢牢的！"

荣官顿时结巴起来："没……没……没有的事……"

钱妈笑："傻小子，老实巴交的，你那点心思，瞒得过谁去？哈哈哈哈……"

荣官愈现狼狈："钱妈，你……你……你……你瞎说什么呀？……"

钱妈："好了好了，我也不打趣你了。一句半句玩笑话，就急出大头汗来！正经的，你快拿信去二奶奶那边吧，她跟大奶奶在一处呢。"

荣官如释重负："哎哎！"赶紧溜走，钱妈却又叫住了："慢着！"

荣官无奈止步："什么事，钱妈？"

钱妈："你怎么不看赛龙舟呢？府里能去的都去了，就连大小姐、二小姐也跟着乐呢。你呀，闷葫芦似的，难怪丁管家忘了你。年轻人谁不贪玩？你送完信赶紧跟管家开声吧！一年就这么一回，可别错过了！"

荣官："丁管家也放我出去看龙舟的。只是我想，不管谁暂时顶替我照料福祥老伯，都难免生疏一些，我不放心所以就没去。"

钱妈："祥叔这两天好点吗？"

荣官眼睛一红，半晌哽咽道："表面也没啥，可是昨天下午福州请来的医生却说：'油尽灯枯，只能尽人事看天意了。'"

钱妈黯然。

荣官："钱妈，那我过那边去了。"说着快步离开，但刚走两步又突然返回："钱妈，福州医生的话，奶奶们不叫乱传。横竖大奶奶早晚会告诉你的，我这才敢说。你千万把严了嘴啊！"

钱妈重重点头。钱妈内心独白："好个重情重义的荣官啊！"

5．二房正院前厅（日）

大奶奶、二奶奶在圆桌上共读拱北的来信。

拱北画外音："母亲大人膝下，敬禀者：拜别慈晖，已历数月，敬悉福体安康，为祝为颂。儿甚喜海校生活，虽则课程繁多、训练严酷、校规苛细，然儿与雨轩、石峻互勉共进，各科成绩俱佳。我校设有专用码头供学生习水，今次比赛，儿荣膺冠军；其余诸项体能、技能训练，儿亦时时获胜。儿深慕海军，故不惧艰苦，艰苦奈我何？"

拱北画外音中出现以下画面：

拱北与学友在教官指导下做物理实验；

拱北等人做化学实验；

拱北等人在图书馆阅读；

拱北等人穿梭于教室、各实验室、图书馆；

拱北等在教官指挥下进行跑步及各项沙滩训练，做俯卧撑、爬杆、爬绳、天梯、浪桥、步操、划船等；

拱北在网球场跳起来大叫："我们赢啦！"（无声）

拱北在游泳专用码头参加比赛；

拱北上台领游泳冠军奖。

拱北画外音止。

大奶奶、二奶奶相视一笑。

拱北画外音继续："我校周边环境甚佳。东面一二里处即岿岱山，山上有光绪年间构筑之东炮台；西面乃一山谷，俗称蛤蟆谷。蛤蟆谷离校极近，每逢周日，儿等或枕溪温故或登峰锻炼，校犬虎子往往穷追而至，不亦乐乎。"

拱北画外音中出现以下画面：

岿岱山东炮台。拱北、雨轩、石峻及学友们身着海校学生装，在教官率领下，列队来到东炮台正门；特写炮台匾额："表海风雄"。

蛤蟆谷。溪涧潺潺，草木葱茏；拱、雨、峻身穿运动服攀至山顶，俯瞰谷底；虎子突然从后面冒出并且吠了一声；三人不约而同转身；虎子做人立状；三人围着虎子又摸又抱；三人在山顶伸臂呼喊，虎子也吠声呼应。

拱北画外音止。

大奶奶："想不到短短三四个月，拱北在海校竟已如鱼得水，乐不思蜀了。"

二奶奶："三弟说过，拱北倔强不服输，但爽朗大度，从不斤斤计较，更不睚眦必报，是块军人坯子。如今看来，让他投军果然不错啊。"

大奶奶点头："但愿三弟真的没看走眼。哎，信末还有几句话呢，再往下读吧。"

大奶奶、二奶奶又把目光投到信上。

拱北画外音再起："儿别家之日，祥爷爷抱恙送行。母亲大人前两信称其病体正日趋好转，想必现已康复，乞代为慰问，并嘱善加颐养。肃此，恭请福安。儿拱北

第十集　福祥遗爱　荣官走运

叩上。"

拱北画外音止。

二奶奶："拱北每信必问祥叔，我们唯有一次次瞒下去了。"

大奶奶叹气道："也只能如此啊！"

二奶奶："这就过去看看祥叔吧，顺便把信说给他听听，让他高兴高兴。"

6. 福祥小院外（日）

大奶奶、二奶奶来到小院外。

丁管家正打院里出来，面带喜色："大奶奶、二奶奶你们来啦。祥叔今天很不错，不那么嗜睡了。他那两个孙子来这里探望，十八九岁的后生，憋了两日，就跟出了笼的鸟似的飞到河边看龙舟去了。"

大奶奶："阿弥陀佛！天意叫祥叔赶在端午忽然健旺起来，合家都松了口气；不然，他的孙子哪有心思看龙舟哟！"

二奶奶："是啊是啊。"

三奶奶、四奶奶走近。

丁管家一眼望见："哟，三奶奶、四奶奶也来了！"

大奶奶、二奶奶转头一看，一起笑道："倒巧了。"

丁管家："奶奶们进去吧，我得上厨房看看准备得怎么样了。"

7. 福祥小院（日）

阴凉处放着一张由扶手木椅改装成的手推椅。

镜头下摇，可见四条椅腿上加装了一个框架，框架下装有四只小轮。

荣官拿着工具箱走来，俯身检查椅子，又蹲下查看滚轮。

四位奶奶进来。

荣官并未觉察，正专心致志地给滚轮上油。

四位奶奶走到荣官身旁，荣官始觉察，忙直起腰来招呼道："哟，奶奶们都来啦！"

三奶奶："荣官哪，今天合府后生没有不去闹龙舟的，你也去玩玩嘛，不要一天到晚做个不停。"

四奶奶："他呀，眼里有活，手艺又好，修修补补、敲敲打打的事，就全都找了来；原本只须照顾祥叔的，这就里里外外忙起没完了。"

荣官被赞，便不好意思，慌忙否认："没有忙，没有忙……"

大奶奶就对三位奶奶说："荣官这孩子真不含糊。三弟要为祥叔养老送终，他牢记在心，这几个月，他比谁都辛苦啊。"

二奶奶："可不吗？人都熬瘦了。"

荣官："应该的，应该的！"

大奶奶："好孩子，三爷真没看错你！"

荣官又慌了："不是的，不是的！我……我给奶奶们沏茶去。"说着一溜烟跑了。

三奶奶："瞧，他经不住好话，三句两句就给臊跑了，将来怎么娶媳妇呢？"

大奶奶、二奶奶、四奶奶听了皆忍俊不禁。

8. 纪府大厨房（日）

关姨太正站在长桌旁把一块碗糕放进盘子里。

丁管家进屋一眼看到："哟，姨太怎么下厨来了？"没等回答便数落佟妈、周嫂、旺旺等厨工道："怎么能叫姨太干活呢？太没规矩了！姨太虽年轻，但你们不兴这样啊！"

关姨太忙解释道："不关他们的事，丁管家，是我自己要做的。"

众人："正是正是！"

丁管家："那你们也该拦着呀！"看到桌上放着备好的花生和糯米，忽然猛醒，自责道："咳，也怪我，姨太是北边来的，吃不惯这里的花生粽。我怎么就没想到该包些京味的枣子粽呢？"

关姨太忙摆手："不是的，不是的……"

佟妈："不是的，不是的，丁管家，你忘啦？姨太去年刚来就过端午节。花生粽她爱吃着呢，还说比枣子粽、豆沙粽都好吃，北京是不裹这种粽的。对不对，姨太？"

关姨太："对呀。花生煮得又软又香，跟糯米掺在一起包成粽子，真是太可口了。"

丁管家："那姨太你……"

毛大厨下完一笼粽子，便接话道："姨太是特地为祥叔包粽子的。"

关姨太："昨晚跟翠翠闲聊，说起今天人人吃粽子，唯独祥叔不能消化糯米，吃不了了。可巧今早碗糕张送点心来，我就想试试，把碗糕碾碎，包成小粽子，略略蒸一蒸，既有粽叶香，又不伤胃，也算应景，岂不好？"

周嫂："姨太不让告诉祥叔，说是要给他一个惊喜呢！"

丁管家内心独白："都说姨太孩子气，一点没错。她的心是那么天真无邪啊！"

第十集　福祥遗爱　荣官走运

9. 福祥卧室（日）

福祥半卧于床，欣慰地对四位奶奶说："大少爷信上说喜欢海军、喜欢海校，不怕吃苦，成绩很好，福祥我也就宽心了。多么希望八九年后，能在家门口迎接大少爷学成回来聚一聚啊！"

四位奶奶异口同声："能，一定能！"

福祥摇摇头："不能够喽！"

大奶奶："祥叔想哪儿去了！上岁数的人，胃口不开，身上乏力，也是常有之事，要不怎么叫老呢？"

三位奶奶："正是正是。"

10. 福祥小院（日）

荣官正收拾起修理工具。

翠翠进院，一眼望见："荣官哥！"

荣官抬头："有事吗，翠翠？"

翠翠走进："姨太箱子的锁卡住了，我怎么也拿不下来。"

荣官："你先回屋吧，我收拾收拾，一会儿就过去。"

翠翠："那你可别忘了呀！"说着走了。

荣官蹲在地上望着翠翠的背影正在离去。

闪回（参见本集第4节）：

钱妈带笑不笑，意味深长地瞟了荣官一眼，揶揄道："但凡翠翠交代的事，你都记得牢牢的！"

荣官顿时结巴起来："没……没……没有的事……"

闪回止。

荣官慌乱地左右望望，害臊地抹了抹脸。

11. 福祥卧室（日）

荣官出现在卧室门口："老伯，我上姨太那边修锁。"

福祥："快去快去，锁坏了可得早点修好。"

荣官又向奶奶们打招呼："奶奶们喝茶，我去去就来。"说着赶紧走了。

二奶奶叹道："荣官手又巧，心又暖，倒跟姨太挺像呢。"

大奶奶："这也是纪家的福气啊。"

众人："是啊是啊。"

福祥遂指指屋角的一张凳子："奶奶们，你们看到凳子上放着的那个物件吗？"

四位奶奶齐将目光投向屋角。

四奶奶过去，拿来那个长方形的物件。

福祥："四奶奶，这物件是可以折叠的，你把它支在桌上一看就明白了。"

四奶奶轻轻拉开两个框架式支腿，一个折叠式茶几就立在桌上了。

奶奶们欣赏起来。

二奶奶："好灵便的小几子啊！"

四奶奶："瞧，面板两侧还各有一块小翼板，也是折叠的。"

三奶奶："可收可放且不占地，架在床上，病人吃喝就方便多了。"

大奶奶："荣官这孩子，亏他想得出来！"

福祥："这里面还有姨太的份呢！"

四奶奶："啊?! 姨太会做家具?! 翠翠没说过，我也从未见过呀！"

福祥："凿啊，刨啊，锯啊的，自然不会，可这点子是她出的啊！"

四奶奶："怎么回事呢？"

福祥："几天前姨太过来，正赶上荣官端汤药我喝，喝完之后……"

化入：

关姨太："荣官，我看祥叔在床上吃喝不太利索。"

荣官："可不是吗？"

关姨太："你知道'炕桌'吗？"

荣官："'炕桌'？'炕桌'是什么？"

关姨太："'炕桌'就是一种放在炕上的小桌子。"

荣官："那，'炕'呢？什么叫'炕'？"

关姨太："我画给你吧，一看就明白了。"

荣官立刻指了指窗下的一张小桌子，兴奋地说："太好了！可巧，郎中用过的笔墨还放在那儿没收呢。"

关姨太到窗旁坐下，几笔就画好了。

荣官看了说："哦，原来是这样的。——人坐在床上，不，坐在炕上吃喝！"

关姨太："炕桌虽好，只是不够轻便，你能想办法改进吗？"

荣官略加思索："我试试吧。"

第十集　福祥遗爱　荣官走运

化出。

福祥："想不到只隔一天，荣官就把可以支在床上的小几子做出来了。"

三奶奶叹道："这样的好后生真该配个好媳妇才是啊。"

二奶奶："也不知哪家姑娘能有这种造化呢。"

大奶奶、四奶奶频频点头。

福祥："奶奶们既这么看，福祥就想大胆讨个主意，当不当的，还求奶奶们原谅。"

大奶奶："祥叔言重了，有什么话只管说，哪来'原谅'不'原谅'的。"

三位奶奶："是啊是啊，祥叔请说！"

福祥："奶奶们都知道，荣官从小没娘，进府不久他爹也故去了。所以我想，趁自己还剩一口气，替他定一门亲。"

四妯娌相顾而喜："好事啊，好事啊！"

四奶奶："但不知求的是哪家姑娘？"

福祥："四奶奶可巧问到自己了——福祥正想求四奶奶成全呢。"

四奶奶一愣："成全？"随即顿悟："哦，我明白了！"

三位妯娌："我们也明白了。"

四奶奶："准是荣官相中了翠翠！荣官18，翠翠15，他有这心思也很自然。"

福祥："荣官的心思，遮遮掩掩的，哪瞒得了人？"

大奶奶："难怪钱妈几次拿荣官打趣，臊得他成了个关公脸。这会儿说穿了，我还真觉得他俩是一对呢。"

三奶奶："两人平时就处得好，翠翠有事常来找荣官。"

二奶奶："我看他们挺合适，翠翠柔中有刚，正好补了荣官的老实。"

四奶奶："没错，这是一对天作之合，岂有不成全之理？不过，翠翠毕竟是姨太的丫头，还须问问她，否则便是我太霸道了。祥叔你放心，过了端午节，我们几个就张罗起来。"

福祥心事落地："四位奶奶想得周全，福祥就在这里先谢过了。"说罢挣扎欲起行礼。

四妯娌忙上前阻止："使不得，使不得！""祥叔别这样！""快别这样！"

12. 福祥小院（夜）

荣官进院。

13. 福祥卧室（夜）

荣官进屋："老伯，毛大厨真好！方才他说，知道你今天有饿的感觉了，这是好兆头，明日准备做虾米肉汤线面给你吃，往后一点一点增加荤腥，人也就一点一点恢复体力了。"

福祥："荣官，你要替我多谢毛大厨啊，这几个月我拖累大家了。"

荣官："老伯快别这么说，谁还没个三灾两难的呢？"说着走到脸盆架前："今晚有点闷热，怕是要下雨呢。我给你先擦把热水脸，松快松快，一会儿再泡泡脚，准能睡个好觉。"

福祥："不忙不忙，你快过来，我有要紧的事对你说。"

荣官坐到福祥床边："老伯，什么要紧的事？你说吧！"

福祥单刀直入："荣官哪，老伯看得出，你心里有翠翠！"

荣官大感意外，大为扭捏，但没有否认："这……这……"

福祥："翠翠是个苦孩子，可她又聪明又水灵，又倔强又开朗，这辈子能够跟她做伴，你的福气可大啦！"

荣官："嗯，嗯。"

福祥："你的父母没了。翠翠呢，她娘最近过世，哥哥远去南洋谋生，婚姻反倒没了干涉。我就自作主张，求奶奶们成全，端午节过后给你提亲。"

荣官又惊又喜又感动："老伯……老伯……老伯这样疼我啊……"

福祥："不论现在定亲，还是将来娶亲，财礼你都不用发愁。奶奶们说了，一准让你风风光光办大事！"

荣官坚决摇头："不！不！"

福祥："怎么啦？"

荣官："我知道奶奶们待见我，可我应当自己挣钱、攒钱，不然还算个男人吗？！"

福祥握住荣官的手，万分欣慰："好孩子，有志气，老伯没看走眼！老伯盼着你们和和美美过一世。"

14. 福祥小院（夜）

中雨。

雨水从屋檐上流下。

画外音：端午当天，下了整整一夜雨。福祥，这位马江小英烈的父亲，慈爱的畬

第十集　福祥遗爱　荣官走运

族老爷爷，在生命的回光返照中，给人间留下最后一份关爱，安然地、永远地睡去了。

画外音止。

雨势加大。

雨声中传来荣官画外的哭喊："老伯啊，老伯啊，老伯你醒醒，快醒醒啊……"

15．三房正院（日）

红艳艳的扶桑花开得正盛。

丫头安儿在花下打理。

丁管家匆匆而来。

安儿："丁管家来啦！"

丁管家："三奶奶在吗？"

安儿："在，在前厅。"

16．三房正院前厅（日）

丁管家呈上一封信给三奶奶："三奶奶，这是三爷给我的信，刚刚读过，就来请你的示下。"

三奶奶："丁管家先请坐吧。"

丁管家坐下。

三奶奶披览信件，面露喜色。

丁管家看到三奶奶的神情，也不由得洋溢起一脸期待。

三奶奶阅毕，将信交还丁管家："荣官的确是个好后生，难怪三爷会为他打算。"

丁管家："三奶奶所言极是，荣官实实地可爱，别的不提了，就说近期的事情吧：祥叔过身，畲乡来人迎灵，荣官虽则如丧考妣，但该办什么却无一不办得妥妥帖帖，祥叔家人赞不绝口；后来，年方11岁的拱华二少爷，代替拱北大少爷前往畲乡吊唁，荣官更处处照应，唯恐闪失，其实他自己也不过18岁，大孩子而已；这几天，我试着让荣官帮忙管账，他竟然头头是道，真是又可靠又聪明啊。"

三奶奶："更难能可贵的是，荣官自己不觉得聪明，这才叫真聪明呢。——不过归齐，也因管家你调教得好啊。"

丁管家："三奶奶过奖了！全靠祥叔，我有什么?!——那，三奶奶，我是不是这就去找荣官？"

三奶奶："去吧，快去吧，让他早点明白三爷的意思。我也要找大奶奶她们说会儿话呢。"

17. 纪府账房（日）

荣官正专心致志对账。

丁管家走近而荣官竟毫不觉察。

丁管家赞赏地点点头，又默默地看着荣官对完一页账才轻轻叫了一声："荣官！"

荣官一惊，马上站起："哟，丁管家什么时候进来的我都不知道。"

丁管家："我在边上看你好一会儿喽！"

荣官："丁管家有什么盼咐吗？"

丁管家："你且坐下，我给你看封信。"

荣官："信，什么信？谁的信？"

丁管家坐下，掏出信："这是三爷给我的信，你看看吧！"

荣官："三爷给你的信？不不不不不，我怎可以看！"

丁管家："叫你看，你就看嘛。"

荣官迟迟疑疑接过信。

纪慕贤画外音："丁立如晤。展阅来函，知悉祥叔灵柩已回窜乡入土，甚慰。荣官忠厚勤勉、巧手匠心，实堪栽培。适逢海军军械所将于七月在上海高昌庙创建，我拟荐之充当艺徒。望汝即行安排，俾尽早赴沪待选。此嘱，即问近佳。纪慕贤字。"

纪慕贤画外音止。

荣官不敢相信："丁管家，这真是三爷的来信，真是三爷的意思吗？你……你不是在开玩笑吧？"

丁管家："傻小子，我怎敢假传圣旨?! 不信的话，你就细细地看多几遍吧。我还有事呢——走喽！"

18. 弘毅堂后厅（日）

匾额：和乐且孺

大奶奶四妯娌围坐圆桌。

大奶奶面带喜悦："三弟安排得好啊，荣官进海军军械所学艺，将来就可以为海军出力了。"

二奶奶："是啊，学会造枪造炮，为海军出力，这才是荣官的好前程啊。"

三奶奶："上海是大都会，荣官到了那里，眼界一开，会更加聪明的。"

第十集　福祥遗爱　荣官走运

大奶奶："所以呀，我们再怎么舍不得，也只能送他走喽。"

众妯娌皆深深点头。

四奶奶："怕只怕……上海繁荣，荣官从我们马尾乡野乍一去，保不准迷失了自己。花花世界里变坏的可大有人在啊。"

三奶奶："断断不会，荣官本质极好，怎么可能走邪呢？"

二奶奶："没错，荣官这孩子很有定力，他的心静着呢。"

19．纪府账房（日）

荣官呆坐发蒙。

荣官内心独白："去上海？！进海军军械所当艺徒？！……我这是发烧吧？做梦吧？"

荣官摸摸自己的额，喃喃自语："不发烧呀！"

荣官狠狠咬自己的手臂，又使劲掐自己的大腿，喃喃自语："醒着的呀！"

荣官捧起纪慕贤的信。

荣官内心独白："已经看过三遍了，再细细看一遍吧！"

荣官低头看信。

丁管家画外音："不要再看啦！"

荣官一惊。

丁管家站在桌旁："再看要疯啦，傻小子！"说着一把夺回纪慕贤的信。

荣官依然不敢相信："丁管家，怎么可能轮到我呢？！怎么可能呢？……"

丁管家："别不信啦，我告诉你，这是千真万确的；我还告诉你，你马上就要双喜临门喽！"

荣官更是一愣："啊？！"

20．弘毅堂后厅（日）

仆人给四妯娌添茶，添完后退下。

三奶奶："荣官这一走，没个三年五载，怕是不能回来探望我们呢。我想，他和翠翠定亲的事应该趁早办了。"

二奶奶："应该，应该，太应该了！"

大奶奶："这是祥叔的遗愿啊。再者说，荣官和翠翠两边都没了大人，纪府就算他们的家了。婚姻大事，我们不做主，谁做主啊？"

三奶奶："对，对，理应如此，理应如此。四妹，快找姨太通通气吧！"

四奶奶："哎，哎！"

仆人进来："晚饭备齐了，奶奶们请吧。"

21．四房偏院（夜）

关姨太坐在藤椅上纳凉。

翠翠递上蒲扇："我去端茶。"

关姨太："不忙，我不渴，刚刚喝了粥的。"

胖嫂提着灯笼进院。

翠翠望见："哟，胖嫂来啦！吃过晚饭，怎么还不歇着呀？"

胖嫂："姨太，四奶奶请你马上过去一下。"

翠翠："马上！什么事这么急哟？！"

胖嫂盯着翠翠诡秘地一笑："好事，大好事！"

翠翠追问："什么大好事呀？"

胖嫂戏谑地卖关子："就不告诉你！"又对姨太说："姨太请吧。"

关姨太："好。"

翠翠："我提灯笼去。"

胖嫂："不用啦。四奶奶交代，你不必跟去伺候。——有我呢。"

翠翠越发摸不着头脑，抱怨道："干吗呀？神神道道的！"说罢扭头走了。

22．四房正院前厅（夜）

四奶奶与关姨太隔着茶几对坐。

四奶奶呷了口茶："端午节那天，祥叔告诉我们，他知道荣官喜欢翠翠，很想撮合他俩定亲；不料半夜里老人家却过身了，这件事就给拖了下来。今天三爷来信说，要栽培荣官去上海海军军械所学艺，我们大家都很高兴，寻思荣官快走了，要赶紧把这姻缘订下来才好。翠翠聪明伶俐讨人喜欢，又经你调教，粗通文墨，跟荣官十分相配，但不知你是怎么看的？"

关姨太感动："祥叔太好了，临终还记挂着荣官、翠翠这对孤苦伶仃的人！我看他俩挺有缘分，结了亲一定更会相互扶持的。"

四奶奶喜："好，好，皆大欢喜，皆大欢喜！那就都忙起来吧。"

胖嫂进来添茶："一个在府里嫁，一个在府里娶，这下该闹腾得连祥叔都听得见呢！"

第十集　福祥遗爱　荣官走运

23. 四房偏院（夜）

翠翠独坐思忖。

翠翠内心独白："今天怎么怪怪的?!——四奶奶不叫我跟过去伺候姨太，胖嫂又莫名其妙瞅着我笑，一定有什么事瞒着……可惜晚了，不好找荣官哥问问。……应该没啥坏事，要不然胖嫂脸上还能不显出点来？……算了，管它呢，铺床去！"

24. 关姨太卧室（夜）

翠翠摊开薄被，把团扇搁在枕边，放下纱帐。

翠翠点上蚊香。

蚊香开始散发烟气。

翠翠内心独白："哦，没准是四奶奶得了什么稀罕物件，让姨太过去挑呢。对呀对呀，四奶奶厚道，从未对姨太使坏；好吃好喝总有姨太的份，越是精巧的玩意，越会给她留下。"

25. 四房偏院（夜）

胖嫂提着灯笼送关姨太回院。

关姨太："胖嫂，你回去吧，早点歇息。"

胖嫂："哎，哎。"

翠翠掀开竹帘由前厅冲出来："姨太，你可回来了！"

胖嫂正要离去，遂止步道："这丫头！姨太只不过往四奶奶那边去了一小会儿，也就隔着道院墙，连声音都听得见，倒像走了多远多久似的；赶明儿出嫁了怎么办？难道还让姨太陪着不成？"

翠翠："去去去，老没正经！"说着把胖嫂推出院门。

关姨太在藤椅上坐下："翠翠，你快过来坐下，我有件好事要告诉你。"

翠翠喜形于色，边走过来边问："我就猜到你有好事！"

关姨太："不对不对！你坐下听我说嘛——是荣官的好事！"

翠翠："啊，真的?! 那太好了！福祥老伯去世，顶数荣官哥伤心。快告诉我怎么回事？"

关姨太："三爷推荐荣官到海军军械所学艺，这就快去上海啦！"

翠翠不禁拍手："嘿——鲤鱼跳龙门喽，跳龙门喽！"

26. 荣官小屋（夜）

荣官打开破旧的箱子，往里面翻找，取出一个裹着帕子的小物件。

荣官在烛光下摊开帕子。

特写：帕子里是一支朴拙的银簪。

荣官亡父画外音："官儿，爹日子不多了。这是你母亲的遗物，现在传给你，将来就当作定亲的信物吧。"

荣官凝视银簪，片刻将其贴在胸口，低低地叫了一声："翠翠！"

27. 四房偏院（夜）

关姨太："人人都舍不得荣官走，翠翠你呢？"

翠翠："我吗？——姨太你是最最清楚的，我的哥哥是嫡亲的哥哥，但他竟然卖我；荣官哥虽是嘴上的哥哥，却少不了帮我。在我心里，荣官是你和福祥老伯之外，最亲近的人了，我当然舍不得他走！不过，我又很高兴他走，因为人家那是奔个好前程嘛。"

关姨太："翠翠，你也会有好前程的！"

翠翠："我?！姨太你把我从哥哥的毒手里解救出来，让我能够守着你，伺候你，这就是我的福分了，我才不梦想什么好前程呢。"

关姨太："不是梦想！荣官的好前程不也是你的好前程吗？"

翠翠："姨太说笑呢，我跟荣官哥非亲非故，八竿子打不着，能沾什么光呢？"

关姨太："你不知道，方才四奶奶找我过去，为的就是你们的前程啊。"

翠翠一头雾水："什么'你们的前程'？我越听越糊涂！"

关姨太："那你别插嘴，让我把来龙去脉一五一十地告诉你，你就明白了。"

28. 荣官小屋（夜）

荣官小心地把银簪包了起来。

荣官内心独白："翠翠，我去上海一定努力学艺，将来做个好工人。你安安心心等着吧，我一出师就回来娶你去上海，不叫你再当丫头了。"

29. 四房正院前厅（夜）

四奶奶正在喝茶。

第十集　福祥遗爱　荣官走运

胖嫂捧着一个精致的扇盒出来，放到茶几上，从中取出一把折扇，轻轻一扇："嘀，真香！"说着递给四奶奶。

四奶奶扇了扇："檀香就是檀香，浓郁得不得了。哎，方才你送姨太的时候，是不是已经顺手捎过去了？"

胖嫂："哟，瞧我这记性，给忘得没影了！姨太是个艺术人，特喜欢这些工艺品，我立马到里间取了送过去。"说着就要进里屋。

四奶奶："慢着！多拿几把吧，我娘家送来一箱子呢。"

胖嫂："哎，哎。"

四奶奶："你送扇子过去，顺便看看翠翠的事谈妥了没有。"

胖嫂："肯定谈妥了！翠翠本来跟荣官就挺要好，这会儿知道将来能去上海，还不愿意嫁他呀？我看巴不得呢，还用得着费什么口舌哟！"

四奶奶："倒也是。这丫头人小鬼大，岂会有福不享呢。"

胖嫂："看来人还真是有命的，福气也是命中注定的。你想啊，府里几辈子的丫头里，有哪一个比得上翠翠，能够一下子从乡下蹦到上海呢？"

四奶奶："没有，从没听说过。蹦到福州城里的倒有那么两三个，都是做妾去的。"

胖嫂："这还不算。我料想，翠翠的嫁妆四奶奶你必定会给置办的，对不？"

四奶奶："对。翠翠虽归姨太使唤，但连姨太都是四房的人嘛，我若不置办，不但姨太没面子，我更没面子呢。"

胖嫂："翠翠遇到四奶奶你，本身已经是福气；再加上祥叔做月下老，这一来，就更是福上加福了。小丫头心里一准乐开了花！"

30．四房偏院（夜）

关姨太："总而言之，你和荣官的姻缘是祥叔的美意，是奶奶们的安排，更是上苍赐予的好前程。我一定要为你绣一身最漂亮的嫁衣，待荣官出师回来，让你做最漂亮的新娘，然后去上海安家。你喜欢吗，翠翠？"

翠翠不应。

关姨太："翠翠，你喜欢吗？问你呢！"

翠翠依旧不语。

关姨太："你快说呀！"

翠翠："我不知道。"

关姨太："怎么不知道？！你跟荣官不是挺要好的吗？平常得了什么好吃好玩的，

总惦着分给他。"

翠翠："我跟荣官哥是很要好，可我没往别的地方想。"

关姨太："现在想也来得及呀！我觉得能嫁给荣官是你的福气，祥叔他老人家是不会看走眼的。你只有跟了荣官，我才能放心啊。"

翠翠低下头，不再接话。

31. 四房偏院外（夜）

胖嫂捧着包裹着的一小捆檀香扇，提着灯笼走进敞开的院门。

32. 四房偏院（夜）

关姨太："翠翠啊，荣官日内便要启程，时间很紧，你须早做决断。奶奶们说了，你一应承，就操办定亲，将来嫁娶都在府里，完婚之后就去上海。这是多好的归宿啊，我打心眼里为你高兴啊，翠翠！"

翠翠抬起头，平静地说："姨太，翠翠不定亲，更不去上海。"

关姨太惊讶："你说什么，翠翠？我没听错吧？"

翠翠提高声音坚定地重复了一句："姨太，翠翠不定亲，更不去上海！"

关姨太："告诉我，这是为什么，为什么呀？！"

翠翠摇头避而不答。

关姨太："翠翠，祥叔他老人家一直把荣官和你放在心坎里，临终还为你俩做媒。你该相信他呀！"

翠翠："我信得过福祥老伯，也知道他疼我们，但我真的不能跟荣官哥。"

关姨太："翠翠，你说的是心里话吗？"

翠翠："是心里话！我什么时候蒙过你呀？"

胖嫂走近，插嘴道："翠翠呀翠翠，都说你聪明，怎么独独这事倒犯傻了？也不想想，祥叔保的媒还能有错？奶奶们看准的天作之合，还能有错？翠翠啊，你年纪小，胖嫂我是过来人，忍不住要开导你几句了。荣官是个打着灯笼都没处找的可靠后生，你千万别错过了！更何况，能去上海，那是多大的福分啊；看看身边，府里有几个人摊得上这样的好事哟！"

关姨太："胖嫂的话，句句在理，翠翠不要固执啊！"

翠翠再次坚决摇头。

胖嫂："翠翠，你拗得不是个地方！你若不跟荣官定亲，他在上海三几年出了师，

第十集　福祥遗爱　荣官走运

哪能不就近娶妻成家?!——'男大当婚'嘛。到了那个份上，你才明白什么叫'过了这个村，就没这个店'喽！再者说，'女大当嫁'。你横不能一辈子当老姑娘，留在府里做一辈子丫头吧？人哪，总要有个归宿的，蚂蚁还有自己的窝呢！我劝你好好想想，是不是这个理，嗯？"

翠翠："我不用想，你也不必劝！"

胖嫂尴尬："你这孩子，倒像谁在求你似的！"

关姨太："翠翠今天怎么的了?！人人都替你高兴，也以为你会高兴，你反倒这样，究竟为什么呀？"

胖嫂："是啊，真叫人'丈二和尚摸不着头脑'！说话还呛人！"

翠翠："我本来就不想说话！"

胖嫂："你还犟嘴！不是我说你，祥叔的美意，你不领情；奶奶们给脸，你不要脸。你呀，'不听老人言，吃亏在眼前'！"

翠翠："我不觉得会吃亏，也不怕吃亏！"

胖嫂愠怒："真不知好歹！你以为你是谁呀？我告诉你，这府里还从未给下人认真操办过婚事，也没有谁敢驳主人的面子。你可真不知天高地厚！"

翠翠："什么面子不面子，我没想那么多，是你这样想的！"

关姨太："翠翠！"

胖嫂："好好好，算我多事，好心遭雷劈，你爱怎么着怎么着！——到底关我什么了，哼！"说着把抱在手里的一个包袱放到藤桌上："姨太，这是四奶奶娘家送的檀香扇，你一准喜欢。早点歇息吧，我不打搅了。"

关姨太："替我谢谢四奶奶。"便嘱咐翠翠："翠翠你收好了。"

翠翠捧了檀香扇进屋去了。

关姨太："胖嫂啊，翠翠年纪还小，不懂你的苦口婆心，这件事来得实在太突然了，她有点蒙，你别介意啊。"

胖嫂："姨太言重了，我怎么会跟小孩子家计较呢，数落她几句就算了，都是有口无心的。——论理，也不该当着你的面，可又见不得她犯傻，就……你不怪罪我吧？"

关姨太："怎么会呢？"

33. 四房正院前厅（夜）

四奶奶正往厅门口走。

胖嫂掀开竹帘进来。

四奶奶："哟，这么快就回来啦。"

胖嫂："四奶奶干什么去？"

四奶奶："孩子们还不来请晚安，我过去看看。"

胖嫂："别去啦。我从偏院出来，往大院走了一走，几位少爷还在捉萤火虫玩呢；正在兴头上，时候还早，由他们去吧。"

四奶奶返身坐下："姨太那边怎么样了？"

胖嫂近前："四奶奶，你说怪不怪，翠翠这丫头平时那么爽利俏皮招人待见，这会儿却别别扭扭没轻没重，变了个人似的。"

四奶奶："我看并不奇怪。你坐下说吧。"

胖嫂给四奶奶添了茶，这才坐下。

四奶奶："依我看，女孩儿家，冷不丁跟她提婚事，即便心里乐意，样子也难免不扭扭捏捏的。是不是？"

胖嫂："不是的，不是的。翠翠不肯订婚，我劝了几句，竟被她'好心当作驴肝肺'。"

四奶奶："哦？这倒也奇了！翠翠成天价'荣官哥荣官哥'的，两人挺对味的嘛。该不是翠翠悄悄看中别的年轻听差了吧？"

胖嫂："不可能，不可能！荣官就是那些后生里最最拔尖的人了。"

四奶奶沉吟片刻："莫非翠翠越长越俊，心气也越来越高，有了什么念头？我觉得她对……对四爷特别乖巧。果真的话，四爷既已破了家规，纳了侧室，索性将翠翠收了房，也无不可呀。翠翠那么健康活泛，指不定还能抢在姨太之前生个女儿呢，那我不就成了儿女双全的好命人了吗？"

胖嫂笑道："想不到四奶奶痴迷女儿，竟对翠翠动了这种心思，连我都不告诉！"

四奶奶："只不过一闪念而已！翠翠她还小呢，看看再说嘛。可巧这会儿话赶话，才翻出来的。"

胖嫂："四奶奶你想差了。四爷一向对下人不摆架子，翠翠才敢没贵没贱，他们之间竟像长辈宠晚辈的光景，眼神里根本不存男女之情啊。再说了，四爷虽然纳妾，却比不得见一个爱一个的色鬼，否则哪能忍到六个孩子都有了才娶关姨太呢！退一万步讲，就算翠翠想攀高枝，可'落花有意，流水无情'，她在四爷面前还会这么大方，这么自在吗？"

四奶奶："有理有理！那，翠翠究竟为何看不上荣官呢？别的就不提了，荣官结结实实，一脸英气，单凭外表也不比翠翠差多少啊。"

第十集 福祥遗爱 荣官走运

胖嫂："这，谁能探出个结果呢？"

四奶奶："连姨太也探不出吗？"

胖嫂："咳，姨太你还不了解吗？水一样的柔。翠翠不肯交底，她也奈何不得呀。"

四奶奶沉吟了片刻说："既这样，那就随翠翠的便吧。常言道，强扭的瓜不甜，何况她又不是买来的丫头，奶奶们纵然再好意，也不能软劝硬逼啊，只要心意到了，就算顾念主仆之情了。"

34．四房偏院（夜）

关姨太遥望月亮出神。

翠翠："姨太，你生我气啦?!"

关姨太收回目光："没有，我怎会生你气呢？"

翠翠："那你不理我！"

关姨太："没有不理你，我只是很忧虑。"

翠翠："忧虑什么？"

关姨太："我忧虑，像荣官这样的人尖，你都不去把握，日后只怕要悔恨莫及呀！"说着又不由自主地抬头望月，绝望地喃喃地说："知道吗，那错失了的真情，就像天边的月亮，永远地摸不到了——摸不到了！"

翠翠疑惑而惶然地望着关姨太。

镜头渐渐拉远，深邃的天宇下，月光包裹着姨太，勾勒出一个凄美而幽独的形象。

35．荣官小屋（夜）

荣官在小屋里走来走去，心里又喜又乱。

荣官终于上床，从枕下摸出那支银簪。

荣官背靠着床，把银簪托在巴掌上，看了又看，摸了又摸。

前闪：

荣官穿着工人装奔进四房偏院："翠翠，我出师了，我回来接你啦！"

司仪："新人拜堂啰，新人拜堂啰！……一拜天地……二拜高堂……夫妻对拜……"

司仪声中荣官和翠翠在四位奶奶面前行礼如仪。

前闪止。

荣官托着银簪渐渐入睡。

特写：荣官脸上绽开幸福的笑容。

36. 翠翠小屋（夜）

翠翠在帐子里抱膝而坐。

翠翠内心独白："荣官哥，过去我只拿你当朋友，可这会儿夜深人静，细细想来，其实我心里是有你的，只不过没人提起，自己不觉得罢了。但即便这样，我也不能跟你定亲。你要是知道了，千万别难过呀！"

37. 三房正院（日）

荣官兴冲冲进院。

丫鬟安儿正拿着换洗的衣服准备去洗，见了荣官，祝贺道："荣官，恭喜恭喜，恭喜你走好运啊！"

荣官拱手："多谢多谢，承你的吉言！"

38. 三房正院前厅（日）

三奶奶端坐厅上。

荣官进厅："三奶奶叫我。"

三奶奶："荣官哪，你原是三房的人，所以定亲之事就由我来跟你谈，这也是奶奶们的意思。"

荣官："就请三奶奶示下。"

三奶奶："荣官哪，你和翠翠定亲，是祥叔临终的托付，奶奶们全都看好，也全都应承了。想来你是乐意的，对不？"

荣官腼腆道："嗯，荣官乐意。"

三奶奶："本以为皆大欢喜，可以立马操办婚事的。不承想，今天一早，四奶奶过来说，翠翠不肯定亲！"

荣官失声："啊？！"

三奶奶："我知道，你一定很意外，其实我们也一样。问了又问，可翠翠她就是不肯道出原委，连姨太都拿她没治。所以……你明白了吗，荣官？"

荣官黯然："荣官明白了，三奶奶。"

三奶奶："那你不怨恨谁吗？"

荣官："不，一点也不！"

第十集 福祥遗爱 荣官走运

三奶奶:"为什么?"

荣官:"因为我牢记祥叔生前的教诲。"

三奶奶:"祥叔教诲什么了?"

荣官:"祥叔说,做人有两个不该:不该轻贱所得,不该贪求太多。"

三奶奶深深点头:"祥叔的话真是至情至理!好孩子,你能遵循这个道理,一辈子都会得益不浅啊!"

荣官:"谢谢三奶奶教导。"

丁管家进厅:"三奶奶。"

三奶奶:"丁管家请坐。"

丁管家:"谢谢三奶奶,不坐了,就两句话。奶奶们要给荣官饯行,都安排好了,就定在今天晚上。大富、大贵、大勇、大力、佟妈、周嫂六人一桌陪席。孩子们按老例不参加饯行。"

三奶奶:"好,好。"

荣官:"使不得,使不得,荣官当不起!连大少爷从军都没给饯行呢!"

三奶奶:"不一样的。大少爷没成年,自然不给饯行,这也是府上的老规矩嘛。"

荣官:"可荣官还是当不起,实在当不起呀!"

丁管家:"这是奶奶们一份送别的心意,荣官你应该敬领才对。"

荣官:"那……那荣官就多谢奶奶们的厚爱了。"

39. 三房正院(日)

丁管家与荣官双双离去。

荣官:"丁管家,你这会儿有工夫吗?"

丁管家:"有啊,什么事?"

荣官:"我想交代一下账目。"

丁管家:"忙什么?你先准备准备行装,明日交代也来得及呀。"

荣官:"丁管家,我正要向你禀报呢,明日我想到福祥老伯的坟上看看,这来回就得一天呢。"

丁管家:"难为你这么知恩知义,那就依了你吧,也不枉老人家疼你一场啊。走,咱们去账房!"

40．纪府账房（日）

丁管家合起最后一册账本，荣官一旁将它整整齐齐地码到一沓账册上。

丁管家："很好，一清二楚，不留尾巴。"说着起身："你可以安安心心地走了。"

荣官："慢着，丁管家，我还有件事。"

丁管家："你说吧，有什么要帮忙的，只管告诉我。"

荣官："没有没有，只有几句心里话。"

丁管家坐下："荣官，你坐下说吧。"

荣官依然站着："丁管家，荣官原是一个山娃子，不会写，不会算，更不懂做人做事。没有福祥老伯和你的心血，荣官到不了今天，你俩都是荣官的恩师啊！丁管家，请受荣官一拜吧！"

荣官跪地，恭恭敬敬叩了三个头。

丁管家眼睛湿了。

41．纪府餐厅（夜）

主席上：

四妯娌、姨太并丁管家、荣官共进饯别宴。

大奶奶："荣官，吃多点，往后在上海，想吃地道的家乡菜可就不容易喽。"

三位奶奶："是啊是啊，多吃点，多吃点！"

荣官："谢谢奶奶们，已经吃得很饱了。"

陪席上：

佟妈对周嫂低语："荣官真够体面的，奶奶们一个劲地劝吃劝喝，给足了面子。翠翠不跟他定亲，太可惜了。"

周嫂："这丫头还挺倔，不听劝，谁劝跟谁急。真傻！哎，怎么没见她？"

佟妈："大概是姨太怕她尴尬，不叫跟来伺候吧。"

毛大厨端着一道菜走向主席。

主席上：

荣官赶紧过去接手："我来我来，给我给我！"

丁管家："大厨，你怎么亲自端菜啊?!"

毛大厨："这是甜羹，最后一道了。荣官勤快，眼里有活，常来厨房帮忙，这要走了，我送一份祝福给他。"

第十集　福祥遗爱　荣官走运

特写：一盆白木耳甜羹，上面放着一条绿体白帆红索的小船。

众人不禁赞叹："哇！——"

丁管家喜形于色："奶奶们瞧，这西瓜皮雕的船体，西瓜瓤刻的风帆，红丝线做的帆索，白木耳铺的波浪，清丽里透出喜兴，这是在祝福荣官一帆风顺哪！"

荣官向毛大厨作揖："荣官谢谢毛大厨，谢谢毛大厨！"

大奶奶笑对毛大厨说："大厨就是大厨啊，画龙点睛的这道甜品，连用料都顺着时令，寓着个'顺'字，难怪亲戚们的饯行宴都少不了来请大厨你呢。"

毛大厨："哪里哪里，过奖了过奖了！"

大奶奶便对三妯娌说："我们正好顺着毛大厨的寓意，再给荣官送几句吉利话吧。"

荣官赶紧站起来。

大奶奶："荣官哪，祝你顺风顺水！"

二奶奶："望你牢记海军！"

三奶奶："盼你努力学艺！"

四奶奶："愿你前程万里！"

画外掌声夹着欢声响成一片："一帆风顺！一帆风顺！——"

众人向餐厅门口望去。

餐厅门口，拱华兄弟并安瑞姐妹身着学生装，正挤在一起又叫又笑，他们的后面是翠翠。

翠翠以操纵者的口吻，鼓动道："使劲叫'荣官一帆风顺''荣官前程万里！'"

孩子们又加大力度，大喊大叫："荣官一帆风顺！""荣官前程万里！"……

拱华等高高蹦起："嘿！——"

定格。

42. 福祥坟前（日）

福祥的墓坐落在一个小坡坡上。

墓碑（从右摇到左）：生于清道光二十年；殁于民国二年；显考福祥之墓；孝子福二强、福三强敬立。

荣官摆上果品，上香，祭拜。

荣官对着墓碑诉说："老伯，三爷推荐我进海军军械所，明日就去上海；往后，不能常来看你了。你不要牵挂我，我会加倍努力，做海军的好艺徒、好工人；因为我知道，你家长子和纪家二爷的死，还有三爷的伤，都是外国强盗用海军枪炮造的孽，记住了这种仇恨，我就有了力量。至于我的婚事，你也不要再操心了。翠翠是个好姑娘，她不嫁我一定有她的理由，一切随缘吧，我只求老伯的在天之灵保佑她找到如意郎君。老伯，太阳偏西，我该走了；愿你在阴间也有福，就像你的姓一样！"

荣官说完跪地叩了三个头，起身恋恋不舍一步三回头地下坡去。

远景：福祥的坟在西下的太阳里，深沉而安静。

43．纪府大池塘（日）

鸟鸣声中，旭日东升。

荣官带着简单的行装向长桥走去。

荣官踏上长桥，转过身来，东张西望，然后以手兜额，极目来时路。

来时之路，不见人影。

荣官失望，喃喃道："翠翠不会来送我的……"

44．大榕乡外羊肠小道（日）

荣官的背影向小道尽头走去。

荣官走得满头大汗，边走边擦。

远远地，在十里桥畔柳树下站着一个人。

荣官脚下一顿，随即朝着十里桥奔去。

45．十里桥畔柳树（日）

无名清溪上架着一座小石拱桥，拱顶刻着"十里桥"三个字，桥畔有棵大柳树。

荣官激动："翠翠，万万想不到你会来十里桥候着我，你真好！"

翠翠："不方便陪你去马尾码头，就在这里候着，也算送别吧。"

荣官："你避开旁人，来这里送行，一定有话跟我讲，对吧？"

翠翠："荣官哥，我是来跟你说声'对不起'的！"

荣官："你没有'对不起'我，真的，没有！"

翠翠："我让你，让福祥老伯，让所有好心人都失望了，扫兴了。"

荣官："这究竟是为什么呀？可以告诉我吗？"

翠翠："可以，但你必须答应我，永远不对任何人讲！"

荣官："上有天，下有地，荣官保证听过就烂在肚子里！"

翠翠："那好，实话对你说吧，我不能跟你，只为一个人！"

第十集　福祥遗爱　荣官走运

荣官："谁？！你相中了谁？！"

翠翠："胡扯！我为的是姨太——关姨太一人。"

荣官："为了关姨太？！我不明白……"

翠翠："你太应该明白了！我哥要卖我，没关姨太拿出所有的积蓄相救，我早就一头碰死了。关姨太是我唯一的救命恩人，她的大恩大德我一生一世都报不完啊！"

荣官："报恩是天经地义的，可这跟我们的姻缘有关系吗？"

翠翠："当然有关系，关系太大了，我要守着姨太，就不能随你去上海安家嘛！"

荣官："越听越糊涂了。你报恩就一定要守着姨太？！姨太有四爷宠，有四奶奶让，好吃好喝，绣花作画，日子美美的，为什么还会缺你一个来守着呢？"

翠翠："因为，只有翠翠我才知道，其实姨太非常凄凉，她心底一定藏着连我也不肯相告的苦楚；有我做伴，她会好过一些啊！"

荣官："哦，原来这样！那，姨太是不是经常哭？"

翠翠："不知道。至少，她在人前从没有泪，还经常微笑，要能哇哇哇哭出来就好了。"

荣官叹了一口气："这样的话，你是应该守着姨太的。不过——"他停了一下，"假如我不在上海安家，每年趁年假回来陪你，行吗？"

翠翠："不行不行！我不能让你成了家却没有家，这不公平！再者说，姨太这么善良，见别人为她成了牛郎织女，会非常不安——这等于害她！"

荣官："那是那是！"

翠翠："荣官哥，我的这些想法，你千千万万不可以跟任何人讲，免得传到姨太的耳朵里。她为我的事，很是操心，劝了一次又一次。昨晚，我急了，编谎说：'荣官哥是好，但偏偏不在我心尖尖上。姨太你就算逼死了我，也没有用的！'姨太从不疑人，听了这样的绝话，就信以为真了。"

荣官："翠翠，你真仗义啊！"

翠翠："不是我仗义，是姨太仗义在先，没有她仗义相救，我活不到今天。荣官哥，我知道跟着你会有踏实的日子，但我只能对不住你了……"言未尽，眼圈竟红了。

荣官："翠翠，别说外道话！你的决定没错，姨太她比我更需要你啊！"

翠翠："谢谢你，荣官哥，我心里好受多了。你……你走吧，不要误了船期。我这就送你到桥头。"

46．十里桥（日）

桥头。

荣官："翠翠，我有件事想求你。"

翠翠："什么事？你说吧。"

荣官从怀里掏出个小物件，解开帕子，摊在手心里："这支银簪是我母亲的遗物，不值钱但很宝贵，揣在旅途上怕不安稳，到了新环境又怕有闪失，你替我保管就最放心。"说着便包起来递给翠翠："行吗？"

翠翠点头："行！"便接下簪子。

荣官："收好了！朋友一场，也算个念想。"

翠翠："哎哎！"

荣官又鼓足勇气："这辈子真有缘分的话，将来插在头发上！"

翠翠羞："什么呀！"扭头跑了。

桥顶。

荣官目送翠翠远去。

荣官回忆：

四房偏院，荣官在修小板凳。

翠翠："咦，荣官哥，你褂子上破了个小洞。"

荣官："不碍事，管它呢。"

翠翠："什么话？！'小洞不补，大洞一尺五'，快脱下来我帮你补。"

荣官回忆：

池塘里。

荣官："翠翠，怎么我一条鱼也摸不到？"

翠翠大笑："山娃子嘛，看我的！"翠翠摸到一条大鱼，双手高举，大鱼挣扎，水珠四溅，在阳光下闪闪发亮。

荣官回忆止。

翠翠在远处回望荣官，只见拱桥顶上荣官模糊的身影犹在挥手。

第十一集 捉鬼被罚 中秋结拜

1. 秋空（日）

黄叶飞下秋空。

字幕：1913 年

2. 烟台东炮台（日）

黄叶掠过东炮台拱门上方"表海风雄"四个大字，暗示出某种态势。

3. 烟台海校校门（日）

黄叶飘过校牌"烟台海军学堂"。

4. 烟台海校林荫道（日）

邓学长、白学长一路走着。

邓学长四下望望："悲哀啊，真不知道为什么，轰轰烈烈的辛亥革命竟走到这步田地！孙中山先生推翻两千多年帝制建立中华民国容易吗？远的不说，仅 1906 年起 5 年间他就发动了 9 次反清武装起义，均告失败，直至 1911 辛亥革命才最终引领中华民族从血泊中挣扎出来，初见曙光。1912 年 1 月 1 日孙中山在南京宣誓就任中华民国临时大总统，颁布了《中华民国临时约法》。我原以为确立了共和，中国从此可以摆脱独裁、愚昧、积贫、积弱，迈向进步和繁荣了。不料孙中山只当了一个半月的临时大总统，就被袁世凯所取代；其深层原因我们无从知晓，但新总统当国这一年多来，局势让人痛心疾首却是事实啊，对吧？"

白学长也四下望望答道："对！最可恨的是，今年 2 月，由同盟会改组而成的国民党,刚刚在第一届国会选举中取得绝对优势,3月20日理事长宋教仁就被刺杀了。这不是民主倒退是什么?!不是独裁抬头又是什么?!可我不明白,何以袁世凯倒行逆施竟能得逞,而坚持革命的孙中山奋起讨袁,各省响应,却会迅速失败,9月1日连南京都叫北洋军给攻陷了,孙中山还遭到通缉被迫流亡。"

邓学长:"满脑子疑惑无人点拨。学校又墨守成规,不许过问政治,连报纸也不准订,不准看。你我幸亏在《芝罘日报》和《大公报》有亲戚朋友,这才略知一二。周围的同学,绝大多数两眼一抹黑。至于小学弟雨轩他们就更闭塞而幼稚了。"

5. 烟台海校足球场(日)

甲队以拱北、雨轩、石峻为前锋、中锋、后卫,与乙队争夺激烈。

雨轩进一球。

拱北进一球。

场外群情激动。

众同学:"甲队追上来了,追上来了!"

拱北再次射门,略偏不中。

众同学:"哎呀呀,关键的一球失掉了!"

裁判吹哨:"时间到,3∶2,乙队最终胜利!"

6. 烟台海校足球场外(日)

拱北、雨轩、石峻议论着离去。

拱北:"都怪我,都怪我!"

雨轩:"没关系,胜败兵家常事。"

石峻:"邓、白两学长,不仅网球打得好,足球也了得,回头向他们好好讨教讨教。"

拱北:"对对对,早晚要赢回来,必须赢回来!"

7. 烟台海校林荫道(日)

邓、白两学长朝镜头走来。

拱北三友迎向前去。

白学长:"嘿,'说曹操曹操就到',三位小学弟来啦。"

雨轩快走几步来到学长跟前:"两位学长怎么自由活动也不来看赛球啊?"

第十一集　捉鬼被罚　中秋结拜

石峻："不来也好，我们踢输了！"

拱北："就那一球，偏偏叫我给踢歪了，没时间扳回来才输的。"

邓学长："不过是自由活动踢一场球，输就输了嘛。孙中山输了这才是大事啊！"

拱北三友全都蒙了："啊?！什么?！""你说什么?！""什么叫孙中山输了?！"

白学长急止之："嘘，小点声！"又左右望望："你们别问了，晚上到我们寝室来吧。"

邓学长："小心别让学监拿住，罚我们议论政治，违反校规。"

拱北计上心来："没事！我们带着课本去，查问起来，就说是向学长请教功课。"

邓、白两学长相视而笑："机灵鬼！"

8．邓、白学长寝室（夜）

拱北等人围坐灯下。

邓学长："我们知道的就这么多。总之，孙中山讨袁只两个月就输了。"

拱北："学长，学弟不明白，何以旧总统孙中山为万民所景仰，反而打不过新总统袁世凯呢？"

邓、白相视摇头。

白学长："这个问题我也弄不清。不过无论如何，明知孙中山输了，我们也拥护他！你呢？"

拱北："我当然拥护孙中山！"

邓学长："为什么？"

拱北："我以前的老师林镇远说过，没有孙中山就没有中华民国；他还说，孙中山是中国的华盛顿，甚至比华盛顿更伟大，因为他的对手是延续了两千多年、生命力极其顽强的中国帝制。"

白学长："说得好！说得好！雨轩、石峻，你俩呢？"

雨轩、石峻对视一眼，同声回答："我们也拥护孙中山！"

石峻忽然自豪："告诉你们，我还见过孙中山呢！"

雨轩："去去去，谁信哪，胡诌！"

石峻正色："真的嘛，我几时胡诌过什么啦?！我是认真的！我的的确确见到过孙中山！"

拱北："怎么没听你说过呀？"

石峻："那是因为没提起这话头嘛。"

邓学长："雨轩、拱北，你俩别打岔！石峻，你快说说是怎么个情景。"

石峻："去年4月20日，孙中山先生莅临福州。虽说两个月前他已辞任临时大总统，但福州百姓却依然锣鼓喧天，夹道欢迎。当天上午，孙中山乘坐凉轿，沿着贡院大街去福建省临时议会访问，我恰好站在学生队伍前排。孙先生一看见学生，立马下轿，微笑着向大家频频挥帽致意。我们拼命鼓掌欢呼，激动得都快疯了，直至他进了省议会，还舍不得散开。接着，就飞来一桩做梦也梦不到的事……"

邓学长："什么事？！"

石峻："孙先生派人请学生们进省议会谈话！"

众人皆惊喜："啊？！"

石峻："孙中山在省议会楼下的一间平房里接待我们，一见我们就很有礼貌地站了起来。我们赶紧向他三鞠躬，他则回敬一鞠躬，并亲切地说了一番鼓励的话。"

白学长："孙中山怎么说？"

石峻："大意是民国初建，有太多的事要做，希望学生们好好读书，成为有用之才，为国出力。我离孙中山先生很近很近，心怦怦跳，真想当面高呼'孙中山先生万岁'，却没能呼出来……"

众人七嘴八舌埋怨："真是的！""真是的！""太可惜了！""怕什么呀？！这都不敢！"

石峻："不是不敢，实在是老师事先交代过的。老师告诉我们，当天上午孙中山先生即将在福州登岸时，一眼望见江面出现许多'欢迎孙大总统''孙中山万岁'的纸旗，立刻表示：总统卸任便是平民，不应再称总统；山呼万岁更是帝制产物，无数先烈已为除之而流血牺牲了，自己又岂能接受它呢。人们赶紧换掉这类标语，孙中山这才下船上了福州码头的。"

邓学长感慨万分："孙中山是真正的革命者啊！"

众人："了不起啊！""太了不起了！"

雨轩情不自禁："孙中山万岁！万万岁！"

石峻急掩其口："孙中山反对喊他'万岁'，你还喊，还喊！'万岁'不够，还要'万万岁'！"

雨轩挣脱辩解："人家控制不住嘛，嘻嘻，你就是死板！"

拱北忽然"嘘"了一声："别闹了！有脚步声！很慌乱！"

众人一怔。

定格。

第十一集　捉鬼被罚　中秋结拜

9．邓、白学长寝室外（夜）

校工小瘦子抱头鼠窜而来。

拱北三友截住小瘦子："小瘦子，出什么事啦?!"

小瘦子浑身发抖："可遇见你们了！……"说着一放松，便要瘫倒，三人忙将他拎了起来。

雨轩："怎么吓成这样?！到底怎么回事？"

小瘦子结结巴巴："我……我……鬼……鬼……鬼啊！……"又惶恐回望："鬼要追上来了！……"

石峻："胡说！世上没有鬼。——我们化学教官的话还能错吗？"

小瘦子："真……真……真……真的有鬼！"

雨轩："你在哪里见到鬼的？"

小瘦子："不敢说，说了更加招了来……"

拱北："说！我们三个人保护你还怕什么?!"

小瘦子定了定神："方才我经过校园西北角那棵百年老树，忽然听到背后从树梢顶上传出一声鬼叫……"

拱北三友哈哈大笑："什么鬼叫？——那是夜猫子……"

小瘦子："不是不是！我生在农村，什么样的鸟叫没听过？鸟叫哪能拉得这么长，这么尖，'咿——'可瘆人了！我……我……"

拱北三友："'我'什么？说下去呀！"

小瘦子："不说了，不说了，越说心越慌，我还得往前走段黑路呢。"

拱北一拍胸脯："黑路就黑路！我们护送你到你宿舍便是。"

小瘦子喜："你们真仗义！"

石峻："走吧走吧！"

小瘦子："这就好了。我赶紧回去先烧炷香，明天一早再到老树下贴张红纸，恭恭敬敬拜上几拜……"

拱北："傻！快别这么做！我告诉你，'鬼怕恶人'，你越拜他，他越欺你！"

小瘦子："那你们能拿他怎样啊？——才13岁，比我还小点！"

拱北目光炯炯："13岁怎么了？我们有剑！"

10. 拱北寝室（夜）

室友甲、乙、丙各自在泡茶、看书、写信。

拱、雨、峻进屋。

室友甲："你们怎么回来这么晚？喝茶吗？我刚泡好的。"

拱北等坐下。

雨轩："小瘦子在百年老树下听见鬼叫，吓得半死，我们送他回校工屋去，所以晚了些。"

室友乙："前几天我就听说校园西北角闹鬼，以为谁恶作剧，压根没当回事；不承想老实巴交的小瘦子也被吓着了。莫非真有什么鬼怪灵异、花妖树精吗？"

雨轩半真半假："也难保啊。唐代诗人李贺的《神弦曲》说'百年老鸮成木魅，笑声碧火巢中起'，讲的就是老猫头鹰变成树精，哈哈大笑，笑得巢中蹿出绿火来！咱们的老树一旦成精，哪能不怪叫几声呢？嘻嘻……"

石峻正色："《论语》说，'子不语怪力乱神'，你们还说起来没完了！"

室友丙："'不语怪力乱神'，并不等于没有'怪力乱神'嘛。兴许真的存在某些超自然的东西，而科学还证明不了呢！"

拱北来劲了："嘿，今夜就让咱们来证明一下吧！"

雨轩："你的意思是，我们大家去老树下捉鬼？"

室友甲、乙、丙顿时兴奋："好，捉鬼！"

雨轩："怎么个捉法呢？鬼是法力无边的！"

拱北："怕什么？咱们是军人！这样吧，半夜，待严学监巡视过后，大家操起刀剑，到老树附近埋伏；鬼怪一出现，就围上去，来他个人鬼大战……"

室友乙："万一鬼比我们厉害呢？"

拱北："你不是班里的飞毛腿吗？那就由你跑回去向邓学长他们告急；留下来的，背靠背围成半圈，抵挡厉鬼。这个办法怎么样？"

室友们："好！"

石峻泼冷水："越说越真了！起哄吧，你们就！到时候，只怕鬼没抓到，自己一个个反被学监抓了个正着，记过、开除什么的！"

室友们泄气："算了吧！""没劲！"

第十一集　捉鬼被罚　中秋结拜

11. 拱北寝室外（夜）

秋风卷地而来，枯叶贴地打旋扫过窗下，瑟瑟作响。

12. 拱北寝室（夜）

窗户被大风吹开。

桌上纸片飞落地上。

石峻起身捡纸。

拱北走到窗前，朝外望了望，转过身来，一面发出恐怖颤音："鬼来啦！"一面蜷手若爪，伸缩舌头，做僵尸状，向石峻跳去。

雨轩等人亦有样学样，扮妖扮鬼，彼此抓挠。

画外熄灯号响起。

众人一怔。

定格。

13. 校园西北角（夜）

两小团铜钱大的绿光，如原野上的兽眼，在黑暗中移动。

镜头推近，是狼狗虎子在游荡。

一条黑影从斜前方闪过。

虎子立刻发觉，随即朝黑影方向蹿过去。

黑影在前面跑，虎子在后面追。

黑影加速跑，虎子加速追。

虎子接近黑影，黑影突然双手拔剑转身面对虎子。

虎子一惊止步，但随即摇尾。

黑影（拱北）松了口气："干吗跟踪我呀，虎子？我还以为是鬼呢！"

虎子贴近拱北。

拱北："既然来了，那你就随本独行侠一起捉鬼吧！"

虎子抬眼望拱北。

拱北："虎子听令，目标百年老树，冲！"

14．百年老树（夜）

百年老树如巨大的魔影，耸立在黑暗中。

拱北并虎子奔到距老树主干 100 多米处停下。

拱北持双剑做准备格斗状："虎子，去，靠近老树，火力侦察！"

虎子迅跑至 50 米处，突然却步，后腿支地，前腿抬起做人立状，仰望老树，发出比狼嚎更恐怖的怪叫。

拱北急忙冲到虎子身边，也仰望老树。

老树无声无息，纹丝不动，静得可怕。

虎子竟以人立状后退！

拱北喝止："站住，虎子，不准退！"

虎子放下前腿，恢复常态。

拱北乃舞动双剑冲向老树，做堂吉诃德式的战斗。

虎子狗仗人势，也冲向老树。但冲至 30 米处，复为人立、怪叫，第二次后退。

拱北不禁发毛，但却竭力保持镇定；他吞了吞口水，壮起胆子继续冲刺，同时大声叫阵："喂，老树精，有种的站出来现身，我赛天霸跟你单挑！"

虎子再次狗仗人势冲至距老树 10 米处，竟第三次却步、人立、怪叫、后退。

正在此时，老树阴风骤起，枝叶摇动如魔翼。

拱北于是大惊，不由得连连退步。

虎子顿时丧胆，贴近拱北，怪叫不已。

拱北自语："糟糕，遇到了恶鬼！"乃命虎子："虎子，撤！赶快回寝室搬救兵去！"

虎子得令，夹起尾巴，掉头逃窜。

拱北随之拖着双剑败逃，逃出几步，忽然转身，对着老树举起双剑。

拱北内心独白："应该面对厉鬼，且战且退才是，否则背后受敌就更危险啦！"

拱北面对看不见的"厉鬼"，舞动双剑，且战且退。

忠实的虎子，窜逃了一小段，复又转回拱北身边，再次面对老树人立、怪叫、后退。

拱北与虎子退至距老树 100 米处。

虎子再次恢复常态。

拱北收剑，蹲下身来与虎子面对面："虎子，你到底在老树上发现什么了？怎会吓成这样啊？"

第十一集 捉鬼被罚 中秋结拜

虎子不答，却伸出舌头，在拱北脸上舔了又舔。

15. 拱北寝室窗外（夜）

拱北背插双剑，搂着虎子脑袋又搓又揉："虎子，危难见忠义。虽然咱俩撤退了，但我还是侠客，你也不愧为侠犬。我这就跳窗进屋叫醒室友一起捉鬼，你继续担任侦察兵吧！"

特写：虎子猛摇尾巴。

突然，一盏马灯照到拱北头上。

拱北抬头，立刻眯眼并以手挡光。

严学监画外音："胡闹！"

16. 学监办公室（日）

拱北笔直地站在严学监座前。

严学监："半夜游荡，你不知道这是违反校规的吗？"

拱北："学生知道。"

严学监："既然知道，为何明知故犯？"

拱北："是为了兑现承诺。"

严学监："什么承诺？"

拱北："小瘦子听见百年老树树梢上有鬼叫，拼命奔逃，刚好遇见我。我胆大，是军人；他胆小，又瘦弱，理应受到保护。所以……"

严学监："所以就仗剑捉鬼，还带上虎子助威？"

拱北："学生原本仗剑独自捉鬼，虎子是半道上跟了来的。"

严学监："结果呢？"

拱北："结果虎子也吓坏了。它在距老树50米处，像人一样站起来，还发出比狼嚎更瘆人的怪叫，并且直往后退！"

严学监："然后呢？"

拱北惭愧："我和虎子经过50米、30米、10米三次冲刺，虎子依旧惊恐不已。我壮起胆子叫阵，不见鬼怪现身，也就不敢恋战了。为防止背后受敌，我舞剑且战且退，一直退到距老树百米之外，虎子恢复常态时，才转身一口气跑回宿舍来的；可惜还没等叫醒同学，包围老树，人鬼大战，就……就被学监你发现了嘛。"

严学监边听边竭力忍笑，继而正色道："好了，我听懂了。幸亏来不及'人鬼大战'，否则，你记大过；参与者，小过！姑念你尚未铸成大错，起因是保护弱小，就暂记小过一次以观后效吧。明白了吗？"

拱北："学生不明白，难道信守承诺有错吗？"

严学监："你还敢顶嘴！"

拱北："可我真的不明白！"

严学监顿转严厉："听着！信守承诺本无错，但你是军人，任何情况下不得擅自行动；你又是军校生，遇事更应禀报校方。而你，居然无视一切！我问你，你去捉什么鬼之前，可曾想过校规？可曾想到过校长、学监、教官？"

拱北："不曾。"

严学监一针见血："你心无军纪，目无长官，自然什么也想不到！你对鬼神将信将疑，听风是雨；仗着胆大，趁机过把侠瘾，全然忘乎从军目的。像你这样的顽童，如不悔悟，成不了军人。回去反省吧！"

拱北："是！"却并不挪步。

严学监："嗯？！还不走？！"

拱北："报告学监，昨夜我没见到鬼，是真的，但老树怪怪的，虎子怪怪的，也是真的，我撤退求援更是真的！这些，理应对小瘦子诚实以告。可那样的话，小瘦子必定不再相信'鬼怕恶人'，而会向树妖屈服跪拜的；如此，我不就全输了吗？我是决不服输的，我要反败为胜！……"

严学监怒："岂有此理！你就这样反省吗？！"

拱北："不是命我回去反省吗？"

严学监站起来："你又顶嘴！不准顶嘴！"他踱到窗前，转过身来，语气稍缓："庸人自扰！什么树妖鬼怪？！我看，不过是一种猛禽巨鹰，偶尔经过，夜宿古木而已。去，把这话告诉那个胆小无知的校工，叫他不必害怕；倘若不听劝慰，私自在海校烧香送鬼，我就解雇他！明白了吗？"

拱北："是！"

严学监："还有你，你若再敢轻举妄动，玩什么'反败为胜'的捉鬼游戏，就即行开除，决不宽贷！听见了？"

拱北："是！"

严学监回到座位上，注视拱北片刻："不许闲话老树，耸人听闻！更不许参与高班生妄议时局，过问政治！你年龄尚小，不知深浅。我告诉你，政治没有是非，只有成败，成者王败者寇，古今如此。你最最应该做的，就是学好海军课程，成长为军人。

第十一集　捉鬼被罚　中秋结拜

去吧！"

拱北："是！"而后敬礼，转身离去。

拱北走了几步，背后传来严学监的英语画外音："Back！"（"回来！"）

拱北止步，转身180度，再次面对严学监。

严学监操着一口标准的伦敦英语："Do remember, the foremost duty of a soldier is absolute obedience！（记住，军人以服从为天职！）"

拱北："Yes, sir！"（"是，长官！"）

严学监："In addition, I won't have any backchat from you! Understand？"（"另外，我不许你顶嘴！明白了吗？"）

拱北有点想不通，勉强答道："Yes, Sir！"

严学监："Louder！"（"大声点！"）

拱北大声："Yes, sir！"（"是，长官！"）

17．长房前厅（日）

大奶奶与二奶奶对坐。

大奶奶叹息道："拱北这个忤逆子，进海校才半年就记了一过，往后还有长长的八年，难保不会被开除啊！"

二奶奶："乍一得知记过，我十分焦虑。但这两天思来想去，倒觉得不至于太严重。拱北在家淘气惯了，可他不偷盗、不撒谎、不下流、不透过他人，从未有一个错是出在品格上的；如今，受着军校管束，哪能跳出如来佛的手心走邪门歪道呢？"

大奶奶："二妹的话点醒了我。这次记过，他能如实禀告，也算保留着一丝磊落之气吧？"

二奶奶："显然，三弟对于此事并不担忧。他来信告诉我们，拱北痴迷武侠，身在军校，心在剑客，迟早要受处罚，须经历练方能改变。我琢磨，三弟一向较真，又从不姑息子侄，他必是看透了拱北，才下此断言的。对吧？"

大奶奶："言之有理，言之有理，我的心纠结了几日，这会儿豁然开朗了。细想起来，拱北身边不还有两个好伙伴吗？雨轩就不必说了，从小看大，知根知底；石峻，虽未见过，但他曾经卖艺助学，这样的苦儿最是能走正道的了。"

二奶奶："对，准是个很难得的益友，拱北有幸啊！"

钱妈端来茶点置于桌上："大奶奶、二奶奶，进些茶点吧。刚磨出的杏仁霜，香着呢。"

二奶奶:"大姐你用吧,我不饿。"

大奶奶:"二妹啊,端午节以来三个多月了,你胃口渐差,人也渐瘦,有什么不适的感觉吗?该请个大夫瞧瞧才好,不要耽误了!"

二奶奶:"没关系的,许多人瘦夏,秋凉自然会好的,后天就是中秋了嘛。"

钱妈忽发感慨:"今年中秋,怕是少了些热闹呢!祥叔过身了,荣官去了上海,安瑞、安丽姐妹都在福州大奶奶娘家过节,拱北大少爷更远在烟台啊。不过,总算还有四房的六个少爷闹腾,不是吗?"

大奶奶、二奶奶都深深点头。

18. 烟台海校校园(夜)

圆月当空。

拱、雨、峻并行踏月。

拱北:"走,去老树那儿吃月饼吧,树妖害我记了过,咱们馋馋他!"

石峻:"你又树妖树妖了!不是说了吗,是只过路的大鹰。"

雨轩:"你呀,总是一板一眼的,一点想象力也没有,难怪国文课拿不出漂亮的作业。"

石峻:"得,得,你们有想象力,快去找蒲松龄拜师吧!"

拱北:"咦,这话倒真有想象呀!"

石峻:"去去!"

19. 百年老树(夜)

拱、雨、峻背倚老树席地而坐。

拱北津津有味吃月饼。

雨轩见状揶揄道:"好家伙,这哪里是品尝月饼,活脱脱饿狼扑食哟!"

石峻:"这吃相,幸而严学监今天不在校里,否则……"

拱北:"嘻嘻,好久没吃甜的了嘛!雨轩不是说,我是蚂蚁投胎见甜就疯吗?现在正疯呢!"

雨轩把月饼往拱北巴掌上一拍:"给,蚂蚁精!"

不远处,两道绿光射来。

三人同声呼叫:"虎子!""虎子!""Tiger!""Tiger!"

虎子蹿出。

第十一集　捉鬼被罚　中秋结拜

石峻把月饼一扬："Comme here, Tiger! I'll give you the moon-cake."（"虎子，来，我给你月饼！"）

虎子马上跑到石峻跟前。

拱北："石峻，慢着！先让虎子跟我们玩会儿'手拉手，齐步走'再赏它月饼也不迟啊。"

雨轩当即跳起："对对对！石峻，你来指挥吧。"

拱北连忙站到虎子一边就位。

石峻拍拍虎子："Tiger, stand up!"（"虎子，起立！"）

虎子做人立状。

石峻："Hand-in-hand, come on!"（"手拉手，开始！"）

拱北、雨轩一边一个，牵住虎子的前腿。

石峻："Quick march! left right left, left right left, left right left…"（"齐步走！左右左，左右左，左右左……"）

虎子居中，在拱北、雨轩左右夹持下，按口令拟人行走了一圈回到老树下。

石峻称赞道："Good soldier! Good brother!"（"好士兵，好兄弟！"）便赏虎子月饼。

虎子很快吃完。

拱北："这块月饼是雨轩给蚂蚁精的，现在转送给你吧！"

虎子又很快吃完，然后望着雨轩。

雨轩两手一摊："别盯着我，没有啦！等着吧，以后带你去马尾，那里的月饼，又一个样，好吃着呢；还有许多你没见过的食品，什么'鼎日有'肉松啦，礼饼啦，猪油米糕啦……"

拱北突然起哄："嘿嘿——，雨轩想家喽，想家喽，奶娃子！"

石峻："你不要贬他嘛。雨轩细腻，对月想家也很自然啊。"

雨轩反击："哦，说马尾就是想家啦?! 你们不说才最最想家——不吭声的狗咬死人！"

石峻："没的事，我才不想家呢。"

雨轩："真的?!"

石峻有点酸楚，抬眼望月："真的！我没母亲，有家如无家。"

拱北捶了石峻一拳："喂，你武林高手，江湖耍棍，居然小心眼！明明有父亲、有继母、有弟弟妹妹，还胡说没家！"

石峻低下头："我没胡说。"

三人一时沉默。

聪明的虎子盯着石峻看了一会儿，挨近他，伸出舌头，舔他的手，作为安慰。

雨轩："都别闷着了，起来走走吧，地上怪凉的。"又命虎子："虎子，快，跟我们踏月去！"

20．校园西北角（夜）

拱、雨、峻踏月而行，虎子跑前跑后。

石峻："我6岁丧母。父亲在福州三山茶庄当伙计，收入微薄，续弦后又连生七个子女，负担自然很重。不过他俩倒挺投合，总是一起喝酒，一起幻想牌桌上发财，恩恩爱爱的，连我先母的忌日都忘到九霄云外，更别提清明上墓了……"

雨轩忍不住打断："哟，这样的话，那你继母肯定不待见你。"

石峻："说句公道话，打骂是没有的，也不曾挑唆父亲这么做。但她只管呵护自己的骨肉，却舍不得分我一丝家的温暖。从她身上我感受不到母爱的伟大和'幼吾幼以及人之幼'的美德。那种滋味不是你俩能够体会、能够理解的……"

拱北："你举一两个例子不就得了吗？"

石峻："琐琐碎碎的，太没劲了。总之，从我大弟弟出生起，后妈就把'长兄如父'挂在嘴上；7岁的我自此成为大人，除了应该做弟弟妹妹的父亲，别的就都没份了。由于'长兄如父'，餐桌上我休想多夹一口菜，否则她必在台底下用脚尖碰碰我；又由于'长兄如父'，弟妹们个个裹着棉袄的时候，我却依旧穿着夹衣……"

雨轩："那你父亲也不管管吗？"

石峻愤然道："他都变成后爹了，还会把我放在心坎上吗？前年，后妈又使出'长兄如父'的绝招逼我辍学，以成全弟弟入读。幸而舅舅教我卖艺助学，这才能够考进海校啊！"

拱北重重拍了石峻一下："石峻，好样的！你正是我三叔所说的那种自强不息的苦儿啊。"

雨轩："你早该告诉我们才对呀，憋了这么久！"

石峻："又不是什么好事喽，悲悲切切的，仿佛要赚人可怜似的。"

拱北："什么话！谁可怜谁呀？我们没有这种遭遇，佩服你还来不及呢。"

雨轩："太对太对了！我们为你骄傲，巴不得结为兄弟才好！"

石峻："你们是认真的？"

第十一集　捉鬼被罚　中秋结拜

拱北："哪能不认真？普天之下就你一人认真吗？"

雨轩："石峻，那你又是怎么想的？"

石峻恳切道："你们是知道的，我与海军素无渊源，进海校只为免费求学。然而，自打与你们同窗后，我忽然明白，其实甲申海战、甲午海战离我很近，我也应该把海军的兴衰荣辱刻在心里。我是非常愿意和你们成为好兄弟的！"

雨轩大喜："那还等什么？古有桃园三结义，今有海校三结义，赶快跪下吧！"说着便往下跪。

拱北一把拉住："这里不行！"

雨轩："怎么了？"

拱北："刘、关、张是陆上的，我们是海上的，我们理当面向大海结拜，誓词也应跟大海、跟海军有关联，对不对？"

雨、峻："对对对！"

石峻："何不去月亮湾？近在咫尺嘛！"

拱北："走，带上我们的剑！"

21．月亮湾（夜）

海上圆月，沙滩如雪。

狼狗虎子打头，三条仗剑的人影奔向海滩。

镜头推近，拱、雨、峻并虎子来到海滩上。

拱、雨、峻同时拔剑出鞘，高高举起，面对大海盟誓："烟台海军学堂学生纪拱北、夏雨轩、石峻，当着黄海盟誓结拜。从今往后，为报雪甲申之耻、甲午之恨，肝胆相照，永不背弃。沧海明月，共同见证！"

远景：月照沧海，汗漫无际。

拱、雨、峻画外音掠过波面，传向远方："沧——海——明——月，共——同——见——证——见——证——"

22．纪府大池塘（日）

池塘秋光。

一顶轿子沿塘行进。

轿内：安瑞、安丽并坐，两人身着浅蓝右襟小褂，配黑裙白袜，胸前可见三角形校徽。

安丽:"姐,半个月没回来了,到家就找拱华他们玩,好吗?"

安瑞:"你又不'淑女'了!到了家首先该去各房,向长辈们请安才对呀,怎么老惦着跟拱华他们玩?"

安丽:"学校里尽是女同学,不如跟拱华他们玩得开心嘛。"

安瑞:"大伯母总叫你别和男孩子一处野,要像叶思静一样斯斯文文做淑女,你也不长点记性!"

安丽:"男孩子游戏多,掏鸟蛋啊,打弹弓啊,做淑女有什么趣嘛。"

安瑞:"你常有理!"

23. 长房正院(日)

钱妈端着空托盘从屋里出来。

安丽进院,高兴地叫道:"钱妈!"

钱妈:"哟,正念叨呢,就回来了。快进屋去吧,你妈和你二婶正在读你大哥的信呢。"

24. 长房正院前厅(日)

安丽风风火火奔进前厅:"妈,二婶,我回来啦!"

大奶奶似嗔非嗔:"知道啦,整个纪府都能听到你的声音。——没一点文雅!"

安丽嬉皮笑脸:"很文雅的。——安丽给母亲、给二婶请安。"

二奶奶忍俊不禁:"安丽就是爽朗,让人见而忘忧。"

安丽得意:"嘻嘻!"

大奶奶:"也就二婶夸你。"

安丽:"妈,十一弟呢?"

大奶奶:"拱南在你三婶那边跟哥哥们玩呢。"

安丽:"钱妈说,大哥有信……"

大奶奶:"是有信,那你也得问候完三婶、四婶、姨太、丁管家之后才能看。还不快去!"

安丽:"哦。"便一跳一跳出厅去。

大奶奶无奈摇头:"这孩子,在屋子里还一跳一跳的,说她多少回了,就不过脑子,唉!"

第十一集 捉鬼被罚 中秋结拜

25. 长房正院（日）

安瑞静静地走来。

26. 长房正院前厅（日）

安瑞在厅门口轻声喊道："大伯母，二伯母！"

大奶奶、二奶奶："安瑞，快进来！"

安瑞进厅，站定，毕恭毕敬："大伯母、二伯母安康！"

二奶奶："乖，半个月不见又长个了。"

大奶奶："好孩子，大伯母正有话问你呢。"

安瑞："大伯母请问。"

大奶奶："安丽在学校用不用功？"

安瑞："妹妹算术特好，不必用功，回回满分；只是……只是不爱背书，国文成绩差一些。"

钱妈上茶点："大小姐，过这边用点心吧，全是你喜欢的。"

大奶奶、二奶奶："快过去吃吧。"

安瑞："谢谢大伯母、二伯母，安瑞还要给四婶他们请安去。"

大奶奶："对对对，那你快去吧，回头再跟安丽一起吃。"

安瑞："是。大伯母、二伯母，安瑞告退。"说着施礼退下。

大奶奶望着安瑞的背影对二奶奶叹道："我教育子女比起三妹真是差天差地啊！且不提拱北，但凡安丽有安瑞一星星、叶思静半点点，我也就阿弥陀佛了！"

二奶奶："大姐不必自责。安丽天性不拘，何苦强求她跟安瑞她们一模一样呢？民国了，女孩子新派一些，我倒是挺羡慕的呢。"

钱妈上前添茶，插嘴道："二奶奶说得极是。我看二小姐从不要小心眼，成天高高兴兴的，还特大方，得了什么好东西，就算再喜欢，也舍得分，总是这样——"钱妈学安丽爽快的姿势，"给，拿去吧！"

二奶奶："这点还真像拱北呢。拱北很小的时候就十分大气，假装从他嘴里要糖吃，他会马上掏出来，裹着口水，黏黏糊糊地举到你嘴边。——可爱呀！"

钱妈："哎，对了，大少爷最近怎么样了？信上都说了吗？"

大奶奶："他呀，想一出是一出，这不？和雨轩、石峻又玩起什么'月亮湾中秋结拜'来了，还不是跟《三国演义》、武侠小说学的。——这半大小子的游戏，谁会拿它当真哟。"

二奶奶:"虽说很是孩子气,不过,大姐,我倒另有想法呢。"

大奶奶:"二妹的意思……"

二奶奶:"我是在想,拱北的这两个结拜兄弟,雨轩自不必多言,通家之好,知根知底,父母教导,富而不奢,且性情宽厚,温存体贴,石峻呢,虽未见过,但一个卖艺助学的苦儿,能够考进海校,无疑也十分优秀,何况他的身世,拱北只寥寥数语,就令人唏嘘不已了。所以我寻思——"

大奶奶:"寻思收他为我们的义子,对吧?"

二奶奶:"对,正是此意!不知大姐可赞同?"

大奶奶:"当然赞同!这样一来,石峻得以重获母爱,对他的成长,多少也会有些益处吧。不过,难就难在,我们不了解那孩子的脾气,倘或他碍于老少尊卑,勉强答应,岂不事与愿违?"

二奶奶:"这也正是我的顾虑啊!"

钱妈:"咳,这有何难?!让二小姐给石峻写信,不就结了!——孩子对孩子哪有违心的话嘛。"

大奶奶、二奶奶茅塞顿开,相视而笑:"钱妈真是诸葛亮啊!"

钱妈哈哈大笑。

27．四房偏院外(日)

安丽朝偏院载欣载奔。

28．四房偏院前厅(日)

关姨太在看翠翠临的帖子:"'唐''故''左'这三个字临得还可以;'街'字不行,两个偏旁分得太开不像样子!"

翠翠调皮:"像的,你看,街里面并列着两条大巷子呢!嘻嘻!"

安丽冲进来:"姨太好姐姐!"

翠翠:"咦,二小姐怎么刚请过安又来了?"

安丽:"我要告诉你们一个好消息!"

关姨太、翠翠:"什么好消息?"

安丽:"大哥的同学石峻没有娘,我妈和二婶想收他做义子。"

关姨太、翠翠:"太好啦!"

第十一集　捉鬼被罚　中秋结拜

安丽:"待会儿,我要给石峻哥写封信,问他愿不愿意?"

关姨太:"你才开蒙不久,会写信吗?老师教过没?妈妈教过没?"

安丽摇头:"都没有,可我知道,大哥给二婶和妈妈的信,总是这样开始的:'母亲大人月(膝)下……'"

关姨太扑哧一笑:"不是'月下',"她笑着指指膝盖,"是膝下。"

安丽:"哦,母亲大人膝下敬……敬'回'者……"

关姨太又忍不住笑出声:"是'敬禀者',禀告的禀。整句读作'母亲大人膝下,敬禀者'。意思是:我跪在母亲大人膝下,崇敬地报告以下的一些事情。'者'字就是指要禀告的一些事情。明白吗?"

安丽:"哦。"

关姨太:"'母亲大人膝下,敬禀者',这是子女给母亲写信的格式,用于石峻就不合适了。"

安丽:"那我该用什么格式呢?"

关姨太:"既然老师还没有教,那你不必用格式,心里想对你石峻哥说什么就写什么吧。"

翠翠:"这太容易了,不如现在就写吧,我来磨墨。"

安丽:"不嘛,吃过晚饭再写,你俩跟我玩一会儿行吗?"

翠翠大喜:"那敢情好!玩'抓子''弹蚕豆',怎么样?"

安丽:"不好不好,老待在屋子里干吗?到外边玩去!"

翠翠:"这我可不敢!倘或遇着胖嫂、四奶奶倒没事,最怕叫丁管家撞见,头都给骂破啦!"

安丽:"嗯……那就在院子里踢毽子吧,把院门闩上,谁也抓不到。"

关姨太:"也好。可巧昨儿个我刚扎成几只毽子,原是要送给你带去学校玩的,这会儿先给拿三只出来,赶明儿再补上,做得更加漂亮。"

安丽拍手跳跃:"太棒了,太棒了!……"

29．四房偏院(日)

安丽并关姨太、翠翠同时花样百出地踢毽子。

毽子此起彼落,羽毛扇动,色彩斑斓。

30．四房正院（日）

四奶奶在毗连偏院的墙根下，观赏鱼缸里的金鱼。

画外传来偏院的笑声。

四奶奶受到感染绽出笑容，宽容地摇摇头。

31．大奶奶卧室（夜）

两岁多的拱南骑在大奶奶膝上，大奶奶一面拉着他的手一松一紧模拟摇船，一面念着童谣："摇啊摇，摇到外婆桥，外婆叫我好宝宝；我问外婆好不好，外婆说好好好，外婆最疼小宝宝。摇啊摇，摇到外婆桥，外婆叫我好宝宝……"

安丽进来："妈，给石峻哥的信已经写完了。"

大奶奶："拿来我看看。"

安丽递过信，大奶奶扫了两眼。

安丽迫不及待："妈，我写得好不好？"

大奶奶："马马虎虎。"

安丽不服气，撒娇道："嗯，我第一次写信嘛。"

大奶奶无奈："好好好，算你行。往后一封比一封强，才是真行。"

安丽："妈，石峻哥是半番（混血儿），对吧？"

大奶奶讶异："怎么忽然冒出这么个怪念头？"

安丽："大哥说石峻哥一头黑卷毛，鼻子高高的，那不就是半番吗？"

大奶奶："傻孩子，中国人也有卷毛高鼻的，只是比较少而已。"

安丽："妈，石峻哥会来跟我玩，耍棍给我看吗？"

大奶奶："会的，但不是现在，现在他正努力学习海军呢。"

32．烟台海校教学楼外（日）

同学们从楼内走出。

石峻赶上拱北、雨轩。

石峻："物理真有趣，我都不想下课呢。"

雨轩："化学也一样，尤其实验，变戏法似的，太神了！"

拱北："我更喜欢几何。教官说，平面几何、立体几何之后，还要学解析几何，不知道解析几何是怎么回事。"

第十一集 捉鬼被罚 中秋结拜

雨轩:"听学长说,解析几何是用代数的符号和方法,解决几何学的问题,相当之难。"

拱北:"嘿,越难越有趣,恨不得立马就学!"

石峻:"想得美!不会跑就想飞!"

雨轩忽然报警:"看,严学监来了!"

三人立即抖擞精神,朝严学监走去,并且敬礼。

严学监回礼,即将擦肩而过,忽又止步,三人赶忙立定。

严学监深深地看了石峻一眼:"月考总成绩出来了,这回,你后来居上,超越夏雨轩、纪拱北,全班第一。"

拱北、雨轩激动不已又竭力憋住。

严学监横了拱、雨一眼离开了。

拱、雨二人在严学监背后忍了又忍,直至他走远,才伸开双臂,高高蹦起:"石峻全班第一喽!""石峻中状元喽!"

33. 校园林荫道(日)

拱、雨、峻沿林荫道走。

雨轩:"严学监难得褒奖谁。你们说,是不是应该为石峻中状元庆祝一下呢?"

拱北:"当然应该喽!"

石峻:"别胡闹!月考第一就这样,让人笑掉大牙!"

拱北:"就咱们三个庆祝,谁笑谁呀?只是……怎么个庆祝法才尽兴呢?"

雨轩:"去戚村戚大爷家怎么样?明天正好是星期天,咱们一早就走。"

拱北:"好!戚大爷打拳很棒,咱们跟他学,又多一般武艺。"

石峻:"不好不好!"

拱、雨:"为什么?!"

石峻:"前不久刚去过的。大爷大妈非常慷慨,把家里好吃的东西都挖出来给我们。我猜,这原是给两位哥哥留着的,结果全都掉进咱嘴里了。咱可不能老去蹭吃蹭喝啊。你俩家境好,想不到这层的。"

拱、雨:"哦,对对对,对对对。"

石峻:"依我说,还是去蛤蟆谷登山吧。虽然熟悉得闭着眼睛都能找到,但我从不厌倦。现在,虽然小山枣早已熟透风干,但采撷之乐,不也是庆祝吗?怎么样?"

拱北:"好,就依你!"

雨轩:"为你庆贺,自然要合你的意才有趣嘛。"

34. 蛤蟆谷（日）

蛤蟆谷深秋景象。

拱、雨、峻沿崎岖小道登山。

35. 蛤蟆谷顶（日）

谷顶的天然平台上,拱、雨、峻摆好一小堆野枣干。

雨轩:"好,庆贺石峻君状元及第酸枣干大宴现在开席！有请宾主面向空谷齐声高呼:'会当凌绝顶,一览众山小！'"

拱、雨、峻向山谷三呼:"'会当凌绝顶,一览众山小；会当凌绝顶,一览众山小；会当凌绝顶,一览众山小！'"

空谷回声:"'一览众山小！'"

空谷回声止。

雨轩朝拱北一夹眼。

拱北即做太监状:"奉天承运,皇帝诏曰,新科状元石峻着即赐婚,招为驸马。钦此。"

石峻受到捉弄,闪击笑弯腰的雨轩,踢了他屁股一脚:"坏蛋！"又追打拱北:"我叫你们合计捉弄我！捉弄我！"

拱北抓起一把野枣,撒向石峻:"驸马爷早（枣）生贵子哟！"

三人闹成一团,笑得前仰后合。

正在不可开交,虎子冒了出来,嘴里还衔着一封信。

三人争相叫喊:"虎子,给我！""给我！""我的信,快给我！"

虎子走到石峻跟前。

石峻从虎子口中取下信,在石头上坐下。

雨轩双臂抱着虎子:"好兄弟真聪明,会帮小瘦子送信了！"

石峻看看信封:"咦,并不是我舅舅的信！……福建马尾大榕乡纪缄。"

拱北探过头来:"这肯定是二妹安丽写的,刚上学,字歪歪扭扭的。"

雨轩一看:"没错,准是二妹的。哇,石峻你算中头彩啦,安丽还从未给拱北和我写过一个字呢。"

石峻讶异:"这就怪了,为什么独独给我呢？我没见过安丽妹妹呀！"

第十一集　捉鬼被罚　中秋结拜

拱北："别猜了，打开一看不就全明白了吗？"

石峻拆开信。

安丽画外音：

"石峻哥哥：我是安丽。妈妈和二婶想认你做义子，我多了个哥哥，好开心好开心！你多出两个妈妈，一定比我更高兴对吗？今天是周六，我回家跟弟弟们滚铁环，跟翠翠并姨太好姐姐踢毽子。我喜欢吹肥皂泡，大哥说你喜欢耍棍。耍棍好玩不？以后你教我好吗？

　　　　　　　　　　　　　　　安丽上　民国二年九月五日"

安丽画外音止。

三人面面相觑，全都蒙了。

虎子朝他们吠了两声。

石峻回过神来，将信将疑，喃喃道："两位母亲要认我做义子，这是真的吗？真的吗？我不是在做梦吧？……"

雨轩动情地答道："绝对是真的！世伯母和……"

拱北打断："都结拜了，还称世伯母！"

雨轩改口："石峻，你要相信，这不是梦！家父曾经说过，博大的母爱才是真正的母爱。妈和娘从来就'幼吾幼以及人之幼'，我太知道了，你信我好了！"

石峻："可你俩成天没正形，刚才还捉弄我！"

拱北急了，大声抗辩："刚才是刚才，一次月考而已，捉弄你一下，更加开心。这会儿能一样吗？母亲收义子的大事，谁敢搞笑啊？！"

雨轩："我们再没正形，也不至于异想天开，假冒安丽从大榕乡寄信来嘛。"

拱北："你以为世上就你是认真的！你别犯傻，辜负了两位母亲啊！"

石峻听了严肃地站起来，极目远方，高声呼喊："母亲大人在上，孩儿石峻给你俩叩头了！"说着跪地恭恭敬敬三叩首，叩毕仍长跪不起。

镜头拉远。

画外音：远峰近壑，一片寂静，是天地在聆听一个没娘的孩子对母爱的呼唤和感恩吗？

画外音中，镜头拉成山峦起伏的远景。

第十二集　另类合葬　石峻丧舅

1. 纪府大池塘（日）
池塘冬景，枯荷干茎在寒风中摇动。

2. 二房正院（日）
丫鬟玲儿从屋内惊慌奔出："来人哪，快来人哪，二奶奶摔倒了！"

3. 弘毅堂东侧小厅（日）
大奶奶并三奶奶、四奶奶围坐，愁容满面。

大奶奶："二妹自元旦第三天在卧室里摔了一小跤后，竟就一病不起了。平常那么能扛的人，这一跤既没伤筋，更没动骨，怎么会病得一日沉似一日了呢？半个月来，什么方子没用过啊！"

四奶奶："依我看，二姐正是因为太刚强，太内敛，太不愿意给家里添事，才让病给做深了的。半年多来，眼见她不断憔悴下去，人人劝她延医，她却总说不要紧，连大姐的催促也不肯听。现在如何是好呢？还有哪位医生可以求啊？"

三奶奶沉吟片刻道："我娘家的姻亲廖老伯已经七十多岁了，行医逾五十载，是上海中医界的名流；听说近期回到福州了，我想不如请他来这里一趟。姻亲长辈兼世交，毕竟方便，什么话不能问不能说啊？"

大奶奶："好是好，但姻世伯终究年迈，从福州到这里，又乘舟又换轿的，如何使得？况且正值岁寒。"

三奶奶："这倒无妨。他老人家精神矍铄，健步如飞，全然不像古稀之年；只要一路善加护送，是没有问题的。"

第十二集　另类合葬　石峻丧舅

大奶奶："那得让丁管家带几个得力的前往迎接，确保万无一失才行啊。"
三奶奶、四奶奶齐齐点头："就这么办吧。"

4. 二奶奶卧室（日）

廖老医生在为二奶奶把脉。
大奶奶并三奶奶、四奶奶在一旁急切地盯着。

5. 二房正院前厅（日）

蓉妈送上茶水："廖医生请用茶！"
廖老医生呷了口茶。
大奶奶："廖世伯，我妯娌的病有望近期康复吗？"
廖老医生有些迟疑。
大奶奶："都是亲戚，姻世伯无妨直言相告，我们心中也好有个数。"
廖老医生："肾为人体先天之本，水液之腑，五脏之根。二奶奶病得太深了……"
大奶奶、三奶奶、四奶奶："那还有救吗？"
廖老医生："用川乌是不行了。这样吧，我给她开五服药，如能见效，即无性命之虞，可望慢慢调理起来的。反之，就无能为力了，但愿吉人天相吧。"
三位奶奶会意，皆深深点头。

6. 长房佛龛（夜）

大奶奶跪在佛龛前："大慈大悲观世音菩萨，救苦救难，快救救我妯娌纪郭氏吧！名医开的五剂汤药终未见效，她病情一日重过一日，求你救她一命吧！无论如何也要让她等到嗣子拱北、义子石峻学成，回乡省亲啊！观世音菩萨，救苦救难，救苦救难吧……"
钱妈持披肩近前："大奶奶，已经跪到半夜，念到半夜了，观世音菩萨知你心诚，必定会保佑二奶奶逢凶化吉的。该回房歇息了，小心自己弄出病来，岂不添乱？"
大奶奶遂再拜观世音。
钱妈扶着大奶奶艰难地站起来，为她披上披肩："冷啊，小心着凉！"

7. 大奶奶卧室（夜）

大奶奶半卧床上想心事。

钱妈过来:"赶紧躺下睡吧,大奶奶,别东想西想的了。"

大奶奶:"钱妈,我寻思邀三奶奶、四奶奶同往福州鼓山涌泉寺许愿,求菩萨为二奶奶消灾。"

钱妈听了直摇头:"大奶奶你真是急糊涂了!那涌泉寺离大榕乡可不近呢,腊月天上山,就算坐轿子里,也难保不冻出病来呀。再说了,三位奶奶得一帮子下人跟着伺候,兴师动众姑且不论,万一二奶奶那边有什么动静,头尾须三天你们才赶得回来哟。"

大奶奶:"说得是啊,可我心里乱哪……"

钱妈:"其实,哪座庙烧香不是烧香?何必非要大庙不可?我看,家庙就很好嘛,菩萨神明一样有灵,祖宗先人更在身边,心里反而会踏实许多的。你想想是不是这个理?"

大奶奶:"那就按你说的去家庙吧。"说着便躺下了。

钱妈给大奶奶掖好被角,放下冬帐,轻轻叹了口气,慢慢离去。

钱妈内心独白:"纪家四位奶奶两个是寡妇,另外两个丈夫活着可又来去匆匆,一年也见不着几回;小爷倒是一大堆,却偏偏一个赛一个小,不能顶门户。遇到祸福凶吉,奶奶们可不是急得四处拜菩萨吗?幸好丁管家和故去的祥叔,深知纪府跟西洋番鬼、东洋倭奴结着血仇,领着一帮有情有义的手下竭力帮衬着,这才能维持到现在。外人不明底细,哪里知道海军眷属表面风光,其实可不容易呀!"

8. 纪府大厨房(日)

丁管家进来。

佟妈:"丁管家,方才听玲儿说二奶奶好点了,真的吗?"

周嫂、旺旺等厨工:"是真的吗?"

丁管家:"应该算好点了吧。二奶奶从昨天下午起昏睡了一天一夜,这会儿太阳都偏西了,到底醒过来了。我还没敢去看望呢,怕累着她。"

毛大厨:"二奶奶已经整整一天滴水不沾了,这会儿也该进点食吧?"

丁管家:"我就为这事来找你的,你掂量着做些清淡松软可口的送过去吧。"

毛大厨:"哎哎,我这就做,这就做!能够进点食,身体才有望康复呢。"

佟妈:"今天早上三位奶奶在家庙跪了好久,看来二奶奶是逢凶化吉了。"

众人:"是啊是啊!"

第十二集　另类合葬　石峻丧舅

9. 二奶奶卧室（日）

二奶奶靠在床背上，蓉妈用小勺喂食。

二奶奶示意够了。

蓉妈："再吃两勺吧，多吃点才有力气康复啊。"

二奶奶摇头。

蓉妈把碗搁到边上："二奶奶，我扶你躺下吧！"

二奶奶又摇头："蓉妈，大奶奶今天来过了吗？"

蓉妈整了整二奶奶的靠垫："大奶奶跟三奶奶、四奶奶已经来过两趟了，见你熟睡，就都走了。"

二奶奶："叫玲儿请大奶奶来！"

蓉妈："只大奶奶一个人吗？"

二奶奶："对，只要她一个人。"

蓉妈一怔。

玲儿画外音："大奶奶来啦！"

大奶奶进屋。

蓉妈赶紧迎上去："哟，刚说要去请大奶奶过来，大奶奶就来了！"

大奶奶在二奶奶床沿上坐下："二妹睡足了觉，看起来精神了许多。"

二奶奶点点头："大姐，我有话对你讲。"

蓉妈会意，立即退出。

10. 二奶奶卧室外（日）

玲儿端着茶欲进。

蓉妈急止之。

玲儿不解："大奶奶来了，怎么能不送茶呢？"

蓉妈："傻丫头！"乃挥之去："端走，端走！"

11. 二奶奶卧室（日）

二奶奶："大姐，我不行了……"

大奶奶截断："别说丧气话，不吉祥！"

二奶奶："真的，我自己知道。大姐啊，我有事托付你！"

大奶奶略一沉吟，冷静地说："我明白了，你尽管说吧。你我都是军眷，大可托生死；更何况同为拱北的母亲、石峻的义母，我们是一个人啊。"

二奶奶指指枕边的两个包袱："大姐，你把这两个包袱打开看看吧！"

大奶奶拿过第一个包袱，解开来。

第一个包袱特写：一套清末海军服。

大奶奶："这是慕杰的军服吧？"

二奶奶："是的。中法马江之役后，我本想为慕杰修一座衣冠冢，但到底割舍不下，就这样一直留在身边整整30年了。你再打开第二个包袱吧。"

大奶奶解开第二个包袱。

第二个包袱特写：一套红色嫁衣，嫁衣上放着一只小盒子。

大奶奶打开盒子。

盒里特写：一朵鲜红的绢花。

二奶奶："这是我当年的嫁衣和慕杰特别喜爱的一朵绢花。我的葬礼不要别的妆裹，这身嫁衣便是最好的妆裹；我要穿着它，再嫁慕杰一次！大姐，你能理解吗？"

大奶奶："我理解，我当然理解！"

二奶奶："告诉三弟，为我打造一具双人棺，把慕杰的军服摊开来，平铺在我身旁，好让我俩同棺、同穴、同碑合葬一处，化尘化灰永不分离！"

大奶奶："好，我一定会嘱咐三弟为你达成心愿的。"

二奶奶："还有一件很要紧的事……"

大奶奶："什么事，你说，你说！"

二奶奶："慕杰是光绪十年（1884年）牺牲的，如今已经民国三年（1914年）了。30载风霜早已改变了我15岁的容颜，'纵使相逢应不识'啊！我怕，怕慕杰他不认得我了。所以——"她指指那朵绢花，"入殓时，还求大姐务必亲自把这朵花插到我的发髻上，使慕杰一眼就能认出我来。拜托了，大姐，拜托了！"

大奶奶感动得握住二奶奶的手，强忍泪水，颤声答道："放心吧，放心吧，我会照你的话去做的！"

二奶奶深深点头，然后安慰道："大姐莫难过！30年的路好长好长，我走得好累好累，好容易才靠近了慕杰啊。大姐，我希望你为我高兴，真的！"

大奶奶强压悲痛，眼泪往肚子里吞："嗯，大姐为你高兴，高兴……"

第十二集　另类合葬　石峻丧舅

12. 二房正院（日）

大奶奶低着头走到了院门旁边。

大奶奶身后骤然刮起一阵寒风，梧桐枯叶飒飒作响落了一地。

大奶奶惊回首。

黄叶在地上打旋。

大奶奶为一种肃杀之气所震慑，片刻，不禁掩面饮泣。

13. 纪氏坟山（日）

远景：出殡的长蛇阵，缓缓地向着纪氏坟山逶迤而上。

画外音：二奶奶终于和纪慕杰相会了。他们的生死姻缘又坚贞又凄美，而衍生出这段姻缘的，正是肝脑涂地拼死抗争的中国近代海军啊！

画外音中，镜头渐渐推近，依次出现如下画面：仪仗鸣锣开道，和尚与道士分班而行，纪拱华代替纪拱北手捧纪慕杰夫妇合一的神主牌位随后，纪慕贤与纪慕达率子侄们继之；双人棺慢慢移动，棺后有大奶奶等女眷们的几乘素轿，末尾为宗族及邻里朋友。

画外音止。

纸钱无声地抛向天空，又落下，布满整个画面，叠化成漫天飞雪，飘落烟台海校。

14. 烟台海校校园（日）

大雪覆盖了校园。

画外音：由于二奶奶的良苦用心，拱北对过房娘纪郭氏的仙逝一无所知；他志在必得，在期末考试中拿到了第一名。

15. 拱北寝室（夜）

窗外大雪纷飞。

拱北酣睡。

拱北入梦：

二奶奶来到拱北面前。

拱北："娘，我拿第一了，娘！"

二奶奶赞许地点头，随即含笑飘去。

拱北追赶:"娘,等一等,等一等!……"

二奶奶在远处升空。

拱北仰头大叫:"娘!娘!"

二奶奶在天上双手托着长剑,庄严地俯视拱北。

拱北又叫一声:"娘!"惊坐而起,揉揉眼睛,疑真疑幻。

16. 拱北寝室外(夜)

夜雪纷纷。

17. 烟台海校餐厅外(日)

拱、雨、峻自餐厅出来。

雨轩:"这顿饭,馒头夹肘花,太美了,恨不能多长出两只胃来!"

拱北:"我还夹进一些白糖,又甜又咸,比福州光饼夹'鼎日有'肉松更好吃呢。"

石峻:"你们两个馋鬼都吃撑了,今晚年夜饭一准没胃口了,亏不亏哟!"

雨轩:"才不会亏呢!横竖放假了,尽情地玩一玩,肚子不就瘪了吗?"

石峻:"冰天雪地的,玩什么呢?——也就是堆雪人吧。"

拱北:"堆什么雪人?!——小屁孩玩的。我们是海军少年,要堆就堆雪舰。"

雨、峻:"好,堆雪舰!堆雪舰!"

拱北:"堆完雪舰,再打一通戚大爷教的拳,肚子就该咕咕叫了,还愁吃不下年夜饭吗?"

石峻:"那就好!走,校园西北角空地大,咱们在百年老树前堆一个大雪舰吧!"

18. 百年老树(日)

拱、雨、峻在堆起的雪舰前打拳。

虎子急急奔来。

虎子奔到三友面前,大声吠起来。

拱、雨、峻:"虎子怎么啦?""怎么啦?""出什么事啦?!"

虎子再吠两声,转身就跑;跑出几步,又回头吠几声。

拱北:"虎子是在叫我们跟它走呢。"说着便跟着虎子跑。

雨、峻也随之而跑。

第十二集　另类合葬　石峻丧舅

19. 烟台海校校门内（日）

校工小瘦子正在铲雪，见虎子领着三友奔来，忙迎上前去："石峻同学，是我让虎子去叫你的。"

石峻："什么事？"

小瘦子："有人找你。"

石峻："啊？！找我？！"

小瘦子："是找你，在校门外呢。"

20. 烟台海校校门外（日）

一个头戴狼皮帽的汉子骑着马，在原地转小圈遛马。

石峻三人直奔那汉子而去。

汉子望见便勒马面对他们，精瘦而强悍，一身江湖气。

石峻认出骑马的汉子，失声大叫："舅舅，怎么是你呀？！"

那汉子带笑反问："怎么不能是我呀？"

石峻仰头注视老江湖一会儿，犹不敢相信："这么远，突然骑着马来……真的是你吗？我这不是做梦吧，舅舅？"

老江湖哈哈大笑："做梦？！我叫大马狠狠踢你两下，你就知道不是做梦啦！"

石峻傻笑。

拱北悄悄对雨轩说："他就是马尾码头边跟石峻一起卖艺的那个江湖大侠啊！"

老江湖（苏恒）跳下马来，上下打量石峻一番，使劲捶了石峻一拳："好小子，进海校才一年就把舅舅的模样给忘掉了！嗯……是长结实，长个子了，我想得没错！"

石峻指着拱北和雨轩对老江湖介绍说："他俩就是我在信里所说的我的两位结拜兄弟。这是纪拱北，这是夏雨轩。"

拱、雨向老江湖行军礼："伯父！"

老江湖满面喜悦："既结拜了兄弟，应当随石峻叫我舅舅嘛。"

拱、雨当即改口："舅舅！"

老江湖连声答应："哎哎，我爱听，我爱听！"便摸摸马鼻子："走，你们哥儿仨全都随我走！"

三人同声："上哪儿去？！"

老江湖："去我落脚的地方——西坦子村。"

三人讶异："啊?！西坦子村?!"

老江湖："够近的吧？哈哈！这全托曹飞的福啊，要不然我哪能暂住西坦子村？哪能使唤这匹好马？哪能在除夕赶到烟台海校？"

石峻："那，曹叔叔一定也到烟台了，对吗？他怎么不跟你一起往海校来呀？……"

老江湖："别问起来没完了，边走边说吧，走！"说着便要牵马。

拱北阻止："等一等，舅舅，我们先回屋换上便装再走。"

老江湖笑："哦，我懂了！穿便服不拘束，可以尽情撒欢，对不对？"

三人默认："嘻嘻！"

21. 烟台雪野（日）

老江湖牵马踏雪而行，石峻、雨轩左右簇拥，拱北则在前方甩臂踢腿，团雪抛掷，乐不可支。

老江湖望着拱北的淘气样，自言自语："拱北这孩子肯定最调皮捣蛋，最不肯用功，最……"

一语未了，石峻即袒护道："不是不肯用功，只不过特好动，偶尔闹闹而已；其实，他国仇家恨在身，很知道应该努力学军的。"

雨轩："没错，他只是贪玩；我们一提醒，他稍为加把劲，就把我们撇在后面，拿第一名了。"

老江湖："嚙，你俩还真护着他，抢了第一也不介意！"

石峻："那当然喽！——拜把子兄弟嘛。哎，舅舅，你还没告诉我，曹叔叔为什么不跟你一起来看我呢？"

老江湖："是这么个缘故：曹飞闯荡福州多年，身边有了些积蓄。最近，他提出要我帮忙，到他老家——山东莱西，开一间杂货铺。曹飞的事，我哪能不理？更何况，莱西距烟台不过百十里地，很容易够到你，所以我立马同意了。那曹飞可是个说干就干的主，见我一点头，就火急火燎地和我上了路，这会儿一准正在莱西张罗呢！"

石峻："那你岂不是也得赶去莱西吗？"

老江湖："放心吧，怎么说也会跟你们热热闹闹过完年的。是老天爷有心帮忙吧，曹飞他大表哥恰巧是西坦子村人，这样一来，咱们的吃、住、行就都解决了。——你看，这匹马多么健壮驯服啊！"

拱北超前一小段又折了回来，接上老江湖的话茬："这大马真棒！舅舅，我

第十二集 另类合葬 石峻丧舅

要……"一语未了，忽然有所发现："哎，你们快回头看！"

众人驻足，回望远处。

远处是虎子追赶而来的身影。

拱、雨、峻一齐大叫："虎子！虎子！"

拱北忍不住迎向虎子。

虎子扑到拱北肩上，又抓又挠，仿佛久别重逢。

雨、峻上来，虎子又发泄一通热情。

雨轩抱住虎子的头："兄弟，对不起，对不起！怎么把你给忘了呢？"

老江湖："走吧，虎子，跟我们一起过年去。哎，对了，拱北你方才要跟我说什么来着，让虎子给打断了。"

拱北："哦，舅舅，我想说的是——我要骑马！"

老江湖："你骑过马？"

拱北："没有，只骑过猪。"

老江湖不禁一笑："倒挺实诚的。我告诉你，骑马跟骑猪可大不一样，马多厉害呀！"

拱北："那就更该试试了！"

老江湖："这么着吧，我牵着马，让你上去过过瘾，你不慌就行。"

拱北："舅舅，我保证不慌！"

老江湖："那好，开始吧！左脚先镫，踩结实了，对！然后，右腿跨上马鞍，右脚踩镫，对！注意，坐稳了，坐稳了！"

老江湖话音刚落，拱北突然两腿朝里猛地一夹马肚。

大马顿时狂奔起来。

众人惊叫："哎呀！"

大马前仰后踢，没几下就把拱北甩了出去。

虎子救主拼命追赶。

众人也向拱北奔去。

虎子奔到拱北落马处，又衔又拖团团转。

众人相继赶到，急切呼唤："拱北！""拱北！""拱北！"……

老江湖席地将拱北搂在怀里，呼唤着："孩子，醒醒，快醒醒！……"

拱北终于睁开眼。

雨、峻雀跃："好了！好了！""醒来了！醒来了！"

老江湖问拱北："你没事吧？"

拱北："舅舅，我没事。"

老江湖："那好，你试试自己坐起来看看。"

拱北自己坐起。

老江湖："好，你自己站起来！"

拱北自己站起。

老江湖在拱北身上上下捏了几下，玩笑道："好家伙真结实，舅舅的跌打药可没处用喽！"

拱北："舅舅，你不是说这匹马好性子吗？怎么还故意摔我呢？"

老江湖："幸亏它好性子，不然麻烦可就大啦！你以为只有老虎屁股摸不得吗？要知道，那马肚子也是不能使劲夹的！好端端的，你夹它干吗？"

拱北："因为——因为书里的武侠，都是把马肚子那么一夹，就人马合一，如风如箭的了！"

老江湖忍笑道："这回明白了吧，那武侠可不是说做就做到的呀！"

拱北尴尬地摸了摸脑袋。

雨轩："咦，你的帽子呢？"

石峻："肯定摔飞了。"

众人不由得向四下张望。

正在此时，虎子狂奔而来。

虎子嘴里叼着拱北的帽子来到拱北面前。

老江湖拿了帽子，掸了掸，戴到拱北头上，忽然发问："对了，我总觉得你们三个的帽子有点特别。"

雨轩："这叫滑雪帽，原是家父在欧洲时用的，有好几顶呢，都留下做了念想；后来，家母一股脑儿让我带来烟台，说是用得着……"

老江湖："哦，我明白了。看来，虎子拾帽有功呢。"

拱北："虎子是功臣。"遂向虎子伸出手："来，虎子，握握手，谢谢你。"

虎子举起右前腿与拱北握手，众人哈哈大笑。

22. 西坦子村一座农舍（日）

夕阳雪光，异常美丽。

老江湖牵着马，拱、雨、峻并虎子一行来到柴门外。

第十二集　另类合葬　石峻丧舅

门上贴着新的春联。

老江湖："咱们到了。隔墙就是曹飞表哥穆爷的院子。"

23. 小院（日）

老江湖："我去拴马，你们先进屋暖和暖和吧。"

24. 屋内（日）

灶台、炕头、桌面放着准备下锅的菜肴。

拱、雨、峻："哇，这么多好吃的！"

石峻走到炕桌边数着："这是凉菜：卤肉、卤蛋、五香豆腐干、炒花生米、酸辣粉皮、凉拌心里美……舅舅刚到烟台，怎么能变出这些好吃的呢？"

老江湖进来："谁说刚到烟台的？我在西坦子村已经住了两天啦，连热菜的用料都备下了，有四喜丸子、木须肉、宫保肉丁、香煎杂鱼、小鸡炖蘑菇什么的，好好地给你们解解馋。还有一样……嗯，你们猜猜是什么？"

拱、雨、峻一片乱叫："猜不着，猜不着！""不猜不猜！""舅舅快说嘛！"

老江湖："好吧好吧，不吊你们胃口了。"说着转到一张摆满各色半成品调味料的方桌前，端起一只碗："你们看，碗里装着什么馅？"

拱、雨、峻凑近一看，又一片大叫："这是油扁的馅！""油扁的馅！""有一年没吃过油扁啦！"

曹飞表哥穆爷画外音："什么叫油扁？"

众人齐回头。

穆爷走近。

老江湖："穆哥来啦！"便对石峻等说："这是曹飞叔的表哥穆大爷。"

石峻等："穆大爷新年吉祥！""万事如意！""心想事成！"

穆爷："好好好好，你们更心想事成，将来驾着军舰，乘风破浪！"

老江湖："穆哥你问啥是'油扁'？就让孩子们告诉你吧。"

雨轩："穆大爷，油扁是我们福州一带的甜食，用花生、白糖、猪油做馅，样子像饺子，但比饺子小一半，肚子扁扁的。"

穆爷："哦，敢情是甜饺子，俺们也可以照着做。——不就是擀好饺子皮，往里塞甜馅吗？"

老江湖："不是那么回事，穆哥，油扁的皮是糯米粉做的，又细又黏，不可用擀面杖擀，必须靠手一点一点捏，捏得比饺子皮还薄才行。只有这样，包出来的油扁煮熟后才能晶莹透亮，一口一个，又精致又香甜又不腻人。"

穆爷："这么薄的糯米皮，岂不是容易破肚露馅，煮成一锅糊糊了吗？"

老江湖："所以说有些巧功夫啊。"

穆爷："俺那口子手还算巧，不如让她过来学学。"

老江湖："好啊好啊，我包她一学就会。穆哥，不瞒你说，我的油扁手艺是跟一个朋友学的，人家可是福州的厨师啊！"便命拱、雨、峻："峻儿，你这就往隔壁请穆大妈来。拱北、雨轩，你俩到外面放农具的那间屋，扛一袋糯米粉送过去。"

拱、雨、峻连声"哎哎"，随即离开。

穆爷："苏恒老弟，难为你几千里路带糯米粉给我们！"

老江湖："老哥客气了。其实，原本并不知道该带什么好；后来，忽然记起峻儿曾经在信中说，他的结拜兄弟纪拱北好甜食，特别是油扁，这才把糯米粉给张罗来了。"

穆爷赞道："归齐，也是老弟你心胸大，装得下别人的孩子，俺们才能沾光吃糯米点心呢。"

老江湖："我们家乡的糯米又糯又香，不但做油扁，蒸糖粿也一样好。"

穆爷："啥叫糖粿？"

老江湖："我们的方言管年糕叫糖粿，是用裹粽子的竹叶垫底蒸的，有红糖粿、白糖粿、芋粿什么的，非常清香美味，可惜怕路上变坏，没敢捎上。"

穆爷："知足了，知足了，能尝到油扁就很稀罕很稀罕啦！你要不来西坦子，俺们这辈子都不一定知道世上还有糯米甜饺子呢！"

25．小院（日）

石峻："雨轩，你去请穆大妈吧，我不认识她。"

雨轩："我也不认识嘛！——分明是托词。我不管，舅舅明明派你去，自然该你去喽。"

石峻："你人缘好，比我合适，拱北说对不对？"

拱北："太对了！雨轩向来充当我们的大使，眼下又岂可错失大展外交才能的良机？快去快去！"说着便推。

石峻也从旁推雨轩。

雨轩做捶打的假动作："等着，待会儿捶你们一通！"

第十二集　另类合葬　石峻丧舅

26. 屋内（日）

老江湖搓好一段糯米。

穆嫂进屋。

穆爷："快点快点，苏老弟正在做油扁皮呢。"

穆嫂近前："兄弟慢着点，让我仔细看看。"

老江湖揪下一小块糯米团，开始示范："就这么捏、捏、捏，用力要均匀；捏成形后，裹进甜馅，包出饺子的样子就行了。得，穆嫂你试试！"

穆嫂很快上手。

老江湖："嗯，嫂子果然心灵手巧，一下子就学会了。"

穆爷："我有口福喽！回去做多多的，跟饺子一样冻在外面，馋了就下几个吃。"

老江湖："可别！油扁不能搁，更不能冻，必须现包现煮现吃。我这就叫仨孩子添火烧水，下几个给你俩尝尝鲜。哎，他们呢？"

穆嫂："帮我挑水去了。"

穆爷："刚来就干活，够勤快的，准是庄户人家的孩子。"

老江湖："穆哥你可说错了。拱北和雨轩都是地地道道大户人家的少爷，我那外甥石峻，虽然家境贫寒，却也是城里生城里长的呢。"

穆嫂："真乖呀，真乖呀，没一点娇气。"

雨、峻、拱各端一碗菜，鱼贯而入。

雨轩："舅舅，大妈让我们把炸春卷、酱牛肉、红烧猪蹄给端来了。"

老江湖："哟，太多了，哪儿吃得了呀？哎，穆哥穆嫂，干脆，咱们两家合一家，一块儿过年，一块儿守岁，怎么样？"

穆爷大为高兴："痛快！苏恒老弟，你比俺们山东人还要山东人！就依你的，一起过！"

拱、雨、峻跳起来："一起过，一起过！"

虎子闻声而入。

拱北抱住虎子的脖子："看把你给急得！年夜饭还没开始呢。"

众人哈哈笑。

27. 小院（夜）

雪花飘下。

油灯的光从窗户透出，暖融融地与雪光相映。

28．屋内（夜）

老江湖等大小六人围坐炕头。

老江湖举杯："穆哥好酒量，来，咱俩再干一杯，就到放鞭炮的时辰了！"

穆爷举杯："苏恒老弟，你这个朋友我算交定了！往后常来常往，跟走亲戚似的才好。"

老江湖："别说这仨小子在烟台，就不在烟台，我也一准来。"

穆爷："好，一言为定。干！"

老江湖："干！"

29．小院（夜）

虎子领头，拱、雨、峻从屋里跑出："放鞭炮喽，放鞭炮喽！"

鞭炮在夜空声声炸响，火星四射。

老江湖并穆爷、穆嫂互相祝贺："大吉大利！""岁岁平安！""万事如意！"

30．屋内（日）

黎明之光映在纸窗上。

老江湖醒来，左右看看："嘿，这仨小子起得真早，军校学生不含糊啊！"

老江湖忙忙地穿衣起身。

31．小院（日）

拱、雨、峻正在认真做军操。

32．屋内（日）

老江湖打开户门，正欲迈出，却又缩回，站在门旁望着拱、雨、峻。

33．小院（日）

拱、雨、峻继续做军操。

第十二集　另类合葬　石峻丧舅

34. 屋内（日）

户门旁，老江湖把目光集中到石峻身上。

35. 小院（日）

石峻英姿飒爽专心做军操。

老江湖画外音："峻儿，没娘的孩子，你变了，变了！完全不像幼年在福州安泰桥畔的苦样了！"

36. 福州安泰桥（日）

年仅七八岁的石峻身穿厚棉袄，却双手抱肩，在古老的安泰桥畔哆哆嗦嗦。

往来拜年的人们在安泰桥上上下下。

石峻一次次向桥上张望。

老江湖终于出现了。

石峻没命地向桥上奔去。

石峻扑进老江湖怀里："舅舅，舅舅……"

老江湖抱紧石峻："怎么浑身哆嗦啊?！不是说给你絮新棉袄了吗？"

石峻："这就是新棉袄了。"

老江湖在石峻的棉袄上捏了几下，失声叫出："啊?！"当即拉起石峻的手："走！"

37. 石峻家堂屋（日）

石峻之父与继室正在吃年糕。

老江湖牵着石峻怒容满面闯进来。

石峻之父与继室一怔。

老江湖一把夺过石峻之父的筷子，指着鼻子骂道："没心肝的东西，还吃得有滋有味呢！"

石峻之父怒："大年初一，平白无故，怎么骂人哪?！"

老江湖："我就是来骂人的！看在峻儿分上才没打你呢！"

石峻之父："我怎么啦？我！"

老江湖刺啦一声撕破石峻的棉袄："你这个爹是怎么当的?！看看看看，峻儿袄子里絮着些什么?！——除了烂棉絮，一多半都是芦花！芦花啊!!!虎毒还不食子呢，你就这样薄待峻儿！"

石峻后母一撇嘴："哟，峻儿他舅，有话好好说嘛，凶神恶煞的算什么？"

老江湖一声冷笑："我留着面子给你，你却倒打一耙，那就怨不得我说话难听了！天底下仁慈的后母也不少，可惜你太自私太歹毒，不是这类好后妈。你才生下一个孩子，就给峻儿絮芦花，往后再添几个，岂不更加冻饿他，折磨他！"

石峻后母："哟，他舅，我不打不骂，折磨谁了？！"

老江湖："你不打不骂，是怕街坊邻居的唾沫！其实你那软招比打比骂更阴损，更可恨！峻儿的棉袄看起来鼓鼓的，挺暖和，谁会发现里面做了手脚呢？你的心怎么这样黑呀？"

石峻后母："哟，他舅，我们家穷，峻儿是长子，自然要让弟弟喽，'长兄如父'嘛！"

石峻之父："是啊是啊，'长兄如父'嘛。"

老江湖："妹夫，你是真糊涂还是假糊涂？！'长兄如父'是理，反过来，弟妹如子如女也是理啊！难道只该父亲疼爱子女，子女不该孝顺父亲吗？你们动不动就'长兄如父'，这是在榨峻儿，还堵别人的嘴！峻儿才七八岁，要榨到啥时候才是个头啊？！可怜我妹子太善良，做了鬼也不忍报复你们。你们小心得意过了头，将来到阎王那儿下油锅！"

石峻后母："哟，他舅，大年节下的，何苦咒我们呢？"

老江湖："你如此阴毒还怕咒吗？"说着扯下石峻的棉袄，往旁边狠狠甩去，又脱下自己的棉袄裹住石峻，强笑道："嗬，峻儿穿上大棉袍啦。走，舅舅找朋友，立马给你做新棉袄！"

石峻后母在他们背后咬着牙，伸出食指狠狠地戳了两下。

老江湖走到堂屋口上突然回头："往后你们再敢冻着、饿着峻儿，我就不客气了！"说着便把手中捏着的筷子左右开弓掷了出去。

特写：两只筷子准确地插进堆在盘子里的两颗福橘上！

老江湖回忆止。

38．小院（日）

拱、雨、峻做完军操。

石峻："走，回屋去，咱们给舅舅做顿早餐吧。"

雨轩："太应该了！这两天可把舅舅忙坏了，今天该我们反哺才对呀。"

第十二集　另类合葬　石峻丧舅

拱北："那，早餐做什么呢？年初一，北方早起吃饺子，福州习惯吃素面……"

雨轩："让舅舅定吧，他中意吃什么，咱们就做什么，不就得了？"

39. 屋内（日）

老江湖在户门边，望着石峻，欣慰地喃喃自语："峻儿，舅舅放心了！舅舅可以提前去莱西帮曹飞开铺子了。"

40. 屋内（夜）

墙上燃着一盏油灯。

老江湖及拱、雨、峻上炕准备睡觉。

石峻："舅舅，明天真的走吗？你就不能跟我们多待几天啊？"

老江湖："舅舅应承过曹飞，尽快去莱西帮他开铺子的，大丈夫一诺千金嘛。今天，给西坦子的乡亲们拜过年，礼数就算到了；你们做的三顿新年饭，我也享过福了，自然该去给曹飞搭把手喽。"

拱北："舅舅，我还想跟你学骑马呢，你这一走，就学不成了嘛。"

老江湖："怎会学不成呢？莱西离烟台很近，不是说你们中秋放三天假吗？完全可以过来呀，莱西可是个好地方呢！"

雨轩："怎么个好法？"

老江湖："莱西非常富庶，不但有石墨矿、铁矿，农业、畜牧业都很旺，还守着莱西湖、大沽河，鲜鱼活虾吃不完哪！"

拱、雨、峻："真的?！那我们一定去！"

老江湖："好，就这么说定了，中秋节我在莱西迎你们，鱼虾蟹肉蛋奶花生水果管够！"

拱北："还教骑马！"

老江湖笑："嘀，真的惦着骑马呢！昨天你都摔晕过去了，还敢学?！"

拱北："敢！我要赢回来！"

老江湖："好小子，有那么股不服输的倔劲！你会赢的，一准赢！"

41. 西坦子村外（日）

雪野茫茫。

远景：老江湖牵马，拱、雨、峻并虎子簇拥着，背朝镜头向雪野深处走去。

42．岔道口（日）

老江湖一行在岔道口停下。

老江湖："该分手啦，回校后，你们要更加上进啊！"

拱、雨、峻："是，舅舅！"

老江湖："峻儿，你11岁就卖艺助学，好不容易才进了海校。你学业底子薄，要懂得谦虚啊。"

雨轩："舅舅，石峻可谦虚了，成绩一路上升，都跳进班里前三名了，还总觉得自己很差呢。"

老江湖："能这样想就好。你们三兄弟你追我赶，一起努力吧。能一起考进烟台海校是你们的福气哟。舅舅没这个命，只有羡慕的份。真的，昨天打校门外只望了一眼，那整肃的气派，立马就把我给镇住了；我想，下辈子投胎，说什么也要读海校。孩子们，你们身在福中，可得学出个样子来啊！"

拱、雨、峻："舅舅，我们一定学出个样子来！"

老江湖："那就好！我走了。"说着潇洒地跨上马，在马上望着拱、雨、峻补充一句："中秋节见！"言毕驰骋而去，头也不回。

拱、雨、峻："舅舅，中秋节见，中秋节见！"

老江湖策马远去的背影，驰进雪野深处。

一阵风卷雪，不见了老江湖。

43．赴莱西途中野地（日）

远景：山东仲秋的野地，一辆大车的轮廓进入画面。

字幕：1914年中秋

拱、雨、峻坐在大车上。

石峻一脸急切问车把式："大叔，快到莱西了吧？"

车把式："你们仨已经轮流问了好多遍啦！是赶着去跟亲人过中秋的吧？"

拱、雨、峻："是的。"

车把式："快了，还有两里地。"

石峻："雨轩，你猜舅舅这会儿在干吗？"

雨轩："还用问？准是在店埠镇曹记杂货店门前张望呗。"

拱北："没错。"

第十二集　另类合葬　石峻丧舅

石峻:"信不,舅舅还会让曹飞叔叔到镇口上迎我们呢?"

拱、雨:"嗯,一定会!"

车把式扬鞭:"驾!驾!"

大马奋蹄。

44．店埠镇口（日）

拱、雨、峻走进镇口。

雨轩:"石峻,快说说曹飞叔叔长什么样,我和拱北都不认识他……"

石峻:"不认识没关系,我一眼就能找到!"

雨轩:"那就往前走吧。"

石峻搜索了一会儿,有些失望:"曹叔并没有来!"

拱北:"中秋节嘛,也难保店里太忙走不开。别等了,直接去曹记杂货店吧!"

45．曹记杂货店前（日）

匾额:"曹记杂货店"。

店门紧闭,毫无景气。

拱、雨、峻愣住了。

石峻:"不是这家店吗?!"

拱北:"应该就是啊,那匾额还有错吗?"

拱、雨、峻面面相觑。

雨轩:"我先去打听一下!"刚转身,一个戴眼镜的中年人拦住他:"你们三位少年军人,是苏恒的亲戚,对吧?"

石峻:"对,请问你是……"

戴眼镜者:"我是苏恒的邻居,城关小学鲁校长。"

拱、雨、峻鞠躬:"鲁校长好!"

鲁校长:"苏恒说过,中秋节你们会来团聚,所以……所以我在这里等你们。"

石峻:"那我舅舅呢? 他不在吗? 去哪里了?"

鲁校长:"你们既是少年军人,就请跟我走吧。"

拱、雨、峻困惑地交换了一个眼神,默默地随鲁校长而去。

46. 店埠镇外野地（日）

远景，平林漠漠，茅草幽幽地泛出银光。

鲁校长带领拱、雨、峻走进野地。

鲁校长："中秋佳节，上这野地里来，你们心里哪能不犯嘀咕啊，是不是？"

石峻："是的，鲁校长，见不着舅舅和曹飞叔叔，我们很不安。"

拱北："出事了吗，校长？！"

雨轩："究竟发生了什么事啊？！"

鲁校长指指前方："看到前面那片老树林了吗？你们一进去就明白了。"

拱、雨、峻立马奔向老树林。

47. 苏恒墓地（日）

拱、雨、峻冲进老树林，顿时惊呆了。

菊花丛中有座整齐的新坟。

镜头蓦地推近，墓碑上赫然刻着六个字：英雄苏恒之墓。

石峻双拳紧握，颤抖起来，继而伸拳向天，发出撕心裂肺的一声长长的"啊！——"，然后扑通跪地，抱着头痛苦地蜷成一团。

拱、雨赶忙扶住，但石峻推开他俩，跪爬到墓前，抱住墓碑，一面用脑袋碰着、抵着，一面哭喊道："舅舅！舅舅！这是为什么呀？！为什么呀？！……"

拱、雨一起上前跪在碑前，搂过石峻，抱头痛哭。

鲁校长过来："节哀吧，节哀吧！"

石峻等犹痛哭不止。

石峻："不是说好中秋团圆的吗？"

雨轩："不是说好会在莱西迎我们的吗？"

拱北："不是说好一定教我骑马的吗？怎么变成这样了啊？……"

鲁校长急得一跺脚："咳，我太看重你们少年军人了！早知不能承受，哪怕编谎，也要拖到节后再到这里来啊。"

拱、雨、峻被刺痛了自尊心，当即挥去眼泪，冷静下来，在碑前坐下。

石峻："冤有头债有主。鲁校长，谁是我们的仇人？他藏在哪里？"

拱北："我们要去杀了他！！！"

鲁校长："你们的仇人并不是市井的地痞流氓、冤家对头，而是中国的灾星！"

第十二集　另类合葬　石峻丧舅

石峻恍然大悟："哦，原来是小日本害死了我们的舅舅！"

鲁校长："绝对是！"

拱北："事情是怎样发生的，鲁校长？"

鲁校长："欧洲正在打仗，你们军校生想必是知道的吧？"

拱北："惭愧得很，烟台海校不准订报，更不准议论政治，所以不太清楚。"

雨轩："七八月间，欧战初起，我们还是从在报社有亲友的两位高班学长嘴里才听到一星半点；可惜过不多久，他们去了外地的海校学习其他课程，消息来源就全断了。好在，战争远在欧洲，我们毕竟是亚洲国家嘛。"

鲁校长："糊涂啊！其实，战争近在咫尺。就在上个月，日本趁德国跟俄、美、法撕咬之际，进攻山东，夺取他们在山东所侵占的权益。日军一路烧杀抢掠，无恶不作。莱西何等富庶，强盗岂肯放过？！出事的那天中午……"

（化入）

48. 曹记杂货店外（日）

老江湖进店。

49. 曹记杂货店（日）

老江湖进来。

曹飞："办妥了吗？"

老江湖："没问题，咱们要进的货品后天就到。"

曹飞："那好。走，上'顿顿香'吃午饭去，懒得做了。"

老江湖："好像早了点。"

曹飞："昨晚盘点挺累人的，想多歇会儿晌。早一点去，客人少，上菜快嘛。"

老江湖："最近不太平，饭店客人很少喽。"

曹飞："走吧走吧，太平不太平的，反正肚子饿了。"

50. 顿顿香饭馆（日）

生意冷清，只见第一张桌子有一位年过半百的商人在等上菜。

老江湖与曹飞进来，少年堂倌笑脸相迎："里边请，里边请！客人想坐哪儿？"

曹飞指了指最里面的一张桌子："就那张吧，靠里点，好唠嗑。"

51．顿顿香饭馆外（日）

一名日本陆军中尉率 4 名日兵来到门前。

中尉："进去吃饭吧！"

士兵甲："报告东条中尉，我们都不会中国话……"

东条中尉一记耳光扇过去："巴嘎！"

士兵甲："哈依！"

东条中尉："吃饭还用得着会中国话吗?！——20 年前，日本没几个人会中国话，照样消灭北洋海军。"

士兵甲："报告中尉，我是怕不会中国话问不出哪道菜好吃。"

东条中尉又扇一耳光："巴嘎！"

士兵甲再次："哈依！"

东条中尉："日本军人是天照大神护佑下的征服者，哪道菜可口还用得着问吗?！20 年前为了打赢甲午战争，我们的军队在山东顺利登陆；20 年后同样为了大日本帝国的利益，又再次成功登陆山东。我们是永远的征服者、胜利者！你们都要记住：凡是被征服者碗里的东西，只要觉得好，就是好菜，就该我们来吃，根本用不着问！"

士兵甲、乙、丙、丁："哈依！"

52．顿顿香饭馆（日）

一个十几岁的小堂倌正给第一桌的老商人上菜："老爷子，饺子已经下锅了，一会儿就得。这是酱牛肉、红烧鱼，您先吃着，看看味道怎么样。"

老商人拿起筷子。

突然，筷子被一只手压住了。

镜头拉开，只见日兵甲一手压着筷子，两眼恶狠狠逼视老商人。

老商人大吃一惊。

小堂倌："这……"

日兵甲指指酱牛肉和红烧鱼，示意小堂倌给东条中尉端过去。

小堂倌："老爷子先来的，这都是他点的菜嘛。"

日兵甲听不懂，重复着刚才的手势，催小堂倌端过去。

小堂倌摆摆手："不行不行……"

日兵甲不由分说一脚踢翻小堂倌。

第十二集　另类合葬　石峻丧舅

老商人"哎呀"一声，扑过去救助。

曹飞霍地站了起来。

老江湖正在攥面条，捏着筷子也站了起来，并且大骂日兵："什么东西，来中国吃霸王饭，还有脸打人！"

日兵甲、乙、丙、丁一拥而上殴打老江湖与曹飞。老江湖与曹飞毫不示弱，立即还手。

东条中尉从第一桌拿来酱牛肉和红烧鱼，傲然坐下，双手抱胸，胜券在握地观战。

53．店埠镇街巷（日）

老商人和小堂倌相偕一路呼叫声援。

街坊、行人，或赤手空拳或手持棍棒砍刀，陆续加入声援。

54．顿顿香饭馆（日）

东条中尉嚼着酱牛肉继续观战，犹如看戏。

55．店埠镇街巷（日）

鲁校长率教师赶来声援。

56．顿顿香饭馆（日）

曹飞渐渐不敌。

东条中尉一脸讥诮。

曹飞摔倒在地。

日兵甲扑上去猛掐曹飞脖子。

日兵乙抽身助力日兵丙、丁围攻老江湖。

57．店埠镇街巷（日）

声援的人流赶往顿顿香。

58．顿顿香饭馆（日）

曹飞反掐日兵甲。

日兵甲翻身再掐曹飞。

日兵乙、丙、丁继续围攻老江湖。

老江湖握着筷子一口气踢倒日兵乙、丙。

日兵丁绊倒老江湖。

东条站起来爆发出一阵得意的狂笑。

正在此时，老江湖猛然跃起，以迅雷不及掩耳之势掷出一只筷子。

东条短促地"啊"了一声，一颗门牙落地；分秒间，老江湖又掷一筷，东条右眼中筷，鲜血直流。

日兵丁呆了。

老江湖哈哈大笑，声震屋宇。

59．店埠镇街巷（日）

声援的人流接近顿顿香饭馆。

画外一声枪响。

人流一震。

定格。

（化出）

60．苏恒墓地（日）

鲁校长："曹飞被日本强盗掐死后，埋进自家祖坟。苏恒的故乡远在千里，但他也是英雄，决不可以变成孤魂野鬼！我们镇长选中眼前这块宝地，风风光光安葬他，远近的百姓全都亲人似的前来送行。苏恒他值了！对吧？"

拱、雨、峻含泪深深点头。

鲁校长站起来："有件苏恒的遗物要交给你们。"

拱、雨、峻立即起立。

鲁校长从怀里掏出一方手帕大小的血染的布片："这是我从苏恒前襟上剪下来的一小块布片。"

石峻攥紧拳头，喉头一哽一哽竭力忍悲。

雨轩轻轻推了石峻一下。

石峻咬着牙接过血布片。

石峻的眼泪迸落到颤抖着的紫褐色的血布片上。

拱北、雨轩一左一右夹着石峻，悲愤地注视着这块血布片。

第十二集　另类合葬　石峻丧舅

鲁校长语重心长:"好好保存这件血泪遗物,牢牢记住莱西的这段历史吧。你们是中国少年军人,你们更是中国海军少年,父老期待你们——期待你们啊!"

拱、雨、峻抬起头来,赫然发现:他们的面前站着一群父老!

镜头静静地摇过乡绅、老农、教师、店员等,最后拉成墓地的远景。

61．店埠镇外野地（日）

拱北、雨轩默默陪着石峻走。

雨轩碰了碰石峻:"你在想什么呢?"

石峻:"我想……我想再去曹记杂货店看看。毕竟,舅舅最后半年是在那里度过的。我觉得,舅舅……"他声音发颤,"舅舅他……他会从里面……从里面活生生地走出来!他……"

拱北不等石峻说完,一把搂过石峻:"不哭,石峻!我们是海军少年啊!"

雨轩:"对!是海军少年,坚强的海军少年!"

62．曹记杂货店外（日）

石峻抚摸着门环和门板。

雨轩把一只野菊编成的花圈递给石峻。

石峻把花圈挂在门环上,张大双臂,全身贴在门上,仿佛拥抱他的舅舅,久久不撒手。

拱北和雨轩彼此会心地对视一眼,一起上前拉下石峻的双臂,勾着他转身离开。

拱、雨、峻走出一小段,又回望曹记杂货店。

镜头推近,推成花圈特写。

63．苏恒墓地（夜）

圆月当空。

拱、雨、峻围坐碑前。

拱北:"日本强盗不让我们跟舅舅过中秋节,我们偏不叫它得逞,看看谁赢谁输!"

雨轩:"我们硬是要跟舅舅聊天吃月饼,气死小日本!"

石峻:"对,就是要它明白,我们是打不垮的,绝不可怜兮兮!"

老江湖画外音:"好!这才是军校生,这才是海军少年!"

拱、雨、峻皆一震。

老江湖满脸绽笑现身坐在碑前。

石峻:"舅舅,我们有许多话要对你讲!"

老江湖:"讲啊讲啊,舅舅就是来跟你们聊天的,你先讲吧!"

石峻:"舅舅,自从来了继母,父亲就不疼我了。是你又当爹又当娘,拉扯我进了烟台海校的。你盼着我快快长大,驾舰远航,可你却被东洋恶棍夺去了性命!舅舅,我发誓,今生今世,来生来世都不放过他们!总有一天,他们会知道什么是中国军人的恨,海军少年的恨!"

老江湖深深点头。

雨轩:"舅舅,石峻和拱北都跟日本有血仇。我是他们的兄弟,他们的血仇就是我的血仇!我们会像你一样勇敢,以牙还牙,以血洗血,舅舅你信吗?"

老江湖:"我信,我当然信!"

拱北:"舅舅,去年正月初三我去福州向林老师辞行,在马尾码头边见到你领着石峻耍棍;当时我就认定你是武侠小说里的江湖大侠,恨不得跟了你去……"

老江湖哈哈大笑:"现在你还觉得我是大侠吗?"

拱北:"不了。舅舅,你玩命跟日本兵打斗,为莱西人出了口恶气;你是我们身边响当当的铁骨硬汉、实打实的抗日英雄,小说里的武侠道义不如你的大,恩怨不如你的深啊!"

老江湖:"那你不再羡慕武侠了?"

拱北:"小时候,我成天梦想武侠,进了军校也照样,今天起我改变了。"

老江湖:"真的?"

拱北:"真的。我要做十足的海军少年,好样的中国军人!"

老江湖:"为什么?"

拱北:"因为,中国军人想的是国仇,为的是国仇,拼的还是国仇!"

老江湖欣慰:"嗯,这就对了。舅舅好高兴啊,听了你——你们掏心窝子的许多话,舅舅感到自己值,值得很哪!告诉你们吧,我一辈子所过的中秋节,加起来,也比不上今天的有意义;一辈子望见的中秋月,哪一轮,也没有今天的明亮啊!你们信不信?"

拱、雨、峻:"我们信,我们信!"

老江湖:"那好,大家分着吃月饼吧。我知道,这些瓜果月饼都是你们用奖学的钱买来的,我心里美着呢。多好的中秋啊!"他伸手指向月亮,"多圆的月亮啊!"

拱、雨、峻一起抬头望月。

老江湖隐去。

天宇上，只有月轮在缓缓地转动。

64．店埠镇外野地（日）

黎明。

拱、雨、峻从老树林中走出。

画外音：通宵守墓后，三兄弟静静离去，悄无声息。然而，四野却听见，一股青春血气，冲破肃穆的黎明，如火奔突，如风呼啸："海军少年，前进！"

旭日初升。

拱北三人止步，背对镜头，逆光仰望旭日。

第十三集　五七国耻　安丽学泳

1. 烟台海校操场（日）

八个班近百名学生在聆听严学监训话。

严学监："我校不准学生读报，而近来反对之声越来越多，要求读报声日益强烈。始作俑者要勇于承认！现在我给你们半分钟考虑。"

拱、雨、峻应声而答："报告学监，是我！"

严学监走近拱北，逼视片刻，断言道："只能是你——纪拱北！给个理由吧，为什么要求读报？"

拱北："中秋假期，我和雨轩、石峻同往莱西与苏恒舅舅团聚。不料，到了那里，晴天霹雳，苏恒舅舅为替同胞抱不平，已被龙口南下的日军杀害了。我们除了悲痛便是羞愧。作为烟台海校生，作为身在山东的中国军人，怎么可以连日、德两国争夺青岛和胶济铁路这样的大事都糊里糊涂呢？！返回烟台后，我忍不住向周边同学说，海校应该开放读报才对。这是我一个人做的，与任何同学无关。"

严学监略一思忖，转而对全体学生训话道："关于日、德在山东交战之事，我要明明白白告诉你们，遵照袁世凯大总统的命令，政府早已宣布中立并划定日、德双方交战区，中国军队不予干涉。此举实为弱国的权宜之计，1904年日、俄战争时，前清政府严守中立且在东北提供交战区，便是先例啊。我等身为中国军人岂无羞耻之心？岂甘听任外侮？但国势所迫，唯有忍人之所不能忍。就说青岛战事吧，日方除陆军外，还派出60余艘军舰参战，以德军之强大尚不能招架，中国积贫积弱如何较量？所以，我要再三告诫诸位，政治乃政治家之事，军人不应与问。作为军校生，正业便是学好本领，服从命令，以图他日；当前更不许擅自行动，破坏中立，否则军法无情！"言讫扫视众人。

第十三集　五七国耻　安丽学泳

全场鸦雀无声。

拱北内心独白："下面，严学监就要处分我了。"

雨轩、石峻很是紧张。

严学监瞥了拱北一眼："至于读报要求，校方不能做主，须上禀新任海军部军学司谢葆璋司长，听命裁夺。你们要静候示下。现在解散！"

拱北一愣。

拱北内心独白："怎么没有处罚我？！"

严学监指了指拱、雨、峻："你们三个跟我来！"

2．学监办公室（日）

拱、雨、峻立于办公桌前。

严学监："方才我在操场上所讲的话，你们都能理解吗？"

拱北："报告学监，我有疑问。"

严学监："什么疑问？"

拱北："10年前，中国忍气吞声划东北之地供日、俄交战，10年后又委曲求全划山东之地供日、德交战。——前清是这样，民国还是这样！什么时候，我们才能像个真正的国家呢？"

严学监："你的问题很尖锐，说明你长进了一点。可惜我不是政治家，更不是预言家，无法给出准确的回答。我的职责还在于，教育你们克服自我，学会忍耐和努力。忍耐而不失血气，努力而扬弃浮躁，则国家终能强盛，民族终能复兴。"他指指天花板上垂下的电灯，继续道："我问你们，近在去年，你们是靠什么上晚自习的？"

拱、雨、峻："蜡烛和油灯。"

严学监："如今呢？石峻你说说！"

石峻："自从今年5月1日，烟台生明电灯有限公司开始发电以来，我们晚自习一直用电灯，已然半年多了。"

严学监："如此算来，烟台有电灯的历史也不过180多天；而在这之前，则是数不尽的岁月，数不尽的期盼，数不尽的努力啊。想想吧，一座城市照明方式的变化，尚且不能一蹴而就；以小见大，可知国力、军力的提升，更绝非易事。民国建立头尾才三年，又怎么可能幡然改进，一扫前清之病弱，而荡平新旧之外侮呢？你们应该冷静从事，发愤用功，这才是正道！"

拱、雨、峻大声回应："是！"

3. 第八教室（夜）

拱、雨、峻在电灯下上晚自习。

拱、雨、峻与同学们互相切磋。

4. 教学楼外（夜）

虎子蹲在教学楼外。

拱、雨、峻从楼内走出。

虎子起身摇尾相迎。

拱北拍拍虎子的头："虎子兄弟，不是说了吗？我们不再做侠客，你也不必做侠犬了，怎么还是天天晚上等着去行侠呢？回去吧！"

石峻："回去吧，好兄弟，明天是冬至小过年，我们一准留好吃的给你。"

雨轩："来，握握手，道个晚安，我们得回宿舍去了。"

虎子抬起一只前腿。

雨轩与虎子握手："Good night, tiger!"

石峻与虎子握手："Good night!"

拱北与虎子握手："Good night, my brother!"

5. 烟台海校宿舍区（夜）

拱、雨、峻朝宿舍走去。

石峻搓搓手："今天挺冷的。"

雨轩："1914年都快过去了，还能不冷？"

拱北："哎，你们想过吗？……"

雨、峻："什么?!"

拱北："1914年快去了，可开放读报的消息还没来！"

雨轩："是啊，不知谢葆璋司长批不批准。"

石峻："我猜会批准的——谢司长是咱烟台海校第一任校长嘛。"

拱北："是不是第一任校长无关紧要，关键在于他是怎样一个人。"

雨轩："听说谢葆璋司长是天津水师学堂第一届第一名毕业生，甲午战争时任'来远'舰二副。'来远'在黄海大战时重创了日舰'赤城'号，可惜到最后的威海卫之役却中鱼雷翻沉了。谢葆璋全凭勇敢顽强临危不惧，才冲破冰冷刺骨的海水，终于游

第十三集　五七国耻　安丽学泳

上刘公岛而获救。"

拱北："这谁不知道，谁不佩服啊。可勇敢并不等于开明嘛，对不对？"

石峻："这倒是，勇者不一定都很开明的。"

雨轩："看来还是别抱太大希望为好，耐心等待吧，啥也不说了。"

拱北："不说了，不说了。真的很冷，干脆跑步吧。"

石峻："对对对，跑步生暖！一二一，一二一……"

拱、雨、峻一起跑步回宿舍："一二一，一二一，一二一……"

6．烟台海校布告栏（日）

布告栏前围着一堆人。

虎子在近旁观望。

拱北从人堆中挤出。

虎子立即迎上。

拱北："虎子，去，叫雨轩、石峻！"

虎子得令疾驰而去。

7．烟台海校林荫道（日）

虎子引着雨轩、石峻飞奔而来。

8．烟台海校布告栏（日）

拱北高举双臂朝着飞奔而来的雨轩、石峻使劲挥动。

雨轩、石峻跑近。

拱北趋前："布告出来了，自1915年元旦起开放读报！"

雨轩、石峻跃起："哈哈！——"

定格。

9．烟台海校校门外（日）

四盏灯笼高挂门上，组成"一九一五"这个年份。

10．烟台海校附近小坡（日）

校工小瘦子赶着毛驴爬坡。

毛驴背驮两大袋报纸。

到了坡顶，小瘦子捋捋毛驴哄道："小毛驴啊，从今往后，咱得天天赶在10点课间休息前，把报纸运进海校去。你可不许半道耍脾气误事啊！知道吗？学生们盼报纸盼了很久很久，这回总算托老校长谢葆璋的福，才如了愿的。所以，你要乖乖的才好。"他从怀里掏出一根胡萝卜，晃了晃："瞧见没？送完报，有胡萝卜吃！"

虎子奔来。

小瘦子："虎子你来干吗？"

虎子不出声，直接锁定两个报纸袋嗅来嗅去。

小瘦子："别嗅啦，里边装着报纸，连我都看不懂，你再嗅也懂不了！"

虎子嗅完便对小瘦子直摇尾巴。

小瘦子恍然大悟："哦，我算明白了，海校不准学生趁课间休息走出校门，你必定是纪拱北他们派来迎接报纸的！"

虎子："汪！"表示认可，又摇尾巴。

小瘦子："虎子别摇尾巴啦，赶快回去报喜吧！"

虎子一溜烟往回跑。

11. 烟台海校校门内（日）

地上放着两袋报纸。小瘦子高举双手："报纸来啦！报纸来啦！"

拱、雨、峻等一群学生兴高采烈："来了来了！""真的来了，真的来了！"

拱、雨、峻忍不住高喊："谢葆璋老校长功德无量！"

众人七嘴八舌呼应："老校长功德无量！""谢司长功德无量！"

虎子向前一蹿，众人相随朝着报纸飞奔而去。

12. 烟台海校校园（日）

5月初，杨树阔叶一派新绿。

画外音：谢葆璋是谢婉莹（冰心）的父亲。这位可敬的烟台海校首任校长，当年曾勇敢参加甲午海战，如今又勇敢打破读报禁令，使闭塞的海校生得以获悉些许时政要闻。

画外音止。

学生们东一簇、西一堆，群情激动，议论纷纷。

邓学长、白学长等高班生首先爆发出愤怒的呼声："抗议灭亡中国的'二十一

第十三集　五七国耻　安丽学泳

条'!"

响应之声顿起:"坚决反对'二十一条'!""我们要示威!""跟烟台民众一起示威!"

拱、雨、峻加入:"我们也要示威!"

低班生随即大叫:"示威去!""示威去!""走!""马上走!"

各群学生自发靠拢成游行队伍,大班在前,小班在后,拱、雨、峻列于其中。

画外响起紧急集合的号令。

众人一怔。

13．烟台海校大操场（日）

严学监正向上百名学生训话:"5月7日日本就'二十一条'发出'最后通牒',5月9日我国政府被迫接受'二十一条',抗议之声由是躁起。在此,我要正告诸位,无论北京、沈阳、汉口、福州、烟台等地民众如何示威,海外侨胞怎样响应,军人就是军人,不准擅自行动!须知,袁世凯大总统已然申令对'滋事者'要'严加取缔''严拿查办'。以袁大总统之权威,1913年,前总统孙中山且遭通缉;今天,又岂容区区海校生抗命?再者,靳云鹏都督效忠袁大总统,早在履任之初,即指令军警、密探每日至少破获三起'革命案'。时势如此,你们务必恪守服从之天职,勿惹无妄之灾。众所周知,造就军事人才,海军远难于和慢于陆军。然而,中国海军英才经中法、中日两场海战,却几近灭绝,幸存者如萨镇冰上将、谢葆璋司长等,可谓凤毛麟角啊。为复兴中国海军,必须培养人才,烟台海校乃应运而生。你们是未来的海防生力军,肩负后继之责,遇事更应三思而行,好自为之吧,解散!"

拱北一时发呆。

拱北内心独白:"严学监所言固然有理,但袁大总统在宿敌面前腿软,在国人面前耍横,也太可恶了嘛。我偏要支着跟他作对,还不让抓到。哼!……"

画外,严学监一声呵斥:"解散了,还原地不动!"

拱北一震。

镜头拉开,严学监站在跟前:"你秉性顽劣,且意气用事,此刻必定又在想入非非。我再次警告你,如你越轨惹祸,那位靳都督是不会因你未成年而有所宽贷的;届时,你还能学成海军,实现报雪马江之恨、甲午之耻的初衷吗?!人生在世,勿因一时之愤而失长久之计啊!"

拱北眨眨眼睛,无言以对。

严学监:"新一轮月考即将开始,你必须克服自我,学会冷静,继续保持一等的成绩才是。去吧!"

拱北敬礼:"Yes sir!"

严学监又加一句:"倘若阳奉阴违,我先关你禁闭!还有你那两个跟你抱成一团的兄弟!"

14. 烟台海校宿舍区(夜)

严学监查夜,在东斋、西斋两排学生寝室悄悄进出。

15. 拱北寝室(夜)

严学监推门进入,目光扫视各床。

严学监内心独白:"纪拱北他们还算安分。"

16. 烟台海校宿舍区(夜)

严学监穿过东斋、西斋离去。

严学监内心独白:"海军苗子栽培不易,多事之秋,犹须严加监护,方能成活。"

17. 纪府大池塘(日)

丽日映荷。

18. 长房正院前厅(日)

大奶奶在读信。

拱北画外音:"母亲大人膝下,敬禀者:儿已通过5月月考,跟雨轩、石峻继续并列头等;6月迄今,海校接连举行各项体能比赛,儿等亦小有斩获。母亲叮咛石峻犹殷,峻谨遵义母慈训,进步极快,儿与雨轩皆引以为傲。唯严学监仍不时苛责于儿,然儿已听从雨、峻二人劝喻,仰体长官恨铁不成钢之意而不敢有所违拗,祈勿牵挂。正值游泳季节,拱南已届4岁,有否按例习水,水性如何,甚念。专此,恭请安康。儿拱北叩上。"

拱北画外音止。

拱南和水生进来。

拱南:"妈!"

第十三集 五七国耻 安丽学泳

水生:"大奶奶!"

大奶奶:"游够了?"

水生:"十一少爱水,哪有个够?紧催着才肯回来的。"

钱妈进来,从水生手里接了湿泳衣:"走,十一少,换身衣服去!"

水生:"大奶奶,我该走了。"

大奶奶:"且慢,我有事交代你!"

水生:"大奶奶请吩咐!"

大奶奶:"我嫂子家太夫人九十大寿,我和三奶奶、四奶奶都给请了去。我们明天走,在福州顺便串串亲戚,前后总得个把星期吧。拱南习水,你要多加小心,别由着他疯啊。"

水生:"是,是,大奶奶只管放心!"

钱妈端进一盘点心。

拱南跟着进来,对水生说:"水生叔,你吃点心吧,可好吃呢!"

水生拍拍拱南:"十一少真乖!水生叔是大人,不饿,你自己吃吧,吃了快高长大,啊!"

拱南却执意要水生吃,拉着他到桌旁:"不嘛,我要你吃,要你吃!"

钱妈不禁感叹:"十一少才4岁就这么有心,这么大方,活脱脱当年拱北大少爷对祥叔的光景!大奶奶,你觉得不?"

大奶奶:"像是有那么点意思。"便命水生:"水生哪,拱南既这么恳切,你就陪他吃嘛。"

水生:"哎哎。"

丁管家进来:"大奶奶,福州文山女子书院下周开始放假,到时候大小姐、二小姐是候着奶奶们一齐回来,还是单接?"

大奶奶:"单接吧。安瑞、安丽先回来陪陪拱南,这样,我和三奶奶、四奶奶就可以多串几家亲戚,顺便也去我嫂子的妹妹星姨那里看看叶思静。"

钱妈打趣道:"大奶奶每到福州,必去探望叶小姐。这就怪了,亲朋戚友里的千金也多着呢、俊着呢,怎么单单叶小姐一个入了大奶奶的法眼呢?"

丁管家:"也许,这就叫缘分吧?不过说来,叶小姐也着实是个天生的淑女,小小年纪这么娴静文雅,怎能不招人喜欢呢?"

大奶奶:"丁管家的话,可说到我心里去了。就讲求学吧,思静读的也是文山女子书院,受的也是新式教育,可人家依然温柔内敛;不像安丽长相虽娇嫩,却成天皮个没完，都9岁了，往后可怎么办呢，真叫人发愁啊。"

丁管家："大奶奶多虑了。女孩子小时候比男孩子皮的有的是，到十二三岁自然而然就会变的，急不得呀。再者三爷、四爷都说过，民国了，女孩子张扬一些怕什么！其实，两位爷早在民国之前就已经这样对待家里的女儿了，否则安瑞大小姐、安丽二小姐还免得了裹小脚吗？即便民国，裹小脚的也大有人在啊。归齐，三爷、四爷到底是受了那么多年的西学，所以并不反对女孩子张扬。"

丁管家言犹未了，拱南突然蹦过来："我也要张扬！"

大奶奶、丁管家、钱妈都笑了。

19. 纪府大池塘（日）

池中。水生、海海领拱南、拱华十弟兄在游泳。

岸边。一乘凉轿在远处出现。

池中。拱南蛙泳。水生："对，对，就这样游，继续，继续！"

岸边。凉轿行近。安丽在轿中放眼池塘，大叫："停轿，快停轿，我要下去！"

池中。拱南发现安丽，大叫："瞧，二姐回来了！二姐回来了！"

岸边。安丽奔到池边，站住："哈哈，我早就看见你们了！"

池中。海海游近："二小姐怎么一个人回来？大小姐呢？"

岸边。安丽："大姐忽然病了，妈妈她们怕传染我，要我去叶思静家住几天。叶思静既没有兄弟姐妹，又不喜欢玩，多没劲哪，妈就准我回来了。"

池中。拱南在水生保护下蛙泳近岸："二姐，你看，我变青蛙了！"

拱华："十一弟昨天还狗爬呢！"

众兄起哄："狗爬哟，狗爬哟！"

拱南赖："就不是，就不是！"

众兄继续取笑，且纷纷做出狗爬式："拱南变狗喽！""拱南狗爬喽！"……

岸边。安丽也拿拱南开心，做出狗爬状："拱南狗爬喽，变狗喽，哈哈哈哈哈……"

池中。众人也哈哈大笑，又互相撩水。

岸边。安丽突然止笑，歪歪脑袋，提出强烈要求："海海叔、水生叔，我愿意变狗！我要像拱南一样，先变狗，再变蛙。你们教我游吧！"

池中。海海、水生不禁失声："啊？！"继而对视一眼，异口同声："这哪儿行？"

岸边。安丽："怎么不行？！"

第十三集　五七国耻　安丽学泳

　　池中。海海："游泳是男人的事，哪有女人的份?!"

　　岸边。安丽："怎么没有？"

　　池中。海海："谁？你指出来！"

　　岸边。安丽："妈祖！妈祖会游泳，还救人。"

　　池中。海海："妈祖是天后娘娘，不比一般的女人，不能算数！"

　　岸边。安丽："那，翠翠该算数吧？她说她会游泳。翠翠能游，为什么我不能?!"

　　池中。水生："翠翠是渔家女，你是渔家女吗？"

　　岸边。安丽："我不是渔家女，可我是……我是……"结巴之后，急中生智，大叫，"我是海军女！——对，海军女！"

　　池中。水生："府里四位奶奶，全都是海军人家的女儿，她们啥时候游过泳来？"

　　岸边。安丽："所以，她们算不得真正的海军女，况且还裹了小脚。我可不一样，我会做真正的海军女！"

　　池中。水生、海海无奈地摇头。海海："二小姐，你呀，就是大奶奶说的'常有理'，我们辩不过你。反正不能教你游！"

　　岸边。安丽："教嘛！教嘛！……"

　　池中。水生："别异想天开啦，二小姐，赶快回家去吧。可巧，钱妈熬了酸梅汤给十一少，你不是最喜欢酸梅汤的吗？回去喝吧！"说罢游开了。

　　远景。海海、水生领着十个男孩继续游泳。

　　安丽受到排斥，失落地望着。

　　镜头慢慢拉远，拉成一个孤独的小身影。

20．长房正院前厅（日）

　　安丽喝着酸梅汤。

　　钱妈坐在一旁唠叨："大小姐发高烧，这么说来，没个十天八天的，奶奶们是回不了家的了。你呀，要乖乖待着，不许淘气。听到吧？"

　　安丽："啊？什么？"

　　钱妈："喝着酸梅汤还走神，小脑瓜里想什么呢？"

　　安丽："没有呀！没有没有！"

　　钱妈："大奶奶前几天还在说，你太偏算术了，这个假期必须下死功夫背书、临帖，把国文逼上去！所以呀，你得努力点，别以为她不在边上，就可以一个劲地玩了。知道吧？"

安丽不答，却含着酸梅汤，睁大眼睛，左右腮帮鼓来鼓去地朝钱妈做怪样。

钱妈："咄，没个正形。——小心呛着了！快吞下去！"

安丽吞下汤："没了，还想喝。"

钱妈起身："好吧，我给你端去。"

21. 长房正院前厅外（日）

钱妈端着酸梅汤往厅里去。

22. 长房正院前厅（日）

钱妈端着酸梅汤进厅。

安丽正边走边做着狗爬和蛙泳的动作。

钱妈抬眼，一愣："哟，你这又玩的哪一出啊？！"

安丽嬉皮笑脸："嘻嘻，不告诉你！喝了汤，我要出去玩。"

钱妈置酸梅汤于桌上："刚回来，又惦着出去！去哪儿啊？"

安丽："我要去找姨太好姐姐。"

钱妈："那倒是该去请个安的。"便催促道："快坐下，喝了汤就去吧，别怠慢了姨太，人家到底是四爷的偏房啊，况且四奶奶又那么稀罕她。"

23. 长房正院（日）

安丽做着蛙泳的动作，两手一拨一拨地穿过正院往外走。

钱妈画外音："见了姨太，可别再'姨太好姐姐'地乱叫一气啊，串了辈分，惹人笑话的！再说了，姨太已经21岁了，她虽然担待你，可心里未必受用啊！"

安丽边走边反驳："才不是呢，她可受用了！我不当着别人的面叫'姨太好姐姐'，还不行吗？"

安丽走出院门。

24. 四房偏院（日）

墙角的鱼缸里，金鱼在游动。

翠翠前来喂食。

鱼儿争食。

关姨太抱着一只两三个月大的咪咪凑近观鱼。

第十三集 五七国耻 安丽学泳

咪咪眼睛盯着鱼儿。

安丽进院："姨太好姐姐，姨太好姐姐！"

关姨太、翠翠一齐转过身来。

关姨太一脸喜悦："安丽回来了！"

翠翠："二小姐，我们可想你了！"

关姨太把咪咪给安丽抱："你看，斑斑是不是肥了好多？"

安丽轻轻点着斑斑的鼻子："是肥了好多，快成小胖子啦！"

翠翠："斑斑争气着呢，4月里生的，这才三两个月，就要赶上半大小子喽。"

关姨太："进屋去吧，安丽，有好吃的给你留着呢。"

安丽："我不要好吃的。"

关姨太："咦，今儿个怎么的了？肚子不舒服吗？"

安丽："没有没有。"

翠翠："那是怎么档子事啊？连好吃的都不要了！"

安丽："我不要好吃的，我要变狗变蛙！"

关姨太、翠翠咯咯笑："什么呀？！"

安丽："拱南才4岁就让学游泳了，可是水生叔、海海叔却不肯教我！"

翠翠："哦，原来如此！不教就不教呗，老爷们有啥了不起？！我教你吧！"

安丽蹦起："真的？！"

关姨太："翠翠，这可不能闹着玩啊，人命关天哪！别的且不论，单说水性吧，你比得过水生和海海吗？"

翠翠十足自信："比得过不敢说，至少半斤八两！"

关姨太："看把你美得！你哪来这本事？"

翠翠："这倒要感谢我那又狠心又偏心的爹呢。生前，他接二连三淹死刚落地的亲闺女，眼皮都不眨一下。对我，虽手下留情，可也毫不怜恤，但凡苦活、险活，比如渔网被缠住、钩住什么的，他总是叫我下水去解，而绝不让我哥来做。日久天长，我水性能不好吗？上府里当差之前，我们村的女孩子里，只要敢随我在海边玩水的，后来全都游得跟鱼儿似的。姨太你一百个放心，纪府的池塘再大也大不过海去，我教二小姐不是绰绰有余吗？她又那么淘气，一学就会的。"

安丽大喜大叫："翠翠，好翠翠，快教我吧，教我吧！"

关姨太："别瞎起劲了，安丽，哪怕万事俱备，奶奶们的关，怕也是过不去哟！"

安丽顿时泄气："是啊，别说奶奶们了，钱妈这关就通不过呀。——妈不在家，她越发盯得紧了。"

　　翠翠略一思忖："没事的,我有办法让她不盯你。"

　　安丽："什么办法?"

25．长房正院（日）

　　钱妈正在收拾翻晒过的书,又不时朝院门口张望一两眼。

　　翠翠进院："钱妈!"

　　钱妈抬眼朝翠翠身后望了望："翠翠,二小姐呢?"

　　翠翠："还在我们那边,舍不得回来呢。"

　　钱妈："你也不催催!太阳都到西边了,还在疯玩,跟男孩子似的。"

　　翠翠走近钱妈身旁："这回并没有疯玩。二小姐看姨太做小玩意,正在兴头上,哪里催得动嘛?我就怕你着急,担心她溜出府去了,所以特地来说一声的。"

　　钱妈松了一口气："那也该回来了。你先帮忙把书抱进大少爷屋里,完后一起过去,把她逼回来。——不能太打扰姨太了,这可是大奶奶行前的交代哟。"

　　翠翠疑惑："怕打扰姨太?——大奶奶她何必这么客气呢?"

　　钱妈："先别问了,拾掇完东西再告诉你。"

26．长房院外小径（日）

　　钱妈："其实,大奶奶不是跟谁客气,而是会做人。"

　　翠翠："会做人?这又怎么讲啊?"

　　钱妈："你是最知道的,姨太近日身子乏力,胃口不开,医生嘱咐要调饮食、少思虑、睡充足;四奶奶因此没少操心,去福州拜寿前更交代丁管家安排小灶在偏院吃。大奶奶性情平和淡泊又善解人意,体谅着四奶奶对姨太的稀罕,她怎能不约束安丽小姐呢?妯娌之间,什么叫会做人?——这就是会做人啊!否则,哪来一大家子的和睦哟?"

　　翠翠突然尖锐地问："那假如有一天,四奶奶不稀罕姨太了,大奶奶又会怎么做人呢?——跟着四奶奶不待见姨太吗?"

　　钱妈白了翠翠一眼："咄,小孩子家,想得这么远、这么深!"

　　翠翠："我已经17岁,不是小孩子啦!"

　　钱妈："你放心!大奶奶何等尊贵宽厚,墙倒众人推的事她是绝对不会做的;再说了,四奶奶人又老实心又软,怎么可能薄待姨太呢!我这都是退一万步讲的话嘛。"

第十三集　五七国耻　安丽学泳

27．关姨太画室（日）

关姨太正在用墨斗鱼头部深褐色的鹰钩状角质腭，嵌仙鹤、宝塔等小工艺品。

安丽饶有兴趣地观看着。

翠翠、钱妈进室。

翠翠："姨太，钱妈来了。"

关姨太："钱妈请坐。"

钱妈："姨太客气了，我站一会儿就走。"

安丽指着嵌成的鹤、牛、羊、宝塔兴奋地说："钱妈你看，这是姨太好姐姐……"

钱妈连忙打断："又没大没小了，总也不改！"

安丽把嵌成的小羊举到钱妈眼前："好玩不？"

钱妈接过羊，来回端详，喜欢得很："太有趣啦，挺着两只犄角，活灵活现！……哎，是用什么嵌成的呢？黑亮黑亮的。"

安丽得意地卖关子："你猜！"

钱妈放下羊，又取仙鹤端详，迟迟疑疑道："仿佛……该不会是用墨鱼口腔里的那两片鹰钩腭吧？……"

翠翠："算你没白吃墨鱼！这都是毛大厨做墨鱼时特地为姨太攒下来的，攒了好久呢。"

安丽："姨太好姐姐，我还要几只白羊、一对丹顶鹤，你能变出来吗？"

关姨太："当然能，上色就是了。上了色，可以跟松石配成各种盆景的。"

钱妈听了连声赞叹："啧啧啧啧啧，从来只见贝壳做工艺品，怎么也想不到，墨鱼头里的废物也能派这样的用场！姨太你真是个天生的艺术人啊！"

关姨太："钱妈说笑呢，不过是吃墨鱼吃出来的念头罢了。"

安丽："姨太好姐姐，我要一盆有羊的，行吗？"

关姨太："还用问吗？第一盆便是你的，里面有黑羊、白羊；第二盆也是你的，我嵌个小凉亭，用一棱一棱的贝壳做盖，尖尖的小螺做顶，好不好？"

安丽跳起来："好！就要这样的！就要这样的！"

关姨太、翠翠、钱妈都笑了。

翠翠："钱妈，二小姐在这儿开心得不得了，你说，我催得动她回去吗？"

钱妈："哟，你不提，我都忘了自己是来干什么的了。二小姐，我们该回去了！"

安丽耍赖："不嘛，我不想回去，不想回去！"

翠翠暗暗碰碰安丽。

安丽："我要住这儿！"

钱妈："住这儿？！那哪儿成啊？姨太身子骨单薄，经不起你折腾。"

安丽："我不折腾，我乖，还不行吗？"

钱妈："不行不行，姨太正在调理，你成天跳来蹦去的没个安分，搅了她的养生，如何是好？我也吃罪不起哟。再说了，大奶奶还要你每天背书、练字等她回来呢，我得在跟前盯着你做功课！"

翠翠直笑。

钱妈愠怒："你笑什么？！我有错吗？！"

翠翠："没错没错，当然没错。我是笑二小姐的功课你又不懂，怎么盯啊？"

钱妈顿时泄气。

翠翠乘胜："依我说，二小姐还是留下好。她的功课，姨太可以教，不比你强百倍啊？！"

钱妈恼羞成怒："大胆！没上没下，竟敢使唤主子！"

翠翠跌入下风："我！……我哪敢啊？！……不过是话赶话，说走了嘴……"

关姨太："好了好了，快别争了。我乐意安丽留下。大奶奶回来，我去解释，丁管家那儿我也会说一声的。钱妈你只管放心吧！"

安丽高兴得直蹦。

关姨太："可是，安丽，你要保证不误功课！否则……"

安丽立即举手："我保证天天背书写字完成作业！"

大家都笑了。

钱妈无奈地指指安丽："你呀！——"

28. 纪府大池塘（夜）

池边夜色。

蛙声中出现一星亮光并两条黑影。

镜头推近。安丽提着马灯，翠翠弯腰寻蛙。

翠翠："这里有，这里有！二小姐，快把灯照过来，照过来！"

安丽把灯照过去。

翠翠蹲下捕蛙。

翠翠："捉到了，捉到了！"

第十三集　五七国耻　安丽学泳

安丽忙张开小袋子，帮翠翠把青蛙装进袋里。

翠翠安慰青蛙："老蛙，你莫怕，我们是请你上家里玩玩的，过后还送你回池塘。"

安丽："对呀，谁也不会吃你的，老蛙！"

29．四房偏院（日）

藤架上攀满绿叶。

墙边的水盆里，青蛙身系细绳在游动；细绳的末端坠着一小块石头，挂在盆沿外。

30．四房偏院后厅（日）

圆桌上放着早点。

关姨太和安丽准备进餐，翠翠站在一旁侍候。

翠翠："二小姐，这盘光饼夹肉松不稀罕，这碟松仁水晶糕就不同了，那是毛大厨这几天专为姨太精制的，一口一块，好吃着呢，可巧让你赶上了。"

关姨太："快尝尝吧。"

安丽吃了一块："哇，又香又软又甜，太美啦！"

翠翠："这丁香鱼、珠螺、黄土萝卜都是你喜欢配粥的……"

安丽："翠翠，你坐下，咱们三个一起吃。"

翠翠："那可不行。我得去大厨房用饭，要不然丁管家立马撵我走。——这是府里的老规矩喽。"

安丽："不怕不怕，我们不说，他怎么知道？"

翠翠："知道的！厨房开饭，少了谁，多了谁，全都瞒不过他。"

安丽："可我们不一样，我们是三个好朋友呀！我要去求丁管家。"说着便起身。

翠翠急忙按住安丽："小祖宗哎，千万别，千万别！这样一来就露馅了，不但不能一起吃，连游泳你也没的学啦！"

关姨太："不能犯傻啊，安丽，一不小心，翠翠就得走人哪！"

安丽："可我多想我们三个一起玩、一起吃、一起住啊，我妈一回来就不能够了。"

翠翠："二小姐，你要听话，不要乱来啊。你不是拜我做游泳师父了吗？那你就听我的，赶紧吃早点吧。"

关姨太："吃了早点，做了功课，翠翠才肯教你变蛙。昨天晚上，我已经在画室里给你准备了一张书桌。"

安丽顺从："嗯，我吃。"

31. 四房偏院（日）

翠翠正在藤架下安置小竹床。

安丽从前厅出来："翠翠，我做完功课啦，姨太好姐姐说我做得不错！"

翠翠："那太好了！"她指指水盆："快到水盆跟前，拜见我们的祖师爷吧。"

水盆里青蛙在游动。

安丽和翠翠在水盆旁蹲下。

翠翠靠细绳牵引青蛙指导安丽学泳："二小姐你看，我们的游泳祖师爷，在用两只前腿向后划的同时，让两只后腿使劲往后蹬，身子就游起来了。注意啊，它蹬的时候，两只后腿不是向外叉开，而是收拢着的。只有这样的手脚并用才游得快。看清楚了吗？"

安丽："看清楚了。"

翠翠牵着蛙游了好几圈，才把绳子交给安丽："我摘花去了。二小姐，你自己牵着吧；好生记着它的前、后腿是怎么划、怎么蹬、怎么配合的。我游泳就是蛙教的嘛，所以才说蛙是我们的祖师爷啊。"

32. 关姨太画室（日）

翠翠插花于瓶。

关姨太在做盆景。

翠翠插完花："姨太，你看，漂亮不？"

关姨太："漂亮，太漂亮了！哎，安丽呢？"

翠翠："还在院子里学老蛙游泳，比比画画，高兴着呢。"

关姨太："也好，让她过足了瘾，她就不会吵着要来真格的了。"

翠翠："不，二小姐就是要真格的！"

关姨太："那你真要领她下水？不是哄她的？"

翠翠："不哄她，我说话算数。"

关姨太："你可别胆大包天啊！万一有什么意外，我要伤心死了……"

翠翠："不用发愁的，姨太，真的不用发愁的！你疼二小姐，我自然知道，可我也疼她着呢。二小姐跟你一样，从不拿我当下人，而是当朋友，当姐妹，我能不好好保护她吗？没有十足的把握，我怎么敢领她下水呢？对不对？"

关姨太点头。

第十三集　五七国耻　安丽学泳

翠翠："我要让二小姐先在咱院子里比比画画两天，果然有门儿，才可以带她去大池塘的。"

关姨太："想过吗？你们难免不被人发现，奶奶们回来知道了，必定要拿你问罪啊！"

翠翠："不会有事的！大热天歇晌，我们专拣中午去，谁能发现？后门院墙下有个狗洞，我们进出也没人知道。"

安丽跑进来："翠翠，怎么还在屋里呀？我都跟祖师爷学老半天了！"

翠翠："好好好，这就去这就去。"

33. 四房偏院（日）

翠翠指着藤架下的竹床对安丽说："二小姐，假装这竹床是池塘，我变成蛙在上面游。"说着趴到竹床上，模拟蛙泳："注意啊，两手合拢向前伸出去，然后向后划，同时两腿收拢着往后蹬。看明白了吗？"

安丽："你多做几遍嘛。"

翠翠反复模拟蛙泳，然后起身："现在，你趴上去照做。"

安丽趴到竹床上模拟蛙泳。

翠翠一旁指导："腿不要叉开，不要叉开！好，对了，对了！二小姐真聪明！"

安丽一听大喜："那，中午没人的时候，就下池塘！"

翠翠："不行，必须反反复复练熟了才能去！今天才开始嘛，后天差不多了。"

安丽："好，那我加紧练！"说着认真地继续练了起来。

关姨太从前厅出来，看到安丽在竹床上学蛙，开心地笑了："安丽还真的想变蛙呢。"

翠翠："有这么股子劲，加上天生的活分，她很快就能梦想成真了。"

34. 纪府大池塘（日）

太阳正当午。

荷花盛开。

翠翠站在池中："二小姐，昨天你已经学会搭着我的两只手蹬水游起来了。这会儿，我托住你的下巴，你试着手脚并用，像蛙一样划水，怎么样？你记得蛙划水的样子吗？"

安丽："记得。我看得熟熟的，比画得熟熟的了。"

翠翠："那好，开始吧。"

翠翠托住安丽的下巴导引着，安丽手脚并用游了起来。

翠翠："很好，很好。有那么点意思了。再游，再游！"

安丽继续游。

翠翠的手悄悄离开安丽的下巴。

安丽浑然不知，成功地游了一小段。

翠翠笑着揭示真相："二小姐，你知道吗，其实我的手早就离开你的下巴啦！"

安丽吃了一大惊："啊?!"顿时下沉呛了两口水。

翠翠不慌不忙拉起安丽，两人哈哈大笑。

镜头拉远。池光、波影、荷花、少女，如诗如画。

35．纪府后门院墙（日）

翠翠和安丽相继由狗洞钻回墙内。

翠翠迅速环顾周围，然后向安丽一招手。

翠翠、安丽溜进内宅。

36．四房偏院（夜）

翠翠捧上西瓜，置于关姨太和安丽面前的小竹桌上。

安丽拿起瓜，刚要吃，却又放下，匆匆奔向院门。

关姨太含笑对翠翠说："我知道安丽在想什么了。你这就去屋里再端一张凳子来吧。"

翠翠："哎哎。"

安丽探头朝偏院外左右张望一下，闩上院门，又匆匆奔回桌旁，得意得很："这下咱们仨可以一起吃啦，嘻嘻！翠翠快坐，快坐呀！"

关姨太、翠翠都禁不住笑了。

37．四房偏院外（夜）

钱妈走来，吃了个闭门羹，自言自语："哟，这么早就都歇息了。看来，二小姐挺安分的。我明天再来吧。"

第十三集　五七国耻　安丽学泳

38．四房偏院（夜）

关姨太和翠翠都吃够了。

安丽还在猛吃。

关姨太："安丽这几天吃什么都是大口大口的，吃得香着呢。"

安丽："啊？！真是大口大口的吗？"

关姨太："是啊。怎么的了？"

安丽："我妈说，淑女不可以大口大口吃东西。"

翠翠："没关系！你天天在水里扑腾，原该吃得猛、喝得欢，才有体力，不然怎么能变蛙呢？"

安丽："那我算得上蛙了吗？"

翠翠："还差点，等你学会换气了才算蛙。"

安丽："那我明天就学换气，行吗？"

翠翠："行。还是得先在竹床上比画，比画得像回事了再下水。好不好？"

安丽："好！当然好！"

39．四房偏院后厅（日）

安丽匆匆吃完早餐，放下筷子："姨太好姐姐，你慢慢用！"说着起身："翠翠，快领我上竹床学换气吧，走！"

关姨太似笑非笑："别，你还有件事没做呢！"

安丽："什么事？"

关姨太："自然是功课喽！《诗经·小雅》的前四首《鹿鸣》《四牡》《皇皇者华》《棠棣》，你都背过了，今天该来第五首《伐木》了。——叫变蛙给变忘了吧？"

安丽无奈，扭扭身子，发出撒娇的声音："嗯——！"

翠翠："溜不掉啦！"

安丽："翠翠坏！"便胳肢翠翠。

翠翠一边笑一边躲一边还手。

40．四房偏院（日）

画外传出少女们的一片笑声。

41．关姨太画室（日）

关姨太在给安丽补习国文。

关姨太："昨天学习《论语》关于'见贤思齐'的一段话，你会背了吗？"

安丽："会。子曰：见贤思齐，见不贤而内自省。"

关姨太："好，那你说说它的意思吧。"

安丽："意思是：孔子说，见到人家的优点，应该向他看齐；见到人家的缺点，就要反省自己。"

关姨太："你能举出例子吗？"

安丽略一思忖："翠翠水性好，我跟她学变蛙，就是见贤思齐。对不对？"

关姨太忍俊不禁："对对对，对对对。"

安丽："我的同学瑛瑛动不动就发脾气，还哭鼻子，我反省自己不要像她那样。——这就是'见不贤而内自省'。"

关姨太："安丽真聪明！下面可以学《伐木》啦。"

42．四房偏院（日）

翠翠正在浇花。

钱妈进来："翠翠，二小姐呢？"

翠翠："正在画室里用功。"

钱妈："姨太可好？没给累着吧？"

翠翠："好着呢，连胃口都开了许多。"

钱妈："那我就放心了。"便压低声音："说来也怪，姨太自民国元年夏天来府里，到如今已然三年整；可是，连我这个在长房当下人的都看得出，无论四爷、四奶奶怎么宠爱她，她却总是不冷不热，把心锁得严严的，好像苦苦地守着什么秘密。你贴身服侍她三年，就一点也没感觉？！"

翠翠："感觉又怎样？难道能把秘密刨出来扔掉？！——我没这本事。可我愿意一辈子陪着姨太，想方设法让她高兴。比如，姨太打算做盆景，我就求毛大厨攒下墨鱼的鹰钩腭；姨太喜欢二小姐，我就劝你放二小姐过这边住几天。"

钱妈叹道："好丫头，姨太没白疼你啊！"

第十三集 五七国耻 安丽学泳

43．关姨太画室（日）

关姨太："刚才我讲了《伐木》这首诗的大意，现在我们一句一句读，你先念念开头这句吧。"

安丽："伐木丁丁（dīng dīng），鸟鸣嘤嘤。"

关姨太："错！不念伐木丁丁（dīng dīng），而应该念伐木丁丁（zhēng zhēng）！"

安丽："为什么呀？！"

关姨太："汉字里，一个字有两个或两个以上读音，是很普遍的。就说这个'丁'字吧。'丁'字用于指顺序、姓名、人口，或表示很少量、很小块的时候，都念 dīng，比如：甲乙丙丁、丁某某、人丁、一丁点等等，例子好多，你也举一个试试。"

安丽："我举……我举辣子鸡丁，对不对？"

关姨太忍俊不禁："对对对——馋猫！"

安丽："嘻嘻，鸡丁就是很小块的嘛，宫保肉丁也算。"

关姨太又笑："越发来劲了！"

安丽："还有……"

关姨太："别'还有'啦，回到诗里来吧。我告诉你，'丁'用以形容伐木的声音时，要读作 zhēng，跟'风筝'的'筝'、'蒸笼'的'蒸'一个音。现在，你反复念几遍，大声点！"

安丽："伐木丁丁（zhēng zhēng），伐木丁丁（zhēng zhēng），伐木丁丁（zhēng zhēng）……"

44．关姨太画室外（日）

钱妈悄悄走来，停在室外，向里观望。

45．关姨太画室（日）

关姨太："像'丁'这一类的字还很多，不用心记就会念错。我再让你念个字。"她用毛笔写了个"扁"字："这个字念什么？"

安丽："biǎn，扁担的扁。"

关姨太："对。"随即又写了个'舟'字："这个字怎么念？"

安丽："zhōu，舟就是船嘛。"

关姨太："现在把'扁'和'舟'合成一个词，你再念念看。"

安丽：“biǎn zhōu。”

关姨太：“又错啦！应该读作 piān zhōu！我们常把一条小船，很文气地说成'一叶扁（piān）舟。好好记住啊！"

安丽：“我记住了。扁（piān）舟，扁（piān）舟，一叶扁（piān）舟……"

46．四房偏院（日）

翠翠在给斑斑喂水："喝吧，斑斑，早上不该给了你一块咸鱼，害得你老喝水。对不起啊，斑斑！"

钱妈由屋里出来。

翠翠："怎么样，钱妈，我没蒙你吧？二小姐是在用心做功课吧？"

钱妈："二小姐果然在用功。想不到，姨太还真能管住她呢。"

翠翠："这就叫'一物降一物，卤水点豆腐'嘛。"

钱妈："别看姨太有时候还挺孩子气的，可是，教二小姐读书这会儿，却十足十像个耐心的妈妈。我想，姨太将来一准是个好母亲。你信不？"

翠翠："我信，我当然信！姨太会是最好最好的母亲！"

47．四房偏院（夜）

关姨太和安丽在纳凉。

安丽："姨太好姐姐，为什么你背书不用走脑子，就从嘴里溜出来了？真神！"

关姨太："这没什么。小时候，我是先背书，后认字的。起初光会死背，啥也不懂；日子久了，才渐渐开窍，对学习有了兴趣。"

安丽："那你是跟谁学的呀？"

关姨太默然，拿起扇子轻轻地扇着。

安丽浑然不知，追问道："到底是跟谁学的嘛？"

关姨太面对安丽天真的目光，无法回避："是跟外祖父，他教我念书、画画。"

安丽："你外祖父是满人吗？"

关姨太："是，是满八旗的。"

安丽："他是个大画家，对吗？要不然你怎么会画得这么好呢，还会做盆景。"

关姨太："不是的，他只是喜欢画画而已。"

安丽又生出一连串的好奇："那又是谁教你绣花的？绣得这样漂亮！是你外祖母吗？是你母亲吗？……"

第十三集 五七国耻 安丽学泳

关姨太再次无语摇扇，并做驱蚊状。

翠翠端着一盘点心过来，偷偷瞥了姨太一眼："二小姐，别问那么多了。今天中午你已经学会换气，还不赶快庆祝变蛙？——喏，全是你爱吃的点心！"

安丽注意力被转移："姨太好姐姐，明天中午你去看我变蛙好吗？"

翠翠："打住打住，我的二小姐哟！咱俩每天钻狗洞进进出出已经够悬的了，哪还架得住再加上姨太的动静呢？！我在大厨房吃晚饭时刚听丁管家说，奶奶们快要回来了！你想，即便姨太钻狗洞出得去，万一奶奶们进家发现姨太不在，那就露馅啦！依我说，抓紧时间，游熟练了是真！"

安丽："好，看我加把劲，抢在奶奶们返回前，练出真功夫！"

48．纪府大池塘（日）

翠翠和安丽在畅游。

安丽游了一会儿，直起身，向翠翠挥手。

水面飘过笑声。

49．大榕乡村道（日）

三顶凉轿鱼贯而行。

家丁画外音："今天叶家奶奶和叶思静小姐不来了，轿子就抄近路走府里的后门吧！"

轿夫画外音："好嘞！"

50．纪府后门外（日）

三顶凉轿相继停在纪府后门外。

51．纪府后院（日）

仆妇们簇拥着三位奶奶并安瑞走向内宅。

丫鬟玲儿忽然觉察墙角处有动静："哎，你们看，墙角下好像有动静。"

大勇："准是野狗，那儿原是有个狗洞的。"

大奶奶："过去看看吧，把它撵走。回头告诉丁管家，打发人赶紧堵上这洞，免得招贼。"

大勇来到狗洞前俯身察看。

安丽挂着草叶正探头出洞。

大勇："啊?！是二小姐！"

52．长房正院前厅（日）

安丽噘着嘴站在大奶奶座前。

大奶奶气得一脸都是汗。

钱妈赶忙过来用湿脸巾给大奶奶拭汗，一面自责道："大奶奶别气了，别气了，都怪我不好，没能盯紧二小姐。"

大奶奶："这不怪你！她比男孩还皮，谁也盯不住。"

安丽嘟囔着："就不让盯！"

大奶奶："还不让盯！安丽啊安丽，你个千金小姐胡闹到这步田地，叫我说什么好呢？想过没有啊，光天化日之下，你泡在池塘里，倘或被乡亲们看见了，还不笑掉大牙，骂我败坏母教吗？"

安丽依旧轻声嘟囔："不是没看见吗？"

大奶奶："没看见?！——这是侥幸，算我烧高香啦！也是侥幸，叶家奶奶没来做客，否则我还能指望她将来把叶思静许配给你大哥吗？"

安丽："不许配怕什么的？我不喜欢叶思静，大哥更不喜欢她！"

大奶奶："你！你敢顶嘴，真真气死我了！"

钱妈："二小姐，你快别吭声啦！"

大奶奶："上了几天洋学堂，就变得这样不知高低！安丽你知道吗？你把四房那边全给牵扯进来啦！"

安丽内心独白："有这么严重吗？"

大奶奶狠狠白了安丽一眼，又重重叹了口气，吩咐钱妈："钱妈，你往四房走一趟，看看是怎么个情景。"

钱妈："哎哎。"

53．四房正院（日）

钱妈进院，迎面见到胖嫂。

胖嫂紧走几步近前，压低嗓门："我正要往大奶奶处搬救兵呢，可巧你就来了。"

钱妈："瞧你说的！不至于吧？"

胖嫂："哎哟哟，可了不得呢。你到前厅往里看一看就明白了。"

第十三集　五七国耻　安丽学泳

54．长房正院前厅（日）

大奶奶："我料定你国文功课一点也没做！"

安丽："做啦！姨太太……姨太教我背了五首《诗经》和一段《论语》。"

大奶奶："那你就背那段《论语》吧！"

安丽："孔子曰：益者三友，损者三友。友直，友谅，友多闻，益矣。友便辟（pián pì），友善柔，友便佞（pián nìng），损矣。"

大奶奶："你明白'益者三友，损者三友'的意思吗？"

安丽："意思是：要跟三种益友好，不跟三种损友好。"

大奶奶："哪些人属于三种益友，知道吗？"

安丽："知道。正直的人、诚实的人、见识多的人属于三种益友，我身边就有这样的益友嘛。"

大奶奶："那，损友呢？"

安丽："损友，我不懂。孔子说马屁精、笑面虎、油嘴子是三种损友，可是我没见过呀！对了，妈，你告诉我，翠翠的哥哥，还有要买翠翠的那个坏蛋，是不是也算在损友里面呢？"

大奶奶："应该算吧，只是妈不认识他们，说不好。不过这没关系，你还小，慢慢地就会理解了。眼下，要紧的是把书背熟，并且不念错字。"

安丽："姨太也说，现在不懂，以后会懂；可是现在读错，以后就难改了。她叫我牢牢记住。'便辟'（pián pì）不可读成（biàn pì），便佞（pián nìng）不可读成（biàn nìng）。"

大奶奶："很好，看来你是用了功的。"

钱妈匆匆进屋："大奶奶，你快到四奶奶那边看看吧，四奶奶正在撵翠翠走呢。"

安丽大惊："啊？！"夺门而出。

55．四房正院（日）

四奶奶画外音传出："去叫丁管家，给翠翠结了账，走人吧！快去呀！"

仆人画外音："是！是！"

56．四房正院前厅（日）

翠翠跪在四奶奶座前，急得满头大汗。

关姨太从偏座上站起:"四奶奶,留下翠翠吧!翠翠天生好水性,进府之前,才11岁就捞起过同村的一个孩子。是我见安丽爱水,比画着青蛙满院跑,一时感动,鼓励翠翠教她的。风波因我而生,连累了翠翠,要怪就怪我吧。翠翠已然无家,撵了她,叫她哪里安身呢?四奶奶,请你留情吧!……"于是哽咽。

翠翠央告:"四奶奶,都是翠翠的错,不关姨太的事。要打要骂,翠翠心甘情愿,只求不要撵我,让我守着姨太。没有姨太相救,翠翠早就被卖,早就一头碰死了,哪能活到今天啊!……"说着悲从中来,放声大哭。

不料四奶奶依然不为所动,冷冷地、缓缓地、坚决地说:"我在四房做了这么多年的奶奶,从未打骂过丫头,更不用说撵人了。打谁、骂谁、撵谁,我都很没脸啊!"

仆妇们认可地点头。

四奶奶指了指翠翠:"可你!你不知轻重,恃宠任性,胆大妄为,居然逗引二小姐游水;且不论成何体统,这万一有个闪失,人命关天哪!我怎么留你,又怎能留你?!"

丁管家进屋:"四奶奶!"

四奶奶:"丁管家,把翠翠辞了吧,另挑好的伺候姨太。"

丁管家打圆场:"这……咳,其实也怪我,没及早堵上狗洞……四奶奶先消消气,再发落翠翠也还不迟啊。"

四奶奶摆摆手:"领翠翠结账去吧,多给些钱,不要亏了人家。"

翠翠大叫:"我不要多给钱,我一片钱也不要,我只想伺候姨太一辈子!我……"

关姨太挥泪:"四奶奶!"

四奶奶摇摇头:"叫翠翠走吧,待得越长,祸害越大,我当不起呀!"又朝翠翠挥了挥手:"起来,收拾收拾走吧!"

突然,安丽破门而入,气急败坏,尖叫:"不可以!"一面扑向翠翠,抱住不放,继续尖叫:"不可以!不可以!"

大奶奶进屋,见此连忙喝止:"放肆!怎么跟四婶说话的?!——忤逆!"

四奶奶:"大姐,坐,快坐!"

大奶奶坐下,再叱安丽:"安丽,还不快起来,赖在地上哪有一点像淑女?!听见没有?!"

安丽不顾,依然抱紧翠翠,涕泪横飞,大叫:"是我让翠翠教我变蛙的,要撵翠翠,我不依!就不依!"

大奶奶厉声:"胡闹!你眼里还有长辈吗?!钱妈,把她给我拉出去,回头我自有道理!"

第十三集　五七国耻　安丽学泳

钱妈为难："大奶奶，这……"

仆人画外音（惊喜）："哟，四爷怎么回来了?!——四爷回来喽！四爷回来喽！"

安丽一跃而起，冲出门去。

57. 四房正院（日）

安丽扑进四爷怀里，大叫："四叔，救救翠翠！"接着哇哇大哭。

58. 四房正院前厅（日）

安丽依偎四爷而坐，大哭虽止，却继续抽抽搭搭。

四爷宠着、哄着道："好啦好啦，我们安丽从来不爱哭，今天哪来这么多马尿哟！"

众人都笑了，气氛顿时改变。

安丽指指跪在地上的翠翠，哭叽叽地说："四叔，翠翠不走！翠翠不走！翠翠不可以走！"

四爷："为什么不可以走，给出个理由啊！"

安丽理直气壮："翠翠是我好朋友！"

安丽振聋发聩的宣告，令上上下下皆一怔。

丫鬟甲对丫鬟乙耳语："二小姐真仗义，拿我们下人当朋友！"

丫鬟乙："这样的小姐我还是头一回遇见呢！"

安丽再次恳求："四叔，翠翠不走！不走！"

四爷："翠翠真是你的好朋友吗？"

安丽一脸无邪，还挂着眼泪："当然啰！"稍停，又提高嗓门："子曰：友直，友谅，友多闻，益矣。"

四爷哈哈大笑："嚆，想不到安丽还会背《论语》呢！"又跷起拇指："怎么背得这么溜啊？"

安丽破涕为笑，且沾沾自喜："嘻嘻，容易得很！翠翠一直是我的好朋友，昨天姨太教我学'益者三友'，我就对上翠翠了，所以一下子就能背出来了嘛。"

四爷又不禁发噱："哦，原来如此！——你还真能联想呢。"

安丽："四叔，安丽不叫翠翠走！就不叫翠翠走。"

四爷："好好好好，不走就不走。——翠翠起来吧！"

翠翠叩头："谢谢四爷，谢谢四奶奶！谢谢姨太！"叩毕爬起。

四爷教训翠翠："挺伶俐的孩子，如何长大却不懂事了？看把你四奶奶给急得！好好想一想吧，四奶奶这辈子什么时候弹过谁一指甲了?！她那么宽以待人，那么维护姨太，哪里真舍得赶你走呢？她是担心有闪失，她是要你长记性！不然的话，我这样容你，岂不是在驳她的面子吗？回房洗洗去吧！——姑娘家花脸猫似的，怎么在人前走动啊？"

关姨太不禁向四爷投出短短的，然而感激的、温暖的一眼。

四奶奶察觉，嘴角掠过一丝欣慰的笑意。

安丽又有诉求："四叔！……"

大奶奶当即喝住："安丽！你磨四叔还不够吗？还想得寸进尺啊？！不要以为你就可以逍遥了，都是你惹的事！你若不缠着翠翠，翠翠怎敢教你玩水？！上了几天洋学堂，你胆子越来越大，心越来越野，不但辜负了四婶的疼爱，还连累姨太、丁管家，个个替你担不是！还不去跟四婶认错，求四婶原谅？"

安丽低眉顺眼走过去，搂住四奶奶的脖子，唧唧哼哼耍赖："四婶，嗯——！嗯——！"

四奶奶拍拍安丽的脸蛋："不准再顽皮了啊，你吓着四婶了，知道吗？"

安丽："知道了！"

四爷："安丽，过来，方才你想跟四叔说什么悄悄话呢？"

大奶奶："四弟，你又宠她，宠得没边了都！"

安丽过来对四爷耳语。

四爷听了又哈哈大笑："是是是，你已经是真正的海军女了！——会游泳当然算真正的海军女啰！"

大奶奶："四弟，我就不明白了，怎么三弟和你反倒纵容安丽淘气？"

四爷："安丽活分，还总有自己的想法，三哥也是这样讲的嘛。——这不，小脑瓜里又冒出什么'真正的海军女'来了。"

大奶奶："快别夸她了，再夸就又偷着玩水了，这要是让外人看见，那还了得！"

四爷："大嫂言重了。民国以来，风气渐开，裹脚不兴了，女子游泳早晚也会变得不稀奇了。其实，在西洋，女子游泳很平常，我去那里购船、接船时常能见到的，就跟蒙古女孩骑马、东北姑娘滑雪一样啊。"

安丽："四叔，以后你带我去西洋游泳，去东北滑雪，好吗？"

四爷又笑："这淘气包！你还真敢想啊！"

众人哄堂大笑。

第十三集　五七国耻　安丽学泳

59．安丽书房（夜）

安丽在灯下写信：

"大哥、轩哥、峻哥：你们信吗？妹已学会游泳！是翠翠偷偷教的。妹还想学习滑雪，可惜家乡没有雪，雪只飘在姨太好姐姐的画卷里。好姐姐说，雪花薄薄的、闪闪的，飘下来的时候，就像千瓣万瓣银花在空中飞舞。你们那里冬天有雪，多好啊！"

安丽搁笔，双手托腮，望着窗外，想象飞雪。

安丽的眼前，无数银片薄薄地、闪闪地自夜空徐徐飘下。画面恍如童话世界。

第十四集　师生情义　反袁风波

1. 戚村外（日）

雪花漫天。

原野裹素。

2. 戚村（日）

拱、雨、峻踏雪进村。

二赖子持簸箕与粪叉由远而近。

拱北眼尖："瞧！那不是两年前投宿戚村时那个半夜撬门的二赖子吗？"

闪回（参见第九集《赴考途中　初入海校》第9节）：

蒙面人向追赶而来的拱北挥刀砍去；拱北舞双剑迎战；拱北将蒙面人大刀打落；雨轩从后面踢倒蒙面人并踩住大刀。

闪回止。

雨轩："没错，是二赖子。戚大爷说二赖子改邪归正了，果然如此啊。"

双方走近。

二赖子："三位小兄弟，你们准是来看戚大爷、戚大妈的吧？"

拱、雨、峻："是啊。"

二赖子："不巧了，早起我挑水时正遇上他俩出门，说是不放心老二，必须走一趟才踏实。"

石峻："戚二哥他怎么了？！"

二赖子："也没怎么，听老两口说，戚二哥不想干警察了，因为最近抓的尽是好人，他憋得慌！——二老能不牵肠挂肚吗？"

第十四集　师生情义　反袁风波

石峻："那，看来，今天我们是等不到大爷大妈了。"

二赖子："指定等不着了。"

雨轩乃对拱北和石峻说："带来的点心怎么办呢？这还是托小瘦子给买的呢。"

拱北不假思索："好办！"便将点心塞给二赖子。

二赖子："这?!……"

拱北："大哥，你替我们交给大爷大妈得了。"

二赖子："哟，我还以为是让我替他们吃呢！"

拱、雨、峻大笑。

二赖子："你们就不怕掉进我二赖子的嘴里吗?!"

拱、雨、峻又笑。

二赖子："放心吧，老两口还要给我张罗个家呢！我哪能这样啊，对不对？"

拱、雨、峻："谢谢大哥！"

3. 途中小吃店外（日）

小吃店背景前，拱、雨、峻在雪中行进。

雨轩拍拍鼓鼓的胸襟："嘀，我的胸口都快叫烧饼给烫出泡来啦！"

拱北："干脆解开，边走边吃得了。——我已经变成雪地饿狼喽！"

石峻："别'雪地饿狼'了！万一被哪个教官碰见，骂几声'兵痞子'，还算走运；倘或上报学监，那就唐僧念咒，疼死孙猴喽！"

雨轩："忍一忍吧，'雪地饿狼'！前面快到水神庙了，不如进庙做老鼠偷偷地吃比较稳妥。"

拱北："好吧，老鼠就老鼠。"便举手一挥："鼠辈们，前进！"

4. 水神庙（日）

水神像下，拱、雨、峻围坐于一包点心前。

特写：一包摊开的烧饼。

拱北拿起一块开边烧饼，翻看夹心："哇，白糖夹心，真带劲！……美中不足的是……"

雨、峻："是什么？"

拱北："是糖太少了！"

雨、峻各取烧饼翻看夹心，异口同声："不少啊！"

拱北一脸坏笑："不少？——那好！"遂掰开烧饼，托在两只巴掌上斜伸出去，对着石峻右眼闭左眼开："抽税！"对着雨轩左眼闭右眼开："抽税！"

石峻加糖于拱北饼上："蚂蚁精！"

雨轩加糖于拱北饼上："贪！"

拱北合起两半烧饼，咬了一大口，津津有味嚼起来。

雨轩咯咯笑，对石峻说："瞧他那样！见了糖，眼睛都放光。后面几块饼里的夹心也全挖给他得了，权当做善事。"

石峻："没问题！再说了，人家贪的不过是糖，比不得袁世凯，当了大总统还要做皇帝！"

拱北："提起袁世凯，我就不明白了，为什么今年5月9日，这家伙接受了'二十一条'，遭国人诟骂；可他不但没给骂倒，反而时隔仅7个月，居然就快坐上龙椅了。你们说，道理何在呀？！"

雨轩："我也讲不好，反正……反正他是乱世枭雄呗！"

石峻："这枭雄可真够心狠手辣的！报上不是登了吗？12月5日，革命党人发动靠泊在上海的'肇和'舰起义，反对袁世凯复辟；结果，当天晚上就给镇压下去了。"

雨轩："据说，一些地方正在恢复跪拜礼呢。"

拱北："太可恶，太可恨了！中国人向帝王跪拜了几千年，好容易民国建立了，取消跪拜了，袁世凯却要我们重新跪下去，拜下去，真是罪该万死！"

石峻："哼，看他美得了多久！等着吧，就算能爬上皇帝宝座，孙中山不会放过他！革命党人也不会放过他的！对吗？"

雨轩："对，绝对不放过！……哎，你们说，革命党人是啥样的？跟武侠差不多吧？"

石峻："去去去，革命党人献身理想，献身国家，跟武侠是不可同日而语的；况且，武侠的兵器，刀啊剑啊的，也未免太陈旧了嘛。"

拱北："那……我想，革命党人应该是这样的——"他站起来，一颠一颠，做出骑马射击的动作并且喊道："为了胜利，冲啊！"

雨轩、石峻哈哈大笑："什么呀？！"

突然，拱北急止之："别笑！听，远处有马蹄声！"

5. 水神庙外（日）

远处，一匹飞马卷雪而来。

第十四集　师生情义　反袁风波

马上是一个年轻的陆军中尉。

拱、雨、峻从庙门里冲出。

中尉目不斜视，从拱、雨、峻身边疾驰而过。

拱、雨、峻惊羡不已："哇！"

拱、雨、峻目光追随中尉，直至其背影消失在画面深处。

拱、雨、峻面面相觑："神了！他是谁呀？！"

6. 烟台海校校门外（日）

拱、雨、峻进校。

7. 烟台海校校门内（日）

小瘦子迎上，神秘兮兮："来了一个人！"

拱、雨、峻："什么人？"

小瘦子："陆军的，骑着大马，嘀，那架势！"

拱、雨、峻异口同声："一定是他！"

8. 拱北寝室（夜）

雨轩进屋。

拱、峻放下书本："打听到了？"

雨轩坐下："他叫吕铁，出身保定军校，是来接替刚刚离任的步兵训练教官的。"

石峻："哦，是这样。前任教官样子虽不英武，但挺机敏的，不知这位如何？"

拱北立马心动："不妨试探一下。"

石峻："试探？——你又要发武侠梦了吧？！"

拱北："没有没有，我都说过不做武侠，要做海军少年了嘛。所谓试探，只不过借点武侠动作，骨子里还是海军少年啊。"

石峻："严学监才不管你骨子里是什么呢。咱这屋，两人因成绩、一人因身体，淘汰得只剩咱仨啦！"

雨轩心痒痒的："不怕不怕，严学监现在盯的是邓兆祥这班学弟，何况今天又是周日呢。"

石峻："那，怎么个试探法呀？可不许乱来啊！"

拱北："你总是中规中矩的！放心吧，没事！绝对没事！"

熄灯号吹响。

9. 烟台海校宿舍区（夜）

拱北寝室及各宿舍电灯相继熄灭。

天上，月光明朗。

10. 吕铁教官宿舍外（夜）

一座小平房，独门独户，三面围着矮矮的冬青树墙。

镜头推近，只见窗户大开。

11. 吕铁教官宿舍（夜）

吕铁熟睡。

12. 拱北寝室外（夜）

拱、雨、峻自窗内相继跃出。

13. 吕铁教官宿舍外（夜）

三条黑影躲躲藏藏由远而近。

三条黑影蹿到冬青树墙下埋伏起来。

雨轩："吕教官冬天还敞着窗户睡，真行！"

拱北："猫到他窗下看看去，怎么样？"

雨、峻："好。"

三人猫到窗下，听了听。

拱北弯下腰，示意雨轩踩上去看个究竟。

雨轩站到拱北背上向窗内望去。

吕铁呼呼大睡且鼾声如雷。

雨轩不禁失笑又忙捂住嘴巴。

石峻扯扯雨轩的裤管，示意其下来。

雨轩从拱北背上跳下。

三人重新猫回冬青树墙下。

石峻问雨轩："你都看见什么了？"

第十四集　师生情义　反袁风波

雨轩:"吕教官睡得死死的,还大打呼噜,对我一点也没觉察。"

石峻:"可见不机敏。"

拱北:"没劲没劲,军人竟这样迟钝!咱们白白让他的马上英姿给镇住了。走吧,不值得为他冒犯校规喽。"

正在此时,有什么东西从他们头上掠过,落到冬青树墙后面去了。

三人大吃一惊,面面相觑。

拱北:"快撤!"

14. 校园小路(夜)

拱、雨、峻东张西望,抱头鼠窜。

雨轩险些滑倒。

拱北停步,左顾右盼后定了定神:"好像,吕教官并没有追捕我们嘛!"

雨、峻喘着粗气:"是啊,是啊。"

忽然,虎子迎面冲来。

拱北:"虎子,你又盯着我们!不是叫你不要再做侠犬了吗?"

虎子一声不吭,却用嘴牵咬着拱北的裤腿,然后朝吕教官宿舍的方向奔跑。

拱、雨、峻不及思索,随虎子而去。

15. 吕铁教官宿舍外(夜)

虎子率拱、雨、峻奔到距吕教官宿舍约200米处猛然停住。

一条黑影以轻功般的动作飞进吕教官窗口。

拱、雨、峻惊讶得个个张大嘴呆了。

石峻回过神来:"这条黑影是谁?!"

雨轩:"何以要飞进吕教官的窗口?!"

拱北想了想,猛然省悟:"哦,黑影正是吕教官他自己!"

雨、峻:"啊?!"

拱北十足自信:"没错,一定是他!他先扔出个什么东西引开我们的注意力,然后跳窗出来,然后……然后不知道干吗去了……现在又飞回窗里了嘛。"

石峻:"奇怪呀,吕教官为何要从窗口出入呢?他独门独户的,不比我们,怕走过道动静大,唯有跳窗嘛。"

雨轩:"或许……或许他当了中尉还想当武侠吧?"

拱北:"谁知道呢?简直不可思议。"

石峻:"那他跳窗之后都做了些什么呢?——跟踪我们?"

拱、雨摇头:"不是。"

石峻:"追捕我们?"

拱、雨又摇头:"也不是。"

石峻:"那他到底干了些什么呀?"

拱北故做恍然大悟状:"哦!"

雨、峻:"'哦'什么?"

拱北:"我明白,他跳窗后就上茅房啦!嘻嘻!"

雨轩捶了拱北一拳:"亏你想得出!——这会儿还有心思捉弄人!"

石峻:"别闹了,还是回屋为妙。在这儿待久了,保不准夜长梦多,让吕教官逮个正着!"

16. 拱北寝室(夜)

拱、雨、峻相继入窗。

石峻轻轻关窗。

拱、雨几乎同时惊叫:"看!"

书桌上压着一张纸!

拱、雨、峻拥到桌旁。

拱北拿起纸,压低声音:"到窗前借着月光看吧!"

拱、雨、峻返回窗前。

窗户再次打开。

月光、雪光映照着一首显然是急就而成的绝句。

绝句(竖行、自右而左)特写:

  剑客缘何觑我窗,
  莫非欲共论乡邦,
  君当少小赍奇志,
  缚豹擒龙喝虎降。

拱、雨、峻轻声念诗。

第十四集 师生情义 反袁风波

石峻："原来，吕教官是来留言，勉励我们安邦定国的！"

雨轩："原来，我们是中了他的调虎离山之计啊！"

拱北："原来，他比我们机敏得多得多呢！"

石峻合上窗户："我想，吕教官不至于报告校方惩戒我们吧？"

雨轩："绝对不至于！否则就不会特地赠诗了。"

拱北："一点没错！我判断，他12月还开窗睡觉只是为了锻炼耐寒能力，而出入窗口则是意在保持武功、轻功。他跟我们过招，纯属偶然。对不对？"

石峻："对对对。这样的教官，即便是陆军出身，我也服！"

雨轩："何止服？我都五体投地啦！"

拱北："我巴不得立马就上他的课！"

17．烟台海校操场（日）

大雪。

操场上笔直地站着上百名穿冬装的学生。

拱、雨、峻眼神中充满崇拜。

吕教官身着陆军中尉装，行了个漂亮的军礼，开始训话：

"今日起，步兵训练由我负责。训练之前，有几句肺腑之言，与大家共勉。众所周知，军人的天职是服从，没有服从便不成军队。然而，我认为，如果军人只知服从，而不知爱国，则无异于军犬、军马；此等军人非但不是真正的军人，还大有可能沦为独夫民贼的工具。所以，希望诸位牢牢记住：军人的天职是服从，而高于服从的是——爱国！仅就中国海军的历史进程而论，若无高于服从的爱国信念，怎会有辛亥革命关键时刻清朝海军的倒戈？怎会有后来民国海军的建立？

"总之，爱国理应是军人至高无上的信念和准则。民国以来，风云多变，外有日本豺狼趁欧战侵略山东，进而逼签'二十一条'，内有野心之辈窃取辛亥革命果实，欲收江山于私囊中。我等军人唯有抱定爱国宗旨，方能把握自己，处变不惊，俯仰天地，无愧于心！我，甲午战争一员阵亡将士的儿子，誓将高举战刀，直指外敌内奸，不惜一腔碧血，只因爱我中华！"

拱、雨、峻不约而同，爆发呼应："爱我中华！"

海军学生一片激情："爱我中华！爱我中华！爱我中华！"

风雪大作。

严学监站在操场上看着这情景，若有所思。

严学监内心独白："袁世凯已然接受百官朝贺，单等元旦日正式登基了。吕教官明知复辟已成定局，却如此锋芒毕露，无所忌惮，他究竟是什么来头？——中华革命党吗？"

18. 烟台海校操场外（日）

严学监一边思索一边离去。

严学监渐渐止步，侧身回望操场。

严学监内心独白："不，吕教官不像中华革命党。烟台是袁世凯的地盘，革命党怎么会不计后果，轻易暴露呢？看来，他只是个坚定而狂热的爱国赤子，出于义愤，甘冒杀身之险，单枪匹马讨伐袁世凯而已。"

19. 烟台海校操场（日）

吕教官仍在激情训话。（无声）

学生全神贯注，挺立不动。

特写：学生军帽上积满寸把厚的雪。

20. 烟台海校操场外（日）

严学监摇摇头，自言自语："不识时务，必招祸患。可惜啊，吕教官初来乍到，与我素无渊源，又是陆军的，我改变不了什么。我也鄙薄袁世凯，但我的职责是培养海军人才，不管谁当国，都少不了我们海军啊。"

21. 吕铁教官宿舍（夜）

吕教官："一连三个晚上，我讲了欧洲大战与日本野心，日本侵略本性与掠夺目标，袁世凯复辟帝制与反袁浪潮，还有，中国军魂与日本军魂之对立，等等。你们听了有想法吗？"

拱、雨、峻异口同声："有！"

吕教官："那好，就都说说吧。"

雨轩："我更恨小日本，更恨袁世凯了！反正，管他哪个人、哪个国，只要跟日本狼狈为奸的，准是大祸害，都得除掉！"

石峻："我也这么想。我舅舅苏恒死在日军手里，我饶不了他们，现在更饶不了为当皇帝而认日贼作父的袁世凯！"

第十四集　师生情义　反袁风波

拱北:"过去,拱北不懂啥叫军魂。今天明白了,军魂就是军人的精神、军人的灵魂。日本军魂以践踏别国为荣,以屠杀弱小为勇,表面上轰轰烈烈,视死如归,骨子里不过是冷血之辈、亡命之徒,残忍下流,轻如鸿毛!"

吕教官:"讲得好,讲得好,继续!"

拱北:"中国军魂则以抵抗外侮,不惜玉碎为荣,以绝境犹战,九死无悔为勇,顶天立地,重于泰山。马江烈士许寿山、陈英、吕翰、林森林是这样的中国军魂,甲午英雄丁汝昌、邓世昌、杨用霖、周家恩也是这样的中国军魂!中国军魂引领我中国军人、我海军少年,秉承爱国精神,一往无前!"

吕教官激情洋溢:"你们的悟性让我很振奋,心里涌出更多的话要对海军少年讲。只是时间不早了,你们先回去吧,以后再谈。"

拱、雨、峻会意地彼此对视一眼。

雨轩:"我们今天来,是有两个小问题……可以问吗?就一会儿工夫!"

吕教官:"小问题?那就问吧!"

拱北:"我们侦察到你出入窗户。——是学武侠还是……?"

吕教官不禁哈哈大笑:"好家伙,居然侦察我!那我就实说了吧:军人远远高于武侠,我不学武侠,只是练练轻功而已。陆军嘛,有了马术,再加上轻功,不是更称职吗?"

拱、雨、峻不约而同:"那你教教我们吧!"

吕教官又笑:"还挺贪的!别忘了,你们是海军学生,一周只上半天步兵训练课。"

拱、雨、峻遗憾而无奈地叹了一口气。

吕教官:"第二个小问题呢?"

石峻:"头一堂课,你在操场上训话时说过,你是甲午阵亡将士的儿子。我们很想知道令尊的大名,那一定是如雷贯耳吧?"

吕教官:"并不如雷贯耳。先父曾是巩军新右营营官周家恩的部下,甲午战争摩天岭恶战中与全营兄弟一起牺牲了。他的名字很平常,叫作吕忠。"

拱北一怔。

闪回:

林宅小厅,拱北听林镇远对纪慕贤说:"学弟幼孤,由吕氏一家三口呵护成人。兄长吕忠大我八岁,服役陆军;威海卫之役时,随巩军新右营营官周家恩死守南帮摩天岭炮台。周家恩连肠子都打出来了也不屈服,全营玉碎,兄长他也……"

闪回止。

拱北："吕教官，你认识曾经参加过甲午海战的一员北洋海军吗？"

吕教官："谁？"

拱北："他是令尊吕忠的义弟，本名林晖村，战后更名林镇远。"

吕教官激动："当然认识，岂止认识！我和我的兄弟们都是他含辛茹苦一手养大的。怎么，你跟他也有渊源？！"

拱北："林镇远，他是我老师啊！"

吕教官惊喜失声："啊？！"同时不由激动地站了起来。

拱、雨、峻也随之站起。

吕教官并拱、雨、峻不约而同："缘分啊！"

22. 烟台海校校门内（日）

地上放着两盏大红灯笼。

小瘦子提着另外两盏大红灯笼过来，往地上一放。

四盏灯笼排成"洪宪元年"四个金字。

小瘦子四顾无人，便对灯笼连啐三口："什么洪宪大皇帝，小日本糟践俺们山东他都管不了，还大呢，大个屁！"又望望四周，然后伸脚对灯笼做了个踢的假动作："见鬼去吧，大屁皇帝！"

23. 烟台海校布告栏（日）

拱、雨、峻行经布告栏。

布告内容：恭贺洪宪大皇帝登基

拱北忍不住朝布告恶狠狠地挥了一拳。

雨、峻也挥了几拳。

不料严学监突然出现。

拱、雨、峻大吃一惊。

严学监却只来了个家长式的训斥："明天便是中华帝国了，生杀予夺，权在皇上，海校是要举行庆典的；而你们三个顽童却如此心无敬畏，不知检点，不懂收敛，一旦生事，谁能相救，啊？！还不走开！"

拱、雨、峻被斥泄气，敬礼："Yes sir！"

严学监再斥道："有气无力，像什么军人，啊？！"

拱、雨、峻挺直身板，敬礼，高声回应："Yes sir！"

第十四集 师生情义 反袁风波

24. 百年老树（日）

拱、雨、峻愤懑地倚着老树。

拱北："中华民国都叫袁世凯给偷走了，严学监还叫我们收敛！这回豁出去，不听他的了。你俩敢吗？"

雨轩："怎么不敢？！当然敢！"

拱北："石峻你呢？你向来最方正、最规矩。"

石峻："这次不同了，因为，我要中华民国，不要中华帝国，我要中国进步，不要中国倒退！"

拱北："太对太对了，我们为的是爱国的嘛！吕教官说，军人的天职是服从，而高于服从的是爱国。现在，不正是到了爱国的时候吗？"

雨轩："那，咱们怎么做？"

拱北张望一下，伸开双臂，搂住雨、峻的脖子。

三人头碰头密谋。

镜头拉远。

25. 烟台海校宿舍区（夜）

三条黑影（拱、雨、峻）躲躲藏藏离开宿舍区。

26. 烟台海校布告栏（夜）

拱、雨、峻从远处警惕地奔向布告栏。

布告栏前出现一条黑影。

拱、雨、峻接近布告栏。

那条黑影逃之夭夭。

拱、雨、峻狐疑地互望一眼，随即扑向布告栏。

布告栏内空空如也。

拱、雨、峻不禁失声："啊？！"

石峻："那影子是谁？居然先撕掉恭贺袁贼登基的布告！"

雨轩："是吕教官吗？——不，个子差远了。"

拱北："别猜了，快走吧，否则那两件事也干不成了！"说着立即离开。

雨、峻也随之而去。

27．烟台海校院墙内（夜）

雨、峻搭起人梯。

拱北上了院墙，相继摘下四盏灯笼，抛出院墙外。

28．烟台海校院墙外（夜）

四盏灯笼散落地上。

拱北："快，踩扁了带走，扔得远远的！"

石峻："横竖要去水神庙，不如扔到那儿吧。"

雨轩："半路上就行。"

三人猛踩灯笼。

29．水神庙外（夜）

拱、雨、峻奔到庙前。

拱北："你们快进去吧，别多话，利索点，我在外面警戒。"

雨、峻立即进庙。

30．水神庙（夜）

雨、峻来到木雕的水神前。

雨轩："水神爷，劳驾走一趟，跟我们共图大业！"

31．水神庙（夜）

雨、峻出来。

雨轩背上驮着包袱。

拱北掂了掂包袱："重不重？咱们轮流背吧。"

雨轩："用不着！赶快撤！"

32．烟台海校院墙外（夜）

拱、峻护着雨轩奔向院墙。

拱北警觉："有动静！隐蔽！"

拱、雨、峻躲在灌木丛中窥视。

第十四集　师生情义　反袁风波

一条黑影在拱、雨、峻视野里以轻功飞进院墙内。

拱、雨、峻面面相觑。

拱北："这条黑影才是吕教官！不知他干什么去了？"

石峻："看来，布告不是吕教官揭的。那会是谁呢？小瘦子吗？"

雨轩："小瘦子应承过明天配合我们行动，他不会自作主张揭布告的。"

石峻："那就是别的同学了。——谁不恨袁世凯称帝啊？"

拱北："别多说了，赶紧护送水神爷进校吧，小心功亏一篑啊！"

33．拱北寝室（夜）

拱北睁着眼睛仰面而卧。

闪回（三次）：一条黑影在拱、雨、峻视野里以轻功飞进院墙内。

拱北喃喃自语："吕教官是从哪里回来的？他到海校外面究竟干什么去了？……"

雨轩坐起："我也睡不着，想的也是吕教官！"

石峻坐起："今晚实在太兴奋了，怎么也睡不着！我倒不是猜想吕教官，再猜也白搭，我只担心小瘦子明天办不办得成。"

拱北也翻身坐起："不用担心，小瘦子在水神庙那边是有亲戚的嘛！明天，只要我们沉住气就行！"

石峻："这没问题，我保证！"

雨轩："我也保证！"

拱北："好，祸福与共，生死不移！"

石峻、雨轩不约而共跳下床，蹦到拱北身边。

拱、雨、峻三只手搭在一起："祸福与共，生死不移！"

34．水神庙（日）

天色微明。

小瘦子从水神庙前匆匆跑过。

35．水神庙附近村路（日）

太阳升起。

小瘦子朝前方一座村庄奔去。

36. 烟台海校礼堂外（日）

海校学生列队走向礼堂。

拱、雨、峻随队列而行。

拱北向雨轩投出调皮的一眼。

石峻以目阻之。

拱、雨、峻进入礼堂。

37. 烟台海校礼堂（日）

主席台上方挂着横幅：拥戴洪宪皇帝登基

主席台两侧悬着对联：帝国紫气披山河　臣民丹心映日月

主席台阶下，吕铁等十余名教官肃立于学生队列之前。

值星生上台，站在侧面宣布："烟台海军学堂拥戴洪宪大皇帝登基典礼隆重开始，请严学监代表校长演讲！"

严学监上台，走到讲台处就位。

镜头推近，讲台上摆放着一个红布罩着的物件。

严学监注意到这个红布罩着的物件，即向值星生投去疑惑的一眼。

值星生立马过来。

严学监："这是什么？"

值星生："大约是摆设的礼品吧，学生不敢擅自窥探。"

严学监稍一迟疑，揭下红罩。

台下哄堂大笑！

严学监一怔，在哄笑声中侧身查看。

水神特写。

严学监怒："是谁？！是谁如此恶作剧？！简直无法无天，无法无天啊！"

台下，学生们乱成一团。

拱、雨、峻笑弯了腰。

拱北就势蹲在地上，朝雨、峻大做鬼脸。

雨、峻也做鬼脸彼此呼应。

严学监："太不像话啦，国法校规不容！不容！实在太不像话啦！……"

画外响起一片喧嚣："太不像话啦，太不像话啦！……"

第十四集 师生情义 反袁风波

画外音中冲进一群乡民,继续叫骂:"海校太不像话啦!""俺们不答应!""俺们绝对不答应!""你们缺德呀!""缺大德呀!"……

严学监急忙跑下主席台。

乡民们立即围住严学监。

严学监:"老乡们,不要吵,都不要吵!海校到底做错什么了?有话慢慢说嘛。我们正在庆贺洪宪皇帝登基,这可是件天大的事啊……"

乡民们不理,越发大喊大叫:"俺们不管什么鸡,什么鸭!有人看见,你们偷了俺们的水神爷!""俺们要遭水涝旱灾的报应啦,你们缺德呀!""水神爷就是俺们的皇帝,没有他,谁能保佑俺们平安?!""你们海军有船有炮还不够吗,还要偷俺们水神爷保平安,没道理呀!""俺们要迎回水神爷!""你们冲撞了俺们的水神爷,必须赔不是!""你们要赔钱!""赔钱!赔钱!赔钱!……"

严学监:"乡亲们,静一静,静一静,有话好商量,好商量!"

乡民们情绪稍平。

严学监:"这样吧,请你们派两个代表,跟我去办公室谈,可以吧?"

众乡民七嘴八舌:"二大爷有见识,二大爷去吧!""李五叔你也算一个!""好吧!""好吧!"

严学监往礼堂门口走去。

众乡民跟着涌出礼堂。

教官们继而退场。

学生们欢呼雀跃。

吕教官行经拱北身旁。

拱北高高跃起。

吕铁教官朝拱北飞去一眼,立即走开。

吕铁内心独白:"肯定是纪拱北他们设计的,好聪明的捣蛋鬼啊!"

38.烟台海校教学楼(日)

严学监率二大爷、李五叔及众乡民走向教学楼。

严学监率二大爷并李五叔走上台阶。

众乡民在阶下止步。

严学监拾级而上。

严学监内心独白:"那水神爷无疑是纪拱北他们偷来捣乱庆典的。校长去了北京,正在海军部公干，此事如何处置，令人尴尬。幸而一周前，蔡锷已然通电讨袁。人心不可违啊，况且我私下也反对复辟；老乡这一闹，恰可趁机不了了之，连我那篇虚应故事的演讲也都免了。"

严学监上了最高一级台阶，回过身来，和颜悦色，神情轻松："老乡们，请稍候，容我跟这两位代表合计合计。放心吧，亏不了你们的！"

39．烟台海校校门内（日）

众乡民抬着水神朝校门口走去。

小瘦子看见迎了上去。

二大爷："好后生，多亏你报了信，俺们才知道水神爷落在这里。"

小瘦子："没有啥，没有啥！二大爷你们慢走，回去给二大妈带个好！"

乡民们走出校门。

小瘦子转回身来，却被拱、雨、峻围住。

拱北："干得漂亮，小瘦子！老乡们蒙在鼓里来要水神，这才唱圆了这一出，你的功劳大了去了！"

小瘦子："没有啥，没有啥！"

石峻："小瘦子，你守得住约定，守得住秘密，真够仗义的！"

雨轩："了不起啊，小瘦子！少了你，我们难哪。你辛苦了，担风险了！"

小瘦子咧开嘴："不能这么说，不能这么说。俺也乐了一回，不是？"

拱、雨、峻皆笑。

雨轩："乐是乐了，昨晚可就睡不稳了，对不对？"

小瘦子："可不吗？老怕睡过头，耽误了去给老乡报信。"

石峻："今天晚上，咱们都放下心，美美地睡上一觉吧！"

40．拱北寝室（夜）

拱、雨、峻正在酣睡。

41．烟台海校院墙内（夜）

一个黑影（吕教官）以轻功飞出院墙。

第十四集 师生情义 反袁风波

42. 烟台山下街巷（夜）

黑影紧张地四处张贴反袁标语："讨伐袁世凯""铲除窃国大盗""推翻中华帝国""恢复中华民国""拥护孙中山"……

43. 烟台海校院墙外（夜）

黑影飞进院墙。

44. 拱北寝室（夜）

拱北翻了个身继续睡。

雨、峻也在熟睡中。

画外传来紧急集合号声。

拱、雨、峻惊起。

45. 烟台海校宿舍区（夜）

学生们争先恐后从各自的宿舍中奔出。

46. 烟台海校操场外（夜）

拱、雨、峻并同学们奔向操场。

虎子追随人流猛跑。

47. 烟台海校操场（夜）

下弦月挂在黎明前的黑暗中。

学生们各就各位，集合完毕，等待命令。

画外镣铐声响起。

学生们一怔。

镣铐声中出现以下画面：

学生们转头朝操场边上望去。

一小群人影进入操场。

石峻内心独白："演习吗？！不，这是哪门子演习啊！"

雨轩内心独白："是做梦吧？"便狠狠掐了掐自己的大腿："不，这不是梦！"

拱北内心独白："糟糕！分明是抓人，抓揭掉庆典布告的那位同学，还是抓我们？东窗事发，谁告的密？"

一名警官率一个班的军警，押着一个人迎着拱北走来。

拱北定睛一看，失声惊呼："啊？！"当即不假思索，撞开两三个同学，直扑押解的队伍前。

雨、峻也相继扑上前来。

镣铐声止。

拱北伸开双臂拦住军警，大吼大叫："不许动！凭什么抓人？！他是我们吕教官！"

雨、峻也伸开双臂护住吕教官。

警官一怔，握紧手枪。

军警们拉开枪栓。

学生们高声叫骂："不准抓人！""不准抓我们教官！""擅闯军校，该当何罪？！""犯法的是你们！""该抓的是你们！"……

警官转向学生队列，冷笑两声随即提高嗓门："该抓的是我们？！——笑话！人犯吕铁大逆不道，在烟台山下大街小巷、港口码头，连连张贴标语，辱骂洪宪皇帝和中华帝国，猖狂之极！"他掏出一把标语，举过头顶，左右展示："密探跟踪多日，铁证如山，难逃法网。我等奉命前来逮捕，谁敢阻挠，必以共犯论处！"便喝令鹰犬："带走！"

吕教官举起手铐大叫："再见了，学生们，你们要记住啊，军人的天职是服从，高于服从的是爱国！爱国！爱国啊！……"

军警打了吕教官一枪托。

吕教官头破血流。

雨、峻忙扶住吕教官。

拱北怒不可遏："你敢打我们教官！"旋即飞腿狠狠踢了那个军警一脚。

警官大怒，恶狠狠对着拱北："再敢袭警！"便举起手枪对准拱北，"老子崩了你！"

说时迟那时快，冷不防虎子蹿出，从后面咬了警官屁股一口。

警官惨叫一声："啊！"转身给了虎子一枪。

虎子猝然倒地。

拱、雨、峻惊叫："虎子！"并扑向这只义犬。

虎子血流满地，竟已气绝！

拱、雨、峻抚着虎子之尸号啕大哭："虎子！虎子啊！……"

第十四集　师生情义　反袁风波

警官赶紧命令军警："带走人犯，快！"

拱北站起来，咬牙切齿，以迅雷不及掩耳之势，狠狠地向那警官一头撞去："我跟你拼啦！"

雨、峻也跳起来："拼啦！""拼啦！"疯牛一般撞向警官。

军警们一拥而上，分别将拱、雨、峻并吕教官压制住。

学生们则大叫："拼啦！拼啦！"并且将军警们团团围住，步步进逼。

警官又急又怕，咽了口吐沫，强作镇定，举枪左右胡乱瞄准，吼叫道："散开！你们都给我散开！快散开！"

学生们不理，继续逼近。

警官恫吓："我命令你们马上散开，听见没有？马上散开，否则格杀勿论！"

学生们更加逼近。

警官歇斯底里："造反啦，你们！散开！我数1、2、3，你们必须服从我的命令！1、2……"

画外一声断喝："放肆！"

断喝之声未落，严学监已出现在警官面前。

警官一愣。

严学监一副贵族式的傲慢和冷峻："太放肆了！我是海军中校，你算哪个级别？竟敢命令我的学生！"

警官气焰顿消："长官，在下我……"

严学监听都不听，转而命令拱、雨、峻："纪拱北、夏雨轩、石峻，站到我面前来！"

军警们立即松开手。

严学监："把军人的信条背三遍，大声背！"

拱、雨、峻："军人的天职是服从，军人的天职是服从，军人的天职是服从！"

严学监："再用英文背三遍！"

拱、雨、峻："The first and foremost duty of a soldier is absolute obedience. The first and foremost duty of a soldier is absolute obedience. The first and foremost duty of a soldier is absolute obedience！"

严学监指了指学生"包围圈"："你们三个跑回那边去！"

拱、雨、峻："Yes sir！"随即跑步而去。

严学监转向学生"包围圈"，命令道："各班重新集合！"

学生们迅速集合。

警官一脸尴尬和卑微。

严学监再次居高临下对警官发话："未经审讯，你们无权殴打吕教官，知道吗？"

警官屈服于高层次的傲慢，唯唯诺诺："是是是。"

严学监转身又发一令："姜医官！"

姜医官："到！"

严学监："去给吕教官包扎！"

姜医官："是。"

严学监："顺带，也给警官处理一下伤口。"

姜医官："是。"

东方露出鱼肚色。

严教官走近学生队列训话道："发生这种不幸，令人痛心疾首。我与吕教官共事时日虽短，却深感其爱国之热烈和执着。只可惜，他不知审时度势，更不该过问政治，以致身陷桎梏，徒留抱负。你等务必引以为戒，专注学习，专注训练，方能报效海军，报效国家！"

天空降下鹅毛大雪。

画外镣铐声再度响起。

严学监："定谳之前，校方不会处理吕教官。吕教官此刻依然是烟台海校军训教官，我们就在这里为他送别吧。全体立正！敬礼！"

吕教官头裹纱布，注目学生队伍，在军警押解下，一步步离开操场。

严学监率众学生一直敬着礼，目送吕教官渐行渐远。

拱北敬着礼，眼中慢慢流下两行浊泪。

画外镣铐声止。

操场边沿外，有一个人影包裹在雪片中。

镜头推近，是小瘦子拿着一只麻袋，黯然地站在那里。

48. 蛤蟆谷（日）

风雪蛤蟆谷。

小瘦子背着麻袋在前，雨轩拿着一块木牌在后，拱北和石峻各扛一把铁铲继之，默默地沿山坡登顶。

谷顶。拱北等人在虎子坟前插上木牌，固好土。

第十四集　师生情义　反袁风波

木牌特写：义犬虎子之墓

石峻："拱北，你代表我们大家对虎子兄弟说几句贴心的话吧！"

拱北："虎子，我们不知你哪年哪月哪日生，也不知你来自何方，父母是谁，姐妹多少；但你勇敢忠诚、义薄云天，我们真的认你作兄弟！兄弟啊，时间仓促，过几日才能为你立石碑。石碑不会烂，我们的思念不会烂，你的故事更不会烂！——十年、二十年、五百年，世人经过这里都会发现，虎子你还在，永远都在啊！"

拱北致辞完毕，画外一声犬吠，虎子雄赳赳地站在他们面前。

叠出：

碧海无垠，沙滩烈日，虎子追赶着远处在沙滩上跑步的一队海校学生。

海鸥飞翔，舢板出海，虎子朝着远去的舢板奔跑。虎子越跑越快，虎子腾空而起，定格。

49．学监办公室（日）

拱、雨、峻站在办公室门口："报告！"

严学监铁青着脸："进来！"

拱、雨、峻走到办公桌前站定。

严学监狠狠盯着他们片刻，说："吕教官虽然走了，但你们的事却并未了结。偷水神像、摘红灯笼，一猜就是你们干的，休想抵赖！坦白吧！"

拱北："拱北从不抵赖。这些都是我做的，跟雨轩、石峻不相干，请把我交给警方吧！"

雨轩："报告学监，是我所为，应该把我交出去！"

石峻："不，把我交出去！"

严学监勃然大怒，拍案而起："可耻！你们把教官当成什么人了？！岂有教官把学生交出去的？！啊？！"

拱、雨、峻惭愧低头。

严学监："你们以学业优秀，有恃无恐，太让我失望了！多少次，我劝喻你们，你们尚未成年，只是海校生；海校生的目标就是学习海军本领，增长护国力量，否则即便再热衷政治，天天游行，天天示威，也都无济于事。可你们，却刚愎自用，我行我素！这次，若非吕教官不慎落入密探眼里，被捕的很可能正是你们啊！若果然如此，我如何拯救你们，又如何向你们家人交代呢？啊？！"

拱、雨、峻无言以对，唯有低头不语。

严学监拉开抽屉，拿出一封信，抽出来看了一下："纪拱北，这是三年前你入学时你叔父给我的信，最后一段提到的便是你。拿去看看吧！"

拱北一愣，走过去接了信，回到原处。

严学监："把最后一段念出来！"又指指雨、峻："你们俩都要好好听！"

拱北念信："吾侄纪拱北顽劣异常，切望学弟严加管教，不稍宽容。若不成器，或退学或开除，勿留情面，则校之幸、军之幸也。慕贤至嘱。"

严学监："这正是深明大义的父母心，可钦可敬的父母心啊！你们三个都要好好想一想，怎样做个品学兼优的海校生，回报如此高尚的父母心！"说着狠盯拱北一眼。

拱北内心独白："难怪入学第一天，在校舍正门，严学监就指名道姓说我是顽童，原来是三叔对他的托付啊！"

严学监："今天虽然放假，但你们不准逍遥！回去反省吧！"

50. 百年老树（日）

拱、雨、峻绕着百年老树，默默地转圈。雪地上留下一圈又一圈脚印。

石峻："拱北，你反省好了吗？严学监肯定会检查咱们的。"

拱北："还没有！我满脑子都是吕教官，就只能再次辜负严学监的苦心了。说实话，我有点愧疚。"

石峻："我也是。虽然严学监的为人处世和吕教官大不相同，但他毕竟没有出卖吕教官，更没有出卖我们，我们原应感激才是啊。可眼下，我们说不出口。"

雨轩："是啊，说不出口。"

石峻："不知吕教官怎么样了？"

雨轩："真不敢想，他们会打他，还是……还是杀他？"

拱北："想这些有什么用？！"

雨轩："那你想些啥？劫狱？！劫法场？！——跟武侠小说一样？！"

石峻："武侠归武侠，现实归现实，咱们哪有这等本事啊？！"

拱北："咱没本事，可不等于别人也没本事嘛，说不定有贵人相救呢？"

雨轩："想得美！哪来什么贵人？"

拱北："也许运气好，真的遇见贵人……"

雨、峻："谁？！"

拱北："你们有没有想到过戚大爷？"

石峻："啊？这倒提醒了我！对呀，戚二哥是警察！"

第十四集　师生情义　反袁风波

雨轩："可他极有可能已经离职。记得吗？半个月前去戚村探望二老，遇见二赖子，他说戚二哥不愿意当警察了。"

拱北："这我当然记得。不过是试试而已呀，路子总归要一条一条找的嘛。"

石峻："那你的意思是，咱们应该去戚大爷那儿走一趟……"

拱北："没错。不过，不是咱三个同去，而是我一人。"

石峻："凭什么你一个人?! 不行不行，有祸同当嘛！"

雨轩："对呀。你独担风险，我和石峻岂不成了懦夫?!"

拱北："什么懦夫不懦夫！你们不是懦夫，我也并非英雄；可我无论竞走或赛跑都比你们快，这总是事实吧？往返戚村的路不算短啊，要在天亮前赶回海校，非我莫属！"

石峻："那我们留下干吗呀？——瞪着眼睛等你回来吗？"

拱北："说中了，你俩还真得这样！"

雨轩："去去去，又开玩笑！"

拱北："哪有心思开玩笑?! 听我说嘛，今天晚上，严学监必定会来巡查；到时候，你俩须唱一出'空床计'掩护我，这才是最最要紧的。"

雨、峻："怎么个唱法？"

拱北："唱法嘛：你俩都别睡，一个监听，一个把我床焐热，就可以了；但是必须镇定、敏捷，否则功亏一篑！——这担子也不轻啊，怎么样？"

雨轩不无担忧："那……那你独自一人行吗？雪夜荒郊，没有接应的……"

拱北："雨轩又多情了，婆婆妈妈的！怕什么？这一带没有狼群。"

石峻："没有狼群是真，有狼也是真！万一的话，谁来搭救你?!"

拱北："不怕！我带两把剑，可以打赢。"

雨轩："你从小就自信过头！"

拱北："好啦，别瞎琢磨啦！"忽然似笑非笑："哎，想过没有？"

雨、峻："什么？"

拱北："很久都不向往武侠了，今晚就来他一次……一次什么侠？嗯，'狼侠'怎么样？"

雨轩不禁失笑："亏你想得出，狼侠！"

51. 烟台海校宿舍区（夜）

熄灯号吹响。

各寝室相继灭灯。

52．拱北寝室（夜）

雨轩钻进拱北的被窝。

石峻在斜对面的床上说："雨轩，我一听到严学监的脚步声就过来拍醒你。你可要警觉一点，立马跳回自己的床上去啊！"

雨轩："放心吧，我啥时候睡得跟头猪似的?!"

53．烟台雪野（夜）

拱北背插双剑疾行于雪野。

拱北停下喘息。

拱北继续疾行。

拱北滑倒。

狂风卷雪。

拱北挣扎坐起，定定神。

拱北抓了一把雪塞进嘴里。

54．烟台海校宿舍区（夜）

严学监朝拱北寝室走来。

55．拱北寝室（夜）

石峻觉察严学监的脚步。

石峻一骨碌爬起来，跨下床。

雨轩已经下了床，并示意石峻赶紧回位。

56．拱北寝室外（夜）

严学监来到门外，听了听。

57．拱北寝室（夜）

石峻装睡。

雨轩装睡。

第十四集　师生情义　反袁风波

严学监察看石峻。

严学监察看雨轩。

严学监来到拱北床前。

被中无人。

严学监略一思忖,把手伸进被窝。

严学监内心独白:"被窝是热的,准是上厕所了。"

58. 拱北寝室外(夜)

严学监掩上室门离去。

59. 拱北寝室(夜)

雨轩躺在床上喃喃道:"严学监,对不起,真的对不起!"

60. 烟台雪野(夜)

拱北喘着粗气拼命赶路。

拱北突然有所觉察。

拱北内心独白:"糟,有动静!是人?是鬼?是狼?"

拱北唰地抽出双剑,转身180度。

不远处,竟是一头灰狼!

拱北倒吸一口凉气。

拱北自我警告:"别慌!"即挥剑威胁:"滚!"

灰狼遁去。

拱北转身加紧脚步,灰狼返回追赶;拱北第二次转身挥剑驱赶:"滚!滚!"

灰狼第二次遁去。

拱北急忙赶路,灰狼重又追赶;拱北第三次挥剑驱赶:"滚!滚!滚!"

灰狼第三次遁去。

拱北喘着气,吃力地前进。

拱北内心独白:"不行,必须做个了断!否则耗光了体力,有剑也无用。"

拱北一咬牙转身决斗,而灰狼竟已扑来。

拱北一剑扫去,

灰狼一声惨叫。

特写：一只狼耳朵，血淋淋地落到雪上。

灰狼又痛又怒更加疯狂，拱北再接再厉与之恶斗。

拱北挥剑一砍，灰狼又一声惨叫。

特写：灰狼前腿受伤。

灰狼挣扎倒地。

拱北举剑欲杀灰狼，

灰狼竟仰肚朝上做臣服状！

拱北举着剑，盯着灰狼看了一会儿，垂下剑："逃命去吧，我不杀你。——你太像虎子啦！"

61．戚家小院外（夜）

拱北扑到院门上。

拱北推推院门，院门不开。

拱北犹豫片刻，便退到一定的距离外。

拱北喃喃："戚大爷不会怪我的。"说罢腾身飞进小院。

62．戚家小院（夜）

拱北急急来到正房窗外，侧耳听了听，举手小心地拍打着窗棂，压低嗓子呼叫："戚大爷！戚大爷！戚大爷……"

63．戚家正房（夜）

戚大爷在炕上打呼噜。

戚大妈摇醒戚大爷："醒醒醒醒！快醒醒！快醒醒！"

64．戚家小院（夜）

拱北继续轻敲窗棂："戚大爷！戚大爷！别害怕，是我！"

65．戚家正房（夜）

戚大妈边穿衣边对戚大爷说："是拱北那孩子的声音，没错，是他！"

戚大爷："三更半夜来找咱，指定出什么事了。快点灯，我去开门。"

第十四集　师生情义　反袁风波

66．戚家小院（夜）

正房亮起灯光。

拱北立马跑到正房门前。

戚大爷打开门。

拱北绷紧的精神和过度消耗的体力顿时舒缓，腿一软，不由自主堕了下去。

戚大爷忙一把拉住拱北。

67．戚家正房（夜）

拱北裹着棉被坐在炕上："……吕教官就是这样被军警抓走的。"

戚大爷："好小子，你们够仗义！俺都听明白了。天一亮，俺就去找俺老二，叫他快想办法，寻找吕教官的下落，再做打算。"

戚大妈端着一只碗进来："孩子，赶紧把这碗姜汤给喝了，好好去去寒。"

拱北一口气喝完姜汤："谢谢大妈！"

戚大妈："好孩子，喝了姜汤，在炕上多焐一会儿，就缓过来了。你等着，大妈再给你下碗汤面，窝两个鸡蛋去。"

拱北："大妈，别忙，我这就回去了。"

戚大妈："不行不行！顶风冒雪走了那么多路，指定饿狠了。"

拱北："大妈，我必须在天亮前赶回学校，所以没时间吃了。"

戚大爷："不怕不怕。我刚托人给二赖子弄了匹马，让他成家立业，还没牵过去呢。你踏踏实实吃完，我带上你走；到了学校，放下你，我再顺路找老二去。"

戚大妈："这不挺好吗！饿着肚子哪能行？万一又遇见狼，怎么斗得过呢？听大爷大妈的话，不许犟了，啊！"

68．戚家小院（夜）

戚大爷并拱北相继从正房门内跨出。

戚大爷："你等着，我牵马去。"

戚大妈正要迈出房门，拱北急忙拦住："大妈，别出来，别出来，外面冷！等事情一过，我还跟雨轩、石峻来看望你们。"

戚大妈："那好吧，大妈就在门里边送你了。大妈还有句话……"

拱北："大妈，您说，您说！"

戚大妈:"孩子啊,你胆子忒大了!往后别再一个人荒郊野地、大风大雪赶夜路啊,大妈揪心哪,知道不?"

拱北:"嗯,知道了。"

戚大爷牵着马过来:"走吧!"

拱北:"大妈,拱北走了,您多保重!"

戚大爷牵马出了院门。

拱北走到院门口,停下,回望戚大妈。

逆光拍摄戚大妈映衬着背后晦暗的灯色,模糊地站在门框里。

画外音:望着戚大妈逆光站在晦暗的灯色里,纪拱北突然想起自己的两位母亲;他一阵冲动,想喊戚大妈一声"娘",但终未出口。而他哪里知道,这样的机会,从此不复再有了。

69. 戚村村口（日）

雪霁。

拱、雨、峻走进村口。

雨轩望了望天空:"今天真是晴朗,天蓝蓝的,多么舒坦啊!"

石峻:"兴许是个好兆头呢。"

拱北:"是不是好兆头,见了戚大爷就明白了。快走吧!"

70. 戚家小院外（日）

拱、雨、峻快步来到院门前。

院门紧锁。

拱、雨、峻大失所望,你看我,我看你。

二赖子画外音:"小兄弟!"

拱、雨、峻惊回首。

二赖子走近,左右望望,压低声音:"戚大爷知道你们一准会来,让我无论如何都要候着你们,告诉你们说,吕教官已经脱险了!"

拱、雨、峻大喜:"真的?!这么快?!"

二赖子:"那还有假?"

雨轩:"那,戚大爷、戚大妈呢?怎么不在家啊?"

二赖子:"他们走了,跟戚二哥一起,全家都走了——避祸去了。"

第十四集　师生情义　反袁风波

拱、雨、峻始料未及，大吃一惊："啊?!"

一时无语。

片刻，拱北痛心道："都怪我考虑不周，连累了戚大爷一家！"

石峻："大哥，你知道他们流落到哪里吗？"

二赖子摇摇头。

雨轩："我们害苦他们了！上了岁数的人，还要离乡背井……"

二赖子："不能这么说，你们也是救人啊！"

石峻："现在，我们便是想跟他们说句道歉的话，都没有机会了！"

二赖子："小兄弟，别难过，已然这样了，不是吗？凡事不能求全，吕教官得救，才是最最重要的。——这可是戚大爷自己说的！他老人家仗义着呢，明白着呢！哦，对了，他还给你们留了句话……"

拱、雨、峻："留了啥话？"

二赖子："戚大爷说，希望你们长大做俺们山东名将戚继光那样的军人！"

拱、雨、峻听了不约而同回望戚家院门。

前闪：

院门开了。

戚大爷、戚大妈站在正房前面向他们挥手。

镜头渐渐拉远。

拱、雨、峻画外悠长的呼唤声，仿佛远隔千山万水："戚大爷！——！戚大妈——！戚大爷——！戚大妈——！"

| 第十五集　刻骨相思　清明祭扫 |

1. 烟台海校操场（日）

字幕：1916年3月22日

严学监一如既往不露政治倾向进行训话："今天，袁大总统已经宣告撤销帝制，恢复民国了。然而，天下尚未太平，北洋军仍在讨伐蔡锷、李烈钧、唐继尧等反袁势力。当此战乱，我海校学生务必恪守天职，静观其变，一心攻读，不负栽培。我的话完了，现在解散，不许喧哗！"

严学监刚一离开，学生们便迫不及待高举双臂，激动雀跃，张嘴做无声之欢呼。

严学监佯装看不见。

2. 月亮湾（日）

拱、雨、峻及十余名同学疯狂奔向沙滩。

众人边跑边喊，大声发泄："啊——！""啊——！""帝制见鬼去吧！""中国又有希望啦！""孙中山万岁！"……

拱、雨、峻随同学奔到滩边。

春雨如丝飘下。

拱北伸掌接住雨丝，满怀希望："春天又回来了！"

雨轩："是的，又回来了！"

石峻："记住1916年3月22日这个日子吧！"

3. 烟台海校宿舍区（夜）

拱、雨、峻向寝室走去。

第十五集 刻骨相思 清明祭扫

拱北突发一声:"哎呀!"

雨、峻:"怎么啦?!"

拱北:"我把安丽的来信忘到九霄云外去了,这不,还揣在兜里呢。"

石峻:"情有可原,情有可原。——都乐疯了嘛!"

4. 拱北寝室(夜)

拱北躺在床上未曾入眠。

安丽画外音:

"三位兄长:近日,文山女子书院举行比赛,妹算术又得第一,跳绳第二;假如有女子游泳赛该多好呀,翠翠还会教我的。清明近了,我盼着和拱南他们去沙滩上放风筝,放得高高的。"

5. 大榕乡沙滩(日)

蓝天之下,沙滩如铺金箔。

安丽两姐妹及拱南六兄弟,手持风筝奔向沙滩,一面兴高采烈欢呼着:"放风筝喽,放风筝喽……"

安丽第一个升起风筝:"哈哈,起来了,起来了!"

众兄弟相继升起风筝。

晴空中,八个孩子的八只风筝,如蝶、如凤、如鹰、如燕、如鸽……冉冉起舞。

镜头渐渐拉远。

6. 长房正院前厅(日)

钱妈拿着一沓绣花鞋的鞋面花样进来:"大奶奶,快来看,可漂亮了!"说着将花样置于圆桌上。

大奶奶来到圆桌旁,逐张审视,赞不绝口:"这款好……这款又一个好法……唉,姨太就是姨太啊,如此美丽的花样便是福州大鞋店怕也不多见吧?"

钱妈:"要不怎么叫天分呢?天生的哟,学都学不到啊!"

大奶奶:"安丽见了一准喜欢。"

钱妈:"大奶奶忘了?二小姐自打进了文山女子书院就穿学生装,不习惯绣花鞋啦。"

自鸣钟响。

大奶奶:"哟,都这会儿啦,安丽、拱南还舍不得回来!在海边放了一上午风筝,中午草草扒了几口饭,睡了一小觉,就又去沙滩上疯起没完了。——都是安丽兴的!"

钱妈:"也难怪啊,清明时节连日阴雨,好容易出了太阳,赶巧二小姐回家,她又天性好动,可不要去撒欢了吗?"

大奶奶:"她呀,就是不爱用功,逮个机会就野,真没治!打发彩虹去催一催吧,太阳说话就下山了。"

钱妈:"不用彩虹!我看见翠翠去催了。"

7. 纪府后门内(日)

翠翠押着安丽等八位孩童持风筝相继入门。

胖嫂迎面赶来:"小祖宗哎,你们总算回来了!"又数落翠翠:"翠翠,你是怎么催的哟,磨磨蹭蹭老半天,别是你自己也玩上了吧?"

翠翠顶嘴,正话反说:"我倒是想玩啊!"

安丽:"翠翠并没有玩!"

安瑞懂事地解围:"弟妹们不肯收起风筝,拱南又小,更劝不动,不怪翠翠!"

翠翠得理,对胖嫂做了个鬼脸:"就你急!没看见吗?自打拱北大少爷从军以来,三年间又有拱华、拱国、拱宇、拱岳四位少爷接连去了海校;今天还剩六兄弟跟两姐妹一起热闹,等明年拱诚、拱宁再一走,又该冷清多了。——就为这,翠翠也不好催得太紧嘛。"

胖嫂听了不免叹了口气:"哎,可也是啊。好了好了,大小姐领着,都回屋去,洗一洗,歇一歇,等着用晚餐吧。"

安瑞牵上拱南:"走吧,十一弟!"

拱南噘嘴:"嗯——太阳还没下山呢!"

安瑞哄道:"十一弟乖,快跟大姐回去!对了,有客人从广州来,带了好吃的,你三姊给你留着呢。"

拱南:"什么好吃的?"

安瑞:"榄仁糖——用橄榄仁做的,你没尝过吧?"

拱南:"没。"

安瑞:"那还不快走!要不然我全给吃了!"

第十五集 刻骨相思 清明祭扫

8. 纪府内宅小路（日）

安丽与翠翠并肩，领着众兄弟往内宅走。

安丽："翠翠，姨太好姐姐有没有画小咪斑斑给我？"

翠翠："当然有，我亲眼见她画了好几稿呢。"

安丽："现在画完了吗？"

翠翠："上午你们放风筝时还没画完，这会儿大概差不多了吧。"

安丽："太好了，我这就去看看。"

9. 四房偏院前厅（日）

安丽兴冲冲进来，把风筝往几上一搁，大叫："姨太好姐姐！"

关姨太画外音："哎，我在画室呢。"

10. 关姨太画室（日）

关姨太正在画桌旁卷起画。

安丽进来："姨太好姐姐，你画完啦？"

关姨太："这不，我刚画完，可巧你就来了。"

安丽："我看看，我看看！"

关姨太展开画卷。

画面中心是：小猫斑斑在浅水边一块突起的沙碛上，紧张地盯着游鱼，猫嘴因聚精会神而鼓出，前爪则伸向水面跃跃欲试；斑斑身后可见一湾小溪流向画面深处。

安丽对着画喜不自胜大叫起来："真有趣呀，真有趣呀，斑斑鼓起嘴巴伸出爪子要捞鱼呢！它盯着老鼠、麻雀是这样，拨弄会动的东西也这样！"

关姨太："瞧你这高兴劲，我索性再整精美些。对了，明儿一早，丁管家派差去福州，我这就托他让人捎到致雅斋裱褙。致雅斋帮我干的活都挺不错的。"

翠翠进来插嘴道："嘿，还让致雅斋裱褙哪，正儿八经送礼似的。"

关姨太："安丽10岁生日快到了，权当贺礼嘛。怎么样，安丽，乐意吗？"

安丽："当然乐意！我就要这份生日礼物！"

关姨太卷画："那好，赶紧把画交给丁管家。"

安丽急止："别！晚上再交。"

关姨太："怎么的呢？！"

安丽："先让我妈看看。她喜欢你的画。"

翠翠："对呀，得让大奶奶先……先什么来着……"

关姨太："先睹为快。"

翠翠："嗯，先睹为快。依我看，咱们府上，爱赏字画的，除了四爷就数大奶奶了。四爷虽不弄墨，却能说道，每次返乡总少不了跟松声爷他们扎堆，一山一水、一撇一捺聊个没完，往往接都接不回来。大奶奶呢，素日言语不多，品起字画却换了个人似的。"

11. 长房正院前厅（日）

安丽持画兴冲冲进厅："妈！妈！妈！"一声比一声高。

大奶奶忙从里间出来："什么事啊，大喊大叫的，一点淑女样也没有！"

拱南跟着从里间跑出："二姐，你怎么才回来呀！"

安丽："我拿画去了。"说着走到桌旁把画展开："妈，你快看呀，姨太画的。"

大奶奶喜："哦？姨太又有画？"

拱南便爬到椅子上看。

大奶奶趋近赏画并连连赞叹："耐看得很哪！姨太不画小猫临缸窥鱼，而画临渊羡鱼，这就不落俗套。别看那背景只是一湾浅水，却于一片天真中，平添了多少野趣、多少想象啊。没有灵气，没有天分，是画不出来的啊！安丽你懂吗？"

安丽："不太懂，可我喜欢这画。哎，妈，你不会作画，为什么能够品画呢？"

大奶奶："这不奇怪。会画的未必会品，会品的未必会画，不能周全，也是常有的事哟。"

安丽："妈，姨太说了，她要在这幅画上加几个字，送进福州致雅斋裱褙，作为我10岁的生日礼物呢。"

大奶奶："你呀，只管一次次伸手收礼物，却不想回一份心意给人家。"

安丽："有，有心意的！方才我把风筝送姨太了。我那风筝是只彩凤，特别漂亮，翠翠立马把它挂到墙上去了。"

12. 四房偏院前厅（夜）

墙上挂着彩凤风筝。

关姨太靠着茶几凝视彩筝。

关姨太陷入回忆。

第十五集　刻骨相思　清明祭扫

13. 绿野（日）

绿野上有一株盛开的海棠。在海棠树的背景前，一对10岁出头的孩子正在放风筝，女孩托着风筝，男孩帮着放线；风筝冉冉升起，越飞越远，直至消失。

关姨太回忆止。

14. 四房偏院前厅（夜）

关姨太喃喃："你在哪里？……你在哪里呀？……像飘走的风筝……"

15. 四房偏院（夜）

纸窗上透着摇曳的烛光。

关姨太幽咽的饮泣声从屋内传出。

16. 马江岸坡（夜）

远景。一星亮光在岸坡上闪烁。

两个人影进入画面。

徐宝德指向岸坡："咏烈，你瞧，远处，岸坡上有一星亮光，那就是金山伯的木屋了。"

何咏烈："哦。"立马加快脚步。

徐宝德笑："看把你急得！"

何咏烈："能不急吗？自打民国元年叔由烟台扶灵回乡安葬我婶，一别四年没有见面了。我可是他看着长大的嘛！"

徐宝德："其实我也怪想金山伯的。要不是他托我去烟台看望你，咱俩还成不了拜把子兄弟呢。"

17. 岸坡小木屋外（夜）

何咏烈、徐宝德三步并两步登上木梯。

18. 岸坡小木屋（夜）

金山刚喝完粥，正要收起碗筷。

画外传来急切的脚步声。

金山自言自语："谁呀，这么冲？！地板都要震塌了！"

19．小木屋凉台（夜）

何咏烈猛地推开房门大叫："叔！"

20．岸坡小木屋（夜）

金山且惊且喜："啊？！怎么是你们？！我不是做梦吧？"便又揉眼。

徐宝德："当然不是梦！"说着进屋，一屁股坐到金山身边："金山伯，看真真的，我是哈哈天不？"

何咏烈也坐下："叔，是我们！"

金山："你们吃晚饭没？"

徐宝德："吃了吃了，下了船就在码头外的小摊上吃'鼎边糊'。咏烈头一回尝福州东西，新鲜着呢，说是比北方的面疙瘩味道好得多。"

金山："几步路，干吗不到家再吃？至于这么饿吗？"

徐宝德："咏烈猜你一准吃过饭准备歇息了，不忍再劳累你。"

金山欣慰："到底长大了，会疼人了！"遂举灯一一端详两人，感慨道："咏烈瘦挑些，哈哈天粗壮些，都是大小伙子喽，大男人喽。"

何咏烈："叔，你身体可好？"

金山："过得去，过得去，船上的活还干得动。哎，我还没问呢，你们怎么突然来了？"

徐宝德："咏烈说，接连梦见你，心里放不下，无论如何得来看看，赶上清明也正好给婶上个坟；还说，他和那青的上几代先祖，都埋在福州东门外康山，不该总让你代他祭扫的。"

金山："可你们来回要花不少盘缠，还都没了工……"

徐宝德："金山伯你又多愁多虑了不是？咏烈跟我，我们俩上船会捕鱼虾，下海能采海参，饿不着的，咏烈还攒了些钱带回来孝敬你呢。"

金山："咏烈就是言语少、心思重啊！"

徐宝德起身："不早了，金山伯，你们爷儿俩好好唠吧，我该回家看父母兄弟去了。"

金山："天黑，路上小心点。"

徐宝德："哎哎。"

第十五集 刻骨相思 清明祭扫

21. 岸坡小木屋外（夜）

徐宝德离去。

何咏烈在栏杆旁叫道："宝德！"

徐宝德回望："啥事？"

何咏烈："到家先替我带个好，说我明天就过去。"

徐宝德："知道了，我们都等你，完后咱俩到康山祭扫。"

22. 岸坡小木屋（夜）

金山："咏烈啊，说真的，叔不用操心你。你13岁跟叔去烟台走船，风口浪尖上长大成人；18岁，叔回马尾留你独自生活，想念归想念，但叔并不担忧。叔早就看明白了，你强悍着呢，神也欺不了，鬼也骗不了，是'不吭声的狗咬死人'。而那青比你差天差地，她虽跟你同年同月同日同时辰生，却善得像羊，柔得像水，纯得像雪！"金山摇摇头，感慨道："麻雀小小还挺多疑，兔子急了也会咬人，可那青她呢，她的心活在画里！画里的东西，除了钟馗捉鬼，哪有不美的？你说对不对？"

何咏烈重重点头。

金山："就为这，我做过多少噩梦！醒来思前想后，总觉得对不住甲午海战中英勇牺牲的那旗兄弟啊！……"说着不禁凄然。

何咏烈："叔！……"

金山抹去眼角的老泪："最最可疑的是，自打光绪三十三年，那青13岁和你分开，到如今民国五年，22岁了，竟然一丝音讯也没有！她识文断字，可你寄京郊小月村的信，为啥封封石沉大海？！九年间，我们找了她十几次，又为啥次次都是人去小院在？！你看蹊跷不蹊跷？"

何咏烈又重重点头。

金山："我寻思，我很可能做错了一件事。"

何咏烈："什么事？"

金山："当初，为了让那青能跟你一起随我去烟台，我和她舅舅瓜尔佳·吉升在小月河畔大吵一架，还把他的一篓子鱼给踢飞了。吉升是个八旗子弟，哪里受过汉人的气？想来，他必定窝了一肚子火，立意跟我们断交，所以才会藏起你的信，还带着那青躲得远远的。我要是不吵就好了！我这辈子啥时候跟人耍过横来？！偏偏这次！唉，我悔不该啊……"

何咏烈冷冷地说:"叔,你不用悔!你就是不吵,吉升也会这么干的!"

金山:"其实,吉升并不凶恶,但他是个游荡成性的浪子;这样的人,谁能指望他对那青有一颗'父母心'呢?……老天不公,那青命苦啊!那青和你一样,落地就是甲午遗孤;好容易跟你襁褓中做伴,随母亲投奔外祖父,在北京城内城外过了十年清贫的日子,不料才十二三岁就接连失去他俩,也失去了你。那以后,九年来,孤苦伶仃的那青究竟是怎样生活的?她该不会受委屈、受伤害吧?!——我揪心啊,揪心啊!"

何咏烈听了站起来,铁青着脸,狠狠地从牙缝里挤出一句话:"谁伤那青,我必报仇!"

23.岸坡小木屋外(夜)

岸坡一片黑暗。

木屋轮廓模糊不清。

木栏杆内油灯之光熄灭了。

新月在岸坡上空发着微光。

24.四房偏院(夜)

新月悬在偏院上空。

25.关姨太卧室(夜)

关姨太靠在床背上陷入回忆。

26.小月村瓜尔佳氏小院(日)

十来岁的那青正在帮着母亲晒衣服。

何咏烈进院:"那青!那青!"

那青转过身:"干吗?"

何咏烈故意把两只攥着拳的手晃了晃藏到背后。

那青喜:"呀?你又有好玩意!快拿出来给我看看!"

何咏烈故意吊胃口:"嘻嘻,没门!"两脚左移右挪地逗那青来抢。

那青果然追着抢:"快拿出来,拿出来嘛!"

那青、何咏烈你追我逃,笑声不绝。

何咏烈终于停下,伸出攥着的右拳,迟迟不张开。

第十五集　刻骨相思　清明祭扫

那青:"张开呀,张开呀,是个啥玩意?"

何咏烈这才张开拳。

那青一看,大叫:"啥也没有!你蒙我!"

何咏烈慌忙辩解:"没蒙没蒙!"他伸出左拳一张:"看!"

那青一看,更叫:"坏,你还蒙我!"便要追打。

何咏烈、那青围着那嫂团团转。

那嫂:"这俩孩子,我还晒不晒衣服啦?成天猫皮狗脸的,没个正形!"

那青:"妈,咏烈又蒙我!"

那嫂:"你呀,跟咏烈一般大,心眼倒缺好些,人家说东你就不往西想,怨不得要蒙你。"

何咏烈一脸狡黠:"干妈,我没蒙她,真的!"说着从袖口中抽出一样东西,举到那青眼前:"嘻嘻,这就不算玩意吗?你说要画海棠花的!"

特写:一串海棠花。

关姨太回忆止。

27. 关姨太卧室(夜)

关姨太从床上下来,走向梳妆台。

关姨太从梳妆台里拿出一只首饰盒,打开。

特写:玉制海棠花别针。

关姨太将海棠花别针别在睡衣上。

28. 岸坡小木屋(夜)

何咏烈无眠,在竹床上辗转反侧。

何咏烈索性坐起,抱膝低头。

何咏烈内心独白:"那青,九年来我找得你好苦啊!"

何咏烈陷入回忆。

29. 小月村外春野(日)

远景。春野上一树粉红的海棠花正在盛开,如像一片绯云浮在低空。

少年何咏烈朝着海棠树狂奔而去。

少年何咏烈跑到树旁,四面呼喊:"那青!那青!我来海棠树下等你!海棠树还在开花……我等你……等你！……"

少年何咏烈呼喊声中，海棠花冉冉飘落，叠化为飞雪。

30．小月村雪路（日）

少年何咏烈在小月村挨家挨户打听那青的下落。

雪地上留下少年何咏烈曲折的、深深的足迹。

少年何咏烈的背影在狂舞的风雪中走向画面深处。

画面因飞雪而迷离。

31．小月河畔（日）

夏日骤雨前，乌云密布。

青年何咏烈沿河跑跑停停，一路呼叫："那青！那青！我在小月河畔找你！……""你记得吗？——护城的小月河，小月河啊！……"

电闪雷鸣，大雨倾盆。

青年何咏烈在大雨中继续奔跑："那青！那青！那青！……"

青年何咏烈摔倒。

大雨无情地浇到青年何咏烈身上。

青年何咏烈翻过身，仰面朝天，任凭大雨击打。

32．"蓟门烟树"碑（日）

秋叶在镜头前飘过。

青年何咏烈孤独地登上元大都古城墙。

古城墙上耸立着乾隆御笔"蓟门烟树"碑。

青年何咏烈来到"蓟门烟树"碑下，俯瞰莽莽秋原，发出声声呼唤："那青，我在'蓟门烟树'碑下，你在哪里？究竟在哪里啊？……"

一阵秋风，黄叶飒飒。

何咏烈回忆止。

33．岸坡小木屋（夜）

何咏烈依旧抱膝而坐。

镜头模糊。

第十五集 刻骨相思 清明祭扫

34. 关姨太卧室（夜）

关姨太坐在窗旁，望着西行的新月喃喃自语："咏烈，我多么想念你，想念咱俩经常玩耍的那些地方，想念那棵美丽的海棠树！可是，咏烈，你为什么一去无踪影呢？……咏烈，你在哪里，在哪里啊？……"

特写：关姨太睡衣上的海棠花别针。

35. 岸坡小木屋外（夜）

新月西行。

何咏烈自木门里跨出，来到栏杆旁。

何咏烈仰望新月。

突然，何咏烈仿佛听见一阵悠远的、细微的声息从什么地方传来："咏烈，你在哪里，在哪里啊？……"

何咏烈茫然四顾。

夜云飘来遮住新月。

36. 康山脚下（日）

坟山远景。

何咏烈、徐宝德来到康山脚下。

徐宝德抬眼望坟山："那么些个坟包，咱从哪头找起呢？金山伯可交代过？"

何咏烈："叔告诉我，半坡上有一块大岩石，顶部平平的，仿佛北方的炕桌；自打乾隆初年，辉河氏兵丁随北京满八旗南下福州后，百十年间，有六代先人都是绕着那块岩石安葬的，看起来就像六世同堂，里三层外三层围着一张炕桌吃喝唠嗑呢。"

徐宝德："叫金山伯这么一说，全都活了似的。——多有趣啊！"

何咏烈："只可惜这样的'唠嗑'没能一直继续下去。到了咸丰朝，由于福州旗营生活越来越难，我曾祖辉河多罗就和世交那拉白里一起逃往烟台；从此丢了旗籍，冒了汉姓，连同子孙后代都不可能埋在康山了。——这些往事，是甲午战前我父亲何满掏给叔听的，否则，我哪知道这段家史？哪会来康山寻找祖坟呢？好在有叔，叔比亲人还亲啊！"

徐宝德："这就是情义啊。没情义，是亲人也不亲；有情义，不是亲人也亲！哎，那青的祖坟在哪块？我猜离你们不会太远。"

何咏烈:"叔说,很近,生也世交,死也世交,只是不绕着我们辉河氏的'石头炕桌'而已。"

徐宝德:"那也容易找啊。"

何咏烈:"叔还说,福州满人的根远在长白山,所以,不独这康山,那金鸡山、莲花山、溪口山、马鞍山等处的满人墓上,也全都刻着'长白'二字,很好辨认的。"

徐宝德:"那咱先奔'长白'二字去呗。"

何咏烈:"我在福州的一世祖叫安巴,'安巴'就是'大'的意思;那青的一世祖叫达得,'达得'意思是'根源'。找到这两块墓碑,就找到我们两家在福州的祖坟了,它们都是土坟。"

徐宝德:"走,咱们上山去!"

37. 辉河氏墓群(日)

"石头炕桌"周围散落着博敦、戴鹏、巴彦等一座座土坟。

镜头推近,咏烈一世祖墓碑的碑文为:安巴之墓,右上方刻着"长白"两字。

徐宝德帮着何咏烈在安巴墓前的泥土中插上香。

香烟袅袅上升。

何咏烈跪下:"辉河氏列祖列宗在上,不孝子孙咏烈给你们叩头了!"言毕恭恭敬敬叩了三个头,然后挺身继续跪禀:"咏烈不幸,生于甲午海战父亲何满牺牲的那个时辰,风吹雨打22年才来认祖,还求祖宗接纳!上有天,下有地,咏烈向祖宗起誓,今生今世绝不做可怜兮兮的软骨头,而要做正直勇敢的巴图鲁;咏烈身上的每一滴血都是复仇的火,有朝一日必会将倭贼烧成灰烬,让父亲不再含恨于黄海之下!辉河氏先人的在天之灵啊,请相信咏烈吧!"

38. 那拉氏墓群(日)

镜头摇过达得、多隆敖、耀春、多罗等墓碑。

那拉达得坟前燃着一炷香。

何咏烈肃立坟前默默祷求:"那拉氏的老祖宗那拉达得啊,请你托个梦,指引我找回那青吧。我会一辈子爱她、护她,让她开开心心地笑,自自在在地画;我要和她厮守终身,再不分离,死也不分离啊!"

徐宝德在不远处望着何咏烈。

徐宝德内心独白:"同年同月同日同时辰的两个甲午遗孤、天造地设的一对青梅竹

第十五集　刻骨相思　清明祭扫

马,生生给拆散了,咏烈他心里多苦啊!"

何咏烈在那拉达得坟前坐下,把头深深埋进领子。

徐宝德过来蹲下,静静地看着何咏烈。

天边响起隐隐春雷。

徐宝德抬眼朝天边望了望:"打雷了,要下雨了,咱们走吧,过两年再来。金山伯还在家里等着呢。快!"

39．康山脚下（日）

徐宝德搭着何咏烈的肩慢慢离去。

在隐隐的雷声中,何咏烈、徐宝德的身影渐行渐小,直至消失。

雨幕降下,一片蒙蒙。

40．四房正院（日）

雨幕降下,淅淅沥沥。

四奶奶从前厅出来。

胖嫂手持油伞凑近:"四奶奶,轿子在后院侧门外候着了,只是这雨偏又下了起来,要不等等再走?晚一点,九太公也不会怪罪的。"

四奶奶:"'清明时节雨纷纷',一会儿下,一会儿停的,要等到什么时候才是个头啊?这都快4点了,再挨,天不就擦黑了吗?明日阖家去坟山祭扫,得早点吃晚饭早点歇息呢。"

胖嫂:"你都找过九太公三次了,他也没松口,今天还非冒着雨再去⋯⋯"

四奶奶:"这是最后的机会了,说不定冒雨去,族长他就应承了也未可知啊。走吧走吧!"

胖嫂:"但愿如此,阿弥陀佛!"

41．九太公家正厅（日）

丫鬟给四奶奶上茶。

九太公抽了口水烟:"外边下着雨,四奶奶怎么过来了?"

四奶奶神态恭敬:"3点的时候,雨倒是住了,又怕你老人家午睡没醒。"

九太公:"什么要紧的事?吩咐下人来说一声不就得了吗?"

四奶奶:"下人哪儿成?!我必须亲自向九太公恳求。"

九太公："你不会又是为了关姨太吧？"

四奶奶："正是正是，九太公切莫厌烦啊。全族都要去坟山扫墓，独姨太没份，等于不承认她是纪家的人，我心里很不落忍哪！她，一个满人，离乡背井来府里四年了，祠堂不许进，祖坟不许拜，连拱北的过继礼也没资格参加！设身处地想想，那是什么滋味哟！"

九太公："滋味当然不好，但国有国法，族有族规，关姨太至今身世不明，又没生下一男半女，纪氏祖宗怎会承认她呢？"

四奶奶："九太公，你就不能想个说法通融一下吗？姨太她温婉安分、工绣善画，是个才女，家里上上下下无人不夸赞她呢。"

九太公呷了口茶，慢悠悠地说："这些我都知道，我也同情她，但我不可以为了你们这一房而坏了全族的规矩嘛。"

四奶奶："九太公啊，身世不明也罢，没有子嗣也罢，怎么说她都已经跟我们生活了四年，满口福州话，况且知书识礼，没犯任何过错。这样好的一个姨太，依然不算纪家人、不为列祖列宗所接纳吗？"

九太公："四奶奶如此体恤关姨太，难怪家庭和睦，有口皆碑啊。不过有一点，我心里跟明镜似的：正因为你宽宏大量，带头称她姨太，她才得了个假名分；其实，单凭来路不明这一条，不管气质如何好，才艺如何高，她都只配做个没名没分的小妾，生不算纪家人，死不入纪家坟，连姨太也当不上的。——这是代代沿袭的族规，九太公我想不刻薄竟不能够啊。你别怨太公才好。"

四奶奶连忙站起："侄孙媳辈不敢！"

九太公："坐下，坐下，快快坐下！"

丫鬟上来续茶，旋即退下。

九太公："人非草木，岂能无情？我明知关姨太品格才貌俱全，多半出身良家，也不是没有动过扶助之念的；然而无凭无据，贸然通融，如何服众？好在她很年轻，来日方长，你和慕达稍加用心，必会探明底蕴，给祖宗一个交代。只要源于清白人家，穷也罢，富也罢，纪氏家族都会承认她应有的地位；倘若来自满族贵胄，或者英烈之家，而你果真愿意，则我一定做主，给她个'同室'的名分，那就与你这位正室比肩了。四奶奶，你想想看，我的话是否有理？"

四奶奶站起："九太公所言极是！"

第十五集　刻骨相思　清明祭扫

42．长房书房（夜）

拱南写完最后一个字，搁下毛笔："妈，四首《清明》诗，我都默写完了，你过来看呀！"

大奶奶过来坐下，拿起拱南的作业一张张验看，一面轻声念着："《清明》，唐朝杜牧：'清明时节雨纷纷，路上行人欲断魂。借问酒家何处有，牧童遥指杏花村。'《清明》，北宋魏野：'无花无酒过清明，兴味萧然似野僧。昨日邻家乞新火，晓窗分与读书灯。'《清明》，北宋黄庭坚：'佳节清明桃李笑，野田荒冢只生愁。雷惊天地龙蛇蛰，雨足郊原草木柔。人乞祭余骄妾妇，士甘焚死不公侯。贤愚千载知谁是，满眼蓬蒿共一丘。'《清明》，南宋高翥：'南北山头多墓田，清明祭扫各纷然。纸灰飞作白蝴蝶，泪血染成红杜鹃。日落狐狸眠冢上，夜归儿女笑灯前。人生有酒须当醉，一滴何曾到九泉？'"

大奶奶话音刚落，拱南就迫不及待地问："妈，我默写得对不对？对不对？"

大奶奶欣慰地望着拱南，微微颔首道："对，全对。"

拱南便向坐在另一张书桌旁的安丽得意地宣称："二姐，我全对，我全对！"

安丽故意贬低："臭美！你不懂解诗，就不算全对！"

大奶奶乃问安丽："拱南算得怎样？"

安丽："也全对，妈要不要再验一下？"

大奶奶："不用了，你算术好，验他绰绰有余。"

安丽便对拱南做了捋胡须的戏剧动作："我是你的大成至圣先师孔夫子也！"

拱南则回以鬼脸怪声。

大奶奶略一沉吟道："拱南啊，妈打算让你今年秋天就进福州开智小学堂读书；早一年上学，将来也好早一年投考海校嘛。你乐意吗？"

拱南："乐意！乐意！"

安丽："妈，为什么要拱南进开智小学呢？"

大奶奶："因为开智自前清光绪三十年立校，12年来越办越好，你舅舅的几个儿子都是开智毕业的，后来都考取了海校；况且，你舅母很寂寞，几次捎话要让拱南去她身边呢。这样一来，妈竟可以少操许多心了，岂不三全其美？"

钱妈进来，插嘴道："其美是其美，但十一少才5岁，只怕一时新鲜，过后就该想家哭鼻子了！"

拱南："才不会呢，哭鼻子没羞！"

安丽便刮着脸皮起哄："没羞哦，没羞哦，拱南没羞哦……"

拱南："你没羞！没羞，没羞没羞没羞……"

钱妈："行了行了，又猫皮狗脸了不是？快去用晚饭吧，早吃早歇息，明日还得起一大早呢！"

大奶奶："可不吗？明日天蒙蒙亮就得起床。时辰一到，九太公就会率领全族男女，先上山拜祭始祖纪圣公，然后各家再扫各家的坟；你们可别没了精神头啊。走吧走吧！"

43．大奶奶卧室（夜）

大奶奶正在卸妆。

镜子里映出安丽。

大奶奶："你都请过晚安了，还进来干吗？"

安丽："妈，明天上坟，我不跟你一个轿子，行吗？"

大奶奶："那你要跟谁？"

安丽："我要跟姨太。"

大奶奶："姨太没份去，你怎么可能跟她一起呢？"

安丽："妈，为什么姨太总是没份呀？她哪点不好啊？！"

大奶奶："她没有不好。"

安丽："那凭什么没份啊？这不公平！妈，你告诉我，究竟是为什么呀？"

大奶奶："大人的事，小孩子家不许管！"

安丽："对姨太不公平，我就要管！"

大奶奶："我都管不了，你怎么管？！"

安丽："你告诉我为什么，我就能管！妈，你快说嘛！"

大奶奶："我不能说，说了你也不懂！快快去睡吧，妈也困了。"

钱妈进来："哟，怎么还不睡？"

大奶奶白了安丽一眼："就这孩子，刨根问底给姨太抱不平。"

安丽纠缠："妈，到底谁不待见姨太呀？"

大奶奶沉下脸："妈困了，你还磨，不懂孝顺是不是？"

钱妈："二小姐，赶紧睡去吧，别惹大奶奶不高兴！你太小，什么也不懂。"便推着安丽往外走。

安丽走到门边突然转过身来："我懂了！上星期天九太公过这边来，他只管跟妈和

第十五集　刻骨相思　清明祭扫

三婶、四婶攀谈，对姨太始终无一句，连正眼也没瞧一下。肯定是他嫌弃姨太，就是他！就是他！……"

大奶奶霍地站起来："放肆，还不住口！"

安丽："就是嘛，九太公不公平！"

大奶奶一声断喝："你还敢说，跪下！"

安丽噘着嘴不服。

大奶奶厉声："还不跪下！"

钱妈按着安丽跪下。

大奶奶怒容满面："再敢胡言乱语，有辱族长，家法不容！撑出去！"

安丽委屈欲泣。

钱妈连忙拉起安丽往外走，一面轻声告诫："千万不要乱讲啊，一旦传出去，大奶奶怎么做人啊？她可是长房长媳哟！"

44．四房偏院（夜）

胖嫂提着灯笼引着四奶奶进院："翠翠！翠翠！"

翠翠画外音："哎哎！"

胖嫂："四奶奶来了！"

关姨太、翠翠相继迎出。

关姨太："四奶奶还没歇息啊！"

四奶奶："不知怎的，硬是不困，随便过来说几句。"

45．四房偏院前厅（夜）

四奶奶、关姨太坐定，胖嫂一旁侍立。

翠翠进茶。

四奶奶："胖嫂、翠翠你们退下吧。"

胖嫂、翠翠："是！"随即离去。

关姨太："四奶奶平常都睡得挺早，今儿是怎么的了？"

四奶奶："我心里堵得慌。"

关姨太："啊?！为什么?！"

四奶奶叹了一口气："这些天，我几次恳求九太公准许你随大家上山扫墓，皆不蒙应允。你在纪氏家族中受冷落已历四年，但这并非我的意愿，你可千万别误解啊。"

关姨太:"四奶奶快别说了,我当不起的。四奶奶一直善待我,我岂能有别的念头呢?"

四奶奶:"你受冷落,我不怨九太公,你也别怨。毕竟,九太公是一族之长,他得依照族规行事啊。"

关姨太:"四奶奶,你放心,我没有怨气,对谁都没有。我不知道你一再去求九太公,往后再别这么做了,我会很不安的!"

四奶奶:"其实九太公绝不是一位不通人情的族长。他说了,只要你家世清白,就一定还你一个公道,有没有为纪氏生养,倒可以不论;倘若你出身显贵,或者是英烈后代,则可扶为'同室',与我平起平坐呢。由此可见,九太公对你是爱护的,完全没有跟你过不去的意思。你信吗?"

关姨太点头:"我信。"

四奶奶:"其实,单凭性情品格,我早已推断出,你是好人家的女儿;然而,九太公不接受推断,必得刨根问底,说出个子丑寅卯来,这就把我给难住了。一年又一年,眼睁睁看你受委屈,我越来越不是滋味。你信也罢,不信也罢,我说的都是掏心窝子的话啊!"

关姨太:"四奶奶,我信的,我信的,我怎会不信呢?!"

四奶奶:"姨太啊,你如此清纯美丽,竟远离北国,南下八闽,岂止是我,纪府上上下下哪能不疑?幸而,一家之主三爷,是受过西学的,从不挖掘他人的苦衷,奶奶们也都知书达理,不会逼你说出你是谁。上行下效,仆妇们谁还敢说三道四呢?"

关姨太感动,由衷地说:"谢谢,谢谢!"

四奶奶:"谢什么哟?一口锅里吃着饭,这就外道了。我恨自己有心无力,没法帮你得到相应的地位和体面,因为只有你自己才清楚你是谁啊!"

关姨太不假思索,脱口而出:"四奶奶,我从未想过要改变地位,得到体面,甚至与你平起平坐。你千千万万别再为我操心了,真的!"

四奶奶摇摇头:"你呀!"

46. 关姨太卧室(夜)

关姨太坐在窗旁仰视夜空。

四奶奶画外音:"只有你自己才清楚你是谁啊!"

关姨太喃喃自语:"是的,只有我自己才知道我是谁:我是甲午英烈那旗的女儿那青啊。额娘生前告诉我,阿玛是北洋海军'超勇'舰上的炮手,黄海海战中,他跟把

第十五集 刻骨相思 清明祭扫

兄弟何满一直抵抗到舰毁人亡,才在下午未时随着'超勇'沉没的;而恰是这个时辰,我和满叔的儿子咏烈一起诞生了……"

画外婴儿啼声响起。

婴儿啼声中出现一片血海,"超勇"舰喷着烈焰浓烟向右翻沉,与此同时,画面上叠出一对婴儿被两双手高高举起。

婴儿啼声止。

关姨太依旧望着夜空喃喃道:"阿玛,我刚刚周岁,额娘就带着我和咏烈由烟台投奔北京外祖家。外祖教我们读书作画,后来迫于生计,迁居京郊小月村。小月村很美,它成了我心中永远的故乡。可惜呀,12岁起,厄运接踵而来,两年间我相继失去母亲、外祖,而舅舅瓜尔佳·吉升又不准我和咏烈一起随金山叔回烟台;从此我失去了咏烈,失去了金山叔,只剩吉升舅舅是唯一的亲人了。辛亥年冬天,舅舅收我为养女,和他一起冠了汉姓,不久,便把我许给纪四爷;但还没等打发我出门,民国元年开春,他就猝死了。那以后,我这个甲午遗孤,犹如一根蓬草,天涯海角任飘零!飘到马尾大榕乡,我想起额娘说过,乾隆初年,北京满八旗南下福州,其中有一个人叫那拉达得,他就是我们在闽的一世祖,葬在福州东门外康山。阿玛,我觉得是天意让我千里南下依傍祖宗,可我毕竟辱没了先人,辱没了你,也对不起咏烈,我心中的愧疚和苦楚难以言喻啊!阿玛,你能原谅我吗?原谅我吗?……"

特写:泪水从关姨太眼中滚落下来。

47. 四房偏院(夜)

东方微明。

关姨太站在窗里眼望东方。

48. 关姨太卧室(日)

关姨太站在窗前继续自语:"阿玛,我绝不和盘托出身世,表明是英雄遗孤,哪怕扶为正室,甚至尊为皇后也绝不,因为,这必定会牵扯到咏烈。木已成舟,我和咏烈有缘无分;但今生今世、来生来世,咏烈都会藏在我心底,天塌地陷我都要守着他,望着他,就算化烟化灰,我的灵魂也和他一起飞——一起飞啊!"

曙色加浓。

霞光中,两只小鸟在云天相随而飞,渐飞渐远,若隐若现。

49. 通往纪氏坟山之路（日）

远景。十来顶轿子并数百名纪氏族人携清明祭品缓缓行进。

画外音：九太公以为"地位"的强大力量，终将破解关姨太的身世之谜，然而，多才多艺、美丽纯真的关姨太坚守的却是另一种信念。她洁白无瑕的心灵，高高地掠过宗法的威严、庸人的势利，盘桓在童话的绿野上，朝云暮雨，永无终极。

画外音止。

扫墓的队伍走进画面深处。

清明之雨稀疏落下。

雨帘渐密。

扫墓的队伍消失在雨帘之后。

第十六集 安祈满月 拱北见习

1. 烟台海校校门外（日）

天空开始降雪。

四盏灯笼合成"一九一七"四个金字。

2. 学监办公室（日）

严学监收拾着案上的文牍。

严学监内心独白："今天是元旦，又适逢丙辰腊八，学校除早饭供应腊八粥，中午有西餐。我必须去餐厅盯着低班生，不许杯盘叮当，乱锯牛扒，有失海军风度。"

3. 烟台海校餐厅（日）

近200名学生正肃然进食西餐。

严学监走近低班生。

少年们正拘谨地、不熟练地进西餐。

严学监走向高班生。

镜头推近。拱北拿起一片面包，撕下一小块，抹上牛油，送入口中，如此反复数次直至吃完（而不是一口一口咬下来）；雨轩也在以标准动作喝汤；石峻则十足绅士地切下牛扒，斯文地咀嚼着。

严学监瞟了拱、雨、峻一眼，又扫视餐厅一遍，这才走出。

4. 烟台海校餐厅外（日）

严学监离去。

严学监内心独白:"纪拱北、夏雨轩已从裹着武侠梦的世家子、富商儿,成长为优秀的高班生;石峻这个卖艺助学的苦儿,则变化最大,吃饭吧嗒嘴,喝汤唏唏声早已彻底纠正,成绩更由全班倒数第一,节节上升而至名列前茅。三个月后,他们都将结束烟台海校课程,和同学们一起,转入其他海校继续求学。我的担子就快卸下了,但是,为了烟台海校的荣誉,我仍将牢牢守住学生,直至最后一天他们合格地走出校门。"

5. 烟台海校校园(日)

校园春色,迎春花开,新柳呈绿。

6. 烟台海校教学楼外(日)

青年拱、雨、峻英姿勃发走向教学楼。

拱、雨、峻上了台阶,不约而同转过身来,深情地望着校园春色。

雨轩恋恋地说:"春天来了,我们却要离开母校了!……"

石峻:"雨轩,打住!军人不轻言离愁!"

拱北:"对!事实是,优胜劣汰,我们从烟台海校胜出,在春天冲向另一轮的优胜劣汰!"

特写:拱北目光炯炯。

7. 学监办公室(日)

拱、雨、峻笔直地站在严学监办公桌前。

严学监:"明天,你们这个班就要离开烟台海校了。连日来,我跟学生一一谈话,现在轮到你们。你们1913年入学时,还都是13岁的孩童,我是看着你们一年年长大,一级级升班,直至以优异成绩修完烟台海校全课程的。你们已然是17岁的青年了,对于这段学军经历,不可能没有感想。"他目光射向石峻:"石峻你先说吧!——言简意赅,一两句话概括即可。"

石峻应声答道:"学生石峻的感想是:报雪国仇家恨,非自强不能达成;国家须自强,军队须自强,匹夫也须自强!"

严学监:"很好。纪拱北,你呢?"

拱北:"拱北终于明白一个道理:军人以民族利益为重,以献身国家为荣,与武侠是不可同日而语的。"

第十六集　安祈满月　拱北见习

严学监："嗯，也是很真切的感悟。"

雨轩等着严学监点到他。

严学监却说："夏雨轩，你可以免谈了，因为我知道，他俩的体验，你兼而有之。是吧？"

雨轩："是。"

严学监转而又问拱北："我还有一个问题问你！"

拱北："学生理当知无不言！"

严学监："一直以来，我对你苛责甚多，你是否有过不快，甚至耿耿于怀？"

拱北大气地回答："没有，都没有，只是偶尔产生过一种感觉而已。"

严学监："什么样的感觉？"

拱北迟疑起来。

闪回（参见第九集《赴考途中 初入海校》第19节）：

烟台海校正门前。

严学监绕着拱、雨、峻踱了一圈，靠近拱北，上下打量一番，一字一顿地下了结论："毫无疑问，你，就是顽童纪拱北！"

拱北失声："啊？！"

严学监透着些捕获猎物的得意，指着拱北："对你，必须严加管教！"

闪回止。

拱北："拱北有过一种念头……太孩子气了，实在可笑……"

严学监："照实说吧！——谁会笑话孩子呢？"

拱北改用英语："You didn't like me at first sight."（你从一开始就看我不顺眼。）

严学监："想过为什么吗？"

拱北："当初确实疑惑过的。然而，海校的紧张生活、新鲜的知识领域深深吸引了我，外加痴迷武侠，每每淘气，竟顾不得寻找答案了。"

严学监："那好，现在，我可以给出答案了。"说着便拉开抽屉。

拱、雨、峻交换着惊讶的眼神。

严学监拿出一封厚厚的旧信，对拱北说："这是1913年你入学前，你的叔父纪慕贤给我的亲笔信。你看看也无妨。"

拱北慌忙婉拒："谢谢学监，学生不敢当！"

严学监："不看也罢。我想，你已经明白了。"

拱北："是的，学生终于明白了，原来，叔父是把我连带我的缺点，都交给了学监你；而此前，当我北上投考海校时，他就已设计，迫使我和雨轩苦于盘缠紧缺，只得借宿烟台农家待考，无法再过少爷的日子了。"

严学监："你的叔父为了对海军、对海校、对你负责，可谓用心良苦啊！"又嘱雨、峻："你们两个也应从中受到启迪才是。"

雨、峻："是！"

严学监："你们即将辗转吴淞、南京两处海校，去学习高等数学、鱼雷、枪炮等方面的知识了。前方是新的一轮又一轮'优胜劣汰'的无情考验，希望你们再接再厉，百折不挠。有两句话留给你们，权当临别赠言吧。——莫嫌'老生常谈'就好。"

拱、雨、峻："学生不敢，学生敬聆教诲！"

严学监："军人的天职是服从，而生活的秘诀则在于：不要做你所爱的事，而要爱你所做的事。"随即又用英语重复了一遍："The first and foremost duty of a soldier is absolute obedience. The secret of life is not to do what you like, but to like what you do."

拱、雨、峻："Yes sir！"

8. 烟台海校教学楼外（日）

拱、雨、峻走下台阶，迎面遇见甲、乙两同学。

甲同学："怎么样，严学监今天是不是客气一点？"

石峻："岂止客气一点，是客气许多！"

乙同学："对呀，毕竟明日就要告别母校去吴淞海校了嘛，总不能从进校一直挨骂到离校吧。"便拍拍甲同学："走，该轮到咱们了。"

拱、雨、峻走了几步，却又不约而同转身凝望教学楼。

雨轩恋恋地说："'别时容易见时难'。往后，再进这座教学楼的机会恐怕不多了，便是想听严学监的厉声痛斥也不可得呢！"

9. 烟台海校林荫道（日）

拱、雨、峻并列而行。

石峻："咱们对严学监曾经非常抵触，尤其是与充满爱国激情的吕铁教官对比。若非当吕教官遭袁世凯走狗逮捕时严学监从容保护学生，这种抵触还不知要持续多久呢。"

雨轩："检点自己，当年是咱们不懂事，从好恶出发，硬把严、吕二教官不同角度的施教，截然地对立起来。其实，他们的付出是一样宝贵的。"

第十六集　安祈满月　拱北见习

拱北："没错。回想起来，吕教官像一道闪电，虽然即现即逝，但它亮得刺眼，猛然间射进我们视野，让我们第一次知道，服从是军人应尽的职守，而爱国才是军人的最高原则。严学监不同，他犹如一把铁钳，紧紧夹住我们，吹毛求疵，不断敲打，逼我们学会服从，学会坚毅。两位教官一个强调爱国，一个着眼锤炼，都是我们应该感恩的，对吧？"

雨、峻："对，应该感恩啊！"

10．烟台海校正门内（日）

拱、雨、峻等60名同学列队向"才储作楫"匾额敬礼。

11．烟台海校校门外（日）

海校生向母校校牌"烟台海军学堂"敬礼告别。

校工小瘦子在门边依依不舍地向拱、雨、峻挥手。

12．烟台海军码头（日）

"通济"舰泊在码头旁。

拱、雨、峻等60名烟台海校转学生，正聆听严学监临别赠言。

严学监："你们就要登上'通济'，开始转学的航程了。'通济'是甲午战败，北洋海军覆灭的第二年，由我国自行设计、自行建造的第一艘练习舰；舰虽不大，排水量仅1900吨，但它承载的中国海军死而复生的坚定信念，却是无可计量的。希望诸位以此鞭策自己，磨炼心志，强健体魄，完成学业，有朝一日肩负起振兴海军的重担！"

言讫致礼："再见了！"

转学生们齐齐回礼："再见！"

定格。

拱、雨、峻跟随队列走向"通济"舰。

严学监目送转学生们相继踏上跳板，直至最后一位。

"通济"舰起锚。

严学监仰望着转学生们肃立于舷边。

"通济"离岸。

严学监举手敬礼。

13. 黄海（日）

"通济"鼓轮前进。

拱、雨、峻站在甲板上放眼海天。

拱北神采奕奕。

画外音：17岁的纪拱北不曾料到，他们搭乘的"通济"练习舰既已注定为复兴中国海军而生，又将注定为捍卫中华民族而死。17岁的纪拱北同样不曾料到，两年后，当他修完吴淞海校和南京海校课程，派在"通济"舰见习时，声名鹊起的陈绍宽调任该舰舰长；他们的师生之情、铁血之缘从1919年开始，持续了近30年之久。

画外音中，"通济"舰驶向海天交接处。

画外音止。

"通济"消失。

画面仅剩下浩渺的烟波。

14. 天宇（日）

字幕：1919年

秋雁南飞。

15. 长房正院（日）

大奶奶并钱妈正在西厢房屋檐下的一丛金桂前赏桂。

金桂花特写。

钱妈深深吸了口气，赞道："这金桂开得多么灿烂！一嘟噜一嘟噜的，活像金箔镂成的一簇簇小花，吉祥着呢，富丽着呢。"

大奶奶含笑点头，补充道："香得醉人哪！"

钱妈："万物皆有灵，草木兴衰也都应着运程的。今年哪，先是三房的安瑞大小姐顺顺利利由女子书院毕业，又顺顺利利到上海继续求学；接着，便是肩挑两房的拱北大少爷顺顺利利上舰当了见习生，大小挨着个军官的边；眼下，四房关姨太就快生养了。这不是纪家接二连三喜气不断吗？倘或生的是四奶奶渴望的小闺女，那可真是凤凰飞来，喜上加喜喽！"

大奶奶："但愿菩萨多多保佑，四奶奶能够借腹生女，儿女双全！"

钱妈："一准能的，一准能的！你想啊，自打姨太有喜，奶奶们就天天往大庙小庙

第十六集　安祈满月　拱北见习

里跑，又烧香又叩头又许愿的，心意到了，神鬼必定有知啊！"

画外雁鸣声起。

大奶奶抬眼望雁，片刻，怀着希望喃喃道："拱北投军至今，春去秋来，已经雁过六回了，再有两回，我儿就能跟家人重逢了。"

钱妈："六年半都已过去，两年还不是一眨眼的工夫？等着吧，大奶奶，等着那欢欢喜喜、热热闹闹、团团圆圆的一天吧！"

16. 长房大院外（日）

翠翠飞奔而来。

17. 长房大院（日）

翠翠冲进来大叫："大奶奶，姨太肚子好痛，怕是要生了，四奶奶请你快过去一下。"

大奶奶："这就去！这就去！"

18. 家庙普光寺（日）

四奶奶喜极而泣，跪拜菩萨，颤声道："感激菩萨慈悲为怀，顾念我七年的殷殷祈求，助我借腹生女，终于得偿所愿了！千言万语也难表心中之千恩万谢，唯将小女命名安祈以兹纪念，还请菩萨保佑安祈健健康康，快快长大吧！"言毕再三叩头。

胖嫂扶起四奶奶。

四奶奶有些站不稳。

庙祝慌忙抢着帮扶："四奶奶怎么了？！怎么了？！"

胖嫂："不妨事，不妨事，庙祝请放心！我们小小姐是今天五更才生下的，四奶奶在边上守着，一夜没合眼，早起连粥也顾不上喝，就赶来叩谢菩萨了。——她这是又忧又喜又累又饿所致，没关系的。"

庙祝："难为四奶奶这样心诚啊。你们先坐一坐，我端斋饭去。"

四奶奶："庙祝，别忙，别忙！我没事，只不过起猛了些，已经好了，好了！"

庙祝："真的没事？四奶奶千万别客气啊。"

四奶奶："多谢庙祝，我不客气。我得赶紧回府，看看安祈怎么样，姨太怎么样，喜蛋备好没，奶妈来了没，等满了月才能宽下心来呢。"

庙祝点头："四奶奶也要保重啊！"便合十："阿弥陀佛！"

19. 弘毅堂前（日）

丁管家在阶前盼咐众仆妇："安祈三小姐今日满月，她的满月酒要比当年大小姐安瑞的多出两席。这不是我自作主张，而是大小姐的母亲三奶奶发的话。三奶奶说，虽然长幼有序，但安祈毕竟是四奶奶大寺小庙叩了七年的头，好不容易才求到的儿女双全之福，破例僭越一次并不为过啊；更何况，九太公会光临，四爷也会回来，场面自然应该大些嘛。"

众人便七嘴八舌赞道："三奶奶明事理啊！""三奶奶很会做人哪！""这样一来越发热闹喽！""喜气也越发大喽！"

丁管家："今晚，弘毅堂大厅和两个侧厅全都设席，只留后厅给九太公歇脚。不管哪个厅、哪扇窗，一桌一椅乃至边边角角、犄角旮旯儿，一概不得马虎。做完了这些，才能里里外外张灯结彩……"

仆人画外音报告："丁管家，四奶奶娘家从福州送礼来啦！快！"

丁管家："哦哦，这就去这就去！"才走两步脚下一顿："哟，差点给忘了：堂侧大院也不可疏忽，要在四围的树木上披红挂彩。——那里还有30桌乡里乡亲呢，千万别慢待人家哟！明白了吗？"

众人："明白了！"

20. 长房大院（日）

13岁的安丽和8岁的拱南身穿学生服进来，大声禀告："妈，我们回来啦！"

彩虹应声从屋里出来："哟，二小姐、十一少，你们怎么才回来呀？"

安丽："在福州码头，最后一位乘客慌慌张张赶船，在跳板上摔了一大跤，因此耽误了起航。"

拱南："彩虹姐姐，我妈呢？"

彩虹："安祈小小姐满月剪胎发，大奶奶和钱妈已经在四奶奶那边了。二小姐你快过去吧，都等着呢。"

拱南："那我呢？"

彩虹："小妹妹剪胎发，没你什么事。"

拱南："哦，那我找哥哥他们玩去。"

彩虹："还没进屋呢就惦着玩！"

拱南有点不好意思："嘻嘻！"

第十六集　安祈满月　拱北见习

21. 四房正院前厅（日）

关姨太抱着安祈坐在铺着红布的圆桌旁，安丽在逗弄着小妹妹："安祈，安祈，你看着二姐，看着呀！看着呀！……"

翠翠站在关姨太椅后担心地提醒安丽："小心眼睛，小心，别碰着了！"

胖嫂走来，将一只绘有吉祥图案的托盘置于圆桌上。

托盘内放着一把系着红丝绳的剪刀和一块红帕子。

胖嫂："时辰到了，奶奶们请开剪吧！"

三奶奶便扶住安祈的脑袋。

大奶奶于是拿起剪刀，对安祈说："安祈小乖乖，乖乖剪胎发，剪掉胎发后，转眼就长大！"说着，绕着安祈的头，做出剪发的假动作，做完之后便把剪子交给四奶奶。

四奶奶："安丽，你要代替长姐安瑞用红帕子接住小妹妹的胎发，一根也不能掉，知道吗？"

安丽："知道了，不会掉的。"乃从盘中取了红帕子，双手捧着，站到四奶奶身边。

四奶奶开始为安祈剪胎发，一面口中念念有词且反复多次：

"剪胎发，落胎发，胎发落了长新发。

新发细，新发密，丝丝都是好福气。

福气大，模样胜似牡丹花，九天仙女齐声夸。

福气长，吃得好来睡得香，聪明赛过状元郎。……"

安丽捧着红帕子，很认真地接着安祈的胎发。

四奶奶剪完最后一绺胎发，放下剪刀，俯身在安祈头上深深一吻："宝贝，剪了胎发，就算完完全全由胎变人了；今天晚上，妈抱你体体面面地去见亲朋戚友吧！"

安丽包起安祈的胎发，叫道："姨太！"

关姨太眼睛一亮。

安丽便伸手递给她胎发。

大奶奶赶紧在后面悄悄扯了扯安丽。

安丽只得缩手。

关姨太眼里的光暗淡了。

22. 弘毅堂后厅（夜）

九太公呷了口茶，对坐在下首的纪慕达夫妇及大奶奶、三奶奶说："族中多有生女不愿张扬的，你们这支独不然，安祈一落地立马就去宗祠报喜了。这恰是物以稀为贵之故，也是慕贤、慕达受过西学所致。你们这一支的女儿好命啊，从安瑞起就不裹小脚了。"

大奶奶："归齐，还是因为九太公开明啊！"

三奶奶立即附和："可不是吗？若非九太公开明，安瑞、安丽怎能顺顺当当去福州就读女子学堂，安瑞又怎能到上海继续升学呢？"

四奶奶："是啊，没有九太公护着哪儿成啊？安祈也得托九太公的福哟！"

九太公听了众人的恭维，十分舒畅："这安祈嘛，那可是你们妯娌在家庙、寺庙里求了七年才求得的；精诚所至，金石为开，你们都有功劳，姨太也有生养的苦劳呢。"

四奶奶见机立即站起，在九太公座前跪下。

众人皆大吃一惊。

九太公忙问："何以行此大礼？快扶起来！快扶起来！起来再说！"

胖嫂、钱妈赶忙扶起四奶奶。

九太公："坐下，快坐下！"

四奶奶依然站着："侄孙媳有事禀告，不敢坐。"

九太公："何事如此挂心？"

四奶奶："侄孙媳先祖父乃前清翰林，家教甚严。自从四爷纳了关姨太，侄孙媳但凡归宁，先祖父必反复说教妇德，故能泯灭妒意；而关姨太更知书识礼，美貌多才，阖府上下无不夸赞。"

九太公微微点头。

四奶奶："如今，姨太已生安祈，四爷与我得以儿女双全。故此，侄孙媳斗胆，恳求九太公做主……"

九太公："但说无妨，继续说，继续说！"

四奶奶："侄孙媳恳求您老顾念姨太生女有功，承认她在家族中的地位，允许她名正言顺地进祠堂吧；如此，既抚慰了姨太，也平复了侄孙媳心中的不安，还给安祈长了脸面，祈望九太公成全！"说着眼圈竟红了。

九太公沉吟片刻："你说这些，是顺着关姨太的意思吗？"

四奶奶慌忙辩解："不是不是，绝对不是！关姨太她不是那种心术不正之人。"

九太公脱口而出："可见关姨太必定来自良家！"又略一沉吟："也难得你这般贤惠，这般大度！好，我就破一次例，不再追究关姨太的身世，承认她是纪氏族人吧；从今往后她可以参加祠堂举行的所有典礼，可以上纪氏坟山拜祭，可以进族谱了。"

第十六集　安祈满月　拱北见习

　　四奶奶："谢谢九太公！谢谢九太公！"
　　四爷并大奶奶、三奶奶皆站起："谢谢九太公！"
　　九太公："不必多礼了！你们让我感动，我能不成全你们吗？"便打手势："都坐下吧！"
　　四爷等复又坐下。
　　九太公："沾着安祈满月的喜气，我有几句肺腑之言对你们讲。"
　　四爷："能聆听九太公教诲，是晚辈们的福分啊。"
　　九太公："别看我很少过来，但对你们这一支，我还是挺在意的。你们四兄弟皆以海军为业，调来遣去的，难以顾家，正所谓'嫁得海军婿，有婿如无婿'；更何况，慕杰早已捐躯马江，慕雄也因病作古，慕贤、慕达又常年在外，我这个老族长能不关注吗？"
　　奶奶们："九太公费心了！"
　　九太公："好在，你们居然能做到四房一体，祸福与共；妯娌相知，妻妾相安；子侄相亲，仆妇相助。——着实让我惊叹和欣慰啊。我想，侄孙媳们的齐家必有独特之处，不妨略述一二，以便族人借鉴。"
　　三位妯娌会心地互望一眼。
　　大奶奶谦虚道："九太公过奖了，'借鉴'万不敢当，我们妯娌只不过谨守'军眷之道'而已。当年，慕雄做家长时就告诫过：'军眷不同民妇，不可以是是非非。'慕贤继而完善家规，其中一条便是：'勿以军眷争拗败坏军人功业'。所以，一直以来，我等皆循'军眷之道'持家，战战兢兢，不敢有违。"
　　九太公点头叹道："好个'军眷之道'啊！想来，我纪氏族中不乏海军之家，若皆以'军眷之道'安内，何愁家不能旺，族不能兴呢？！"
　　仆人进来："四爷，松声爷赶来了！"
　　四爷起身："九太公，慕达去招呼一下发小，失陪了。"
　　九太公："去吧。"

23．纪府大门内甬道（夜）

　　甬道两旁挂着两排红灯笼。
　　松声匆匆往里走，身后跟着一名捧着礼盒的仆人。
　　纪慕达急急迎到松声跟前。
　　松声拱手："慕达，恭喜恭喜，小千金满月啦！"

纪慕达："同喜同喜！"又问："怎么姗姗来迟呢？就等你喽！"

松声："我这几天在福州，是从福州赶来的。伯宁、敬宗他俩都在省外，今天来不了了。"

纪慕达："没关系。'心有灵犀一点通'，我已经感应到他们的祝贺啦！"

24．弘毅堂后厅（夜）

九太公："虽然安祈来之不易，难免金贵些，但切不可溺爱，只依照安瑞、安丽的抚养方式已经足够。"

四奶奶："是是是。"

九太公："要紧的倒是……"他停顿一下，"你们姑且听着，莫嫌九太公多话才好。"

三位奶奶慌忙起立："侄孙媳不敢！"

九太公示意坐下，继续道："世人常歧视庶出子女，乃至影响婚嫁，故多有将庶子女交由嫡母抚养，而称生母为姨太的。你们可曾想过如何安排安祈的养育吗？"

三位奶奶面面相觑。

大奶奶："常言道'物以稀为贵'。我们稀罕安祈，金贵安祈，竟不曾想过别的事。"

四奶奶："我家上上下下一团喜气，忙着看护安祈，照顾姨太，简直不亦乐乎，什么也顾不得了。多亏九太公点醒了我们。"

三奶奶："九太公说的是件事啊，这关系到安祈的将来呢！"

四奶奶沉吟片刻，犯难起来："可是，要安排安祈竟有些两难哪！归我养，伤了姨太；归姨太养，又损了安祈。这便如何是好呢？"

大奶奶："鱼与熊掌不可兼得，难哪！"

三奶奶："很难哪！"

四奶奶把热切的目光投向九太公："还望九太公定夺。"

九太公摆摆手："族规没有限定庶子女必须归谁抚养，所以族长无权定夺。我能为安祈做的只有两件事：第一件，考虑到安祈将来的自尊心，我破例给她身世未明的生母一个名正言顺的偏房地位；第二件，纪氏历代族长连嫡长女的满月宴都不光临，而我则破例来给安祈长长脸，再做什么可就过头啦！安祈归谁抚养确实两难，四奶奶你要掂量轻重，才能拿出决断啊。"

仆人进来："就要开席了，请九太公进大堂吧，客人们都在恭候你老人家呢。"

第十六集　安祈满月　拱北见习

25．弘毅堂外（夜）

翠翠提着灯笼在前面照明。

秦奶妈抱着安祈，关姨太一旁护着走向弘毅堂。

一阵秋风掠过。

关姨太立即扑到安祈的襁褓上挡风。

秦奶妈："姨太别担心，宝宝在蜡烛包里裹得严严实实的，什么风也吹不着；再说了，我奶水好，就算漏了些风，宝宝也扛得住。"

关姨太抬起上半身，一只手仍下意识地摸摸安祈的襁褓。

26．弘毅堂（夜）

纪慕达正和发小松声在主人席近旁的第二桌（客席）上攀话。

九太公在三位奶奶并仆妇们簇拥下进堂。

各座客人全都起立。

纪慕达拍拍松声："我过九太公那桌去了。"便赶忙迎向九太公。

27．弘毅堂外（夜）

胖嫂从堂内出来，迎向行近了的关姨太等人："姨太，你们可来了！快进去吧，九太公已经入席了，四奶奶着急，打发我出来迎一迎呢。"

28．弘毅堂（夜）

关姨太等朝九太公所在的主人席走去。

宾客们的目光追随着关姨太。

女宾们交头接耳。

第三桌，女宾甲对乙："传言不虚，关姨太果然好美啊！"

女宾乙："真真太美了！这要在过去，怕是要选进宫里当娘娘呢。"

第五桌，女宾丙对丁："多亏有了这么个姨太，纪四爷夫妇才能借腹生女，总算儿女双全了。"

女宾丁："也是四奶奶心诚，一连七年不断求神拜佛的结果啊，要不然九太公怎么会光临女婴的满月宴呢？"

关姨太等来到主人席前。

四奶奶迫不及待："快，快让安祈拜见九老太公！"

两个仆人立刻抬来一张椅子。

九太公在左右搀扶下入座。

一名丫鬟在九太公座前设下垫子。

秦奶妈将安祈交到四奶奶手中。

四奶奶柔声对安祈说："宝贝，妈这就领你拜见九太公，啊！"

在秦奶妈并胖嫂左右扶持下，四奶奶捧着襁褓中的安祈向九太公行跪拜礼。

九太公含笑受礼："起来吧，起来吧，让九太公看看宝宝的模样。"

四奶奶抱安祈凑近九太公。

九太公慈祥地看着安祈说："你是你母亲求佛求来的，九老太公送你一个别名，就叫'佛赐'吧。"

四奶奶："多谢九太公！多谢九太公！"

九太公便拿出一块系着红绳的纯金长命锁，悬在安祈的头上，连声说："'佛赐'，长命百岁喽！长命百岁喽！"

镜头摇过宾客席。客人们一片赞叹："九太公给足了面子啊！""安祈大造化哟，以后谁敢说三道四小瞧她呀？"

四奶奶热泪盈眶。

九太公："慕达夫妇，你们俩这就抱'佛赐'见亲朋戚友吧！"

纪慕达朝关姨太飞去满含歉意的一眼，又急忙收住，起身跟四奶奶和她怀中的安祈走向客席。

松声从邻桌朝关姨太望去。

在一片热闹的"恭喜"声中，主人席末座上的关姨太神情落寞。

松声复又转头注视周旋于客席间的纪慕达夫妇的背影。

松声内心独白："慕达，你——呀！唉！……"

29．长房正院前厅（夜）

安丽噘着嘴坐在椅子上生气。

大奶奶自里间出来："安丽，你怎么还不漱洗准备睡觉呀？"

安丽不动窝。

大奶奶在安丽身边坐下："怎么啦，噘着嘴，跟谁怄气了？"

安丽："以后再也不理四婶了！"

第十六集　安祈满月　拱北见习

　　大奶奶："掌嘴！四婶那么疼你，你还说这不孝的话！莫名其妙！"

　　安丽："就是嘛！安祈明明是姨太生的，四婶凭什么一个人霸着她，又拜九太公，又见客人的？！应该……"

　　大奶奶："住口！少见多怪！亘古至今，有哪个偏房子女在名分上不归属正房的？！你四婶的祖父就是一个例子。他不但一辈子称嫡母为妈，而且直至生母去世也没在她的灵前叫过一声'娘'！——连翰林都这样，你还有什么可恼的？！你要明白，四婶在大庭广众面前那么做，是给安祈长脸；九太公破例来喝满月酒，又送长命锁，又起别名'佛赐'，那更是为了安祈的面子，为了安祈的将来啊！——旁人求都求不到呢！再不许胡说八道了，听见没？！"

　　安丽："反正，反正我就觉得应该是姨太抱安祈才对！再有，安祈剪下的胎发也应该交给姨太保存才合情合理！孙中山提倡平等，这都1919年了，为什么还要对姨太不公平呢？！"

　　大奶奶："什么公平不公平？这全是大人的事，你小孩子家，不要多说，更不许瞎管！"

　　安丽："妈！我已经13岁，再过两年便是八年制文山女子学院毕业生了，你还老把我当小孩子！大哥、轩哥、峻哥就不像你，他们跟我通信，说的早就是大人的事，还是大事呢！"

　　大奶奶："傻！他们能跟你说什么大事？哄哄你罢了！"

　　钱妈进来收拾茶具。

　　安丽："真的嘛！前年夏天，他们从吴淞海校寄信说，拥护孙中山的护法舰队南下广州，是从吴淞口出海的，离海校很近很近；他们兴奋得不得了，恨不能追随孙中山去护法才称心如意。"

　　钱妈端着茶具，忍不住问道："哟，什么'佛法'，能跟海军舰队有关联呢？！"

　　大奶奶一脸茫然。

　　安丽忍俊不禁："嘻嘻，你们不懂了吧！——是'护法'，不是'佛法'！"

　　大奶奶横了安丽一眼，颇为无奈。

　　安丽继续："今年夏天，他们又从南京海校来信说，北京学生'五四'大游行，消息传到南京，南京也动起来了。大哥他们全都跃跃欲试，可是严禁军人参与，否则必遭处罚……"

　　大奶奶紧张："啊，这还了得！"

　　安丽："放心吧，妈！大哥他们自有办法。他们悄悄组织海校同学募捐，然后把捐款悄悄送到设在金陵神学院内的南京学生运动总部去，一点也没暴露！"她跷出拇指："真行！"

大奶奶松了口气，却又嘟囔道："什么这个那个的，居然都不告诉我。——也是不孝！"

安丽嬉皮笑脸："妈，你成天待在家里，告诉你你也不懂啊！"

大奶奶哭笑不得，对钱妈说："你看她，得意得很哪！"

钱妈也无可奈何地摇摇头："打小就这性子，现如今念的书多了，可不更得意了吗？"

30．关姨太卧室（夜）

翠翠在铺床。

关姨太坐在梳妆台前默默地举手拔取簪子。

镜里出现秦奶妈的影子。

关姨太转过身来。

秦奶妈："宝宝乖乖地睡着呢，姨太还有吩咐吗？"

关姨太摇摇头："没有。你辛苦了一天，早点睡吧。"

秦奶妈："哎哎，那我回屋去了。姨太好生歇息！你身子单薄，又刚出月子，要注意保养啊！"

翠翠在床前脱口而出："假惺惺！"

秦奶妈莫名其妙："翠翠你说什么？！"

翠翠猛然转身，气呼呼相对："我说你假惺惺！"

秦奶妈愕然："我？！我怎么啦，我？"

翠翠直指秦奶妈："你！……"

关姨太："翠翠！你疯啦？怎么这样啊？！"

秦奶妈："翠翠，我从松下那边来大榕乡才一个月，我为什么要假惺惺啊？！我假惺惺什么了？！"

翠翠："都是你！是你把安祈交给四奶奶去拜见九太公的，害得姨太反倒没份了！你伤了姨太，这会儿又劝她好生保养，这不是假惺惺又是什么？！我冤枉你了吗？"

关姨太："翠翠，你越说越离谱啦！"

秦奶妈："还是姨太明理啊！姨太，我不是故意伤害你的！当时，我什么也没想，就把安祈交到四奶奶手里了。——我只顾按老例做，一点也没过脑子啊。我来的日子

第十六集　安祈满月　拱北见习

虽短，但姨太待我亲切体贴，我哪能有意伤你的心呢？……"

关姨太："秦奶妈，你不必解释了，我并没有怪你，真的！"

翠翠顿悟，坦荡认错："秦奶妈，是我错怪你了，对不起，对不起，你别放心上啊！都是老例害的！"

31. 四房正院前厅（夜）

四奶奶望着正在呷茶的纪慕达："慕达！"

纪慕达："嗯？"

四奶奶："慕达你想好了没有？"

纪慕达："想好什么？"

四奶奶："咦，安祈归谁教养啊？合着我唠叨半天你一个字也没听进去啊！"

纪慕达放下杯子："听进去了，听进去了，这不正在喝茶呢吗？"

四奶奶："明天你要回防地去了。虽说近期仍在三都澳，离马尾很近，但也不能随意回家嘛，趁这会儿拿个主意不好吗？"

纪慕达不耐烦："瞧你，婆婆妈妈的！我没主意，谁养都一样，都一样！"

四奶奶："怎么能一样呢？看来，是我没把九太公的话跟你说清楚……"

纪慕达："说得够清楚的了，不就是嫡出庶出有区别，怕将来委屈了安祈吗？"

四奶奶："对呀对呀，是这样的！"

纪慕达："什么'对呀对呀'的，我可不这么看。"

四奶奶："你不这么看，外界这么看嘛。"

纪慕达："外界怎么看无关紧要，关键是做父亲的心里怎么看；只要为父者平等看待嫡出与庶出，外界委屈得了谁？！"

四奶奶："你呀，说得倒轻巧！今天，幸亏九太公又赠金锁又赐别名的，否则，谁给安祈长脸啊？！就凭你心里怎么看，管什么用啊？！"

32. 关姨太卧室（夜）

翠翠坐在床沿上，余怒未消："哼，他们谁也不替你着想……"

关姨太截断："翠翠，别再说下去了，我听着心里很不好受啊！其实，连九太公都是按老例行事的，习惯成自然了，怎么可能顾念生母的感受呢？在背后埋怨四奶奶，我就更过意不去了。四奶奶善待我，你是知道的，对安祈疼得要命，你也是看到的；她宅心仁厚，是个很好的人啊！"

翠翠不服气:"哼,你的眼里谁都那么好!"

33. 四房正院前厅(夜)

纪慕达:"那你说,你觉得怎么做才好?"

四奶奶:"思来想去,还是……还是……"

纪慕达:"别吞吞吐吐的了,不如我替你说出来吧:你想安祈归你抚养,对不对?"

四奶奶:"对,我本不愿意伤害姨太,可孩子更重要,不是吗?"

纪慕达:"你的想法我理解,但安祈归你养,我不同意!"

四奶奶:"为什么?我还以为你会跟我一个心思呢。"

纪慕达:"不,不,正好相反。在我看来,安祈归姨太养更适合。"

四奶奶:"那我差在哪儿了呢?你指出来,我可以改啊。"

纪慕达:"什么'差'啊'改'啊的,你言重了!我知道,你家世好,又饱读诗书,能够把安祈教养成淑女。我也知道,你认定安祈不过借腹所生,终究是我女儿,必定会视如己出;更何况你母性很强,爱孩子没个够,尤其女孩。说实话,你无可挑剔!"

四奶奶:"既如此,何以不同意我抚养呢?"

纪慕达不语。

四奶奶:"你说嘛,有什么难以启齿的?老夫老妻了!"

纪慕达犹豫且含着歉疚回应:"我……我不忍……不忍令你这个厚道人难堪……"

四奶奶一脸宽厚,带着满足的笑容:"'难堪'?!有那么严重吗?危言耸听呢。你我几十年举案齐眉,不知何为难堪?快别藏着掖着的了,叫人心里不透亮!"

纪慕达:"那好,我就实话实说了,你可不许生气啊!"

四奶奶:"不生气!你我两人几时红过脸来?!你娶姨太我都没跟你赌过气,好不容易得了佛赐,反倒惹出是非?!……"

纪慕达深深点头:"真是贤妻啊!"

四奶奶:"别夸赞了,快和盘托出吧!"

纪慕达呷了口茶,又瞟了四奶奶一眼:"我之所以不让你抚养安祈是有三层理由的。第一层,安祈无论归谁养育,都不必操心受到歧视……"

四奶奶:"为什么?"

纪慕达:"你想啊,在这个府里,三哥和我都是受过西学的,不区分嫡出庶出;三哥又是一家之长,他对子侄一视同仁,上上下下谁不效行呢?至于族中如何,外界如

第十六集　安祈满月　拱北见习

何，那是他们的想法。三哥和我必会让安祈跟安瑞、安丽一样受最好的教育，甚至出国留学；这样一来，谁敢歧视我女儿呢?!"

四奶奶："那，第二层理由呢?"

纪慕达："第二层，没人说你不是安祈的母亲，但姨太毕竟是生母；你已经成为几个儿女的母亲了，就让姨太做一回妈妈吧，行吗?"

四奶奶微微点了点头："那，第三层呢?"

纪慕达："这第三层嘛，是为我自己。"

四奶奶："你自己?!"

纪慕达："是的，是为我自己，我……我不说为好，免得你沮丧。"

四奶奶："没关系。你看，前面的，我不是都接受了吗?"

纪慕达又呷了一口茶："我想……我想有那么一天，领着安祈和她年轻的妈妈，去海边、去野地疯跑，做一回快乐的父亲!"

四奶奶不禁辛酸地低下头，稍稍提起裙子，望着脚尖，忍泪颤声自语："可惜呀，我的脚，再也变不大了……变不大了……"

纪慕达："快别说这么伤感的话了! 小脚又不是你心甘情愿裹的，我何时怪过你呀?! 高高兴兴地早点歇息吧，明天我又该回防地去了。"

四奶奶："防地离家不远，找机会多回来几趟吧。虽然有六个儿子，但其中四个远在海校，最小的两个相继去了省城求学，身边空荡荡的，没着没落啊……"

胖嫂拿着脸盆从里屋出来，听了四奶奶的话，插嘴道："四奶奶说得实在啊，连我都觉得静得慌! 春去秋来，十一位少爷和两位小姐都跟小鸟似的离了巢，府里四个房头，一房赛一房冷清哟。"稍停，又说："不过也没啥，我看马上就会热闹起来的……"

四奶奶："马上?! 此话怎讲?"

胖嫂："拱北大少爷不是已经上舰实习了吗? 等他一下舰，就给娶媳妇；转眼间，生下一堆胖娃娃，咿咿呀呀满地爬哟……"

四奶奶喜："最好多生几个女孩子……"

纪慕达："你们想得可真够快啊! 拱北这才实习了三两个月，就能转眼间生下一堆胖娃娃满地爬啦?! 告诉你们吧，拱北还须在舰上苦熬一年半，才有望正式毕业，当候补三副呢。我听说，陈绍宽已调任'通济'练习舰舰长；此人严而又严，过他的关，那可不容易哟!"

34．"通济"练习舰（日）

海面风疾浪涌。

字幕：台湾海峡

"通济"舰从画面深处隐约出现。

"通济"舰渐渐清晰。

"通济"舰破浪而来。

35．"通济"驾驶台（日）

舰长陈绍宽（字幕）注视着汹涌的海面。

舵兵、车钟兵在谨慎操作，三副在传声筒前候命。

教练官走进驾驶舱："舰长，风力不断增强，见习生爬桅杆是否照常进行？"

陈绍宽："当然照常！我要的就是这么大的东北季候风！"

36．桅杆（日）

十二名见习生，六人一组，各以拱北、石峻为排头，分列于两架长梯前。

教练官："风浪越来越大了，这正是爬桅训练的良机，你们要好好把握，考验自己。开始！"

拱北、石峻各自走近长梯，正要抬腿攀爬，却响起教练官的喝止声："停！"

拱北、石峻一愣，即时转过身来。

教练官厉声："谁叫你们穿鞋爬桅的？！不许穿鞋！全体赤脚，听见没有？"

全体见习生："Yes sir！"

教练官："全体脱鞋！"

拱北、石峻等迅速脱鞋。

教练官："开始！"

拱北、石峻立刻领头赤脚爬桅。

陈绍宽来到教练官身边。

陈绍宽抬头以严厉甚至苛刻的目光注视着桅杆上的见习生。

桅杆随舰摇摆。

拱北奋力攀爬，石峻奋力攀爬；

雨轩继之奋力攀爬，全体奋力攀爬。

第十六集　安祈满月　拱北见习

37."通济"练习舰（日）

风浪加大。

舰首随浪大幅颠簸。

38. 桅杆（日）

桅杆随舰俯仰，角度增大。

拱北艰难向上，石峻艰难跟进；

雨轩艰难向上，后继者艰难跟进。

39."通济"练习舰（日）

船体左右强烈摇摆。

40. 桅杆（日）

桅杆左右摆动幅度大增。

两组见习生悬在长梯上险象环生。

拱北终于爬到桅顶，钻进桅盘。

石峻也爬到桅顶，钻进桅盘。

陈绍宽在桅杆下赞赏地点了点头。

41. 桅盘（日）

拱北站在桅盘上。

特写：拱北19岁的脸，焕发着阳刚和自信，英气逼人。

定格。

42."通济"练习舰（夜）

"通济"在狂风恶浪中夜航。

43."通济"驾驶台（夜）

拱北、雨轩、石峻立于陈绍宽及教练官左右见习。

水兵进来："报告舰长，东北季候风已增强至9级！"

44．"通济"练习舰（夜）

一阵狂风，巨浪涌上舱面。

舰体严重倾斜。

45．"通济"舱室（夜）

衣柜悉数由一侧抛向另一侧。

46．"通济"练习舰（夜）

恶浪再度袭上舱面。

舰体倾斜更加严重。

螺旋桨打空车。

47．"通济"锅炉舱（夜）

煤堆倾倒。

48．"通济"驾驶台（夜）

陈绍宽命水兵："速请林教习来！"

49．"通济"驾驶台外（夜）

年逾六旬的林教习扑进驾驶台。

50．"通济"驾驶台（夜）

林教习抢到陈绍宽身边，急呼："陈舰长，快快转舵，去刚刚经过的泉州湾平海港避风！"

陈绍宽镇定地问："怎样转舵？"

林教习："顶风转！顶风转！"

陈绍宽提高声音发令："顶风转舵，去平海港！"

51．平海港码头（夜）

"通济"靠岸。

第十六集 安祈满月 拱北见习

下锚。

52. "通济"驾驶台（夜）

陈绍宽笑对拱、雨、峻道："遇到一点惊险是吧？有两名舰员还受了伤；不过，也长了些经验，对不对？"

拱、雨、峻："对！"

陈绍宽便问雨轩："说说，你得了什么经验？"

雨轩："越是惊险，越要镇定。"

陈绍宽微微点头，又问石峻："你呢？"

石峻："我懂得什么情况下应该顶风转舵了。"

陈绍宽又微微点头，然后转向拱北："你呢？"

拱北："学生终于明白了，陈舰长之所以会把年过六旬的林教习从舵兵提拔到准尉且礼遇有加，其原因就在于，林教习虽老，但经验了得！"

陈绍宽深深看了拱北一眼，鼓励道："说下去，还有别的领悟吗？"

拱北："拱北更领悟到，长官应该关注士兵，善待士兵，发现士兵。这也算是一种用兵之道吧？"

陈绍宽眼睛一亮。

53. "通济"练习舰（日）

"通济"在晴空下航行。

教练官向舰首走去。

雨轩从后面赶上来："教练官，请等一下！"

教练官转身："什么事？"

雨轩："报告教练官，我们很想利用值班外或睡觉前的一点时间，请陈绍宽舰长答疑解惑，不知是否妥当？"

教练官："有何不妥当？！我了解陈绍宽舰长，他认定振兴海军，人才第一，其次是造舰。为此，他言传身教，恨不得把自己所有的知识都给学生。深更半夜，他紧急集合，亲自带你们观测星象；大风大浪，他故意命你们攀爬桅杆、舢板驶风、苦练基本功，用心何其良苦！你们要求答疑，他只会高兴。我这就去和他商量，你们等着安排吧！"

雨轩："是！"

54. "通济"军官餐厅（夜）

陈绍宽对围坐身边的拱、雨、峻等十余名见习生说："泼油镇浪的例子就举这几个吧。其实，也都是林教习传授的，我现年三十，林教习长我一倍有余，他的走船经验极为丰富，是一部活的教科书，值得我们大家好好珍惜！"

见习生深深点头。

陈绍宽："还有其他问题吗？"

见习生甲："陈舰长，别的舰船都用领水，何以你要开风气之先，自行领航呢？"

陈绍宽："我自己领航既可多得一些军事上的主动权，也有利于向学生传授驾舰技术嘛。过不多久，我就要指导你们进出福州、上海等泥沙变化很快的港口和满布急流险滩的长江三峡了。届时，你们便能体验到，光靠海图上的航线是远远不够的，必须积累各种条件下的走船经验才行。而只有我亲自领航，才能将长年的积累直接教给你们；比如进三峡，应该怎样目测强记两岸山势的特征，怎样确定船头转向的度数等，这点点滴滴都将和你们的实践相对照，使你们掌握得更快。"

见习生们频频点头。

石峻："陈舰长，你是如何学会领航的？跟林教习学的吗？"

陈绍宽："不，是从一位领水那里偷师而来的。"

见习生乙："学了多久？"

陈绍宽："我用心观察，强记他们的操作；偷师一次，就自己领航了。"

见习生们惊呼："啊？！"

陈绍宽："不必惊讶，抓住了要领，是不难学会的。"他看了看表："还有问题吗？"

雨轩："陈舰长，专业以外的疑问可以提吗？"

陈绍宽："可以。"

雨轩："'五四'那阵，我们正在南京海校等待上'通济'见习。尽管不准军人游行，但大伙儿仍悄悄地做了些力所能及的事，可这也并不能令人释怀；半年多来，一想起巴黎和会中国遭受的欺凌，就心有千千结。明明中国是欧战的战胜国，德国是战败国，但在和会上，列强却公然拒绝中国提出的所有正当要求，甚至还要把战前德国在山东强取的种种特权，悉数转给日本。正义何在？！公理何在啊？！陈舰长，当时你作为一名中国海军代表，参加了巴黎和会，身临其境，必定感触更深。不知可否略述一二？"

陈绍宽："参加巴黎和会，我最深的感触就是：强权即公理，弱国无外交！赫胥黎

第十六集　安祈满月　拱北见习

《天演论》所谓'物竞天择，优胜劣汰'的断言，在欧战结束后的和会上有力地得到了印证；我忧虑，中国如不强国强军，救亡图存，特别是以认识海权、重视海权、经营海权、增加海军实力作为海权后盾，则早晚必遭列强瓜分殆尽！"

拱北："陈舰长，我们身为海军人该如何救亡图存呢？"

陈绍宽："你的问题很大，但绍宽只是一名30岁的舰长，资历尚浅，难以全面解答。不过我认为，鉴于国人海权意识向来淡薄，我等海军将士更应牢固树立海权观念，深刻理解海权对于国家的意义和海军对于海权的作用。"

众人频频点头。

陈绍宽继续："中山先生高瞻远瞩，是极重海权的。1912年，他为民国第一任海军总长黄钟瑛题写过一副挽联，挽联说：'尽力民国最多，缔造艰难，回首思南都侪侣；屈指将才有几，老成凋谢，伤心问东亚海权。'那段日子，我正担任'镜清'练习舰大副，23岁，血气方刚，当我读到'伤心问东亚海权'时，不禁慷慨生哀，随即背下了整副挽联。从此我立志先由个人做起，不抽烟、不喝酒、不赌博、洁身自好、克己奉公，毕生致力于海军，致力于中国海权。不知道这样的答疑对你们是否有些启发？"

见习生们："有！"

陈绍宽："真的吗？"

拱北："当然是真的！陈舰长，我要效仿你，一辈子'三不'——不抽烟、不喝酒、不赌博；一辈子忠于海军，捍卫海权，再苦再难，也不放弃。请相信我的承诺吧！"

石峻、雨轩及众见习生纷纷承诺："我也承诺！""我也一样！"……

陈绍宽高兴道："好！很好！很好！"

见习生丙："陈舰长，我们知道，欧战期间你曾经赴欧洲考察英国、法国、意大利海军，后来还参加了英国海军潜艇队作战，荣立战功。你有什么最难忘的事吗？"

陈绍宽："最难忘的，是英国航空母舰投入欧洲战场，发挥了巨大的作战能力，使我大受震撼。相比之下，中国海军既无潜艇，更无航母，实力相差真的太远了！"

见习生丁："那我们还赶得上吗？"

陈绍宽："我国滨海地区延绵七省，海上事业极有可为，国家昌盛大有条件。晚清以来，之所以屡陷危局，症结就在不识海权，轻视海军。倘若全国上下接受教训，奋起发展海军，广育人才，建潜艇、造航母，锐意经营海权，则我中华必能反弱为强，反败为胜。这绝非痴人说梦，相反，世界史上颇有实例可以为证；远的姑且不论，即以近代而言，日本由蕞尔小邦崛起成为海上强国，便是尽人皆知的典型啊！只要我们认定目标，奋勇向前，就没有什么是赶不上的。你们愿意跟我一起努力吗？"

见习生们齐声："愿意！"

55."通济"练习舰（日）

海上日出。

"通济"舰首犁浪前进。

56."通济"望台（飞桥）（日）

陈绍宽指向远处问身边拱、雨、峻等十来名见习生："你们看，远处是什么？"

石峻应声而答："隐约看见岛屿。"

陈绍宽反问："是吗？"

雨轩："没错，是岛屿！"

陈绍宽便问拱北："你呢？看清楚点，前方到底是什么？"

拱北灵光一现，脱口而出，高声回答："是航空母舰！"

陈绍宽莞尔一笑，赞道："好眼力！"便转身问众见习生："你们都看见什么了？"

众见习生齐呼："航空母舰！航空母舰！航空母舰！"

57．海面（日）

海天相连处，太阳铺下一片灿烂的金光。

见习生们的画外音掠过海面传向远方："航空母舰！航空母舰！航空母舰啊！……"

第十七集 悲情母爱 婚姻陷阱

1. 罗星塔（日）

字幕：1921 年

罗星塔上莺歌燕舞。

2. 纪府大池塘（日）

春雾渐开，大池塘并长桥轮廓渐显。

长桥上站着两个年轻的海军少尉：纪拱北，中等个子，大眼睛，十足阳刚；夏雨轩，中等个子，眼睛不大，略显文气。

拱北激情喊叫："故乡，我们回来啦！"

雨轩激情喊叫："回来啦！"

两人对视一眼，默契地伸臂大叫："回——来——了！——回——来——了！——"

3. 纪府大门内甬道（日）

大富、大贵、大勇、大力等十来个家丁，你推我拥，互相催促："快！快！"争先恐后赶往大门口。

4. 纪府大门外（日）

大富等十来个家丁，不时朝拐角处张望。

大力从拐角处走来，边走边喊："还早着呢，连个影子也没见！"

大勇对身边的几位家丁说："我就说过嘛，谁也别想迎到，老老实实在门口候着吧，走岔了更不值！"

大贵："倒也是啊,大少爷13岁离家的,一去八年多,这都21岁了,就是面对面也未必能认得出来呢。"

大富："可不吗?他走的时候还是个淘气包,这会儿还真想不出是个什么模样来。——毕竟八年半喽!八年半,丁管家接连添了两个孙子;三爷比大少爷长整整30岁,已然50出头;大奶奶更是两鬓半白了;就连大力不也当爹了吗?"

大力："依我看八年,说长也长,说短也短。民国二年,大少爷离家的情景,仿佛就在眼前,你们还记得吗?"

众人："当然记得!"

闪回(参见第八集《慕达会友　两母赠别》第34节):

纪府大门外,拂晓。大富祝福即将登程的拱北："一路平安,大少爷!"大贵："快高长大,大少爷,在外面可别忘了老家呀!"拱北走到拐角处,众家丁画外音响起:"大少爷!大少爷!大少爷!——"拱北却步,回眸望去。大富等人高高举起火把,大声呼喊:"海军!海军!中国海军啊!——"

闪回止。

丁管家从大门内出来："大少爷还没到?"

众人："没!"

丁管家："这就叫'等汤难滚'哟!"

5. 长桥(日)

雨轩："咱们下桥,各自回家去吧,别让家人等急了。"

拱北："好。三天后一起上福州,把石峻接了来。"

6. 纪府大池塘(日)

池畔,15岁的安丽和10岁的拱南,身着校服,牵着手一路小跑。

扎着长辫的翠翠和一袭工装的荣官紧随安丽姐弟小跑。

7. 长桥(日)

拱北从桥上跑下。

8. 纪府大池塘(日)

拱北沿着池塘疾行。

第十七集　悲情母爱　婚姻陷阱

池塘的另一端出现安丽一行的模糊身影。

拱北自言自语："一定是弟妹们！"便举手挥动起来。

安丽一行朝拱北飞奔而去，一面狂呼："大哥！""大哥！""大少爷！""大少爷！"

拱北相向奔跑而来。

安丽、拱南扑进拱北怀里。

拱北张开双臂紧紧搂住弟妹。

9. 纪府大门外（日）

丁管家："大富、大贵你们耐心等着吧，我得张罗去了，晚上要给大少爷接风呢。"说着便要进门。

众家丁："来了来了！"

丁管家忙止步转头向拐角处望去。

拱北等狂奔而来。

大富等人争先恐后迎上前去。

丁管家站在门边含泪喃喃自语："大少爷终于学成海军回家探亲了，要是二奶奶、福祥叔能够活到今天，该多高兴啊！"

10. 纪府餐厅（夜）

两桌酒席，共二十人。

第一桌：大奶奶、三奶奶、四奶奶、关姨太、安丽；
　　　　拱北、丁管家、毛大厨、荣官、拱南。

第二桌：大富、大贵、大勇、大力、水生、海海；
　　　　钱妈、胖嫂、佟妈、周嫂。

拱北举茶盏起身："阔别八九年，今日返乡，理应敬全家一杯酒；可是，见习期间，拱北已对陈绍宽舰长当面许诺，一辈子以他为榜样，不抽烟、不喝酒、不赌博，因此只能以茶代酒表达心意了。"

三位奶奶并毛大厨等皆连连点头。

丁管家乃赞道："应该以茶代酒，应该以茶代酒！大少爷信守诺言，不仅当面，更在背后，不愧真君子，不愧好军人啊。"

拱北："丁管家过奖了，拱北先干为敬！"乃致意两桌，准备一饮而尽。

丁、毛、荣、大富、大贵等皆端起酒盏起立。

大奶奶忙阻止道:"快坐下,快快坐下,你们都是多年跟拱北朝夕相处,照料过他,扶持过他的,正该坐下受礼啊。"

三奶奶立即附和:"是这个理,是这个理!"

四奶奶:"对对对,都坐下,都坐下!"

拱北遂举茶再次致意两桌,然后一饮而尽。

第二桌上,大力道:"大少爷有志气,咱们应该回敬一杯才是!"

钱妈等四仆妇:"太应该了,太应该了!"便携黄酒一拥而上,围住第一桌,七嘴八舌道:"大少年,我们回敬你一杯黄酒吧!""你只管以茶代酒就是了。""来来来,干!"

拱北:"干!"

厨工给大奶奶上菜:"大奶奶,这是你的斋食——佛门上素。"

拱北惊讶:"妈,你怎么吃斋?!"

毛大厨:"自打大少爷从军,大奶奶就开始吃长斋,这都八九年喽!"

钱妈:"大奶奶不叫你知道。"

拱北:"妈,我走时才13岁,如今已然是个21岁的海军少尉了,你还不放心吗?请你别再吃斋了,开荤吧!"

众人:"是啊是啊,该开荤了,该开荤了!"

大奶奶摇摇头:"我不开荤!拱北以下还有10个弟弟呢;8个正读海校,剩下两个早晚也要从军,我唯有吃斋念经求神佛保佑,心才能稍安哪!"

拱北:"妈,你为了子侄舍弃自己的口福,真叫拱北不知如何是好啊!"

大奶奶:"儿啊,你——你们只须记住自己是海军的子孙,便知道如何是好了。"

拱北:"妈,拱北谨记!"

众人或点头或交换着赞许的眼神。

11. 二房正院(夜)

院内挂着红灯笼。

拱北环视红灯笼。

仆妇画外音:"二奶奶生前吩咐过,大少爷毕业探家时,一定要挂上红灯笼,她要看着儿子穿着海军服进来。"

拱北向上房望去。

上房台阶上,二奶奶站在灯笼下。

第十七集　悲情母爱　婚姻陷阱

拱北喃喃："娘，儿回来了！海军少尉纪拱北回来看娘了！"

拱北向幻觉中的二奶奶行了个有力的军礼。

12. 纪氏坟山（日）

春花满山。

拱北手捧红杜鹃来到纪慕杰夫妇合葬墓前。

碑文（竖排）为：

马江英烈纪慕杰　　　之　墓
孺　　人纪郭氏

拱北献上鲜花。

拱北肃立碑前："爹娘在上，拱北学军八年半，已由烟台海校正式毕业，即将去舰队服役了。拱北是英烈后代、海军子孙，拱北必会铭记甲申、甲午两次亡军的惨痛历史，以振兴中国海军为己任的！"

拱北从怀里掏出一串坠着中国结的吉祥物："这是儿从军前夕，娘亲手做的挂件，儿一直带在身边。"

闪回（参见第八集《慕达会友　两母赠别》第26节）：

拱北目光落到枕边一串手工吉祥物上。拱北立即拿起吉祥物，惊喜地悬在眼前看。吉祥物特写：一只蓝缎缝成的小圆包，上面绣着一只金灿灿的海军锚，包下坠着一个红色的中国结。

闪回（参见第八集《慕达会友　两母赠别》第27节）：

拱北由东厢奔出。拱北在院子中央停步，朝二奶奶在窗上的剪影双膝跪下，叫了一声："娘！"恭恭敬敬叩下头去。

闪回止。

拱北举着吉祥物："爹、娘：海军在儿血里，海军在儿心里，儿一定努力，一定争气！"

13. 四房偏院前厅（夜）

翠翠关切地盯着关姨太喝完汤药："喝了五服安神汤了，感觉怎样？"

关姨太："我失眠何止一日两日、一月两月了？用过多少药也不见效，你非要我试试这种安神汤，我依你就是了。说实话，喝不喝都差不离。"

翠翠叹了口气："你的病压根就是心病啊！不是我放马后炮，想当初，安祈发病，凶是凶了些，但医生蛮有把握，你配合得也很好，可四奶奶硬是怕你没经验，比不得她养过六个孩子，到底给接走了。我劝你千万别交出安祈，你却偏偏没个算计！结果怎么样？五个月抱过去的，如今两岁了，还在那院养着呢！虽然只隔一堵墙，可母女之情隔得远不止一堵墙啊！你天天去哄安祈，她呢，在你怀里待不了一会儿，就嚷着'妈妈妈妈'，非要找四奶奶了。我是看在眼里，急在心里呀，姨太！"

关姨太："我原以为是你多虑了，万料不到四奶奶真的舍不得送回安祈！"

翠翠："当然舍不得喽。四奶奶求神拜佛盼安祈盼了好几年，这你是最清楚的。安祈出生后，没病她也紧张，有病她更急得茶饭不思，坐立不安。何止安祈？有一回安瑞大小姐高烧，她硬是陪着三奶奶守了两天两夜呢。——四奶奶她就是这么个特别特别疼孩子的人啊。对不对？"

关姨太："对！四奶奶真的非常非常爱孩子，尤其疼闺女。"

翠翠："所以呀，一年多来，安祈在那边养着养着，四奶奶就成了亲娘了。为了安祈，四奶奶心也甘愿掏，血也甘愿给；到了这个份上，你还不想开口，她怎么会主动送上门呢？！"

关姨太："我不是不想！多少次都要开口了，可一见四奶奶笑眯眯地拍着安祈，摇着安祈，亲安祈脸蛋，摸安祈脑袋，是那么满足，那么快乐，就……唉，就一次次于心不忍！我想，我若讨回女儿，那四奶奶会很痛苦，很痛苦啊！"

翠翠："可你到底是安祈的生母，天天失眠，不是更痛苦吗？！四奶奶横竖已有六个儿子，姨太你干吗还要这样去委屈自己，替她着想呢？"

关姨太："我也说不清为什么，反正，想着想着就会替四奶奶着想了。毕竟，四奶奶宅心仁厚，四爷对她那么不在意，她也从未迁怒于我；更何况，她又是个好妈妈——百般耐心、不知疲倦、无微不至的好妈妈呢！……也许……也许再过些日子，等安祈长结实了，四奶奶不那么担忧了，就会让她回我身边的……那样的话，四奶奶也好受一点啊。"

翠翠直摇头："只怕这是你的一厢情愿吧？夜长梦多，拖到后来，安祈还肯认你这个亲娘吗？"

关姨太不自信地说："应该肯吧？——皇帝还认生母呢！"

翠翠："姨太你呀，你就是心太软，狠一点不行吗？"

关姨太："但凡四奶奶是个恶人，我也就不管不顾豁出去了；可她，她偏偏是好人哪！"

翠翠叹气："我活到今天才知道，有时候，对付好人比对付坏人更难！"

第十七集　悲情母爱　婚姻陷阱

14. 关姨太卧室（夜）

翠翠对半卧在床上的关姨太说："姨太，你躺下歇息吧！我出去收拾一下也就睡了。"

关姨太："你先别走，我还有事跟你讲呢！坐下，不然我更睡不着了！"

翠翠在床沿坐下："什么事，这么要紧？"

关姨太："明天，大少爷和荣官去畲乡给祥叔上坟，顺便探望一下他的儿孙。大勇、大力他们带礼物随行，你也跟着走一趟吧。"

翠翠："我不去！人手足够了，我去干吗呀？"

关姨太："不必干吗，让你松快松快不好吗？成天价守着我，多闷哪！"

翠翠："不闷，一点儿也不闷！"

关姨太："别犟了！一早走，当晚就回来。去吧，啊？"

翠翠："不去不去，不想去！"

关姨太："你得去！"

翠翠："别逼我了，我不去！"

关姨太："听话，翠翠！你不能不近人情啊！"

翠翠："我怎么不近人情了？！"

关姨太："荣官去海军军械厂做工，在上海一待就是八年，好不容易回来一趟，说是专为见见大少爷的，其实也少不了你呀！明天正是阴历三月三，你跟着荣官去畲乡，还能赶上畲族的'乌饭节'呢；乌饭多好吃啊，黑黑的、黏黏的……"

翠翠一笑："别说了，我知道你动什么心思！"

关姨太："知道就好！知道就该听我一句劝，千万别错过荣官啦！八年前，你拒绝祥叔他老人家做的媒，那时你还没成年，不会想；如今已然24岁，应该明白耽误不起了，否则会后悔莫及的！明天，你一定要随荣官去畲乡，找机会多聊聊才是！"

翠翠："哎呀，你别操心啦！聊什么呀？荣官本来话少，前天一起去接大少爷，他还是没变，整个儿一个闷葫芦！再说了，大勇、大力会拿我们打趣的！你想一想嘛，多尴尬呀！"

关姨太沉吟片刻："倒也是，那就不去吧。不过，趁荣官有个把星期假，你一定要把终身大事……"

翠翠："姨太，你又来了，你不明白我！……"

关姨太："我不明白你？！我太明白你了！你是为了守着我才不嫁人的！"

翠翠："我心甘情愿不行吗?!"

关姨太："不行,绝对不行,再也不能这样下去了!你固然是为着我,但结果却害了你!害了你,就等于害了我啊!"

翠翠："有那么严重吗?"

关姨太："当然严重喽。翠翠啊,岁月易老,何况女人?眼见你一年年耗去青春,我的心越来越沉重,越来越难以承受了。我常常自责,当初没有坚持让你随荣官去上海,这一耽搁就是8年哪!可那时我毕竟也才19岁,体验不到光阴难驻的无奈;而今我27岁,知道些沧桑了,我若不为你一生的幸福着想,我还怎么做人呢?我……"

翠翠打断："你总是为这个人着想,为那个人着想,唯独不为自己着想!姨太,翠翠不用你为我着想,只要和你相依为命就足够了,真的!"

关姨太："翠翠你糊涂啊!天下没有不散的筵席,相依为命也不能永远啊!保不准哪天我撒手走了,谁跟你一路同行呢?——我会死不瞑目的!"

翠翠又悲又急,哽咽道："姨太,你干吗说这么不吉利的话?!你可别吓唬我啊,我不爱听!"

关姨太："那我也得说!我还告诉你,荣官回来这两天,我想得更多了。我知道,你跟荣官一向投缘,他人品好、相貌好、心又灵、手又巧,若不是为了我,你早就嫁给他了。他孤身一人在上海那么繁华的地方,还能苦苦地等了你8年,至今仍不放弃,这样的丈夫上哪儿找去?!人生有几个8年呢?你不该误荣官!你若因我而一再误他,那就变成我的罪过了!翠翠,你千万不要为我好,反倒害了荣官,害了你自己,也害了我啊!"

翠翠垂下眼睛。

15. 弘毅堂后厅(日)

大奶奶、三奶奶、四奶奶在"和乐且孺"匾额下围坐聊天。

大奶奶："三妹、四妹,你们说怪不怪,这么些年来,我日夜思念拱北,却不料一旦相聚竟如此生分!他简直变了个人,目光犀利,不苟言笑,坐立行走都不像我儿了!"

四奶奶笑："瞧你说的!不过,其实我也觉得眼生。"

三奶奶："我还不是?我脑子里装满拱北儿时武侠迷、淘气包的样子,跟眼前的海军少尉怎么也对不上了!这就叫脱胎换骨吧?没事!过不了几天,自然会亲切起来的。"

第十七集　悲情母爱　婚姻陷阱

四奶奶："三姐言之有理啊。拱北刚回来，免不了东走西走的，昨日拜坟山，今日去畲乡，说是明日还要……"

大奶奶："明日还要去福州接石峻。"

四奶奶："等在家坐稳了，我们对他也就习惯了；然后，是不是该给他张罗娶媳妇了？"

三奶奶："是啊是啊，21岁，不小啦！"

大奶奶："你们的话真说到我心里去了！我盼星星盼月亮，盼的不就是有朝一日娶叶思静小姐做儿媳妇吗？幸而思静的母亲颇看好这门婚事，否则早就许配别家了，哪还会不时来这里走动呢？——毕竟，两边都搭着我嫂子这层关系，也算得亲上加亲吧。"

三奶奶、四奶奶连连点头。

四奶奶："女大十八变，这几年，眼见思静越发出落得美人儿似的了。我们安祈将来若能赶上她一半，我就知足喽！"

大奶奶："更难得的是，思静又安分又孝顺。她高安丽一班，去年毕业了；星姨本欲送她去上海，跟安瑞一起求学，可她不忍令母亲孤单，到底留下了。——多好的女孩儿啊，比我们安丽大不了一两岁，却懂事一万倍！况且那么温顺，从不发火，水一样的柔啊！"

三奶奶："这样的媳妇必会宜家旺夫的！"

大奶奶："正是，正是！"

四奶奶："那还等什么？不如趁拱北这一二十天假期，赶紧订婚、结婚，也好了却两家大人多年的心愿嘛！"

大奶奶："我巴不得今天就把喜事给办了，只是……"

三奶奶、四奶奶："只是什么？"

大奶奶："只是拱北打小就偏偏不喜欢思静。记得民国元年除夕，他还为订婚大发一通牛脾气呢！"

闪回（参见第三集《除夕抗婚　特殊拜年》第17节）：

拱北："我就不订婚，更不要叶思静！"

二奶奶："为什么不要叶思静呢？"

拱北："叶思静是布娃娃，一动不动，抖空竹、滚铁环、放风筝、打弹子，一样也玩不来；走路还分不清东南西北，捉迷藏一个俘房也抓不到；算术更糟糕，半天都拿不出结果。跟她搭伙比赛，我已经输过好几次了！"

四奶奶:"我看叶思静背诗背书又快又好,难道不比你强?"

拱北:"那她连钓上来的小鱼都不敢捉,胆小鬼!"

大奶奶:"你又傻了不是?人家这才叫作城里的大家闺秀哪!"

拱北更加气急败坏:"那也不管,我就不要叶思静!我讨厌她!讨厌她!"

闪回止。

大奶奶:"倘或拱北依然不接受思静,那便如何是好?"

三奶奶:"大姐多虑了。当年的拱北还只是个半大小子,不知好歹,现如今成年了,哪能不变呢?"

四奶奶:"没错没错,肯定已经变了。像思静这样百里挑一的淑女,拱北不喜欢才怪呢!"

16. 弘毅堂外（日）

胖嫂匆匆走来。

17. 弘毅堂后厅（日）

胖嫂进厅:"四奶奶,安祈醒了,吵着要你呢!"

四奶奶立即起身:"好好好,我这就回去,这就回去!"又一脸无奈、半嗔半喜对大奶奶、三奶奶抱怨道:"要命啊,走开一小会儿都不行!"

18. 四房偏院（日）

关姨太在墙根下打理兰花。

安祈画外音隔墙而来:"妈妈妈妈……妈妈妈妈……"

关姨太一愣,当即直起腰来,倚墙侧身细听。

秦奶妈画外音隔墙而来:"宝宝不闹不闹,胖嫂去叫妈妈了,妈妈就来了,就来了……"

关姨太急忙向院门走去。

关姨太在院门前突然止步,低下头来。

19. 四房正院（日）

安祈一只小手拽着秦奶妈的衣角,另一只小手指向院门,哭叽叽地叫着:"妈妈……妈妈……"

第十七集 悲情母爱 婚姻陷阱

四奶奶出现:"宝贝,妈妈回来了!妈妈回来了!……"

安祈一摇一摆,举着双手扑向四奶奶。

四奶奶:"慢着慢着,别摔着了!……"一面赶忙趋近安祈。

安祈抱住四奶奶的腿:"妈妈!……"

四奶奶抱起安祈:"乖乖,快让妈妈亲亲……嗯,真香……嗯,你也亲妈妈一口!"

安祈亲四奶奶脸颊。

四奶奶:"还有一边呢?"

安祈又亲四奶奶另一边脸颊。

秦奶妈一旁瞧着:"瞧这哆劲哟!"

20. 四房偏院(日)

关姨太继续在墙边倾听。

四奶奶画外音隔墙而来:"要哪朵花?那朵呀!好,妈妈给你摘下来……瞧,我们小公主长得多俊啊!……头发又密又黑又亮,摸着滑溜溜的……插上花就更俊喽,是不是,嗯?……"

关姨太再也忍不住了,她捂住嘴,一阵饮泣。

21. 四房偏院(夜)

庭院春夜,草木、帘栊一片幽寂。

22. 关姨太卧室(夜)

关姨太睁着眼躺在床上。

安祈画外音:"妈妈妈妈……妈妈妈妈……"

四奶奶画外音:"宝贝,亲妈妈一口!……还有一边呢?……""瞧,我们小公主长得多俊啊!……头发又密又黑又亮,摸着滑溜溜的……"

四奶奶画外音止。

关姨太翻身从枕边取出一个小布袋。

关姨太坐起,从小布袋中掏出一件婴儿裳,亲了又亲,贴在脸上。

23. 四房偏院(夜)

绵绵春雨,开始降下。

24．关姨太卧室（夜）

关姨太把婴儿裳塞回小布袋中，紧紧抱在怀里，轻轻地摇着。

安祈画外音再度响起："妈妈妈妈……妈妈妈妈……"

安祈画外音止。

关姨太让小布袋像婴儿似的躺在自己的臂弯弯里，不断地摸着，拍着，喃喃地说着："安祈，我的女儿，我的心肝！什么时候你才能亲一亲我？……什么时候我才能好好摸摸你的头发？……什么时候你才能叫我一声妈妈？……什么时候？……什么时候啊？"

25．四房偏院（夜）

细雨住，东方泛白。

26．马尾码头（日）

"福济"号泊在码头旁。

27．"福济"号（日）

拱北、雨轩靠在舷边。

雨轩："想什么呢，拱北，半天不吭一声！"

拱北回过神来，指了指码头外沿："1913年2月，我就是在那边邂逅石峻的，他耍棍耍得我险些误了船，还被三叔大骂了一顿。"

闪回（参见第四集《过继兼祧 惊险登舟》第41节）：

一老一少正在耍棍，观众里三层外三层围得水泄不通。

拱北挤进最里圈。

耍棍的绕场对打，眼花缭乱地从拱北身边擦过。

拱北眼睛追随着这对江湖艺人。

两位江湖艺人打完一回合，停下来向观众拱手致意。

小江湖石峻特写：黑眼睛、黑鬈发、褐皮肤、直鼻梁，眉眼上下距离很近，酷似中东美少年。

观众热烈欢呼（无声）。

小石峻向观众拱手致礼，提棍独耍。

第十七集　悲情母爱　婚姻陷阱

拱北跷出两个拇指高高蹦起："哇，英雄！"（无声）

闪回止。

雨轩："这不就是缘分吗？缘分天注定，没有你跟石峻的邂逅，便没有咱们三个的结拜，更没有今日往福州探石峻这档子事了。"

画外响起起航笛声。

28．马尾至福州航段（日）

远景："福济"号溯江而行。

29．"福济"号（日）

拱北、雨轩在船首眺望江景。

雨轩碰了碰拱北："喂，你又来心肝对肚肠说话了！——谁听得见呢？想什么嘛？"

拱北一笑："去！老问我，你呢？"

雨轩："我吗？自然是一路想着石峻喽。不是我埋怨，这好不容易毕了业，还没来得及放松一下，石伯父一封电报就把他给催回福州去了。什么'望眼欲穿，吾儿速归'！恕我不敬，海校那么些年，石伯父何曾对石峻望眼欲穿过？！凡修书必老生常谈'长兄如父'之类的话，目的只在索取奖学金！此次电报催归，究竟意欲何为呀？他怎么突然一反常态，想石峻想得这样急切了呢？你说怪不怪？"

拱北："别琢磨啦，待会儿一见石峻不就明白了吗？"

雨轩："我能不琢磨吗？石峻自幼命苦，遇着个阴毒的后娘，亲爹也变成了后爹；多亏苏恒舅舅领他卖艺助学考取海校，可舅舅偏又惨遭日本狗崽子的毒手。从此，除了你我，他实际上已无亲人；就算福州有一个所谓的家，那也只是千里之外一个冰冷的空壳而已啊！你说是吧？"

拱北："真是空壳倒好了。依我看，那不是空壳，而是一块没完没了压榨石峻的大磨盘！"

雨轩："对对对，是大磨盘——大磨盘！你的表述何其准确、何其到位！相处这么些年头，今日方始吐露出来，你可真憋得住啊！"

拱北打趣："你禀性温存，我若不憋着点，你就该由石峻的兄弟变成石峻的老娘喽！"

雨轩捶了拱北一拳："去，不吭声的狗！怎么样？——我说完了，该你吠了吧！"

拱北笑："好吧，我吠我吠！告诉你，其实，我也在琢磨石家电报的真实意图。我猜，他们以为石峻毕业有收入，可以予取予求了。"

雨轩："果然如此，则更其可恶！石峻尚未正式服役，连薪水都没领呢，就迫不及待要拿他开磨了。"

小贩过来售零食："先生，你们要点什么？"

雨轩很绅士地表示拒绝。

拱北："开磨就开磨！石峻从小就在这块磨盘底下挨碾，现在还怕什么，最多添点堵而已。咱们还是想想，怎样让他愉快地度过这个难得的长假吧。"

雨轩："哎，不是说二妹的毕业典礼明天举行吗？既然母亲和两位婶娘深居简出都不参加，倒不如咱们三位大哥一起代替，一来权充家长，二来让石峻轻松轻松，三来给安丽一个惊喜，岂不三全其美？"

拱北："Good idea（好主意）！然后呢？"

雨轩："然后，尽快'班师回朝'。一到马尾，石峻就同时拥有两个家了。可巧，我母亲五十寿诞即将来临，他也正好赶上，共享天伦之乐，聊补缺失的亲情。你看如何？"

拱北："就照你说的办！"

30．马尾至福州航段（日）

"福济"号驶近福州码头。

31．"福济"号（日）

"福济"号舷边。

雨轩："快到福州了。上岸后，是直奔石家还是先探望舅母大人？按礼数……"

拱北："顾不得礼数了。舅母盼了多年，必定问长问短，到时候咱不便告退；横竖要住她那儿的，还是先往石家看个究竟吧。"

雨轩："石家已由安泰桥迁到西湖附近了，离我们应该不远，这倒真是巧得好啊。"

32．福州港（日）

"福济"号靠岸。

33．福馨茶庄外街道（日）

拱北、雨轩行近福馨茶庄。

第十七集 悲情母爱 婚姻陷阱

拱北指了指前方:"雨轩,你看,那不是福馨茶庄吗?挺大呢!"

雨轩:"比我想象中也大得多啊。嗯,应该快到石家了。石峻不是说过吗?石伯父在福馨做账房先生,他的新居就在这条街拐角的第一条长巷子里。是吧?"

拱北:"没错。"

34. 长巷(日)

长巷深处,六条汉子追捕石峻。

石峻朝着巷口奔跑。

六条汉子边追边喊:"站住!""站住!""捉住他!""捉住他!"……

石峻为一碎砖所绊,打了个趔趄。

汉子甲趁机扑上。

石峻反应迅猛,闪身向汉子甲击去。

汉子甲被击中并恰好撞到汉子乙。

汉子甲、乙一起摔倒在地。

石峻继续冲往巷口。

其余四汉子穷追不舍。

拱北、雨轩进巷,见状大惊:"啊?!"

汉子甲、乙爬起继续追赶。

拱北、雨轩急起阻击。

六对三混战。

六条汉子一一翻倒。

汉子丙滚爬起来。

汉子甲在地上朝汉子丙大喊:"快去叫人,快!"

拱北眼疾脚快,一脚把汉子丙踢翻,指着喝令:"你敢!在我们离开巷子前,谁也不许动!"

六条汉子惊惧,卧地不动。

拱、雨、峻快步离去。

拱、雨、峻在巷口止步,转身盯了一眼依旧卧地的六条汉子。

拱北:"西湖就在边上,咱们进去说话吧。撤!"

35．西湖凉亭（日）

石峻以额抵柱，默无一语。

雨轩："究竟发生了什么事？那六个痞子为何要抓你啊，石峻？"

石峻痛苦地咬着牙关。

雨轩："你快说嘛，我心里堵得慌！"

拱北重重拍了石峻一下："石峻，无论什么悲苦，咱们三个一起承担！"

雨轩："对，一起承担！咱们是立过誓的结拜兄弟啊，跟亲骨肉一样，有啥不能说的？！"

石峻丧气地摇摇头："不是不能说，而是这样的遭遇，除了我自己，你们都无法承受，爱莫能助啊！"

雨轩："即便爱莫能助，你也不该让我们憋在闷葫芦里呀！"

拱北按着石峻在凉凳上坐下，激将道："石峻，你不至于脆弱到连对我们说的勇气都没有了吧？！"

石峻被激醒，叹了口气："说来话长啊。收到父亲催归的电报，我虽不敢相信他和我继母真会对我'望眼欲穿'；但转而又想，毕竟本是一家人，阔别八年半，亲情没准能像陈年的酒一样，反而变得醇厚起来；更何况，父亲已过半百，他对我的冷漠，或许会因'年老惜子'而有所改变吧。反躬自问，我又为什么还要对儿时的委屈耿耿于怀？为什么不效法'大孝终生慕父母'呢？！就这样，我怀着……怀着莫可名状的心情踏上归程；途中，我甚至期待父亲正在倚门而望。后来……"

雨轩："后来怎样？"

石峻："如梦如幻啊，那天傍晚，当我走进新居的巷子时，我简直不敢相信自己的眼睛……"

36．长巷（日）

石峻携礼盒走进长巷，长巷深处有个人影在晃动。

石峻眼睛一亮，随之加快脚步。

37．石家新居门外（日）

石父正在门外焦急等候。

石峻放慢脚步，迟迟疑疑地向其父靠近。

第十七集　悲情母爱　婚姻陷阱

石父盯着石峻看。

石峻揉了揉眼睛:"爹!……是你吗?真的是你在等我吗?"

石父哑着嗓子:"没错,峻峻,你爹我正在等你。"

石峻激动地扔下礼盒,当即跪下:"爹,儿子回来了!"

38. 石家小院(日)

小院花木扶疏。

石峻与其父进院。

石峻眼睛一亮:"嘀,好个小巧的院子啊!"

石父一边引着石峻走向小厅,一边美滋滋地回应道:"不错吧?比安泰桥旧居怎么样?"

石峻:"旧居挨着街边,哪有院子?百年木屋靠斜杆顶着、撑着应付台风,跟这里如何相比!"

石父:"哈哈,不能比!"又指着小厅:"进去吧,里面更不能比!"

39. 石家小厅(日)

石父坐下:"峻峻,你坐吧。"

石峻在下首坐下:"姨呢?"

石父:"姨在后面做吃的,一会儿就来。"

石峻环视小厅:"爹,你哪里弄来这么像样的新居?不是说家里每每揭不开锅吗?"

石父:"那是过去,现如今我们翻盘了!"

石峻:"翻盘?!爹,你俩还在赌?!赌赢了?!"

石父:"没有没有,我只是交了好运。好运来了,挡都挡不住啊,哈哈!"

石峻越发见疑:"哪来这么大的好运?还挡都挡不住?!"

继母亲手端来一碗羹,放在石峻几上。

石峻连忙起立:"姨!多年不见,都好吧?"

继母:"挺好的。哟,峻峻真是乌鸦变凤凰,认不得喽!坐坐,坐下吃!这是特地为你准备的!"

石峻坐下:"谢谢姨,我不饿,等弟弟们放学一起吃吧。"

继母:"咳,今天弟弟们放学后,都去汤池泡澡,洗得干干净净才来见大哥。——晚饭开得迟,你好歹先吃一点,垫垫肚子嘛。"

石峻推辞不过，客气道："那就有劳你了。"

继母坐下，瞟了石父一眼，便专注地盯着石峻进食。

石峻放下碗："非常可口，我全给吃了，谢谢姨！"

石父："峻峻，方才你问我们哪来的好运？现在我告诉你，这好运正是你给的。"

石峻："我？爹言重了，儿何德何能，怎么当得起?！"

石父："当得起，当得起！实话对你说吧，我东家——福馨茶庄王老板得知你当了海军少尉，立马前来提亲，还把新买的两座宅院拨一座给他女儿珠珠陪嫁……"

石峻正色："爹，别开这种玩笑！小时候我见过珠珠，我不要她！"

石父："这可由不得你，婚姻大事只能父母做主！珠珠是独苗，将来继承万贯家财，你就赚大发了！你不中意珠珠没关系，有了钱，还怕讨不到外室吗？将来做了舰长、司令什么的，人家还上赶着来当小老婆呢！"

继母："是啊是啊……"

石峻大怒，霍地站了起来："你们！你们为了钱断送我一生的幸福！你们真的做得出！你们竟……"言犹未了，站立不稳。

石父赶上前强按石峻坐下。

石峻有气无力挣扎道："竟然……竟然下了药！……伤天害……"便昏迷了。

继母："快！快给新郎官披戴，快把新娘子扶出来拜堂！快快快！"

40．西湖凉亭（日）

石峻颓丧地说："我醒来的时候，已经在洞房里了……"

41．石峻洞房（夜）

痴呆女珠珠正颠来颠去玩弄着新娘的红盖头。

石峻苏醒。

珠珠斜着眼颠来，口中念念有词："红茶，绿茶，茶茶茶……红茶，绿茶，茶茶茶……嘻嘻……嘻嘻……"

石峻惊起。

42．西湖凉亭（日）

石峻双手抱头："我万劫不复了，万劫不复了！"

拱北、雨轩对视一眼，一时无语。

第十七集　悲情母爱　婚姻陷阱

石峻喃喃："我是趁'三天回门'的机会才挣脱出来的。可逃出了洞房，却逃不出这噩梦般的婚姻。我该怎么办呢？怎么办呢？……"

拱北："……嗯，有了！"

石峻、雨轩："什么？"

拱北断然道："以毒攻毒！"

石峻、雨轩："怎么讲？"

拱北目光决绝，断然地说："索性，咱们就去报社，公开这桩靠蒙汗药绑架的婚姻，还石峻一个自由身！我们赢定了！"

雨轩激动："好主意，变祸为福！这样一来，石峻跟那个早已不是家的'家'，就一刀两断啦！"说着便站起来："走，去报社！"

石峻一把拉住雨轩："不行！"

雨轩、拱北："怎么不行？！"

石峻摇头叹息。

拱北起急："有啥不行的？！优柔寡断！拿出点敢作敢为的勇气好不好？！"

雨轩："拱北你别发火嘛，容石峻想一想再说。"

拱北："好好好，我不发火！但我还是坚持，石峻应该快刀斩乱麻，当断则断，当狠则狠！"

石峻："我何尝不想去报社，公开一切，把事做绝？可我不能啊！"

拱北、雨轩："为什么不能？！"

石峻："我是这样想的：尽管由于继母经常使坏，父亲早已泯灭了对我的父子之情，但毕竟，生母在世的那几年，父亲从未赌博，更不欠债，手头宽一点的时候，还会高高兴兴领我去安泰桥那头的一家扁食店解馋。——这些，就足够让我记一辈子的了。我知道，你们疾恶如仇，为我不顾一切，但我不忍让父亲见报，令他难堪啊！"

拱北、雨轩深受触动。

拱北："石峻，从你身上我看到'大孝终生慕父母'了，我自愧不如啊。"

雨轩："石峻，你真是个孝子啊，我们唯有尊重你的孝心，放弃见报这一招了！"

拱北："一计不成，咱们回到原点，寻找两全之策吧。想想看，能不能既斩断石峻的婚姻锁链，又不伤及石伯父？"

雨轩："当然能！我有办法做到两全！"

石峻、拱北："啊？！快说！"

雨轩："很简单的。既然错在对方，石峻大可以理直气壮在被绑架的婚姻之外，去追求真爱，另结良缘。这不就行了吗？"

石峻："不行！"

雨轩："为什么？"

石峻："因为我已经没有权利追求真爱了！"

雨轩："胡说！"

拱北："太悲观了！"

石峻："不是悲观，更不是胡说！你们想过吗？我跟痴呆女珠珠的婚姻，私了，绝不可能；公了，更投鼠忌器！所以，今生今世，只要这桩有名无实的婚姻存在一天，我就不可能拥有真正的归宿；否则，必将伤害与我结缘的女子，使她屈居偏房的尴尬地位啊。"

拱北："石峻，你怕伤这个，怕伤那个，连尚未遇见的女子都要为之着想，唯独不怕伤自己！你还有路吗？！"

石峻："我……"

几个孩子笑闹着闯进凉亭。

石峻："换个地方说话吧！"

43．西湖小桥（日）

拱北三人在桥栏边继续谈话。

石峻："拱北、雨轩，你们别再绞尽脑汁了。都怪我傻，我太傻了呀！我钻进亲爹跟后妈设计的圈套里，已经没路了……"

雨轩急："怎么没路了？！石峻啊，你这个人从来就过分认真，有时近乎迂！'辛亥'十年了，'五四'也两年了，你还要买旧观念的账！什么正房、偏房，你的心属于谁，谁就是唯一的妻子嘛！"

石峻："你的看法固然洒脱，可惜国人大多并不作如是观。他们依旧认同'拜过堂便是夫妻'的原则，严格划分正庶，很少接受婚恋自由的观念。你家西方色彩那么浓，不还给你定了'娃娃亲'吗？"

雨轩："我跟柳依栏是定过'娃娃亲'。不过，倘若将来我们不愿意的话，也就拉倒了。——没有约束力的。"

石峻："那是由于你们两家都很开明。开明的家庭在中国还很稀罕啊！拱北，你说对不对？"

拱北沉吟片刻，坦诚答道："对，你的话点醒了我。联想我家，我家虽不比雨轩家

第十七集 悲情母爱 婚姻陷阱

深受西洋熏陶，但先父四兄弟毕竟出身名牌海校，一口标准英语，影响所及，安瑞、安丽两姐妹都有幸天足，并享受新式教育。而即便如此，四叔照样纳妾置偏房。小时候，我不曾理会这些，今次返乡，听见两岁的小妹妹安祈称生母为'关姨太'，觉得很刺耳；但族中却遵守代代相传的规矩，人人安之若素。我家尚且如此，何况石峻你那样的背景呢，"

雨轩叹道："看来，我是以偏概全，把解救石峻想得太轻易喽！石峻啊，我们眼睁睁看着你落在婚姻陷阱里，却无计可施，真是枉做了兄弟啊！"

拱北愤无可泄，狠狠地捶了桥栏一拳。

石峻："你俩别耿耿于怀了，这样我会更加郁闷！"又强笑一下揶揄道："已经万劫不复了，还想给我加一劫啊?!"

拱北、雨轩皆摇头苦笑。

44．西湖（日）

一只断了线的风筝飘飘荡荡飞向湖心。

45．西湖小桥（日）

拱、雨、峻注视着风筝俯冲下来落到水面上。

拱、雨、峻望着浮动的风筝皆若有所思。

雨轩首先回过神来："喂，你们看，这只风筝像什么？"

石峻脱口而出："像我！"

雨轩："可不吗？——我正是这么想的。"

拱北不语。

雨轩："拱北你说是吧？——就差你开口了！"

拱北指了指落水的风筝："我看它也像石峻也不像。"

雨轩："此话怎讲？"

拱北："这只落水风筝才是真正的万劫不复，而石峻绝对不会！"

石峻受到鼓舞："讲下去！讲下去！"

拱北目光坚定地望着石峻的眼睛："石峻心上牵着一条永远也断不开的长线——中国海军，我们两次死而复生的海军！！！"

石峻振奋："讲得好！讲得好！我是不会沉沦在婚姻陷阱里哀哀哭泣的！我的婚姻之痛再痛，也不能和甲申、甲午中国海军的两次覆灭之痛相比，我的心在海军，万劫不复也在啊!"

拱北一把勾住石峻的肩:"好兄弟,我们就知道,万劫不复也改变不了你的海军心!"

雨轩也激动地勾住石峻的肩,加重语气道:"我们的海军心!"

三人勾肩搭背,默契地抬眼望天,异口同声,犹如起誓:"万劫不复也改变不了我们的海军心!!!"

46. 西湖(日)

一只风筝扶摇直上,飞过西湖,远远地隐入云间。

第十八集　安丽毕业　翠翠定计

1. 文山女子书院校门口（日）

几对家长走近校门口。

老校工站在门口不断殷勤招呼："欢迎欢迎，家长们请，请，毕业典礼就要开始了！"

拱、雨、峻来到门口。

老校工拦住："对不起，这是女校，男生不可随意出入！"

石峻："老伯，我们是来参加毕业典礼的。"

老校工上下打量，语带挖苦："参加毕业典礼?！本校从未有你们这样的'小家长'，还一来三个，哼！"

雨轩："我们是代表家长来的。"

老校工："代表家长?！你们是三人代表三家，还是三人代表一家，嗯?！"

拱、雨、峻面面相觑，一头雾水。

老校工面有得色："莫以为你们年轻、体面好蒙我！巧得很哪，一早就有两个'小家长'来过了，让我一眼看到了底！你们也请走吧，别打到女校交朋友的主意，坏了我们的规矩!!! 你们穿军装，更应该懂规矩才是！"

石峻："老伯，你误会了，容我们解释一下吧。"

老校工断然拒绝："不必了！我们校长一再交代，女校就是女校，不能坏了规矩，招来祸害，毁了声誉。你们走，快走吧！"

石峻急得一跺脚："咳！"

拱北："老伯你多虑了，我们没那么无聊！"

雨轩："我们真的是代表家长来看毕业典礼的，再拦着，就看不全了，多可惜呀，快别疑神疑鬼啦！"

2. 文山礼堂（日）

主席台上方悬挂横幅："毕业典礼"。

台上坐着两排教师，女校长居中。

台下坐满学生和家长。

司仪宣布："文山女子书院毕业典礼现在开始，请校长讲话！"

全场热烈鼓掌。

安丽坐在前排，一脸自信，大眼睛忽闪忽闪。

3. 文山女子书院校门口（日）

老校工："我能不疑神疑鬼吗？我还就让体面后生给蒙过，险些闹出乱子，害得我这张老脸没处搁。——看大门是担着责任的！"

石峻："老伯，那你也别'一朝被蛇咬，十年怕井绳'嘛！"

老校工："就该'十年怕井绳'才对！我们校长说了，只有这样，才能确保文山女校无鱼（虞）！我牢牢记着校长的嘱咐，严严地把住大门，一条鱼也不叫它溜进来……"

拱、雨、峻使劲忍笑。

老校工："有什么可笑的？！我说错了吗？鱼鳖虾蟹都溜进来了，那水可不就浑了吗？！"

4. 文山礼堂外（日）

司仪画外音："现在颁发毕业证书：蔡小丽、陈学玲、许娟娟、江柔、吴梅、卓芝美、白云、曾兆敏、薛密密、邵真……"

5. 文山礼堂（日）

掌声中，毕业生们一一上台领证并行礼如仪。

6. 文山女子书院校门口（日）

拱北："老伯，你认识毕业生纪安丽不？"

老校工："当然认识！7岁入学，看着她长大的，都这么高了。这孩子特自信、特

第十八集　安丽毕业　翠翠定计

爽快、特大方，心也暖着呢，我的信封封都由她代写，还爱打抱不平，挺招人待见的；别看人家是小姐，可并不娇气，刚来那会儿，有的同学哭鼻子，她还帮着哄呢；她姐姐胆小些，腼腆些，是个乖乖女，已经毕业了。她们的舅舅家，在福州，今天不知为什么到时间了还没来人……"

拱、雨、峻："怎么没来人？我们不就是吗？"

老校工："又来了！乱讲！"

拱、雨、峻："没有乱讲，是真的嘛！"

老校工："接着话茬顺竿爬，还说是真的！"

拱北："确实是真的，老伯！纪安丽的舅舅家，在西湖北后街，宅子很大，里面有金鱼池；纪安丽的姐姐叫纪安瑞，从文山毕业后去上海继续读书了。我们是她俩的亲哥哥，八年多没见面，赶巧遇上安丽的毕业典礼，就代替长辈参加，给她一个惊喜。"

雨轩："放心吧，老伯，我们不是鱼！"

石峻："我们还能帮你抓鱼！"

老校工放软："哦，原来如此！你们早说呀！"

石峻："你老不是不让解释吗？"

一名年轻校工出现。

老校工叫道："细细，过来一下。"

细细过来："什么事？"

老校工："你领他们三个去礼堂参加毕业典礼吧！"

细细："这个时候才去呀，都开始好一会儿喽！"

拱北当即号令："跑步走！"

在细细带领下，拱、雨、峻飞奔而去。

7．文山礼堂（日）

司仪："毕业生代表纪安丽致毕业感言！"

全场鼓掌。

安丽左右侧同学半鼓励半起哄地用肘子顶她："快！快！"

安丽起身走向主席台。

主席台上，安丽向师友鞠躬如仪。

安丽："亲爱的母校，八年来，我们像小鸟，在你的卵翼下渐渐长大，今天即将离巢而去了。母校教导我们：长出翅膀，才能收获蓝天，而女子的蓝天和男子一样，应该是事业；因为，事业由人类创造，人类由男女组成，没有女子的事业是有缺憾的事业，就算再伟大，也不完整！亲爱的母校，此刻，我们已经带着你的教诲起飞了！起飞了！"

全场热烈鼓掌。

拱、雨、峻站在礼堂最后一排座椅的后面举双手鼓掌。

石峻："二妹好可爱呀！"

雨轩："真真是'士别三日当刮目相看'啊！"

拱北："走，到外面等她去！"

8．文山礼堂外（日）

安丽随毕业生们从礼堂出来。

拱、雨、峻发现安丽，一边招手一边呼唤："安丽！""安丽！""二妹！"……

安丽一愣，继而惊喜，随即奔到拱、雨、峻身边："大哥，你们怎么来啦?!"

安丽身后，几个少女交头接耳："咦，安丽怎么认识三个军官?!""还是海军的呢！""走，过去看看！"便朝安丽跑去，一面大喊："安丽！安丽！安丽！……"

安丽回头："什么事？"转身迎了上去。

少女们压低声音好奇而羡慕地追问："他们是谁呀，这么威风！""他们干吗找你？""你怎么事先不告诉我们呀？真不够意思！"

安丽："我并不知道他们会来呀！"

少女们："那他们到底是什么人？"

安丽转身对着拱、雨、峻把手一扬，得意地大声回答："他们都是我哥！"

雨轩乃向少女们招手喊道："你们也过来嘛！"

少女们害羞地一溜烟跑了。

9．纪府大门外（日）

拱北、石峻、安丽在拐角出现。

安丽开始朝纪府狂奔。

10．纪府大门内甬道（日）

安丽朝内宅狂奔。

第十八集 安丽毕业 翠翠定计

11. 长房正院（日）

安丽朝上房奔去。

大奶奶并钱妈从前厅出来。

安丽望见大叫："妈！妈！"

大奶奶止步："咦，怎么你一个人提前回来了？！……"

安丽气喘吁吁："不是的，不是的，峻哥他们在后面。妈，你要去哪里呀？"

大奶奶："去你四婶那边坐坐而已，顺便看看你妹妹安祈。"

安丽："那你先别去了，回屋里等着吧。轩哥回了夏家，峻哥说话就到了。"

大奶奶："还是在这里等好。你峻哥第一次来家，义母我在阶下迎他也不为过啊。"

拱北、石峻进院。

拱北："妈，石峻来了！"

石峻疾行趋前跪下："石峻拜见义母！"

大奶奶连忙扶住："起来吧，起来吧，终于见面了，让妈好好看看！"又吩咐钱妈："快进屋叫彩虹去给峻少爷备茶点！"

钱妈："哎哎！"

12. 长房正院前厅（日）

大奶奶坐下："石峻，你坐，坐，快坐下！"

石峻："尚未叩拜义母，儿不敢坐！"

大奶奶："不必拘礼！在信里叫妈已经好几年喽，快坐！"

石峻依旧站着。

钱妈过来："峻少爷、大少爷，把帽子摘了吧！"

拱北、石峻遂摘帽交与钱妈。

大奶奶："峻儿，坐吧！"

石峻还是不坐。

拱北："妈，石峻从小较真，你就让他拜吧，免得他心里过不去。"

钱妈在大奶奶座前放上垫子。

石峻遂跪下，恭恭敬敬三叩首："孩儿石峻拜见母亲！"

大奶奶："天赐的母子缘分啊！起来坐下吧，峻儿！"又命拱北、安丽："你们也坐。"继而更贬安丽道："看你峻哥，受了那么多年西学，可还是不忘老规矩，哪像你越学越不像淑女了。"

安丽撒娇："妈！"

石峻解围："妈，二妹很优秀的，今天她还代表文山女校毕业生上台演讲，讲得好着呢！"

大奶奶："真的?！"

安丽得意扬扬："那当然！"

石峻、拱北皆笑。

大奶奶无奈地白了安丽一眼："越发张扬了！你安瑞姐从不这样，叶思静更不这样！人家什么时候都是轻声细语，腼腆内敛的，你也学学！"

安丽嬉皮笑脸："嘻嘻，学不来！"又指了指正在厅中央上茶点的彩虹说："瞧，茶点都齐了，还不让用啊！"

大奶奶："没个正形！"便起身："都过那桌品茶吧，完后还得去见婶娘她们呢。"

拱北等跟在大奶奶身后向厅中央的圆桌走去。

拱北悄悄碰碰安丽，嘱咐道："不要口无遮拦，当面提峻哥上当娶傻女的事啊，很难堪的，知道吗?！"

安丽："知道！你当我也是个傻女啊?！我都15岁了嘛。"

拱北在安丽头上拍了一下。

13．长房正院（日）

丁管家匆匆走向上房。

14．长房正院前厅（日）

石峻等在用茶点。

丁管家进厅。

钱妈瞥见："大奶奶，丁管家来了。"

大奶奶笑道："丁管家从来都是想在前面，赶在前面的。"

丁管家一脸欣喜来到大奶奶身旁："我听说峻少爷提前到了，赶来安排一下。"

大奶奶便向石峻介绍说："这是府里的老管家丁立。"

石峻起身，彬彬有礼："丁管家好！"

丁管家："峻少爷好！峻少爷快请坐下，坐下！"

大奶奶："丁管家也坐！"便继续对石峻说："丁管家跟先前的福祥老爷爷，都是纪

第十八集　安丽毕业　翠翠定计

府的大功臣，几十年如一日，辛辛苦苦撑着这个家，拱北诸兄弟也是在他们眼皮子底下长大的。"

丁管家连忙自谦："大奶奶过奖了，丁立不敢与祥叔比肩，何况还差着一辈呢。"便问石峻："峻少爷，这茶点是厨房匆匆配的，怕是不可口吧？"

石峻："非常可口，非常可口，谢谢丁管家！"

大奶奶："丁管家，你可是来商量办接风的？"

丁管家："正是。大奶奶，我看今天办接风未必妥帖，毕竟峻少爷是头一回来这里团聚，总要准备周全些才好。你说呢？"

大奶奶："是这个理，那就明天晚上吧。"

石峻："妈，你们不必为我费事的，免了吧！"

大奶奶："这是老例啊，洗去风尘，抖擞精神嘛。拱北到家那天，当晚就为他洗尘了。"

丁管家："可不是吗？所以说，尽管峻少爷你们提前回来，赶不及当日接风，但却是断断不能免的。"

大奶奶："哎，对了，我还没问呢，你们三个为什么提前回来呢？原本不是打算要在外面走走看看的吗？"

石峻、拱北彼此飞去一眼。

安丽却抢着回答道："提前回来，是我促成的！"

大奶奶："你？！"

安丽："我寻思，妈巴不得早点见到峻哥，峻哥反过来也一样；况且夏伯母五十大寿在即，轩哥也该尽快回去才是，便竭力撺掇他们改变了计划。"

大奶奶半褒半贬："不承想安丽竟也善解人意起来了。——一向大大咧咧，没心没肺的！"

安丽："妈，你时时念叨峻哥，今日提前见到他，不夸奖我便罢了，还要揭短，哼！"

大奶奶："再夸奖，你的尾巴还不翘到天上去啊？"

安丽："妈，你每每端详峻哥的照片，说他长得俊，这会儿面对面，觉得像不像？"

大奶奶："评头论足的，多不礼貌！"

安丽："自家兄弟，评头论足怕什么？！依我说，"她调皮地比画着石峻的鬈发，"峻哥比照片上更像半番（混血），头上无风也起浪……"

众人皆忍俊不禁。

石峻与拱北又交换了会心的一眼。

石峻内心独白:"二妹玩笑中便帮我绕开了那件尴尬的婚事,好机灵、好善良啊!"

大奶奶:"好了,你们赶紧吃了去给三婶、四婶行礼吧,也别慢待了姨太啊。"

拱北、石峻、安丽:"是。"

15. 四房偏院外（日）

安丽、拱北、石峻来到偏院外。

16. 四房偏院前厅（日）

关姨太与荣官对坐。

关姨太:"荣官,我请你过来,有要紧的话要问你。"

荣官:"姨太请问。"

关姨太便支开正在上茶的翠翠:"翠翠,头油快用完了,你去支一点来吧。"

翠翠:"哎,这就去。"

17. 四房偏院外（日）

安丽、拱北、石峻来到院门前,正遇翠翠出来。

安丽:"翠翠!"

翠翠惊喜:"二小姐,你们这么快就回来啦?!"便转向石峻:"这一定是峻少爷了,峻少爷好!"

石峻:"翠翠好!"

安丽:"翠翠你干吗去?"

翠翠:"领些头油用。"

安丽:"姨太好姐姐在吗?"

翠翠:"在。荣官哥刚进去,姨太正问着话呢。"

安丽:"那我们待会儿再来吧。"

18. 四房偏院外小径（日）

安丽、拱北、石峻沿小径离去。

石峻:"安丽,你竟然称姨太为'姨太好姐姐',听起来怪怪的!"

拱北:"她从小背着大人就这么乱叫,老也不改。"

第十八集 安丽毕业 翠翠定计

石峻："小小脑瓜怎么想出这样的一个称呼呢？"

安丽："因为，姨太虽是四叔的偏房，但在我心里，不管什么正啊偏啊的，她都是我最好最好的大姐姐、最好最好的好朋友！"

石峻："嗯，安丽言之有理，极其有理！"

拱北："你这一夸，她更来劲了！"

安丽："峻哥你不知道，我6岁那年初见姨太，当时她才18岁，美如天仙，并且能绣擅画，还会做盆景，我可喜欢找她玩了。我原以为她是个快乐的大姐姐；然而，后来，我念多了一些书，又经过了'五四'，对她的感觉就有点变了。"

石峻："怎么的呢？"

安丽："我也说不清楚，反正……反正总觉得，尽管家里人常赞她是美人，是才女，但她其实并不快乐。"

石峻："为什么？"

安丽："这我就更说不清了。不过，有一点倒是明摆着的……"

石峻："哪一点呢？"

安丽："我瞧着，姨太连亲生女儿安祈都不归自己抚养，更不管她叫妈，她能快乐吗？"

石峻与拱北异口同声："当然不能！"

安丽："我很为姨太气不忿，却又不知道该找谁算账。哪怕是四叔、四婶欺侮她，我也敢打抱不平；可他们分明是待见她的，什么好事都惦着她，听说还跟族长九太公争过，这就让我找不到北了嘛。"

石峻对拱北叹道："二妹大家闺秀，却不论尊卑，正妻也罢，偏房也罢，一概以平等之心相待，真是难能可贵啊！"

拱北："这点，我倒是自愧不如呢。说实在的，从小到大我都没注意过姨太，更谈不上欣赏她的为人了。"

19. 四房偏院前厅（日）

关姨太："荣官，你是知道的，我在府里除了翠翠和安祈、安丽再无亲人。安祈是纪家小公主，四奶奶的宝贝疙瘩，将来必有好日子。安丽也一样有福气。翠翠就完全不同了，她孤苦伶仃，与我相依为命；她的前程，我不能不操心，是吧？"

荣官："是这样的，姨太。"

关姨太："我心疼翠翠，却又没能耐让翠翠一生无忧；更何况，我这身体也说不准哪天就……那，翠翠可怎么办呢？……"

荣官："姨太，快别说不吉利的话了！"

关姨太："说与不说，我心里都只牵挂一件事——翠翠的归宿啊！荣官，我希望你如实告诉我，这些年，你独自一人在上海漂泊，究竟是否已有归宿？"

荣官诚实以告："有归宿，确实有归宿！"

关姨太失望，喃喃道："是吗？"

荣官："在海军军械所，我和带我学艺的洪师父，情同父子。他曾经把自己的大侄女和小女儿许给我。她们先后都嫁了。"

关姨太："嫁了你？！"

荣官："不，她们都等不到我，一个嫁到杭州，一个嫁到宁波去了。"

关姨太松了一口气："我明白了，你一个也不娶；你的归宿就是翠翠，一直都是，对吗？"

荣官："对，一直都是，永远都是！"

20．纪府大池塘（夜）

蛙声一片。

翠翠和荣官坐在池塘边。

荣官："翠翠，当年你不肯随我去上海，是因为姨太孤苦，你放不下；现如今，姨太已有安祈，为什么你依旧不答应呢？"

翠翠："荣官哥，你哪里知道，姨太生下安祈，竟反不如前了！"

荣官："这怎么说？"

翠翠："安祈才几个月就害了一场病，四奶奶急得茶饭不思，人也瘦了一大圈，到底把她给抱过去养了；结果是越养越健康，这就养住不放了。姨太每每想接女儿回来，可一见四奶奶那样爱安祈如命，就开不了口，怕伤了人家；所以，直到今天，小小姐还留在墙那边呢！"

荣官："姨太菩萨心肠，真真难为她了！"

翠翠："谁说不是呢？常言道，'生娘不如养娘大'，安祈果然只认四奶奶，不认姨太；偏偏，两院之间，院墙又矮，安祈的笑闹声、撒娇声、叫妈声，一清二楚。你想，姨太听着能不悲伤吗？她的心境、她的身体能不比以前更差吗？！就为这，如今，我越发不忍离开她随你去上海了。"

荣官一时无语。

第十八集　安丽毕业　翠翠定计

翠翠欲言又止："荣官哥！……"

荣官叹了一口气："翠翠，难道你真的不想有自己的家庭，过自己的日子吗?！"

翠翠："当然想！虫蚁还有自己的穴、自己的食呢，何况我是人！不过，话又说回来，那年，若无姨太出手相救，我早就被哥哥卖掉，连虫蚁都不如了，还会有今天跟你一起闲扯将来吗？何况，我同姨太天生投缘，更胜于姐妹呢！"

荣官感动："翠翠，你比哥们更讲义气，叫我惭愧啊！"

翠翠："荣官哥，我知道，跟着你，我心里踏实。可是，越这样，越不该再耽误你啊！你赶紧成个家吧，我会为你祈福的。至于我，只要姨太一天在，我就陪她一天，绝不离开！"

荣官嗫嚅道："可是……可是……也许你还不知道，姨太找我谈过了。她说，假如你我这次再无结果，她会加倍痛苦；她无论如何也不愿意为自己一个人而断送了我们两个人的青春。翠翠，姨太真的说过这样的话，你信吗？"

翠翠："我信，当然信，因为姨太也跟我讲过同样的话。所以，这才变成了一件两难的事啊！"

荣官："难道不能变两难为两全吗？"

翠翠："我思来想去，到底没有两全的好办法！"便从身上取出一支银簪来。

闪回（参见第十集《福祥遗爱　荣官走运》第46节）：

荣官从怀里掏出个小物件，解开帕子，摊在手心里："这支簪子是我母亲的遗物，不值钱但很宝贵，揣在旅途上怕不安稳，到了新环境也怕有闪失，你替我保管就最放心。"说着便包起来递给翠翠："行吗？"

翠翠点头："行！"便接下簪子。

闪回止。

翠翠："荣官哥，你托我保管的这支簪子，我天天擦，一天也没落下，现在交还你，带回上海去，以后留给嫂子吧。"

荣官没接簪子，却说："你不忍离开姨太，我已经理解了——做人嘛，哪能不顾恩义，对吧？其实，我也有离不开的人……"

翠翠："谁？"

荣官："洪师父，手把手教我的洪师父！如今，师父年老多病，行动不便，师母早已过身，女儿、侄女儿又都嫁到了外地，我理应为他养老送终啊。若不是他住惯了上海，故土难离，且老人也不宜搬迁，我是真想带着他回马尾，回到你这边来的。你明白吗？"

翠翠："将心比心，我怎么不明白?!"说着站起来："坐久了，往回走着说吧，时间也不早了。"

荣官遂起身与翠翠沿池塘往回走。

荣官："翠翠，簪子还归你收着。我不会拿它来勉强你的，你心里想着它是什么，它就是什么! 行不?"

翠翠鼻子一酸，默默点头。

荣官："对了，姨太那边怎么支着圆过去，才能让她不为我们操心呢?"

翠翠："你太诚实、太厚道，圆不了的，还是我来做吧。"

他俩默默地走了一小段路。

翠翠打破沉默："荣官哥，你好不容易回来一趟，不能多待几天吗? 干吗急着明天就走呢?"

荣官："海军军械所正在扩建厂房，活多得很; 再者说，前不久，我又收了两个徒弟，'师父领进门，修行在个人'，我怎么的也得上心，把人家好好领进门不是?"

翠翠："那你什么时候再回来?"

荣官："现在还太早，说不准啊。你是我心里最亲的亲人，你在哪里，我的牵挂就在哪里，得便自然会回来看你的。你要好好的，样样都好好的，啊?"

翠翠热泪盈眶，强制着自己才没扑进荣官怀里痛哭，片刻，终于转身跑开了。

荣官望着翠翠的身影消失在黑暗中，喃喃自语："翠翠，我们真的没有缘分吗?! ……"

21. 长房东厢（夜）

安丽与石峻对弈。

安丽举棋："将!"

石峻一愣，审视棋局。

安丽："哈哈，我赢你两盘啦!"

石峻："嘿，想不到你还有点棋艺呢。"

安丽得意扬扬："嘻嘻，你以为我只懂'当头炮，把马跳'吗? 招数多着呢! 一会儿大哥回来，也叫他领教领教!"

石峻："瞧你那好胜劲，活脱脱一个拱北!"

安丽："嘻嘻，有其兄必有其妹嘛。"

石峻："你下棋是谁教的?"

第十八集　安丽毕业　翠翠定计

安丽："我有两个师姐下得很好，我在旁边偷师，后来也变成师了。"

石峻："成师？！就你这两下子能教谁呀？！"

安丽哈哈笑："不要泄我的气嘛！我教教姨太好姐姐和翠翠总可以吧。"

石峻："你呀！"

安丽："我教姨太，可惜她缺心眼，画得好画，却下不好棋，倒是翠翠还行。翠翠曾经偷偷教我游泳，惹出轩然大波，差点被四婶撵出府去；我教她下棋，好歹也算我报答她一回吧，对不对？"

石峻又笑："你个小孩子家竟然也重恩义。"

安丽："犬马尚知恩义，何况人呢？其实，我算什么重恩义？"

石峻："咦，怎么忽然谦虚起来了？那你说，你不算重恩义，那谁重恩义呀？"

安丽："自然是翠翠和姨太好姐姐喽！当年，翠翠险些被兄长卖掉，是姨太倾囊相助才得幸免；从此，翠翠就死死守着姨太，连荣官这么好的人也不肯嫁，把姨太给急坏了。峻哥，你说，她们是不是很重恩义呀？"

石峻："是很重恩义，非常非常重恩义！"

安丽便又得意："她们都是我的莫逆之交！我们的交情一点也不比你们三个差，你信不？"

石峻："我信，当然信，一百个信！"

安丽："为什么？"

石峻："因为，我判断，你不把姨太当小妾，不把翠翠当丫头，反过来，她们也不拿你当小姐，你们彼此都是以纯洁之心、平等之心相知相交的！我很高兴你有这样的两个好朋友啊！"

22．四房偏院前厅（夜）

关姨太在急切地等待翠翠，坐立不安。

翠翠进来。

关姨太迎上："怎么样？定下了吗？快坐着说！"

翠翠坐下："你放心吧，定下了！已经定下了！"

关姨太大喜："太好太好了！我这就去跟四奶奶讲，赶紧张罗婚事；当年福祥叔给荣官和你做媒时，奶奶们是应承过的。"

翠翠："别急别急，我还没讲完呢。"

关姨太："还有什么？"

翠翠："是这么回事：荣官哥最近活特别多，加上新添了两名徒弟，偏生他师父大病初愈又需要照顾，所以只请了几天假，这就得赶回上海去了。结婚到底是人生大事，太仓促了，谁也对不起，他的意思是拖一拖……"

关姨太："那你呢，你怎么想？"

翠翠："我当然赞成了！我可不愿意急匆匆地就把自己给打发掉，好像没人要似的；哪怕他是皇帝老子，我也不肯这么潦潦草草地上花轿啊，你说对不对？"

关姨太将信将疑："你没蒙我吧？"

翠翠笑："哪能呢？"说着掏出荣官母亲遗下的银簪子："瞧，这是荣官母亲生前留给儿媳妇的，现在由我收着呢！"

关姨太拿过银簪，审视着，信以为真："这我就放心了！只可惜……"

翠翠："可惜什么？"

关姨太轻抚着身边的一只红缎包袱："自打听说荣官今年会回来，我便瞒着你一针一线慢慢地绣起来，绣成了这套嫁衣，等你们拜堂成亲，不承想还得拖一拖。不过也没什么，我会再绣新的，更漂亮的，喜待来年……"

翠翠眼泪夺眶而出，她扑向关姨太，把头埋在姨太膝上。

23. 长房正院前厅（夜）

大奶奶呷了一口茶，盯着拱北。

拱北："妈，你说你觉得石峻有心事，既然你猜到了，那我也就不必再瞒了。之所以瞒着，也是怕惹你不快而已。"

大奶奶："石峻到底怎么了？"

拱北："他不幸中了亲爹和后妈的计，被蒙汗药迷醉，娶了福州福馨茶庄老板的痴呆女。"

大奶奶："啊?！世间竟有如此丧尽天良、如此利令智昏的父母！可怜啊，峻儿这一生的幸福都给断送了！纵使他品格再好，长得再俊，日后还有哪个千金小姐肯委屈自己，嫁给他做小呢？"

拱北："石峻已然咬牙切齿与石家断绝关系了，那个所谓的妻子应该不算数了吧？"

大奶奶："谁说不算数？！拜过堂便是正头夫妻啦！后来的，凭你什么公主、什么郡主，也做不得正室了！"

拱北："或许有洒脱的女孩不计较这些也未可知啊。"

大奶奶："即便女孩不计较，做父母的又岂能糊涂?！"

第十八集 安丽毕业 翠翠定计

拱北："石峻的遭遇，妈切莫正面提及！"

大奶奶："你长大了，妈竟变小了?!"

拱北尴尬："孩儿失言了！"

大奶奶："石峻的海军前程刚刚开始，便遭此大劫，他不会消沉吧？"

拱北："绝对不会！我和雨轩都太了解他了。石峻意志坚强，心在海军，是击不垮的；更何况，他最亲最亲的人苏恒舅舅当年被侵略山东的日本强盗杀死，他的国仇家恨之深并不亚于我们这样的海军世家啊。"

安丽进来："大哥，你还在跟妈聊天哪？"

拱北："你怎么不继续下棋了？"

安丽："峻哥叫我早点回来睡觉。横竖我已赢了两盘，嘿！"

拱北："别美了，那是他让你！"

安丽："才不呢，完全是我苦战赢来的！"

大奶奶："不早了，拱北你回屋去吧。"

拱北："是，妈，你也好生歇着。"遂起身在安丽鼻子上刮了一下走了。

24．大奶奶卧室（夜）

安丽穿着一身西式连衣裙，美滋滋地在大奶奶座前旋转："妈，你看我，看我！"

大奶奶："叫你试一试，你还试起来没完了，转得我头都晕，怎么看呢？"

安丽停下："老穿校服，换一换，新鲜嘛。妈，你说实话，我这身漂亮不漂亮？"

大奶奶："漂亮不漂亮的，我是老派人，自然觉得还是马蹄袖短衫配筒裙端庄些喽。"

安丽："那又何必费事特地请福州好裁缝，为我做这件西式连衣裙呢？"

大奶奶："还不是为着你在雨轩母亲的寿宴上能与主人家同调一点，和谐一点吗？"

安丽："嘿，我妈快变外交家了！"

大奶奶："没大没小，拿我打趣！"

钱妈进来铺床，插话道："大奶奶想得周到！毕竟雨轩少爷家一向洋气惯了，赴宴的小姐们少不了洋打扮，倘或我们二小姐不改着装，倒不自在了。"

安丽脱口而出："钱妈说到点子上去啦！"

大奶奶便数落安丽："瞧你那高兴劲，哪有一点娴雅可言？叶思静从不这样，向来安安分分的，喜怒不形之于色，天生一等一的淑女。"

安丽："妈看叶思静样样可心，天下第一的乖乖女呢。"

大奶奶："你也不学学她，反而说这泛酸的话！"

安丽笑："我几时'泛酸'来?！——有那么小气吗，不过是实话实说而已。"

钱妈："这倒是真的。二小姐从不小肚鸡肠，无论跟谁，对味不对味，总是坦坦荡荡，开开心心的。"

安丽一副调皮样："嘻嘻，知我者，钱妈也！"

大奶奶："这么大了，还没个正形！"

安丽便撺掇道："妈，不如咱们家也试一回洋生日，新鲜新鲜，怎么样?"

大奶奶："你还真敢想！你三叔他们受了多年西学，都没动过这个念头。纪氏全族，多少房，多少人，哪家哪户不是按传统庆生日的？依我看，洋生日不如我们的意头好。"

安丽："这还有比较吗？"

大奶奶："当然喽！我们用面条配白煮蛋给寿星，看似简单，实则大有讲究呢！"

安丽："讲究什么？妈以前怎么不告诉我？"

大奶奶："现在也还来得及嘛。告诉你吧，面条配白煮蛋，表示寿上加寿，圆圆满满。不是吗？面条长长的，一根又一根，根根寄寓长寿之意。白煮蛋呢，去了壳，蛋白晶莹温润，完好如玉；更兼用红纸剪成'寿'字，敷于其上，着色后揭下，红白相映何等鲜亮，何等吉祥啊！联想西洋蛋糕，制作时要打碎许多鸡蛋，终归是犯了忌讳哟！"

钱妈："大奶奶说的极是。记得早年，我头一回陪你赴西式生日宴，瞧着那大蛋糕上满满地插了一大圈小蜡烛，红红火火的，倒也喜兴。可谁知道，寿星闭眼许愿之后，竟将烛火全部吹灭，又尽数拔掉！阿弥陀佛，这不是'吹灯拔蜡'吗？多不吉祥啊！"

安丽笑得前仰后合，倒在床上："'吹灯拔蜡'！哈哈哈哈……"

钱妈："看把你笑得！又吹灯又拔蜡，可不是犯了大忌讳吗?！"

安丽捂着肚子大笑："哎呀，哎呀，肚子笑痛啦！……"

25. 四房偏院（日）

翠翠正专心打理花木。

安丽进院，悄悄靠近，举手蒙其双眼。

翠翠："蒙眼干什么呀？——除了你，还能是谁？"

安丽松手："嘻嘻，半天都没发现我。我要是狼，早就把你给吃了！"

翠翠："别做狼啦，我正盼你来说点悄悄话呢。"

第十八集　安丽毕业　翠翠定计

安丽："晚啦！你的秘密我已经知道啦！"

翠翠："什么'秘密'？没的事！没的事！"

安丽："你还赖！我都听说了，过不多久你就要去上海跟荣官成亲了！"

翠翠："谁告诉你的？"

安丽："钱妈、胖嫂、彩虹、周嫂、佟妈，还有大勇、大力他们都在议论嘛。"

翠翠："你也信！"

安丽："我乐意信！那样的话，我去上海念书，不就等于有个家了吗？"

翠翠："你想有家很容易，一到上海，赶紧找个阔少嫁出去，不就有家了吗？"

安丽："翠翠坏蛋！"便追打起翠翠来。

翠翠一边笑，一边躲。

安丽便朝屋里喊："姨太好姐姐，姨太好姐姐，快来抓翠翠呀！"

翠翠笑弯了腰："别喊啦，别喊啦，姨太不在家！"

安丽："她上哪儿去了？"

翠翠指了指院墙："安祈这两天不好好吃饭，姨太断不了过四奶奶那边照料呢。进屋待一会儿吧，我真的有话跟你讲——只对你一个人讲！"

26．四房偏院前厅（日）

翠翠："二小姐，你稍等，我去拿件东西给你看。"随即走向关姨太卧室。

安丽看见桌上的小孩围嘴，便欣赏起来。

翠翠过来，给安丽一个布娃娃。

安丽接过布娃娃："还说要讲悄悄话！你又哄我！我早就不玩布娃娃啦，有好吃的就差不多！"

翠翠："不哄你，真的不哄你！你很少回家，回家也坐不稳，我找不到机会跟你单独聊聊。你哪知道，我有多犯愁啊！"

安丽："怎么啦？！谁欺侮你了不成？！快说出来，我给你出头！"

翠翠："不是不是，你先看看这布娃娃，我再告诉你！"

安丽疑惑地望了翠翠一眼，开始审视布娃娃："分明是照着安祈的模样做的嘛，可不知为什么脑袋光光的……"

翠翠："这就说到点子上啦。"

安丽摇头："我不明白。"

翠翠："是这样的。姨太爱安祈爱得好苦，安祈却不亲近她，连摸一下头发都不乐意。也不知什么时候，姨太悄悄地做了这么个布娃娃，还牢牢地瞒着，连我都不知道。我是偶然间发现的……"

（化入）

27．四房偏院（日）

翠翠把土撮进簸箕，直起腰来朝关姨太卧室的窗口望了望。

翠翠内心独白："院子都扫完了，姨太还没起床，算了，我先浇一会儿花吧。"

翠翠拿起喷壶浇花。

28．关姨太卧室外（日）

翠翠靠在房门上侧耳细听。

翠翠内心独白："姨太连日乏力，竟睡起懒觉来了；以前她从不这样，终归身体越来越虚的缘故啊。"

29．关姨太画室（日）

翠翠收拾房间，显得心神不定。

30．关姨太卧室外（日）

翠翠走近，侧耳细听。

翠翠举手欲敲门，却又作罢。

31．四房偏院前厅（日）

翠翠抹桌椅，仍然心神不定。

32．关姨太卧室外（日）

翠翠侧耳细听。

翠翠喃喃自语："睡太久了是会睡出病来的，得进去叫醒她了！"

翠翠推门而入。

33．关姨太卧室（日）

翠翠轻轻撩开帐子。

第十八集　安丽毕业　翠翠定计

翠翠赫然发现：关姨太搂着光头布娃娃熟睡。

特写：姨太脸上泪痕未干。

翠翠眼泪夺眶而出。

（化出）

34．四房偏院前厅（日）

翠翠："过后，我怎么想也想不通，既然布娃娃权当替身，是比着安祈做的，那为什么偏偏要光着个脑袋呢？安祈虽小，头发却跟姨太一样，又黑又密啊！二小姐，你脑子灵，帮我解开这个谜吧！"

安丽摸着布娃娃的光头，思前想后，忽然灵光一现："哦，我明白了！"

翠翠："快说快说！"

安丽："其实很简单。我先问你，安祈身上能够用来做布娃娃的是什么？"

翠翠："当然是头发，只能是头发嘛！"

安丽："这就对了！我猜，姨太是想把安祈的头发织到布娃娃头上，让她变成第二个安祈！你说对不对？"

翠翠："对对对，对对对！这样一来，姨太每天晚上就可以摸着安祈的头发入睡了！唉，可怜天下父母心，姨太好苦啊！"

安丽："我们应该助她一臂之力，达成这个悲惨的心愿才是！"

翠翠："那是当然的，当然的！我们虽无法帮她讨回女儿，讨两绺头发总可以吧？"

安丽应声而起："好！我这就向四婶讨去！"

翠翠一把拉住："使不得，使不得，万万使不得呀！"

安丽："怎么使不得？不就是剪安祈一绺头发吗？又不伤及皮肉，怕什么？！"便挣脱翠翠。

翠翠再次拉住："你不明白，你不明白！"

安丽起急："什么明白不明白！刚说好要帮姨太好姐姐的，这会儿你倒不干了，言而无信！"遂再次挣脱。

翠翠第三次拉住："听我说，听我说！你才15岁，我到底大你9岁呀！"

安丽第三次挣脱："不听不听！我很快要去上海求学了，到时候鞭长莫及，想帮也帮不成啦！"遂反身朝厅外奔去。

翠翠急追，从后面死死抱住，大叫道："二小姐，你这样莽撞，不但帮不了姨太，反而害了她哟！"

安丽一怔，转过身来："怎么会害了她?!"

翠翠推着安丽回到原处，按着她一同坐下。

翠翠："姨太对我的大恩大德，我怎么报也报不完，哪能说了帮她又不算数了呢？只是我们应该商量周全些才好，免得惹来麻烦，甚至害了姨太啊！"

安丽："有那么严重吗？"

翠翠："当然喽！想想看，假如你不管三七二十一冲到四奶奶身边去剪安祈的头发，四奶奶能不过问吗？那样的话，你该怎么面对才好啊？"

安丽："实话实说呗——给布娃娃织头发嘛！"

翠翠："老天爷，我怕的就是这！这等于拿布娃娃说事，派四奶奶的不是，惹的麻烦可就大了，还关联到姨太！"

安丽："啊？！惹什么麻烦啊？"

翠翠："头一桩，四奶奶向来疼你、宠你，多过安瑞大小姐；所以，你的实话实说越理直气壮就越寒她的心！要知道，心是不能寒的啊！"

安丽："那第二桩呢？"

翠翠："第二桩，最最不好，最最可怕的是，四奶奶会冤屈姨太，以为你是受了姨太的挑唆，拐着弯来讨回安祈的，那就更糟糕了！凭良心说，四奶奶跟姨太脾气都很好，两人虽并不亲密，但一直你敬我，我敬你，绝不暗中算计，真是谢天谢地啊！现在，你若冒冒失失去要安祈的头发，四奶奶难免多心，往后她还会待见姨太吗？！"

安丽："那你说，咱们该怎么做才能既拿到安祈的头发又不惹出麻烦来呢？"

翠翠："我也没招啊！"

安丽泄气："哎呀！"

35．四房偏院（日）

两只雀儿飞落花枝喳喳叫。

36．四房偏院前厅（日）

安丽与翠翠几乎同时由冥思苦想中爆发："有了！""有了！"

翠翠："你先说！你先说！"

安丽："你先说！你先说！"

翠翠、安丽相视："一齐说！"

安丽："好，一、二、三，开始！"

第十八集　安丽毕业　翠翠定计

安丽、翠翠："偷头发！哈哈哈哈哈……"

安丽笑罢："不过，怎么个偷法，就还没点子。我只想着能不能把安祈哄出来偷偷剪。"

翠翠："我倒有一招比较容易的。秦奶妈说，明天四奶奶带着胖嫂她们几个，去马尾赋漪楼给雨轩少爷的母亲祝寿，屋里只留她一人闲着了；她打算给安祈理理发，也是件事，叫我过去搭把手。这会儿想起来，那不是天赐良机吗？我只须抢着收拾剪下来的头发，就能一丝不少地弄到手啦！"

安丽喜不自禁，鼓起掌来："果然易如反掌，好偷得很哪！哈哈哈，太有趣了——从来只见偷瓜偷枣、偷金偷银的小偷、大偷、惯偷，谁能料到还会冒出偷头发的怪偷呢？而且是两个！哈哈哈哈哈……"

翠翠："你先别笑得太早啦！"

安丽："又怎么了？！"

翠翠不无抱怨："姨太说，早饭的时候，四奶奶听见安祈喉头'吭'了一声，只怕会咳起来，便不敢明天去祝寿了。我看她也太过溺爱，比亲妈还亲妈；不过干咳一下，什么打紧，一惊一乍的，真是！果然她留了下来，那我们就做不成'怪偷'啦！"

安丽："不用犯愁，我自有办法调虎离山！"

翠翠："当真？"

安丽："当真！四婶心最软，经不住磨、缠；打小，但凡从我妈那儿求不到的，只须跟她耍赖便是。你忘啦？"

翠翠喜："嗯，是挺灵的，数你能耍赖！"

安丽立即站起："事不宜迟，我立马就去赖一赖，没有不成的！放心吧，明天四婶一准会去赋漪楼祝寿！"

37．四房偏院（日）

翠翠送安丽出去。

翠翠瞟了两院隔墙一眼，压低嗓门提醒安丽："'怪偷'的事，天知地知，你知我知，连姨太那里也不能走漏一丝风声啊！"

安丽："啊？竟然不能告诉姨太好姐姐？！"

翠翠："不能！即便头发到了手，也还是不能！"

安丽："这怎么讲？！"

翠翠："姨太做布娃娃代替安祈，藏着掖着的，谁也不叫知道；我明白，这是因为，她渴望拥有安祈，却又不忍伤及四奶奶，更不愿意让我们担忧，免得鸡犬不宁。所以，我们从头到尾都不要说穿，只须悄不声地给她一个长着安祈头发的布娃娃，帮她如了愿就好。你，可别说漏了嘴啊！"

　　安丽："怎么会呢？我有那么傻吗？我也算大人啦！你一百个放心，我保证让四婶去祝寿；支开了她，后面的事就全看你的啦！"

　　翠翠："行，我一准办妥，单等明天你祝寿回来就有好消息给你。"

　　安丽："那我一到家便来找你……"

　　翠翠："别别别，惹人注意！"

　　安丽："可我总该得个准信吧？"

　　翠翠："急什么？我自有办法让你立马知道不就得了吗？"

　　安丽："那……"

　　翠翠："别'那''那''那'的了，快去调虎离山吧，你先成功了，我才有路啊！"便推着安丽将她送出门去。

38．大奶奶卧室（夜）

　　大奶奶坐在床沿解衣。

　　安丽进来："妈，你这就睡下啦！"

　　大奶奶："明日去祝寿自然要精神些才好啊。咦，你都请过晚安了，怎么又跑来？"

　　安丽便紧挨大奶奶坐下，开始撒娇："妈！"

　　大奶奶："怎么啦？还赖叽叽地黏人，都这么大了！"

　　安丽："妈，方才听大哥和峻哥商量，寿宴后就在赋漪楼住下，——横竖是夏家的店，轩哥已经安排好了的；这样，第二天直接去平潭岛游玩，可以省时省力呢。妈……"

　　大奶奶打断："你呀，又心痒痒了不是？！"

　　安丽："妈，三个哥哥都愿意带我去，只等向你禀告了！"

　　大奶奶："女孩儿家家，到处乱走，野丫头似的，招人笑话！"

　　安丽："有三位兄长保驾，还野丫头呢！开开眼界嘛，怕什么笑话！峻哥告诉我，平潭岛上的仙人井啦，石牌洋啦，都是海蚀奇观，我多想去长点见识啊；再说了，那里还出产漂亮的贝雕、贝壳串成的各种饰物什么的，可以挑一些送给姨太嘛；最最重要的是，我知道，大哥、轩哥偕峻哥同游的目的，就在于抚慰峻哥遭遇不幸的婚姻而受伤的心，我跟去帮着排解，岂不更好？"

第十八集 安丽毕业 翠翠定计

大奶奶："你说的倒也没错，但你峻哥毕竟是男儿，更是军人，如今有人更需要你去抚慰呢！"

安丽："谁？！"

大奶奶："叶思静。"

安丽："叶思静怎么了？！"

大奶奶："半年多了，星姨身体每况愈下，百般求医，总不见效。你舅母只有这么一个孀居的亲妹妹，自然分外揪心，已经把她和思静接到北后街暂住了。北后街的宅子原是你外祖父任前清布政使时置下的，虽不比纪氏的乡舍气势宏阔，却也足足延伸了大半条街，况且靠着西湖，环境甚美，对养病应该是有益的。不过，我依然十分牵挂，尤其思静，独苗一根，与星姨相依为命，心中之忧可以想见啊！"

安丽："我明白了，妈是想和我同去福州探望星姨母女，对吧？"

大奶奶："妈自然是希望与你同去喽！但这会儿说着说着却又想到，能有三个兄长陪你远足，的确是机不可失时不再来啊；只十天半个月，一旦他们服役海军，你求学上海，相聚且不易，何况同游呢？所以……"

安丽："妈，瞧你，很简单的一件事，怎么想得那么多呀？！思静与我虽秉性不同，却也是从小到大的伙伴；如今她遇着难处，我怎可以没事人似的只管去平潭岛玩个痛快呢？！我当然应该来到她的身边，安慰她、帮助她才对啊。"

大奶奶："我的儿，你果然爽朗大气！那我们就明天赴寿宴，后天打点，大后天回福州你外祖父家看望星姨母女吧！你胸怀透亮，令人轻松，和思静年龄又相近，有你开解她，我到底放心了。"

安丽："妈，你怎么独对思静那样在意呀？里里外外、亲朋戚友，好女孩多着呢！"

大奶奶："这才叫缘分嘛。思静打小温婉忍让，什么时候都是静静的、定定的，最可我的心了；更难得的是，样样和我对味，连饮食习惯也接近，比如我吃长斋，而她刚好偏爱素食，你说巧不巧？我能不特别特别在意她吗？"

安丽："那妈认她做干女儿岂不好？"

大奶奶："纪家与叶家虽非血亲，但思静之母恰是我嫂之妹，两家早就结成很近的姻亲了；既如此，认不认干亲又有什么所谓呢？"

安丽："那倒是。"

钱妈进来催促道："二小姐，你还不去睡呀？不是说明天要跟大少爷他们早走的吗？还不快快回屋躺下，把精气神养得足足的！"

安丽自信十足："不打紧，我有的是精气神！"

大奶奶：“哎，对了，你们别出心裁，撇下我们早走干吗？”

安丽：“大哥、峻哥说，他们是军人，哪能随着你们慢吞吞地挪？！倘若我想跟他们的话，天不亮就得出发，全程步行，专拣难走的路，比照军训。我一口答应了，保证不叫苦，不叫累，他俩已授我为陆战队下士了，嘿嘿！”

大奶奶并钱妈皆失声笑出。

钱妈：“人家哄你，你还认真了！”

安丽：“哄不哄的，反正我是认真了！哎，我那身新衣裙，还有皮鞋什么的，你们替我捎着吧。——行军得有行军的样子嘛，不该带着脂粉气很浓的物件！”

钱妈：“好吧。你呀，只别半道上让哥哥们背着就行！”

安丽：“才不会呢！纪安丽是何许人？——海军之女、陆战队下士也！”便调皮地瞟了她们一眼，举手致军礼：“敬礼！”

大奶奶并钱妈皆忍俊不禁：“这孩子！”

第十九集 郑重下聘 罗星定情

1. 长房正院（日）

黎明，庭院晦暗。

拱北、石峻自东厢出来，等候安丽。

石峻："今天远足，你领头，我殿后，照应好安丽。安丽虽好胜如你，但毕竟是女孩子，体能赶不上我们，你不要把她练狠了，免得有闪失才是。"

拱北："游戏而已，你也这么认真！"

安丽从上房下来，朦胧中看见拱北和石峻，便故意端起军人架势，跑步近前，敬礼道："报告长官，下士纪安丽到！"

拱北、石峻忍笑。

石峻遂嘱咐安丽："进了我们的陆战队，便不准擅自行动了，一路上必须紧跟拱北少尉；太阳升起之时，我们的小分队应该抵达东面的海滩上，同雨轩少尉会合，共同演练。明白了吗？"

安丽又敬礼："Yes sir！"

2. 大榕乡海滩（日）

海滩朦胧而空寂。

拱北三人的剪影，鱼贯地奔跑。

镜头推近，安丽气喘吁吁地坚持追赶拱北。

东方露出鱼肚白。

雨轩并少女米娜的剪影奔进画面。

两支小分队相向而跑。

海水映出旭日燃烧的红焰。

两支小分队加速奔跑，迎向对方。

海水愈来愈红。

太阳从海上喷薄而出。

两支小分队在红日的光焰中会合。

太阳冉冉升起。

霞光中，拱北与米娜四目相顾，一见钟情。

雨轩："拱北！"

拱北竟未听见。

雨轩："拱北！"

拱北回过神来，有点尴尬："什么？……"

雨轩："你们以前见过的！"

闪回（参见第七集《妻妾皆苦　群童斗恶》第51节）：

苏醒了的翠翠趴在地上，双手死死抱住恶汉的腿。拱北、雨轩趁机将恶汉打得仰面朝天跌倒在地；恶汉两手撑地挣扎坐起，不料却有小石粒当头撒下。恶汉迷了眼，狼狈不堪。镜头拉开，西式打扮的小米娜拿着抖空了的帽子，伸出食指刮着脸颊，用德语说："Lump！Lump！Schämlos！Schämlos！"（"坏蛋！坏蛋！没羞！没羞！"）

闪回止。

雨轩："你还认得她吗，拱北？"

拱北："要不是你领着的话，还真认不得了。"又转而对米娜说："你就是当年那个聪明勇敢的小米娜！米娜，你记得我吗？"

米娜："记得，却不认得；可是，现在我看见，拱北哥哥你就站在我面前了！"

安丽跨到米娜跟前，戏谑道："我，纪安丽，也站到你面前啦！"

众人哈哈笑。

雨轩笑罢介绍道："石峻，米娜是我的姨表妹，在德国生长的。她很淘气，我和拱北投考烟台海校前几天，她才第一次回国探亲，就帮我们跟恶棍打了一架。现在，你又多了个妹妹。"

石峻："米娜妹妹，你好！"

米娜："石峻哥哥，你好！我回国给姨妈祝寿，听说你们要模拟陆战队演习，就跟着轩哥来了，希望你们允许我参加！我父母都是医生，他们教过我救护，这次行军刚好用得着。"

第十九集 郑重下聘 罗星定情

拱北:"你不怕血?!"

米娜:"在父亲的诊所里看惯了,就不怕了。我想将来做外科大夫。"

拱北眼里满含激赏。

石峻:"好,我批准了!——军医米娜入列吧!"

米娜行军礼:"Yes sir!"

鸥鸟在海空翻飞。

金色的沙滩铺展在蓝天下。

五人"陆战队"沿沙滩奔跑。

"陆战队"跑进画面深处。

3. 马尾赋漪楼酒店外(日)

拱北等五人出现。

堂倌董伯迎上:"少爷小姐们到了!哟,怎么都这身装束?竟不像是赴宴的!"

雨轩:"董伯,我们是故意徒步远足,跋山涉水,不走现成的路,所以就穿成这副样子了。"

董伯笑:"亏你们想得出,有福不享,变着法儿找苦吃!快进去梳洗更衣吧,免得人前失礼;有些客人已经到了,正在楼上歇息呢。"

雨轩:"依栏他们来了吗?"

董伯:"还没有,纪府的奶奶们也没有。"

雨轩转而对米娜、安丽说:"那你们可以好好洗洗自己的花猫脸了,走吧!"

4. 马尾赋漪楼小包间(日)

拱北、石峻正在落地窗外的凉台上远眺。

米娜画外音:"我们进来啦!"

拱北、石峻转过身来。

门边站着衣裙亮丽的米娜和安丽。

拱北惊艳的目光落在米娜身上,羡慕得说不出话。

石峻则惊喜地打量了安丽一番,揶揄道:"女兵变淑女啰!"

安丽得意:"嘿嘿,妈总说我变不成淑女,这不是变了吗?其实她不知道,我呀,想变就变,不想变就不变。——非不能也,实不为也!"

石峻:"好啦,夸了你一句半句,尾巴就翘到天上去了!还不快过来喝水,不觉得口渴吗？"

小堂倌进来添茶果点心。

拱北、石峻很绅士地分别照顾米娜和安丽入座。

米娜端起茶："哎，轩哥干什么去了？"

拱北："他嘛，候柳依栏去了，我们不必等他。"

四人进茶点。

雨轩匆匆进来："石峻，马上跟我走！"看见安丽正放下杯子，又命："二妹，你用完茶了，也派上你！"

安丽不解："什么事这么急？！我还想喝呢！"

米娜："我也去吧。"

雨轩："两人就够了，你难得吃家乡点心，继续解馋吧。"便示意石峻、安丽："快！"

5. 赋漪楼后花园（日）

石峻边走边问："究竟什么事还不说，只管带到这里来！"

雨轩笑："根本没有事！"

石峻、安丽："啊？！"

雨轩："迟钝啊迟钝！今天一路走着，你们居然没发现，拱北和米娜两情相悦吗？！我这是借故支开你们，好让他俩单独待上一会儿嘛。——说不定会成就一桩姻缘呢！"

石峻："原来如此！你也太能想象啦，他俩小时候只见过一面便各奔东西，今天重逢虽依稀记得，不日却又将远隔欧亚了。——谈何感情，谈何姻缘嘛！"

雨轩："那也没准！拱北可不像你一板一眼的，他是个不按常规出牌的家伙啊！"

安丽大喜："果真如此就好了！我喜欢米娜，她又勇敢又坦率！"

雨轩拍了一下安丽的头："依我看，你们是惺惺惜惺惺，调皮到一块去了！——这一路远足，什么淘气点子都是你俩出的，活脱脱当年的拱北！"

石峻咧开嘴笑。

6. 马尾赋漪楼小包间凉台（日）

米娜一再偷眼欣赏默然远眺的拱北，然后轻轻唤了声："拱北哥！"

拱北转过脸来："嗯？！"

米娜："拱北哥，你还在望罗星塔吗？"

第十九集　郑重下聘　罗星定情

拱北:"嗯,怎么也看不厌。"

米娜:"我跟你一样!"

拱北讶异:"你?!说说看!"

米娜:"第一次知道罗星塔,是在莱茵河畔一个宁静的夏夜。繁星点点,我傍着父亲的双膝,好奇地倾听着我们东方家园的事。父亲告诉我,在离莱茵河很远很远的中国马江,有一座古塔,叫罗星塔;游子梦见罗星塔便是梦见了故乡,望见罗星塔便是回到了故乡。我问父亲,罗星塔什么样?父亲回答说,你自己去想象吧,想象多美,就有多美!当天夜里,我竟然做了个梦……"

拱北:"什么梦?"

米娜:"我梦见,夜空下耸立着一座高高的水晶塔,塔顶缀满蓝色的星星,一闪一闪,一亮一亮,好美好美哟!从那时起,罗星塔就永远灿烂而神秘地留在我的童心里了;它无与伦比,不可替代!"

拱北:"那你是何时才真正看到罗星塔的?"

米娜:"是12岁那年随父母回国探亲的时候。在此之前,不管我怎样吵闹,他们也总会以种种理由拒绝带我来看它。"

拱北:"那么,12岁的你见到罗星塔,有感想吗?"

米娜:"当然有。起先非常失望,因为它和我的梦境反差太大了,毕竟我心中的罗星塔是个美丽的童话世界啊!然而,父亲却很平静。父亲告诉我,他早已料定我会如此失望,所以一直拖到我懂事了才肯带我来此一游。接着,他讲述了1884年福建海军玉碎马江的悲壮历史,感慨'出师未捷身先死,长使英雄泪满襟';然后又谆谆教导说,真实的罗星塔虽不由灿烂的水晶所砌,但它承载着马江英烈碧血凝就的忠贞,是另一类灿烂,灿烂得足以穿透时空,照耀千古!"

拱北共鸣:"是的,那是照耀千古的一种灿烂,天荒地老不灭不化的一种灿烂!"

米娜:"听了父亲的一番话,我抬头再次仰望罗星塔。父亲问我:'你看见灿烂了吗?'我回答:'看见了!'父亲便说:'谁记住了英雄,谁就看见了灿烂。'"

拱北再次共鸣:"至理之言啊!——'谁记住了英雄,谁就看见了灿烂'!米娜,你的父亲是真正的好父亲!"

米娜:"是的,是最好最好的父亲!他说什么都很有道理,我特服他。那天,从罗星塔回来的路上,我问父亲,为什么他土生土长在德国,却熟悉中国,连马江海战都知道,仿佛土生土长的中国人?没想到,他的回答更加发人深省……"

拱北:"他是怎么说的?"

米娜:"父亲这样说:'每个生命都是一条长河,一条有本有源的长河;而我的生命之河无论流向哪里,都只溯源于中国。尽管中国积贫积弱已历数十年,但她博大精深的文明却照亮过世界几千年!我有什么理由愚蠢地自绝于如此辉煌的文明,变成西方文明收养的一个不认识祖宗的无本孤儿呢?!'"

拱北钦佩:"说得太好了!多么犀利、多么智慧、多么精辟啊!"

米娜:"所以,我决心改变自己!"

拱北:"改变什么?"

米娜:"过去,我不爱中文,嫌它四声难、书写更难;是父亲在罗星塔下的肺腑之言,促使我打心眼里想学了。父亲很欣慰,还特地请来一个多才多艺的中文家庭教师。我兴趣广泛,对音乐、诗歌、绘画、网球都十分着迷,老师就鼓励我朝绘画方向发展。不过,我还是选择医学,希望将来做个像父亲那样既精通西医又掌握中医的好大夫,让生命更有力量。"

拱北由衷地赞道:"米娜,你很优秀啊,真的!"

堂倌画外音:"少爷小姐们,寿宴马上要开始了,请即刻入席吧!"

7. 四房偏院外 (日)

翠翠手捂着心口,朝着偏院载欣载奔。

翠翠内心独白:"哈哈,我这个偷头发的'怪偷'功夫了得,就在奶妈和姨太的眼皮子底下,神不知鬼不觉地把安祈的头发给揣进怀里啦!"

8. 关姨太卧室 (日)

翠翠拉开五斗柜,从中掏出光头布娃娃。

翠翠欣喜地对布娃娃说:"小安祈,我这就帮你长出头发来!"

9. 纪府大门内甬道 (夜)

仆妇们簇拥着大奶奶三妯娌走上甬道。

安丽眼珠一转,低声对大奶奶说:"妈,我内急憋不住了,得先进去!"说着拔腿就跑。

甬道另一头,翠翠迎面赶来。

安丽、翠翠碰头。

安丽小声问:"成了吗?"

第十九集　郑重下聘　罗星定情

翠翠："成了，全都成了！"

安丽兴奋得双手握拳直想蹦，却又忍住了，只压抑着欢呼："嘿！"

10．四房偏院前厅（夜）

翠翠盯着关姨太喝完汤药："姨太，你在那边陪了安祈一整天，连午觉也不睡，眼睁睁地在床边守到天黑。你身子单薄，这会儿早点歇息吧，可别累着了呀！"

关姨太露出少有的幸福："放心吧，我不累，一点也不累！机会难得啊，要是安祈肯让我陪她一觉睡到大天亮，我都不会觉得累呢。"

翠翠感叹："可怜天下父母心哪！"

11．四房偏院（夜）

窗里的灯火尚未熄灭。

12．关姨太卧室（夜）

昏灯下，姨太拉开五斗柜，掏出布娃娃。

关姨太定睛看着布娃娃，不禁泪如泉涌并狂吻她的头发。

13．四房偏院（夜）

月上中天。

14．关姨太卧室（夜）

关姨太靠着床背，不断轻轻抚摸布娃娃的头发："安祈，人人都说你的头发跟娘的一样，又黑又亮；你自己知道不？嗯？知道不？……安祈，娘心里明白，准是翠翠和安丽把你带到娘身边来的，你要懂得感恩啊！"

关姨太轻轻摇着布娃娃："宝贝，你还从未跟娘一起睡过；睡吧，在娘怀里甜甜地睡吧！"

15．长房正院（日）

彩虹刚扫完院子，只见钱妈端着洗脸水过来，便朝正房指了指："钱妈，我又进去听了听，大奶奶屋里还是没有动静。"

钱妈："哟，这可少见啊！我得进去看看。"

16．大奶奶卧室（日）

大奶奶靠在床上发懒。

钱妈进来关切道："怎么的了?!"说着赶紧趋前，伸手摸了摸大奶奶的额头："不烧啊。想是你不耐热闹，昨天去赋漪楼祝寿累着了吧?"

大奶奶："没有没有。"

钱妈："要不就是吃得不合适了。"

大奶奶："怎么可能呢?!夏府老管家那份精细周到，并不亚于我们的丁管家啊。"

钱妈："这倒是。知你吃斋，另备素食不算，还特地制了素寿糕的。——可你怎么就没了精神，懒懒地不起床呢?!"

大奶奶："我半夜做了个梦……"

钱妈："噩梦吧? 梦是反的，没关系。"

大奶奶："算不得噩梦，可也怪怪的。"

钱妈："怎么个怪法?"

大奶奶："我梦见天上忽然出现一条红绸子，彩云似的悠悠地飘着；正在疑惑，便听到乱哄哄的一些声音，说那是从我们长房院子里飞出去的。梦醒之后，我左思右想总不踏实，很怕应在什么上了；起来念了好一会儿经，才觉得松了些。"

钱妈："咳，大奶奶你想偏了! 依我看，这个梦是长房喜气冲天的意思，一准会应在大少爷身上的。"

大奶奶："果真的话，怎么思静的母亲反而病了呢? ……唉，不行，我得上家庙求个签才是。"

17．家庙普光寺（日）

供案上香火袅袅。

大奶奶跪拜如仪。

钱妈扶起大奶奶。

庙祝双手持签筒递给大奶奶。

大奶奶双手抱签筒跪下向佛默祷片刻，虔诚地摇动签筒直至一支竹签跳落地上。

庙祝捡签审视片刻，抬起头来。

大奶奶迫不及待地问："庙祝，是什么签?"

庙祝望着大奶奶，意味深长地答道："大奶奶向来心静如水，现如今更应淡定安

第十九集　郑重下聘　罗星定情

然。你只须记住签上'世间好事总多磨'这开门见山的一句，便能守住福气了。"

大奶奶合掌："多谢庙祝指点迷津！"

18. 弘毅堂后厅（日）

大奶奶三妯娌围坐于"和乐且孺"匾额下。

丫鬟进茶，旋即退下。

大奶奶："有件要紧的事得跟三妹、四妹商量一下。"

四奶奶喜上眉梢："准是商量要给拱北娶亲了！我们日盼夜盼，只待大姐发话呢。"

三奶奶："纪氏嫡长子婚配，是合府合族顶顶要紧的事了，正该细细商量，拿定主意，好吩咐丁管家一件件操办起来啊。"

大奶奶摇摇头："我恐怕要扫大家的兴了！"

三奶奶、四奶奶："啊？！"

大奶奶："我做了个怪怪的梦，心里忐忑，到底上家庙求了个签。"

三奶奶、四奶奶："那签的意思是……"

大奶奶："意思是，府里今明两年皆不宜嫁娶。"

三奶奶："如此说来，拱北的婚期岂不是要推迟两年了吗？"

四奶奶："真真好事多磨啊！"

大奶奶呷了口茶："那支签一开始就说'世间好事总多磨'，这已经点得够明白的了；想来，思静母亲的病便是个兆头啊！所以，除了遵从神灵的旨意，我可不敢有别的念头了。你们看呢？"

三奶奶："我看也是。签上的话，宁可信其有，不可信其无！"

四奶奶："没错，冥冥之中，自有天意；天意不可违，容不得半点侥幸！好在拱北才21岁，晚两年娶妻不算迟。平安为上，水到渠成的时候，我们再抱孙儿，岂不更加快乐？"

大奶奶点头道："那就这么定了吧。三弟是一家之长，我会尽快写信给他。他虽不信求签问卜，但一向很理解我，断不会有什么异议的。其实，若非为着顾念我的心愿，三弟原是主张拱北毕业后先在军中多历练历练再成家的。不承想，现在却由于我做的怪梦而歪打正着了。"

三奶奶："这也算'失之东隅，收之桑榆'呢。"

四奶奶："正是正是，有失有得，大抵如此。更何况，光阴如白驹过隙，两年也无非一眨眼而已呀。"

大奶奶释怀，微笑点头。

19．大奶奶卧室（日）

大奶奶写完信，搁下毛笔，朝里屋喊了声："钱妈！"

钱妈应声而出："大奶奶还有吩咐？"

大奶奶指指桌上的信："抽空把这封给三爷的信，交丁管家打发人早些寄走。"

钱妈："就这点事？"

大奶奶："我去福州的随身衣物都备齐了吗？"

钱妈："齐是齐了，仿佛不够多。你不是要在那里待到周末，偕拱南少爷一同回来吗？这头尾也得三四天呢。"

大奶奶："没关系，横竖住娘家，还怕缺什么！我只惦着要带一件要紧的东西走……"

钱妈："什么要紧的物件？我这就进里屋拿。"

大奶奶："不必不必，我已经取来搁在枕头旁边了，你好生收着便是。"

钱妈乃从大奶奶枕边取来了一个物件，置于桌上并解开包袱皮。

特写：一只长仅8寸的牛皮小箱子，上着袖珍锁；箱盖上还配有饰金凸凹图案，古色古香而又华贵典雅。

钱妈惊讶："这不是当年陪嫁首饰中你最最可心的一盒吗？自从大爷去世后，你就再没拿出来戴过，如今都10年了！"

大奶奶默默点头。

钱妈："大奶奶，你回福州娘家不过小住几日，带这干什么呀？多么贵重啊！"

大奶奶："所以只能交到你手里，陪我一起走才放心，不是？"

钱妈似有所悟："哦。"

20．福州西湖（日）

安丽与叶思静在湖滨漫步。

叶思静身穿20世纪20年代中式衣裙，梳一条长辫，仪态娴雅，气质古典。

安丽看了看沉默的叶思静："思静，我来福州都三天了，也没见你迈出大门一次；西湖就在边上，若不是星姨逼你，你还不肯随我到这里遛遛呢。我觉得，你太紧张了，这会影响星姨养病的。明白吗？"

思静不语。

第十九集　郑重下聘　罗星定情

安丽碰碰思静："想什么呢？说给我听听嘛！"

思静依旧无语。

安丽："咱俩从小就常常一处玩，后来进了文山女校，你又是我师姐，干吗有事憋着不讲呀？！再说了，我舅妈正是你姨妈，这么近的姻亲，你还信不过我？！"

思静："不是信不过，而是……而是说了也没有用啊！"

安丽："怎么没有用？！起码心里松快一点嘛，对不对？"

思静止步，望着湖水："安丽，我很害怕……"

安丽："怕什么？！有我呢！我给你壮胆！"

思静喃喃："我怕……我怕我妈……我妈她会离开我……"说着声音发颤，不能继续。

安丽："思静，你太悲观了，凡事总爱往坏处琢磨，自己吓自己！星姨既不发烧，又不吐血，你别想得过于严重啦！"

思静："我怎能不想得严重呢？境遇使然啊！……"话未入题，悲从中来，哽咽难言。

安丽："别别别！别别别！"她揽住思静的肩："走，到旁边的凉亭里坐一坐，冷静下来再说！"

21. 西湖凉亭（日）

思静："你是知道的，我父亲虽也出身海军，可惜英年早逝，抛下我们母女二人，仰赖外祖父的遗产度日。我与母亲相依为命，她就是我的世界，我的一切。我别无他求，但求母亲健康长寿。然而天意不从人愿，我刚从文山女校毕业，她就一病而大伤元气；如今，十日竟有九日卧床，尽管不发烧、不吐血，但病源却也无迹可寻啊！你们来福州前一天，母亲把我姨妈叫进屋里单独谈话。姨妈出来后，我发现她偷偷抹泪，便猜测……猜测母亲时日……时日不多了！……"

安丽黯然："看来，是我盲目乐观啊！"

思静拭泪道："我势单力薄，一有风吹草动，便觉备感无助；一旦母亲真的撒手而去，我就成了孤女，往后该怎么办呢？！我好怕好怕啊！我没有路了……"她抽泣起来。

安丽急忙安慰："不怕不怕，不会没有路的！你先别哭，听我说，听我说！"

思静犹自抽咽。

安丽为之拭泪："你一定要相信，绝对不会无路可走！古人云，凡事预则立，咱俩这就先商量一下，假设真的发生你所忧虑的那种不幸，应该如何面对现实，如何选择你未来的生活？"

思静低头无语。

安丽："怎么了?! 究竟怎么了嘛?!"

思静摇摇头："安丽，我……我没有勇气面对……没有勇气商量……这样做……这样做好像很不祥……会……会妨我妈啊！……"

安丽一震，尴尬起来："这……对不起，我是无心的！"

凉亭外洒下一阵雨。

安丽、思静转而皆茫然地观雨。

霎时，雨过天晴。

安丽又恢复了一脸爽朗。

安丽站起来，抬眼望着蓝天："思静，不要害怕！有太阳，就有路！你记得文山女校的芷郁老师吗？"

思静："记得，当然记得！我才毕业一年，怎么会忘却呢？"

安丽："知道吗？我是很崇拜芷郁老师的！"

思静："为什么？"

安丽："因为芷郁老师谈吐不凡，而且言行一致。她常强调：'女子应该开阔眼界，建立事业；有了事业，才有独立人格，才有精神支柱，才能自强不息！'她是这样说的，也是这样做的。她孑然一身，与命运抗争，终于赢得自己的事业，为女子教育做出了贡献。我想，我要以芷郁老师为榜样，成为一个自尊自信的事业女性！思静，你看，我能做到吗？"

思静："能做到！"

安丽："我能，那你也能！只要有事业，你便不会孤苦无助了，我们的芷郁老师就是一个活生生的例子啊，真的，你应该相信才对！"

安丽神采奕奕。

思静羡慕地仰视安丽。

22. 星姨卧室（夜）

大奶奶为星姨整了整靠垫，在她的床沿坐下："星妹，明日我就要回大榕乡了，有些肺腑之言想对你倾诉，又怕打搅你休息，不如开门见山，长话短说吧。"

星姨："瑾姐请讲。"

第十九集　郑重下聘　罗星定情

大奶奶："拱北和思静虽不曾定过娃娃亲，但你我两家从来心照不宣，我兄嫂更认定他们是一对绝配。我盼星星，盼月亮，好容易盼到拱北由海校正式毕业，本打算近期就来求亲，却不料签上竟说，这两年均不宜婚庆。我心里七上八下的，又怕失去一桩皆大欢喜的好姻缘，又怕难为了你们母女，真是犯愁啊！"

星姨："瑾姐多虑了，太多虑了！"

大奶奶会意，握住星姨的双手："你这一说，我就宽心了，宽心了！"

星姨："我也一样啊！"

大奶奶即转头吩咐："钱妈，快送上来！"

钱妈遂捧上大奶奶带来的那个精美的首饰盒。

大奶奶接过首饰盒，郑重地交到星姨手中，恳切地说："这盒首饰从我曾外祖母，经外祖母、母亲，传到我已经第四代了；现在传给思静，以求定下亲事，还望星妹应允！"

星姨："思静何德何能，竟获婆母以传世之宝相聘，真是三生有幸啊！"

大奶奶："感激亲家许诺，将爱女下嫁我儿！我虽愚钝，但'幼吾幼以及人之幼'的道理，还是懂得的。从今以后，我必视思静为亲生骨肉，你大可以放心！"

星姨感动流泪："有瑾姐这句话，我死而无憾了！"

大奶奶急止之："病中切勿这样说，忌讳呀！倒是我，能以思静为媳，心满意足，别无他求了；所虑者，纪家虽忝列望族，但毕竟乡居，不比福州热闹，只怕日后难免委屈了她呢。"

星姨："瑾姐言重了！思静最嫌嘈杂，平时绝少逛街，大榕乡的宁寂，才是她的偏爱呀。"

大奶奶赞道："天生的好禀性啊！记得思静小时候，每次到大榕乡来，任凭兄弟姐妹们如何嬉戏疯玩，她总是定定的、乖乖的；'三岁看一生'，如今长大了，果然窈窕淑女，娴雅端庄，而且吃喝穿戴都不尚奢华。——你真是教女有方啊！"

星姨："瑾姐过奖了！其实，人哪，多半是环境使然的。既为亲家，不瞒你说，由于先父无子，家姐和我都继承了丰厚的遗产。但我毕竟守寡，且夫家单薄，思前虑后，必须教育思静从小勤俭，不慕虚荣，守住家业，免得将来山穷水尽，无力置办体面的嫁妆，而为亲朋戚友、街坊邻里所轻贱！"

大奶奶："同为母亲，你的良苦用心我深感钦佩。不过，星妹啊，无论思静的嫁妆是多是少、是厚是薄，即便没有，她在我心中的分量都是一样重的！"

星姨感叹："瑾姐，思静能遇到你这位心地高贵、不同俗流的好婆婆，实乃大福气、大造化！我好想好想一觉睡醒，百病全消，睁开眼睛，女儿已嫁，好想好想活到这样的一天啊！"

大奶奶："你会的，一定会的，我必天天诵经，为你祈祷！"

星姨握住大奶奶的手，凄然一笑。

23. 思静卧室外（夜）

月色清朗。

24. 思静卧室（夜）

思静与安丽相向抱膝坐在床上。

思静："安丽，你说要继续学业，那你选定学科了吗？"

安丽："不用选，我认定化学了。"

思静："准备去哪里求学？"

安丽："本打算去上海的，可我三叔今日来信说，我才15岁，应该扎扎实实打好基础，最好是去北京，先报读燕京大学预科，然后再升本科；其次，北京女子高等师范学校也可列入选择范围。三叔已调离北京，他的小宅子还留着供我落脚呢。"

思静："那你自己是怎么考虑的？"

安丽："鱼与熊掌不可兼得。北京、上海我都喜欢，所以没了主张，换了你呢？"

思静："我长这么大从未迈出过福州一步，北京、上海都那么远，我哪儿也不敢去，何况母亲还病成这样！"

安丽："我的意思是，如果你是我！"

思静想了想："如果我是你，自然首选上海喽，那里有你姐姐安瑞可以依靠；北京嘛，已然没有亲人了，孤零零地落在一个陌生的地方，你不害怕呀？！"

安丽："也许有点怕，但不历练就只能永远怕下去！雨轩哥的表妹米娜，只身一人代表父母，从万里之外的德国来马尾参加寿庆，她都不怕，我也应该见贤思齐胆大一些呀！"

思静："如此说来，你准备选择北京喽？"

安丽："哪那么快？！北京、上海各有所长，实在难定！北京，六朝古都，谁不向往哟？关姨太正是北京人，她说，北京四季特分明，还画了一套春夏秋冬图，可美了！尤其下雪，我还从未见过呢。上海嘛，繁华世界，我也非常好奇；再者，我家翠翠和荣官是一对，荣官在上海海军军械所做工，我估摸，翠翠早晚会跟去的，这也成了我

第十九集　郑重下聘　罗星定情

选择上海的一层理由呢！"

思静："翠翠不是丫鬟吗？如何也成为一种理由？"

安丽："丫鬟怎么了?！翠翠一直是我的好朋友嘛。"

思静："你真是个新派的人啊！"

安丽一笑："你太抬举我啦！我算什么派？率性而已！哟，跑题啦！说回来吧，反正最后，还要听听拱北、雨轩、石峻三位哥哥的意见再下决心，可他们这会儿都不在家。"

思静："去哪儿了？"

安丽："他们带米娜先去琅岐岛、三都岛、平潭岛远足，然后上溯闽江直到南平。南平是闽江中游的起点，其间有一段，江水又清又浅，岩石裸露，暗礁处处，只能走小木船，但风景却美不胜收，他们会在那里泛舟的。"

25. 闽江中游（日）

太阳移至西面的山头。

一叶扁舟绕着江中的一座岩石划行。

雨轩、石峻站在船尾驾船，拱北、米娜坐在船头观景。

小舟逆流向西对着夕阳。

雨轩："已经绕岩石转了好几圈了，米娜，你还没个够吗？"

26. 船头（日）

米娜望着落日照耀下的山头，喃喃道出一句德语："Der Gipfel des Berges funkelt im Abendsonnenschein."

拱北："你自言自语什么，米娜？"

米娜指了指夕照下的山峦："夕阳西下，泛舟礁旁，我不禁想起19世纪德国诗人海涅的那首名诗《罗累莱》，就脱口迸出这么一句，意思是：'山顶上闪射着夕阳的光芒'。"

拱北："听你背得溜溜的，可知你很喜欢海涅的诗。"

米娜："你呢？喜欢不？"

拱北："谈不上喜欢，因为我从未接触过海涅的诗。"

米娜："你们海校不设文学课吗？"

拱北："设的！在海校，国文是必修课，学生不仅要读国学名篇，还要会写格律诗才行。不过，西方文学则除外，任凭个人爱好，没有硬性规定。你说的《罗累莱》诗，写的是什么？它跟莱茵河的罗累莱岩有关联吗？"

米娜："当然有关联啰，先有岩后有诗啊！咦，你是怎么知道罗累莱岩的？你还没去过莱茵河呢！"

拱北笑："你忘了，我是干什么的？——我是海军学校毕业的嘛！罗累莱岩位于莱茵河中游、波恩南面100多公里处；岩高约130米，宽90米，那里暗礁多、漩涡多，十分险恶，对吧？"

米娜："对对对！正因为罗累莱岩一带事故频发，所以就有了妖女罗累莱迷惑船夫的神话故事。故事说，美丽的罗累莱常常披着夕阳的金晖，坐在罗累莱岩上，一面用金梳子梳头，一面悠悠地唱歌。过往的船夫陶醉了，触礁了，结果连人带船沉入莱茵河。"

拱北："巧得很，我们长江的巫山神女峰也有浪漫的传说，想来人类的精神世界是共通的。"

米娜："拱北哥，你到过神女峰吗？"

拱北："实习期间，陈绍宽舰长亲自指导我们航行三峡；神女峰不仅到过，而且熟悉，它高约860米……"

米娜："哇，比罗累莱岩还高700多米呢，多么险峻啊！下次回国，我要游神女峰！"

拱北："真的？那我建议你，游历之前，恶补国学，尤其要读一读宋玉的《高唐赋》和《神女赋》。这样，你所看到的神女峰，除了外在，就还有更多的内涵了。"

米娜："好，我听你的！我要努力丰富自己，才能很好地享受天赐的山川形胜和神话传说。"

拱北："米娜真聪明，一点就通！其实，我也需要丰富自己，否则，即使面对罗累莱岩，而脑子里没有《罗累莱》诗和神话，那么，这种观光难免肤浅些。"

米娜："拱北哥，我觉得，你也非常喜欢神话，对吗？"

拱北歉意地一笑："很抱歉，我让你失望了！小时候，我沉迷于武侠小说，对神话往往一看而过，最刻骨铭心的也只有刑天的故事，它比后羿射日、夸父追日更惊心动魄。"

米娜："为什么更惊心动魄？"

拱北："因为刑天尽管战败，被砍去脑袋，但他硬不服输，居然以双乳为眼、肚脐为嘴，操起斧头和盾牌继续战斗！当我第一次在《山海经》里，看见无头刑天怒睁双

第十九集 郑重下聘 罗星定情

目，咧开大嘴，喊打喊杀的图画时，我震撼和敬畏得五体投地，甚至还在梦中惊醒过。长大之后，我琢磨，刑天的故事是没有完结篇的，因为，这个无头英雄已将自己不灭的灵魂，附在了一代又一代中华好儿女的身上，马江烈士如此，甲午烈士也如此，他们个个都是不屈的刑天啊！"

米娜听完沉默片刻，抬眼直视拱北："拱北哥，从今往后，我的心里也刻着刑天了，你信吗？"

拱北："我信，我一百个信！"

27．闽江中游（日）

在青山夕照的背景下，一叶扁舟顺流东下。

米娜："轩哥，明天到了马尾，先别着急回家，啊？"

雨轩："咄，淘气包，都这些天连轴玩了，还不足兴啊？！"

石峻："随她吧，雨轩，人家不日就要回德国去了嘛。"

雨轩笑："石峻最能惯妹妹，惯了安丽惯米娜，惯得她们一玩就疯，跑起来跟野人似的！"

石峻："孙中山先生提倡男女平等，而至今小脚女人还有的是；安丽和米娜长着天足，就算替那些可怜人游山玩水乐个够吧！"

米娜："嘻嘻，峻哥是孙中山二世，孙二世万岁！"

众人大笑。

28．闽江中游（夜）

山水寂静，渔火点点。

29．罗星塔下（日）

米娜仰视罗星塔。

拱、雨、峻走过来。

雨轩："米娜看过瘾了没有？该回家了吧？"

米娜看了雨轩一眼，再次仰望罗星塔："罗星塔，我记住你了，回德国后一定把你画下来，给我的朋友们看。一张，画水晶的罗星塔，塔上缀满蓝色的星星；另一张，画现实的罗星塔，古老而坚强，永远守望着马江。"

雨轩："你画得出来吗？——还两张！"

米娜:"那当然!你忘啦,老师原是主张我学绘画的,还说一定考得取呢。"

石峻笑对拱北和雨轩:"你们听听,这口气,这自信,活脱脱一个安丽!"

米娜:"峻哥,我还想登上塔顶再看一看,行不?"

雨轩:"又得寸进尺了吧?有峻哥护着!"

石峻:"别扫她的兴,雨轩,人家是认真想画好的!"又吩咐拱北:"你陪米娜登塔,我们在下面走走!"

拱北正中下怀:"好,米娜,我们上去吧!"

30. 罗星塔(日)

米娜俯瞰塔下的闽江赞道:"好美啊,闽江!"

拱北:"是啊,美得无与伦比,纵使用密西西比加多瑙我也不换!"

米娜:"密西西比加多瑙也不换?!"

拱北:"不换!再加莱茵都不换!"

米娜盯着拱北看了一会儿:"哦,我明白了!"

拱北:"明白什么?"

米娜:"明白你为什么死活不换。"

拱北:"为什么?"

米娜:"因为,闽江是你生身的河流,而且——"

拱北:"而且什么?"

米娜转向闽江,大叫:"而且闽江里有刑天的血,刑天的血啊!"

拱北激动地抱住米娜的肩,两眼闪闪发光:"米娜,你是我的知己!可贵的知己啊!"

31. 罗星塔下(日)

雨轩、石峻在周边漫步。

雨轩:"看来,拱北和米娜真是有缘分,说不完的话哟!拱北原是不吭声的狗,不料在米娜面前竟完全变了!"

石峻:"缘分天定,不可抗拒。只可惜,米娜眼看就要回德国了!"

32. 罗星塔(日)

拱北:"米娜,你就要回德国了,我不知道送你什么才是最好的?"

第十九集　郑重下聘　罗星定情

米娜："你已经送过了！"

拱北："送过了？！不……"

米娜伸出手腕，指着一串贝壳镯子："这是你在平潭岛上送给我的，它就是最好最好的了！"

拱北："你真的……真的这样想吗？！"

米娜："千真万确！"

拱北："那你好好戴着，不要丢了它！"

米娜："怎么可能丢了它？！——丢了它，就是丢了我自己啊！"

拱北再也克制不住，一把搂过米娜，贴着她的脸："米娜，你是我的真爱，一生一世的真爱！"

米娜："拱北哥，今生今世，来生来世，你都是我的真爱！"

拱北松开米娜，正视着她的眼，重复了她的话："今生今世，来生来世！"

米娜投入拱北怀中，两人紧紧拥抱。

33．罗星塔下（日）

拱北和米娜，石峻和雨轩彼此迎向对方。

雨轩："米娜，跟哥回家去吧，好好歇一歇，后天该启程回德国去准备考医科了。"

米娜瞥了拱北一眼，无奈地回应雨轩："哎。"

雨轩意味深长地盯了拱北一眼，搭着米娜的肩："Let's go！"

拱北恋恋不舍地望着米娜离去的背影。

石峻欲催拱北，刚一张口，又忙闭嘴。

米娜走了一段，突然转身奔向拱北。

拱北忙迎向米娜。

米娜奔到拱北跟前："拱北哥，明天一早我去向你辞行。"

拱北："好，我在长桥上等你！"

米娜："拱北哥，我还有个小小的请求……"

拱北："你说你说，你说什么我都答应你！"

米娜："明天，希望你穿上军装等我！"

拱北："就这？"

米娜："就这！"

拱北："为什么指定军装？"

米娜："因为我喜欢军人，喜欢军装，喜欢牢牢记住你穿军装的样子！"

拱北："好，我答应你。"

米娜："那，不见不散！"

拱北："不见不散！"

34. 纪府餐厅（夜）

大奶奶等九人共进晚餐。

大奶奶左首依次为：石峻、拱北、丁管家、拱南；右首依次为：三奶奶、四奶奶、关姨太、安丽。

周嫂送上一道菜，笑眯眯地说："方才峻少爷赞红糟鱼香，大厨脸上有光，就又赶着添了一盘。"

安丽打趣："这是峻哥赞糟鱼可口，换了我，大厨怕是不理我的茬呢！"

拱南："头一回听二姐说酸话！"

众人皆笑。

周嫂："峻少爷吃啊吃啊，趁热吃更香！"

石峻："偏劳你们了！"

周嫂："哪儿的话呢！"又向拱北："大少爷你也多吃点，在外乡那么多年了……"

拱北走神无反应。

安丽："大哥，周嫂让你也多吃点，你还愣着！"

拱北尴尬："哦哦，谢谢，我吃我吃！"

大奶奶用眼角扫了拱北一眼。

35. 长房正院前厅（夜）

石峻进厅："妈，你找我？"

大奶奶："是的。你过来坐下，妈有话要问。"

石峻："哎。"随即到大奶奶身边坐下。

大奶奶："石峻，你们在外面这么些天，玩得开心吗？"

石峻："开心，开心得不得了！军校求学、上舰实习，封闭了小十年，好不容易有了回长假，我们就跟马儿脱了缰似的。"

大奶奶："可是，我怎么觉得，拱北好像心不在焉呢？他怎么了？！"

石峻略一迟疑："妈，你多虑了！拱北比我们野，得了机会，还不疯玩吗？玩疯

第十九集　郑重下聘　罗星定情

了，心一下子收不回来，也是有的。"

大奶奶："哦，那就好。"

36．长房正院（夜）

石峻从上房出来走近东厢，正遇拱北自东厢出来。

拱北："我给妈请晚安去。"

石峻："妈跟你说话，你可别走神啊！她已然发觉你心不在焉，都问过我了。"

拱："你怎么回答?!"

石峻："紧张什么?! 知道你还没跟妈掏出秘密，我也只能搪塞过去喽！"

拱北："想不到妈竟会如此敏感！"

石峻："你这家伙一向连调皮捣蛋都做得专心致志，现在突然变了，她能不敏感吗？——干脆坦白了吧！"

拱北："咄！急什么?!"

石峻推了拱北一把："快去请安吧！"

37．纪府大池塘（日）

天刚亮。

拱北沿大池塘奔跑。

38．长桥（日）

拱北一身海军少尉装束奔上长桥。

长桥的另一端，米娜迎着拱北奔来。

拱北、米娜紧紧拥抱。

拱北："米娜，我好想你，好想你，想得连吃饭都走神！"

米娜："我也是，我也是！"

片刻，米娜松手："拱北哥，你等着我，等我考上医科、读完专业，然后再来找你，我们永远在一起！"

拱北："永远永远在一起！"

米娜后退几步，深深地打量着戎装的拱北。

拱北欲上前拥抱，米娜却示意拒绝。

拱北："好米娜，你的确很不一般，那就让我目送你先离开吧！"

米娜默默点头，随即转身大步离去。

拱北目送米娜，直至她走到另一边桥头。

突然，米娜止步，转身，高高举起右手，然后用左手指了指她手腕上的贝壳镯子。

特写：阳光照在贝壳镯子上。

镜头渐渐拉远。

拱北与米娜远远地站在桥的两端，相向而立，米娜的右手仍然高高举着。

定格。

39．大榕乡海滨（日）

退潮时分，沙滩宽阔，礁石兀立。

拱、雨、峻并肩而行。

拱南的身影远远地追赶着。

拱南追近，气喘吁吁，不断呼唤："大哥！……大哥！……峻哥！……轩哥！……"

拱、雨、峻听见呼喊，转过身来。

拱南终于奔到跟前。

拱、雨、峻异口同声："什么事，拱南？"

拱南："我要跟你们去玩！"

石峻："要玩不会找安丽去吗？"

拱南："我不，我就要跟你们玩！二姐这几天住姨太那边，我都10岁了，男子汉才不和她们一伙呢。——娘娘腔！"

拱、雨、峻不约而同："嘀！"相视而笑。

雨轩揶揄道："对对对，男子汉同男子汉一伙！只不过，十一弟，我们这会儿可不是去玩的哟！"

拱南："那你们干吗去？"

拱北："长假要结束了，我们这是去跟家乡的大海告别的。"

拱南："再过两年，我也要告别家乡的大海投笔从戎，现在陪你们告别，就算预演吧！"

拱、雨、峻皆笑。

石峻使劲按了按拱南的头："告别还要预演吗？——赖皮！"

拱南："嘻嘻！"

第十九集　郑重下聘　罗星定情

40．四房偏院前厅（日）

安丽、关姨太、翠翠共进点心。

安丽吃着酒酿丸子赞道："又香又甜又糯，好吃极了！"

翠翠放下勺子："好吃就多多吃，完了我再盛去。说实在的，明天送走大少爷他们，隔两日你自己也得走了；往后，再怎么馋就只能咽咽唾沫而已了。——这水汤汤的，如何给你往北京寄哟？"

关姨太："瞧你说的，仿佛北京连酒酿丸子也找不到似的，我愁的倒是……"

翠翠："'倒是'什么?!"

关姨太："是……是咱们三个一起吃酒酿丸子的情景，只怕不会再现了……"

安丽："姨太好姐姐，怎么说这样的伤心话呀?!"

翠翠："何止伤心话？为了你走，那伤心泪早就流而又流了！"

关姨太："还说我，你自己呢?!"

安丽："别别别，这是干吗呀？燕大预科一样有寒暑假的，到时候，同吃酒酿丸子的情景完全可以重现，不同的只有一点……"

关姨太："哪一点？"

安丽往桌上一指："一桌子北京小吃——我带回来的！"

关姨太、翠翠皆扑哧一笑。

翠翠："真有你的！还没去呢就盘算回来的事了！"

安丽："还不是姨太好姐姐说伤心话惹出来的！"

翠翠："哎，说正经的，小吃固然好，最好的还是，往后，姨太想要家乡的什么，有二小姐在那里，倒方便了许多呢！"

安丽："那可不是？我一准给寻摸了来！哎，姨太好姐姐，你现在就可以想，可以提呀！"

关姨太："安丽，我不需要什么的，你顺顺当当考进预科就好。"

安丽："你放心，我准能考取！我念书从来不费力，有的是时间为你办事。你说嘛，稀罕北京的什么？"

关姨太摇头。

安丽："姨太好姐姐，我还没走，你就跟我生分了。再不说，我可真的恼了！"

关姨太沉吟片刻，迟迟疑疑道："吃的、玩的都不要，我只想……只想让你……让你……"

安丽："让我干什么，只管吩咐呀！"

关姨太依然犹豫，欲言又止。

安丽急："姨太好姐姐，快说嘛，我求你啦！"

关姨太："那好吧，安丽，你就读燕京大学预科后，抽空替我去……"

安丽："去哪里？"

关姨太："去德胜门外元大都土城那边看一看。"

安丽："土城？土城那儿有什么？"

关姨太："土城上有座蓟门烟树碑，碑的正、反两面都刻着乾隆御书；城下还绕着一湾护城河，名字叫小月河。"

翠翠："哟，单凭这'烟树'、这'小月'，便觉得美，想必是个好去处。"

关姨太："但不知如今那里是何等模样了。"

安丽："若论好去处，古都北京自然还有更好的，姨太好姐姐何以如此记挂这一处呢？"

关姨太仿佛被雷电击中，支吾起来："这……这我说不清……"

翠翠察觉到了，便在桌底下碰了碰安丽："萝卜白菜各有所爱嘛，哪能讲得清呢？"

安丽会意，立马改变口风："言之有理，言之有理！"

翠翠："二小姐可别忘了姨太的嘱托啊！"

安丽："怎么会忘呢？到时候，我一准写信告诉你们那边的情景。"

翠翠："写详细点——小月河啥样，蓟门烟树碑啥样，让我也像亲眼看见似的。"

安丽忽然得意起来："写信算什么！"

翠翠："那你要怎样？"

安丽双手托腮憧憬道："将来，等我像大哥一样自立了，有事业了，我还要把你们接到北京去呢！"

41. 大榕乡海滨（日）

拱、雨、峻站在一块大礁石上默默望海。

拱南从旁看看这个又看看那个，终于忍不住了："大哥，你们怎么还不跟家乡的海道别呀？！——都站半天了！"

拱北："已然道过了。"

拱南："道过了？！我怎么没听见？"

石峻："十一弟，我们是用心来道别的，心声无声，你如何听得见呢？"

第十九集　郑重下聘　罗星定情

拱南："你们保密吗?"

雨轩："不,这不是秘密。"

拱南："那你们也可以把心声告诉我吗?"

雨轩："当然可以,这心声正是我们共同的理想啊!"

拱南："那,你们共同的理想是什么?"

拱北："它只有六个字,但却要求我们一生一世用铁血来实践!"

拱南："哪六个字?"

拱、雨、峻彼此相视一眼,一字一顿道："复兴中国海军!"

拱南受到震撼,一扫天真之态,肃然重复道："复兴中国海军!复兴中国海军!"

石峻："十一弟,你能懂得这理想吗?你还小啊!"

拱南："我能懂,当然能懂!"

拱、雨、峻："为什么?"

拱南："因为我也是中国海军的传人!"

石峻大喜："好一个'中国海军的传人'!真没想到十一弟才10岁,就这样懂事!"

拱北更一把拉过拱南："拱南,你长大了,真的长大了,懂得兄长们的理想了!"

拱南："大哥,拱南要加入你们的理想!"

拱、雨、峻："好兄弟,加入吧!"

拱南遂对着大海高呼："中国海军传人,立志复兴中国海军,复兴中国海军啊!——"

潮涌礁石。

镜头渐渐拉远,拉成四兄弟勾肩站在礁石上的远景。